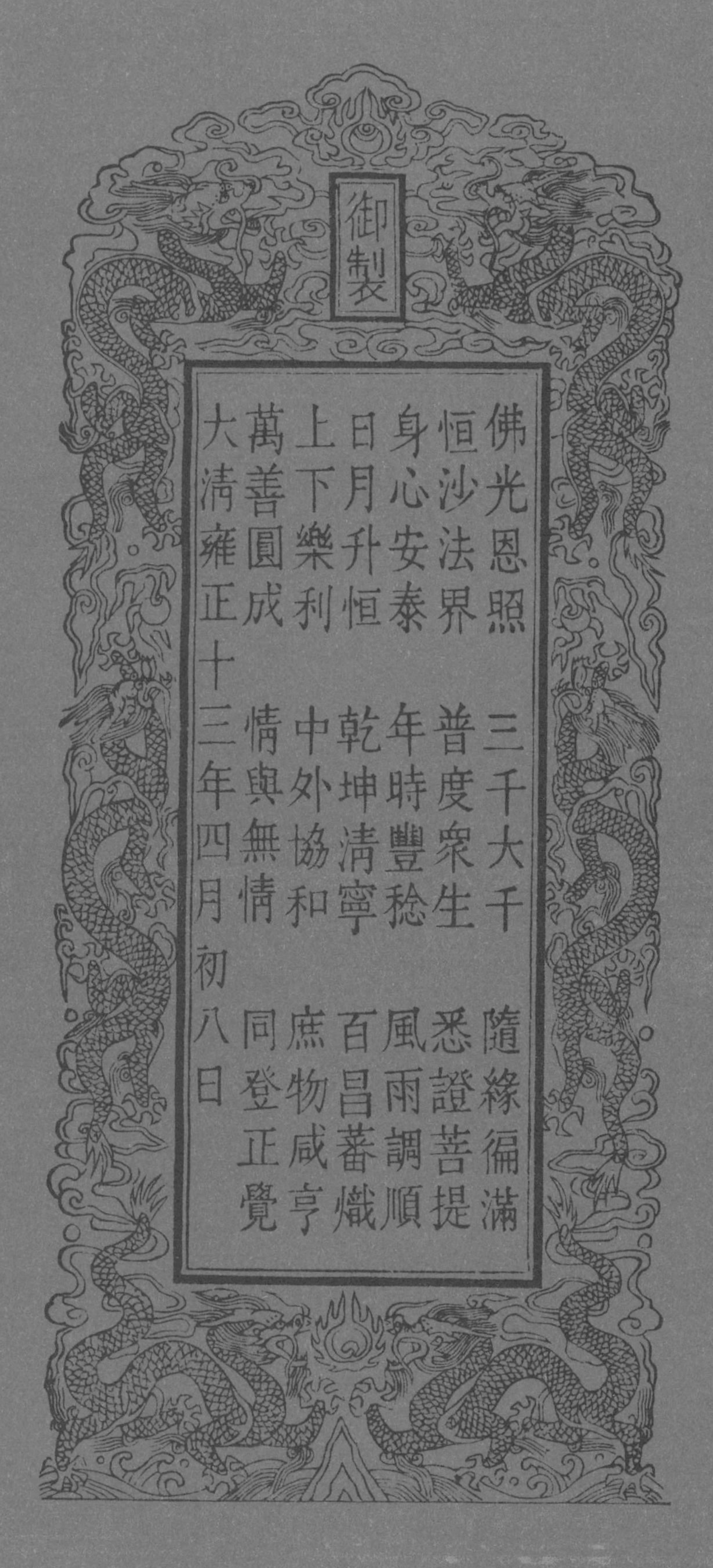

御製

佛光恩照 三千大千 隨緣徧滿
恒沙法界 普度衆生 悉證菩提
身心安泰 年時豐稔 風雨調順
日月升恒 乾坤清寧 百昌蕃熾
上下樂利 中外協和 庶物咸亨
萬善圓成 情與無情 同登正覺

大清雍正十三年四月初八日

第七九册 大乘論（二）

大智度論
姚秦三藏法師鳩摩羅什譯

清刻龍藏佛說法變相圖

大智度論卷第三十六

龍樹菩薩造

姚秦三藏法師鳩摩羅什譯

釋習相應品第三之二

經舍利弗白佛言云何菩薩摩訶薩過聲聞辟支佛地住阿毗跋致地淨佛道

論問曰舍利弗何因作此問答曰舍利弗上問衆智無異佛既種種譬喻明菩薩智勝意既已解今問云何能過二乘住阿毗跋致地淨佛道問曰小乘不任成佛何以故問淨佛道事答曰舍利弗者是隨佛轉法輪將雖自無益爲利益求佛道衆生故問又以菩薩大悲多所利益是故問菩薩事以益衆生復次舍利弗蒙佛恩故破諸邪見得成道果欲報恩故問菩薩事又舍利弗於聲聞地中究盡

邊際所未了者唯菩薩事是故復問又以菩薩法甚深微妙雖不能得愛樂故問譬如見人妙寶已雖自無愛樂故問

經佛告舍利弗菩薩摩訶薩從初發意行六波羅蜜住空無相無作法能過一切聲聞辟支佛地住阿毗跋致地淨佛道

論問曰是三事後品中各有因緣佛今何併說答曰是中略說後當廣說三事因緣又今但說空無相無作因緣後當說種種功德故合說三事問曰入三解脫門則到涅槃今云何以空無相無作能過聲聞辟支佛地答曰無方便力故入三解脫門直取涅槃若有方便力住三解脫門見涅槃以慈悲心故能轉心還起如後品中說譬如仰射虛空箭箭相拄不令墮地菩薩如是以智慧箭仰射三解脫虛空以方便後箭射前箭不令墮涅槃之地是菩薩雖見涅槃直過不住更期大事所謂阿耨多羅三藐三菩提今是觀時非是證時如是等應廣說若過是二地知諸法不生不滅即是阿毗跋致地住阿毗跋致地中教化衆生淨佛世界是爲能淨佛道復次菩薩住三解脫門觀四諦知是聲聞辟支佛法直過四諦入一諦所謂一切法不生不滅不垢不淨不來不去等入是一諦中是名阿毗跋致地住是阿毗跋致地淨佛道地滅除身口意麤惡之業及滅諸法中從初以來所失之事是名淨佛道地

經舍利弗白佛言菩薩摩訶薩住何等地能爲諸聲聞辟支佛作福田

論釋曰舍利弗深心恭敬菩薩故今問菩薩

漏結未盡住何功德能爲諸聲聞辟支佛作福田

【經】佛告舍利弗菩薩摩訶薩從初發意行六波羅蜜乃至坐道場於其中間常爲諸聲聞辟支佛作福田

【論】釋曰佛以是義示舍利弗雖三解脫門涅槃事同而菩薩有大慈悲聲聞辟支佛無菩薩從初發心行六波羅蜜乃至十八不共法欲度一切衆生具一切佛法故勝

【經】何以故以有菩薩摩訶薩因緣故世間諸善法生

【論】釋曰佛先已以一因緣益行衆行故爲諸聲聞辟支佛作福田今說菩薩外益因緣故世間有一切諸善法所以者何菩薩發心雖未成佛令可度衆生住三乘道不得三乘者令住十善道何況成佛問曰聲聞辟支佛因緣故亦使世間得善法何以但說菩薩能令世間有善法答曰因聲聞辟支佛世間有善法者亦皆由菩薩故有若菩薩不發心者世間尚無佛道何況聲聞辟支佛佛道是聲聞辟支佛根本故復次雖因聲聞辟支佛有善法少以少故不說尚不說聲聞辟支佛何況外道諸師

【經】何等是善法所謂十善道五戒八分成就齋四禪四無量心四無色定四念處四正勤四如意足五根五力七覺分八聖道分盡現於世以菩薩因緣故六波羅蜜十八空佛十力四無所畏四無礙智十八不共法大慈大悲一切種智盡現於世以菩薩因緣故有刹利大姓婆羅門大姓居士大家四天王天乃

至非有想非無想天皆現於世以菩薩因緣故有須陀洹斯陀含阿那含阿羅漢辟支佛佛皆現於世

論問曰以菩薩因緣故有善法於世可爾刹利大姓婆羅門大姓居士大家若世無菩薩亦有此貴姓云何言皆從菩薩生答曰以菩薩因緣故世間有五戒十善八齋等是法有上中下上者得道中者生天下者爲人故有刹利大姓婆羅門大姓居士大家問曰若世無菩薩世間亦有五戒十善八齋刹利等大姓答曰菩薩受身種種或時受業因緣身或受變化身於世間教化説諸善法及世界法王法世俗法出家法在家法種類法居家法憐愍衆生護持世界雖無菩薩法常行世法以是因緣故皆從菩薩有問曰菩薩清淨行大慈悲云何説世俗諸雜法答曰有二種菩薩一者行慈悲直入菩薩道二者敗壞菩薩亦有悲心治以國法無所貪利雖有所惱所安者多治一惡人以成一家如是立法人雖不名爲清淨菩薩得名敗壞菩薩以是因緣故皆由菩薩有世間諸富貴皆從二乘道有二乘道從佛有佛因菩薩有若無菩薩説善法者世間無有天道人道阿脩羅道無有樂受不苦不樂受但有苦受常有地獄啼哭之聲菩薩如是大利益故云何不名爲世間作福田舍利弗聞是菩薩有大功德應當供養心念煩惱未盡雖有大福不能消其供養如人雖噉好食以内有病故不能消化以是故

經舍利弗白佛言菩薩摩訶薩淨畢施福不佛言不也何以故本以淨畢故

【論】釋曰以善薩從初發心時便爲一切衆生供養之上首所以者何心決定爲無量無邊阿僧祇劫衆生代受勤苦又益利無量阿僧祇劫衆生令得度脱欲取一切諸佛法大智慧力故能令世間即是涅槃如是種種因緣故言本已淨畢復次佛重說消施因緣故

【經】舍利弗菩薩摩訶薩爲大施主施何等施諸善法何等善法十善道五戒乃至十八不共法一切種智以是施與

【論】釋曰先說由菩薩因緣世間有善法今說菩薩施善法之主是爲差别

【經】舍利弗白佛言世尊善薩摩訶薩云何習應般若波羅蜜與般若波羅蜜相應

【論】釋曰上說一日修般若波羅蜜勝聲聞辟支佛從是因緣來佛種種讚歎菩薩如是大功德皆從般若波羅蜜生是故今問云何菩薩習行是般若波羅蜜與般若波羅蜜相應復次舍利弗知般若波羅蜜難行難得如幻如化難可受持恐行者違錯故問習應

【經】佛告舍利弗菩薩摩訶薩習應色空是名與般若波羅蜜相應習應受想行識空是名與般若波羅蜜相應復次舍利弗菩薩摩訶薩習應眼空是名與般若波羅蜜相應習應耳鼻舌身心空是名與般若波羅蜜相應習應色空是名與般若波羅蜜相應習應聲香味觸法空是名與般若波羅蜜相應習應眼界空色界空識界空是名與般若波羅蜜相應習應耳聲識鼻香識舌味識身觸識意法識空是名與般若波羅蜜相應習應苦空是名與般若波羅蜜相應習應集滅道空是名

與般若波羅蜜相應習應無明空是名與般若波羅蜜相應習應行識名色六處觸受愛取有生老死空是名與般若波羅蜜相應習應一切諸法空若有爲若無爲是名與般若波羅蜜相應

論釋曰五衆者色受想行識色衆者是可見法是色分別故亦有不可見有對有對雖不可見亦名爲色如得道者名爲道人餘出家未得道因得道者亦名爲道人何等是可見一處是可見有對色少分一入攝餘九處及無作業名不可見色有對者十處無對者唯無作色有漏無漏等分別亦如是如經說色有三種有色可見有對有色不可見有對有色不可見無對是故當知非但眼見故是色內外十處能起五識者皆名色因是色分故生無作色是色復有四種內有受不受外有受不受復有五種色所謂五塵復有一種色所謂惱壞相衆生身色名爲惱壞相非衆生色亦名爲惱壞相惱相因緣故亦名惱譬如有身則有飢渴寒熱老病刀杖等苦復有二種色所謂四大四大造色內色外色受色不受色繫色不繫色有色能生罪有色能生福業色非業色業色果色業色報色果色報色隱沒無記色不隱沒無記色可見色不可見色有對色無對色有漏色無漏色如是等二種分別色復有三種色如上可見有對中說復有三種色善色不善色無記色學無學非學非無學色從見諦所斷生色從思惟所斷生色從無斷生色復有三種色欲界繫色色界繫色不繫色有色能生貪欲有色能生瞋

恚有色能生愚癡三結三漏等亦如是有色能生不貪善根不瞋善根不愚癡善根如是等諸三善法應廣說有色能生隱沒無記法能生不隱沒無記法不隱沒無記有二種有報生有非報生者如是等二種無記復有四種色如上受不受中說四大及造色三種善不善無記身業作無作色口業作無作色受色受戒時得律儀止色惡不善業止也用色如衆僧受用檀越所施之物也不用色餘無用之色也如是四種色復有五種色身作無作色口作無作及非業色五情五塵麤色動色影色像色誑色麤色者可見可聞可嗅可味可觸如土石等動色者有二種一者衆生動作二者非衆生動作如水火風動作地依地故動下有大風動水水動地風之動樹酒自沸動如磁石噏鐵如眞珠玉硨磲碼碯夜能自行皆是衆生先世福德業因緣不可思議問曰影色像色不應別說何以故眼光明對清淨鏡故反自照見影亦如是遮光故影現無更有法答曰是事不然如油中見像黑則非本色如五尺刀中橫觀則面像廣縱觀則面像長則非本面如大秦水精中玷玷中皆有面像則非一面像以是因緣故非還見本像復次有鏡有人有持者有光明衆緣和合故有像生若衆緣不具則像不生是像亦非無因緣亦不在因緣中如是別自有法非是面也此微色生法如是不同麤色如因火有烟火滅烟在問曰若爾者不應別說影同是細色故答曰鏡中像有種種色影則一色是故不同是二雖待形俱動形質各異影從遮明而現像則從種種因緣生雖同細

色各各差別誑色者如炎如幻如化如乾闥婆城等遠誑人眼近無所有如是等種種無量色總名色衆受衆者內眼因外色緣念欲見有明有空色在可見處如是等因緣生眼識是上因緣及識和合故從識中生心數法名爲觸是觸爲一切心數法根本三衆俱生所謂受想行問曰眼識中亦有觸及三衆何以故言觸法因緣生三衆答曰此論現在因緣觸生三衆非眼見因緣問曰因心心數法生三衆何以但觸答曰言眼識少許時住便滅生意識細微不了故不說生三衆但說從觸生如色法從因緣和合生心數法亦如是從觸法和合生如色法從和合生無和合則不生心數法亦如是有觸則生無觸則不生此受衆一種所謂受相復有二種受身受心受內受外受麤細遠近淨不淨等復次有三種受苦樂不苦不樂善不善無記學無學非學非無學見諦所斷思惟所斷不斷因見諦所斷生受因思惟所斷生受因不斷生受或因身見生不還與身見作因或因身見生還與身見作因或不因身見生不還與身見作因復有三種受欲界繫色界繫無色界繫如是等三種受復有四種受內身受外身受內心受外心受四正勤四如意足等相應受及四流四縛等相應受是名四種受復有五種受樂根苦根憂根喜根捨根見苦所斷相應受乃至思惟所斷相應受五蓋五結諸煩惱相應受亦如是復有六受衆六識相應受意識分別爲十八受所謂眼見色思惟分別心生喜眼見色思惟分別心生憂眼見色思惟

分别心生捨乃至意識亦如是是十八受中有淨有垢爲三十六三世各三十六爲百八如是等種種因緣分别名爲受衆想衆相應行衆識衆亦如是分别何以故與受相應故復次佛說有四種想有小想大想無量想無所有想小想者覺知小法如說小法者小欲小信小色小緣想名爲小想復次欲界繫想爲小色界繫想名爲大三無色天繫想名爲無量無所有處繫想是名無所有想復次煩惱相應想名爲小想煩惱覆故有漏無垢想名爲大想諸法實相想名爲無所有想無漏想名爲無量想爲涅槃無量法故復次佛說有六想眼觸相應生想乃至意觸相應生想行衆者佛或時說一切有爲法名爲行或說三行身行口行意行身行者出入息所以者何息屬身故口行者覺觀所以者何先覺觀然後語言意行者受想所以者何受苦樂取相心發是名意行心數法有二種一者屬見二者屬愛屬愛主名爲受屬見主名爲想以是故說是二法爲意行佛或說十二因緣中三行福行罪行無動行福行者欲界繫善業罪行者不善業無動行者色無色界繫業阿毗曇除受想餘心數法及無想定滅盡定等心不相應法是名爲行衆識衆者内外六入和合故生六覺名爲識以内緣力大故名爲眼識乃至名爲意識問曰意即是識云何意緣力故生意識答曰意生滅相故多因先生意故緣法生意識問曰前意已滅云何能生後識答曰意有二種一者念念滅二者心相續名爲一爲是相續心故諸心名爲一意是

故依意而生識無咎意識難解故九十六種道不說依意故生識但以依神爲本此五衆四念處中廣說所以者何身念處說色衆受念處說受衆心念處說識衆法念處說想衆行衆問曰不應有五衆但應有色衆識衆識衆隨時分別故有異名名爲受想行如不淨識名爲煩惱淨識名爲善法答曰不然所以者何若名異故實亦異若無異法名不應異若唯有心而無心法者心不應有垢有淨譬如清淨池水狂象入中令其混濁若清水珠入水即清淨不得言水外無象無珠心亦如是煩惱入故能令心濁諸慈悲等善法入心令心清淨以是故不得言煩惱慈悲等法即是心問曰汝不聞我先說垢心即是煩惱淨心即是善法答曰若垢心次第云何能生淨心淨心次第云何當生垢心以是故是事不然汝但知麤現之事不知心數法不可以不知故便謂爲無當知必有五衆問曰若有者何以不多不少但說五答曰諸法各有定限如手法五指不得求其多少復次有爲法雖復無量佛分判爲五分則盡問曰若爾者何以故復說十二入十八界答曰衆義應爾入界義異佛爲法王爲衆生故或時略說或時廣說有衆生於色識中生大邪惑於心數法中多有錯謬故說五衆有衆生心心數法中不生邪惑但惑於色爲是衆生故說色爲十處心心數法總說二處有衆生於心數法中少生邪惑而多不了色心爲是衆生故說心數法爲一界色心爲十七界或有衆生不知世間苦法生滅不知離苦道爲是衆生故說

四諦世間及身皆爲是苦愛等煩惱是苦因煩惱滅是苦滅滅煩惱方便法是名道或有衆生著吾我故於諸法中邪見生一異相或言世間無因無緣或墮邪因緣爲是衆生故說十二因緣有人說常法或說神常或說一切法常但滅時隱藏微細非是無也若得因緣會還出更無異法爲是人故說一切有爲法皆是作法無有常定譬如木人種種機關木楅和合故能動作無有實事是名有爲法問曰是中說五衆有何次第答曰行者初習觀法先觀麤法知身不淨無常苦空無我等身患如是衆生所以著此身者以能生樂故諦觀此樂有無量苦常隨逐之此樂亦無常空無我等六塵中有無量苦衆生何因緣生著以衆生取相故著如二人身一種偏有所著能沒命隨死取相受苦樂發動生思等諸行心行發動時識知離苦得樂方便是爲識復次衆生五欲因緣故受苦樂取相因緣故染著是樂以染著樂故或起三毒若三善根是名爲行識爲其主受用上事五欲即是色色是根本故初說色衆餘次第有名餘入界諸法等皆由五衆次第有唯法入法界中增無爲法四諦中增智緣滅入界乃至有爲無爲法如上說今五衆等諸法皆是空何以故聖主說故聖有三種下中上佛爲其主如星宿月中日爲其最光明大故佛得一切智慧故名爲聖主聖主所說故應當是實復次以十八空故一切法空若以性空能空一切法何況十八若以內空外空能空一切法何況十八復次若有法不空應當有二種色法非

色法是色法分別破裂乃至微塵分別微塵亦不可得終卒皆空無色法念念生滅故皆空如四念處中說復次諸法性空但名字因緣和合故有名字如山河草木土地人民州郡城邑名之爲國巷里市陌廬館宮殿名之爲都梁柱椽棟瓦竹壁石名之爲殿上中下分和合名之爲柱片片和合故有分名衆札和合故有片名衆微和合故有札名是衆微塵有大有中有小大者遊塵可見中者諸天所見小者上聖人天眼所見慧眼觀之則無所見所以者何性實無故若微塵實有即是常不可分裂不可毀壞火不能燒水不能沒復次若微塵有形無形二俱有過若無形云何是色若微塵有形則與虛空作分亦有十方分若有十方分則不名爲微塵佛法中色無有遠近麤細是常者復次離是因緣名字則無有法今除山河土地因緣名字更無國名除閭里道陌因緣名字則無都名除梁椽竹瓦因緣名字更無殿名除三分柱因緣名字更無柱名除片因緣名字則無分名除札因緣名字則無片名除衆微因緣名字則無札名除中微塵名字則無大微塵名除小微塵名字則無中微塵名除天眼妄見則無小微塵名如是等種種因緣義故知諸法必空問曰若法畢竟空何以有名字答曰名字若是有與法俱破若無則不應難名字與法俱無有異以是故知一切法空復次一切法實空所以者何定無有一法故皆從多法和合生若無一亦無有多譬如樹根莖枝葉和合故有假名樹若無樹法根莖枝葉爲誰和合

若無和合則無一法若無一法則亦無多初一後多故復次一切諸觀語言戲論皆無實者若世間常亦不然世間無常亦不然有衆生無衆生有邊無邊有我無我諸法實諸法空皆不然如先種種論議門中說若是諸觀戲論皆無者云何不空問曰汝言諸法實諸法空皆不然者今云何復言諸法空答曰有二種空一者說名字空但破著有而不破空二者以空破有亦無有空如小劫盡時刀兵疾疫飢餓猶有人物鳥獸山河大劫燒時山河樹木乃至金剛地下大水亦盡劫火旣滅持水之風亦滅一切廓然無有遺餘空亦如是破諸法皆空唯有空在而取相著之大空者破一切法空亦復空以是故汝不應作是難若滅諸戲論云何不空如是等種種因緣處處說空當知一切法空習者隨般若波羅蜜修習行觀不息不休是名爲習譬如弟子隨順師教不違師意是名相應如般若波羅蜜相菩薩亦隨是相以智慧觀能得能成就不增不減是名相應譬如函蓋大小相稱雖般若波羅蜜滅諸觀法而智慧力故名爲無所不能無所不觀能如是知不墮二邊是爲與般若相應

經復次舍利弗菩薩摩訶薩習應性空是名與般若波羅蜜相應如是舍利弗菩薩摩訶薩行般若波羅蜜習應七空所謂性空自相空諸法空不可得空無法空有法空無法有法空是名與般若波羅蜜相應

論問曰何以不說住十八空但說住七空名與般若波羅蜜相應答曰佛法中廣說則十

八空略說則七空如廣說助道法則有三十七品略說則七覺分復次是七空多用利益衆生故如大空無始空或時有衆生起是邪見爲是故說性空者一切諸法性本末常自空何況現在因緣常空何況果報自相空者諸法總相別相盡觀其空心則遠離用是二空諸法皆空是名諸法空從性空故有相相空故諸法皆空諸法空故更無所得是名不可得空用是四種空破一切有法若以有法有相爲過者取於無法是故說無法空若以無法爲非還欲取有法是故說有法空先說四空雖破有法行者心則離有而存於無是則說無法空若說無法爲非心無所寄還欲存有是故略說有法空以存有心薄故無法有法空者行者以無法空爲非心還疑有若心觀有還疑無法是故有無俱觀其空如內外空觀以是故但說七空問曰汝言知一切法空滅諸觀是名與般若波羅蜜相應如是觀是名相應不如是觀則不相應分別是非故即亦是觀云何言滅答曰以是故

【經】佛告舍利弗菩薩摩訶薩習應七空時不見色若相應若不相應不見受想行識若相應若不相應不見色若生相若滅相不見受想行識若生相若滅相不見色若垢相若淨相不見受想行識若垢相若淨相

【論】釋曰不見色若生相若滅相者不見五衆有生有滅若五衆有生滅相即墮斷滅中墮斷滅故則無罪無福無罪無福故與禽獸無異不見色若垢若淨者不見五衆有縛有解若五衆是縛性無有得解脫者若五衆是淨

性則無有學道法

經不見色與受合不見受與想合不見想與行合不見行與識合何以故無有法與法合者其性空故

論釋曰心心數法無形無形故則無住處以是故色不與受合如四大及四大所造色二觸和合心心數法中無觸法故不得和合問曰若爾者何以說受想行識不共和合答曰佛此中自說無有法與法合者何以故一切法性常空故若無法與法合亦無有離復次佛自說因緣

經舍利弗色空中無有色受想行識空中無有識

論何以故色與空相違若空來則滅色云何色空中有色譬如水中無火火中無水性相違故復次有人言色非實空行者入空三昧中見色爲空以是故言色空中都無有色受想行識亦如是

經舍利弗色空故無惱壞相受空故無受相想空故無知相行空故無作相識空故無覺相

論問曰此義有何次第答曰先說五衆空中無五衆是中今說其因緣五衆各各自相不可得故故言五衆空中無五衆

經何以故舍利弗非色異空非空異色色即是空空即是色受想行識亦如是

論釋曰佛重說因緣若五衆與空異空中應有五衆今五衆不異空空不異五衆五衆即是空空即是五衆以是故空不破五衆所以者何是中佛自說因緣

【經】舍利弗是諸法空相不生不滅不垢不淨不增不減是空法非過去非未來非現在是故空中無色無受想行識無眼耳鼻舌身意無色聲香味觸法無眼界乃至無意識界無無明亦無無明盡乃至無老死亦無老死盡無苦集滅道亦無智亦無得無須陀洹無須陀洹果無斯陀含無斯陀含果無阿那含無阿那含果無阿羅漢無阿羅漢果無辟支佛無辟支佛道無佛亦無佛道舍利弗菩薩摩訶薩如是習應是名與般若波羅蜜相應

【論】問曰人皆知空中無所有不生不滅不垢不淨不增不減無一切法佛何以分別說五衆等諸法各各空答曰有人雖復習空而想空中猶有諸法如行慈人雖無衆生而想衆生得樂自得無量福故以是故佛說諸法性常自空非空三昧故令法空如水冷相火令其熱若言以空三昧故令法空者是事不然智者是無漏入智得者初得聖道須陀洹果乃至佛道義先已廣說

【經】舍利弗是菩薩摩訶薩行般若波羅蜜不見般若波羅蜜若相應若不相應不見檀波羅蜜尸波羅蜜羼提波羅蜜毗梨耶波羅蜜禪波羅蜜若相應若不相應亦不見色若相應若不相應不見受想行識若相應若不相應不見眼乃至意色乃至法眼色識界乃至意法識界若相應若不相應不見四念處乃至八聖道分佛十力乃至一切種智若相應若不相應如是舍利弗當知菩薩摩訶薩與般若波羅蜜相應

【論】釋曰菩薩得諸法實相入般若波羅蜜即

於般若波羅蜜不見定相若相應若不相應何況見有餘法云何不見般若相應不相應不見如是行爲應般若波羅蜜不見不如是行爲不應般若波羅蜜如常樂我行不應般若波羅蜜無常苦無我行爲應般若波羅蜜若行實不應般若波羅蜜若行空爲應般若波羅蜜如有無行爲不應般若波羅蜜如非有非無行爲應般若波羅蜜般若波羅蜜中皆無是事般若波羅蜜相畢竟清淨故五波羅蜜五衆乃至一切種智亦如是問曰般若波羅蜜畢竟清淨應爾五波羅蜜及餘法云何清淨答曰先說五事離般若波羅蜜不名波羅蜜與般若波羅蜜和合名波羅蜜如般若波羅蜜初品中說云何名檀波羅蜜不見施者不見受者無財物故五衆法是菩薩觀處與般若波羅蜜和合故畢竟清淨故不見相應不相應十二入十八界十二因緣亦如是是諸法無有定性無有定法以是故不見若相應若不相應十八空四念處乃至大慈大悲一切種智不見若相應若不相應問曰是菩薩非聲聞辟支佛云何有三十七品未得佛道云何有十力四無所畏答曰是菩薩非聲聞辟支佛亦觀聲聞辟支佛法欲以聲聞辟支佛道度衆生故復有人言行聲聞辟支佛道但不取證如後品中說入空無相無作三昧菩薩住是三解脫門作是念言今是觀時非是證時或有新發意菩薩聞有聲聞辟支佛三十七品法讚誦正憶念分別以是故說菩薩有三十七品佛十力等亦如是菩薩自於菩薩十力四無所畏十八不共法中

住住是法中若聞若憶想分別佛十力四無所畏十八不共法等甚深微妙亦是我分復次是菩薩無量阿僧祇劫來修習佛十力四無所畏等坐樹下時得無礙解脱故增益清淨譬如勳勞既立然後受其功賞菩薩亦如是有是功德乃受其名是功德皆是般若波羅蜜勢力合故不見若相應若不相應此諸法義從六波羅蜜乃至一切智先已説

【經】復次舍利弗菩薩摩訶薩行般若波羅蜜時空不與空合無相不與無相合無作不與無作合何以故空無相無作無有合與不合舍利弗菩薩摩訶薩如是習應是名與般若波羅蜜相應

【論】問曰一心中無有二空云何説空不與空合答曰空有二種一者空三昧二者法空空三昧不與法空合何以故若以空三昧力合法空者是法非自性空又空者性自空不從因緣生若從因緣生則不名性空行者若入時見空出時不見空當知是虚妄復次佛自説因緣空中無合無不合無相無作亦如是舍利弗菩薩如是習應是名與般若波羅蜜相應問曰但一處説不見與般若波羅蜜相應不相應便足何以故復更種種説相應不相應因緣若一處應餘則皆應若一處不應餘亦不應譬如一盲無見則千盲俱爾答曰不然若欲以戲論求勝應如是難諸法相雖不可説佛以大慈大悲故種種方便説又佛説法爲一種衆生得度爲未悟者重説又復一説爲斷見諦結使二説爲斷思惟結使復更説爲諸餘結使分分皆斷又一説有人得

聲聞道一說種辟支佛道因緣更一說發阿耨多羅三藐三菩提心更一說行六波羅蜜更一說行方便得無生忍更一說得初住地更一說乃至十住地更一說爲人故更一說爲天故復次是般若波羅蜜相甚深難解難知佛知衆生心根有利鈍鈍根少智爲其重說若利根者一說二說便悟不須種種重說譬如快馬下一鞭便走鴑馬多鞭乃去如是等種種因緣故經中重說無咎

【經】復次舍利弗菩薩摩訶薩行般若波羅蜜時入諸法自相空入已色不作合不作不合受想行識不作合不作不合色不與前際合何以故不見前際故色不與後際合何以故不見後際故色不與現在合何以故不見現在故受想行識亦如是

【論】釋曰先說空無相無作無合無不合今更說因緣入自相空故五衆不作合不作不合若一切法自相空是中無有合不合合者諸法如其相如地堅相識知相如是等自相不在異法是名爲合不合者自相不在自法中略說諸法相不增不減色不說與前際合何以故前際空無所有但有名字若色入過去則滅無所有云何與前際合後際者未有未生色不應與後際合現在色生滅不住故不可取相色不應與現在合復次佛自說因緣色不與前際合非不合何以故前際不可見故色不與後際合非不合何以故後際不可見故色不與現在合非不合何以故現在不可見故受想行識亦如是

【經】復次舍利弗菩薩摩訶薩行般若波羅蜜

前際不與後際合後際不與前際合現在不與前際後際合前際後際亦不與現在合三世名空故舍利弗菩薩摩訶薩如是習應者是名與般若波羅蜜相應

論問曰云何前際後際合答曰有人說三世諸法皆是有未來法轉爲現在現在轉爲過去如泥團現在瓶爲未來土爲過去若成瓶時瓶爲現在泥團爲過去瓶破爲未來如是者是爲合若有三世相是事不然以多過故是爲不合復次三世合者如過去法與過去未來現在世作因現在法與現在未來世作因未來法與未來世作因又過去心心數法緣三世法未來現在心心數法亦如是斷心心數法能緣不斷法不斷心心數法能緣可斷法如是等三世諸法因緣業果共相和合是名爲合菩薩不作是合何以故如先說過去已滅云何能爲因能爲緣未來未有云何爲因緣現在乃至一念中不住云何爲因緣是名不合復次佛自說因緣三世及名字空故云何言合

大智度論卷第三十六

音釋

沸方未切涌也 礠牆之切引針也 噏迄及切引也 玷多忝切 楔先結切 札側八切 駑農都切駑駘下乘也

大智度論卷第三十七

龍樹菩薩造

姚秦三藏法師鳩摩羅什譯

釋習相應品第三之三

【經】復次舍利弗菩薩摩訶薩行般若波羅蜜薩婆若不與過去世合何以故過去世不可見何況薩婆若與過去世合薩婆若不與未來世合何以故未來世不可見何況薩婆若與未來世合薩婆若不與現在世合何以故現在世不可見何況薩婆若與現在世合舍利弗菩薩摩訶薩如是習應是名與般若波羅蜜相應

【論】釋曰菩薩行般若波羅蜜不觀薩婆若與過去世同何以故過去世是虛妄薩婆若是實法過去世是生滅相薩婆若非生滅相過去世及法求覓不可得何況薩婆若與過去世合復次佛自說因緣菩薩摩訶薩行般若波羅蜜不見過去世何況薩婆若與過去世合未來現在世亦如是未來世除生滅相其餘義同復次以時故說有三世過去未來現在時義如一時中說復次薩婆若是十方三世諸佛眞實智慧三世者從凡夫虛妄生云何與薩婆若合譬如眞金不與弊鐵同相問曰如隨喜品中說菩薩摩訶薩念過去現在諸佛薩婆若智慧等諸功德迴向阿耨多羅三藐三菩提云何言過去現在世不與薩婆若合答曰若以著心取相念薩婆若者不名迴向阿耨多羅三藐三菩提譬如雜毒食初雖香美後不便身若菩薩分別過去現在諸佛薩婆若者應與三世合今不取相故則無

有合問曰菩薩亦念未來世當成佛薩婆若亦自念我當得薩婆若是名與未來世薩婆若合云何言不合答曰薩婆若過三界出三世畢竟清淨相行者但以憶想分別我當得是薩婆若如世間法憶想當有所得而是事未生未有時節未至因緣未會都無處所云何當與合如明當服酥今已憶臭又如迦旃延弟子輩言未來世中菩提語菩薩言若能修相好身者我當來處之如貴家女自恣無難遺便語貧家子言汝好莊嚴房舍幃帳種種備具我當來處汝家中如是說者是不相應以是故不得以薩婆若與三世合問曰餘法甚多何以但說薩婆若答曰是薩婆若菩薩所歸趣深心欲得於三世中求索故問曰何以不於有為無為法中求答曰後當說一切法中求

【經】復次舍利弗菩薩摩訶薩行般若波羅蜜色不與薩婆若合色不可見故受想行識亦如是眼不與薩婆若合眼不可見故耳鼻舌身意亦如是色不與薩婆若合色不可見故聲香味觸法亦如是舍利弗菩薩摩訶薩如是習應是名與般若波羅蜜相應

【論】問曰何以但說五衆十二入不說十八界十二因緣答曰應當說或時誦者忘失何以知之佛所說五衆十二入十八界十二因緣事垢淨五衆十八界十二入十二因緣名為事不定是垢不定是淨是中或有結使生或有善法生如田定能生物隨種皆生衆界入十二因緣是為事六波羅蜜乃至一切種智是為淨種所以不說垢者是菩薩結使已薄

不以自惱是故不說又菩薩智慧深入解諸法空無諸煩惱但集諸功德以是故應說十八界十二因緣如色等事中不應有薩婆若合所以者何是薩婆若三世中不可得故色等事中亦不可得是皆世間因緣和合無有定性

經 復次舍利弗菩薩摩訶薩行般若波羅蜜檀波羅蜜不與薩婆若合檀波羅蜜不可見故乃至般若波羅蜜亦如是四念處不與薩婆若合四念處不可見故乃至八聖道分亦如是

論 問曰五衆等是世間法可不與薩婆若合六波羅蜜云何不與合答曰六波羅蜜有二種一者世間二者出世間爲世間檀波羅蜜故說不與合出世間波羅蜜應與合復次菩薩行六波羅蜜漏結未盡不得與佛薩婆若合復次佛說六波羅蜜空尚不可見何況與薩婆若合三十七品亦如是問曰是六波羅蜜雜有道俗故三十七品趣涅槃道云何不合答曰三十七品是二乘法但爲涅槃菩薩爲佛道是故不合問曰摩訶衍品中有三十七品亦是菩薩道云何不與薩婆若合答曰有菩薩以著心故行三十七品多迴向涅槃以是故佛說不合

經 佛十力乃至十八不共法不與薩婆若合佛十力乃至十八不共法不可見故舍利弗菩薩摩訶薩如是習應是名與般若波羅蜜相應

論 釋曰是十力乃至十八不共法雖是妙法爲薩婆若故行以菩薩漏結未盡故不應與

薩婆若合復次佛十力等法有三種一者菩薩所行雖未得佛道漸漸修習二者佛所得而菩薩憶想分別求之三者佛心所得上二種不應與合下一種雖可合而菩薩未得是故不合復次空故不可見不可見故不合是以皆言不可見故

經 復次舍利弗菩薩摩訶薩行般若波羅蜜佛不與薩婆若合薩婆若不與佛合菩提不與薩婆若合薩婆若不與菩提合何以故佛即是薩婆若薩婆若即是佛菩提即是薩婆若薩婆若即是菩提舍利弗菩薩摩訶薩行般若波羅蜜如是習應是名與般若波羅蜜相應

論 問曰菩薩及菩薩法可不與薩婆若合云何佛及菩提復不與合答曰佛是人薩婆若是法人是假名法是因緣衆生乃至知者見者無故佛亦無衆生中尊上第一是名爲佛是故不合復次得薩婆若故名爲佛若佛得薩婆若先以是佛不須薩婆若若非佛得薩婆若者何以言佛得薩婆若以是故和合因緣生不得言先後復次離佛無薩婆若離薩婆若無佛得薩婆若故名佛佛所有故名薩婆若問曰佛是人故可不與合菩提是無上道云何不合答曰菩提名爲佛智慧薩婆若名爲佛一切智慧十智爲菩提第十一如實智名爲薩婆若二智不得一心中生復次是十力等諸佛法及佛菩提皆是菩薩憶想分別非實唯佛所得薩婆若是實今此菩提是菩薩菩提是心中虛妄未實云何與薩婆若合復次此經中佛自說不合因緣何以故佛

即是薩婆若薩婆若即是佛菩提即是薩婆若薩婆若即是菩提舍利弗菩薩摩訶薩行般若波羅蜜如是習應是名與般若波羅蜜相應

【經】復次舍利弗菩薩摩訶薩行般若波羅蜜不習色有不習色無受想行識亦如是不習色有常不習色無常受想行識亦如是不習色苦不習色樂受想行識亦如是不習色我不習色非我受想行識亦如是不習色寂滅不習色不寂滅受想行識亦如是不習色空不習色非空受想行識亦如是不習色有相不習色無相受想行識亦如是不習色有作不習色無作受想行識亦如是是菩薩摩訶薩行般若波羅蜜時不作是念我行般若波羅蜜不行般若波羅蜜非行非不行般若波羅蜜舍利弗菩薩摩訶薩如是習應是名與般若波羅蜜相應

【論】釋曰若菩薩觀五衆非有非無於是亦不著爾時與般若波羅蜜相應所以者何一切世間著二見若有若無順生死流者多著有逆生死流者多著無我見多者著有邪見多者著無復次四見多者著有邪見多者著無三毒多者著有無明多者著無不知五衆因緣集生是有不知集者著無近惡知識及邪見外書故墮斷滅無罪福中無見者著無餘者著有或有衆生謂一切皆空心著是空著是空故名爲無見或有衆生謂一切六根所知法皆有是爲有見愛多者著有見見多者著無見如是等衆生著有見無見是二種見虛妄非實破中道譬如人行狹道一邊深水

一邊大火二邊俱死著有著無二事俱失所以者何若諸法實定有則無因緣若從因緣和合生是法無自性若無自性即是空若無法是實則無罪福無縛無解亦無諸法種種之異復次有見者與無見者相違相違故有是非是非故共諍有諍故起諸結使結使故生業生業故開惡道門實相中無有相違是非鬭諍復次著有者事若無常則生憂惱若著無者作諸罪業死墮地獄受苦不著有無者無有如是等種種過失應捨是則得實復次是五衆若常若無常是事不然所以者何若五衆常則無生無滅無生無滅故則無罪福無罪福故則無善惡果報世間如涅槃不壞相如是妄語誰當信者現見死亡啼哭是則衆生無常如草木彫落華果磨滅是則外物無常大劫盡時一切都滅是爲大無常如是等種種因緣如是五衆常不可得復次無常破常不應以無常爲是所以者何若諸法無常相念念皆滅則六情不能取六塵所以者何內心外塵俱無住故不應得緣不應得知亦無修習因緣果報因緣多故果報亦多此事不應得又以有常見與無常見共諍如是等種種因緣五衆無常則不可得苦樂我非我若空若實有相無相有作無作此義如先處處說五衆寂滅者因緣生故無性無性故寂滅寂滅故如涅槃三毒熾然故不寂滅無常火然故不寂滅不著三毒實相故不寂滅三毒各各分別相故不寂滅此義先未說故今是中說若菩薩摩訶薩能如是離二邊行中道行般若波羅蜜亦不著所以者何善

薩不可得般若波羅蜜亦不可得故不行般若波羅蜜亦不著所以者何餘諸凡人不能如菩薩觀諸法實相云何當言我不行般若波羅蜜行不行亦不著二俱過故是名與般若波羅蜜相應

經 復次舍利弗菩薩摩訶薩不爲般若波羅蜜故行般若波羅蜜不爲檀波羅蜜尸羅波羅蜜羼提波羅蜜毗梨耶波羅蜜禪波羅蜜故行般若波羅蜜不爲阿鞞跋致地故行般若波羅蜜不爲成就衆生故行般若波羅蜜不爲淨佛世界故行般若波羅蜜不爲佛十力四無所畏四無礙智十八不共法故行般若波羅蜜不爲内空故行般若波羅蜜不爲外空内外空空空大空第一義空有爲空無爲空畢竟空無始空散空性空諸法空自相空不可得空無法空有法空無法有法空故行般若波羅蜜不爲如法性實際故行般若波羅蜜何以故是菩薩摩訶薩行般若波羅蜜時不壞諸法相故如是習應是名與般若波羅蜜相應

論 問曰六波羅蜜乃至如法性實際此是佛法菩薩若不爲是法故行般若波羅蜜更有何法可爲行般若波羅蜜答曰如佛此中自説諸法無有破壞者不壞諸法相故亦不分別是檀是慳乃至是三界是實際復次有菩薩於此善法深心繫著以繫著故能生罪爲是人故説是六波羅蜜乃至實際皆空無有自性如夢如幻汝莫生著眞菩薩不爲是故行有菩薩心無所著行六波羅蜜乃至實際爲是人故説爲是事故行般若波羅蜜如後

品中說爲具足六波羅蜜乃至爲教化衆生淨佛世界故行般若波羅蜜

經 復次舍利弗菩薩摩訶薩行般若波羅蜜不爲如意神通故行般若波羅蜜不爲天耳故不爲他心智故不爲宿命智故不爲天眼故不爲漏盡神通故行般若波羅蜜何以故菩薩摩訶薩行般若波羅蜜尚不見般若波羅蜜何況見菩薩神通舍利弗菩薩摩訶薩如是行是名與般若波羅蜜相應

論 問曰先說禪波羅蜜中已具說五神通今何以復重說答曰彼中總相說不別名字此中別相說復次功德果報所謂五神通菩薩得是五神通廣能利益衆生復次雖有慈悲般若波羅蜜無五神通者如鳥無兩翼不能高翔如健人無諸器仗而入敵陣如樹無華果無所饒益如枯渠無水無所潤及以是故重說五神通及餘無量佛法中別說無咎問曰若爾者佛何以言莫爲五神通故行般若波羅蜜答曰多有無方便菩薩得五神通輕餘菩薩心生憍高爲是故說所以者何菩薩於般若波羅蜜諸佛之母尚不著何況五神通

經 復次舍利弗菩薩摩訶薩行般若波羅蜜不作是念我以如意神通飛到東方供養恭敬如恒河沙等諸佛南西北方四維上下亦如是復次舍利弗菩薩摩訶薩行般若波羅蜜不作是念我以天耳聞十方諸佛所說法不作是念我以他心智當知十方衆生心所念不作是念我以宿命通知十方衆生宿命所作不作是念我以天眼見十方衆生死此

生彼舍利弗菩薩摩訶薩如是行是名與般若波羅蜜相應亦能度無量阿僧祇衆生

論釋曰先雖說五神通名今此中說其功用問曰菩薩何以故不作是念我以如意神通飛到十方供養恭敬如恒河沙等諸佛答曰已拔我見根本故已摧破憍慢山故善修三解脫門三三昧故佛身雖妙亦入三解脫門如熱金丸雖見色妙不可手觸又諸法如幻如化無來無去無近無遠無有定相如幻化人誰去誰來不取神通國土此彼近遠相故無咎若能在佛前住於禪定變爲無量身至十方供養諸佛無所分別已斷法愛故餘通亦如是菩薩得是五神通爲供養諸佛故變無量身顯大神力於十方世界三惡趣中度無量衆生如往生品中說

經舍利弗菩薩摩訶薩能如是行般若波羅蜜惡魔不能得其便世間衆事所欲隨意十方各如恒河沙等諸佛皆悉擁護是菩薩令不墮聲聞辟支佛地四天王天乃至阿迦膩吒天皆亦擁護是菩薩不令有礙是菩薩所有重罪現世輕受何以故是菩薩摩訶薩用普慈加衆生故舍利弗菩薩摩訶薩如是行是名與般若波羅蜜相應

論釋曰今讚是菩薩如上行般若波羅蜜得大功德是名菩薩智慧功力果報得此五利問曰魔是欲界主菩薩是人肉眼不得自在云何不能得其便答曰如此中佛自說諸佛諸大天擁護故復次是菩薩行畢竟不可得自相空故於一切法中皆不著不著故無違錯無違錯故魔不能得其便譬如人身無瘡

雖卧毒屑中毒亦不入若有小瘡則死又是菩薩於諸佛中心不著於諸魔中心不瞋是故魔不得便復次菩薩深入忍波羅蜜慈三昧故一切外惡不能中傷所謂水火刀兵等世間衆事者資生所須所謂治生諧偶種蒔果樹曠路作井安立客舍如法理事皆得如意若欲造立塔寺作大福德若作大施若欲說法教度衆生皆得如意如是等世間衆事若大若小皆得如法隨意所以者何是菩薩世世集無量福德智慧因緣故復次是菩薩行般若波羅蜜於一切法中心不著心不著故結使薄結使薄故能生深厚善根深厚善根生故所願如意復次是菩薩行般若波羅蜜故諸大天皆敬念是菩薩讚歎稱揚其名諸龍鬼等聞諸天稱說亦來助成其事是故世間衆事皆得如意復次菩薩爲諸佛所念威德所加皆得如意問曰十方諸佛心等何以偏念是菩薩答曰是菩薩智慧功德大故諸佛心雖平等法應念是菩薩以勸進餘人又是菩薩得佛智慧氣分故別知善惡貫念好人無過於佛是故佛念復次佛念不欲令墮聲聞辟支佛故所以者何入空無相無作以佛念故而不墮落譬如魚子母念則得生不念則壞諸大天擁護者不欲令失其所行諸天效佛念故有諸天以菩薩行般若波羅蜜都無所著不樂世樂但欲教化衆生故住於世間知其尊貴故念所有重罪者先世重罪應入地獄以行般若波羅蜜故現世輕受譬如重囚應死有勢力者護則受鞭杖而已又如王子雖作重罪以輕罰除之以是王種

中生故菩薩亦如是能行般若波羅蜜得實智慧故即入佛種中生佛種中生故雖有重罪云何重受復次譬如鐵器中空故在水能浮中實則没菩薩亦如是行般若波羅蜜智慧心虚故不没重罪凡人無智慧故沉没重罪復次佛此中自說因緣所以得五功德者用普慈加衆生故問曰先言行般若波羅蜜故具五功德今何以言用普慈加衆生故答曰能生無量福無過於慈是慈因般若波羅蜜生得無量利益復次惡魔不得便諸佛所念重罪今世輕受是般若波羅蜜力世間衆事所欲隨意諸天擁護是大慈力復次有二種緣一者衆生二者法是菩薩若緣衆生則是慈心若緣法則是行般若波羅蜜是慈從般若波羅蜜生隨順般若波羅蜜教是故說慈無咎

【經】復次舍利弗菩薩摩訶薩行般若波羅蜜時疾得諸陀羅尼門諸三昧門所生處常值諸佛乃至阿耨多羅三藐三菩提終不離見佛舍利弗菩薩摩訶薩如是習應是名與般若波羅蜜相應

【論】釋曰陀羅尼三昧門如先說疾得者福德因緣故心柔輭行深般若波羅蜜故智慧心利以是故疾得如上說五功德故疾得所生處常值諸佛者是菩薩除諸佛母般若波羅蜜其餘一切衆事皆不愛著以是故在所生處常值諸佛如人常喜鬬諍生還活地獄復執刀杖共相加害婬欲多故常受胞胎又作婬鳥瞋恚多故還生毒獸蛇虺之屬愚癡多者如燈蛾赴火地中隱蟲等是諸菩薩愛敬

於佛及實相般若波羅蜜及修念佛三昧業故所生處常值諸佛復次如先菩薩願見諸佛中說終不離見佛者又人雖一世見佛更不復值如毗婆尸佛時王師婆羅門雖見佛及僧而惡口毀呰言此人等如畜生不别好人見我不起以是罪故經九十一刼墮畜生中復次深念佛故終不離佛世世善修念佛三昧故不失菩薩心故作不離佛願願生在佛世故種值佛業因緣常相續不斷故乃至阿耨多羅三藐三菩提終不離見佛問曰此是果報事云何說與般若波羅蜜相應答曰般若波羅蜜相應故值佛或時果中說因故相應有二種一者心相應二者應菩薩行所謂生好處值遇諸佛常聞法正憶念是名相應

【經】復次舍利弗菩薩摩訶薩行般若波羅蜜時不作是念有法與法若合若不合若等若不等何以故是菩薩摩訶薩不見法與餘法若合若不合若等若不等舍利弗菩薩摩訶薩如是習應是名與般若波羅蜜相應

【論】釋曰一切法無有法與法共合者何以故諸法無少分合故譬如二指有四方其一方合三方不合不合多故何以不名爲不合問曰以有合處故名爲合云何言不合答曰合處不爲指是指分但是指分更無指法以二指相近故假名爲合更無合法復次色香味觸總名爲指但觸有合力餘三無合以是故不得言指合復次如異類同處不名爲合相各異故諸法亦爾地相地中水相水中火相火中如是性異不名爲合以是故言無有法

與法合無合故亦無不合等者一切法一相故名等以皆是有相皆是無常相皆是苦相皆是空無我相皆是不生不滅相事無異故名爲等不等者各各别相故如色相無色相堅相濕相如是等各異不同是名不等菩薩不見等與不等何以故一切法無故自性空故無法無法故不可見不可見故無等不等等與合是習相應不合不等是不相應問曰何以不說相應竟然後讚歎答曰聽者猒懈是故佛讚歎果報功德聞者心得悅樂故

經復次舍利弗菩薩摩訶薩行般若波羅蜜不作是念我當疾得法性若不得何以故法性非得相故舍利弗菩薩摩訶薩如是習應是名與般若波羅蜜相應

論釋曰法性者諸法實相除心中無明諸結使以清淨實觀得諸法本性名爲法性性名眞實以衆生邪觀故縛正觀故解菩薩不作是念我疾得法性何以故法性無相無有遠近亦不言我久久當得何以故法性無遲無久法性義如如法性實際義中說

經復次舍利弗菩薩摩訶薩行般若波羅蜜時不見有法出法性者如是習應是名與般若波羅蜜相應

論釋曰無明等諸煩惱入一切法中故失諸法自性自性失故皆邪曲不正聖人除却無明等諸法實性還得明顯譬如陰雲覆虚空清淨性除陰雲則虚空清淨性現若有法無明不入者是則出於法性但是事不然無有法出無明者是故菩薩不見是法出法性者譬如衆流皆歸於海如粟散小王皆屬轉輪

聖王如衆小明皆屬於日

經復次舍利弗菩薩摩訶薩行般若波羅蜜時不作是念法性分別諸法如是習應是名與般若波羅蜜相應

論問曰何以故不作是念法性分別諸法答曰爲著法性貴於法性以是因緣生諸結使是故不作是念問曰若法性空一相無相云何分別諸法答曰得是法性滅無明等諸煩惱破諸法實相者然後心清淨智慧明了知諸法實隨法性者爲善不隨法性者爲不善如婆蹉梵志問佛世尊天地間有善惡好醜不佛言有婆蹉言我久歸命佛願爲我善說佛言有三種惡三種善十種惡十種善所謂貪欲是惡除貪是善瞋恚愚癡是惡除恚癡是善殺生是惡除殺生是善乃至邪見是惡除邪見是善能如實分別善惡是我弟子入於法性名爲得道

經復次舍利弗菩薩摩訶薩行般若波羅蜜時不作是念是法能得法性若不得何以故是菩薩不見用是法能得法性若不得舍利弗菩薩摩訶薩如是習應是名與般若波羅蜜相應

論釋曰云何得法性行入聖道分得諸法實相所謂涅槃是名得法性復次性名諸法實相法名般若波羅蜜菩薩不作是念行般若波羅蜜得是諸法性何以故般若波羅蜜及諸法性是二法無有異皆畢竟空故云何以般若波羅蜜得達法性

經復次舍利弗菩薩摩訶薩行般若波羅蜜時法性不與空合空不與法性合如是習應

是名與般若波羅蜜相應

論釋曰菩薩不觀法性是空不觀空是法性行空得法性緣法性得空以是故無異所以者何是二畢竟空故

經復次舍利弗菩薩摩訶薩行般若波羅蜜時眼界不與空合空不與眼界合色界不與空合空不與色界合眼識界不與空合空不與眼識界合乃至意界不與空合空不與意界合法界不與空合空不與法界合意識界不與空合空不與意識界合是故舍利弗是空相應名爲第一相應

論釋曰眼界不與空合空不與眼界合者眼是有空是無空有云何合復次菩薩種種因緣分別散滅是眼眼則空空無眼名因本故有眼空空亦無分別是眼空是非眼空是則眼不與空合又空不從眼因緣生何以故是二法本自空故乃至意識界亦如是問曰此中何以不說五衆等諸法但說十八界答曰應說或時誦寫者忘失復有人言若說十八界則攝一切法有衆生於心色中錯心法中不錯應聞十八界得度是故但說十八界問曰何以名爲第一習相應答曰空是十方諸佛深奥之藏唯一涅槃門更無餘門能破諸邪見戲論是相應不可壞不可破是故名爲第一

經復次佛自說第一因緣所謂舍利弗空行菩薩摩訶薩不墮聲聞辟支佛地能淨佛土成就衆生疾得阿耨多羅三藐三菩提舍利弗諸相應中般若波羅蜜相應爲最第一最尊最勝最妙爲無有上何以故是菩薩摩訶

薩行般若波羅蜜相應所謂空無相無作當知是菩薩如受記無異若近受記舍利弗菩薩摩訶薩如是相應者能爲無量阿僧祇衆生作益厚是菩薩摩訶薩亦不作是念我與般若波羅蜜相應諸佛當授我記我當近受記我當淨佛土我得阿耨多羅三藐三菩提當轉法輪何以故是菩薩摩訶薩不見有法出法性亦不見是法行般若波羅蜜亦不見是法諸佛授記亦不見有法得阿耨多羅三藐三菩提何以故菩薩摩訶薩行般若波羅蜜時不生我相衆生相乃至知者見者相何以故衆生畢竟不生不滅故衆生無有生無有滅若無有法生相滅相云何有法當行般若波羅蜜如是舍利弗菩薩摩訶薩不見衆生故爲行般若波羅蜜衆生不受故衆生空

故衆生不可得故衆生離故爲行般若波羅蜜舍利弗菩薩摩訶薩於諸相應中爲最第一相應所謂空相應是空相應勝餘相應菩薩摩訶薩如是習空能生大慈大悲菩薩摩訶薩習是相應不生慳心不生犯戒心不生瞋心不生懈怠心不生亂心不生無智心

論釋曰不墮聲聞辟支佛地者空相應有二種一者但空二者不可得空但行空墮聲聞辟支佛地行不可得空空亦不可得則無處可墮復有二種空一者無方便空墮二地二者有方便空則無所墮直至阿耨多羅三藐三菩提復次本有深悲心入空則不墮無大悲心則墮如是等因緣不墮二地能淨佛世界成就衆生者菩薩住是空相應中無所復礙教化衆生令行十善道及諸善法以衆生

行善法因緣故佛土清淨以不殺生故壽命長以不劫不盜故佛土豐樂應念則至如是等衆生行善法則佛土莊嚴問曰教化衆生則佛土淨何以別說答曰衆生雖行善要須菩薩行願迴向方便力因緣故佛土清淨如牛力挽車要須御者乃得到所至處以是故別說疾得者行是空相應無有障礙則能疾得阿耨多羅三藐三菩提問曰先說空相應今說般若波羅審相應後說無相無作相應有何差別答曰有二種空一者般若空二者非般若空先言空相應聽者疑謂一切空故說是般若波羅蜜空復有人疑但言空第一無相無作非第一耶是故說空無相無作相應而是第一何以故空則是無相若無相則是無作如是爲一名字爲別最上故言尊破

有故言勝得是相應不復樂餘是爲最妙如一切衆生中佛爲無上一切法中涅槃無上一切有爲法中善法習相應爲無上餘義如讚般若品中說問曰若能行如是空相應便應受記云何言如受記無異若近受記答曰是菩薩新行道肉身未得無生法忍未得般舟三昧但以智慧力故能如是分別深入空佛讚其入空功德故言如受記無異有三種菩薩得受記者如受記者近受記者得受記者如阿毗跋致品中說二種如此中說問曰如此說相應第一無上云何不與受記答曰餘功德方便禪定等未集但有智慧是故未與受記復次是菩薩雖復利根智慧餘功德未熟故聞現前受記或生憍慢是故未與受記所以讚歎者欲以勸進其心利根者行是

空相應如受記無異鈍根者行是空相應若近受記令衆生常安隱得涅槃是名利益復有二種利益一者離苦二者與樂復有二種滅衆生身苦心苦復有三種天樂人樂涅槃樂復有三種離三界入三乘如是菩薩摩訶薩無量阿僧祇利益衆生衆生義如先說世人有大功勳則生憍心求其報賞以求報故則爲不淨菩薩則不然雖與般若波羅蜜相應利益無量衆生無我心無憍慢故不求功報如地雖利物功重不求其報以是故說是菩薩不作是念我與般若相應諸佛當授我記若近受記我當淨佛土得無上道轉法輪法輪義如先說問曰何等法出法性答曰此中佛說所謂行般若波羅蜜者行般若波羅蜜者即是菩薩知者見者即是衆生法性中

衆生變爲法性以是故菩薩自不生高心不從衆生求恩分不見諸佛與受記如菩薩空佛亦如是如行者空得阿耨多羅三藐三菩提者亦空何以故佛自說菩薩摩訶薩行般若波羅蜜不生衆生相乃至知者見者相菩薩行般若波羅蜜尚不生法相何況衆生相何以故佛自說因縁是衆生畢竟不生不生故不滅若法不生不滅即是法性相法性即是般若波羅蜜云何般若波羅蜜行般若波羅蜜菩薩不受衆生者不受神但有虛妄計我衆生空者衆生法無所有故衆生不可得者以實智求索不可得故衆生離者一切法自相離故一切離自相者如火離熱相等如相空中廣說第一相應勝餘相應如上說菩薩行是衆生空法空深入空相應憶本願度

衆生見衆生狂惑顛倒於空事中種種生著即生大悲心我雖知是事餘者不知以教化故生大慈大悲亦能常不生破六波羅蜜法所以者何初發心菩薩行六波羅蜜以六惡雜行故六波羅蜜不增長不增長故不疾得道今知諸法相拔是六惡法根本所以者何菩薩知布施爲善慳心不善能墮餓鬼貧窮中知慳貪如是自惜其身著世間樂故還生慳心是菩薩輕物能施重物不能外物能內物不能以著我著受者以取相著財物以是故破檀波羅蜜雖有所施而不清淨是菩薩行空相應故不見我亦不見世間樂云何生著而破檀波羅蜜問曰若不見我不見世間樂故不破亦應不見檀云何行布施答曰是菩薩雖不見布施以清淨空心布施作是念是布施空無所有衆生須故施與如小兒以土爲金銀長者則不見是金銀便隨意與竟無所與餘五法亦如是以是故雖同空破慳而不破檀舍利弗菩薩摩訶薩住是空相應中能常不生是六惡心

大智度論卷第三十七

音釋

蒔（音侍植也）　餽（詡鬼切𩟔也）

大智度論卷第三十八

龍樹菩薩造

姚秦三藏法師鳩摩羅什譯

釋往生品第四之一

【經】舍利弗白佛言世尊菩薩摩訶薩行般若波羅蜜能如是習相應者從何處終來生此間從此間終當生何處佛告舍利弗是菩薩摩訶薩行般若波羅蜜能如是習相應者或從他方佛國來生此間或從兜率天上來生此間或從人道中來生此間舍利弗從他方佛國來者疾與般若波羅蜜相應與般若波羅蜜相應故捨身來生此間諸深妙法皆現在前後還與般若波羅蜜相應在所生處常值諸佛舍利弗有一生補處菩薩兜率天上終來生是間是菩薩不失六波羅蜜隨所生處一切陀羅尼門諸三昧門疾現在前舍利弗有菩薩人中命終還生人中者除阿毗跋致是菩薩根鈍不能疾與般若波羅蜜相應諸陀羅尼門三昧門不能疾現在前

【論】問曰是般若波羅蜜中衆生畢竟不可得如上品說舍利弗知一切衆生不可得壽者命者乃至知者見者等衆生諸異名字皆空無實此何以問從何所來去至何所止衆生異名即是菩薩衆生無故菩薩亦無又此經中說菩薩但有名字無有實法今舍利弗何以作此問答曰佛法中有二諦一者世諦二者第一義諦爲世諦故說有衆生爲第一義諦故說衆生無所有復有二種有知名字相有不知名字相譬如軍立密號有知者有不知者復有二種有初習行有久習行有著者

有不著者有知他意有不知他意者雖有言辭知其寄言以宣理也爲不知名字相初習行著者不知他意者故說無衆生爲知名字相久習行不著知他意者故說言有衆生舍利弗以天眼明見六道衆生生死善惡於此無疑但不知從他方無量阿僧祇世界諸菩薩來者故問有諸大菩薩從此間終生他方無量阿僧祇佛國舍利弗天眼所不見故問復次有聲聞人見菩薩行六波羅蜜久住生死中漏未盡故集種種智慧內外經書而不證實際未免生老病死愍而輕之言此等命終以三毒未盡故當墮何處如佛說諸凡夫人常開三惡道門於三善道爲客於三惡處爲家三毒力強過去世無量劫罪業積集而不取涅槃將受衆苦甚可愍之如是等小乘人輕愍是菩薩舍利弗於一切聲聞中爲第一大法將知有是事欲令衆生起敬心於菩薩故問佛以三事答一從他方佛國來生二從兜率天上來三從人道中來問曰如從他方佛國來者以遠故舍利弗不知兜率天上人道中來者何以不知答曰舍利弗不知他方佛國來者故問佛爲如所應分別答有三處來問曰世間有六道何以故於天中分別說兜率天來人道中不分別處所他方佛國來者亦不分別天道人道答曰六趣中三是惡道惡道中來受苦因緣心鈍故不任得道是故不說問曰三惡道中來亦有得道者如舍利弗大弟子牛足比丘五百世牛中生末後得人身足猶似牛而得阿羅漢道復有摩偷婆尸他比丘五百世生獼猴中末後得人身得三明六神

通阿羅漢猶好跳擲以有餘習故如是等皆得道何以言不任答曰雖有得者少不足言又此人先世深種涅槃善根小有謬錯故墮惡道中償罪既畢涅槃善根熟故得成道果此中不說聲聞道但爲得阿耨多羅三藐三菩提前身後身次第譬如從垢心起不得次第入無漏中間必有善有漏心以無漏心貴故言於三惡道出不任得道次第得阿耨多羅三藐三菩提心天人阿脩羅則不然下三天結使利而深上二天結使深而不利兜率天結使不深不利所以者何常有菩薩說法故是故不說餘處或有少故不說色界諸天得道者不復來下未得道者樂著禪味故不下以著味故智慧亦鈍是故不說阿脩羅同下二天故不說他方佛國來者從諸佛前來

生是間諸根猛利所以者何除無量阿僧祇劫罪故又遇諸佛隨心教導故如刀得好石則利又常聞誦正憶念般若波羅蜜故利如是等因緣則菩薩心利人中來者此間佛弟子聽般若波羅蜜集諸功德捨身還生是間於異國土雖無有佛值遇佛法聽受書寫正憶念隨力多少修福德智慧是人諸根雖鈍堪受般若波羅蜜以不見現在佛故心鈍他方佛國來者利根故修行般若波羅蜜疾得相應以相應故常值諸佛值佛因緣如先說問曰兜率天上何以但說一生補處不說二生三生答曰人身罪結煩惱處所唯大菩薩處之則無染累如鵝入水水不令濕如是菩薩一切世間法所不能著所以者何佛自說因緣不失六波羅蜜諸陀羅尼門諸三昧門

疾現在前是菩薩於是世界應利益衆生其餘菩薩分布十方譬如大智慧人已在一處其餘大智則至異處是故不說復次有人言但說大者不限於小復次餘天中來生者餘處當廣說人中死人中生者不如上二處何以故以人身地大多故身重心鈍以心心數法隨身强弱故又諸業結使因緣生故彼二處來者是法身菩薩變身無量以度衆生故來生是間人道中者皆是肉身問曰阿毗跋致菩薩不以結業受身何以人道中說答曰來生此間得阿毗跋致未捨肉身故以鈍根故諸陀羅尼三昧門不疾現在前不疾現在前故不疾與般若相應

【經】舍利弗汝所問菩薩摩訶薩與般若波羅蜜相應從此間終當生何處者舍利弗此菩薩摩訶薩從一佛國至一佛國常值諸佛終不離佛舍利弗有菩薩摩訶薩不以方便入初禪乃至第四禪亦行六波羅蜜是菩薩摩訶薩得禪故生長壽天隨彼壽終來生是間得人身值諸佛是菩薩諸根不利舍利弗有菩薩摩訶薩入初禪乃至第四禪亦行般若波羅蜜不以方便故捨諸禪生欲界是菩薩諸根亦鈍舍利弗有菩薩摩訶薩入初禪乃至第四禪入慈心乃至捨入虛空處乃至非有想非無想處修四念處乃至八聖道分行十力乃至大慈大悲是菩薩用方便力不隨禪生不隨無量心生不隨四無色定生在所有佛處於中生常不離般若波羅蜜行如是菩薩賢劫中當得阿耨多羅三藐三菩提

【論】問曰舍利弗合問前世後世佛何以故前

世中三種答後世中廣分別答曰人以肉眼不見過去未來故而生邪疑雖疑二處而未來世當受故廣分別譬如已滅之火不復求救但多方便防未來火又如治病已滅之病不復加治但治將生之病復次佛無量辯才自恣舍利弗所問雖少佛廣為其說如問與般若波羅蜜相應一事而佛種種分別如貧者從大富好施者乞所乞雖少所與甚多佛亦如是有無量無漏佛法具足之富以大慈悲好行施惠因舍利弗少問故佛為大衆廣分別說復次是般若波羅蜜中種種因緣譬喻多說空法有新發意者取空相著是空法於生死業因緣中生疑若一切法畢竟空無來無去無出無入相云何死而有生現在眼見法尚不應有何況死後餘處生不可見而

有如是等種種邪疑顛倒心為斷是故佛種種因緣廣說有死有生問曰無有死生因緣何以故人死歸滅滅有三種一者火燒為灰二者蟲食為糞三者終歸於土今但見其滅不見更有出者受於後身以不見故則知為無答曰若汝謂身滅便無者云何有衆生先世所習憂喜怖畏等如小兒生時或啼或笑先習憂喜故今無人教而憂喜續生又如犢子生知趣乳猪羊之屬其生未幾便知有牝牡之合子同父母好醜貧富聰明闇鈍各各不同若無先世因緣者不應有異如是等種種因緣知有後世又汝先言不見別有去者人身中非獨眼根能見身中六情各有所知有法可聞可嗅可味可觸可知者可聞法尚不可見何況可知者有生有死法亦可見亦

可知汝肉眼故不見天眼者了了能見如見人從一房出入一房捨此身至後身亦如是若肉眼能見者何用求天眼若爾者天眼肉眼愚聖無異汝以畜生同見何能見後世可知者如人死生雖無來去者而煩惱不盡故於身情意相續更生身情意身情意造業亦不至後世而從是因緣更生受後世果報譬如乳中著毒乳變爲酪酪變爲酥乳非酪酥酪酥非乳乳酪雖變而皆有毒此身亦如是今世五衆因緣故更生後世五衆行業相續不異故而受果報又如冬木雖未有華葉果實得時節會則次第而出如是因緣故知有死生復次現世有知宿命者如人夢行疲極睡卧覺已憶所經由又一切聖人內外經書皆說後世復次現世不善法動發過重生瞋恚嫉妬疑悔內惱故身則枯悴顏色不悅惡不善法受害如是何況起身業口業若生善法淨信業因緣心清淨得如實智慧心則歡悅身得輕軟顏色和悅以有苦樂因緣故有善不善今定有善不善故當知必有後世但衆生肉眼不見智慧薄故而生邪疑雖修福事所作淺薄譬如藥師爲王療病王密爲起宅而藥師不知既歸見之乃悔不加意盡力治王復次聖人說今現在事實可信故說後世事亦皆可信如人夜行險道導師授手知可信故則便隨逐比智及聖人語可知定有後世汝以肉眼重罪比智薄故又無天眼既自無智又不信聖語云何得知後世復次佛法中諸法畢竟空而亦不斷滅生死雖相續亦不是常無量阿僧祇劫業因緣雖過去亦

能生果報而不滅是爲微妙難知若諸法都空者此品中不應説徃生何有智者前後相違若死生相實有云何言諸法畢竟空但爲除諸法中受著邪見顛倒故説畢竟空不爲破後世故説汝無天眼故疑後世欲自陷罪惡遮是罪業因緣故説種種徃生佛法不著有不著無有無亦不著非有非無亦不著不著亦不著如是人則不容難譬如以刀斫空終無所傷爲衆生故隨緣説法自無所著以是故中論中説

一切諸法實　一切法虚妄　諸法實亦虚
非實亦非虚　涅槃際爲眞　世間際亦眞
涅槃世無別　小異不可得

是爲畢竟空相畢竟空不遮生死業因緣是故説徃生問曰若般若波羅蜜一相所謂無相云何與般若相應從一佛國至一佛國常值諸佛答曰般若波羅蜜攝一切法譬如大海以是故不應作難復次汝自説般若波羅蜜一相無相若無相云何有難汝則無相中取相是事不然復次因般若波羅蜜故行念佛三昧等諸善法生值諸佛復次行般若波羅蜜者深入大悲如慈父見子爲無所直物故死父甚愍之此兒但爲虚誑故死諸佛亦如是知諸法畢竟空不可得而衆生不知衆生不知故於空法中染著著因緣故墮大地獄是故深入大悲以大慈悲因緣故得無量福德得無量福德故生值諸佛從一佛國至一佛國是菩薩從此死彼間生彼間死復至彼間生如是乃至得佛終不離佛譬如有福之人從一大會至一大會或有是間死彼間

生於彼以五神通力故從一佛國至一佛國供養諸佛度脱衆生是初菩薩佛國者十方如恒河沙等諸三千大千世界是名一佛土諸佛神力雖能普徧自在無礙衆生度者有局諸佛現在者佛現在其佛國土中者第二菩薩無方便入初禪乃至行六波羅蜜無方便者入初禪時不念衆生住時起時亦不念衆生但著禪味不能與初禪和合行般若波羅蜜是菩薩慈悲心薄故功德薄少功德薄少故爲初禪果報所牽生長壽天復次不能以初禪福德與衆生共迴向阿耨多羅三藐三菩提如是等無量無方便義長壽天者非有想非無想處壽八萬大劫或有人言一切無色定通名長壽天以無形不可化故不任得道常是凡夫處故或說無想天名爲長壽亦不任得道故或說從初禪至四禪除淨居天皆名長壽以著味邪見不能受道者還生人間值佛者以本發阿耨多羅三藐三菩提心故或於禪中集諸福德所以者何彼間著味善心難生故如經中說如佛問比丘甲頭土多地上土多諸比丘言地上甚多不可爲喻佛言天上命終還生人中者如甲頭土墮地獄者如地土問曰鈍根者二十二根中何者是答曰有人言慧根能觀諸法以久受著禪味故鈍有人言信等五根皆助成道法以受報著味故鈍有人言菩薩清淨福德智慧因緣故十八根皆利罪故則鈍眼等六根如法華經說命根不爲老病貧窮等所惱安隱受樂是爲命根利樂等五根了了覺知故言利復次受樂時知樂無常等過隨逐不生貪

欲故利餘受亦如是信根牢堅深固難事能信故言利亦應如是隨相分別男根淨者得陰藏相不著細滑故知欲爲過是爲利復次三善根利故名爲利菩薩或時於三無漏根不證實際故利與利相違故鈍問曰第三菩薩若能捨禪云何言無方便答曰是菩薩命終時入不善心捨諸禪定方便菩薩若入欲界繫善心若無記心而捨諸禪入慈悲心憐愍衆生作是念我若隨禪定生不能廣利益衆生生欲界者有十處四天下人六欲天三惡道菩薩所不生鈍根者如第二菩薩說第四菩薩入位得菩薩道修三十七品能住十八空乃至大慈大悲此名方便上二菩薩但有禪定直行六波羅蜜以是故無方便第四菩薩方便力故不隨禪定無量心生所以者何行四念處乃至大慈大悲故命終時憐愍衆生願生他方現在佛國續與般若波羅蜜相應所以者何愛樂隨順般若波羅蜜故問曰此是何等菩薩答曰佛自說颰陀劫中菩薩或有非颰陀劫中菩薩但取其大者問曰云何名颰陀云何名劫答曰如經說有一比丘問佛言世尊幾許名劫佛告比丘我雖能說汝不能知當以譬喻可解有方百由旬城溢滿芥子有長壽人過百歲持一芥子去芥子都盡劫猶不儩又如方百由旬石有人百歲持迦尸輕軟氎衣一來拂之石盡劫猶不儩時中最小者六十念中之一念大時名劫劫有二種一爲大劫二爲小劫大劫者如上譬喻劫欲盡時衆生自然心樂遠離樂遠離故除五蓋入初禪是人離生喜樂從是起已

舉聲大唱言諸衆生甚可惡者是五欲第一安隱者是初禪衆生聞是唱已一切衆生心皆自然遠離五欲入於初禪自然滅覺觀入第二禪亦如是唱或離二禪三禪亦如是三惡道衆生自然得善心命終皆生人中若重罪者生他方地獄如泥犂品中說是時三千大千世界無一衆生在者爾時二日出乃至七日出三千大千世界地盡皆燒盡如十八空中廣說劫生滅相復有人言四大中三大有所動作故有三種劫或時火劫起燒三千大千世界乃至初禪四處或時水劫起漂壞三千大千世界乃至二禪八處或時風劫起吹壞三千大千世界乃至三禪十二住處是名大劫小劫亦三種外三大發世界滅内三毒發故衆生滅所謂飢餓刀兵疾病復有人言時節歲數名爲小劫如法華經中說舍利弗作佛時正法住二十小劫像法住二十小劫佛從三昧起於六十小劫中說法華經是衆小劫和合名爲大劫劫簸秦言分別時節颰陀者秦言善有千萬劫過去空無有佛是一劫中有千佛興諸淨居天歡喜故名爲善劫淨居天何以知此劫當有千佛前劫盡已廓然都空後有大水水底涌出有千枚七寶光明蓮華是千佛之相淨居諸天因是知有千佛以是故說是菩薩於此劫中得阿耨多羅三藐三菩提

【經】舍利弗有菩薩摩訶薩入初禪乃至第四禪入慈心乃至捨入空處乃至非有想非無想處以方便力不隨禪生還生欲界刹利大姓婆羅門大姓居士大家成就衆生故

論問曰菩薩有二種一者隨業生二者得法性身爲度衆生故種種變化身生三界具佛功德度脱衆生故二身之中今是何者答曰是菩薩是業因緣生身所以者何入諸禪方便力故不隨禪生法身菩薩變化自在則不大須方便入禪方便義先已説問曰若不隨禪定何以生於欲界不生他方清淨世界答曰諸菩薩行各各不同或有菩薩於禪轉心生他方佛國菩薩迴心生欲界亦如是問曰生他方佛國者爲是欲界非欲界答曰他方佛國雜惡不淨者則名欲界若清淨者則無三惡道三毒乃至無三毒之名亦無二乘之名亦無女人一切人皆有三十二相無量光明常照世間一念之頃作無量身到無量如恒河沙等世界度無量阿僧祇衆生還來本處如是世界在地上故不名色界無欲故不名欲界有形色故不名無色界諸大菩薩福德清淨業因緣故别得清淨世界出於三界或有以大慈大悲心憐愍衆生故生此欲界問曰若命終時捨此禪定初何以求學答曰欲界心狂不定爲柔輭攝心故入禪命終時爲度衆生起欲界心問曰若生人中何以故正生刹利等大家不生餘處答曰生刹利爲有勢力生婆羅門家爲有智慧生居士家爲大富故能利益衆生貧窮中自不能利何能益人生欲界天次當説

經舍利弗復有菩薩摩訶薩入初禪乃至第四禪入慈心乃至捨入空處乃至非有想非無想處以方便力故不隨禪生或生四天王天處或生三十三天夜摩天兜率陀天化樂

天他化自在天於是中成就衆生亦淨佛世界常值諸佛

【論】是義同上生天爲異問曰欲界諸天情著五欲難可化度菩薩何以生彼而不生人中答曰諸天著心雖大菩薩方便力亦大如説三十三天上有須浮摩樹林天中聖天猒捨五欲在中止住化度諸天兜率天上恒有一生補處諸菩薩常得聞法密迹金剛力士亦在四天王天上如是等教化諸天

【經】復次舍利弗有菩薩摩訶薩行般若波羅蜜以方便力入初禪此間命終生梵天處作梵天王從梵天處遊一佛國至一佛國在所有諸佛得阿耨多羅三藐三菩提未轉法輪者勸請令轉

【論】問曰若隨初禪生有何方便答曰雖生而不著味念佛道憶本願入慈心念佛三昧與禪和合故名爲方便問曰何以故作梵王答曰菩薩集福德因緣大故世世常爲物主乃至生鹿中亦爲其王復次是菩薩本願欲請佛轉法輪不應作散天或時此中三千大千世界無佛從一佛國至一佛國求覓初成佛未轉法輪者所以者何梵天王法常應勸請諸佛轉法輪故

【經】舍利弗有菩薩摩訶薩一生補處行般若波羅蜜以方便力入初禪乃至第四禪入慈心乃至捨入空處乃至非有想非無想處修四念處乃至八聖道分入空三昧無相無作三昧不隨禪生生有佛處修梵行若生兜術天上隨其壽終具足善根不失正念以無數百千億萬諸天圍遶恭敬來生此間得阿耨

多羅三藐三菩提

論問曰是一生菩薩在十住地已具足諸功德今何以修習諸行答曰心未入涅槃要有所行所謂四禪乃至三三昧復次是菩薩於天人中示行人法修行求道復次是菩薩雖在十住地猶有煩惱習在又於諸法猶有所不知是故修行復次是菩薩雖行深行三十七品三解脱門等猶未取證今爲證故更修諸行復次雖是大菩薩於佛猶小譬如大聚火雖有所照於日則不現如放鉢經中彌勒菩薩語文殊尸利如我後身復作佛如恒河沙等文殊尸利不知我舉足下足事以是故雖在十住猶應修行問曰一生菩薩何以不廣度衆生而要生佛前答曰於菩薩所度已多今垂欲成佛應在佛前所以者何非但度

衆生得成佛諸佛深法應當聽聞故問曰若爲諮問佛事故在佛前者何以故釋迦文佛作菩薩時在迦葉佛前惡口毁呰答曰是事先已説法身菩薩種種變化身以度衆生或時行人法有飢渴寒熱老病憎愛瞋喜讃歎訶罵等除諸重罪餘者皆行是釋迦文菩薩爾時爲迦葉佛弟名鬱多羅兄智慧熟不好多語弟智慧未備故多好論議時人謂弟爲勝兄後出家得成佛道號名迦葉弟爲閻浮提王訖梨机師有五百弟子以婆羅門書教授諸婆羅門諸婆羅門等不好佛法爾時有一陶師名難陀婆羅迦葉佛五戒弟子得三道與王師鬱多羅爲善友以其心善淨信故爾時鬱多羅乘金車駕四白馬與弟子俱出城門難提婆羅於路相逢鬱多羅問言從何

所來答言汝兄得阿耨多羅三藐三菩提我供養還汝可共行覲見於佛故來相迎欝多羅作是念若我徑到佛所我諸弟子當生疑怪汝本論議智慧恒勝今往供養將是親屬愛故必不隨我恐破其見佛因緣故住諸法實相智中入無上方便慧度衆弟子故口出惡言此禿頭人何能得菩提道爾時難提婆羅善友爲如瞋狀捉頭挽言汝不得止欝多羅語弟子言其事如是吾不得止即時師徒俱行詣佛見佛光相心即清淨前禮佛足在一面坐佛爲隨意說法欝多羅得無量陀羅尼門諸三昧門皆開五百弟子還發阿耨多羅三藐三菩提心欝多羅從座起白佛言願佛聽我出家作比丘佛言善來即成沙門以是方便故現出惡言非是實也虛空可破水

可作火火可作水一生菩薩於凡人中瞋心叵得何況於佛問曰若爾者佛何以受第八罪報六年苦行答曰小乘法與大乘法異若無異者不應有大小小乘法中不說法身菩薩祕奥深法無量不可思議神力多說斷結使直取涅槃法復次若佛不受是第八罪報有諸天神仙龍鬼諸長壽者見有此惡業而不受罪報謂爲無業報因緣以是故雖現作惡業亦受罪報又有今世因緣諸外道等信著苦行若佛不六年苦行則人不信言是王子慣樂不能苦行以是故佛六年苦行有外道苦行者或三月半歲一歲無能六年日食一麻一米者諸外道謂此爲苦行之極是人若無道眞無道也於是信受皆入正道以是二因緣故六年苦行非實罪也何以故諸佛

斷一切不善成就一切善法故佛若實受罪報不得言成一切善法斷一切不善法復次小乘法中佛爲小心衆生故說一生菩薩猶惡口毀佛一生菩薩尚不罵小兒云何實毀佛皆是方便爲衆生故何以知之是釋迦文佛毗婆尸佛時作大婆羅門見佛衆僧食疾而發是言如是人輩應食馬麥因此罪故墮黑繩等地獄受無量世苦已餘罪因緣雖成佛道而三月食馬麥又聲聞法中說佛過三阿僧祇劫常爲男子常生貴處常不失諸根常識宿命常不墮三惡道中從毗婆尸佛來九十一劫如汝法九十一劫中不應墮惡道何況末後一劫以是故知非是實也方便故說二罪問曰佛二罪毗尼雜藏中說是可信受三阿僧祇後百劫不墮惡道者從初阿僧祇亦不應墮惡道若不墮者何以但說百劫佛無是說但是阿毗曇鞞婆沙論議師說答曰阿毗曇是佛說汝聲聞人隨阿毗曇論議是名鞞婆沙不應有錯又如薄拘盧以一訶梨勒果施僧於九十一劫中不墮惡道何況菩薩無量世來以身布施修諸功德而以小罪因緣墮在地獄如是事鞞婆沙不應錯以是故小乘人不知菩薩方便復次聽汝鞞婆沙不錯佛自說菩薩本起菩薩初生時行七步口自說言我所以生者爲度衆生故言已默然乳哺三年不行不語漸次長大行語如法一切嬰孩小時未能行語漸次長大能具人法今云何菩薩初生能行能語後便不能語當知是方便力故若受是方便一切佛語皆得通若不受者一實一虛如是種種因緣

知爲度衆生故現行惡口問曰一生菩薩何以但生兜率天上不生餘處答曰若在他方世界來者諸長壽天龍鬼神求其來處不能知則生疑心謂爲幻化若在人中死人中生然後作佛者人起輕慢天則不信法應天來化人不應人化天也是故天上來生則是從天爲人人則敬信無色界中無形不得說法故不在中生色界中雖有色身可爲說法而深著禪味不能大利益衆生故是故不在中生下三欲天深厚結使麤心錯亂上二天結使既厚心濡不利兜率天上結使薄心濡利常是菩薩住處譬如太子將登王位先於靜室七日齋潔然後登正殿受王位補處菩薩亦如是兜率天上如齋處於彼末受天樂壽終後來下末後受人樂便成阿毗三佛無量百千萬億諸天圍遶來生是間以菩薩先常於無始生死中往反天上人間今是末後天身不復更來生天是故咸皆侍送菩薩於彼壽盡當下作佛諸天壽有盡者不盡者作願下生爲菩薩檀越復次諸天下者欲常侍衛菩薩以有百億魔怨恐來惱亂菩薩故此菩薩生人中猒老病死出家得阿耨多羅三藐三菩提如菩薩本起經中說

【經】復次舍利弗有菩薩摩訶薩得六神通不生欲界色界無色界從一佛國至一佛國供養恭敬尊重讚歎諸佛舍利弗有菩薩摩訶薩遊戲神通從一佛國至一佛國所至到處無有聲聞辟支佛乘乃至無二乘之名舍利弗有菩薩摩訶薩遊戲神通從一佛國至一佛國所至到處其壽無量舍利弗有菩薩摩

訶薩遊戲神通從一國土至一國土所至到處有無佛法僧處讃佛法僧功德諸衆生等聞佛法名僧名故於此命終生諸佛前

論釋曰菩薩有二種一者生身菩薩二者法身菩薩一者斷結使二者不斷結使法身菩薩斷結使得六神通生身菩薩不斷結使或離欲得五神通得六神通者不生三界遊諸世界供養十方諸佛遊戲神通者到十方世界度衆生雨七寶所至世界皆一乘清淨壽無量阿僧祇劫問曰菩薩法應度衆生何以但至清淨無量壽佛世界中答曰菩薩有二種一者有慈悲心多爲衆生二者多集諸佛功德樂多集諸佛功德者至一乘清淨無量壽世界好多爲衆生者至無佛法衆處讃歎三寶之音如後章說

經舍利弗有菩薩摩訶薩初發意時得初禪乃至第四禪得四無量心得四無色定修四念處乃至十八不共法是菩薩不生欲界色界無色界中常生有益衆生之處

論釋曰此菩薩或生無佛世界或生有佛世界世界不淨有三惡道貧窮下劣或生清淨世界至無佛世界以十善道四禪乃至四無色定利益衆生令信向三寶稱說五戒及出家戒令得禪定智慧功德不清淨世界有二種有現在佛及佛滅度後佛滅度後或時出家或時在家以財施法施種種利益衆生若佛在世作種種因緣引導衆生令至佛所清淨世界者衆生未具功德者令其滿足是名在所生處利益衆生

經舍利弗有菩薩摩訶薩初發意時行六波

羅蜜入菩薩位得阿毗跋致地舍利弗有菩薩摩訶薩初發心時便得阿耨多羅三藐三菩提便轉法輪與無量阿僧祇衆生作益厚已入無餘涅槃是佛般涅槃後餘法若住一劫若減一劫舍利弗有菩薩摩訶薩初發意時與般若波羅蜜相應與無數百千億菩薩從一佛國至一佛國淨佛世界

論釋曰有三種菩薩利根心堅未發心前久來集諸無量福德智慧是人遇佛聞是大乘法發阿耨多羅三藐三菩提心即時行六波羅蜜入菩薩位得阿鞞跋致地所以者何先集無量福德利根心堅從佛聞法故譬如遠行或有乘羊而去或有乘馬而去或有神通去者乘羊者久久乃到乘馬者差速乘神通者發意頃便到如是不得言發意間云何得到神通相爾不應生疑菩薩亦如是發阿耨多羅三藐三菩提時即入菩薩位有菩薩初發意初雖心好後雜諸惡時時生念我求佛道以諸功德迴向阿耨多羅三藐三菩提是人久久無量阿僧祇劫或至或不至先世福德因緣薄而復鈍根心不堅固如乘羊者有人前世少有福德利根發心漸漸行六波羅蜜若三若十若百阿僧祇劫得阿耨多羅三藐三菩提如乘馬者必有所到第三乘神通者如上說是三種發心一者罪多福少二者福多罪少三者但行清淨福德清淨有二種一者初發心時即得菩薩道二者小住供養十方諸佛通達菩薩道入菩薩位即是阿鞞跋致地阿鞞跋致地菩薩義如先說次後菩薩大猒世間世世已來常好眞實惡於欺誑

是菩薩亦利根堅心久集無量福德智慧初發心時便得阿耨多羅三藐三菩提即轉法輪度無量衆生入無餘涅槃法住若一劫若減一劫留化佛度衆生佛有二種神通力一者現在時二者滅後劫義如上說劫中所度衆生亦復不少次後菩薩亦利根心堅久集福德發心即與般若波羅蜜相應得六神通與無量衆生共觀十方清淨世界而自莊嚴其國如阿彌陀佛先世時作法藏比丘佛將導徧至十方示清淨國令選擇淨妙之國以自莊嚴其國

大智度論卷第三十八

音釋

牝牡　牝婢忍切牡莫後切牝牡雌雄也　輭　乳兗切柔也　颰　蒲發切　儩　音賜盡也　机　居里切　挽　武綰切引也

大智度論卷第三十九

龍樹菩薩造

姚秦三藏法師鳩摩羅什譯

釋往生品第四之二

【經】舍利弗有菩薩摩訶薩行般若波羅蜜得四禪四無量心四無色定遊戲其中入初禪從初禪起入滅盡定從滅盡定起乃至入四禪從四禪起入滅盡定從滅盡定起入虛空處從虛空處起入滅盡定從滅盡定起乃至入非有想非無想處從非有想非無想處起入滅盡定如是舍利弗菩薩摩訶薩行般若波羅蜜以方便力入超越定

【論】問曰若凡夫人不能入滅盡定云何菩薩從初禪起入滅盡定答曰阿毗曇鞞婆沙中小乘如是說非佛三藏說又是菩薩聖人尚不及何況當是凡夫譬如六牙白象雖被毒箭猶憐愍怨賊如是慈悲心阿羅漢所無畜生中猶尚如是何況作人身離欲入禪而不得滅盡定問曰若菩薩得滅盡定可爾超越定法不能過二若言從初禪起乃至入滅盡定無有是法答曰餘人雖有定法力少故不能遠超菩薩無量福德智慧力深入禪定心亦不著故能遠超譬如人中力士踔不過三四丈若天中力士無復限數小乘法中超一者是定法菩薩禪定力大心無所著故遠近隨意問曰若爾者超越者是大次第定不應爲大答曰二俱爲大所以者何從初禪起至二禪更無餘心一念得入乃至滅盡定皆爾超越者從初禪起入第三禪亦不令餘心雜乃至滅盡定逆順皆爾有人言超越定勝所

以者何俱無餘心雜而能超越故譬如槃馬迴轉隨意

經舍利弗有菩薩摩訶薩行般若波羅蜜修四念處乃至十八不共法不取須陀洹果斯陀含果阿那含果阿羅漢果辟支佛道以方便力爲衆生故起八聖道分以是八道令得須陀洹果乃至辟支佛道佛告舍利弗一切阿羅漢辟支佛果及智是菩薩摩訶薩無生法忍舍利弗當知是菩薩摩訶薩行般若波羅蜜在阿鞞跋致地中住

論問曰何以不說是菩薩行六波羅蜜而但說得四念處答曰若說若不說當知菩薩皆行六波羅蜜於三十七品或行或不行不證聲聞辟支佛道者有大慈大悲深入方便力等如先說問曰自不得諸道果云何能以化人答曰佛自說因緣所謂聲聞辟支佛果及智皆是菩薩法忍但不受諸道果名字果及智皆入無生法忍中復次唯不取證餘者皆行得菩薩道故名爲阿鞞跋致

經舍利弗有菩薩摩訶薩住六波羅蜜淨兜率天道當知是賢劫中菩薩

論釋曰菩薩有各各道各各行各各願是菩薩修業因緣生兜率天上入千菩薩會中次第作佛如是相當知是賢劫中菩薩

經舍利弗有菩薩摩訶薩修四禪乃至十八不共法未證四諦當知是菩薩一生補處

論問曰是一生補處菩薩應生兜率天云何說得四禪等答曰是菩薩生兜率天上離欲得四禪等復次是補處菩薩離欲來久具足佛法以方便力隨補處法生兜率天未證四

諦者故留不證若取證者成辟支佛欲成佛故不證

經舍利弗有菩薩摩訶薩無量阿僧祇劫修行得阿耨多羅三藐三菩提

論釋曰是菩薩雖種種善根求阿耨多羅三藐三菩提以鈍根雜行故久乃得之以深種善根故必得

經舍利弗有菩薩摩訶薩住六波羅蜜常勤精進利益衆生不說無益之事

論釋曰是菩薩先有惡口故發菩薩心願言我永離口四過得是道復次此菩薩知是般若波羅蜜中諸法無有定相不可著不可說相故如是知能利益者皆是佛法若不能利益雖種種好語非是佛法譬如種種好藥不能破病不名爲藥趣得土泥等能差病者是名爲藥以是故恐其謬錯故不說無益之事

經舍利弗有菩薩摩訶薩行六波羅蜜常勤精進利益衆生從一佛國至一佛國斷衆生三惡道

論釋曰是菩薩住六神通到十方世界遮上中下三種不善道

經舍利弗有菩薩摩訶薩住六波羅蜜以檀爲首安樂一切衆生須飲食與飲食衣服卧具瓔珞華香房舍燈燭隨所須皆給與之

論釋曰菩薩有二種一者能令衆生離苦二者能與樂復有二種一者憐愍三惡道衆生二者憐愍人是菩薩與衆生樂憐愍人故隨所須皆與之

經舍利弗有菩薩摩訶薩行般若波羅蜜時變身如佛爲地獄中衆生說法爲畜生餓鬼

中衆生說法

論問曰是菩薩何以故變作佛身似不尊重佛答曰有衆生見佛身得度者或有見轉輪聖王等餘身得度者以是故變身作佛復次世間稱佛名字是大悲是世尊若以佛身入地獄者則閻羅王諸鬼神不遮礙是我所尊者師云何可遮問曰若地獄中火燒常有苦痛心常散亂不得受法云何可化答曰是菩薩以不可思議神通力破鑊滅火禁制獄卒放光照之衆生心樂乃爲說法聞則受持問曰若爾者地獄衆生有得道者不答曰雖不得道種得道善根因緣所以者何以重罪故不應得道畜生道中當分別或得者或不得者如阿那婆達多龍王娑竭龍王等得菩薩道鬼神道中如夜叉蜜迹金剛鬼子母等有得見道是大菩薩

經舍利弗有菩薩摩訶薩行六波羅蜜時變身如佛徧至十方如恒河沙等諸佛世界爲衆生說法亦供養諸佛及淨佛世界聞諸佛說法觀採十方淨妙佛國相而以自起殊勝世界其中菩薩摩訶薩皆是一生補處

論釋曰是菩薩徧爲六道說法以佛身爲十方衆生說法若衆生聞弟子教者不能信受若聞佛獨尊自在者說法信受其語是菩薩二事因緣故供養諸佛莊嚴世界聞莊嚴世界法到十方佛國取清淨世界相行業因緣轉復殊勝光明亦多所以者何此國中皆一生補處菩薩問曰若先已說兜率天上一生補處菩薩今云何說他方世界菩薩皆一生補處答曰兜率天上一生補處者是三千世

界常法餘處不定所謂第一清淨者轉身成佛道故

【經】舍利弗有菩薩摩訶薩行六波羅蜜時成就三十二相諸根淨利諸根淨利故衆人愛敬以愛敬故漸以三乘法而度脫之如是舍利弗菩薩摩訶薩行般若波羅蜜時應學身清淨口清淨

【論】釋曰是菩薩欲令衆生眼見其身得度故以三十二相莊嚴身諸根淨利者眼等諸根明利出過餘人信慧根諸心數根等利淨第一見者歎其希有我無此事愛敬是菩薩信受其語世世具足道法以三乘道入涅槃是三十二相眼等諸根皆從身口業因縁清淨得以是故佛說菩薩應當淨身口業

【經】舍利弗有菩薩摩訶薩行六波羅蜜得諸根淨以是淨根而不自高亦不下他

【論】釋曰是菩薩常深淨行六波羅蜜故得眼等諸根淨利人皆愛敬慧等諸心數法根淨利無此爲度衆生故世間常法若得殊異心則自高輕諸餘人作是念汝無此事我獨有此以是因縁故還失佛道如經中說菩薩輕餘菩薩念念一劫遠於佛道經爾所劫更修佛道以是故而不自高亦不下他

【經】舍利弗有菩薩摩訶薩從初發心住檀波羅蜜尸羅波羅蜜乃至阿鞞跋致地終不墮惡道

【論】釋曰是菩薩從初已來怖畏惡道所作功德願不墜墮乃至阿鞞跋致地者以未到中間畏墮惡道故作願菩薩作是念若我墮三惡道者自不能度何能度人又受三惡道苦

惱時以瞋惱故結使增長還起惡業復受苦報如是無窮何時當得修行佛道問曰若持戒果報不墮惡道者何以復説布施答曰持戒是不墮惡道根本布施亦能不墮復次菩薩持戒雖能不墮惡道中生人中貧窮不能自利又不益人以是故行布施餘波羅蜜各有其事

經舍利弗有菩薩摩訶薩從初發心乃至阿鞞跋致地常不捨十善行

論釋曰佛説持戒故不墮惡道布施隨逐今不知云何行尸羅波羅蜜乃至阿鞞跋致地是故復説常行十善復次先菩薩持戒不牢固布施隨助今説但持戒牢固不捨十善不墮三惡道

經舍利弗有菩薩摩訶薩住檀波羅蜜尸羅波羅蜜中作轉輪聖王安立衆生於十善道亦以財物布施衆生

論釋曰是檀尸波羅蜜因緣故作轉輪聖王行尸羅波羅蜜故能令衆生信受十善行檀波羅蜜故以財寶給施衆生亦不可盡問曰一切菩薩皆行是二波羅蜜作轉輪聖王不答曰不必然也何以故如此品中諸菩薩種種法入佛道有菩薩聞轉輪聖王儀法在此處能利益衆生故作是願或有菩薩種轉輪聖王因緣雖不作願亦得轉輪聖王報自行二波羅蜜故作轉輪聖王亦教一切衆生行十善道亦自行布施聞者生疑爲一世作爲世世作以是故

經舍利弗有菩薩摩訶薩住檀波羅蜜尸羅波羅蜜無量千萬世作轉輪聖王值遇無量

百千諸佛供養恭敬尊重讃歎

論釋曰若菩薩知作轉輪聖王大益衆生者便作轉輪聖王若自知餘身益大亦作餘身復次欲以世間法大供養佛故作轉輪聖王

經舍利弗有菩薩摩訶薩常爲衆生以法照明亦以自照乃至阿耨多羅三藐三菩提終不離照明舍利弗是菩薩摩訶薩於佛法中已得尊重舍利弗以是故菩薩摩訶薩行般若波羅蜜時身口意不淨不令妄起

論釋曰上菩薩行檀尸波羅蜜作轉輪聖王是菩薩但分別諸經誦讀憶念思惟分別諸法以求佛道以是智慧光明自利益亦能利益衆生如人闇道中然燈亦能自益亦能益人終不離者是因緣故終不離智慧光明乃至阿耨多羅三藐三菩提復次是菩薩清淨法施不求名利供養恭敬不貪弟子不恃智慧亦不自高輕於餘人亦不譏刺但念十方諸佛慈心念衆生我亦如是學佛道說法無所依止適無所著但爲衆生令知諸法實相如是清淨說法世世不失智慧光明乃至阿耨多羅三藐三菩提已得尊重者上諸菩薩能如是者於諸衆生皆爲尊重身口意不淨不令妄起者能以清淨法施者不應雜起身口意惡業所以者何若起身口意惡者聞者或不信受若意業不淨智慧不明智慧不明不能善行菩薩道復次不但此一菩薩上來菩薩能行此法者皆名尊重佛教若菩薩欲行菩薩道皆不應雜罪行一切惡罪業不令妄起雜行者於行道則難不能疾成佛道罪業因緣壞諸福德故

【經】舍利弗白佛言世尊云何菩薩身業不淨口業不淨意業不淨

【論】問曰舍利弗智慧第一何以故不識身口意惡業答曰舍利弗於聲聞法中則知菩薩事異故不知如說若菩薩生聲聞辟支佛心是爲菩薩破戒以是故舍利弗疑不知何者是菩薩罪非罪復次舍利弗知身三不善道口四不善道意三不善道是爲身口意罪此中佛答若菩薩取身口意相是則爲菩薩身口意罪如是等因緣故舍利弗問

【經】佛告舍利弗若菩薩摩訶薩作是念是身是口是意如是取相作緣舍利弗是名菩薩身口意罪舍利弗菩薩摩訶薩行般若波羅蜜時不得身不得口不得意舍利弗菩薩摩訶薩行般若波羅蜜時若得身得口得意用是得身口意故能生慳心犯戒心瞋心懈怠心亂心癡心當知是菩薩行六波羅蜜時不能除身口意麤業

【論】釋曰佛示舍利弗法空中菩薩不見是三業是爲無罪若見是三業是爲罪聲聞法中十不善道是爲罪業摩訶衍中見有身口意所作是爲罪所以者何有作有見作者見者皆是虛誑故麤人則麤罪細人則細罪如離欲界時五欲五蓋爲惡罪初禪攝善覺觀爲無罪離初禪入二禪時覺觀爲罪二禪所攝善喜爲無罪乃至非有想非無想處亦如是入諸法實相中一切諸觀諸見諸法皆名爲罪小乘人畏三惡道故以十不善業爲罪大乘人以一切能生著心取相法與三解脫門相違者名爲罪以是事異故名爲大乘若見

有是三業雖不起惡亦不名牢固不見是身口意是三業根本是爲牢固是菩薩法空故不見是三事用是三事起慳貪相犯戒相瞋相懈怠相散亂相愚癡相因無故果亦無如無樹則無蔭若能如是觀者則能除身口意麤業問曰先說罪業今何以故言麤業答曰麤業罪業無異罪即是麤不名爲細復次聲聞人以身口不善業名爲麤意不善業名爲細瞋恚邪見等諸結使名爲麤罪愛慢等結使名爲細罪三惡覺所謂欲覺瞋覺惱覺名爲麤親里覺國土覺不死覺名爲細但善覺名爲微細於摩訶衍中盡皆爲麤以是故此說麤罪

【經】舍利弗白佛言世尊菩薩摩訶薩云何除身口意麤業佛告舍利弗若菩薩摩訶薩不得身不得口不得意如是菩薩摩訶薩能除身口意麤業復次舍利弗菩薩摩訶薩從初發意行十善道不生聲聞心不生辟支佛心如是菩薩摩訶薩能除身口意麤業

【論】問曰何等身口意細業與相違者爲麤答如向所說者是復次凡夫人業於聲聞業爲麤聲聞業於大乘爲麤復次垢業爲麤非垢業爲細能生苦受因緣業爲麤不生苦受因緣業爲細有覺有觀業爲麤無覺無觀業爲細復次見我乃至知者見者爲麤若不見我乃至知者見者但見三業處五衆十二入十八界爲細復次有所見者名爲麤無所見者名爲細以是故佛告舍利弗若菩薩不得身口意是時則除三麤業復次初發意住畢竟空中一切法不可得而常行十善道不起聲

聞辟支佛心以不取相心一切諸善根皆迴向阿耨多羅三藐三菩提是名菩薩除身口意業麤罪名爲清淨

經舍利弗有菩薩摩訶薩行般若波羅蜜淨佛道時行檀波羅蜜尸羅波羅蜜羼提波羅蜜毗梨耶波羅蜜禪波羅蜜是菩薩摩訶薩除身口意麤業舍利弗白佛言世尊何等是菩薩摩訶薩佛道佛告舍利弗佛道者菩薩摩訶薩不得身不得口不得意不得檀波羅蜜乃至不得般若波羅蜜不得聲聞辟支佛不得菩薩不得佛舍利弗是名菩薩摩訶薩佛道所謂一切諸法不可得故

論釋曰是菩薩依六波羅蜜總相淨佛道問曰舍利弗從佛聞除三惡三麤即是淨佛道今何以更問答曰先說三業清淨相今說一切法清淨相先略說今說別相先但不得三業今不得六波羅蜜諸賢聖菩薩及佛是名淨佛道一切法皆不可得故不得身乃至不得般若波羅蜜是名法空不得聲聞乃至佛是名衆生空菩薩住是二空中漸漸得一切不可得空不可得空即是諸法實相是不可得空義如先十八空中說

經舍利弗有菩薩摩訶薩行六波羅蜜時無能壞者舍利弗白佛言世尊云何菩薩摩訶薩行六波羅蜜時無能壞者佛告舍利弗若菩薩摩訶薩行六波羅蜜時不念有色乃至識不念有眼乃至意不念有色乃至法不念有眼界乃至法界不念有四念處乃至八聖道分不念有檀波羅蜜乃至般若波羅蜜不念有十力乃至十八不共法不念有須陀洹

果乃至阿羅漢果不念有辟支佛乃至阿耨多羅三藐三菩提舍利弗菩薩摩訶薩如是行增益六波羅蜜無能壞者

論釋曰佛爲舍利弗種種分別諸菩薩次爲說有菩薩發心時無有能壞者舍利弗驚喜恭敬諸菩薩是故問菩薩結使未斷未於實法作證何因緣故不可破壞佛答若菩薩不念有色乃至不念有阿耨多羅三藐三菩提得是法空故亦得衆生空若是法空觀空者亦空住是無礙般若波羅蜜中無有能壞者

經舍利弗有菩薩摩訶薩住般若波羅蜜中具足智慧以是智慧常不墮惡道不生弊惡人中不作貧窮人所受身體不爲人天阿脩羅所憎惡

論釋曰此菩薩先世來愛樂智慧學一切經書觀察思惟聽採諸法自以智力惟求一切法中實相得是一切法實相故爲諸佛深心愛念是無量智慧福德因緣故身心具足常受富樂無諸不可

經舍利弗白佛言世尊何等是菩薩摩訶薩智慧佛告舍利弗菩薩摩訶薩用是智慧成就見十方如恒河沙等諸佛聽法見僧亦見嚴淨佛土菩薩摩訶薩以是智慧不作佛想不作菩薩想不作聲聞辟支佛想不作我想不作佛國想用是智慧行檀波羅蜜亦不得檀波羅蜜乃至行般若波羅蜜亦不得般若波羅蜜行四念處亦不得四念處乃至十八不共法亦不得十八不共法舍利弗是名菩薩摩訶薩智慧用是智慧能具足一切法亦不得一切法

論釋曰是中佛說二種智慧一者分別破壞諸法而不取相二者不著心不取相見十方諸佛聽法問曰云何行檀波羅蜜而不得檀答曰不得檀中若一若異若實若空是檀從和合因緣生於是檀中令衆生得富樂及勸助佛道以是故行檀亦不得檀不得義如上說乃至十八不共法亦如是是名菩薩智慧能具足一切法而不得諸法

經舍利弗有菩薩摩訶薩行般若波羅蜜時淨於五眼肉眼天眼慧眼法眼佛眼舍利弗白佛言世尊云何菩薩摩訶薩肉眼淨佛告舍利弗有菩薩肉眼見百由旬有菩薩肉眼見二百由旬有菩薩肉眼見一閻浮提有菩薩肉眼見二天下三天下四天下有菩薩肉眼見小千世界有菩薩肉眼見中千世界有菩薩肉眼見三千大千世界舍利弗是爲菩薩摩訶薩肉眼淨

論問曰佛何以不說行般若波羅蜜生五眼而說淨五眼答曰菩薩先有肉眼亦有四眼分以諸罪結使覆故不清淨如鏡性有照明垢故不見若除垢則照明如本菩薩行六波羅蜜滅諸垢法故眼得清淨肉眼業因緣故清淨天眼禪定及業因緣故清淨餘三眼修無量智慧福德因緣故清淨最大菩薩肉眼最勝見三千大千世界問曰若三千大千世界中百億須彌山諸山鐵圍陵阜樹木等是事障礙云何得徧見若能得見何用天眼若不能見此中云何說見三千大千世界答曰不以障礙故見若無障礙得見三千世界如觀掌無異復次有人言菩薩天眼有二種一

者從禪定力得二者先世行業果報得業報生天眼常在肉眼中以是故三千世界所有之物不能爲礙因天眼開障肉眼得見是故肉眼得名果報生天眼常現在前不待攝心問曰佛爲世尊力皆周徧何以但見一三千大千世界不能見多答曰若肉眼能過三千大千世界復有所見者何用天眼以肉眼不能及故修學天眼復次三千大千世界劫初一時生劫盡一時滅世界之外無央數由旬皆是虛空空中常有風肉眼與風相違以相違故不能得過見與世界或有菩薩住三千世界境上計其道數亦應見他方近世界問曰菩薩及佛何以不集無量清淨福德令肉眼遠有所見答曰是肉眼因緣虛誑不淨天眼因緣清淨若無天眼當修肉眼強令遠見

復次如經中說極遠見三千世界佛法不可思議經法甚多或能遠見但此中不說小遠見佛道菩薩見二千中世界不能種清淨業因緣故小復不如者見小千世界復不如者見四天下一須彌山一日月處又見三天下二天下一天下千由旬乃至百由旬是名最小肉眼淨問曰何以不說九十八十等由旬以爲小答曰轉輪聖王所見過於餘人又人先世然燈等因緣故得堅固眼根能遠有所見雖遠終不能見百由旬以是故菩薩小者見百由旬問曰日月在上去地四萬二千由旬人皆能見何以不能見百由旬見百由旬何足稱答曰日月雖遠自有光明還照其形人得見之餘色不然又日月遠故雖見而顛倒所以者何日月方圓五百由旬而今所見

不過如扇大而見小顛倒非實菩薩肉眼則不然問曰菩薩旣得肉眼能見何事答曰見可見色色義色衆中廣說

經舍利弗白佛言世尊云何菩薩摩訶薩天眼淨佛告舍利弗菩薩摩訶薩天眼見四天王天所見三十三天夜摩天兜率陀天化樂天他化自在天所見梵天王所見乃至阿迦膩吒天所見菩薩天眼所見者四天王乃至阿迦膩吒天無所不知不見舍利弗是菩薩摩訶薩天眼見十方如恒河沙等諸佛世界中衆生死此生彼舍利弗是爲菩薩摩訶薩天眼淨

論釋曰菩薩天眼有二種一者果報得二者修禪得果報得者常與肉眼合用唯夜闇天眼獨用諸人得果報天眼見四天下欲界諸天見下不見上菩薩所得果報天眼見三千大千世界禪定離欲天眼所見如先十力天眼明中說菩薩用是天眼見十方如恒河沙等世界中衆生生死善惡好醜及善惡業因緣無所障礙一切皆見四天王天乃至阿迦膩吒天所見又能過之是諸天不能知菩薩天眼所見何以故是菩薩出三界得法性生身得菩薩十力故如是等因緣菩薩天眼淨餘菩薩天眼論議如讚菩薩五神通中說

經舍利弗白佛言世尊云何菩薩摩訶薩慧眼淨佛告舍利弗慧眼菩薩不作是念有法若有爲若無爲若世間若出世間若有漏若無漏是慧眼菩薩無法不見無法不聞無法不知無法不識舍利弗是爲菩薩摩訶薩慧眼淨

論釋曰肉眼不能見障外事又不能遠見是故求天眼天眼雖復能見亦是虛誑見一異相取男女相取樹木等諸物相見衆物和合虛誑法以是故求慧眼慧眼中無如是過問曰若爾者何等是慧眼相答曰有人言八聖道中正見是慧眼相能見五受衆實相破諸顛倒故有人言能緣涅槃慧名爲慧眼所緣不可破壞故是智慧非虛妄有人言三解脫門相應慧是名慧眼何以故是慧能開涅槃門故有人言智慧現前能觀實際了了深入通達悉知是名慧眼有人言能通達法性直過無礙有人言定心知諸法相如是名慧眼有人言法空是名慧眼有人言不可得空中亦無法空是名慧眼有人言十八空皆是慧眼有人言癡慧非一非異世間法不異出世間出世間法不異世間世間法即是出世間出世間法即是世間所以者何異不可得故諸觀滅諸心行轉還無所去滅一切語言世間法相如涅槃不異能得是智慧是名慧眼復次此中佛自說慧眼菩薩一切法中不念有爲若無爲若世間若出世間若有漏若無漏等是名慧眼若菩薩見有爲世間有漏即墮有見中若見無爲出世間無漏即墮無見中是有無二見捨以不戲論慧行於中道是名慧眼得是慧眼無法不見無法不聞無法不知無法不識所以者何得是慧眼破邪曲諸法無明諸法總相別相各皆如是問曰阿羅漢辟支佛亦得慧眼何以不說無法不見無法不聞無法不知無法不識答曰慧眼有二種一者總相二者別相聲聞辟支佛見諸

法總相所謂無常苦空等佛以總相別相慧觀諸法聲聞辟支佛雖有慧眼有量有限復次聲聞辟支佛慧眼雖見諸法實相因緣少故慧眼亦少不能徧照法性譬如燈油炷雖淨小故不能廣照諸佛慧眼照諸法實性盡其邊底以是故無法不見無法不聞無法不知無法不識譬如刼盡火燒三千世界明無不照復次若聲聞辟支佛慧眼無法不知者與一切智人有何等異菩薩世世集福德智慧苦行何所施用問曰佛用佛眼無法不知非是慧眼今云何言慧眼無法不知答曰慧眼成佛時變名佛眼無明等諸煩惱及習滅故一切法中皆悉明了如佛眼中說無法不見聞知識以是故肉眼天眼慧眼法眼成佛時失其本名但名佛眼譬如閻浮提四大河入大海中則失其本名何以故肉眼諸煩惱有漏業生故虛誑不實唯佛眼無誑法天眼亦從禪定因緣和合生故虛誑不能如實見事慧眼法眼煩惱習未盡故不畢竟清淨故捨佛眼中無有謬錯盡其邊極以是故阿羅漢辟支佛慧眼不能畢竟清淨故不能無法不見問曰佛現得果報肉眼能見色是事云何答曰肉眼雖上眼識而佛不隨其用不以爲實如聖自在神通中說佛告阿難所見好色中生猒惡心眼見惡色生不惡猒心或時見色不生汙穢不汙穢但生捨心如是則肉眼無所施用復次有人言得聖道時五情清淨異本復次諸法畢竟空及諸法通達無礙是二總爲慧眼

大智度論卷第三十九

音釋

踔敕教切越也 鑊烏郭切

大智度論卷第四十

龍樹菩薩造

姚秦三藏法師鳩摩羅什譯

釋往生品第四之三

【經】舍利弗白佛言世尊云何菩薩摩訶薩法眼淨佛告舍利弗菩薩摩訶薩以法眼知是人隨信行是人隨法行是人無相行是人行空解脱門是人行無相解脱門是人行無作解脱門得五根得五根故得無間三昧得無間三昧故得解脱智得解脱智故常斷三結有衆見疑齋戒取是人名爲須陀洹是人得思惟道薄婬恚癡當得斯陀含增進思惟道斷婬恚癡當得阿那含增進思惟道斷色染無色染無明慢掉得阿羅漢是人行空無相無作解脱門得五根得五根故得無間三昧得無間三昧故得解脱智得解脱智故知所有集法皆是滅法作辟支佛是爲菩薩摩訶薩法眼淨復次舍利弗菩薩摩訶薩知是菩薩初發意行檀波羅蜜乃至行般若波羅蜜成就信根精進根善根純厚用方便力故爲衆生受身若生刹利大姓若生婆羅門大姓若生居士大家若生四天王天處乃至他化自在天處是菩薩於其中住成就衆生隨其所樂皆給施之亦淨佛世界值遇諸佛供養恭敬尊重讃歎乃至阿耨多羅三藐三菩提亦不墮聲聞辟支佛地是爲菩薩摩訶薩法眼淨復次舍利弗菩薩摩訶薩知是菩薩於阿耨多羅三藐三菩提退知是菩薩於阿耨多羅三藐三菩提不退知是菩薩受阿耨多羅三藐三菩提記知是菩薩未受阿耨多羅

三藐三菩提記知是菩薩到阿鞞跋致地知是菩薩未到阿鞞跋致地知是菩薩具足神通知是菩薩未具足神通知是菩薩已具足神通飛到十方如恒河沙等世界見諸佛供養恭敬尊重讚歎知是菩薩未得神通當得神通知是菩薩當淨佛世界不淨佛世界知是菩薩成就衆生未成就衆生知是菩薩爲諸佛所稱譽所不稱譽知是菩薩親近諸佛不親近佛知是菩薩壽命有量壽命無量知是菩薩得佛時比丘衆有量比丘衆無量知是菩薩得阿耨多羅三藐三菩提時以菩薩爲僧不以菩薩爲僧知是菩薩當修苦行難行不修苦行難行知是菩薩一生補處未一生補處知是菩薩受最後身未受最後身知是菩薩能坐道場不能坐道場知是菩薩有魔無魔如是舍利弗是爲菩薩摩訶薩法眼淨

【論】釋曰菩薩摩訶薩初發心時以肉眼見世界衆生受諸苦患心生慈愍學諸禪定修得五通以天眼徧見六道中衆生受種種身心苦益加憐愍故求慧眼以救濟之得是慧眼已見衆生心相種種不同云何令衆生得是實法故求法眼引導衆生令入法中故名法眼所謂是人隨信行是人隨法行初入無漏道鈍根者名隨信行是人初依信力故得道名爲隨信行利根者名隨法行是人分別諸法故得道是名隨法行 是二人十五心中亦名爲無相行過是已往或名須陀洹或名斯陀含或名阿那含十五心中疾速無人能取其相者故名無相有人無始世界來性常質直好樂實事者有人好行捨離者有人

世世常好善寂者好實者用空解脱門得道以諸實中空爲第一故好行捨者行無作解脱門得道好善寂者行無相解脱門得道問曰何以説得五根答曰有人言一切聖道名爲五根成五根成立故八根雖皆是善而三無漏根無有别異以是故但説五根取果時相應三昧名無間三昧得是三昧已得解脱智以是解脱智斷三結得果證有衆見者於五受衆中生我若我所疑者於三寶四諦中不信齋戒取者九十六種外道法中取是法望得苦解脱問曰見諦所斷十結得須陀洹果何以但説三不説七答曰若説有衆見已説一切見結如經説有衆見爲六十二見根本故若人著我復思惟我爲是常爲是無常若謂無常墮斷滅中而生邪見無有罪福若謂爲常墮常見中而生齋戒取計望得道或修後世福德樂欲得此二事故取戒求苦樂因緣故謂天所作更生見取若説有衆見則攝是二見邊見邪見若説齋戒取已説見取餘四結未拔根本故不説是十結於三界四諦所斷分别有八十八須陀洹乃至辟支佛分别聲聞辟支佛道如先説菩薩法眼有二種一者分别知聲聞辟支佛方便得道門二者知菩薩方便得道門聲聞辟支佛先已處處説今當分别菩薩法若菩薩知是菩薩深行六波羅蜜薄諸煩惱故用信根精進根及方便爲度衆生故受身是菩薩生死肉身未得法性神通法身以是故不説三根未離欲故今世行布施功德信根精進根後世生刹利大姓乃至他化自在天先知因後知果復

次是菩薩不退者如先說不退轉相亦如後阿鞞跋致品中說與此相違名爲退不退菩薩有二種一者受記二者未受記如首楞嚴三昧四種受記中說具足神通者於十方恒河沙世界中一時能變化無量身供養諸佛聽法說法度衆生是等除佛無能及者是爲末後身菩薩與此相違者名不具足復次各各自地中無所少名爲具足各各地中未成就是不具足得神通有二種有用者不用者未得神通者有菩薩新發意故未得神通或未離欲故懈怠心故行餘法故是爲未得與上相違是爲得淨佛世界未淨世界如先說成就衆生者有二種有先自成功德然後度衆生者有先成就衆生後自成功德者如寶華佛欲涅槃時觀二菩薩心所謂彌勒釋迦文菩薩彌勒菩薩自功德成就弟子未成就釋迦文菩薩弟子成就自身未成就成多人難自成則易作是念已入雪山谷寶窟中身放光明是時釋迦文菩薩見佛其心清淨一足立七日七夜以一偈讚佛以是因緣故超越九劫如是等知成就衆生不成就衆生者諸佛稱譽如先說與此相違名爲不稱譽親近諸佛無量壽命無量比丘僧純菩薩爲僧不修苦行如初品末說一生補處者或以相知者如阿私陀仙人觀其身相知今世成佛珊若婆羅門見乳糜知今日成佛者應食如偏吉菩薩觀世音菩薩文殊師利菩薩等見是菩薩如諸佛相知當成佛如是等坐道場者有菩薩見菩薩行處地下有金剛地持是菩薩又見天龍鬼神持種種供養具送至道

場如是等知坐道場有魔者宿世遮他行道及種種求佛道因緣不喜行慈好行空等餘法如是等因緣以宿世破他行道故有魔破壞問曰云何末後身菩薩受惡業報有魔來壞答曰菩薩以種種門入佛道或從悲門或從精進智慧門入佛道是菩薩行精進智慧門不行悲心好行精進智慧故譬如貴人雖有種種好衣或時著一餘者不著菩薩亦如是修種種行以求佛道或行精進智慧道息慈悲心破行道者增上慢故諸長壽天龍鬼神不識方便者見作惡行因緣若不受報生斷滅見是故佛現受報是故雖無罪因緣實魔來以方便力故現有魔如是等一切聲聞辟支佛菩薩種種方便門令衆生入道是名法眼淨

【經】舍利弗白佛言世尊云何菩薩摩訶薩佛眼淨佛告舍利弗有菩薩摩訶薩求佛道心次第入如金剛三昧得一切種智爾時成就十力四無所畏四無礙智十八不共法大慈大悲是菩薩摩訶薩用一切種智一切法中無法不見無法不聞無法不知無法不識舍利弗是爲菩薩摩訶薩得阿耨多羅三藐三菩提時佛眼淨如是舍利弗菩薩摩訶薩欲得五眼當學六波羅蜜何以故舍利弗是六波羅蜜中攝一切善法若聲聞法辟支佛法菩薩法佛法舍利弗若有實語能攝一切善法者般若波羅蜜是舍利弗般若波羅蜜能生五眼菩薩學五眼者得阿耨多羅三藐三菩提

【論】釋曰菩薩住十地中具足六波羅蜜乃至

一切種智菩薩入如金剛三昧破諸煩惱習即時得諸佛無礙解脱即生佛眼所謂一切種智十力四無所畏四無礙智乃至大慈大悲等諸功德是名佛眼問曰智慧見物是眼相云何大慈悲等名爲眼答曰諸功德皆與慧眼相應故通名爲眼復次慈悲心有三種衆生緣法緣無緣凡夫人衆生緣聲聞辟支佛及菩薩初衆生緣後法緣諸佛善修行畢竟空故名爲無緣是故慈悲亦名佛眼已説佛眼今説佛眼所用是眼無法不見不聞不知不識復次有人謂十住菩薩與佛無有差别如徧吉文殊師利觀世音等具足佛十力功德等而不作佛爲廣度衆生故是故生疑以是故説佛眼相十方衆生及諸法中無不見無不聞是諸菩薩於餘菩薩爲大比於佛

不能徧知如月光明雖大於日則不現問曰眼爲見相云何説聞答曰衆生智慧從六情生知六塵人謂佛有所不聞如外經書中或有所不聞是故佛智慧無所不聞又耳識因緣生智慧智慧所知言無法不聞問曰何以故三識所知合爲一三識所知别爲三眼名爲見耳名爲聞意知名爲識鼻舌身識名爲覺答曰是三識助道法多是故别説餘三識不爾是故合説是三識但知世間事是故合爲一餘三亦知世間亦知出世間是故别説復次是三識但緣無記法餘三識或緣善或緣不善或緣無記復次是三識能生三乘因緣如眼見佛及佛弟子耳聞法心籌量正憶念如是等種種差别以是故六識所知事分爲四分一切種智者如人眼見近不見遠見

外不見内見麤不見細見東不見西見此不見彼見和合不見散見生時不見滅時肉眼見天眼不見眼根成就未離欲凡夫人故無天眼天眼見慧眼不見凡夫人得天眼神通故無慧眼慧眼見法眼不見未離欲聲聞聖人不知種種度衆生道故無法眼法眼見佛眼不見菩薩得道種智知種種度衆生道未成佛故無佛眼復次肉眼天眼見慧眼法眼佛眼不見凡夫人眼根成就得天眼神通故無慧眼法眼佛眼肉眼慧眼見法眼佛眼不見眼根成就聲聞聖人不知種種度衆生道故無法眼聲聞人故無佛眼肉眼法眼見佛眼不見初得無生忍未受法性生身菩薩得道種智未成佛故無佛眼天眼慧眼見法眼佛眼不見離欲聲聞聖人得天眼神通非菩薩故無道種智無道種智故無法眼聲聞人故無佛眼天眼法眼見佛眼不見得菩薩神通知種種度衆生道未成佛故無佛眼慧眼法眼見佛眼不見菩薩得無生法忍得無生法忍已能觀一切衆生得道因緣以種種道而度脱之未成佛故無佛眼復次肉眼天眼慧眼見法眼佛眼不見眼根成就聲聞聖人得天眼神通無道種智故無法眼聲聞人故無佛眼天眼慧眼法眼見佛眼不見法性生身菩薩具六神通以種種道度衆生未成佛故無佛眼復次肉眼天眼慧眼法眼見佛眼不見初得無生法忍菩薩未捨肉身得菩薩神通無生法忍道種智具足未成佛故無佛眼如是等不名無法不見聞覺識若以佛眼觀諸法是名無所不見無所不聞無所不覺

無所不識五塵隨義分别亦如是三乘等諸善法是五眼因緣諸善法六波羅蜜攝是六波羅蜜般若波羅蜜爲本以是故説般若波羅蜜能生五眼菩薩漸漸學是五眼不久當作佛

經舍利弗有菩薩摩訶薩行般若波羅蜜時修神通波羅蜜以是神通波羅蜜受種種如意事能動大地變一身爲無數身無數身還爲一身隱顯自在山壁樹木皆過無礙如行空中履水如地凌虛如鳥出没地中如出入水身出烟炎如大火聚身中出水如雪山水流日月大德威力難當而能摩捫乃至梵天身得自在亦不著是如意神通神通事及已身皆不可得自性空故自性離故自性無生故不作是念我得如意神通除爲薩波若心如是舍利弗菩薩摩訶薩行般若波羅蜜時得如意神通智證是菩薩以天耳淨過於人耳聞二種聲天聲人聲亦不著是天耳神通天耳與聲及已身皆不可得自性空故自性離故自性無生故不作是念我有是天耳除爲薩婆若心如是舍利弗菩薩摩訶薩行般若波羅蜜時得天耳神通智證是菩薩如實知他衆生心若欲心如實知欲心離欲心如實知離欲心瞋心如實知瞋心離瞋心如實知離瞋心癡心如實知癡心離癡心如實知離癡心渴愛心如實知渴愛心無渴愛心如實知無渴愛心有受心如實知有受心無受心如實知無受心攝心如實知攝心散心如實知散心小心如實知小心大心如實知大心定心如實知定心亂心如實知亂心解脱

心如實知解脱心不解脱心如實知不解脱心有上心如實知有上心無上心如實知無上心亦不著是心何以故是心非心相不可思議故自性空故自性離故自性無生故不作是念我得他心智證除爲薩婆若心如是舍利弗菩薩摩訶薩行般若波羅蜜時得他心神通智證是菩薩以宿命智證通念一心乃至百心念一日乃至百日念一月乃至百月念一歲乃至百歲念一劫乃至百劫無數百劫無數千劫無數百千劫乃至無數百千萬億劫世我是處如是姓如是名如是生如是食如是久住如是壽限如是長壽如是受苦樂我是中死生彼處彼處死生是處有相有因緣亦不著是宿命神通宿命神通事及已身皆不可得自性空故自性離故自性無生故不作是念我有是宿命神通除爲薩婆若心如是舍利弗菩薩摩訶薩行般若波羅蜜時得宿命神通智證是菩薩以天眼見衆生死時生時端正醜陋惡處好處若大若小知衆生隨業因緣是諸衆生身惡業成就口惡業成就意惡業成就故謗毀聖人受邪見因緣故身壞墮惡道生地獄中是諸衆生身善業成就口善業成就意善業成就不謗毀聖人受正見因緣故命終入善道生天上亦不著是天眼通天眼通事及已身皆不可得自性空故自性離故自性無生故不作是念我有是天眼神通除爲薩婆若心如是舍利弗菩薩摩訶薩行般若波羅蜜時得天眼神通智證亦見十方如恒河沙等世界中衆生生死乃至生天上四神通亦如是是菩薩摩

訶薩漏盡神通雖得漏盡神通不墮聲聞辟支佛地乃至阿耨多羅三藐三菩提亦不依異法亦不著是漏盡神通漏盡神通事及已身皆不可得自性空故自性離故自性無生故不作是念我得漏盡神通除爲薩婆若心如是舍利弗菩薩摩訶薩行般若波羅蜜時得漏盡神通智證如是舍利弗菩薩摩訶薩行般若波羅蜜時具足神通波羅蜜具足神通波羅蜜已增益阿耨多羅三藐三菩提

論釋曰如大海中有種種寶珠有能殺毒有能遮鬼有能破病有能除寒熱飢渴有能隨人所願皆能與者如是等無量無數寶珠大乘海中亦如是有種種菩薩寶有菩薩能破三惡有能開三善門有能生五眼有能修行神通波羅蜜是故諸菩薩能爲奇特希有之事所謂取水相多地相少則能隨意動地一身能多多身能一虛空中常有微塵滿中是人離欲福德因緣故集諸微塵以爲諸身令皆相似有人言諸非人恭敬是離欲菩薩入其身中隨其意所欲變化則皆能化轉輪聖王未離欲少有福德因緣故諸鬼神尚爲其使何況離欲行無量心人復次是心相無有住處若内若外若大若小以禪定力故其心調柔疾徧諸身還復亦速譬如千頭龍眼耳各有二千及有千口心一時用龍及麤身尚爾何況菩薩有人言坐禪人事所有力勢不可思議故一身爲無量身無量身爲一身石壁無礙者取石壁虛空相微塵開闢如椒入土履水者取地相多故履水如地取水相多故入地如水取火相多故身出烟炎捫摸日

月者神通不可思議力故令手及日月入火定故月不能令冷入水定故日不能令熱問曰是神通力乃至四禪中此何以言但至梵世身得自在答曰此先已說梵是初門故言梵世則說一切色界又世人皆貴梵王以爲世界主故又是菩薩不欲於欲界散亂心現其自在是故乃至離欲人中能有所作如是神通相無量無數爲易解故少說譬喻諸外道於此神通有二事錯一者起吾我心我能起是事而生憍慢二者著是神通譬如貪人著寶以是故外道神通不及聖人神通菩薩於是神通力知一切法自性不生故不著但念一切種智爲度衆生故餘五神通亦如是如其法分別先說其相後皆說空六神通餘義如讚菩薩品中五神通義說以是六神通廣利益衆生故說具足得如是神通增益阿耨多羅三藐三菩提

【經】舍利弗有菩薩摩訶薩行般若波羅蜜時住檀波羅蜜淨薩婆若道畢竟空不生慳心故舍利弗有菩薩摩訶薩行般若波羅蜜時住尸羅波羅蜜淨薩婆若道畢竟空罪不罪不著故舍利弗有菩薩摩訶薩行般若波羅蜜時住羼提波羅蜜淨薩婆若道畢竟空不瞋故舍利弗有菩薩摩訶薩行般若波羅蜜時住毗梨耶波羅蜜淨薩婆若道畢竟空身心精進不懈怠故舍利弗有菩薩摩訶薩行般若波羅蜜時住禪波羅蜜淨薩婆若道畢竟空不亂不味故舍利弗有菩薩摩訶薩行般若波羅蜜時住般若波羅蜜淨薩婆若道畢竟空不生癡心故如是舍利弗菩薩摩訶

薩行般若波羅蜜時住六波羅蜜淨薩婆若道畢竟空故不來不去故不施不受故非戒非犯故非忍非瞋故不進不怠故不定不亂故不智不愚故爾時菩薩摩訶薩不分別布施不布施持戒犯戒忍辱瞋恚精進懈怠定心亂心智慧愚癡不分別毀害輕慢恭敬何以故舍利弗無生法中無有受毀者無有受害者無有受輕慢恭敬者舍利弗菩薩摩訶薩行般若波羅蜜得如是諸功德聲聞辟支佛所無有得是功德具足成就衆生淨佛世界得一切種智

論釋曰是菩薩初發意行般若波羅蜜漸行餘功德所謂檀波羅蜜等菩薩住檀波羅蜜修治薩婆若道觀一切法畢竟空不生慳貪心以是二事故開薩婆若道所以者何畢竟空中無有慳貪慳貪根本斷故具足檀波羅蜜具足檀波羅蜜故莊嚴般若波羅蜜乃至般若波羅蜜畢竟空故常不生癡心所以者何此中佛自說一切法不來不去無施無受故乃至不智不愚故問曰若能如是觀行六波羅蜜得何等利益答曰此中佛自說是菩薩不念有所施與無所施與若念有施入虛誑法中又著布施心生憍慢若念無所施即墮邪見中是布施論議是佛法中初門云何言無乃至不念有癡有慧是人如金剛山四面風起不能令動是菩薩爾時若有罵詈讚歎心無有異何以故此中佛自說無生法中無有罵者無害者無恭敬者聲聞辟支佛有加害者不能深有慈悲心若默然若遠離菩薩則不然能深加慈心愛之如子方便度之

是故勝一切聲聞辟支佛而能教化一切衆生忍辱慈悲方便深故隨願清淨業因緣故能淨佛世界是法具足故不久當得一切種智

經復次舍利弗菩薩摩訶薩行般若波羅蜜時一切衆生中生等心一切衆生中生等心已得一切諸法等得一切諸法等已立一切衆生於諸法等中是菩薩摩訶薩現世爲十方諸佛所念亦爲一切菩薩一切聲聞辟支佛所念是菩薩在所生處眼終不見不愛色乃至意不覺不愛法如是舍利弗菩薩摩訶薩行般若波羅蜜不減於阿耨多羅三藐三菩提

論釋曰佛若廣說諸菩薩相則窮劫不盡今佛此品末略說其相是相是諸菩薩所通行所謂大慈悲故初發度一切衆生心故學諸佛等心觀衆生故一切法自性空故如是等因緣故於一切衆生中生等心得是等心已得一切諸法等一切法等者如先說衆生等法等義今當更說慈愍四生衆生一心欲利益名衆生等四念處亦不見身名爲法等四正勤諸四法亦如是復次念五道中衆生皆沒無常老病死是名衆生等行是信等五根若五神通一心欲度是衆生是名法等復次衆生中行忍辱慈悲等福功德無量功德無量故心柔輭心柔輭故疾得禪定修禪定故心如意調柔心如意調柔故破世間長短男女白黑等入一相法所謂無相得是法等已令一切衆生得是法等是菩薩得是二等成就無量福德智慧故得現世果報爲諸佛所

念餘人所念愛著生念者皆是虛妄唯諸佛念是爲實念不愛著故是人諸佛尚念何況聲聞辟支佛菩薩聲聞辟支佛斷結者猶尚愛念何況凡夫未離欲者以菩薩福德因緣生故如是等無量今世果報後世所生處眼終不見惡色惡色者所謂能生苦受聲香味觸法乃至能生憂心者如六欲天六情所對淨妙欲隨意歡喜衆生種少福德生天上如是何況菩薩福德實智慧無量無邊及十方諸佛諸餘賢聖所念

【經】說是般若波羅蜜品時三百比丘從座起以所著衣上佛發阿耨多羅三藐三菩提心佛爾時微笑種種色光從口中出慧命阿難從座起整衣服合掌右膝著地白佛言佛何因緣微笑佛告阿難是三百比丘從是已後六十一劫當作佛皆號名大相是三百比丘捨此身當生阿閦佛世界及六萬欲天子皆發阿耨多羅三藐三菩提心於彌勒佛法中出家行佛道是時佛之威神故此間四部衆見十方面各千佛是十方世界嚴淨此婆婆世界所不及爾時十千人作願我等修淨願行淨願行故當生彼佛世界爾時佛知是善男子深心而復微笑種種光從口中出阿難整衣服合掌白佛佛何因緣微笑佛告阿難汝見是十千人不阿難言見佛言是十千人於此壽終當生彼世界終不離諸佛後當作佛皆號莊嚴王

【論】問曰如佛結戒比丘三衣不應少是諸比丘何以破尸羅波羅蜜作檀波羅蜜答曰有人言佛過十二歲然後結戒是比丘施衣時

未結戒有人言是比丘有淨施衣心生當受以是故施有人言是諸比丘多知多識即能更得事不經宿復次有人言是諸比丘聞佛說諸菩薩行檀波羅蜜諸功德力勢無量故得與般若波羅蜜相應心大踊躍即以衣施無復他念不故破戒復次諸比丘知佛法畢竟空無所著斷法愛爲世諦故結戒非第一義是比丘從佛聞第一義及布施得六波羅蜜聞諸菩薩種種大威力愍念衆生爲諸煩惱所覆不能得是菩薩功德是故生大悲心爲衆生故發阿耨多羅三藐三菩提意以是故以衣布施若人以貪欲瞋恚怖畏邪見不恭敬心輕佛語而不持是名爲破戒是諸比丘都無此心是故無破戒罪問曰佛何以微笑答曰笑有種種有人見妓樂事而笑有人內懷瞋恚而笑有人憍慢故笑有人輕物故笑有人事辦喜故笑有人見不應作而作故笑有人懷詐揚善故笑有人見希有事故笑佛今見比丘以一袈裟施未來世中成辦佛事是爲希有以是故笑問曰阿難何以常問佛笑而餘比丘不問答曰是諸比丘不親近佛又敬難心多故不敢自問阿難善知人相知諸比丘意又見佛笑疑故作是念佛無衆生相無有法相知三界如夢如幻今有何事能令佛笑佛如須彌山王大地大海不以小因緣故動以是故問笑因緣佛告阿難業因緣果報相續不可思議是三百比丘却後六十一劫當得作佛號名大相（施以手舉物顯示爲相故因以爲名也）六十一劫中是人利根值佛說法與般若波羅蜜相應故是諸人疾得作佛是諸比

丘未得天眼故自疑不知生何處恐不能得集諸功德不得至道是故佛言捨是身當生阿閦佛世界六萬欲天子必是宿世共福德因緣故與三百比丘俱發阿耨多羅三藐三菩提心是彌勒所應度是故佛記彌勒時當出家今佛記諸比丘生阿閦世界故諸人咸欲見諸佛清淨世界是故佛令大衆見十方面各千佛是四衆見是清淨莊嚴佛世界見諸佛身大於須彌山者一生補處菩薩大衆圍繞以梵音徹無量無邊世界各自鄙薄其身憐愍衆生故爲求無量佛法作願生彼佛世界如清淨世界行願中說笑因緣如先說是十千人於此壽終當生彼國隨生彼國行業因緣具足故此間集深厚無量福德故終不離諸佛見諸莊嚴佛世界發心故皆號莊嚴王佛

釋歎度品第五

（經）爾時慧命舍利弗慧命目揵連慧命須菩提慧命摩訶迦葉如是等諸多知識比丘及諸菩薩摩訶薩諸優婆塞優婆夷從座起合掌白佛言世尊摩訶波羅蜜是菩薩摩訶薩般若波羅蜜尊波羅蜜第一波羅蜜勝波羅蜜妙波羅蜜無上波羅蜜無等波羅蜜無等等波羅蜜如虚空波羅蜜是菩薩摩訶薩般若波羅蜜世尊自相空波羅蜜是菩薩摩訶薩般若波羅蜜世尊自性空波羅蜜是菩薩摩訶薩般若波羅蜜諸法空波羅蜜無法有法空波羅蜜開一切功德波羅蜜成就一切功德波羅蜜不可壞波羅蜜是諸菩薩摩訶薩般若波羅蜜諸菩薩摩訶薩行是般若波

羅蜜無等等布施具足無等等檀波羅蜜得無等等身得無等等法所謂阿耨多羅三藐三菩提尸羅波羅蜜羼提波羅蜜毗梨耶波羅蜜禪波羅蜜般若波羅蜜亦如是世尊本亦復行此般若波羅蜜具足無等等六波羅蜜得無等等法得無等等色無等等受想行識佛轉無等等法輪過去佛亦如是行此般若波羅蜜具足無等等布施乃至轉無等等法輪未來世佛亦行此般若波羅蜜當作無等等布施乃至當轉無等等法輪以是故世尊菩薩摩訶薩欲度一切法彼岸當習行般若波羅蜜唯世尊是行般若波羅蜜菩薩摩訶薩一切世間天及人阿脩羅應當禮敬供養佛告衆弟子及諸菩薩摩訶薩如是如是諸善男子行般若波羅蜜者一切世間天及人阿脩羅應當禮敬供養何以故因菩薩來故出生人道天道刹利大姓婆羅門大姓居士大家轉輪聖王四天王天乃至阿迦尼吒天出生須陀洹乃至阿羅漢辟支佛諸佛因菩薩來故世間便有飲食衣服卧具房舍燈燭摩尼眞珠毗瑠璃珊瑚金銀等諸寶物生舍利弗世間所有樂具若人中若天上若離欲樂是一切樂具皆由菩薩有何以故舍利弗菩薩摩訶薩行菩薩道時住六波羅蜜自行布施亦以布施成就衆生乃至自行般若波羅蜜亦以般若波羅蜜成就衆生舍利弗是故菩薩摩訶薩爲安樂一切衆生故出現於世

【論】問曰五千比丘中上有千餘上座所謂優樓頻螺迦葉等何以止說此四人名答曰是

四比丘是現世無量福田舍利弗是佛右面
弟子目揵連是佛左面弟子須菩提修無諍
定行空第一摩訶迦葉行十二頭陀第一世
尊施衣分坐常深心憐愍衆生佛在世時若
有人欲求今世果報者供養是四人輙得如
願是故是多知多識比丘及四衆讃般若波
羅蜜問曰是阿羅漢最後身所作已辦何以
復讃歎般若波羅蜜答曰人皆知阿羅漢得
無漏道以菩薩智慧雖大結使未斷故不貴
又以是阿羅漢有慈悲心助佛揚化故以之
爲證佛道於世間中最大是般若能與此事
故名爲大波羅蜜一切法中智慧第一故言
尊波羅蜜能正導五度故名第一波羅蜜五
度不及故名爲勝波羅蜜如五情不及意能
自利利人故名爲妙波羅蜜一切法中無有
過者故名無上波羅蜜無有法與同者故名
無等波羅蜜諸佛名無等等從般若波羅蜜
生故名無等等波羅蜜是般若波羅蜜畢竟
清淨不可以戲論破壞故名如虛空波羅蜜
般若波羅蜜中一切法自相不可得故名爲
自相空波羅蜜此波羅蜜中一切法自性空
故諸法因緣和合生無有自性故名爲自性
空波羅蜜諸法中無有自法故名爲諸法空
波羅蜜以此衆生空法空故破諸法令無所
有無所有亦無所有是名無法有法空波羅
蜜菩薩行是般若波羅蜜無有功德而不攝
者如日出時華無不敷故名開一切功德波
羅蜜是菩薩心中般若波羅蜜日出成就一
切諸功德皆令清淨般若波羅蜜是一切善
法之本是故名爲成就一切功德波羅蜜世

間無有法能傾動者故名不可破壞波羅蜜是諸阿羅漢讚歎因緣所謂三世佛皆從般若波羅蜜生所謂無比布施乃至無比智慧世間中無有與等者故言無比是六波羅蜜畢竟清淨無有失故名爲無比無比即是無等等復次無等等諸佛名無等與諸佛等故名爲無等等問曰三世諸佛中已有釋迦文佛何以别説答曰今座上衆皆由釋迦文佛得度感恩重故别説如舍利弗説我師不出者我等求爲盲冥諸阿羅漢知三世諸佛皆從般若波羅蜜中出以是故諸阿羅漢説世尊諸菩薩摩訶薩欲徧知一切法當習般若波羅蜜阿羅漢讚歎菩薩時心生恭敬是故説禮敬供養天人阿脩羅者説三善道三惡道無所别知故不説佛聞羅漢讚歎已佛印可言如是如是應當禮敬供養行般若波羅蜜者汝雖無一切智慧而説不錯故重言如是如是何以故此中佛自説因菩薩故出生人道天道乃至一切諸菩薩爲安樂一切衆生故説刹利大姓乃至阿迦膩吒須陀洹乃至諸佛皆如先説問曰若因菩薩有飲食等及諸寶物人何以力作求生受諸辛苦乃得答曰飢餓劫時人雖設其功力亦無所得以衆生罪重故菩薩世世讚歎布施持戒善心是三福因緣故有上中下上者念便即得中者人中尊重供養自至下者施功力乃得以是故説因菩薩得實而不虚樂因緣甚多不可稱計今佛略説天樂人樂涅槃樂皆由菩薩得此中佛自説菩薩住六波羅蜜自行布施亦教衆生行布施雖衆生自行布施無菩

薩教導則不能行問曰除解脱樂此二種樂是衆生生結使處貪欲因緣故生恚菩薩何以教導此結使因緣答曰菩薩無咎所以者何菩薩慈悲清淨心與衆生樂因緣教修福事若衆生不能清淨行福德者於菩薩何咎如人好心作井盲人墮中而死作者無罪如人設好食施人不知量者多食致患施者無罪復次若諸佛菩薩不教衆生作福德因緣則無天無人無阿脩羅但長三惡道無從罪得出者復次衆生樂因緣故生貪貪因緣故生恚恚因緣故生苦苦因緣故生罪今欲免衆生於第五罪中是故與樂復次非定樂因緣生貪欲或正憶念故樂爲善福因緣邪憶念故生貪欲今爲正憶念樂故令生福德因緣復次唯佛一人無錯無失是菩薩未成就佛道未得佛眼故以三種樂故教化可度衆生諸佛但以解脱樂教化衆生

釋舌相品第六

經爾時世尊出舌相徧覆三千大千世界從其舌相出無數無量色光明普照十方如恒河沙等諸佛世界是時東方如恒河沙等世界中無量無數諸菩薩見是大光明各各白其佛言世尊是誰力故有是大光明普照諸世界諸佛告諸菩薩言諸善男子西方有世界名娑婆是中有佛名釋迦牟尼是其舌相出大光明普照東方如恒河沙等諸佛世界南西北方四維上下亦復如是爲諸菩薩摩訶薩説般若波羅蜜故是時諸菩薩各白其佛言我欲往供養釋迦牟尼佛及諸菩薩摩訶薩并欲聽般若波羅蜜諸佛告諸菩薩善

男子汝自知時是時諸菩薩摩訶薩持諸供養具無量華蓋幢旛瓔珞衆香金銀寶華向娑婆世界詣釋迦牟尼佛所爾時四天王諸天乃至阿迦尼吒諸天各持天上天香末香澤香天樹香葉香天種種蓮華青赤紅白向釋迦牟尼佛所是諸菩薩摩訶薩及諸天所散諸華於三千大千世界虚空中化成四柱大臺種種異色莊嚴分明是時釋迦牟尼佛衆中有十萬億人皆從座起合掌白佛言世尊我等於未來世中亦當得如是法如今釋迦牟尼佛弟子侍從大衆說法亦爾是時佛知善男子至心於一切諸法不生不滅不出不作得是法忍佛便微笑種種色光從口中出阿難白佛言世尊何因緣故微笑佛告阿難是衆中十萬億人於諸法中得無生忍是諸人於未來世過六十八億劫當作佛劫名華積佛皆號覺華

論問曰初品中佛已出舌相今何以重出答曰是事非一日一坐說前出舌相爲和合大會度一切衆生舍利弗問佛答今此異時更爲餘人須菩提巧說空故佛命令更說是故出舌相光明問曰舍利弗智慧第一竟何所少而復命須菩提答曰佛弟子衆多一人說已次命一人譬如王者群臣衆多次第共語問曰若爾者目連迦葉等甚多何以不次皆與語答曰此經名智慧舍利弗智慧第一是故問須菩提雖有種種因緣以二因緣大故一者好行無諍定常慈悲衆生雖不能廣度衆生而常助菩薩以菩薩事問佛二者好深行空法是般若中多說空法是故令須菩提

說是舌相光明諸菩薩來往義乃至華臺供
養義如先說爾時衆生見是大神通力所謂
十方如恒河沙等世界中諸佛以諸佛及釋
迦文佛出無量光明故衆生蒙佛神力見舌
相覆三千大千世界及聞見諸佛在大衆中
說法即得無生法忍作是願言我等未來世
神通變化亦當如今佛佛知衆生得無生法
忍故微笑笑義佛荅如先說是人過六十八
億劫作佛是人見十方諸菩薩持七寶華來
供養變成七寶華臺因見是巳其心清淨得
無生法忍是故作佛時劫名華積佛皆號覺
華釋第四品下訖第六品也

大智度論卷第四十

大智度論卷第四十一

龍樹菩薩造

姚秦三藏法師鳩摩羅什譯

釋三假品第七

經爾時佛告慧命須菩提汝當教諸菩薩摩訶薩般若波羅蜜如諸菩薩摩訶薩所應成就般若波羅蜜即時諸菩薩摩訶薩及聲聞大弟子諸天等作是念慧命須菩提自以智慧力當爲諸菩薩摩訶薩說般若波羅蜜耶爲是佛力慧命須菩提知諸菩薩摩訶薩大弟子諸天心所念語慧命舍利弗敢佛弟子所說法所教授皆是佛力佛所說法法相不相違背是善男子學是法得證此法佛說如燈舍利弗一切聲聞辟支佛實無力能爲菩薩摩訶薩說般若波羅蜜爾時慧命須菩提白佛言世尊所說菩薩菩薩字何等法名菩薩世尊我等不見是法名菩薩云何教菩薩般若波羅蜜佛告須菩提般若波羅蜜亦但有名字名爲般若波羅蜜菩薩菩薩字亦但有名字是名字不在内不在外不在中間須菩提譬如說我名和合故有是我名不生不滅但以世間名字故說如衆生壽命生者養育衆數人作者使作者起者使起者受者使受者知者見者等和合法故有是諸名不生不滅但以世間名字故說般若波羅蜜菩薩菩薩字亦如是皆和合故有是亦不生不滅但以世間名字故說須菩提譬如身和合故有是亦不生不滅但以世間名字故說須菩提譬如色受想行識亦和合故有是亦不生不滅但以世間名字故說須菩提般若波羅

蜜菩薩菩薩字亦如是皆是和合故有是亦不生不滅但以世間名字故說須菩提譬如眼和合故有是亦不生不滅但以世間名字故說是眼不在內不在外不在中間耳鼻舌身意和合故有是亦不生不滅但以世間名字故說色乃至法亦如是眼界和合故有是亦不生不滅但以世間名字故說乃至意識界亦如是須菩提般若波羅蜜菩薩菩薩字亦如是皆和合故有是亦不生不滅但以名字故說是名字不在內不在外不在中間須菩提譬如內身名爲頭但有名字項肩臂脊肋脾膞脚是和合故有是法及名字亦不生不滅但以名字故說是名字亦不在內不在外不在中間須菩提般若波羅蜜菩薩菩薩字亦如是皆和合故有但以名字故說是亦不生不滅不在內不在外不在中間須菩提譬如外物草木枝葉莖節是一切但以名字故說是法及名字亦不生不滅非內非外非中間住須菩提般若波羅蜜菩薩菩薩字亦如是皆和合故有是法及名字亦不生不滅非內非外非中間住須菩提譬如過去諸佛名和合故有是亦不生不滅但以名字說是亦非內非外非中間住般若波羅蜜菩薩菩薩字亦如是須菩提譬如夢響影幻炎佛所化皆是和合故有但以名字說是法及名字不生不滅非內非外非中間住般若波羅蜜菩薩菩薩字亦如是如是須菩提菩薩摩訶薩行般若波羅蜜名假施設受假施設法假施設如是應當學

【論】問曰佛既不自說諸菩薩摩訶薩福德智

慧利根勝諸聲聞何以故命須菩提令説答曰先舌相中已有二因緣故使須菩提説復次佛威德尊重畏敬心故不敢問佛畏不自盡復次佛知衆中心所疑衆人敬難佛故不敢發問所以者何衆生見佛身過須彌山舌覆三千大千世界身出種種無量光明是時衆會心皆驚怖不敢發問各各自念我當云何從佛聞法以是故佛命須菩提令爲衆人説法言汝所説者皆是佛力如經中説復次般若波羅蜜有二種一者共聲聞菩薩合説二者但與諸法身菩薩説爲雜説故命須菩提爲首及彌勒舍利弗釋提桓因爾時衆會聞佛命須菩提令説心皆驚疑須菩提知衆人心告舍利弗等言一切聲聞所説所知皆是佛力我等當承佛威神爲衆人説譬如傳語人所以者何佛所説法法相不相違背是弟子等學是法作證敢有所説皆是佛力我等所説即是佛説所以者何現在佛前説我等雖有智慧眼不值佛法則無所見譬如夜行嶮道無人執燈必不得過佛亦如是若不以智慧燈照我等者則無所見又告舍利弗一切聲聞辟支佛實無力能爲諸菩薩説般若波羅蜜況我一人所以者何菩薩智慧甚深問答玄遠諸餘淺近法於菩薩邊説猶難何況深法如人能食一斛飯從有一斗者索欲以除飢是不能除以是故説聲聞辟支佛無力能爲菩薩説般若須菩提大明菩薩尊貴佛亦然可令須菩提欲於實相法中説是故言一切法中求菩薩不可得菩薩不可得故字亦不可得菩薩菩薩字不可得故般若

波羅蜜亦不可得是三事不可得故我云何當教菩薩般若波羅蜜問曰佛命須菩提爲諸菩薩說般若而須菩提言無菩薩與佛相反佛何以同之答曰有二種說一者著心說二者不著心說今須菩提以不著心說空佛不訶之復次須菩提常行空三昧知諸法空故佛告須菩提爲諸菩薩說般若波羅蜜而菩薩畢竟空是故須菩提驚言云何有菩薩佛即述成菩薩如是從發心已來乃至佛道皆畢竟空故不可得若如是教者是即教菩薩般若波羅蜜復次凡有二法一者名字二者名字義如火能照能燒是其義照是造色燒是火大是二法和合名爲火若離是二法有火更應有第三用除燒除照更無第三業以是故知二法和合假名爲火是火名不在二法内何以故是法二火是一一不爲二二不爲一義以名二法不相合所以者何若二法合說火時應燒口若離索火應得水如是等因緣知不在内若火在二法外聞火名不應二法中生火想若在兩中間則無依止處一切有爲法無有依止處若在中間則不可知以是故火不在三處但有假名菩薩亦如是二法和合名菩薩所謂名色色事異名事異若定有菩薩應更有第三事而無有事則知假名是菩薩菩薩名亦如是不在内不在外不在兩中間是中佛說譬喻如五衆和合故名爲我實我不可得衆生乃至知者見者皆是五衆因緣和合生假名法是諸法實不生不滅世間但用名字說菩薩菩薩字般若波羅蜜亦如是皆是因緣和合假名法是中

佛更說譬喻有人言但五衆和合有衆生而衆生空但有五衆法佛言衆生空五衆亦和合故假名字有十二處十八界亦如是復次菩薩有二種一者坐禪二者誦經坐禪者常觀身骨等諸分和合故名爲身即以所觀爲譬喻言頭骨分和合故名爲頭脚骨分和合故名爲脚頭脚骨等和合故名爲身一一推尋皆無根本所以者何此是常習常觀故以爲譬喻不坐禪者以草木枝葉華實爲喻如過去諸佛亦但有名字用是名字可說十譬喻亦但有名字菩薩義亦如是十喻義如先說菩薩應如是學三種波羅聶提五衆等法是名法波羅聶提五衆因緣和合故名爲衆生諸骨和合故名爲頭骨如根莖枝葉和合故名爲樹是名受皮羅聶提用是名字取二法相說是二種是爲名字波羅聶提復次衆微塵法和合故有麤法生如微塵和合故有麤色是名法波羅聶提從法有法故是麤法和合有名字生如能照能燒有火名字生名色有故爲人名色是法人是假名是爲受波羅聶提取色取名故名爲受多名字邊更有名字如梁椽瓦等名字邊更有屋名字生如樹枝樹葉名字邊有樹名生是爲名字波羅聶提行者先壞名字波羅聶提到受波羅聶提次破受波羅聶提到法波羅聶提破法波羅聶提到諸法實相中諸法實相即是諸法及名字立般若波羅蜜

經 復次須菩提菩薩摩訶薩行般若波羅蜜不見色名字是常不見受想行識名字是常不見色名字無常不見受想行識名字無常

不見色名字樂不見色名字苦不見色名字我不見色名字無我不見色名字空不見色名字無相不見色名字無作不見色名字寂滅不見色名字垢不見色名字淨不見色名字生不見色名字滅不見色名字內不見色名字外不見色名字中間住受想行識亦如是眼色眼識眼觸眼觸因緣生諸受乃至意法意識意觸意觸因緣生諸受亦如是何以故菩薩摩訶薩行般若波羅蜜般若波羅蜜字菩薩菩薩字有為性中亦不見無為性中亦不見菩薩摩訶薩行般若波羅蜜是法皆不作分別是菩薩行般若波羅蜜住不壞法中修四念處時不見般若波羅蜜不見般若波羅蜜字不見菩薩不見菩薩字乃至修十八不共法時不見般若波羅蜜不見般若波羅蜜字不見菩薩不見菩薩字菩薩摩訶薩如是行般若波羅蜜時但知諸法實相諸法實相者無垢無淨如是須菩提菩薩摩訶薩行般若波羅蜜時當作是知名字假施設知假名字已不著色不著受想行識不著眼乃至意不著色乃至法不著眼識乃至不著意識不著眼觸乃至不著意觸不著眼觸因緣生受若苦若樂若不苦不樂乃至不著意觸因緣生受若苦若樂若不苦不樂不著有為性不著無為性不著檀波羅蜜尸羅波羅蜜羼提波羅蜜毗梨耶波羅蜜禪波羅蜜般若波羅蜜不著三十二相不著菩薩身不著菩薩肉眼乃至不著佛眼不著智波羅蜜不著神通波羅蜜不著內空乃至不著無法有法空不著成就衆生不著淨佛世界不著方便

法何以故是諸法無著者無著法無著處皆無故如是須菩提菩薩摩訶薩行般若波羅蜜時不著一切法便增益檀波羅蜜尸羅波羅蜜羼提波羅蜜毗梨耶波羅蜜禪波羅蜜般若波羅蜜入菩薩位得阿鞞跋致地具足菩薩神通遊一佛國至一佛國成就衆生恭敬尊重讃歎諸佛爲淨佛世界爲見諸佛供養供養之具善根成就隨意悉得亦聞諸佛所說法聞已乃至阿耨多羅三藐三菩提終不忘失得諸陀羅尼門諸三昧門如是須菩提菩薩摩訶薩行般若波羅蜜時當知諸法名假施設須菩提於汝意云何色是菩薩不受想行識是菩薩不不也世尊眼耳鼻舌身意是菩薩不不也世尊色聲香味觸法是菩薩不不也世尊眼識乃至意識是菩薩不不也世尊須菩提於汝意云何地種是菩薩不不也世尊水火風空識種是菩薩不不也世尊於須菩提意云何無明是菩薩不不也世尊於須菩提尊乃至老死是菩薩不不也世尊乃至離老意云何離色是菩薩不不也世尊須菩提於汝意云何死是菩薩不不也世尊須菩提於汝意云何色如相是菩薩不不也世尊乃至老死如相是菩薩不不也世尊離色如相乃至離老死如相是菩薩不不也世尊佛告須菩提汝觀何等義言色非菩薩乃至老死非菩薩離色非菩薩乃至離老死非菩薩色如相非菩薩乃至老死如相非菩薩離色如相非菩薩乃至離老死如相非菩薩須菩提言世尊衆生畢竟不可得何況當是菩薩色不可得何況色離色色如離色如是菩薩乃至老死不可

得何況老死離老死老死如離老死如是菩薩佛告須菩提善哉善哉如是須菩提菩薩摩訶薩衆生不可得故般若波羅蜜不可得當作是學於須菩提意云何色是菩薩義不不也世尊受想行識是菩薩義不不也世尊於須菩提意云何色常是菩薩義不不也世尊受想行識常是菩薩義不不也世尊色無常是菩薩義不不也世尊受想行識無常是菩薩義不不也世尊色樂是菩薩義不不也世尊受想行識樂是菩薩義不不也世尊色苦是菩薩義不不也世尊受想行識苦是菩薩義不不也世尊色我是菩薩義不不也世尊受想行識我是菩薩義不不也世尊色非我是菩薩義不不也世尊受想行識非我是菩薩義不不也世尊於須菩提意云何色空是菩薩義不不也世尊受想行識空是菩薩義不不也世尊色非空是菩薩義不不也世尊受想行識非空是菩薩義不不也世尊色相是菩薩義不不也世尊受想行識相是菩薩義不不也世尊色無相是菩薩義不不也世尊受想行識無相是菩薩義不不也世尊色作是菩薩義不不也世尊受想行識作是菩薩義不不也世尊色無作是菩薩義不不也世尊受想行識無作是菩薩義不不也世尊乃至老死亦如是佛告須菩提汝觀何等義言色非菩薩義受想行識非菩薩義乃至色受想行識無作非菩薩義乃至老死亦如是須菩提白佛言世尊色畢竟不可得何況無色是菩薩義受想行識亦如是世尊色常畢竟不可得何況色無常是菩薩義乃至識

亦如是世尊色樂畢竟不可得何況色苦是菩薩義乃至識亦如是世尊色我畢竟不可得何況色非我是菩薩義乃至識亦如是世尊色有法畢竟不可得何況色空是菩薩義乃至識亦如是世尊色相畢竟不可得何況色無相是菩薩義乃至識亦如是世尊色作畢竟不可得何況色無作是菩薩義乃至識亦如是佛告須菩提善哉善哉如是須菩提菩薩摩訶薩行般若波羅蜜色義不可得受想行識義乃至無作義不可得當作是學般若波羅蜜須菩提汝言我不見是法名菩薩須菩提諸法不見諸法諸法不見法性法性不見諸法法性不見地種地種不見法性乃至識種不見法性法性不見識種法性不見眼色眼識性眼色眼識性不見法性乃至法性不見意法意識性意法意識性不見法性須菩提有為性不見無為性無為性不見有為性何以故離有為不可說無為離無為不可說有為如是須菩提菩薩摩訶薩行般若波羅蜜於諸法無所見是時不驚不畏不怖心亦不沒不悔何以故是菩薩摩訶薩不見色受想行識故不見眼乃至意不見色乃至法不見婬恚癡不見無明乃至老死不見我乃至知者見者不見欲界色界無色界不見聲聞心辟支佛心不見菩薩不見菩薩法不見佛不見佛法不見佛道是菩薩一切法不見故不驚不畏不怖不沒不悔須菩提白佛言世尊何因緣故菩薩心不沒不悔佛告須菩提菩薩摩訶薩一切心心數法不可得不可見以是故菩薩摩訶薩心不沒不悔世尊

云何菩薩心不驚不畏不怖佛告須菩提是菩薩意及意界不可得不可見以是故不驚不畏不怖如是須菩提菩薩摩訶薩一切法不可得故應行般若波羅蜜須菩提菩薩摩訶薩一切行處不得般若波羅蜜不得菩薩名亦不得菩薩心即是教菩薩摩訶薩

論釋曰菩薩行般若波羅蜜觀色法名字非常非無常乃至有爲無爲性中不見有菩薩菩薩字如先說一切法中不作憶想分別菩薩住不壞法中行六波羅蜜乃至十八不共法以諸法實相智慧於諸法中求不見一定法所謂般若波羅蜜亦不見般若波羅蜜名字又不見菩薩及菩薩名字用是智慧故破無明等諸煩惱用是不見亦不見智慧故破著般若波羅蜜般若波羅蜜名字菩薩菩薩名字諸法實相清淨通達無礙菩薩得如是智慧若見若聞若念皆如幻化若聞見念皆是虛誑以是故不著色等住是無礙智慧中增益六波羅蜜入菩薩位得如是等利益是一章佛自教菩薩作如是觀次後章人謂佛多說法空故反問須菩提若諸法不空頗有一法定是菩薩不所謂色是菩薩不乃至如是菩薩不須菩提作是念諸法和合故有菩薩我云何言一法定是菩薩以是故言不也世尊須菩提善得衆生空故佛言善哉善哉菩薩知衆生空不可得故應行般若波羅蜜色是菩薩義乃至無作畢竟空亦如是須菩提入諸法深空中不疑故能益諸菩薩故佛讚言善哉善哉菩薩法應如是學一切法不可得空般若波羅蜜如須菩提說我不見是

法名字爲菩薩佛言非但菩薩獨不可見都無有法見法者法性無量不可見故是故諸法不見法性諸法因緣和合生無有自性畢竟空故法性不見諸法色性色性不見法性法性不見色性乃至識性亦如是五衆性與法性同名故名爲性十二處十八界有爲法無爲法亦如是略説因緣離有爲性不得説無爲性離無爲性不得説有爲性是二法中攝一切法故是菩薩雖不見一切法亦不怖畏何以故有所見有所不見則有恐畏若都無所見則無所畏所謂五衆乃至十八不共法問曰若佛已説不恐畏因緣須菩提何故重問答曰須菩提若謂法都空無所有恐墮邪見所以者何佛弟子得正見故名爲行道人云何言都不可見佛知須菩提意故説言一切心心數法不可得不可見故無畏凡夫人欲入空中見心心數法可得外法不可得故恐怖菩薩以心心數法虚妄不實顛倒果報不能示人實事故不恐怖以是異義故重問問曰若爾者何以復次有第三問答曰心心數法意識中不可見意及意識是心心數法根本所以者何意識中多分别故生恐怖五識時頃促故無所分别欲破怖畏根本以是故重問無咎若菩薩能行如是般若波羅蜜雖不見四種事菩薩菩薩字般若波羅蜜般若波羅蜜字能三種因緣不畏即是教菩薩般若波羅蜜若但了菩薩般若波羅蜜相是爲行般若波羅蜜不從十方求亦無與者亦非如金銀寶物力求而得

釋勸學品第八

【經】爾時慧命須菩提白佛言世尊菩薩摩訶薩欲具足檀波羅蜜當學般若波羅蜜欲具足尸羅波羅蜜羼提波羅蜜毗梨耶波羅蜜禪波羅蜜般若波羅蜜當學般若波羅蜜菩薩摩訶薩欲知色當學般若波羅蜜乃至欲知識當學般若波羅蜜欲知眼乃至意欲知色乃至法欲知眼識乃至意識欲知眼觸乃至意觸欲知眼觸因緣生受乃至意觸因緣生受當學般若波羅蜜欲斷婬瞋癡當學般若波羅蜜菩薩摩訶薩欲斷身見戒取疑婬欲瞋恚色愛無色愛掉慢無明等一切結使及纏當學般若波羅蜜欲斷四縛四結四顛倒當學般若波羅蜜欲知十善道欲知四禪欲知四無量心四無色定四念處乃至十八不共法當學般若波羅蜜菩薩摩訶薩欲入覺意三昧當學般若波羅蜜欲入六神通九次第定超越三昧當學般若波羅蜜欲得師子遊戲三昧當學般若波羅蜜欲得師子奮迅三昧欲得一切陀羅尼門當學般若波羅蜜菩薩摩訶薩欲得首楞嚴三昧寶印三昧妙月三昧月幢相三昧一切法印三昧觀印三昧畢法性三昧畢住相三昧如金剛三昧入一切法門三昧三昧王三昧王印三昧淨力三昧高出三昧畢入一切辯才三昧入諸法名三昧觀十方三昧諸陀羅尼門印三昧一切法不忘三昧攝一切法聚印三昧虛空住三昧三分清淨三昧不退神通三昧出鉢三昧諸三昧幢相三昧欲得如是等諸三昧門當學般若波羅蜜復次世尊菩薩摩訶薩欲滿一切衆生願當學般若波羅蜜

論問曰初品中言種種欲有所得當學般若波羅蜜今何以重說答曰先但讚歎欲得是諸功德當行般若波羅蜜未說般若波羅蜜今已聞般若波羅蜜味因欲得餘功德所謂六波羅蜜等當學般若波羅蜜復次上種種因緣說諸法空有人謂佛法斷滅無所復作爲斷是人疑故言欲得布施等種種功德當行般若波羅蜜若般若波羅蜜實空無所有斷滅者不應說應行布施等功德有智者說何緣初後相違復次前廣說此略說彼是佛說此是須菩提說復次般若波羅蜜深妙故重說譬如讚德之美故言善哉善哉六波羅蜜義如先說知五衆者見無常苦空總相別相等六情六塵六識六觸六受亦如是一切世間繫縛受爲主以受故生諸結使樂受生貪欲苦受生瞋恚不苦不樂受生愚癡三毒起諸煩惱及業因緣以是故但說受餘心數法不說所謂想憶念等三毒十結諸使纏乃至十八不共法如先說覺意三昧超越三昧師子遊戲三昧是菩薩諸三昧後當說欲滿一切衆生願先已說

經欲得具足如是善根常不墮惡趣欲得不生卑賤之家欲得不住聲聞辟支佛地中欲得不墮菩薩頂者當學般若波羅蜜爾時慧命舍利弗問須菩提云何爲菩薩摩訶薩墮頂須菩提言舍利弗若菩薩摩訶薩不以方便行六波羅蜜入空無相無作三昧不墮聲聞辟支佛地亦不入菩薩位是名菩薩摩訶薩法愛生故墮頂舍利弗問須菩提云何名菩薩生須菩提答舍利弗言生名法愛舍利

佛言何等法愛須菩提言菩薩摩訶薩行般若波羅蜜色是空受念著受想行識空受念著舍利弗是名菩薩摩訶薩順道法愛生復次舍利弗菩薩摩訶薩色是無相受念著受想行識無相受念著色是無作受念著受想行識無作受念著色是寂滅受念著受想行識寂滅受念著色是無常乃至識色是苦乃至識色是無我乃至識受念著是爲菩薩順道法愛生是苦應知集應斷盡應證道應修是垢法是淨法是應近是不應近是菩薩所應行是非菩薩所應行是菩薩道是菩薩學是非菩薩道是非菩薩學是菩薩檀波羅蜜乃至般若波羅蜜是非菩薩檀波羅蜜乃至般若波羅蜜是菩薩方便是非菩薩方便是菩薩熟是非菩薩熟舍利弗菩薩摩訶薩行般若波羅蜜是諸法受念著是爲菩薩摩訶薩順道法愛生

論問曰何等善根故不墮惡道貧賤及聲聞辟支佛亦不墮頂答曰有人言行不貪善根故愛等諸結使衰薄深入禪定行不瞋善根故瞋等諸結使薄深入慈悲心行不癡善根故無明等諸結使薄深入般若波羅蜜如是禪定慈悲般若波羅蜜力故無事不得何況四事問曰何以四事中但問墮頂答曰三事先已說墮頂未說故問問曰頂者是法位此義先已說今何以重說答曰雖說其義名字各異無方便入三解脫門及有方便先已說法愛於無生忍法中無有利益故名曰生譬如多食不消若不療治於身爲患菩薩亦如是初發心時貪愛法食所謂無方便行諸善

法深心繫著於無生忍法是則爲生爲病以著法愛故於不生不滅亦愛譬如必死之人雖加諸藥藥反成病是菩薩於畢竟空不生不滅法忍中而生愛著反爲其患法愛於人天中爲妙於無生法忍爲累一切法中憶想分别諸觀是非隨法而愛是名爲生不任盛諸法實相水與生相違是名菩薩熟問曰是一事何以故名爲頂名爲位名爲不生答曰於柔順忍無生忍中間所有法名爲頂住是頂上直趣佛道不復畏墮譬如聲聞法中煖忍中間名爲頂法問曰若得頂不墮今云何言頂墮答曰垂近應得而失者名爲墮得頂者智慧安隱則不畏墮譬如上山既得到頂則不畏墮未到之間傾危畏墮頂增長堅固名爲菩薩位入是位中一切結使一切魔民不能動搖亦名無生忍法所以者何異於生故愛等結使雜諸善法爲生復次無諸法實相智慧火故名爲生有諸法實相智慧火故名爲熟是人能信受諸法實相智慧故名爲熟譬如熟瓶能盛受水生則爛壞復次依止生滅智慧故得離顛倒離生滅智慧故不生不滅是名無生法能信能受能持故名爲忍復次位者拔一切無常等諸觀法名爲位若不如是是爲順道法愛生

【經】舍利弗問須菩提云何名菩薩摩訶薩無生須菩提言菩薩摩訶薩行般若波羅蜜時内空中不見外空外空中不見内空外空中不見内外空内外空中不見外空内外空中不見空空空空中不見内外空空空中不見大空大空中不見空空大空中不見第一義

空第一義空中不見大空第一義空中不見有爲空有爲空中不見第一義空有爲空中不見無爲空無爲空中不見有爲空無爲空中不見畢竟空畢竟空中不見無爲空畢竟空中不見無始空無始空中不見畢竟空無始空中不見散空散空中不見無始空散空中不見性空性空中不見散空性空中不見諸法空諸法空中不見性空諸法空中不見自相空自相空中不見諸法空自相空中不見不可得空不可得空中不見自相空不可得空中不見無法空無法空中不見不可得空無法空中不見有法空有法空中不見無法空有法空中不見無法有法空無法有法空中不見有法空舍利弗菩薩摩訶薩行般若波羅蜜得入菩薩位復次舍利弗菩薩摩訶薩欲學般若波羅蜜應如是學不念色受想行識不念眼乃至意不念色乃至法不念檀波羅蜜尸波羅蜜羼提波羅蜜毗梨耶波羅蜜禪波羅蜜般若波羅蜜乃至十八不共法如是舍利弗菩薩摩訶薩行般若波羅蜜得是心不應念不應高無等等心不應念不應高大心不應念不應高何以故是心非心心相常淨故舍利弗語須菩提云何名心相常淨須菩提言若菩薩知是心相與婬怒癡不合不離諸纏流縛等諸結使一切煩惱不合不離聲聞辟支佛心不合不離舍利弗是名菩薩心相常淨舍利弗語須菩提有是無心相心不須菩提報舍利弗言無心相中有心相無心相可得不舍利弗言不可得須菩提言若不可得不應問有是心非心不舍利

弗復問何等是無心相須菩提言諸法不壞不分別是名無心相舍利弗問須菩提但心不壞不分別色亦不壞不分別乃至佛道亦不壞不分別耶須菩提言若能知心相不壞不分別是菩薩亦能知色乃至佛道不壞不分別爾時慧命舍利弗讚須菩提善哉善哉汝眞是佛子從佛口生從見法生從法化生取法分不取財分法中自信身得證如佛所說得無諍三昧中汝最第一實如佛所舉須菩提菩薩摩訶薩應如是學般若波羅蜜是中亦當分別知菩薩如汝所說行則不離般若波羅蜜須菩提善男子善女人欲學聲聞地亦當應聞般若波羅蜜持誦讀正憶念如說行欲學辟支佛地亦當應聞般若波羅蜜持誦讀正憶念如說行欲學菩薩地亦當應聞般若波羅蜜持誦讀正憶念如說行何以故是般若波羅蜜中廣說三乘是中菩薩摩訶薩聲聞辟支佛當學

論釋曰內空中不見外空外空中不見內空有人言外四大飲食入身中故名爲內若身死還爲外一切法無來去相故外空不在內空中餘十七空亦如是不生不滅無異相無來去故各各中不住復次菩薩位相不念一切色爲有乃至十八不共法亦不念是有不念有義如先說問曰菩提心無等等心大心有何差別答曰菩薩初發心緣無上道我當作佛是名菩提心無等等名爲佛所以者何一切衆生一切法無與等者是菩提心與佛相似所以者何因似果故是名無等等心是心無事不行不求恩惠深固決定復次檀尸

波羅蜜是名菩提心所以者何檀波羅蜜因緣故得大富無所乏少尸波羅蜜因緣故出三惡道人天中尊貴住二波羅蜜果報力故安立能成大事是名菩提心羼提毗梨耶波羅蜜相於衆生中現奇特事所謂人來割肉出髓如截樹木而慈念怨家血化爲乳是心似如佛心於十方六道中一一衆生皆以深心濟度又知諸法畢竟空而以大悲能行諸行是爲奇特譬如人欲空中種樹是爲希有如是等精進波羅蜜力勢與無等相似是名無等等入禪定行四無量心遍滿十方與大悲方便合故拔一切衆生苦又諸法實相滅一切觀諸語言斷而不墮斷滅中是名大心復次初發心名菩提心行六波羅蜜名無等等心入方便心中是名大心如是等各有差別復次菩薩得如是大智心亦不高心相常清淨故如虛空相常清淨煙雲塵霧假來覆蔽不淨心亦如是常自清淨無明等諸煩惱客來覆蔽故以爲不淨除去煩惱如本清淨行者功夫微薄此清淨非汝所作不應自高不應念何以故畢竟空故問曰舍利弗知心相常淨何以故問答曰菩薩發阿耨多羅三藐三菩提心深入深著故雖聞心畢竟空常清淨猶憶想分別取是無心相以是故問是無心相心爲有爲無若有云何言無心相若無何以讚歎是無等等心當成佛道須菩提答曰是無心相中畢竟清淨有無不可得不應難舍利弗復問何等是無心相須菩提答曰畢竟空一切諸法無分別是名無心相舍利弗復問但心相不壞不分別餘法亦如是

須菩提答言諸法亦如是若爾者阿耨多羅三藐三菩提亦如虛空無壞無分別諸菩薩深著阿耨多羅三藐三菩提故作是念諸凡大法可言虛誑以不真實故菩薩漏未盡故亦可言不清淨云何阿耨多羅三藐三菩提亦復虛誑是時心驚不悅須菩提知其心已思惟籌量我今應為說實相法不思惟已自念今在佛前當以實相答若我有失佛自當說重思惟竟以是故說阿耨多羅三藐三菩提雖是第一亦從虛誑法邊生故亦是空不壞不分別相以是故行者當隨阿耨多羅三藐三菩提相行不應取相自高爾時舍利弗讚須菩提言善哉善哉佛時默然聽須菩提所答亦可舍利弗所歎從佛口生者有人言婆羅門從梵天王口邊生故於四姓眾生中第一以是故舍利弗讚言汝真從佛口生所以者何見法知法故未有得道者依佛故得供養是名取財分又如弊惡子不隨父教但取財分取法分者取諸禪定根力覺道種種善法是名取法分得四信故名為法中自信得諸神通滅盡定等著身中故是名身得證如舍利弗於智慧中第一目揵連神足第一摩訶迦葉頭陀第一須菩提得無諍三昧中第一得無諍定阿羅漢者常觀人心不令人起諍是三昧根本四禪中攝亦欲界中用問曰般若波羅蜜是菩薩事何以言欲得三乘者皆當習學答曰般若波羅蜜中說諸法實相即是無餘涅槃三乘人皆為無餘涅槃故精進習行復次般若中種種因緣說空解脫門義如經中說若離空解脫門無道無涅槃

以是故三乘人皆應學般若復次舍利弗自說因緣於般若波羅蜜中廣說三乘相是中三乘人應學成

大智度論卷第四十一

音釋

肋（歷德切 脇幹也）髀（部禮切 股也）膞（市兖切 腓腸也）聶（昵輒切）椽（重緣切 屋椽也）

大智度論卷第四十二

龍樹菩薩造

姚秦三藏法師鳩摩羅什譯

釋集散品第九

【經】爾時慧命須菩提白佛言世尊我不覺不得是菩薩行般若波羅蜜當爲誰説般若波羅蜜世尊我不得一切諸法集散若我爲菩薩作字言菩薩或當有悔世尊是字不住亦不住何以故是字無所有故以是故是字不不住亦不不住世尊我不得色集散乃至識集散若不可得云何當作名字世尊以是因緣故是字不住亦不不住何以故是字無所有故世尊我亦不得眼集散乃至意集散若不可得云何當作名字言是菩薩世尊是眼名字乃至意名字不住亦不不住何以故是名字無所有故以是故是字不住亦不不住世尊我不得色集散乃至法集散若不可得云何當作名字言是菩薩世尊是色字乃至法字不住亦不不住何以故是字無所有故以是故是字不住亦不不住眼識乃至意識眼觸乃至意觸眼觸因緣生受乃至意觸因緣生受亦如是世尊我不得無明集散乃至不得老死集散世尊我不得無明盡集散乃至不得老死盡集散世尊我不得婬怒癡集散諸邪見集散皆亦如是世尊我不得六波羅蜜集散四念處集散乃至八聖道分集散空無相無作集散四禪四無量心四無色定集散念佛念法念僧念戒念捨念天念善念入出息念身念死集散我亦不得佛十力乃至十八不共法集散世尊我若不得六波羅

蜜乃至十八不共法集散云何當作字言是菩薩世尊是字不住亦不不住何以故是字無所有故以是故是字不住亦不不住世尊我不得如夢五陰集散我不得如響如影如炎如化五陰集散亦如上說世尊我不得離集散我不得寂滅不生不滅不示不垢不淨集散世尊我不得如法性實際法相法位集散亦如上說我不得諸善不善法集散我不得有爲無爲法有漏無漏法集散過去未來現在法集散不過去不未來不現在法集散何等是不過去不未來不現在所謂無爲法世尊我亦不得無爲法集散世尊我亦不得佛集散世尊我亦不得十方如恒河沙等世界諸佛及菩薩聲聞僧集散世尊若我不得諸佛集散云何當教菩薩摩訶薩般若波羅蜜世尊是菩薩字不住亦不不住何以故是字無所有故以是故是字不住亦不不住世尊我不得是諸法實相集散云何當與菩薩作字言是菩薩世尊是諸法實相名字不住亦不不住何以故是名字無所有故以是故是名字不住亦不不住

論問曰先品中已說不見菩薩菩薩字般若波羅蜜一切諸法不內不外不中間等今何以重說答曰有四種愛欲愛有愛非有愛法愛欲愛易見其過不淨等有愛無不淨等小難遣非有愛破有愛破有似智慧故難遣法愛者愛諸善法利益道者法愛中過患難見故重說譬如小草加功少易除大樹功重難除復次上法與此法有同有異彼間說菩薩字不見此中說菩薩字不覺不得以不覺不

得故不見非是智慧力少故不見問曰未行般若波羅蜜時爲有菩薩耶今何以故言不見菩薩行般若波羅蜜答曰從無始已來衆生不可得非行般若波羅蜜故不可得但以虚誑顛倒凡夫人隨是假名故謂爲有今行般若波羅蜜滅顛倒虚誑了知其無非本有今無本有今無則墮斷滅復次須菩提心悔畏破妄語戒所以者何佛法中一切諸法決定無我而我說言有菩薩爲說般若波羅蜜則墮妄語罪是故心悔復次有心悔因緣一切法以不可得空故皆空所以者何無集無散故譬如眼色因緣生眼識三事和合故生眼觸眼觸因緣中即生受想思等心數法是中邪憶念故生諸煩惱罪業正憶念故生諸善法善惡業受六道果報從是身邊復種善惡業如是展轉無窮是名爲集餘情亦如是散者是眼識等諸法念念滅故諸因緣離故是眼識等法生時無來處非如田上穀運致聚集若滅時無去處非如散穀與民是名略說諸法集散相生時無所從來散時無所從去是諸法皆如幻化但誑惑於眼問曰若爾有集散相須菩提何以言不覺不得答曰無來處故集不可得無去處故散不可得復次生無故集不可得滅無故散不可得畢竟空故集不可得業因緣不失故散不可得復次觀世間滅諦故集不可得觀世集諦故散不可得如是等義當知集散不可得云何當作菩薩字若强爲其名是名亦無住亦無不住問曰是名字何以故不住答曰名字在法中住法空故名字無住處如車輪輞輻轂等和

合故有車名若散是和合則失車名是車名非輪等中住亦不離輪等中住車名字一異中求皆不可得失車名故名字無住處因緣散時尚無何況因緣滅衆生亦如是色等五衆和合故有衆生名字若五衆離散名字無住處五衆離散時尚無何況無五衆問曰若散時名字不可得和合未散時則有名字何以言不可得答曰是菩薩名字一五衆則有五一不作五五不作一若五作一如五匹物不得爲一四用若一作五如一四物不得爲五四用以是故一菩薩字不得五衆中住非不住者若名字因緣和合無則世俗語言衆事都滅世諦無故第一義諦亦無二諦無故諸法錯亂復次若因緣中有名字者如說火則燒口說有則塞口若名字不在法中者說火不應生火想求火亦可得水從久遠已來共傳名字故因名則識事以是故說名字義非住非不住復次是中須菩提自說因緣無所有故是名字非住非不住如菩薩名字五衆十二入十八界等諸法亦如是問曰如上來說五衆諸法集散不可得今何以復說五衆答曰上直說五衆今說五衆如夢如幻復次有人謂凡夫人五衆虛誑不實如夢聖人五衆非是虛誑以是故須菩提說如夢如幻同皆不住問曰十譬喻中何以但說五事答曰若說十事無在但以隨衆生心說五喻事辦故不盡說或以五衆故說五喻餘法亦如是離有二種一者身離二者心離身離者捨家恩愛世事等閑居靜處心離者於諸結使悉皆遠離復有二種離一者諸法離名字二

者諸法各各離自相此中說後二種離所以者何此中破名字故餘處自相離小乘法中多說前二離寂滅亦有二種一者淳善相寂滅惡事二者如涅槃寂滅相觀世間諸法亦如是此中但說後寂滅不生亦有二種一者未來無爲法名不生二者一切法實無生相生不可得故此中但說後不生不滅有三種智緣滅非智緣滅無常滅此中說無常滅與此相違故名不滅不示者一切諸觀滅語言道斷故無法可示是法如是相若有若無若常若無常等不垢不淨如法性實際法相法位義如先說問曰五衆法有集散與此相違故言不集不散如法性實際等無相違故云何言不集不散答曰行者得如法性等故名爲集失故名爲散如虛空雖無集無散鑿戶牖名爲集塞故名爲散善不善乃至十方如恒河沙等諸佛義如先說是諸法及佛名字無所依止故皆空不住非不住

【經】世尊諸法因緣和合假名施設所謂菩薩是名字於五陰中不可說十二入十八界乃至十八不共法中不可說於和合法中亦不可說世尊譬如夢於諸法中不可說響影焰化於諸法中亦不可說譬如虛空名亦無法中可說世尊如地水火風名亦無法中可說戒三昧智慧解脫解脫知見名亦無法中可說如須陀洹名字乃至阿羅漢辟支佛名字亦無法中可說如佛名法名亦無法中可說所謂若善若不善若常若無常若苦若樂若我若無我若寂滅若離若有若無世尊我以是義故心悔一切諸法集散相不可得云何

爲菩薩作字言是菩薩世尊是字不住亦不不住何以故是字無所有故以是故是字不住亦不不住若菩薩摩訶薩聞作是說般若波羅蜜如是相如是義心不没不悔不驚不畏不怖當知是菩薩必住阿鞞跋致性中住不住法故

論釋曰上來非住非不住門破菩薩名字及諸法令以異門破菩薩名字無法可說爲菩薩何以故菩薩非是五衆五衆非是菩薩五衆中無菩薩菩薩中無五衆五衆不屬菩薩菩薩不屬五衆離五衆無菩薩離菩薩無五衆如是菩薩名字不可得當知是空乃至十八不共法亦如是譬如夢中有所見皆是虚妄不可説此夢中無有定法相所謂五衆十二入十八界但有誑心餘影響焰化亦如是但誑耳目如虚空一切法中不可說無相故虚空與色相違故不得說名爲色色盡處亦非虚空更無别法故若謂入出爲虚空相是事不然是身業非虚空相若無相則無法以是故虚空但有名字菩薩名字亦如是問曰如夢虚空等可但有名字云何地水火風實法亦但有名字答曰無智人謂地等諸物以爲實聖人慧眼觀之皆是虚誑譬如小兒見鏡中像以爲實歡喜欲取謂爲真實大人觀之但誑惑人眼諸凡夫人見微塵和合成地謂爲實地餘有天眼者散此地但見微塵慧眼分别破散此地都不可得復次初品論中種種破身相如身破地亦破復次若地是實云何一切火觀時皆是火若以禪定觀爲實佛說一切法空爲虚妄但是事不然水火風

亦如是如四大爲身本猶尚爾何況身所作持戒等諸業而不空如戒等麤業尚空何況禪定智慧解脱解脱慧等而不空若戒等五衆空者何況是因緣得諸聖道果而不空若聖道果空者何況須陀洹人乃至佛而不空以是故菩薩名字雖善法乃至有無法中出不名爲善乃至不名爲有無集散不可得故須菩提知空相如是云何説名菩薩爲説般若波羅蜜若菩薩聞是不恐不畏則是阿鞞跋致性中住以如不住法住故阿鞞跋致性者是菩薩未得無生法忍未從諸佛受記但福德智慧力故能信樂諸法畢竟空是名阿鞞跋致性中住得阿鞞跋致氣分故如小兒在貴姓中生雖未成事以貴姓故便貴

經復次世尊菩薩摩訶薩欲行般若波羅蜜色中不應住受想行識中不應住眼耳鼻舌身意中不應住色聲香味觸法中不應住眼識乃至意識中不應住眼觸乃至意觸中不應住眼觸因緣生受乃至意觸因緣生受中不應住地種水火風空識種中不應住無明乃至老死中不應住何以故世尊色色相空受想行識識相空世尊色空不名爲色離空亦無色色即是空空即是色受想行識識空不名爲識離空亦無識識即是空空即是識乃至老死老死相空世尊老死空不名老死離空亦無老死老死即是空空即是老死世尊以是因緣故菩薩摩訶薩欲行般若波羅蜜不應色中住乃至老死中亦不應住復次世尊菩薩摩訶薩欲行般若波羅蜜四念處中不應住何以故四念處四念處相空世尊

四念處空不名爲四念處離空亦無四念處四念處即是空空即是四念處乃至十八不共法亦如是世尊以是因緣故菩薩摩訶薩欲行般若波羅蜜四念處乃至十八不共法中不應住復次世尊菩薩摩訶薩欲行般若波羅蜜檀波羅蜜中不應住尸羅波羅蜜羼提波羅蜜毗梨耶波羅蜜禪波羅蜜般若波羅蜜中不應住何以故檀波羅蜜相空乃至般若波羅蜜般若波羅蜜相空世尊檀波羅蜜空不名爲檀波羅蜜離空亦無檀波羅蜜檀波羅蜜即是空空即是檀波羅蜜乃至般若波羅蜜亦如是世尊以是因緣故菩薩摩訶薩欲行般若波羅蜜不應六波羅蜜中住

【論】釋曰上須菩提以謙讓門說般若雖言不說而實爲菩薩說般若波羅蜜令須菩提以不住門直爲菩薩說般若波羅蜜般若波羅蜜有種種名字觀修相應合入習住等是皆名修行般若波羅蜜但種種名字說聞者歡喜復次小有差別行名聽聞誦讀書寫正憶念說思惟籌量分別修習等乃至阿耨多羅三藐三菩提總名爲行是行中分別故初者名觀如初始見物日日漸學是名習與般若相應可是名合隨順般若波羅蜜名相應通徹般若波羅蜜是名爲入分別取相有是事名爲念常行不息令與相似是名爲學學已巧方便觀知是非得失名爲思惟以禪定心共行名爲修得是般若波羅蜜道不失是名住與住相違名不住問曰先說諸法空即是不住今何以說諸法中不應住答曰先雖說著法愛心難遣故今更說復次有無相三昧

入此三昧於一切法不取相而不入滅定菩薩智慧不可思議雖不取一切法相而能行道如鳥於虛空中無所依而能高飛菩薩亦如是於諸法中不住而能行菩薩道問曰人心得緣便起云何菩薩於一切法不住而不入滅定中答曰須菩提自說所謂色色相自空色空爲非色亦不離空有色色即是空空即是色是義第二品中已說乃至不應六波羅蜜中住亦如是以空故無所住

經復次世尊菩薩摩訶薩欲行般若波羅蜜文字中不應住一字門二字門如是種種字門中不應住何以故諸字諸字相空故如上說復次世尊菩薩摩訶薩欲行般若波羅蜜諸神通中不應住何以故諸神通諸神通相空神通空不名爲神通離空亦無神通神通即是空空即是神通世尊以是因緣故菩薩摩訶薩欲行般若波羅蜜諸神通中不應住

論釋曰有二種菩薩一者習禪定二者學讀坐禪者生神通學讀者知分别文字一字門者一字一語如地名浮二字門者二字一語如水名闍藍三字名者如水名波尼藍如是等種種字門復次菩薩聞一字即入一切諸法實相中如聞阿字即知諸法從本已來無生如是等如聞頭佉一切法中苦相生即時生大悲心如聞阿尼吒知一切法無常相即時入道聖行餘如文字陀羅尼中廣説神通義先已説是二事畢竟空故菩薩不於中住

經復次世尊菩薩摩訶薩欲行般若波羅蜜色是無常不應住受想行識是無常不應住何以故無常無常相空世尊無常空不名無

常離空亦無無常無常即是空空即是無常世尊以是因緣故菩薩摩訶薩欲行般若波羅蜜色是無常不應住受想行識是無常不應住色是苦不應住受想行識是苦不應住色是無我不應住受想行識是無我不應住色是空不應住受想行識是空不應住色是寂滅不應住受想行識是寂滅不應住色是離不應住受想行識是離不應住如上說復次世尊菩薩摩訶薩欲行般若波羅蜜如中不應住何以故如如相空世尊如相空不名如離空亦無如如即是空空即是如世尊菩薩摩訶薩欲行般若波羅蜜法性法相法位實際不應住何以故實際空世尊實際空不名爲實際離空亦無實際實際即是空空即是實際復次世尊菩薩摩訶薩欲行般若波羅蜜一切陀羅尼門中不應住一切三昧門中不應住何以故陀羅尼門陀羅尼門相空三昧門三昧門相空世尊陀羅尼三昧門空不名爲陀羅尼門三昧門離空亦無陀羅尼三昧門陀羅尼三昧門即是空空即是陀羅尼三昧門世尊以是因緣故菩薩摩訶薩欲行般若波羅蜜如乃至陀羅尼三昧門中不應住世尊如菩薩摩訶薩欲行般若波羅蜜無方便故以吾我心於色中住是菩薩作色行以吾我心於受想行識中住是菩薩作識行若菩薩作行者不受般若波羅蜜亦不具足般若波羅蜜不具足般若波羅蜜故不能得成就薩婆若世尊如菩薩摩訶薩欲行般若波羅蜜無方便故以吾我心於十二入乃至陀羅尼三昧門中住是菩薩作十二入乃

至作陀羅尼三昧門行若菩薩作行者不受般若波羅蜜亦不具足般若波羅蜜不具足般若波羅蜜故不能得成就薩婆若何以故色是不受受想行識是不受色不受則非色性空故受想行識不受則非識性空故十二入是不受乃至陀羅尼三昧門是不受十二入不受則非十二入乃至陀羅尼三昧門不受則非陀羅尼三昧門性空故般若波羅蜜亦不受般若波羅蜜不受則非般若波羅蜜性空故如是菩薩摩訶薩欲行般若波羅蜜應觀諸法性空如是觀心無行處是名菩薩摩訶薩不受三昧廣大之用不與聲聞辟支佛共是薩婆若慧亦不受內空故外空內外空空空大空第一義空有爲空無爲空畢竟空無始空散空性空自相空諸法空不可得空無法空有法空無法有法空故何以故是薩婆若不可以相行得相行有垢故何等是垢相色相乃至陀羅尼三昧門相是名垢相是相若受若修可得薩婆若者

論釋曰無常等聖行及如法性實際陀羅尼三昧門先已說問曰垢法中不應住以罪故善無記法中何故不應住答曰是雖非罪而生罪因緣如佛此中說有菩薩以吾我心行般若波羅蜜住色中著色爲生色故作諸業受想行識亦如是爲起五衆故行是爲不取般若波羅蜜是人雖言我行般若波羅蜜是爲世間行不具足般若波羅蜜故不能至一切智乃至陀羅尼三昧門亦如是此中須菩提自說不住因緣所謂色是不受若色不受則非色性常空故問曰是色無常苦空等過

罪故不受譬如熱金丸雖有金可貪但以熱故不可取如是者有何咎而強破五衆法答曰有二種著一者欲著二者見著有人觀是無常苦等破欲著得解脫或有人雖觀無常等猶著法生見爲是人故分別色相空如是則離見著乃至陀羅尼三昧門亦如是問曰聲聞辟支佛一切法不受故漏盡此中云何說不受三昧不與二乘共答曰後雖有不受三昧無有廣大之用不利不深亦不堅固復次聲聞辟支佛漏盡時得諸法不受菩薩久來知一切法不受皆如無餘涅槃畢竟空是故說不與二乘共復次二乘有習氣有礙有障故雖有無受三昧不清淨如摩訶迦葉聞菩薩伎樂於坐處不能自安諸菩薩問言汝頭陀第一何故欲起似舞迦葉答言我於人天五欲中永離不動此是大菩薩福德業因緣變化力我未能忍如須彌山王四面風起皆能堪忍若隨嵐風至不能自安聲聞辟支佛習氣於菩薩爲煩惱復次是無受三昧唯佛徧知菩薩求佛道故雖不能徧而勝於一乘以是故說不與二乘共以人貴重是不受三昧而生著心是故須菩提說不但是三昧不受色乃至一切種智皆不受所以者何須菩提自說因緣所謂十八空故不受問曰何以故用是十八空觀諸法皆空答曰此中須菩提自說因緣取相著故生諸結使相者色乃至陀羅尼門諸三昧門相皆是煩惱根本若佛法中乃至無有法微相可取者

【經】先尼梵志於一切智中終不生信云何爲信信般若波羅蜜分別解知稱量思惟不以

相法不以無相法如是先尼梵志不取相住信行中用性空智入諸法相不受色不受受想行識何以故諸法自相空故不可得受是先尼梵志非內觀得故見是智慧非外觀得故見是智慧非內非外觀得故見是智慧亦不無智觀得故見是智慧何以故梵志不見是法智者知法知處故此梵志非內色中見是智慧非內受想行識中見是智慧非外色中見是智慧非外受想行識中見是智慧非內外色中見是智慧非內外受想行識中見是智慧亦不離色受想行識中見是智慧內外空故先尼梵志此中心得信解於一切智以是故梵志信諸法實相一切法不可得故如是信解已無法可受諸法無相無憶念故是梵志於諸法亦無所得若取若捨取捨不可得故是梵志亦不念智慧諸法相無念故世尊是名菩薩摩訶薩般若波羅蜜此彼岸不度故是菩薩色受想行識不受一切法不受故乃至諸陀羅尼三昧門亦不受一切法不受故是菩薩於是中亦不取涅槃未具足四念處乃至八聖道分未具足十力乃至十八不共法何以故是四念處非四念處乃至十八不共法非十八不共法是諸法非法亦不非法是名菩薩摩訶薩般若波羅蜜色不受乃至十八不共法不受

【論】問曰此中何因緣說先尼梵志答曰此經種種因緣說法空乃至無微相可取人心疑悔不信是理難見以畢竟無相故是故須菩提引證小乘中尚有法空何況行大乘法者而不信法空復次如删若婆羅門善知一切

智人相見菩薩食乳糜知今日當成佛先尼是其舅也耆年智德有大名聞出家廣讀一切經書修心坐禪學道時欲求智慧故往諸論議堂諸梵志言六師皆自稱一切智不蘭迦葉有大名聞是大衆師其弟子死若小若大皆不說其生處餘五師弟子死若小若大皆說其生處佛亦是大師有大名聞其弟子死小者說其生處大者不說其生處先尼聞已異時詣佛所問訊已一面坐問佛言佛聽當問佛言恣所問先尼言昔我一時曾到論堂與諸人論議如昔所聞具向佛說是時我作是念佛法說弟子小者更生大者不生何者為定佛告先尼我法甚深微妙難解汝等長夜著諸異見異欲異法汝於我法不能疾見先尼梵志白佛言我心敬佛願加愍念為說妙法令我於坐得眼無令空起佛問梵志於汝意云何汝見是色如去不答言不也受想行識如去不答言不也色中如去不答言不也受想行識中如去不答言不也離色如去不答言不也離受想行識如去不答言不也汝更見無色無受想行識如去者不答言不也若汝種種問不見如去者應生疑言佛法何者為定答曰不應佛告先尼若我弟子是法中不了了知者說有後生本來有我慢等殘故若我弟子了了解知是義者不說其生處本來我慢等無殘故先尼聞是已即時得道得道已從座起白佛言願得出家為道即時鬚髮自墮便成沙門不久得阿羅漢從佛得眼不虛故是經論議先尼信者信佛能令我得道是名初信然後聞佛破吾我從本

已來常自無我無我故諸法無所屬如幻如夢虛誑不實不可得取得是信力已入諸法實相不受色是如去乃至識是如去問曰梵志何以答佛皆言不也答曰梵志本總相爲我佛今一一别問以是故答佛言不也復次梵志聞人二種說我或有說五衆即是我或有說離五衆别有我若五衆即是我則無别我所以者何我是一衆是五一不作五五不作一復次五衆無常生滅相五衆是我亦應生滅若生滅者則失罪福是五衆從因緣和合生不自在我若爾者何用我爲不自在故如是等過罪故不得說言色如去受想行識如去離五衆亦不應有我無相故若知見受等是皆五衆相非是我相智者云何說離五衆而有我以是故言不也若有言别更有我無五衆是亦不然皆是顛倒妄見分别如是種種因緣知無我我即是如去諸法亦爾皆同如去以無主故法無所屬復次梵志推求得道智慧於四處求之皆無定相所謂觀自身五衆名爲内外觀他身名爲外彼此名爲内外是三種智慧不得道無智慧亦不得道復次内者内六入外者外六入復次内名能觀智慧外名所觀處是先尼知諸觀皆有過罪何以故内以智慧力故謂外諸法是常無常有無等非外法有定相若有定相則無智用又此智慧從外法因緣生外法相不定故智慧亦不定如稱爲物故物爲稱故二事相待若離物無稱離稱無物無量數智名得道方便得名得聖道果復次略說實智慧義所謂不見内五衆中不見外五衆中亦不見内

外五衆中亦不見離五衆中見是智慧爲實以無常智慧觀五衆無常是智慧從因緣和合故有不實著觀者邪見不著者得道若無常相是實者何故著而不得道以是故一切内外不見定智慧若離是無常等觀得道者一切凡夫亦應得道以是故說離是智慧亦無所得爾時梵志以是智慧於一切法中心得遠離於智慧亦復遠離一切我見等取相邪見一切皆滅亦不從無智得爾時梵志歡喜觀無量法性相佛眞爲大師不捨者諸法中皆有助道力故不受者諸法實相畢竟空無所得故不受復次諸結使煩惱顛倒虚妄故無所捨但知諸法如實相無相無憶念故是名菩薩不受不捨波羅蜜名爲般若波羅蜜此彼不度故世間即是涅槃相涅槃相即是世間相一相所謂無相若如是知應當滅以未具足諸功德故不滅大慈悲本願力故不滅雖求佛道於此法中亦無好醜相及受捨相以是故非法亦非非法是名菩薩般若波羅蜜一切相不受

大智度論卷第四十二

音釋

輞（文紡切車輞也）輻（方六切輪轑也）轂（古祿切輻所湊也）隨嵐（梵語也此云迅猛嵐盧含切）

大智度論卷第四十三

龍樹菩薩造

姚秦三藏法師鳩摩羅什譯

釋集散品第九之餘

【經】復次世尊菩薩摩訶薩欲行般若波羅蜜應如是思惟何者是般若波羅蜜何以故名般若波羅蜜是誰般若波羅蜜若菩薩摩訶薩行般若波羅蜜如是念若法無所有不可得是般若波羅蜜爾時舍利弗問須菩提何等法無所有不可得須菩提言般若波羅蜜是法無所有不可得禪波羅蜜毗梨耶波羅蜜羼提波羅蜜尸羅波羅蜜檀波羅蜜是法無所有不可得內空故外空內外空空空大空第一義空有爲空無爲空畢竟空無始空散空性空自相空諸法空不可得空無法空有法空無法有法空故舍利弗色法無所有不可得受想行識法無所有不可得內空法無所有不可得乃至無法有法空無所有不可得舍利弗四念處法無所有不可得乃至十八不共法無所有不可得舍利弗諸神通法無所有不可得如法無所有不可得法性法相法住法位實際法無所有不可得舍利弗佛無所有不可得薩婆若法無所有不可得一切種智法無所有不可得內空乃至無法有法空故舍利弗若菩薩摩訶薩如是思惟如是觀時心不没不悔不驚不畏不怖當知是菩薩不離般若波羅蜜行舍利弗問須菩提何因緣故當知菩薩不離般若波羅蜜行須菩提言色離色性受想行識離識性六波羅蜜離六波羅蜜性乃至實際離實際性

舍利弗復問須菩提云何是色性云何是受想行識性云何乃至實際性須菩提言無所有是色性無所有是受想行識性乃至無所有是實際性舍利弗以是因緣故當知色離色性受想行識離識性乃至實際離實際性舍利弗色亦離色相受想行識亦離識相乃至實際亦離實際相相亦離相性亦離性舍利弗問須菩提菩薩摩訶薩若如是學得成就薩婆若須菩提言如是如是舍利弗若菩薩摩訶薩如是學得成就薩婆若何以故諸法不生不成就故舍利弗問須菩提何因緣故諸法不生不成就須菩提言色色空是色生成就不可得受想行識識空是識生成就不可得乃至實際實際空是實際生成就不可得舍利弗菩薩摩訶薩如是學漸近薩婆若漸得身清淨心清淨相清淨漸得身清淨心清淨相清淨故是菩薩不生染心不生瞋心不生癡心不生憍慢心不生慳貪心不生邪見心是菩薩不生染心乃至不生邪見心故終不生母人腹中常得化生從一佛國至一佛國成就衆生淨佛世界乃至阿耨多羅三藐三菩提終不離諸佛舍利弗菩薩摩訶薩當作是行般若波羅蜜當作是學般若波羅蜜

論問曰上來廣說般若波羅蜜今須菩提何以作是言菩薩摩訶薩應如是思惟何者是般若波羅蜜答曰須菩提上來謙讓門說次不住門說今明般若波羅蜜體何等是般若波羅蜜般若波羅蜜者是一切諸法實相不可破不可壞若有佛若無佛常住諸法相法

位非佛非辟支佛非菩薩非聲聞非天人所作何況其餘小衆生復次常是一邊斷滅是一邊離是二邊行中道是爲般若波羅蜜又復常無常苦樂空實我無我等亦如是色法是一邊無色法是一邊可見法不可見法有對無對有爲無爲有漏無漏世間出世間等諸二法亦如是復次無明是一邊無明盡是一邊乃至老死是一邊老死盡是一邊諸法有是一邊諸法無是一邊離是二邊行中道是爲般若波羅蜜菩薩是一邊六波羅蜜是一邊佛是一邊菩提是一邊離是二邊行中道是爲般若波羅蜜略說內六情是一邊外六塵是一邊離是二邊行中道是名般若波羅蜜此般若波羅蜜是一邊此非般若波羅蜜是一邊離是二邊行中道是名般若波羅蜜如是等二門廣說無量般若波羅蜜相復次離有離無離非有非無不墮愚癡而能行善道是爲般若波羅蜜如是等三門是般若波羅蜜相復次須菩提此中自說是法無所有不可得是般若波羅蜜空故無所有常無常等諸觀求覓無定相故不可得復次無所有者此中須菩提自說般若波羅蜜乃至五波羅蜜法無所有不可取不可受不可著故復次十八空故是六波羅蜜無所有不可得譬如大風能破散諸雲亦如大火燒乾草木如金剛寶摧破大山諸空亦如是能破諸法何以故名般若波羅蜜者般若者秦言智慧一切諸智慧中最爲第一無上無比無等更無勝者窮盡到邊如一切衆生中佛爲第一一切諸法中涅槃爲第一一切衆中比丘僧

爲第一問曰汝先說諸法實相是般若波羅蜜所謂法位法住有佛無佛常住不異今何以說諸智慧中般若波羅蜜第一譬如諸法中涅槃爲第一答曰世間法或時因中說果或時果中說因無咎如人日食數匹布布不可食從布因緣得食是名因中說果如見好畫而言好手是名果中說因諸法實相生智慧是則果中說因復次是菩薩入不二法門是時能具行此般若波羅蜜不分別是因是果是緣是智是內是外是此是彼等所謂一相無相以是故不應難復次世間三種智慧一者世俗巧便博識文藝仁智禮敬等二者離生智慧所謂離欲界乃至無所有處三者出世間智慧所謂離我及我所諸漏盡聲聞辟支佛智慧般若波羅蜜爲最殊勝畢竟清淨無所著故爲饒益一切衆生故聲聞辟支佛智慧雖漏盡故清淨無大慈悲不能饒益一切故不如何況世俗罪垢不淨欺誑智慧三種智慧不及是智慧故名爲般若波羅蜜復次是智慧爲度一切衆生故爲得佛道故是智慧相應受想行識及從智慧起身業口業及生住等心不相應諸行是諸法和合名爲波羅蜜是諸波羅蜜中智慧多故名爲般若波羅蜜念定等多故名爲禪波羅蜜餘波羅蜜義亦如是如是等種種無量因緣故名爲般若波羅蜜是誰般若波羅蜜者第一義中無知者見者得者一切法無我無我所相諸法但空因緣和合相續生若爾般若當屬誰佛法有二種一者世諦二者第一義諦爲世諦故般若波羅蜜屬菩薩凡夫人法種種

過罪不清淨故則不屬凡夫般若波羅蜜畢竟清淨凡夫所不樂如蠅樂處不淨不好蓮華凡夫人雖復離欲有吾我心著離欲法故不樂般若波羅蜜聲聞辟支佛雖欲樂般若波羅蜜無深慈悲故大猒世間一心向涅槃是故不能具足得般若波羅蜜是般若波羅蜜菩薩成佛時轉名一切種智以是故般若不屬佛不屬聲聞辟支佛不屬凡夫但屬菩薩問曰此經中常說五衆在前一切種智在後今何以先說六波羅蜜答曰舍利弗問須菩提無所有義五衆種種因緣觀强令無所有難解般若波羅蜜即是無所有易解譬如水中月易明其空天上月難令無所有五波羅蜜與般若波羅蜜同名同事是故續說五波羅蜜然後續說五衆乃至一切種智無所有不可得菩薩入是門觀諸法實相不恐不怖者當知是菩薩不離般若波羅蜜不離者常行般若波羅蜜不虛必有果報此中須菩提自說不離因緣所謂色離色性色中無色相虛誑無所有菩薩能如是知不離實智慧乃至實際亦如是菩薩能行是無障礙道得至薩婆若一切法不生不出故舍利弗問須菩提云何一切法不生須菩提答色色相空故色無生無成就乃至實際亦如是若菩薩能如是行是清淨第一無上無比故漸近薩婆若漸近薩婆若故心不生邪見煩惱戲論即時得心清淨心清淨果報故得身清淨三十二相八十隨形好莊嚴其身得三種清淨故破諸虛誑取相之法受法性生身所謂常得化生不處胞胎問曰若有力如此何用化

生貪著其身而不取涅槃答曰有二事因緣故以諸佛是衆生中寶欲供養無猒故有本願度衆生淨佛世界未滿故是菩薩福德方便力故常不離諸佛

釋行相品第十

經爾時須菩提白佛言世尊若菩薩摩訶薩無方便欲行般若波羅蜜若行色爲行相若行受想行識爲行相若色是常行爲行相若受想行識是常行爲行相若色是無常行爲行相若受想行識是無常行爲行相若色是樂行爲行相若受想行識是樂行爲行相若色是苦行爲行相若受想行識是苦行爲行相若色是有行爲行相若受想行識是有行爲行相若色是空行爲行相若受想行識是空行爲行相若色是我行爲行相若受想行識是我行爲行相若色是無我行爲行相若受想行識是無我行爲行相若色是離行爲行相若受想行識是離行爲行相若色是寂滅行爲行相若受想行識是寂滅行爲行相世尊若菩薩摩訶薩無方便行四念處爲行相乃至行十八不共法爲行相世尊若菩薩摩訶薩行般若波羅蜜時作是念我行般若波羅蜜有所得行亦是行相世尊若菩薩摩訶薩作是念能如是行是修行般若波羅蜜亦是行相當知是菩薩摩訶薩行般若波羅蜜無方便須菩提語舍利弗若菩薩摩訶薩行般若波羅蜜時色受念安解若色受念安解爲色故作行若爲色作行不得離生老病死憂悲苦惱及後世苦若菩薩摩訶薩行般若波羅蜜時無方便眼受念安解乃至意色

乃至法眼識界乃至意識界眼觸乃至意觸眼觸因緣生受乃至意觸因緣生受四念處乃至十八不共法受念妄解爲十八不共法故作行若爲作行是菩薩不能得離生老病死憂悲苦惱及後世苦知是菩薩尚不能得聲聞辟支佛地證何況得阿耨多羅三藐三菩提無有是處舍利弗當知是菩薩摩訶薩行般若波羅蜜無方便舍利弗問須菩提云何當知菩薩摩訶薩行般若波羅蜜有方便須菩提語舍利弗若菩薩摩訶薩欲行般若波羅蜜時不行色不行受想行識不行色相不行受想行識相不行色受想行識常不行色受想行識無常不行色受想行識樂不行色受想行識苦不行色受想行識我不行色受想行識無我不行色受想行識空不行色受想行識無相不行色受想行識無作不行色受想行識離不行色受想行識寂滅何以故舍利弗是色空爲非色離空無色離色無空色即是空空即是色受想行識空爲非識離空無識離識無空空即是識識即是空乃至十八不共法空爲非十八不共法離空無十八不共法離十八不共法無空空即是十八不共法十八不共法即是空如是舍利弗當知是菩薩摩訶薩行般若波羅蜜有方便是菩薩摩訶薩如是行般若波羅蜜能得阿耨多羅三藐三菩提是菩薩摩訶薩行般若波羅蜜時行亦不受不行亦不受行不行亦不受非行非不行亦不受不受亦不受舍利弗語須菩提菩薩摩訶薩行般若波羅蜜時何因緣故不受須菩提言是般若波羅蜜自

性不可得故不受何以故無所有性是般若波羅蜜舍利弗以是故菩薩摩訶薩行般若波羅蜜行不受不行亦不受行不行亦不受非行非不行亦不受不受亦不受何以故一切法性無所有不隨諸法行不受諸法相故是名菩薩摩訶薩諸法無所受三昧廣大之用不與聲聞辟支佛共是菩薩摩訶薩行是三昧不離疾得阿耨多羅三藐三菩提

論釋曰前品用空門破諸法此品欲以無相門破諸法若菩薩無方便觀色則墮相中墮相中故失般若波羅蜜行所以者何以一切法空故無相可取問曰人知善惡果報取果報相已分别善惡善者取惡者捨是故行道云何說諸法無相相答曰取相者爲初學者說無相者爲行道住解脫門者說不應以麤事爲難今行者取善相破不善相所謂取男女等相生諸煩惱因緣後以無相相破善法相若破不善而不破善相者善即爲患生諸著故以無相相破善法無相亦自破所以者何無相善法所攝故譬如雹墮害穀雹自消滅復次一切法無相相爲實譬如身不淨充滿九孔常流無有淨相而人無明故强以爲淨生煩惱作諸罪如小兒於不淨物中取淨相以爲樂長者觀之而笑智爲虚妄如是等種種取相皆爲虚妄如頗梨珠隨前色變自無定色諸法亦如是無有定相隨心爲異若常無常等相亦以瞋心見此人爲弊若瞋心休息婬欲心生見此人還復爲好若以憍慢心生見此人以爲卑賤聞其有德還生敬心如是等有理而憎愛無理而憎愛皆是虚妄

憶想若除虛誑相亦無空相無相相無作相無所破故是色從種種因緣和合而有譬如水沫如幻如夢若菩薩於色中取一異相即失般若波羅蜜色性是無相相故受是色相已見色散壞摩滅謂是無常若見和合少許時住謂爲常常有二種一者若住百歲千萬億歲若一劫若八萬劫然後歸滅二者常住不壞菩薩若邊邪滅故亦不復觀眞實常若觀常知是久住故常非是眞實若不滅邊邪觀色爲眞實常作是念草木零落還歸爲土但離合有時是故說是菩薩無方便菩薩或觀色無常無常亦有二種一者念念滅一切有爲法不過一念住二者相續法壞故名爲無常如人命盡若火燒草木如煎水消盡若初發心菩薩行是相續斷麤無常心猒故若久行菩薩能觀諸法念念生滅無常是二菩薩皆墮取相中所以者何是色常無常相不可得如先說受想行識亦如是苦樂我非我亦爾問曰是五衆可作常無常等觀云何言五衆是寂滅遠離相答曰行者不見五衆常無常相故知是五衆離自相若知五衆離自相即是寂滅如涅槃問曰若爾者初自無相云何說言無方便墮相中答曰是菩薩根鈍不自覺心離五衆著轉復著遠離寂滅於無相中而生著三十七品乃至十八不共法亦應如是隨義分別若菩薩觀外諸法皆無相言我能作是觀以有我心殘故亦墮相中若菩薩能離此著相非道行眞淨無相智慧作是念能如是内外清淨行是爲修行般若波羅蜜是人亦墮相中所以者何不可著而著

不可取而取故是菩薩名爲無方便依止愛見著善法故是菩薩雖有福德亦不得離老病死憂悲苦惱雜行道故尚不能得小乘何況大乘與上相違名爲有方便於一切法不受不著諸法和合因緣生無自性故問曰前說無受三昧此說不受三昧有何等異答曰前者爲空故此爲無相故不遠離者常行不息不休以大慈悲心故疾得佛道者入是三昧無障礙故所行智慧與佛相似若無量阿僧祇劫應得或時超一阿僧祇劫百劫乃至六十一劫如弗沙佛讚歎釋迦文佛超越九劫

經舍利弗言但不離是三昧令菩薩疾得阿耨多羅三藐三菩提更有餘三昧須菩提語舍利弗言更有諸三昧菩薩摩訶薩行是疾得阿耨多羅三藐三菩提舍利弗言何等三昧菩薩摩訶薩行是疾得阿耨多羅三藐三菩提須菩提言諸菩薩摩訶薩有三昧名首楞嚴行是三昧令菩薩摩訶薩疾得阿耨多羅三藐三菩提有名寶印三昧師子遊戲三昧妙月三昧月幢相三昧諸法印三昧觀頂三昧畢法性三昧畢幢相三昧金剛三昧入法印三昧三昧王安立三昧放光三昧力進三昧出生三昧必入辯才三昧入名字三昧觀方三昧陀羅尼印三昧不妄三昧攝諸法海印三昧徧覆虛空三昧金剛輪三昧寶斷三昧普照三昧不求三昧無處住三昧無心三昧淨燈三昧無邊明三昧能作明三昧普徧明三昧堅淨諸三昧三昧無垢明三昧作樂三昧電光三昧無盡三昧威德三昧離盡

三昧不動三昧莊嚴三昧日光三昧月淨三昧淨明三昧能作明三昧作行三昧知相三昧如金剛三昧心住三昧徧照三昧安立三昧寶頂三昧妙法印三昧法等三昧斷喜三昧到法頂三昧能散三昧壞諸法處三昧字等相三昧離字三昧斷緣三昧不壞三昧無種相三昧無處行三昧離闇三昧無去三昧不變三昧度緣三昧集諸功德三昧住無心三昧妙淨華三昧覺意三昧無量辯三昧無等等三昧度諸法三昧分別諸法三昧散疑三昧無住處三昧一相三昧一性三昧生行三昧一行三昧不一行三昧妙行三昧達一切有底散三昧入言語三昧離音聲字語三昧然炬三昧淨相三昧破相三昧一切種妙足三昧不喜苦樂三昧不盡行三昧多陀羅尼三昧取諸邪正相三昧滅憎愛三昧逆順三昧淨光三昧堅固三昧滿月淨光三昧大莊嚴三昧能照一切世三昧等三昧無諍三昧無住處樂三昧如住定三昧壞身衰三昧壞語如虛空三昧離著虛空不染三昧舍利弗是菩薩摩訶薩行是諸三昧疾得阿耨多羅三藐三菩提復有無量阿僧祇三昧門陀羅尼門菩薩摩訶薩學是三昧門陀羅尼門疾得阿耨多羅三藐三菩提慧命須菩提隨佛心言當知是菩薩摩訶薩行是三昧者已爲過去佛所授記今現在十方諸佛亦授是菩薩記是菩薩不見是諸三昧亦不念是三昧亦不念我當入是三昧我今入是三昧我已入是三昧是菩薩摩訶薩都無分別念舍利弗問須菩提菩薩摩訶薩住是諸三昧已

從過去佛授記耶須菩提報言不也舍利弗何以故般若波羅蜜不異諸三昧諸三昧不異般若波羅蜜菩薩不異般若波羅蜜般若波羅蜜不異菩薩般若波羅蜜即是三昧三昧即是般若波羅蜜菩薩即是般若波羅蜜及三昧般若波羅蜜及三昧即是菩薩舍利弗語須菩提若三昧不異菩薩菩薩不異三昧三昧即是菩薩菩薩即是三昧菩薩云何知一切諸法等三昧須菩提言若菩薩入是三昧是時不作是念我以是法入是三昧以是因緣故舍利弗是菩薩於諸三昧不知不念舍利弗言何以故不知不念須菩提言諸三昧無所有故是菩薩不知不念爾時佛讚言善哉善哉須菩提如我說汝行無諍三昧第一與此義相應菩薩摩訶薩應如是學般若波羅蜜禪波羅蜜毗梨耶波羅蜜羼提波羅蜜尸羅波羅蜜檀波羅蜜四念處乃至十八不共法亦應如是學

論問曰如佛說涅槃一道所謂空無相無作舍利弗何以更問有餘三昧令菩薩疾得佛不答曰未近涅槃時多有餘道近涅槃時唯有一道空無相無作諸餘三昧皆入此三解脫門譬如大城多有諸門皆得入城又如衆川萬流皆歸於海何等餘三昧所謂首楞嚴三昧等諸三昧摩訶衍品中佛自說有深難解者彼中當說若菩薩能行是百八三昧等諸陀羅尼門十方諸佛皆與授記所以者何是菩薩雖得是諸三昧實無諸憶想分別我心故亦不作是念我當入是三昧今入已入我當住是三昧是我三昧以是心清淨微妙

法不著故諸佛受記爾時舍利弗還以空智慧難須菩提言菩薩住是三昧取是三昧相得受記耶須菩提言不也何以故三事不異故般若不異三昧三昧不異般若般若不異菩薩三昧菩薩三昧不異般若般若三昧即是菩薩菩薩即是般若三昧般若三昧菩薩異者諸佛授其記不異故無授記舍利弗復問若爾者三昧及一切法平等不異須菩提言諸菩薩有諸法等三昧入是三昧中諸法無異復次如先說於諸三昧不作憶想分別不覺不知諸三昧自性無所有故菩薩不知不念佛以須菩提自未得是三昧而善說菩薩微妙三昧陀羅尼般若波羅蜜中不念不著是故讚言善哉我說汝得無諍三昧第一如我所讚不虛

【經】舍利弗白佛言世尊菩薩摩訶薩如是學為學般若波羅蜜耶佛告舍利弗菩薩摩訶薩如是學為學般若波羅蜜是法不可得故乃至學檀波羅蜜是法不可得故學四念處乃至十八不共法是法不可得故舍利弗白佛言世尊如是菩薩摩訶薩學般若波羅蜜是法不可得耶佛言如是菩薩摩訶薩學般若波羅蜜是法不可得舍利弗言世尊何等法不可得佛言我不可得乃至知者見者不可得畢竟淨故五陰不可得十二入不可得十八界不可得畢竟淨故無明不可得畢竟淨故乃至老死不可得畢竟淨故苦諦不可得畢竟淨故集滅道諦不可得畢竟淨故欲界不可得畢竟淨故色界無色界不可得畢竟淨故四念處不可得畢竟淨故乃至十八

不共法不可得畢竟淨故六波羅蜜不可得畢竟淨故須陀洹不可得畢竟淨故斯陀含阿那含阿羅漢辟支佛不可得畢竟淨故菩薩不可得畢竟淨故佛不可得畢竟淨故舍利弗白佛言世尊何等是畢竟淨佛言不出不生無得無作是名畢竟淨舍利弗白佛言世尊菩薩摩訶薩若如是學為學何等法佛告舍利弗菩薩摩訶薩如是學於諸法無所學何以故舍利弗諸法相不如凡夫所著舍利弗白佛言世尊諸法實相云何有佛言諸法無所有如是有如是無所有是事不知名為無明舍利弗白佛言世尊何等無所有是事不知名為無明佛告舍利弗色受想行識無所有內空乃至無法有法空故四念處乃至十八不共法無所有內空乃至無法有法空故是中凡夫以無明力渴愛故妄見分別說是無明是凡夫為二邊所縛是人不知不見諸法無所有而憶想分別著色乃至十八不共法是人著故於無所有法而作識知見是凡夫不知不見何等不知不見不知不見色乃至十八不共法亦不知不見以是故墮凡夫數如小兒是人不出於何不出不出欲界不出色界不出無色界聲聞辟支佛法中不出是人亦不信不信何等不信色空乃至不信十八不共法空是人不住不住何等不住檀波羅蜜乃至不住般若波羅蜜不住阿毗跋致地乃至不住十八不共法以是因緣故名為凡夫如小兒亦名為著者何等為著著色乃至識著眼入乃至意入著眼界乃至意識界著婬怒癡著諸邪見著四念處乃至

著佛道舍利弗白佛言世尊菩薩摩訶薩作如是學亦不學般若波羅蜜不得薩婆若佛語舍利弗菩薩摩訶薩作如是學亦不學般若波羅蜜不得薩婆若舍利弗白佛言世尊何以故菩薩摩訶薩亦不學般若波羅蜜不得薩婆若佛告舍利弗菩薩摩訶薩無方便故想念分別著般若波羅蜜著禪波羅蜜毗梨耶波羅蜜羼提波羅蜜尸羅波羅蜜檀波羅蜜乃至十八不共法一切種智想念分別著以是因緣故菩薩摩訶薩如是學亦不學般若波羅蜜不得薩婆若舍利弗白佛言世尊若菩薩摩訶薩如是學不學般若波羅蜜不得薩婆若佛告舍利弗菩薩摩訶薩如是學不學般若波羅蜜不得薩婆若舍利弗白佛言世尊菩薩摩訶薩今云何應學般若波羅蜜得薩婆若佛告舍利弗若菩薩摩訶薩學般若波羅蜜時不見般若波羅蜜舍利弗菩薩摩訶薩如是學般若波羅蜜得薩婆若以不可得故舍利弗白佛言世尊云何名不可得佛言諸法內空乃至無法有法空故

【論】釋曰舍利弗上問但無受三昧疾得佛更有餘三昧須菩提說更有餘三昧疾得佛是菩薩不念不著是三昧過去現在諸佛授記佛讚言善哉菩薩摩訶薩應如是學般若波羅蜜乃至一切佛法是時舍利弗作是念般若波羅蜜是空相諸三昧種種分別相云何學諸三昧爲是學般若波羅蜜是故問佛答舍利弗如是學般若波羅蜜皆以不可得故以般若波羅蜜氣分相皆在諸三昧中能如是學是爲學般若波羅蜜乃至十八不共法

佛即可之舍利弗復問何等法不可得佛此中自說衆生空故畢竟清淨故我不可得乃至知者見者須陀洹乃至佛不可得法空故畢竟清淨故五衆不可得乃至十八不共法不可得畢竟清淨者不出不生不得不作等因邊邊不起故名爲不出緣邊邊不起故名爲不生定生相不可得故名爲不出不生不出不生故名不可得不可得故名無作無起是起作法皆是虛誑離如是相名畢竟清淨舍利弗問佛菩薩能如是行畢竟眞淨道爲學何法爲得何法佛答能如是學爲無所學無所得問曰菩薩用是畢竟空學六波羅蜜乃至十八不共法云何言無法可學答曰此中佛自說諸法不如凡人所著凡夫人心有無明邪見等結使所聞所見所知皆異法相

乃至聞佛說法於聖道中果報中皆著汙染於道舍利弗白佛言若凡夫人所見皆是不實今是諸法云何有佛言諸法無所有凡夫人於無所有處亦以爲有所以者何是凡夫人離無明邪見不能有所觀以是故說著無所有故名爲無明譬如空拳以誑小兒小兒著故謂以爲有舍利弗問佛何等法無所有著故名無明佛答色乃至十八不共法是中無明愛故憶想分別是明是無明墮有邊無邊失智慧明失智慧明故不見不知色畢竟空無所有相自生憶想分別而著乃至識衆十二入十八界十二因緣或聞善法所謂六波羅蜜乃至十八不共法亦如世間法憶想分別著聖法亦如是以是故名墮凡夫數如小兒爲人輕笑如人以指示月愚者但看指

不看月智者輕笑言汝何不得示者意指爲智月因緣而更看指不知月諸佛聖人爲凡夫人說法而凡夫著音聲語言不取聖人意不得實義不得實義故還於實中生著佛令說凡夫所失故言不能過三界亦不能離二乘不得聖人意故聞說諸法空而不信不信故不行不住六波羅蜜乃至十八不共法以失如是功德故名爲凡夫小兒是小兒著五衆十二入十八界三毒諸煩惱乃至六波羅蜜十八不共法阿耨多羅三藐三菩提皆著是故名爲著者舍利弗問若菩薩如是行是名不行般若波羅蜜不行般若波羅蜜不得薩婆若佛可舍利弗言如是如是即爲說因緣所謂新行菩薩無方便力聞是般若波羅蜜憶想分別尋求欲取作是念我捨世間樂復不能得般若波羅蜜是爲兩失專求欲得或謂說空是般若波羅蜜或說空亦空是般若波羅蜜或說諸法如實相是般若波羅蜜如是用六十二見九十八使煩惱心著是般若波羅蜜乃至一切種智亦如是以是著心學諸法不能得薩婆若與此相違者能行般若波羅蜜亦能得薩婆若所謂不見般若波羅蜜不見行者不見緣法不見亦不見舍利弗更問不見因緣佛答是菩薩入十八空故不見非以無智故不見

大智度論卷第四十三

大智度論卷第四十四

龍樹菩薩造

姚秦三藏法師鳩摩羅什譯

釋幻學品第十一（經作幻人品）

經 爾時慧命須菩提白佛言世尊若當有人問言幻人學般若波羅蜜當得薩婆若不幻人學禪波羅蜜毗梨耶波羅蜜羼提波羅蜜尸羅波羅蜜檀波羅蜜學四念處乃至十八不共法及一切種智得薩婆若不我當云何答佛告須菩提我還問汝隨意答我須菩提於汝意云何色與幻有異不受想行識與幻有異不須菩提言不也世尊佛言於汝意云何眼與幻有異不乃至意與幻有異不色乃至法與幻有異不眼界乃至意識界與幻有異不眼觸乃至意觸眼觸因緣生受乃至意觸因緣生受與幻有異不須菩提言不也世尊於汝意云何四念處與幻有異不乃至八聖道分與幻有異不不也世尊於汝意云何空無相無作與幻有異不不也世尊須菩提於汝意云何檀波羅蜜與幻有異不乃至十八不共法與幻有異不不也世尊須菩提於汝意云何阿耨多羅三藐三菩提與幻有異不不也世尊何以故色不異幻幻不異色色即是幻幻即是色世尊受想行識不異幻幻不異受想行識識即是幻幻即是識世尊眼不異幻幻不異眼眼即是幻幻即是眼眼觸因緣生受乃至意觸因緣生受亦如是世尊四念處不異幻幻不異四念處四念處即是幻幻即是四念處乃至阿耨多羅三藐三菩提不異幻幻不異阿耨多羅三藐三菩提阿

耨多羅三藐三菩提即是幻幻即是阿耨多羅三藐三菩提佛告須菩提於汝意云何幻有垢有淨不不也世尊須菩提於汝意云何幻有生有滅不不也世尊若法不生不滅是法能學般若波羅蜜當得薩婆若不不也世尊於汝意云何五受陰假名是菩薩不如是世尊於汝意云何五受陰假名有生滅垢淨不不也世尊於汝意云何若法但有名字非身非身業非口非口業非意非意業不生不滅不垢不淨如是法能學般若波羅蜜得薩婆若不不也世尊菩薩摩訶薩若能如是學般若波羅蜜當得薩婆若以無所得故須菩提白佛言世尊菩薩摩訶薩應如是學般若波羅蜜得阿耨多羅三藐三菩提如幻人學何以故世尊當知五陰即是幻人幻人即是五陰佛告須菩提於汝意云何是五陰學般若波羅蜜當得薩婆若不不也世尊何以故是五陰性無所有無所有性亦不可得佛告須菩提於汝意云何如夢五陰學般若波羅蜜當得薩婆若不不也世尊何以故夢性無所有無所有性亦不可得於汝意云何如響如影如焰如化五衆學般若波羅蜜當得薩婆若不不也世尊何以故響影焰化性無所有無所有性亦不可得六情亦如是世尊識即是六情六情即是五衆是法皆內空故不可得乃至無法有法空故不可得

【論】問曰須菩提何以故以是事問佛若人問幻人學般若波羅蜜得作佛不應答言不得幻人虛誑無有本末是事易答何以故問佛答曰上品佛答舍利弗甚深空義須菩提作

是念諸法一相無分別若爾者幻人及實菩薩無異而菩薩行諸功德得作佛幻人無實但誑人眼不能作佛問曰幻人不能行功德以無心識云何言行答曰雖實不行人見似行故名爲行如幻人以飲食財物七寶布施出家持戒忍辱精進坐禪說法等無智人謂是爲行不知是幻須菩提作是念若如佛說諸法一相無所有但是虛誑幻人及實菩薩乃至佛等無有異如幻人亦幻作佛行六波羅蜜降魔兵坐道場成佛道放光明說法度人實菩薩行實道得作佛度衆生有何差別佛言我還問汝隨汝意答我問曰佛何以不直答而還問令隨意答答曰須菩提以空智慧觀三界五衆皆空心生猒離諸煩惱習故雖能總相知諸佛法空猶有所貴不能觀佛法如幻無所有以是故方喻說如汝以五衆空爲證諸佛法亦爾汝觀世間五衆爲空我觀佛法亦爾是故問須菩提於汝意云何色與幻有異不幻與色有異不乃至受想行識亦如是若異者汝應問若不異不應作是問須菩提言不異問曰若色不異幻可爾幻人有色故云何言受想行識如幻不異答曰幻人有喜樂憂苦相無智人見謂爲有受想行識復次佛譬喻欲令人知五受衆虛誑如幻五受衆雖與幻無異佛欲令解故爲作譬喻衆生謂幻是虛誑五受衆雖有與幻無異是故須菩提一心籌量知五衆與幻無異所以者何如幻人色誑肉眼能令生憂喜苦樂五受衆亦能誑慧眼令生貪欲瞋惱諸煩惱等如幻因少許呪術物事語言爲本能現種種

事城郭盧觀等五受衆亦以先世少許無明術因緣有諸行識名色等種種以是故說不異如人見幻事生著心廢其生業幻滅時生悔五受衆亦如是先業因緣幻生今五衆受五欲生貪瞋無常壞時心乃生悔我云何著是幻五衆失諸法實相佛問須菩提樂說門故答言幻與色不異若不異是法即是空入不生不滅法中若不生不滅云何行般若波羅蜜得作佛須菩提作是念若爾者菩薩何以故種種行道求阿耨多羅三藐三菩提佛知其念即答五衆虛誑但以假名故號爲菩薩是假名中無業無業因緣無心無心數法無垢無淨畢竟空故佛言菩薩應如幻人行般若波羅蜜五衆即是幻人無異從先世業因緣幻業出故是五衆亦不能得成就佛何

以故性無所有故餘夢化影響等亦如是問曰何以故說識即是六情六情即是五衆答曰是識十二因緣中第三事是中亦有色亦有心數法未熟故受識名從識生六入是二時俱有五衆色成故名五情名成故名意情六情不離五衆以是故說識即是六情問曰若爾者十二因緣中處處皆有五衆何以但說識六情有五衆答曰是識今身之本衆生於現在法中多錯名色未熟未有所能故不說六情受苦樂能生罪福故說其餘十一因緣故說五衆復次佛知五百歲後學者分別諸法相各異離色法說識離識法說色欲破是諸見令入畢竟空故識中雖無五情而說識即是六情六情中雖不具五衆而說六情即是五衆復次先世但有心住六情作種種

憶想分别故生今世六情五衆身從今世身起種種結使造後世六情五衆如是等展轉是故説識即是六情六情即是五衆是法内空中不可得乃至無法有法空中不可得

經須菩提白佛言世尊新發大乘意菩薩聞説般若波羅蜜將無驚怖畏佛告須菩提若新發大乘意菩薩於般若波羅蜜無方便亦不得善知識是菩薩或驚或怖或畏須菩提白佛言世尊何等是方便菩薩行是方便不驚不畏不怖佛告須菩提有菩薩摩訶薩行般若波羅蜜應薩婆若心觀色無常相是亦不可得觀受想行識無常相是亦不可得須菩提是名菩薩摩訶薩行般若波羅蜜中方便復次須菩提菩薩摩訶薩應薩婆若心觀色苦相是亦不可得受想行識亦如是應薩婆若心觀色無我相是亦不可得受想行識亦如是復次須菩提菩薩摩訶薩應薩婆若心觀色空相是亦不可得受想行識亦如是觀色無相相是亦不可得受想行識亦如是觀色無作相是亦不可得受想行識亦如是觀色寂滅相是亦不可得乃至識亦如是觀色離相是亦不可得乃至識亦如是是名菩薩摩訶薩行般若波羅蜜中方便復次須菩提菩薩摩訶薩行般若波羅蜜觀色無常相是亦不可得觀色苦相無我相空相無相相無作相寂滅相離相是亦不可得受想行識亦如是是時菩薩作是念我當爲一切衆生説是無常法是亦不可得當爲一切衆生説苦相無我相空相無相相無作相寂滅相離相是亦不可得是名菩薩摩訶薩檀波羅蜜

復次菩薩摩訶薩不以聲聞辟支佛心觀色無常亦不可得不以聲聞辟支佛心觀識無常亦不可得不以聲聞辟支佛心觀色苦無我空無相無作寂滅離亦不可得受想行識亦如是是名菩薩摩訶薩尸羅波羅蜜復次須菩提菩薩摩訶薩行般若波羅蜜是諸法無常相乃至離相忍欲樂是名菩薩摩訶薩羼提波羅蜜復次須菩提菩薩摩訶薩行般若波羅蜜應薩婆若心觀色無常相亦不可得乃至離相亦不可得受想行識亦如是應薩婆若心心不捨不息是名菩薩毗梨耶波羅蜜復次須菩提菩薩摩訶薩行般若波羅蜜不起聲聞辟支佛意及餘不善心是名菩薩摩訶薩禪波羅蜜復次須菩提菩薩摩訶薩行般若波羅蜜如是思惟不以空色故色空色即是空空即是色受想行識亦如是不以空眼故眼空眼即是空空即是眼乃至意觸因緣生受不以空受故受空受即是空空即是受不以空四念處故四念處空四念處即是空空即是四念處乃至不以空十八不共法故十八不共法空十八不共法即是空空即是十八不共法如是須菩提菩薩摩訶薩行般若波羅蜜不驚不畏不怖須菩提白佛言世尊何等是菩薩摩訶薩善知識守護故聞說是般若波羅蜜不驚不畏不怖佛告須菩提菩薩摩訶薩善知識者說色無常亦不可得持是善根不向聲聞辟支佛道但向一切智是名菩薩摩訶薩善知識說受想行識無常亦不可得持是善根不向聲聞辟支佛道但向一切智是名菩薩摩訶薩善知識

須菩提菩薩摩訶薩復有善知識說色苦亦不可得說受想行識苦亦不可得說色無我受想行識無我亦不可得說色空無相無作寂滅離亦不可得受想行識空無相無作寂滅離亦不可得持是善根不向聲聞辟支佛道但向一切智須菩提是名菩薩摩訶薩善知識須菩提菩薩摩訶薩復有善知識說眼無常乃至離亦不可得乃至意觸因緣生受說無常乃至離亦不可得持是善根不向聲聞辟支佛道但向一切智是名菩薩摩訶薩善知識須菩提菩薩摩訶薩復有善知識說修四念處法乃至離亦不可得持是善根不向聲聞辟支佛道但向一切智須菩提是名菩薩摩訶薩善知識乃至說修十八不共法修一切智亦不可得持是善根不向聲聞辟支佛道但向一切智是名菩薩摩訶薩善知識

【論】問曰須菩提何以生此疑問佛言新發意菩薩聞是將無恐怖答曰聞無有菩薩行般若波羅蜜者但空五衆法亦不能行般若波羅蜜以是故生疑誰當行般若是故問佛佛言若菩薩內外因緣不具足當有恐怖內因緣者無正憶念無利智慧於衆生中無深悲心內無如是等方便外因緣者不生中國土不得聞般若波羅蜜不得善知識能斷疑者無如是等外因緣內外因緣不和合故生驚怖畏今須菩提問是方便佛答一切種智相應心觀諸法亦不得諸法問曰方便有觀色無常等種種相故不怖畏今何以但說薩婆若相應心觀諸法故不恐怖答曰菩薩先來

但觀諸法空心麤故生著今憶想分別觀如佛意於衆生中起大悲不著一切法於智慧無所得但欲度衆生以無常空等種種觀諸法亦不得是法如是觀諸法已作是念我以是法度衆生令離顛倒以是故心不著不見定實有一法譬如藥師和合諸藥冷病者與熱藥於熱病中爲非藥二施中法施大故是名檀波羅蜜五波羅蜜亦如是隨義分別復次菩薩方便者非十八空故令色空何以故不以空相强令空故色即是空是色從本已來常自空色相空故空即是色乃至諸佛法亦如是善知識者教人令以是智慧迴向阿耨多羅三藐三菩提菩薩先知無常空等諸觀今唯說迴向爲異

經須菩提白佛言云何菩薩摩訶薩行般若波羅蜜無方便隨惡知識聞說是般若波羅蜜驚怖畏佛告須菩提菩薩摩訶薩離一切智心修般若波羅蜜得是般若波羅蜜念是般若波羅蜜禪波羅蜜毗梨耶波羅蜜羼提波羅蜜尸羅波羅蜜檀波羅蜜皆得皆念復次須菩提菩薩摩訶薩離薩婆若心觀色内空乃至無法有法空觀受想行識内空乃至無法有法空觀眼内空乃至無法有法空乃至觀意觸因緣生受内空乃至無法有法空於諸空有所念有所得復次須菩提菩薩摩訶薩行般若波羅蜜離薩婆若心修四念處亦念亦得乃至修十八不共法亦念亦得如是須菩提菩薩摩訶薩行般若波羅蜜以無方便故聞是般若波羅蜜驚怖畏須菩提白佛言世尊云何菩薩摩訶薩隨惡知識聞般

若波羅蜜驚怖畏佛告須菩提菩薩摩訶薩惡知識教離般若波羅蜜禪波羅蜜毗梨耶波羅蜜羼提波羅蜜尸羅波羅蜜檀波羅蜜須菩提是名菩薩摩訶薩惡知識須菩提菩薩摩訶薩復有惡知識不說魔事不說魔罪不作是言惡魔作佛形像來教菩薩離六波羅蜜語菩薩言善男子用修般若波羅蜜爲用修禪波羅蜜毗梨耶波羅蜜羼提波羅蜜尸羅波羅蜜檀波羅蜜爲當知是菩薩摩訶薩惡知識復次須菩提惡魔復作佛形像到菩薩所爲說聲聞經若修妬路乃至優婆提舍教詔分別演說如是經不爲說魔事魔罪當知是菩薩摩訶薩惡知識復次須菩提惡魔作佛形像到菩薩所作是語善男子汝無眞菩薩心亦非阿毗跋致地汝亦不能得阿耨多羅三藐三菩提不爲說如是魔事魔罪當知是菩薩惡知識復次須菩提惡魔作佛形像到菩薩所語菩薩言善男子色空無我無我所受想行識空無我無我所眼空無我無我所乃至意觸因緣生受空無我無我所檀波羅蜜空乃至般若波羅蜜空四念處空乃至十八不共法空汝用阿耨多羅三藐三菩提爲如是魔事魔罪不說不教當知是菩薩惡知識復次須菩提惡魔作辟支佛身到菩薩所語菩薩言善男子十方皆空是中無佛無菩薩無聲聞如是魔事魔罪不說不教當知是菩薩摩訶薩惡知識復次須菩提惡魔作和尚阿闍梨身到菩薩所教離菩薩道教離一切種智教離四念處乃至八聖道分教離檀波羅蜜乃至教離十八不共法教入

空無相無作作是言善男子汝修念是諸法得聲聞證用阿耨多羅三藐三菩提爲如是魔事魔罪不説不教當知是菩薩惡知識復次須菩提惡魔作父母形像到菩薩所語菩薩言子汝爲須陀洹果證故勤精進乃至阿羅漢果證故勤精進汝用阿耨多羅三藐三菩提爲求阿耨多羅三藐三菩提當受無量阿僧祇劫生死截手截脚受諸苦痛如是魔事魔罪不説不教當知是菩薩惡知識復次須菩提惡魔作比丘形像到菩薩所語菩薩言眼無常可得法乃至意無常可得法眼苦眼無我眼空無相無作寂滅離説可得法乃至意亦如是用有所得法説四念處乃至用有所得法説佛十八不共法須菩提如是魔事魔罪不教不説當知是菩薩惡知識知已當遠離之

【論】釋曰先略説無方便今欲廣説無方便所謂離一切種智相應心行般若得是般若波羅蜜定相五波羅蜜乃至諸佛法亦如是自無方便又得惡知識教故復次惡知識大失利益種種壞人是大惡因緣故佛更種種因緣説惡知識相惡知識者教人遠離六波羅蜜或不信罪福報故教遠離或著般若波羅蜜故言諸法畢竟空汝何所行或讚歎小乘汝但自免老病死苦衆生何預汝事如是等種種因緣教令遠離是名惡知識復次惡知識者不教弟子令覺知魔是佛賊魔者欲界主有大力勢常憎行道者佛威力大故魔無所能但能壞小菩薩乃至作佛形像來壞菩薩行六波羅蜜或讚歎開解論説隨聲聞所

應學經法或作佛身來語之言汝不任得佛或說眼等一切諸法空何用是阿耨多羅三藐三菩提爲或作辟支佛身或說十方世界中三乘人空求佛道者但有空名汝云何欲作佛或教令遠離菩薩二十七品令入聲聞三解脫門中汝入是三門實際作證得盡衆苦汝勤精進汝爲得四果故何用阿耨多羅三藐三菩提爲或作和尚阿闍梨父母來教令遠離佛道空當受是截手脚耳鼻等以與求者若不與則破求佛意若與則受是辛苦或時作阿羅漢比丘被服來爲說眼是空無常相苦空無相無作寂滅離乃至諸佛法亦如是用有所得取相憶念分別說如是等種種無量魔事不教令覺知是爲惡知識遠離者以其無利益如輭語賊轉來親近則害人惡知識復過於是所以者何是賊但能害今世一身惡知識則世世害人賊但能害命奪財惡知識則害慧命根奪佛法無量寶知已急當身心遠離

釋句義品第十二

【經】爾時須菩提白佛言世尊云何爲菩薩句義佛告須菩提無句義是菩薩句義何以故阿耨多羅三藐三菩提中無有義處亦無我以是故無句義是菩薩句義須菩提譬如鳥飛虛空無有跡菩薩句義無所有亦如是須菩提譬如夢中所見無處所菩薩句義無所有亦如是須菩提譬如幻無有實義如焰如響如影如佛所化無有實義菩薩句義無所有亦如是須菩提譬如如法性法相法位實際無有義菩薩句義無所有亦如是須菩提

譬如幻人色無有義幻人受想行識無有義菩薩摩訶薩行般若波羅蜜時菩薩句義無所有亦如是須菩提如幻人眼無有義乃至意無有義須菩提如幻人色無有義乃至法無有義眼觸乃至意觸因緣生受無有義菩薩摩訶薩行般若波羅蜜時菩薩句義無所有亦如是須菩提如幻人行内空時無有義乃至行無法有法空無有義菩薩摩訶薩行般若波羅蜜時菩薩句義無所有亦如是須菩提如幻人行四念處乃至十八不共法無有義菩薩摩訶薩行般若波羅蜜時菩薩句義無所有亦如是須菩提如多陀阿伽度阿羅訶三藐三佛陀色無有義是色無有故菩薩摩訶薩行般若波羅蜜時菩薩句義無所有亦如是須菩提如多陀阿伽度阿羅訶三藐三佛陀受想行識無有義是識無有故菩薩摩訶薩行般若波羅蜜時菩薩句義無所有亦如是須菩提如佛眼無處所乃至意無處所色乃至法無處所眼觸乃至意觸因緣生受無處所菩薩摩訶薩行般若波羅蜜時菩薩句義無所有亦如是須菩提如佛内空無處所乃至無法有法空無處所菩薩摩訶薩行般若波羅蜜時菩薩句義無所有亦如是須菩提如佛四念處無處所乃至十八不共法無處所菩薩摩訶薩行般若波羅蜜時菩薩句義無所有亦如是須菩提如有爲性中無無爲性義無爲性中無有爲性義菩薩摩訶薩行般若波羅蜜時菩薩句義無所有亦如是須菩提如不生不滅義無處所菩薩摩訶薩行般若波羅蜜時菩薩句義無所有

亦如是須菩提如不作不出不得不垢不淨無處所菩薩句義無所有亦如是須菩提白佛言何法不生不滅故無處所何法不作不出不得不垢不淨故無處所佛告須菩提色不生不滅故無處所受想行識不生不滅故無處所乃至不垢不淨亦如是入界不生不滅故無處所乃至不垢不淨亦如是四念處不生不滅故無處所乃至不垢不淨亦如是乃至十八不共法不生不滅故無處所乃至不垢不淨亦如是須菩提菩薩摩訶薩行般若波羅蜜時菩薩句義無所有亦如是須菩提如四念處淨義畢竟不可得菩薩摩訶薩行般若波羅蜜時菩薩句義無所有亦如是須菩提如四正勤乃至十八不共法淨義畢竟不可得菩薩摩訶薩行般若波羅蜜時菩薩句義無所有亦如是須菩提如淨中我不可得我無所有故乃至淨中知者見者不可得知見無所有故須菩提菩薩摩訶薩行般若波羅蜜時菩薩句義無所有亦如是須菩提譬如日出時無有黑闇菩薩摩訶薩行般若波羅蜜時菩薩句義無所有亦如是須菩提譬如劫燒時無一切物菩薩摩訶薩行般若波羅蜜時菩薩句義無所有亦如是須菩提佛戒中無破戒須菩提菩薩摩訶薩行般若波羅蜜時菩薩句義無所有亦如是須菩提如佛定中無亂心佛慧中無有愚癡佛解脫中無不解脫解脫知見中無不解脫知見須菩提菩薩摩訶薩行般若波羅蜜時菩薩句義無所有亦如是須菩提譬如佛光中日月光不現佛光中四天王天三十三天夜摩

天兜率陀天化樂天他化自在天梵衆天乃至阿迦尼吒天光不現須菩提菩薩摩訶薩行般若波羅蜜時菩薩句義無所有亦如是何以故是阿耨多羅三藐三菩提菩薩菩薩義是一切法皆不合不散無色無形無對一相所謂無相如是須菩提菩薩摩訶薩一切法無礙中應當學亦應當知

【論】問曰上來佛與須菩提種種因緣破菩薩字今何以問菩薩句義答曰須菩提破菩薩字佛不破言菩薩字從本已來畢竟空但五衆中數假名菩薩而衆生以假名爲實佛言假名無實但從諸法數和合爲名復次諸佛法無量無邊不可思議須菩提因菩薩字空說般若波羅蜜相今欲聞佛說菩薩字義因是說般若波羅蜜復次應問因緣無量無邊所謂佛音聲有六十種莊嚴能令諸天專聽何況人但音聲令人樂聞何況說大利益義須菩提從佛聞是事未發意人當令發阿耨多羅三藐三菩提發意者未行六波羅蜜當令行行者不清淨當令清淨清淨行者當令住阿鞞跋致地成就衆生具足佛法乃至一生補處如是等種種無量因緣利益故佛以須菩提爲問主語一切十方世界在會衆生佛告須菩提無義是菩薩句義阿耨多羅三藐三菩提無處所亦無我無名於是中無依止處即是法空無我名無得道者佛示須菩提若汝知無我無我所得阿羅漢者菩薩亦如是於阿耨多羅三藐三菩提中無我無我所譬如鳥飛虛空無有足跡菩薩義亦如是行諸法虛空中無依止著處以是故言無菩

薩句義問曰何等是菩薩句答曰天竺語法衆字和合成語衆語和合成句如菩爲一字提爲一字是二不合則無語若和合名爲菩提秦言無上智慧薩埵或名衆生或是大心爲無上智慧故出大心名爲菩提薩埵願欲令衆生行無上道是名菩提薩埵復次此品佛及弟子種種因緣說菩薩摩訶薩義菩提一語薩埵一語二語和合故名爲義若說名字語句皆同一事無所在今須菩提問以何定相法爲菩薩句義天竺言波陀秦言句是波陀有種種義如後譬喻中說問曰但以鳥飛虛空足明句義何以種種廣說答曰衆生聽受種種不同有好義者有好譬喻者譬喻可以解義因譬喻心則樂著如人從生端正加以嚴飾益其光瑩此譬喻中多以義喻義如後所說所謂如夢如影如響如佛所化是事虛誑如先說菩薩義亦如是但可耳聞虛誑無實以是故菩薩不應自高如法性法相實際等句無有定義如幻人無五衆乃至諸佛法如佛五衆乃至一切法如有爲法中無無爲法如無爲法中無有爲法無爲法不生不滅等諸法中無不生不滅相亦無異相如三十七品無清淨相何以故有人著是三十七品法即是結使如我乃至知者見者淨相不可得問曰我乃至知者見者等云何淨答曰種種求覓我相不可得是名我淨第一義中無淨無不淨譬如洗臭死狗乃至皮毛血肉骨髓都盡是時非狗非猪不得言淨不得言不淨我乃至知者見者亦如是以無我空智慧求我相不可得是時非有我非無我如

日出無闇劫盡時無一切物如佛五衆戒中破戒不可得如日月星宿眞珠等諸天鬼神龍王光於佛光中則不現從大福德神通力生故菩薩句義亦如是入是般若波羅蜜智慧光中則不現因是譬喻教諸菩薩當學一切法不取相無所得故

【經】須菩提白佛言世尊何等是一切法云何一切法中無礙相應學應知佛告須菩提一切法者善法不善法記法無記法世間法出世間法有漏法無漏法有爲法無爲法共法不共法須菩提是名爲一切法菩薩摩訶薩是一切法無礙相中應學應知須菩提白佛言世尊何等名世間善法佛告須菩提世間善法者孝順父母供養沙門婆羅門敬事尊長布施福處持戒福處修定福處勸導福事方便生福德世間十善道九相脹相血相壞相膿爛相青相噉相散相骨相燒相四禪四無量心四無色定念佛念法念僧念戒念捨念天念善念安般念身念死是名世間善法何等不善法奪他命不與取邪婬妄語兩舌惡口非時語貪欲惱害邪見是十不善道等是名不善法何等記法若善法若不善法是名記法何等無記法無記身業口業意業無記四大無記五衆十二入十八界無記報是名無記法何等名世間法世間法者五衆十二入十八界十善道四禪四無量心四無色定是名世間法何等名出世間法四念處四正勤四如意足五根五力七覺分八聖道分空解脫門無相解脫門無作解脫門三無漏根未知欲知根知根知已根三三昧有覺有

觀三昧無覺有觀三昧無覺無觀三昧明解脫念慧正憶念八背捨何等八內有色相外觀色是初背捨內無色相外觀色是二背捨淨背捨身作證是三背捨過一切色相故滅有對相故一切異相不念故入無邊虛空處是四背捨過一切無邊虛空處入一切無邊識處是五背捨過一切無邊識處入無所有處是六背捨過一切無所有處入非有想非無想處是七背捨過一切非有想非無想處入滅受想定是八背捨九次第定何等九離欲亦離惡不善法有覺有觀離生喜樂入初禪滅諸覺觀內清淨故一心無覺無觀定生喜樂入二禪離喜故行捨受身樂聖人能說能捨念行樂入第三禪斷喜樂故先滅憂喜故不苦不樂捨念淨入第四禪過一切色相故滅有對相故一切異相不念故入無邊虛空處過一切無邊虛空處入一切無邊識處過一切無邊識處入無所有處過一切無所有處入非有想非無想處過一切非有想非無想處入滅受想定復有出世間法內空乃至無法有法空佛十力四無所畏四無礙智十八不共法一切智是名出世間法何等爲有漏法五受衆十二入十八界六種六觸六受四禪乃至四無色定是名有漏法何等爲無漏法四念處乃至十八不共法及一切智是名無漏法何等爲有爲法若法生住滅欲界色界無色界五衆乃至意觸因緣生受四念處乃至十八不共法及一切智是名有爲法何等爲無爲法不生不住不滅若染盡瞋盡癡盡如不異法相法性法住實際是名無

爲法何等爲共法四禪四無量心四無色定如是等名共法何等名不共法四念處乃至十八不共法是名不共法菩薩摩訶薩於是自相空法中不應著不動故菩薩亦應知一切法不二相不動故是名菩薩義

論問曰須菩提何以故先問世間善法後問出世間法答曰先問麤後當問細先知世間相後則能知出世間相世間善法者知有罪有福果報有今世後世有世間有涅槃有佛等諸賢聖今世後世及諸法實相證所謂孝順父母等乃至十念如法得物供養供給沙門婆羅門沙門名爲出家求道人婆羅門名爲在家學問人是二人於世間難爲能爲利益衆生故應當供養尊長者叔伯姊兄等恭敬供養是一切修家法布施持戒修定勸導如初品中說方便生福德如懺悔隨喜請佛久住不涅槃轉法輪如雖行空不著空還修行諸善如是等方便生諸福德十善道乃至四無色如先說十念中八事如先說善念者思惟分別善業因緣制伏其心復次涅槃是眞善法常繫心念涅槃是善念身念即是身念處與善法相違是名不善法無記法者所謂威儀心工巧心變化心及是起身業口業除善不善五衆餘五衆及虛空非數緣滅等世間法者五衆或善或不善或無記十二入八無記四三種十八界八無記十三種十善道四禪四無量心四無色定是善法凡夫人能得成就故又自不能出世間故名世間法出世間者三十七品三解脫門三無漏根三三昧如先說明解脫明者三明解脫者有爲

解脱無爲解脱念者十一智慧正憶者隨諸法實相觀如隨身法觀一切善法之本復次八背捨九次第定十八空十力四無所畏十八不共法如先義中廣説是四念處等一心爲道故又八背捨九次第定等凡夫所不得名爲出世間念慧正憶雖有二種世間出世間此中説出世間有漏法者五衆等四禪四無色定無漏法者非世間是四念處乃至十八不共法有爲法略説三相所謂生住滅三界繫及四念處乃至十八不共法雖爲無爲法以作法故是爲有爲法與有爲相違是無爲法復次滅三毒等諸煩惱五衆等不次第相續如法相法性法住實際等是名無爲法問曰色如色不離如如不離色色是有爲云何如是無爲答曰色有二種一者凡夫肉眼憶想分別色二者聖人心所知色實相如涅槃凡夫所知色名爲色是色入如中更不生不滅如有爲雖是五衆而有種種名字所謂十二入十八界因緣等無爲法雖有三種亦種種分別名字所謂如法相法性法住實際等共法者凡夫聖人生處入定處共故名爲共法不共法者四念處乃至十八不共法菩薩分別知此諸法各各相是法皆從因緣和合生故無性無性故自性空菩薩住是無障礙法中不動以不二入法門入一切法不動故

大智度論卷第四十四

大智度論卷第四十五

龍　樹　菩　薩　造

姚秦三藏法師鳩摩羅什譯

釋摩訶薩品第十三（經作金剛品）

經 爾時須菩提白佛言世尊何以故名爲摩訶薩佛告須菩提是菩薩於必定衆中爲上首是故名爲摩訶薩須菩提白佛言世尊何等爲必定衆是菩薩摩訶薩而爲上首佛告須菩提必定衆者性地人八人須陀洹斯陀含阿那含阿羅漢辟支佛初發心菩薩乃至阿鞞跋致地菩薩須菩提是爲必定衆菩薩爲上首菩薩摩訶薩於是中生大心不可壞如金剛當爲必定衆作上首須菩提白佛言世尊何等是菩薩摩訶薩生大心不可壞如金剛佛告須菩提菩薩摩訶薩應生如是心我當於無量生死中大莊嚴我應當捨一切所有我應當等心於一切衆生我應當以三乘度脫一切衆生令入無餘涅槃我度一切衆生已無有乃至一人入涅槃者我應當解一切諸法不生相我應當純以薩婆若心行六波羅蜜我應當學智慧了達一切法我應當了達諸法一相智門我應當了達乃至無量相智門須菩提是名菩薩摩訶薩生大心不可壞如金剛是菩薩摩訶薩住是心中於諸必定衆中而爲上首是法用無所得故須菩提菩薩摩訶薩應生如是心我當代十方一切衆生若地獄衆生若畜生衆生若餓鬼衆生受苦痛爲一一衆生無量百千億劫代受地獄中苦乃至是衆生入無餘涅槃以是法故爲是衆生受諸勤苦是衆生入無餘涅

槃已然後自種善根無量百千億阿僧祇劫當得阿耨多羅三藐三菩提須菩提是爲菩薩摩訶薩大心不可壞如金剛住是心中爲必定衆作上首復次須菩提菩薩摩訶薩生大快心住是大快心中爲必定衆作上首須菩提白佛言世尊何等是菩薩摩訶薩大快心佛言菩薩摩訶薩從初發意乃至阿耨多羅三藐三菩提不生染心瞋恚心愚癡心不生惱心不生聲聞辟支佛心是名菩薩摩訶薩大快心住是心中爲必定衆作上首亦不念有是心復次須菩提菩薩摩訶薩應生不動心須菩提白佛言云何名不動心佛言常念一切種智心亦不念有是心是名菩薩摩訶薩不動心復次須菩提菩薩摩訶薩於一切衆生中應生利益安樂心云何名利益安樂心救濟一切衆生不捨一切衆生是事亦不念有是心是名菩薩摩訶薩於一切衆生中生利益安樂心如是須菩提是菩薩摩訶薩行般若波羅蜜於必定衆中最爲上首復次須菩提菩薩摩訶薩應當行欲法喜法樂法心何等是法所謂不破諸法實相是名爲法何等名爲欲法喜法信法忍法受法是名欲法喜法何等名樂法常修行是法是名樂法如是須菩提菩薩摩訶薩行般若波羅蜜於必定衆中能爲上首是法用無所得故復次須菩提菩薩摩訶薩行般若波羅蜜時住内空乃至無法有法空能爲必定衆作上首是法用無所得故復次須菩提菩薩摩訶薩行般若波羅蜜時住四念處中乃至住十八不共法中能爲必定衆作上首是法用無所

得故復次須菩提菩薩摩訶薩行般若波羅蜜時住如金剛三昧乃至離著虛空不染三昧中住於必定衆作上首是法用無所得故如是須菩提菩薩摩訶薩住是諸法中能爲必定衆作上首以是因緣故名爲摩訶薩

【論】釋曰須菩提已從佛聞菩薩義今問摩訶薩義摩訶者秦言大薩埵秦言心或言衆生是衆生於世間諸衆生中第一最上故名爲大又以大心知一切法欲度一切衆生是名爲大復次菩薩故名摩訶薩摩訶薩故名菩薩以發心爲無上道故復次如讚菩薩摩訶薩義品中此中應廣說復次佛此中自說摩訶薩義衆生有三分一者正定必入涅槃二者邪定必入惡道三者不定於正定衆生中當最大故名摩訶薩大衆者除佛餘一切賢聖所謂性地人是聖人性中生故名爲性如小兒在貴家生雖小未有所能後必望成大事是地從煗法乃至世間第一法八人名見諦道十五心中行問曰是十五心中何以名爲八人答曰思惟道中用智多見諦道中多用見忍智隨於忍所以者何忍功大故復次忍智二事能斷能證八忍中住故名爲八人須陀洹斯陀含阿那含阿羅漢辟支佛義如先說初發意菩薩者有人言初發意者得無生法忍隨阿耨多羅三藐三菩提相發心是名初發意名眞發心了了知諸法實相及知心相破諸煩惱故隨阿耨多羅三藐三菩提心故不顚倒故此心名爲初發心有人言諸凡夫人雖住諸結使聞佛功德發大悲心憐愍衆生我當作佛此心雖在煩惱中心尊貴

故天人所敬如轉輪聖王太子初受胎時勝於諸子諸天鬼神皆共尊貴菩薩心亦如是雖在結使中勝諸天神通聖人復次菩薩初發心乃至未得阿耨多羅三藐三菩提有受記入法位得無生法忍者名阿鞞跋致阿鞞跋致相後當廣說如是等大衆當作上首故名摩訶薩是菩薩欲為一切聖人主故發大心受一切苦心堅如金剛不動故金剛心者一切結使煩惱所不能動譬如金剛山不為風所傾揺諸惡衆生魔人來不隨意行不信受其語瞋罵謗毀打擊閉繫斫刺割截心不變異有來乞索頭目髓腦手足皮肉筋骨盡能與之求者意猶無猒更瞋恚罵詈爾時心忍不動譬如牢固金剛山人來斵鑿毀壞諸蟲來齧無所虧損是名金剛心復次佛自說金剛心相所謂菩薩應作是念我不應一月一歲一世二世乃至千萬劫世大誓莊嚴我應無量無數無邊世生死中利益度脫一切衆生二者我應捨一切内外所有貴重之物三者一切衆生中等心無憎愛四者我當以三乘如應度脫一切衆生五者度如是衆生已實無所度而無其功此中心亦不悔不没六者我應知一切法不生不滅不來不去不垢不淨等諸相七者我應當以清淨無染心行六波羅蜜回向薩婆若八者我應當善知一切世間所作之事及出世間所應知事皆悉通達了知九者我應當解了諸法一相智門所謂一切諸法畢竟空觀一切諸法如無餘涅槃相離諸憶想分別十者我應當知諸法二相三相乃至無量相門通達明了二相

者一切法有二種若有若無若生若滅若作若不作若色若無色等三門者若一若二若多從三以上皆名爲多若有若無若非有非無若上若中若下若過去若未來若現在三界三法善不善無記等三門四門五門如是等無量法門皆通達無礙是中心不悔不怯不疑信受通達無礙常行不息滅諸煩惱及其果報及諸障礙之事皆令敗壞如金剛寶能摧破諸山住是金剛心中當於大衆而作上首以不可得空故不可得空者若菩薩生如是大心如金剛而生憍慢者罪過凡夫以是故說用無所得諸法無定相如幻如化復次心如金剛者墮三惡道所有衆生我當代受勤苦爲一一衆生故代受地獄苦乃至是衆生從三惡道出集諸善本至無餘涅槃已

復救一切衆生如是展轉一切衆生盡度已後當自爲集諸功德無量阿僧祇劫乃當作佛是中心不悔不縮能如是代衆生受勤苦自作諸功德久住生死心不悔不没如金剛地能持三千大千世界令不動揺是心牢堅故名爲如金剛大快心者雖有牢固心未是大快如馬雖有大力而未大快於衆生中得二種等心故不生欲染心若有偏愛則爲是賊破我等心爲佛道之本常行慈悲心故無有瞋心常觀諸法因緣和合生無有自性故則無癡心愛念衆生過於赤子故無有惱心不捨衆生貴佛道故不生聲聞辟支佛心問曰若心牢固如金剛即是不動今何以更說不動心答曰或時雖復牢固心猶有增減如樹雖牢固猶可動揺動有二種一者外因緣

動如先說二者內因緣動諸邪見疑等若常憶念一切智慧佛道我當得是果報故心不動復次菩薩應種種因緣利益衆生飲食乃至佛樂以利衆生常不捨衆生欲令離苦是名安樂心亦不念有是心復次菩薩樂法名爲上首法者不破壞諸法相不破壞諸法相者無法可著無法可受故所謂不可得是不可得空即是涅槃常信受忍是名爲欲法常行三解脫門名爲樂法復次菩薩住是十八空中不隨十八意行故不起罪業住四念處乃至十八不共法滅諸煩惱集諸善法故能爲上首復次菩薩入金剛三昧等心受快樂猒於世樂增長善根智慧方便故於大聖衆而爲上首若能爲大者作上首何況小者是故名爲摩訶薩

釋斷見品第十四 經作斷諸見品

【經】爾時慧命舍利弗白佛言世尊我亦欲說所以爲摩訶薩佛告舍利弗便說舍利弗言我見衆生見壽見命見生見養育見衆數見人見作見使作見起見使起見受見使受見知者見見者見斷見常見有見無見陰見入見界見諦見因緣見四念處見乃至十八不共法見佛道見成就衆生見淨佛世界見佛見轉法輪見爲斷如是諸見故而爲說法是名摩訶薩須菩提語舍利弗言何因緣故色見是見何因緣故受想行識乃至轉法輪見是名爲見舍利弗語須菩提菩薩摩訶薩行般若波羅蜜時無方便故於色生見用有所得故受想行識乃至轉法輪生見用有所得故是中菩薩摩訶薩行般若波羅蜜以方便

力斷諸見網而爲說法用無所得故

論問曰佛將五百大阿羅漢至阿那婆達多龍池受遠離樂欲說自身及弟子本業因緣而舍利弗不在佛令目連命之時目連以神通力到祇洹時舍利弗縫衣語目連言小住待縫衣訖當去目連催促疾去時目連以手摩衣衣即成竟舍利弗見目連貴其神通即以腰帶擲地語言汝舉此帶去目連以兩手舉帶不能離地即入諸深定舉之地爲大動帶猶著地時憍陳如問佛以何因緣故地大震動佛言目連入甚深禪定作大神力舉舍利弗帶而不能舉佛告諸比丘舍利弗所入出禪定目連乃至不識其名佛所入禪定舍利弗乃至不識其名如舍利弗智慧與佛懸殊何以言我亦樂說答曰舍利弗非欲於大衆中顯其智慧高心故說舍利弗逐佛轉法輪人廣益衆生是摩訶薩義所益甚廣是故佛說已舍利弗次說復次多人信樂舍利弗語所以者何以宿世因緣故多發菩薩心佛以大慈悲心故吾我心及習根本已拔又法愛已斷故如是種種因緣故聽舍利弗言我見及知者見者佛見菩薩見諸衆生見等及有無斷常等邪見五衆乃至諸佛法轉法輪等諸法見是菩薩能斷是三種見故當於大衆中說法是三種見無始世界來習著入於骨髓須菩提作是念佛說五衆等乃至諸佛法是菩薩行何以爲斷諸見故說法作是念已問舍利弗舍利弗答無方便菩薩欲行般若波羅蜜觀色求定相取色一相生色見與此相違名爲有方便是菩薩雖觀色不生妄

見而能斷諸邪見等

經爾時須菩提白佛言世尊我亦欲說所以爲摩訶薩佛言便說須菩提言世尊是阿耨多羅三藐三菩提心無等等心不共聲聞辟支佛心何以故是一切智心無漏不繫故是一切智心無漏不繫中亦不著以是因緣故名摩訶薩舍利弗語須菩提何等爲菩薩摩訶薩無等等心不共聲聞辟支佛心須菩提言菩薩摩訶薩從初發意已來不見法有生有滅有增有減有垢有淨舍利弗若法無生無滅乃至無垢無淨是中無聲聞心無辟支佛心無阿耨多羅三藐三菩提心無佛心舍利弗是名菩薩摩訶薩無等等心不共聲聞辟支佛心舍利弗語須菩提如須菩提說一切智心無漏心不繫心中不著須菩提色亦不著受想行識亦不著四念處亦不著乃至十八不共法亦不著何以但說是心不著須菩提言如是如是舍利弗色亦不著乃至十八不共法亦不著舍利弗語須菩提凡夫人心亦無漏不繫性空故諸聲聞辟支佛心諸佛心亦無漏不繫性空故須菩提言如是舍利弗舍利弗言須菩提若色亦無漏不繫性空故受想行識無漏不繫性空故乃至意識因緣生受無漏不繫性空故須菩提言爾舍利弗言四念處亦無漏不繫性空故乃至十八不共法亦無漏不繫性空故須菩提言爾如舍利弗所言凡夫人心亦無漏不繫性空故乃至十八不共法亦無漏不繫性空故舍利弗語須菩提如須菩提所說空無心故不著是心須菩提色無故不著色受想行識乃

至意觸因緣生受無故不著受四念處無故不著四念處乃至十八不共法無故不著十八不共法須菩提言如是舍利弗色無故色中不著乃至十八不共法無故十八不共法中不著如是舍利弗菩薩摩訶薩行般若波羅蜜時以阿耨多羅三藐三菩提心無等等心不共聲聞辟支佛心不念有是心亦不著是心以一切法無所有故以是故名摩訶薩

【論】釋曰須菩提說摩訶薩無等等心於是心亦不著不著者是菩薩從發心已來不見有法定相若生若滅若增若減若垢若淨是心畢竟空是中無有心相非心相諸相畢竟清淨故以是故無聲聞心辟支佛心菩薩心佛心須菩提稱貴菩薩如是心亦美菩薩不著是心亦爲尊貴舍利弗欲難須菩提作是言非但一切智心無漏不繫菩薩不應自高所以者何凡夫人心亦無漏不繫性常空故如聲聞辟支佛佛心無漏不繫是凡夫人心實相性空實相性空清淨不著如先說陰雲翳日月不能汙日月又諸煩惱實相與常性空心相無異但住凡夫地中是垢是淨住聖人地中修無相智慧故無所分別但憐愍衆生故雖復有說心無所著非獨凡夫心無漏不繫五衆乃至十八不共法亦如是須菩提然可又舍利弗言是心無心相空故不著色中色相無故亦不著乃至諸佛法亦如是須菩提言如是以是故菩薩能觀諸法性常空不可得空畢竟清淨以是故說阿耨多羅三藐三菩提心無等等心不共聲聞辟支佛心不念有是心亦不著是心能疾至阿耨多羅三

藐三菩提

釋富樓那品第十五

【經】爾時富樓那彌多羅尼子白佛言世尊我亦樂說所以爲摩訶薩佛言便說富樓那彌多羅尼子言是菩薩大莊嚴是菩薩發趣大乘是菩薩乘於大乘以是故是菩薩名摩訶薩舍利弗語富樓那言云何名菩薩摩訶薩大莊嚴富樓那語舍利弗菩薩摩訶薩不分别爲爾所人故住檀波羅蜜行檀波羅蜜爲一切衆生故住檀波羅蜜行檀波羅蜜不爲爾所人故住尸羅波羅蜜行尸羅波羅蜜羼提波羅蜜毗梨耶波羅蜜禪波羅蜜般若波羅蜜爲一切衆生故住般若波羅蜜行般若波羅蜜菩薩摩訶薩大莊嚴不齊限衆生我當度若干人不度餘人不言我令若干人至阿耨多羅三藐三菩提餘人不至是菩薩摩訶薩普爲一切衆生故大莊嚴復作是念我當自具足檀波羅蜜亦令一切衆生行檀波羅蜜自具足尸羅波羅蜜羼提波羅蜜毗梨耶波羅蜜禪波羅蜜自具足般若波羅蜜亦令一切衆生行般若波羅蜜復次舍利弗菩薩摩訶薩行檀波羅蜜時所有布施應薩婆若心共一切衆生回向阿耨多羅三藐三菩提舍利弗是名菩薩摩訶薩行檀波羅蜜時檀波羅蜜大莊嚴復次舍利弗菩薩摩訶薩行檀波羅蜜時應薩婆若心布施不向聲聞辟支佛地舍利弗是名菩薩摩訶薩行檀波羅蜜時尸羅波羅蜜大莊嚴復次舍利弗菩薩摩訶薩行檀波羅蜜時應薩婆若心布施是諸施法信忍欲是名行檀波羅蜜時羼提

波羅蜜大莊嚴復次舍利弗菩薩摩訶薩行檀波羅蜜時應薩婆若心布施勤修不息是名行檀波羅蜜時毗梨耶波羅蜜大莊嚴復次舍利弗菩薩摩訶薩行檀波羅蜜時應薩婆若心布施攝心不起聲聞辟支佛意是名行檀波羅蜜時禪波羅蜜大莊嚴復次舍利弗菩薩摩訶薩行檀波羅蜜時應薩婆若心布施觀諸法如幻不得施者不得施物不得受者是名行檀波羅蜜時般若波羅蜜大莊嚴如是舍利弗菩薩摩訶薩應薩婆若心不取不得諸波羅蜜相當知是菩薩摩訶薩大莊嚴復次舍利弗菩薩摩訶薩行尸羅波羅蜜時應薩婆若心布施共一切衆生回向阿耨多羅三藐三菩提是名菩薩摩訶薩行尸羅波羅蜜時檀波羅蜜復次舍利弗菩薩摩訶薩行尸羅波羅蜜時諸法信忍欲是名菩薩摩訶薩行尸羅波羅蜜時羼提波羅蜜復次舍利弗菩薩摩訶薩行尸羅波羅蜜時勤修不息是名菩薩摩訶薩行尸羅波羅蜜時毗梨耶波羅蜜復次舍利弗菩薩摩訶薩行尸羅波羅蜜時不受聲聞辟支佛心是名菩薩摩訶薩行尸羅波羅蜜時禪波羅蜜復次舍利弗菩薩摩訶薩行尸羅波羅蜜時觀一切法如幻亦不念有是戒用無所得故是名菩薩摩訶薩行尸羅波羅蜜時般若波羅蜜如是舍利弗菩薩摩訶薩行尸羅波羅蜜時攝諸波羅蜜以是故名大莊嚴復次舍利弗菩薩摩訶薩行羼提波羅蜜時應薩婆若心布施共一切衆生回向阿耨多羅三藐三菩提是爲菩薩摩訶薩行羼提波羅蜜時檀波

羅蜜復次舍利弗菩薩摩訶薩行羼提波羅蜜時不受聲聞辟支佛心但受薩婆若心是名菩薩摩訶薩行羼提波羅蜜時尸羅波羅蜜復次舍利弗菩薩摩訶薩行羼提波羅蜜時應薩婆若心身心精進不休不息是名菩薩摩訶薩行羼提波羅蜜時毗梨耶波羅蜜復次舍利弗菩薩摩訶薩行羼提波羅蜜時攝心一處雖有苦事心不散亂是名菩薩摩訶薩行羼提波羅蜜時禪波羅蜜復次舍利弗菩薩摩訶薩行羼提波羅蜜時應薩婆若心觀諸法空無作者無受者若有呵罵割截者心如幻如夢是名菩薩摩訶薩行羼提波羅蜜時般若波羅蜜復次舍利弗菩薩摩訶薩行毗梨耶波羅蜜時應薩婆若心布施時不令身心懈怠是名菩薩摩訶薩行毗梨耶波羅蜜時檀波羅蜜復次舍利弗菩薩摩訶薩行毗梨耶波羅蜜時應薩婆若心始終具足清淨持戒是名菩薩摩訶薩行毗梨耶波羅蜜時尸羅波羅蜜復次舍利弗菩薩摩訶薩行毗梨耶波羅蜜時應薩婆若心修行忍辱是名菩薩摩訶薩行毗梨耶波羅蜜時羼提波羅蜜復次舍利弗菩薩摩訶薩行毗梨耶波羅蜜時應薩婆若心攝心離欲入諸禪定是名菩薩摩訶薩行毗梨耶波羅蜜時禪波羅蜜復次舍利弗菩薩摩訶薩行毗梨耶波羅蜜時應薩婆若心不取一切諸法相於不取相亦不著是名菩薩摩訶薩行毗梨耶波羅蜜時般若波羅蜜如是舍利弗菩薩摩訶薩行毗梨耶波羅蜜時攝諸波羅蜜復次舍利弗菩薩摩訶薩行禪波羅蜜時應薩婆

若心定心布施不令心亂是名菩薩摩訶薩行禪波羅蜜時檀波羅蜜復次舍利弗菩薩摩訶薩行禪波羅蜜時應薩婆若心持戒禪定力故破戒諸法不令得入是名菩薩摩訶薩行禪波羅蜜時尸羅波羅蜜復次舍利弗菩薩摩訶薩行禪波羅蜜時應薩婆若心慈悲定故忍諸惱害是名菩薩摩訶薩行禪波羅蜜時羼提波羅蜜復次舍利弗菩薩摩訶薩行禪波羅蜜時應薩婆若心於禪不味不著常求增進從一禪至一禪是名菩薩摩訶薩行禪波羅蜜時毗梨耶波羅蜜復次舍利弗菩薩摩訶薩行禪波羅蜜時應薩婆若心於一切法無所依止亦不隨禪生是名菩薩摩訶薩行禪波羅蜜時般若波羅蜜如是舍利弗菩薩摩訶薩行禪波羅蜜時攝諸波羅

蜜復次舍利弗菩薩摩訶薩行般若波羅蜜時應薩婆若心布施内外所有無所愛惜不見與者受者及以財物是名菩薩摩訶薩行般若波羅蜜時檀波羅蜜復次舍利弗菩薩摩訶薩行般若波羅蜜時應薩婆若心持戒破戒二事不見故是名菩薩摩訶薩行般若波羅蜜時尸羅波羅蜜復次舍利弗菩薩摩訶薩行般若波羅蜜時應薩婆若心不見呵者罵者打者殺者亦不見用是空能忍辱是名菩薩摩訶薩行般若波羅蜜時羼提波羅蜜復次舍利弗菩薩摩訶薩行般若波羅蜜時應薩婆若心觀諸法畢竟空以大悲心故行諸善法是名菩薩摩訶薩行般若波羅蜜時毗梨耶波羅蜜復次舍利弗菩薩摩訶薩行般若波羅蜜時應薩婆若心入禪定觀諸

禪離相空相無相相無作相是名菩薩摩訶薩行般若波羅蜜時禪波羅蜜如是舍利弗菩薩摩訶薩行般若波羅蜜時攝諸波羅蜜舍利弗如是名為菩薩摩訶薩大莊嚴是大莊嚴菩薩十方諸佛歡喜於大衆中稱名讚歎某世界某菩薩摩訶薩大莊嚴成就衆生淨佛世界

論釋曰富樓那聞上二大弟子說摩訶薩義而佛可言善哉又富樓那佛大衆中讚嘆法師之上復欲說摩訶薩義白佛言我亦樂說佛即聽許問曰須菩提說般若波羅蜜主舍利弗應問須菩提今何故乃問富樓那答曰此二人同是婆羅門俱以母字為名此二人佛法中俱大舍利弗智慧中大富樓那說法種種莊嚴牽引衆情說法中大是故二人等等故於佛前共論又富樓那先已共舍利弗論議善能相答如七車譬喻經中說已共為親厚好共論理須菩提無是因緣又富樓那說摩訶薩義是故應問云何乃問須菩提所說摩訶薩義者所謂是人大莊嚴如人遠行重有資粮又如破賊備諸器仗是菩薩亦如是欲破魔人煩惱賊故行六波羅蜜以自莊嚴是人無量劫久住生死集諸福德智慧以為資糧三種乘中為趣大乘故發心行六波羅蜜乘是大乘舍利弗問富樓那聲聞辟支佛亦趣道何以不名大莊嚴而但說菩薩大莊嚴富樓那答言聲聞辟支佛雖行布施等六事有量有限自為度身及餘衆生可度者度是故不名大莊嚴菩薩所度不分别不齊限為若干衆生故布施乃至智慧不作是念

我度若干人令得三乘不能度若干人令若干人得阿耨多羅三藐三菩提若干人不能度菩薩作是莊嚴令一切衆生盡入大乘作佛菩薩行大莊嚴自行檀波羅蜜亦令一切衆生行檀波羅蜜乃至般若波羅蜜亦如是問曰云何名大莊嚴答曰爲度衆生故爲阿耨多羅三藐三菩提故行諸善福功德者略說是六波羅蜜如富樓那次第說若菩薩爲一切智慧故行檀波羅蜜是福德共一切衆生共者此布施福德我及衆生共等我以此回向阿耨多羅三藐三菩提回向者於此福德不求人王天王世間禪定樂爲衆生乃至涅槃樂亦不求持此果報盡爲度衆生故求佛法如是等相是名檀波羅蜜大莊嚴是菩薩行布施時若見諸辟支佛阿羅漢現大神通得漏盡入涅槃於中不貪不著一心修佛道是名檀波羅蜜生尸羅波羅蜜布施時有人惡口罵詈刀杖毀害所不應乞者而强乞不瞋不悔入諸法相中所謂畢竟空是名檀波羅蜜生羼提波羅蜜行布施時和合財物守護施彼心身不懈不息是名檀波羅蜜生毗梨耶波羅蜜布施時一心念佛念諸佛法不令聲聞辟支佛心入因是布施即入禪定是名檀波羅蜜生禪波羅蜜布施時菩薩作是念施者受者財物因緣和合生故無自性無自性故空如幻如夢衆生空故無受者無施者法空故無財物是名檀波羅蜜生般若波羅蜜若菩薩爲一切智故不取諸波羅蜜相而能行諸波羅蜜是名菩薩大莊嚴此中一波羅蜜徧生諸波羅蜜此經中自分别其

義古今語異義不了故助分別說開論義門餘五波羅蜜亦應如是隨義說問曰何以但檀波羅蜜中說生六波羅蜜餘波羅蜜中但說生五答曰若後五波羅蜜中各各生六亦無咎六波羅蜜非一時非一念法無量劫中集六種功德和合名為六波羅蜜先生小後生中大有何咎一切諸法皆初小後大以是故諸餘波羅蜜各各應生六復次一切諸佛說法時檀波羅蜜為初門如經中說佛常初為衆生說布施說持戒說生天說五欲味先說世間苦惱道德利益後為說四諦以是故初說檀問曰佛何以說檀為初門答曰攝衆生法無過於檀大小貴賤乃至畜生檀皆攝之乃至怨家得施則為中人中人得施則成親善諸佛三十二相八十隨形好諸功德具足所願如意皆從布施得如寶掌菩薩等七寶從手中出給施衆生又能令衆生歡喜柔輭可任得涅槃如是等義故檀波羅蜜為初問曰富樓那何以故說一波羅蜜中生諸波羅蜜為大莊嚴答曰是波羅蜜各各別行力勢少譬如兵人未集則無戰力若大軍都集莊嚴執持器仗則能破敵菩薩亦如是六波羅蜜一時莊嚴能破諸煩惱魔人賊疾得阿耨多羅三藐三菩提以是故說一波羅蜜中具諸波羅蜜十方諸佛稱名讚歎成就衆生淨佛世界如先說

【經】慧命舍利弗問富樓那彌多羅尼子云何菩薩摩訶薩發趣大乘富樓那語舍利弗菩薩摩訶薩行六波羅蜜時離諸欲離諸惡不善法有覺有觀離生喜樂入初禪乃至入第

四禪中以慈廣大無二無量無怨無恨無惱心行徧滿一方二三四方四維上下徧一切世間悲喜捨心亦如是是菩薩入禪時起時諸禪無量心及枝共一切衆生回向薩婆若是名菩薩摩訶薩禪波羅蜜發趣大乘是菩薩摩訶薩住禪無量心作是念我當得一切種智爲斷一切衆生煩惱故當說法是名菩薩摩訶薩行禪波羅蜜時檀波羅蜜若菩薩摩訶薩應薩婆若心修初禪住初禪二三四禪亦如是不受餘心所謂聲聞辟支佛心是名菩薩摩訶薩行禪波羅蜜時尸羅波羅蜜若菩薩摩訶薩應薩婆若心入諸禪作是念我爲斷一切衆生煩惱故當說法是諸心欲樂忍是名菩薩摩訶薩行禪波羅蜜時羼提波羅蜜若菩薩摩訶薩應薩婆若心入諸禪諸善根回向薩婆若勤修不息是名菩薩摩訶薩行禪波羅蜜時毗梨耶波羅蜜若菩薩摩訶薩應薩婆若心四禪及枝觀無常相苦相無我相空相無相相無作相共一切衆生回向薩婆若是名菩薩摩訶薩行禪波羅蜜時般若波羅蜜舍利弗是名菩薩摩訶薩發趣大乘復次菩薩摩訶薩行慈心作是念我當安樂一切衆生入悲心我當拔濟一切衆生入喜心我當度一切衆生入捨心我當令一切衆生得諸漏盡是名菩薩摩訶薩行無量心時檀波羅蜜復次菩薩摩訶薩是諸禪無量心不向聲聞辟支佛地但回向薩婆若是名菩薩摩訶薩行無量心時尸羅波羅蜜復次舍利弗菩薩摩訶薩行四無量心不貪聲聞辟支佛地但忍樂欲薩婆若是名菩薩

摩訶薩行無量心時羼提波羅蜜若菩薩摩訶薩應薩婆若行四無量心但行清淨行是名菩薩摩訶薩行四無量心時毗梨耶波羅蜜復次菩薩摩訶薩入禪入無量心時亦不隨禪無量心生是名菩薩摩訶薩行無量心時方便般若波羅蜜舍利弗是名菩薩摩訶薩發趣大乘復次舍利弗菩薩摩訶薩發趣大乘一切種修四念處乃至一切種修八聖道分一切種修三解脱門乃至十八不共法是名菩薩摩訶薩發趣大乘復次舍利弗菩薩摩訶薩内空中智慧用無所得故乃至無法有法空中智慧用無所得故是名菩薩摩訶薩發趣大乘復次舍利弗菩薩摩訶薩一切法中不亂不定智慧是名菩薩摩訶薩發趣大乘復次舍利弗菩薩摩訶薩發趣大乘非常非無常智慧非樂非苦非實非空非我非無我智慧是名菩薩摩訶薩發趣大乘用無所得故復次舍利弗菩薩摩訶薩智不行過去世不行未來世不行現在世亦非不知三世是名菩薩摩訶薩發趣大乘用無所得故復次菩薩摩訶薩發趣大乘智不行欲界不行色界不行無色界亦非不知欲界色界無色界用無所得故是名菩薩摩訶薩發趣大乘復次菩薩摩訶薩發趣大乘智不行世間法不行出世間法不行有爲法不行無爲法不行有漏法不行無漏法亦非不知世間法出世間法有爲無爲有漏無漏法用無所得故舍利弗是名菩薩摩訶薩發趣大乘

【論】問曰六波羅蜜中若逆說則應說般若波羅蜜次說禪若順應先說檀波羅蜜今何以

乃說禪波羅蜜為首答曰發大莊嚴無有衆生能破壞者若菩薩無禪定心未離欲雖行餘波羅蜜則易壞行禪波羅蜜能入慈無量是時無能壞如說行慈三昧者刀不能傷水火不害亦有神通力種種變化能發大莊嚴如佛說鳥無兩翼不能飛翔菩薩無神通力不能發大莊嚴入禪波羅蜜中能生慈無量五神通故物無能傷以是故今此說禪波羅蜜為首問曰四禪中有種種功德皆可行六波羅蜜今何以但說四無量心中行六波羅蜜答曰四無量心取衆生相緣衆生菩薩常為衆生故行道是四無量等中有慈悲心能益利衆生餘八背捨九次第等無如是益利問曰菩薩住五神通能廣利益衆生何以故不說答曰大悲是菩薩根本又五神通先已說後當說四無量心說故今不說若菩薩但行四無量心不名發趣大乘六波羅蜜和合故名為發趣大乘四無量心生六波羅蜜富樓那此中自說因緣問曰云何一切種修四念處乃至十八不共法答曰有二種信行性法行性信行性觀無常苦或但觀無常或但觀苦法行性人觀空無我或但觀空或但觀無我菩薩度衆生故一切門皆修皆學復次發大乘者以十八空破十八種法亦捨是十八種空智慧復次若菩薩觀諸法常定亦不取定相是名不定不亂智慧復次畏墮常樂顛倒故不觀諸法常樂等畏墮斷滅故不觀無常等復次若菩薩三世三界中智慧不觀不行不取相知皆虛妄而不墮無明復次世間出世間中亦非智非不智非智者空故無

定相故畢竟清淨故非不智者觀無常苦空等入般若波羅蜜空故非不行智不行者遮見斷法愛離依止故無非智者是中無愚癡異於凡夫故又行者持戒修禪定習諸觀云何言非智如佛利衆生經中說

行者捨諸法　亦不依止慧　亦無所分別

是爲決定智

大智度論卷第四十五

音釋

煗（乃管切與煖同）斲（竹角切斫也）齧（倪結切噬也）

大智度論卷第四十六

龍樹菩薩造

姚秦三藏法師鳩摩羅什譯

釋乘乘品第十六（經作大乘品）

【經】爾時慧命舍利弗問富樓那云何名菩薩摩訶薩乘於大乘富樓那答舍利弗言菩薩摩訶薩行般若波羅蜜時乘檀波羅蜜亦不得檀波羅蜜亦不得菩薩亦不得受者用無所得故是名菩薩摩訶薩乘檀波羅蜜菩薩摩訶薩行般若波羅蜜時乘尸羅波羅蜜羼提波羅蜜毗梨耶波羅蜜禪波羅蜜乘般若波羅蜜亦不得般若波羅蜜亦不得菩薩用無所得故是名爲菩薩摩訶薩乘於般若波羅蜜如是舍利弗是名爲菩薩摩訶薩乘於大乘復次舍利弗菩薩摩訶薩摩訶衍一心應薩婆若修四念處法壞故乃至一心應薩婆若修十八不共法法壞故是亦不可得如是舍利弗是名菩薩摩訶薩乘於大乘復次舍利弗菩薩摩訶薩作是念菩薩但有名字衆生不可得故是名菩薩摩訶薩乘於大乘復次舍利弗菩薩摩訶薩作是念色但有名字色不可得故受想行識但有名字識不可得故眼但有名字眼不可得故乃至意亦如是四念處但有名字四念處不可得故乃至八聖道分但有名字八聖道分不可得故內空但有名字內空不可得故乃至無法有法空但有名字無法有法空不可得故乃至十八不共法但有名字十八不共法不可得故諸法如但有名字如不可得故法相法性法住法位實際但有名字實際不可得故阿耨

多羅三藐三菩提及佛但有名字佛不可得故舍利弗是名菩薩摩訶薩乘於大乘復次舍利弗若菩薩摩訶薩從初發意已來具足菩薩神通成就衆生從一佛國至一佛國恭敬供養尊重讚歎諸佛從諸佛聽受法教所謂菩薩大乘是菩薩乘此大乘從一佛國至一佛國淨佛世界成就衆生初無佛國想亦無衆生想此人住不二法中爲衆生受身隨其所應自變其形而教化之乃至一切智終不離菩薩乘是菩薩得一切種智已轉法輪聲聞辟支佛及天龍鬼神阿脩羅世間人民所不能轉爾時十方如恒河沙等諸佛皆歡喜稱名讚歎作是言某方某國某菩薩摩訶薩乘於大乘得一切種智轉法輪舍利弗是名菩薩摩訶薩乘於大乘

論釋曰富樓那以三事明摩訶薩上已說二事今問第三事乘於大乘富樓那答有人言菩薩直布施内外物不能破吾我相是名大莊嚴若能破吾我相入衆生空未入法空是名發大莊嚴因衆生空入法空中行檀波羅蜜不見三事施者受者財物能如是者是名乘於大乘餘波羅蜜亦如是是菩薩以不雜心離諸煩惱及二乘意爲薩婆若故修行四念處修亦不可得畢竟清淨故是名乘於大乘乃至十八不共法亦如是復次若菩薩知一切法假名字於名字和合中復有名字一切世間若出世間皆是假名是名乘於大乘復次菩薩發大莊嚴具足菩薩神通具足菩薩神通故成就衆生從一佛國至一佛國所經諸國雨七寶蓮華供養諸佛拔三惡道衆

生變身無數各各至諸佛前聽受大乘法化從諸佛前趣大乘相乘此大乘從一佛國至一佛國成就衆生淨佛世界不生衆生相不取佛國相住不二入地中隨諸衆生所應度者而化度之爲衆生故受身常乘大乘初無休息是菩薩乘於大乘得成佛轉法輪諸聲聞辟支佛所不能轉何況餘小凡夫十方如恒河沙等世界諸佛讃歎是菩薩某方某國某甲菩薩乘於大乘成佛轉法輪如是相名爲乘於大乘復次大乘名畢竟清淨六波羅蜜菩薩摩訶薩乘大乘時以五神通而自莊嚴善薩住是乘中一時變身無數至十方世界供養諸佛度脫衆生是菩薩常不離諸佛乃至得佛道常乘此大乘

釋莊嚴品第十七

【經】爾時須菩提白佛言世尊菩薩摩訶薩大莊嚴何等是大莊嚴何等菩薩能大莊嚴佛語須菩提菩薩摩訶薩摩訶衍大莊嚴所謂檀波羅蜜乃至般若波羅蜜莊嚴四念處莊嚴乃至八聖道分内空莊嚴乃至無法有法空十力乃至十八不共法及一切種智莊嚴變身如佛莊嚴光明徧照三千大千世界亦照東方如恒河沙等世界南西北方四維上下亦復如是三千大千世界六種震動亦動東方如恒河沙等諸世界南西北方四維上下亦復如是是菩薩摩訶薩住檀波羅蜜摩訶衍大莊嚴是三千大千世界變爲瑠璃化作轉輪聖王隨衆生所欲須食與食須飲與飲衣服卧具華香瓔珞擣香澤香房舍燈燭醫藥種種所須盡給與之與已而爲說法所

謂應六波羅蜜衆生聞是法者終不離於六波羅蜜乃至阿耨多羅三藐三菩提如是須菩提是名菩薩摩訶薩摩訶衍大莊嚴須菩提譬如工幻師若幻師弟子於四衢道中化作大衆於前須食與食須飲與飲乃至種種所須盡給與之於須菩提意云何是幻師實有衆生有給與不須菩提言不也世尊須菩提菩薩摩訶薩亦如是化作轉輪聖王種種具足須食與食須飲與飲乃至種種所須盡給與之雖有所施實無所與何以故須菩提諸法相如幻故復次須菩提菩薩摩訶薩住尸羅波羅蜜現生轉輪聖王家以十善道教化衆生又以四禪四無量心四無色定四念處乃至十八不共法教化衆生聞是法者至阿耨多羅三藐三菩提終不離是法譬如幻師若幻師弟子於四衢道中化作大衆以十善道教化令行又以四禪四無量心四無色定四念處乃至十八不共法教化令行須菩提於汝意云何是幻師實有衆生教化令行十善道乃至十八不共法不須菩提言不也世尊須菩提菩薩摩訶薩亦如是以十善道教化衆生令行乃至十八不共法實無衆生行十善道乃至十八不共法何以故諸法相如幻故須菩提是名菩薩摩訶薩大莊嚴復次須菩提菩薩摩訶薩住羼提波羅蜜教化衆生忍辱須菩提云何菩薩摩訶薩住羼提波羅蜜教化衆生著忍辱波羅蜜中須菩提菩薩摩訶薩從初發意已來如是大莊嚴若一切衆生來罵詈刀杖傷害菩薩摩訶薩於此中不起一念亦教一切衆生行此忍辱譬

如幻師若幻師弟子於四衢道中化作大衆令行忍辱餘如上説須菩提是名菩薩摩訶薩大莊嚴復次須菩提菩薩摩訶薩住毗梨耶波羅蜜教一切衆生令行毗梨耶波羅蜜須菩提云何菩薩摩訶薩住毗梨耶波羅蜜教一切衆生令行毗梨耶波羅蜜須菩提菩薩摩訶薩應薩婆若心身心精進教化衆生譬如幻師若幻弟子於四衢道中化作大衆教令行身心精進餘如上説是名菩薩摩訶薩大莊嚴復次須菩提菩薩摩訶薩住禪波羅蜜教一切衆生令行禪波羅蜜須菩提云何菩薩摩訶薩住禪波羅蜜教一切衆生令行禪波羅蜜須菩提菩薩摩訶薩住諸法等中不見法若亂若定如是須菩提菩薩摩訶薩住禪波羅蜜教一切衆生令行禪波羅蜜乃至阿耨多羅三藐三菩提終不離禪波羅蜜譬如工幻師若幻師弟子於四衢道中化作大衆教令行禪波羅蜜餘如上説須菩提是名菩薩摩訶薩大莊嚴復次須菩提菩薩摩訶薩住般若波羅蜜教一切衆生令行般若波羅蜜須菩提云何菩薩摩訶薩住般若波羅蜜教一切衆生令行般若波羅蜜須菩提菩薩摩訶薩行般若波羅蜜時無有法得此岸彼岸如是菩薩摩訶薩住般若波羅蜜中教一切衆生令行般若波羅蜜譬如工幻師若幻師弟子於四衢道中化作大衆教令行般若波羅蜜須菩提是名菩薩摩訶薩大莊嚴復次須菩提菩薩摩訶薩大莊嚴十方如恒河沙等世界中隨其所應自變其身住檀波羅蜜乃至般若波羅蜜亦教衆生令行

檀波羅蜜乃至般若波羅蜜是衆生行是法乃至阿耨多羅三藐三菩提終不離是法須菩提譬如工幻師若幻師弟子於四衢道中化作衆生教令行六波羅蜜餘如上說如是須菩提是名菩薩摩訶薩大莊嚴復次須菩提菩薩摩訶薩大莊嚴應薩婆若心不生是念我教若干人住檀波羅蜜不教若干人住檀波羅蜜乃至般若波羅蜜亦如是不生是念我教若干人住四念處不教若干人住四念處乃至十八不共法亦如是亦不生是念我教若干人令得須陀洹果斯陀含果阿那含果阿羅漢果辟支佛道一切種智亦不教若干人令得須陀洹果乃至一切種智我當令無量無邊阿僧祇衆生住檀波羅蜜乃至般若波羅蜜立衆生於四念處乃至十八不共法令無量無邊阿僧祇衆生得須陀洹果乃至一切種智譬如工幻師若幻師弟子於四衢道中化作大衆教令行六波羅蜜乃至得一切種智餘如上說須菩提是名菩薩摩訶薩大莊嚴

【論】釋曰上富樓那說大莊嚴及發大誓莊嚴相令須菩提作是念富樓那未得一切智雖說大莊嚴或當有錯是故問佛取定佛爲須菩提說檀波羅蜜大莊嚴乃至一切智是諸善法果報故得菩薩大神通力爲出家好道衆生故化作佛身放大光明照十方世界震動大地令衆生發心行善法隨其所應而爲說法令得三乘爲在家好樂衆生作轉輪聖王變三千世界悉爲瑠璃爲不障礙故乘七寶車身放光明雨諸寶物隨衆生所須皆令

充足然後為說菩薩法菩薩住大乘中以二施利益眾生所謂財施法施眾生聞已行六波羅蜜乃至十八不共法至阿耨多羅三藐三菩提終不離是法菩薩雖住是變化中亦不於諸法中生著相亦不自高須菩提作是念菩薩能作如是大事又諸漏未盡故云何於諸法得不著亦不生高心是中佛自說譬喻若幻師於四衢道中化作種種物隨人所須悉能與之於須菩提意云何是幻師實有所與不有受者有用者不須菩提言是但虛誑實無所有佛言菩薩亦如是雖作佛身轉輪聖王以財法施眾生亦如幻師實無所與何以故諸法相畢竟空如幻餘五波羅蜜亦如是隨義分別復次檀波羅蜜尸羅波羅蜜因緣故人中富貴作轉輪聖王餘波羅蜜或作梵王或作法身菩薩問曰出六波羅蜜外更有何法可莊嚴答曰諸功德皆六波羅蜜中攝有人言別有智波羅蜜及方便等於十方如恒河沙等世界中隨所應度作種種因緣說法令眾生住六波羅蜜復次決定誓願名為大莊嚴所謂菩薩不作是念我度若干人令住檀波羅蜜不能度餘人乃至十八不共法亦如是亦不作是念我令若干人得須陀洹果不能令若干人得須陀洹果乃至佛道亦如是我當悉令無量阿僧祇眾生住諸功德中檀波羅蜜乃至一切種智自立如幻師如先說是名發大莊嚴

【經】爾時須菩提白佛言世尊如我從佛所聞義菩薩摩訶薩無大莊嚴為大莊嚴諸法自相空故所謂色色相空受想行識識相空眼

眼相空乃至意意相空色色相空乃至法法相空眼識眼識相空乃至意識意識相空眼觸眼觸相空乃至意觸意觸相空眼觸因緣生受受相空乃至意觸因緣生受受相空世尊檀波羅蜜檀波羅蜜相空乃至般若波羅蜜般若波羅蜜相空內空內空相空乃至無法有法空無法有法空相空四念處四念處相空乃至十八不共法十八不共法相空菩薩菩薩相空世尊以是因緣故當知是菩薩摩訶薩無大莊嚴爲大莊嚴佛告須菩提如是如是如汝所言須菩提薩婆若非作法衆生亦非作法菩薩爲是衆生大莊嚴須菩提白佛言世尊何因緣故薩婆若非作法是衆生亦非作法菩薩爲是衆生大莊嚴佛語須菩提作者不可得故薩婆若非作非起法是

諸衆生亦非作非起法何以故須菩提色非作非不作受想行識非作非不作眼非作非不作乃至意非作非不作色乃至法眼識乃至意識眼觸乃至意觸眼觸因緣生受乃至意觸因緣生受非作非不作須菩提我非作非不作乃至知者見者非作非不作何以故是諸法畢竟不可得故須菩提夢非作非不作何以故畢竟不可得故幻響影焰化非作非不作何以故畢竟不可得故須菩提內空非作非不作畢竟不可得故乃至無法有法空非作非不作畢竟不可得故須菩提四念處非作非不作畢竟不可得故乃至十八不共法非作非不作何以故是法皆畢竟不可得故須菩提諸法如法相法性法住法位實際非作非不作畢竟不可得故須菩提菩薩

非作非不作畢竟不可得故薩婆若及一切種智非作非不作畢竟不可得故以是因緣故須菩提薩婆若非作非起法是衆生亦非作非起法菩薩爲是衆生大莊嚴爾時須菩提白佛言如我觀佛所說義世尊色無縛無脱受想行識無縛無脱爾時富樓那彌多羅尼子語須菩提色是無縛無脱受想行識是無縛無脱須菩提言如是如是色是無縛無脱受想行識是無縛無脱富樓那彌多羅尼子問須菩提何等色無縛無脱何等受想行識無縛無脱須菩提言如夢色無縛無脱如夢受想行識無縛無脱如響如影如幻如焰如化色受想行識無縛無脱富樓那彌多羅尼子過去色無縛無脱過去受想行識無縛無脱未來色無縛無脱未來受想行識無縛無脱現在色無縛無脱現在受想行識無縛無脱何以故無縛無脱是色無所有故無縛無脱受想行識無所有故無縛無脱離故寂滅故不生故無縛無脱富樓那善色受想行識無縛無脱不善色受想行識無縛無脱無記色無縛無脱無記受想行識無縛無脱世間出世間有漏無漏色無縛無脱受想行識亦無縛無脱何以故無所有故離故寂滅故不生故無縛無脱富樓那一切法亦無縛無脱無所有故離故寂滅故不生故富樓那檀波羅蜜無縛無脱尸羅波羅蜜羼提波羅蜜毗梨耶波羅蜜禪波羅蜜般若波羅蜜無縛無脱無所有故離故寂滅故不生故無縛無脱富樓那内空亦無縛無脱乃至無法有法空亦無縛無脱四念處無縛無脱乃至十八

不共法無縛無脫無所有故離故寂滅故不生故無縛無脫阿耨多羅三藐三菩提無縛無脫一切智一切種智無縛無脫菩薩無縛無脫佛亦無縛無脫無所有故離故寂滅故不生故無縛無脫富樓那諸法如法相法性法住法位實際無為法無縛無脫無所有故離故寂滅故不生故無縛無脫富樓那是名菩薩摩訶薩無縛無脫檀波羅蜜乃至般若波羅蜜四念處乃至一切種智無縛無脫是菩薩摩訶薩住無縛無脫檀波羅蜜中乃至住無縛無脫般若波羅蜜住無縛無脫四念處乃至住無縛無脫一切種智無縛無脫成就衆生無縛無脫淨佛世界無縛無脫諸佛當供養無縛無脫當聽法無縛無脫諸佛終不離無縛無脫諸神通終不離無縛無脫五眼終不離無縛無脫陀羅尼門終不離無縛無脫諸三昧終不離無縛無脫當生道種智無縛無脫當得一切種智無縛無脫法輪轉無縛無脫衆生安立三乘如是富樓那菩薩摩訶薩行無縛無脫六波羅蜜當知一切法無縛無脫無所有故離故寂滅故不生故富樓那是名菩薩摩訶薩無縛無脫大莊嚴

【論】釋曰須菩提言如我聞佛義無大莊嚴為大莊嚴何以故自相空故問曰須菩提何以如是說答曰佛說發大莊嚴義甚深難得難解會中衆生聞是事心或退沒如是莊嚴畢竟空亦以神通力故一時能徧至十方恒河沙世界可適衆生言此是聖主事我等云何能知以是故須菩提說發大莊嚴非深非難非但發大莊嚴自相空易行易得色色中定

相不可得乃至十八不共法亦爾若菩薩能如是知諸法空寂滅相而不捨本願精進是故名發大莊嚴非是難得佛證須菩提所說故言如是作法皆是虛誑故言薩婆若無作法衆生畢竟空故亦無作法佛說作者不可得故一切智非作相衆生不可得故作者不可得作者不可得故薩婆若非作非起相復次色亦無所能作法空故乃至諸佛法亦如是須菩提等謂諸法中無有定作相如幻雖無實事而有來去相以是故佛說如幻如焰等無作相畢竟不可得故是時聽者作是念十八空能破一切法則是有用是則爲實謂言有作是以佛言內空無所作乃至無法有法空至十八不共法亦無所作若謂今十八空有爲虛誑無實故可無作如法性實際是

眞實法應當有作何以故一切有爲法各各共因無爲法亦與有爲作因故佛言如法性實際法住法位亦無作又謂菩薩佛一切種智是實法能有所作以是故佛言是法亦畢竟空故亦無所作作相因緣生故行者念言佛法甚難甚爲希有諸法都無作無縛無解者我等云何當從苦得脫是故須菩提白佛言如我知佛所說義五衆無縛無解若畢竟空無有作者誰縛誰解凡夫人法虛誑不可得故非縛聖人法畢竟空不可得故非解如夢等五衆及三世五衆善不善等五衆一切法亦如是乃至實際等亦復如是無所有故離故不生故無縛無解是名菩薩摩訶薩不縛不解菩薩道住是道中諸煩惱不牽墮凡夫中故言不縛不以諸無漏法破煩惱故言

不解教化衆生淨佛世界乃至五神通五眼諸陀羅尼三昧門終不離佛及安立衆生於三乘亦無縛無解所以者何諸法無所有故離故寂滅故不生故畢竟空故如是等因緣是名菩薩摩訶薩發大莊嚴相所謂不縛不解

釋摩訶衍品第十八（經作問乘品）

【經】爾時須菩提白佛言世尊何等是菩薩摩訶薩摩訶衍云何當知菩薩摩訶薩發趣大乘是乘發何處是乘至何處是乘當住何處佛告須菩提汝問何等是菩薩摩訶薩摩訶衍須菩提六波羅蜜是菩薩摩訶薩摩訶衍何等六檀波羅蜜尸羅波羅蜜羼提波羅蜜毗梨耶波羅蜜禪波羅蜜般若波羅蜜云何名檀波羅蜜須菩提菩薩摩訶薩以應薩婆若心內外所有布施共一切衆生回向阿耨多羅三藐三菩提用無所得故須菩提是名菩薩摩訶薩檀波羅蜜云何尸羅波羅蜜須菩提菩薩摩訶薩以應薩婆若心自行十善道亦教他行十善道用無所得故是名菩薩摩訶薩不著尸羅波羅蜜云何羼提波羅蜜須菩提菩薩摩訶薩以應薩婆若心自具足忍辱亦教他行忍辱用無所得故是名菩薩摩訶薩羼提波羅蜜云何毗梨耶波羅蜜須菩提菩薩摩訶薩以應薩婆若心行五波羅蜜勤修不息亦安立一切衆生於五波羅蜜用無所得故是名菩薩摩訶薩毗梨耶波羅蜜云何禪波羅蜜須菩提菩薩摩訶薩以應薩婆若心自以方便入諸禪不隨禪生亦教他令入諸禪用無所得故是名菩薩摩訶薩

禪波羅蜜云何般若波羅蜜須菩提菩薩摩訶薩以應薩婆若心不著一切法亦觀一切法性用無所得故亦教他不著一切法觀一切法性用無所得故是名菩薩摩訶薩般若波羅蜜須菩提是爲菩薩摩訶薩摩訶衍復次須菩提菩薩摩訶薩摩訶衍所謂内空外空内外空空空大空第一義空有爲空無爲空畢竟空無始空散空性空自相空諸法空不可得空無法空有法空無法有法空須菩提白佛言何等爲内空佛言内法名眼耳鼻舌身意眼眼空非常非滅故何以故性自爾耳耳空鼻鼻空舌舌空身身空意意空非常非滅故何以故性自爾是名内空何等爲外空外空名色聲香味觸法色色空非常非滅故何以故性自爾聲聲空香香空味味空觸觸空法法空非常非滅故何以故性自爾是名外空何等爲内外空内外法名内六入外六入内法内法空非常非滅故何以故性自爾外法外法空非常非滅故何以故性自爾是名内外空何等爲空空一切法空是空亦空非常非滅故何以故性自爾是名空空何等爲大空東方東方空非常非滅故何以故性自爾南西北方四維上下南西北方四維上下空非常非滅故何以故性自爾是名大空何等爲第一義空第一義名涅槃涅槃涅槃空非常非滅故何以故性自爾是名第一義空何等爲有爲空有爲法名欲界色界無色界欲界欲界空色界色界空無色界無色界空非常非滅故何以故性自爾是名有爲空何等爲無爲空無爲法名爲無生相無住

相無滅相無爲法無爲法空非常非滅故何以故性自爾是名無爲空何等爲畢竟空畢竟名諸法至竟不可得非常非滅故何以故性自爾是名畢竟空何等爲無始空若法初來處不可得非常非滅故何以故性自爾是爲無始空何等爲散空散名諸法無滅非常非滅故何以故性自爾是爲散空何等爲性空一切法性若有爲法性若無爲法性是性非聲聞辟支佛作非佛所作亦非餘人所作是性性空非常非滅故何以故性自爾是名性空何等爲自相空自相名色壞相受受相想取相行作相識識相如是等有爲無爲法各各自相空非常非滅故何以故性自爾是名自相空何等爲諸法空諸法名色受想行識眼耳鼻舌身意色聲香味觸法眼界色界眼識界乃至意界法界意識界是諸法空非常非滅故何以故性自爾是爲諸法空何等爲不可得空求覓諸法不可得是不可得空非常非滅故何以故性自爾是名不可得空何等爲無法空若法無是亦空非常非滅故何以故性自爾是名無法空何等爲有法空有法名諸法和合中有自性相是有法空非常非滅故何以故性自爾是名有法空何等爲無法有法空諸法中無法諸法和合中有自性相是無法有法空非常非滅故何以故性自爾是名無法有法空復次須菩提法法相空無法無法相空自法自法相空他法他法相空何等名法法相空法名五衆五衆空是名法相空何等名無法無法相空無法名無爲法是名無法無法相空何等名自法自

法相空諸法自法空是空非智作非見作是名自法自法相空何等名他法他法相空若佛出若佛未出法住法相法住法性如實際過此諸法空是名他法他法相空是名菩薩摩訶薩摩訶衍

論問曰是經名為般若波羅蜜又佛命須菩提為菩薩說般若波羅蜜須菩提應問般若波羅蜜佛亦應答般若波羅蜜今須菩提何以乃問摩訶衍佛亦答摩訶衍答曰般若波羅蜜摩訶衍一義但名字異若說般若波羅蜜說摩訶衍無咎摩訶衍名佛道行是法得至佛所謂六波羅蜜六波羅蜜中第一大者般若波羅蜜如後品佛種種說大因緣若說般若波羅蜜則攝六波羅蜜若說六波羅蜜則具說菩薩道所謂從初發意乃至得佛譬如王來必有營從雖不說從者當知必有摩訶衍亦如是菩薩初發意所行為求佛道故所修習善法隨可度衆生所說種種法所謂本起經斷一切衆生疑經華手經法華經雲經大雲經法雲經彌勒問經六波羅蜜經摩訶般若波羅蜜經如是等無量無邊阿僧祇經或佛說或化佛說或大菩薩說或聲聞說或諸得道天說是事和合皆名摩訶衍此諸經中般若波羅蜜最大故說摩訶衍即知已說般若波羅蜜諸餘助道法無般若波羅蜜和合則不能至佛以是故一切助道法皆是般若波羅蜜如後品佛語須菩提汝說摩訶衍不異般若波羅蜜問曰若爾者初何以不先說摩訶衍答曰我上說般若波羅蜜最大故應先說又佛意欲說摩訶般若波羅蜜故

大光明十方諸菩薩各自問佛今何以有是光明諸佛各答言娑婆世界有佛名釋迦牟尼欲說般若波羅蜜彼諸菩薩及諸天人和合而來舍利弗問佛世尊云何菩薩摩訶薩欲知一切法習行般若波羅蜜又佛初品中種種讚般若波羅蜜功德若欲得是者當學般若波羅蜜有如是等因緣故應初說般若波羅蜜佛命須菩提汝爲諸菩薩說般若波羅蜜須菩提謙言菩薩空但有名後言能如是解了知菩薩相即是行般若波羅蜜既知是已問菩薩句義次有摩訶薩義摩訶薩義中有大莊嚴摩訶衍如勇夫雖有種種器仗莊嚴不乘快馬則無能爲是大乘天竺語名摩訶衍諸佛斷法愛故又明般若波羅蜜義無異故佛不訶以是故須菩提更作異名問摩訶衍問曰如摩訶衍序中說從初發心乃至佛道爲佛道故集一切善法皆名摩訶衍今何以但說六波羅蜜爲摩訶衍答曰如先說般若波羅蜜則說六波羅蜜說六波羅蜜則攝一切善法以是故不應作是問諸善法多何以但說六波羅蜜復次摩訶衍初發心作願乃至後方便等六波羅蜜是諸法雖不名爲波羅蜜然義皆在六波羅蜜中如初發心作願大悲等心力大故名毗梨耶波羅蜜捨小利取大乘名般若波羅蜜方便即是智慧智慧淳淨故變名方便教化衆生淨佛世界等皆在六波羅蜜中隨義相攝問曰若爾者後何以更說十八空百八三昧等名摩訶衍答曰六波羅蜜是摩訶衍體但後廣分别其義如十八空四十二字等是般若波羅蜜

義百八三昧等是禪波羅蜜義以是故初說六波羅蜜問曰何以故正說六波羅蜜不多不少答曰佛爲法王隨衆生可度或時略說一二三四或時廣說如賢劫經八萬四千波羅蜜復次六道衆生皆受身心苦惱如地獄衆生拷掠苦畜生中相殘害苦餓鬼中飢餓苦人中求欲苦天上離所受欲時苦阿脩羅道鬭諍苦菩薩生大悲心欲滅六道衆生苦故生六波羅蜜以是故說六波羅蜜不多不少問曰檀波羅蜜有種種相此中佛何以但說五相所謂用薩婆若相應心捨内外物是福共一切衆生回向阿耨多羅三藐三菩提用無所得故何以不說大慈悲心供養諸佛及神通布施等答曰是五種相中攝一切布施相應薩婆若心布施者此緣佛道依佛道捨内外者則捨一切諸煩惱共衆生者則是大悲心回向者以此布施但求佛道不求餘報用無所得故者得諸法實相般若波羅蜜氣分故檀波羅蜜非誑非倒亦無窮盡問曰若爾者則不須五種相但說薩婆若相應心則足答曰此事可爾但以衆生不知云何應薩婆若心布施義故是故以四事分別其義應薩婆若心者以菩薩心求佛薩婆若作緣作念繫心持是布施欲得薩婆若果不求今世因緣名聞恩分等亦不求後世轉輪聖王天王富貴處爲度衆生故不求涅槃但欲具一切智等諸佛法爲盡一切衆生苦故是名應薩婆若心内外物者内名頭腦骨髓血肉等難捨故在初說外物者國土妻子七寶飲食等共一切衆生者是布施福德果報與一

切衆生共用譬如大家種穀與人共食菩薩福德果報一切衆生皆來依附譬如好果樹衆鳥歸集回向者是福德邊不求餘報但求阿耨多羅三藐三菩提問曰先言應薩婆若心後言回向有何等異答曰應薩婆若心爲起諸福德因緣回向者不求餘報但求佛道復次薩婆若相應心爲應阿耨多羅三藐三菩提故施如先義說薩婆若爲主一切功德皆爲薩婆若讚佛智慧有二種一者無上正智名阿耨多羅三藐三菩提二者一切種智名薩婆若用無所得者以般若波羅蜜心布施順諸法實相而不虛誑如是等說檀波羅蜜義問曰尸羅波羅蜜則總一切戒法譬如大海總攝衆流所謂不飲酒不過中食不杖加衆生等是事十善中不攝何以但說十善答曰佛總相說六波羅蜜十善爲總相戒別相有無量戒不飲酒不過中食入不貪中杖不加衆生等入不瞋中餘道隨義相從戒名身業口業七善道所攝十善道及初後如發心欲殺是時作方便惡口鞭打繫縛斫刺乃至垂死皆屬於初死後剝皮食噉割截歡喜皆名後奪命是本體此三事和合總名殺不善道以是故知說十善道則攝一切戒復次是菩薩生慈悲心發阿耨多羅三藐三菩提布施利益衆生隨其所須皆給與之持戒不惱衆生不加諸苦常施無畏十善業道爲根本餘者是不惱衆生遠因緣戒律爲今世取涅槃故婬欲雖不惱衆生心繫縛故爲大罪以是故戒律婬欲爲初白衣不殺戒在前爲求福德故菩薩不求今世涅槃於無量世中

往返生死修諸功德十善爲舊戒餘律儀爲客復次若佛出好世則無此戒律如釋迦文佛雖在惡世十二年中亦無此戒以是故知是客復次有二種戒有佛時或有或無十善有佛無佛常有復次戒律中戒雖復細微懺則清淨犯十善戒雖復懺悔三惡道罪不除如比丘殺畜生雖復得悔罪報猶不除如是等種種因緣故但說十善業道亦自行亦教他人名爲尸羅波羅蜜十善道七事是戒三爲守護故通名爲尸羅波羅蜜餘波羅蜜亦如是隨義分別如初品中六波羅蜜論義廣說是經名般若波羅蜜般若波羅蜜名捨離相以是故一切法中皆用無所得故問曰若用有所得集諸善法猶尚爲難何況用無所得答曰若得是無所得智慧是時能妨善行或生邪疑若不得是無所得智慧是時無所妨亦不生邪疑佛亦不稱著心取相行諸善道何以故虛誑住世間終歸於盡若著心修善破者則易若著空生悔還失是道譬如火起草中得水則滅若水中生火則無物能滅初習行著心取相菩薩修福德如草生火易可得滅若體得實相菩薩以大悲心行衆行難可得破如水中火無能滅者以是故雖用無所得心行衆行心亦不弱不生疑悔是名略說六波羅蜜義廣說如初品中一一波羅蜜皆具足十八空者六波羅蜜中說般若波羅蜜義不著諸法所以者何以十八空故十八空論議如初品中佛告舍利弗菩薩摩訶薩欲住十八空當學般若波羅蜜彼義應此中廣說問曰十八空內空等後皆言非常非

滅故此義云何答曰若人不習此空必墮二邊若常若滅所以者何若諸法實有則無滅義墮常中如人出一舍入一舍眼雖不見不名爲無諸法亦爾從未來世入現在世現在世入過去世如是則不滅行者以有爲患用空破有心復貴空著於空者則墮斷滅以是故行是空以破有亦不著空離是二邊以中道行是十八空以大悲心爲度衆生是故十八空後皆言非常非滅是名摩訶衍若異此者則是戲論狂人於佛法中空無所得如人於珍寶聚中取水精珠眼見雖好價無所直問曰若十八空已攝諸空何以更說四空答曰十八空中現空盡攝諸佛有二種說法或初略後廣或初廣後略初略後廣爲解義故初廣後略爲易持故或爲後會衆生略說其要或以偈頌今佛前廣說十八空後略說四空相法法相空者一切法中法相不可得如色中色相不可得復次法中不生法故名爲法法空無法無法空者無爲法名無法何以故相不可得故問曰佛以三相說無爲法云何言無相答曰不然破生故言無生破住故言無住破滅故言無滅皆從生住滅邊有此名更無別無生無滅法是名無法無法空是義如無爲空中說自法自法空者自法名諸法自性自性有二種一者如世間法地堅性等二者聖人知如法性實際此法空所以者何不由智見知故有二性空如先說問曰如法性實際無爲法中已攝何以復更說答曰觀時分別說五衆實相法性如實際又非空智慧觀故令空性自爾問曰如色是自法識

爲他法此中何以說如法性實際有佛無佛常住過是名爲他法空答曰有人未善斷見結故處處生著是人聞是如法性實際謂過是已更有餘法以是故說過如法性實際亦空

大智度論卷第四十六

音釋

搗（都晧切舂也）拷掠（拷苦浩切打也掠力仗切搒也又音畧）斫（職畧切斬也）

大智度論卷第四十七

龍樹菩薩造

姚秦三藏法師鳩摩羅什譯

釋摩訶衍品第十八之餘

【經】復次須菩提菩薩摩訶薩摩訶衍所謂名首楞嚴三昧寶印三昧師子遊戲三昧妙月三昧月幢相三昧出諸法三昧觀頂三昧畢法性三昧畢幢相三昧金剛三昧入法印三昧三昧王安立三昧放光三昧力進三昧高出三昧必入辯才三昧釋名字三昧觀方三昧陀羅尼印三昧無誑三昧攝諸法海三昧遍覆虛空三昧金剛輪三昧寶斷三昧能照三昧不求三昧無住三昧無心三昧淨燈三昧無邊明三昧能作明三昧普照明三昧堅淨諸三昧三昧無垢明三昧歡喜三昧電光三昧無盡三昧威德三昧離盡三昧不動三昧不退三昧日燈三昧月淨三昧淨明三昧能作明三昧作行三昧知相三昧如金剛三昧心住三昧普明三昧安立三昧寶聚三昧妙法印三昧法等三昧斷喜三昧到法頂三昧能散三昧分別諸法句三昧字等相三昧離字三昧斷緣三昧不壞三昧無種相三昧無處行三昧離矇昧三昧無去三昧不變異三昧度緣三昧集諸功德三昧住無心三昧淨妙華三昧覺意三昧無量辯三昧無等等三昧度諸法三昧分別諸法三昧散疑三昧無住處三昧一莊嚴三昧生行三昧一行三昧不一行三昧妙行三昧達一切有底散三昧入名語三昧離音聲字語三昧然炬三昧淨相三昧破相三昧一切種妙足三昧不喜

苦樂三昧無盡相三昧多陀羅尼三昧攝諸邪正相三昧滅憎愛三昧逆順三昧淨光三昧堅固三昧滿月淨光三昧大莊嚴三昧能照一切世三昧三昧等三昧攝一切有諍無諍三昧不樂一切住處三昧如住定三昧壞身衰三昧壞語如虛空三昧離著虛空不染三昧云何名首楞嚴三昧知諸三昧行處是名首楞嚴三昧云何名寶印三昧住是三昧能印諸三昧是名寶印三昧云何名師子遊戲三昧住是三昧能遊戲諸三昧中如師子是名師子遊戲三昧云何名妙月三昧住是三昧能照諸三昧如淨月是名妙月三昧云何名月幢相三昧住是三昧能持諸三昧相是名月幢相三昧云何名出諸法三昧住是三昧能出生諸三昧是名出諸法三昧云何名觀頂三昧住是三昧能觀諸三昧頂是名觀頂三昧云何名畢法性三昧住是三昧決定知法性是名畢法性三昧云何名畢幢相三昧住是三昧能持諸三昧幢是名畢幢相三昧云何名金剛三昧住是三昧能破諸三昧是名金剛三昧云何名入法印三昧住是三昧入諸法印是名入法印三昧云何名三昧王安立三昧住是三昧一切諸三昧中安立住如王是名三昧王安立三昧云何名放光三昧住是三昧能放光照諸三昧是名放光三昧云何名力進三昧住是三昧於諸三昧能作力勢是名力進三昧云何名高出三昧住是三昧能增長諸三昧是名高出三昧云何名必入辯才三昧住是三昧能辯說諸三昧是名必入辯才三昧云何名釋名字三

昧住是三昧能釋諸三昧名字是名釋名字三昧云何名觀方三昧住是三昧能觀諸三昧方是名觀方三昧云何名陀羅尼印三昧住是三昧持諸三昧印是名陀羅尼印三昧云何名無誑三昧住是三昧於諸三昧不欺誑是名無誑三昧云何名攝諸法海三昧住是三昧能攝諸三昧如大海水是名攝諸法海三昧云何名遍覆虛空三昧住是三昧遍覆諸三昧如虛空是名遍覆虛空三昧云何名金剛輪三昧住是三昧能持諸三昧分是名金剛輪三昧云何名寶斷三昧住是三昧斷諸三昧煩惱垢是名寶斷三昧云何名能照三昧住是三昧能以光明顯照諸三昧是名能照三昧云何名不求三昧住是三昧無法可求是名不求三昧云何名無住三昧住是三昧一切三昧中不見法住是名無住三昧云何名無心三昧住是三昧心心數法不行是名無心三昧云何名淨燈三昧住是三昧於諸三昧中作明如燈是名淨燈三昧云何名無邊明三昧住是三昧與諸三昧作無邊明是名無邊明三昧云何名能作明三昧住是三昧即時能為諸三昧作明是名能作明三昧云何名普照明三昧住是三昧即能照諸三昧門是名普照明三昧云何名堅淨諸三昧三昧住是三昧能堅淨諸三昧相是名堅淨諸三昧三昧云何名無垢明三昧住是三昧能除諸三昧垢亦能照一切三昧是名無垢明三昧云何名歡喜三昧住是三昧能受諸三昧喜是名歡喜三昧云何名電光三昧住是三昧照諸三昧如電光是名電光

三昧云何名無盡三昧住是三昧於諸三昧不見盡是名無盡三昧云何名威德三昧住是三昧於諸三昧威德照然是名威德三昧云何名離盡三昧住是三昧不見諸三昧盡是名離盡三昧云何名不動三昧住是三昧令諸三昧不動不戲是名不動三昧云何名不退三昧住是三昧能不見諸三昧退是名不退三昧云何名日燈三昧住是三昧放光照諸三昧門是名日燈三昧云何名月淨三昧住是三昧能除諸三昧闇是名月淨三昧云何名淨明三昧住是三昧於諸三昧得四無礙智是名淨明三昧云何名能作明三昧住是三昧於諸三昧門能作明是名能作明三昧云何名作行三昧住是三昧能令諸三昧各有所作是名作行三昧云何名知相三昧住是三昧見諸三昧知相是名知相三昧云何名如金剛三昧住是三昧能貫達諸法亦不見達是名如金剛三昧云何名心住三昧住是三昧心不動不轉不惱亦不念有是心是名心住三昧云何名普明三昧住是三昧普見諸三昧明是名普明三昧云何名安立三昧住是三昧於諸三昧安立不動是名安立三昧云何名寶聚三昧住是三昧普見諸三昧如見寶聚是名寶聚三昧云何名妙法印三昧住是三昧能印諸三昧以無印印故是名妙法印三昧云何名法等三昧住是三昧觀諸法等無法不等是名法等三昧云何名斷喜三昧住是三昧斷一切法中喜是名斷喜三昧云何名到法頂三昧住是三昧滅諸法闇亦在諸三昧上是名到法頂三昧

云何名能散三昧住是三昧中能破散諸法是名能散三昧云何名分别諸法句三昧住是三昧分别諸三昧諸法句是名分别諸法句三昧云何名字等相三昧住是三昧得諸三昧字等是名字等相三昧云何名離字三昧住是三昧諸三昧中乃至不見一字是名離字三昧云何名斷緣三昧住是三昧斷諸三昧緣是名斷緣三昧云何名不壞三昧住是三昧不得諸法變異是名不壞三昧云何名無種相三昧住是三昧不見諸法種種是名無種相三昧云何名無處行三昧住是三昧不見諸三昧處是名無處行三昧云何名離曚昧三昧住是三昧離諸三昧微闇是名離曚昧三昧云何名無去三昧住是三昧不見一切三昧去相是名無去三昧云何名不變異三昧住是三昧不見諸三昧變異相是名不變異三昧云何名度緣三昧住是三昧度一切三昧緣境界是名度緣三昧云何名集諸功德三昧住是三昧集諸三昧功德是名集諸功德三昧云何名住無心三昧住是三昧於諸三昧心不入是名住無心三昧云何名淨妙華三昧住是三昧令諸三昧得淨妙如華是名淨妙華三昧云何名覺意三昧住是三昧諸三昧中得七覺分是名覺意三昧云何名無量辯三昧住是三昧於諸法中得無量辯是名無量辯三昧云何名無等等三昧住是三昧諸三昧中得無等等相是名無等等三昧云何名度諸法三昧住是三昧度一切三昧界是名度諸法三昧云何名分别諸法三昧住是三昧諸三昧及諸法分别

見是名分別諸法三昧云何名散疑三昧住是三昧得散諸法疑是名散疑三昧云何名無住處三昧住是三昧不見諸法住處是名無住處三昧云何名一莊嚴三昧住是三昧終不見諸法二相是名一莊嚴三昧云何名生行三昧住是三昧不見諸行生是名生行三昧云何名一行三昧住是三昧不見諸三昧此岸彼岸是名一行三昧云何名不一行三昧住是三昧不見諸三昧一相是名不一行三昧云何名妙行三昧住是三昧不見諸三昧二相是名妙行三昧云何名達一切有底散三昧住是三昧入一切有一切三昧智慧通達亦無所達是名達一切有底散三昧云何名入名語三昧住是三昧入一切三昧名語是名入名語三昧云何名離音聲字語三昧住是三昧不見諸三昧音聲字語是名離音聲字語三昧云何名然炬三昧住是三昧威德照明如炬是名然炬三昧云何名淨相三昧住是三昧淨諸三昧相是名淨相三昧云何名破相三昧住是三昧不見諸三昧相是名破相三昧云何名一切種妙足三昧住是三昧一切諸三昧種皆具足是名一切種妙足三昧云何名不喜苦樂三昧住是三昧不見諸三昧苦樂是名不喜苦樂三昧云何名無盡相三昧住是三昧不見諸三昧盡是名無盡相三昧云何名多陀羅尼三昧住是三昧能持諸三昧是名多陀羅尼三昧云何名攝諸邪正相三昧住是三昧於諸三昧不見邪正相是名攝諸邪正相三昧云何名滅憎愛三昧住是三昧不見諸三昧憎愛是

名滅憎愛三昧云何名逆順三昧住是三昧不見諸法諸三昧逆順是名逆順三昧云何名淨光三昧住是三昧不得諸三昧明垢是名淨光三昧云何名堅固三昧住是三昧不得諸三昧不堅固是名堅固三昧云何名滿月淨光三昧住是三昧諸三昧滿足如月十五日是名滿月淨光三昧云何名大莊嚴三昧住是三昧大莊嚴成就諸三昧是名大莊嚴三昧云何名能照一切世三昧住是三昧諸三昧及一切法能照是名能照一切世三昧云何名三昧等三昧住是三昧於諸三昧不見定亂相是名三昧等三昧云何名攝一切有諍無諍三昧住是三昧能使諸三昧不分別有諍無諍是名攝一切有諍無諍三昧云何名不樂一切住處三昧住是三昧不見諸三昧依處是名不樂一切住處三昧云何名如住定三昧住是三昧不過諸三昧如相是名如住定三昧云何名壞身衰三昧住是三昧不得身相是名壞身衰三昧云何名壞語如虛空三昧住是三昧不見諸三昧語業如虛空是名壞語如虛空三昧云何名離著虛空不染三昧住是三昧見諸法如虛空無礙亦不染是三昧名離著虛空不染三昧須菩提是名菩薩摩訶薩摩訶衍

論釋曰上以十八空釋般若波羅蜜今以百八三昧釋禪波羅蜜百八三昧佛自說其義是時人利根故皆得信解今則不然論者重釋其義令得易解首楞嚴三昧者秦言健相分別知諸三昧行相多少深淺如大將知諸兵力多少復次菩薩得是三昧諸煩惱魔及

魔人無能壞者譬如轉輪聖王主兵寶將所往至處無不降伏寶印三昧者能印諸三昧於諸寶中法寶是實寶今世後世乃至涅槃能爲利益如經中說佛語比丘爲汝說法所說法者所謂法印法印即是寶印寶印即是解脫門復次有人言三法印名爲寶印三昧一切法無我一切作法無常寂滅涅槃是三法印一切人天無能如法壞者入是三昧能三種觀諸法是名寶印復次般若波羅蜜是寶是相應三昧名印是名寶印師子遊戲三昧者菩薩得是三昧於一切三昧中出入遲速皆得自在譬如衆獸戲時若見師子來皆怖懾師子戲時自在無所畏難復次師子戲時於諸羣獸强者則殺伏者則放菩薩亦如是得是三昧於諸外道强者破之信者度之

復次師子遊戲者如初品中說菩薩入是三昧中地爲六反震動令一切十方世界地獄湯冷盲者得視聾者得聽等妙月三昧者如月滿清淨無諸翳障能除夜闇此三昧亦如是菩薩入是三昧能除諸法邪見無明闇蔽等月幢相者如大軍將以幢寶作月像見此幢相人皆隨從菩薩入是三昧中諸法通達無礙皆悉隨從出諸法三昧者菩薩得是三昧令諸三昧增長譬如時雨林木茂盛觀頂三昧者入是三昧中能遍見諸三昧如住山頂悉見衆物畢法性三昧者法性無量無二難可執持入是三昧必能得定相譬如虛空無能住者得神足力則能處之畢幢相三昧者入是三昧則於諸三昧最爲尊長譬如軍將得幢表其大相金剛三昧者譬如金剛無

物不陷此三昧亦如是於諸法無不通達令諸三昧各得其用如硨磲碼碯瑠璃唯金剛能穿入法印三昧者如人入安隱國有印得入無印不得入菩薩得是三昧能入諸法實相中所謂諸法畢竟空三昧王安立三昧者譬如大王安住正殿召諸羣臣皆悉從命菩薩入三昧王放大光明請召十方無不悉集又遣化佛遍至十方安立者譬如國王安處正殿身心坦然無所畏懼放光三昧者常修火一切入故生神通力隨意放種種色光隨衆生所樂若熱若冷若不熱不冷照諸三昧者光明有二種一者色光二者智慧光住是三昧中照諸三昧無有邪見無明等力進三昧者先於諸法中得信等五種力然後於諸三昧中得自在力又雖住三昧而常能神通變化度諸衆生高出三昧者菩薩入是三昧所有福德智慧皆悉增長諸三昧性從心而出必入辯才三昧者四無礙中辭辯相應三昧菩薩得是三昧悉知衆生語言次第及經書名字等悉能分別無礙釋名字三昧者諸法雖空以名字辯諸法義令人得解觀方三昧者於十方衆生以慈悲憐愍平等心觀復次方者修道理名爲得方是三昧力故於諸三昧得其道理出入自在無礙陀羅尼印三昧者得是三昧者能得分別諸三昧皆有陀羅尼無誑三昧者有三昧生愛恚無明邪見等是三昧於諸三昧都無迷悶之事攝諸法海三昧者知一切衆流皆歸於海三乘法皆入是三昧中亦如是又諸餘三昧皆入是三昧中如四禪四無色中攝諸解脫九次第等

皆入其中遍覆虛空三昧者是虛空無量無邊是三昧力悉能遍覆虛空或結加趺坐或放光明或以音聲充滿其中金剛輪三昧者如眞金剛輪所往無礙得是三昧者於諸法中所至無礙復次能分別諸三昧分界故名輪輪分界也寶斷三昧者如有寶能淨治諸寶是三昧亦如是能除諸三昧煩惱垢五欲垢易遣諸三昧垢難却能照三昧者得是三昧能以十種智慧照了諸法譬如日出照閻浮提事皆顯了不求三昧者觀諸法如幻化三界愛斷故都無所求無住三昧者是三昧名無作三昧住是三昧中觀諸法念念無常無有住時無心三昧者即是滅盡定或無想定何以故佛自說因緣入是三昧中諸心心數法不行淨燈三昧者燈名智慧燈諸煩惱

名垢離是垢慧則清淨無邊明三昧者無邊名無量無數明有二種一者度衆生故身放光明二者分別諸法總相別相故智慧光明得是三昧能照十方無邊世界及無邊諸法能作明三昧者於諸法能爲作明如闇中然炬普照明三昧者如轉輪聖王寶珠於軍衆外四邊各照一由旬菩薩得是三昧普照諸法種種門堅淨諸三昧三昧者菩薩得是三昧力故令諸三昧清淨堅牢無垢明三昧者三解脱門相應三昧得是三昧離一切三昧垢離一切無明愛等亦能照一切諸三昧歡喜三昧者得是三昧於法生歡喜樂何者是有人言初禪是如佛說有四修定一者修是三昧得現在歡喜樂二者修定得知見見衆生生死三者修定得智慧分別四者修定得

漏盡復次得是三昧生無量無邊法歡喜樂電光三昧者如電暫現行者得路得是三昧者無始世界來失道還得無盡三昧者得是三昧滅諸法無常等相即入不生不滅威德三昧者菩薩得是三昧威德莊嚴離盡三昧者菩薩得是三昧無量阿僧祇劫善本功德必得果報不失故不動三昧者有人言第四禪是不動欲界中五欲故動初禪中覺觀故動二禪中喜多故動三禪中樂多故動四禪離出入息無諸動相故不動有人言四無色定是不動離諸色故有人言滅盡定是不動離心心數法故有人言知諸法實相畢竟空智慧相應三昧故不動得是三昧已於一切三昧一切法都不戲論不退三昧者住是三昧不見諸三昧退論者言菩薩住是三昧常不退轉即是阿鞞跋致智慧相應三昧不退者不墮頂如不墮頂義中說日燈三昧者得是三昧能照一切諸法種種門及諸三昧譬如日出能照一切閻浮提月淨三昧者如月從十六日漸減至三十日都盡凡夫人亦如是諸善功德漸漸減盡墮三惡道如月從一日漸漸增長至十五日光明清淨菩薩亦如是得是三昧從發心來世世漸增善根乃至得無生法忍受記智慧清淨利益衆生又能破諸三昧中無明淨明三昧者明名慧垢爲礙得是三昧者於諸法無障礙以是故佛於此說住是三昧中得四無礙智問曰佛何以獨於此中說四無礙智答曰於三昧中無覺觀心所可樂說與定相違是事爲難此三昧力故得四無礙智四無礙智義如先說能作

明三昧者明即是智慧諸智慧中般若智慧最第一是般若相應三昧能作明作行三昧者得是三昧力能發起先所得諸三昧知相三昧者得是三昧見一切諸三昧中有實智慧相如金剛三昧者得是三昧以智慧能通達一切諸法亦不見通達用無所得故問曰三種三昧何以皆言金剛答曰初言金剛中言金剛輪後言如金剛如金剛三昧佛說能貫穿一切諸法亦不見是達金剛三昧能通達諸三昧金剛輪三昧者得是三昧能持諸三昧輪是皆佛自說義論者言如金剛三昧者能破一切諸煩惱結使無有遺餘譬如釋提桓因手執金剛破阿脩羅軍即是學人末後心從是心次第三種菩提聲聞菩提辟支佛菩提佛無上菩提金剛三昧者能破一切諸法入無餘涅槃更不受有譬如真金剛能破諸山令滅盡無餘金剛輪者此三昧能破一切諸法無遮無礙譬如金剛輪轉時無所不破無所障礙復次初金剛二金剛輪三如金剛名字分别佛說其義亦異論者釋其因緣亦異不應致難心住三昧者心相輕疾遠逝無形難制難持常是動相如獼猴子又如掣電亦如蛇舌得是三昧故能攝令住乃至天欲心不動轉何況人欲普明三昧者得是三昧於一切法見光明相無黑闇想如晝所見夜亦如是如見前後亦爾如見上見下亦爾心中無礙修是三昧故得天眼通普見光明了了無礙善修是神通故得成慧眼普照諸法所見無礙安立三昧者得是三昧者一切諸功德善法中安立牢固如須彌山在大

海安立不動寶聚三昧者得是三昧所有國土悉成七寶問曰此是肉眼所見禪定所見答曰天眼肉眼皆能見何以故外六塵不定故行者常修習禪定是故能轉本相妙法印三昧者妙法名諸佛菩薩深功德智慧得是三昧得諸深妙功德智慧法等三昧者等有二種衆生等法等法等相應三昧名爲法等斷喜三昧者得是三昧觀諸法無常苦空無我不淨等心生猒離一想中一切世間不可樂想相應三昧到法頂三昧者法名菩薩法所謂六波羅蜜到般若波羅蜜中得方便力到法山頂得是三昧能住是法山頂諸無明煩惱不能動摇能散三昧者得是三昧能破散諸法散空相應三昧是分别諸法句三昧者得是三昧能分别一切諸法語言字句爲衆生説辭無滯礙樂説相應三昧是字等相三昧者得是三昧觀諸字諸語皆悉平等呵罵讃歎無有憎愛離字三昧者得是三昧不見字在義中亦不見字在字中斷緣三昧者得是三昧若内若外樂中不生喜苦中不生瞋不苦不樂中不生不知捨心於此三受遠離不著心則歸滅心若滅緣亦斷不壞三昧者緣法性畢竟空相應三昧戲論不能破無常不能轉先已壞故無種相三昧者得是三昧不見諸法種種相但見一相所謂無相無處行三昧者得是三昧知三毒火然三界故心不依止涅槃畢竟空故亦不依止離矇昧三昧者得是三昧於諸三昧中微翳無明等悉皆除盡無去三昧者得是三昧不見一切法來去相不變異三昧者得是三昧觀一切

諸法因不變爲果如乳不變作酪諸法皆住自相不動故度緣三昧者得是三昧於六塵中諸煩惱盡滅度六塵大海亦能過一切三昧緣生智慧集諸功德三昧者得是三昧集諸功德從信至智慧初夜後夜修習不息如日月運轉初不休息住無心三昧者入是三昧中不隨心但隨智慧至諸法實相中住淨妙華三昧者如樹華敷開令樹嚴飾得是三昧諸三昧中開諸功德華以自莊嚴覺意三昧者得是三昧令諸三昧變成無漏與七覺相應譬如石汁一斤能變千斤銅爲金無量辯三昧者即是樂說辯得是三昧力故乃至樂說一句無量劫而不窮盡無等等三昧者得是三昧觀一切衆生皆如佛觀一切法皆同佛法無等等般若波羅蜜相應是度諸法三昧者得是三昧入三解脱門過出三界度三乘衆生分別諸法三昧者即是分別慧相應三昧得是三昧分別諸法善不善有漏無漏有爲無爲等相散疑三昧者有人言即是見諦道中無相三昧疑結見諦智相應三昧斷故有人言菩薩無生法忍相應三昧是是時一切法中疑網悉斷見十方諸佛得一切諸法實相有人言無礙解脱相應三昧是諸佛得是三昧已於諸法中無礙無近無遠皆如觀掌無住處三昧者即是無受智慧相應三昧得是三昧不見一切諸法定有住處一莊嚴三昧者得是三昧觀諸法皆一或一切法有相故一或一切法無故一或一切法空故一如是等無量皆一以一相智慧莊嚴是三昧故言一莊嚴生行三昧者行名觀得是

三昧能觀種種行相入相住相出相又是行皆空亦不可見一行三昧者是三昧常一行畢竟空相應三昧中更無餘行次第如無常行中次有苦行苦行中次有無我行又菩薩於是三昧不見此岸不見彼岸諸三昧入相爲此岸出相爲彼岸初得相爲此岸滅相爲彼岸不一行三昧者與上一行相違者是所謂諸餘觀行妙行三昧者即是畢竟空相應三昧乃至不見不二相一切戲論不能破達一切有底散三昧者有名三有底者非有想非無想以難到故名底達者以無漏智慧乃至離非有想非無想入無餘涅槃三界五衆散滅復次菩薩得是不生不滅智慧一切諸有通達散壞皆無所有入名語三昧者得是三昧識一切衆生一切物一切法名字亦能以此名字語化人一切語言無不解了皆有次第離音聲字語三昧者得是三昧觀一切諸法皆無音聲語言常寂滅相然炬三昧者如捉炬夜行不墮險處菩薩得是三昧以智慧炬於諸法中無錯無著淨相三昧者得是三昧能清淨具足莊嚴三十二相又能如法觀諸法總相別相亦能觀諸法無相清淨所謂空無相無作如相品中廣說破相三昧者得是三昧不見一切法相何況諸三昧相即是無相三昧一切種妙足三昧者得是三昧以諸功德具足莊嚴所謂好姓好家好身好眷屬禪定智慧皆悉具足清淨不喜苦樂三昧者得是三昧觀世間樂多過多患虛妄顛倒非可愛樂觀世間苦如病如箭入身心不喜樂以一切法虛誑故不求其樂何以故異

時變爲苦樂尚不喜何況於苦無盡相三昧者得是三昧觀一切法無壞無盡問曰若爾者云何不墮常邊答曰如菩薩雖觀無常不隨滅中若觀不盡不隨常中此二相於諸法中皆不可得有因緣故修行所謂爲罪福不失故言常離著故言無常陀羅尼三昧者得是三昧力故聞持等諸陀羅尼皆自然得攝諸邪正相三昧者得是三昧不見三聚衆生所謂正定邪定不定都無所棄一心攝取又於諸法不見定正相定邪相諸法無定相故滅憎愛三昧者得是三昧可喜法中不生愛可惡法中不生瞋逆順三昧者得是三昧於諸法中逆順自在能破諸邪逆衆生能順可化衆生又離著故破一切法善根增長故成一切法亦不見諸法逆順是事亦不見以無所有故淨光三昧者得是三昧一切法中諸煩惱垢不可得不可得故諸三昧皆清淨堅固三昧者有人言金剛三昧是堅固不壞故有人言金剛非所以者何金剛亦易破故是諸法實相智相應三昧不可破如虛空以是故言牢固滿月淨光三昧者得是三昧所言清淨無諸錯謬如秋時虛空清淨月滿光明涼爽可樂無諸可惡菩薩亦如是修諸功德故如月滿破無明黑故淨智光明具足滅愛恚等火故清涼功德具足大利益衆生故可樂大莊嚴三昧者見十方如恒河沙等世界以七寶華香莊嚴佛處其中如是等清淨莊嚴得是三昧故一時莊嚴諸功德又觀此莊嚴空無所有心無所著能照一切世三昧者得是三昧故能照三種世間衆生世間住處

世間五衆世間三昧等三昧者得是三昧觀諸三昧皆一等所謂攝心相是三昧皆從因緣生有爲作法無深淺得是三昧皆悉平等是名爲等與餘法亦等無異以是故義中說一切法中定亂相不可得攝一切有諍無諍三昧者得是三昧不見是法如是相是法不如是相不分別諸法有諍無諍於一切法中通達無礙於衆生中亦無好醜諍論但隨衆生心行而度脫之得是三昧故於諸三昧皆隨順不逆不樂一切住處三昧者得是三昧不樂住世間不樂住非世間以世間無常過故不樂非世間中無一切法是大可畏處不應生樂如住定三昧者得是三昧故知一切法如實相不見有法過是如者如義如先說壞身衰三昧者血肉筋骨等和合故名爲身是身多患常飢寒冷熱等諍是名身衰得是三昧故以智慧力分分破壞身衰相乃至不見不可得相壞語如虛空三昧者語名内有風發觸七處故有聲依聲故有語觀如是語言因緣故能壞語言不生我相及以愛憎有人言二禪無覺觀是壞語三昧賢聖默然故有人言無色定三昧彼中無身離一切色故有人言但是諸菩薩三昧能破先世結業因緣不淨身而受法身隨可度衆生種種現形離著虛空不染三昧者菩薩行般若波羅蜜觀諸法畢竟空不生不滅如虛空無物可喻鈍根菩薩著此虛空得此三昧故離著虛空等諸法亦不染著是三昧如人没在泥中有人挽出鎖脚爲奴有三昧能離著虛空亦復著此三昧亦如是今是三昧能離著空空亦

自離著問曰佛多説諸三昧汝何以但説諸法答曰佛多説果報論者合因縁果報説譬如人觀身不淨得不淨三昧身是因縁三昧是果又如人觀五衆無常苦空等得七覺意三昧能生入聖道四沙門果復次佛應適衆生故但説一法論者廣説分別諸事譬如一切有漏皆是苦因而佛但説愛一切煩惱滅名滅諦佛但説愛盡是菩薩於諸觀行中必不疑於諸三昧未了故佛但説三昧論者説諸法一切三昧皆已在中是諸三昧末後皆應言用無所得以同般若故如是等無量無邊三昧和合名爲摩訶衍

大智度論卷第四十七

音釋

矇（謨蓬切）懾（質涉切懼也）掣（尺列切）挽（武遠切挽也）

大智度論卷第四十八

龍樹菩薩造

姚秦三藏法師鳩摩羅什譯

釋四念處品第十九經作廣乘品

經佛告須菩提菩薩摩訶薩摩訶衍所謂四念處何等四須菩提菩薩摩訶薩內身中循身觀亦無身覺以不可得故外身中內外身中循身觀亦無身覺以不可得故勤精進一心除世間貪憂內受內心內法外受外心外法內外受內外心內外法循法觀亦無法覺以不可得故勤精進一心除世間貪憂須菩提菩薩摩訶薩云何內身中循身觀須菩提若菩薩摩訶薩行時知行住時知住坐時知坐卧時知卧如身所行如是知須菩提菩薩摩訶薩如是內身中循身觀勤精進一心除世間貪憂復次須菩提菩薩摩訶薩若來若去視瞻一心屈伸俯仰服僧伽梨執持衣鉢飲食卧息坐立睡覺語默入禪出禪亦常一心如是須菩提菩薩摩訶薩行般若波羅蜜內身中循身觀以不可得故復次須菩提菩薩摩訶薩內身中循身觀時一心念入息時知入息出息時知出息入息長時知入息長出息長時知出息長入息短時知入息短出息短時知出息短譬如鏇師若鏇師弟子繩長知長繩短知短菩薩摩訶薩亦如是一心念入息時知入息出息時知出息入息長時知入息長出息長時知出息長入息短時知入息短出息短時知出息短如是須菩提菩薩摩訶薩內身中循身觀勤精進一心除世間貪憂以不可得故復次須菩提菩薩摩訶

薩觀身四大作是念身中有地大水大火大風大譬如屠牛師若屠牛弟子以刀殺牛分作四分作四分已若立若坐觀此四分菩薩摩訶薩亦如是行般若波羅蜜時觀身四大地人水大火大風大如是須菩提菩薩摩訶薩內身中循身觀以不可得故復次須菩提菩薩摩訶薩觀內身從足至頂周帀薄皮種種不淨充滿身中作是念身中有髮毛爪齒薄皮厚皮筋肉骨髓脾腎心肝肺小腸大腸胃脬尿屎垢汗淚洟涎唾膿血黃白痰癊肪𦙶腦膜譬如田夫倉中隔盛雜穀種種充滿稻麻黍粟豆麥明眼之人開倉即知是麻是黍是稻是粟是麥是豆分別悉知菩薩摩訶薩亦如是觀是身從足至頂周帀薄皮種種不淨充滿身中髮毛爪齒乃至腦膜如是須

菩提菩薩摩訶薩觀內身勤精進一心除世間貪憂以不可得故復次須菩提菩薩摩訶薩若見棄死人身一日二日至于五日胮脹青瘀膿汁流出自念我身亦如是相如是法未脫此法如是須菩提菩薩摩訶薩內身中循身觀勤精進一心除世間貪憂以不可得故復次須菩提菩薩摩訶薩若見棄死人身若六日若七日烏鵄鵰鷲犲狼狐狗如是等種種禽獸𪗁裂食之自念我身如是相如是法未脫此法如是須菩提菩薩摩訶薩內身中循身觀勤精進一心除世間貪憂以不可得故復次須菩提菩薩摩訶薩若見棄死人身禽獸食已不淨爛臭自念我身如是相如是法未脫此法乃至除世間貪憂復次須菩提菩薩摩訶薩若見棄死人身骨鏁血肉塗

染筋骨相連自念我身如是相如是法未脫此法乃至除世間貪憂復次須菩提菩薩摩訶薩若見棄死人身骨鏁血肉已離筋骨相連自念我身如是相如是法未脫此法乃至除世間貪憂復次須菩提菩薩摩訶薩若見棄死人身骨鎖已散在地自念我身如是相如是法未脫此法如是須菩提菩薩摩訶薩觀內身乃至除世間貪憂復次須菩提菩薩摩訶薩若見棄死人身骨散在地脚骨異處腨骨髀骨腰骨肋骨脊骨手骨項骨髑髏各各異處自念我身如是相如是法未脫此法如是須菩提菩薩摩訶薩觀內身乃至除世間貪憂復次須菩提菩薩摩訶薩見是棄死人骨在地歲久風吹日曝色白如貝自念我身如是相如是法未脫此法如是須菩提菩薩摩訶薩觀內身乃至除世間貪憂以不可得故

論問曰四念處中有種種觀何以但說十二種觀所謂若內若外若內外復次何等是內何等是外內外觀已何以復別說內外復次四念處中一念處是內內法中攝所謂心二念處是外外法中攝所謂受與法一念處是內外內外法中攝所謂身何以說四法都是內都是外都是內外何以不但言觀身而言循身觀云何觀身而不生身覺何以言勤精進一心三十七品皆應言一心何以但此中言一心此中若修行四念處時一切五蓋應除何以獨言除貪世間喜亦能妨道何以但言除憂觀身法種種門無常苦空無我等今何以但言不淨若但觀不淨何以復念身四

威儀等此事易知何足問答曰是十二種觀行者從此得定心先來三種邪行若内若外若内外破三種邪行是故有三種正行有人著内情多著外情少如人爲身故能捨妻子親屬寶物有人著外情多著内情少如人貪財喪身爲欲殁命有人著内外情多是故說三種正行復次自身名内身他身名外身九受入名爲内身九不受入名爲外身眼等五情名爲内身色等五塵名爲外身如是等分別内外行者先以不淨無常苦空無我等智慧觀内身不得是身好相若淨相若常相若樂若我若實内既不得復觀外身求淨常我樂實亦不可得若不得便生疑我觀内時於外或錯觀外時於内或錯今内外一時俱觀亦不可得是時心得正定知是身不淨無常

苦空無我如病如癰如瘡九孔流穢是爲行厠不久破壞離散盡滅死相常有飢渴寒熱鞭杖繫閉罵詈毀呰老病等諸苦常圍遶不得自在内空無主亦無知者見者作者受者但空諸法因緣和合而有自生自滅無所繫屬猶如草木是故内外俱觀餘内外義如十八空中說循身觀者尋隨觀察知其不淨衰老病死爛壞臭處骨節腐敗摩滅歸土如我此身覆以薄皮令人狂惑憂畏萬端以是故如身相内外隨逐本末觀察又如佛說循身觀法不生身覺者不取身一異相而生戲論衆生於是身中起種種覺有生淨覺有生不淨覺有生瞋覺念他過罪有人觀此身身爲何法諸身分邊爲一爲異不生如是種種覺所以者何無所利益妨涅槃道故復次餘凡

夫聲聞人取身相能觀身菩薩不取身相而能觀身勤精進一心者餘世事巧便從無始世界來常習常作如離別常人易離別知識難離別知識易離別父子難離別父子易自離其身難自離其身易離其心者難自不一心勤精進此不可得譬如鑽燧求火一心勤著不休不息乃可得火是故說一心勤精進除世間貪憂者貪除則五蓋盡去猶如破竹初節既破餘節皆去復次行者遠離五欲出家學道既捨世樂未得定樂或時心生憂念如魚樂水心相如是常求樂事還念本所欲行者多生是二心是故佛說當除貪憂說貪即說世間喜以相應故初觀不淨者人身不淨薄皮覆故先生淨相後生餘倒以是故初說不淨觀復次衆生多著貪欲取淨相瞋恚邪見不爾故是以先治貪欲觀不淨念身四威儀等者先欲破身賊得一心人所爲之事皆能成辦以是故先尋繹其身所爲所行來去卧覺坐禪觀身所作常一心安詳不錯不亂作如是觀察以不淨三昧易得身雖安詳內有種種惡覺觀破亂其心以是故說安那波那十六分以防覺觀安那般那義如先說身既安詳心無錯亂然後行不淨觀安隱牢固若先行不淨觀狂心錯亂故不淨反作淨相佛法中此二法名甘露初門不淨觀者所謂菩薩摩訶薩觀身如草木瓦石無異是身外四大變爲飲食充實內身堅者是地濕者是水熱者是火動者是風是四事入內即是身是四分中各各無我無我所隨逐自相不隨人意苦空等亦如是若坐若立若卧則懈

怠身不動故心亦不動行則心亂身不靜故心亦不靜故以眼見事況所不見故說譬喻牛即是行者身屠兒即是行者刀是利智慧奪牛命即是破身一異相四分即是四大屠者觀牛四分更無別牛亦非是牛行者觀身四大亦如是是四大不名爲身所以者何此四身一故又四大是總相身是別相若外四大不名爲身入身中假名爲身我不在四大中四大不在我中我去四大遠但以顛倒妄計爲身用是散空智慧分別四大及造色然後入三念處得入道又此身從足至髮從髮至足周帀薄皮反覆思惟無一淨處髮毛等乃至腦膜略說則三十六廣說則衆多穀倉是身農夫是行者田者種穀是行者身業因緣結實入倉是行者因緣熟得身稻麻黍粟等是身中種種不淨農夫開倉即知麻黍麥豆種種別異是行者不淨觀以慧眼開見身倉知此身中不淨充滿必當敗壞若他來害若當自死此身中但有屎尿不淨種種惡露等已觀内身不淨今觀外身敗壞是故說二種不淨一者已壞二者未壞先觀已身未壞有識若結使薄利根人即生患猒鈍根結厚者觀死人已壞可畏可惡若死一日至五日親里猶尚守護是時禽獸未食青瘀胮脹膿血流出腹脹破裂五藏爛壞屎尿臭處甚可惡猒行者心念此色先好行來言語妖冶姿則惑亂人情婬者愛著今者觀之好色安在如佛所說眞是幻法但誑無智之眼今此實事露現行者即念我身與彼等無有異未脫此法云何自著著彼又亦何爲自重輕他如

是觀已心則調伏可以求道能除世間貪憂又復思惟此屍初死之時鳥獸見之謂非死人不敢來近以是故說過六七日親戚既去鳥鷲野干之屬競來食之皮肉既盡日日變異以是故說但有骨人見其如此更生猒心念言是心肝皮肉實無有我但因是身合集罪福因緣受苦無量即復自念我身不久會當如是未離此法或時行者見骨人在地雨水澆浸日曝風吹但有白骨或見久骨筋斷節解分散異處其色如鴿或腐朽爛壞與土同色初觀三十六物死屍膖脹一日至五日是不淨觀鳥獸來食乃至與土同色是無常觀是中求我我所不可得如先說因緣生不自在故是非我觀觀身相如此無一可樂若有著者則生憂苦是名苦觀以四聖行觀外身自知已身亦復如是然後內外俱觀若心散亂當念老病死三惡道苦身命無常佛法欲滅如是等鞭心令伏還繫不淨觀中是名勤精進一心勤精進故能除貪憂貪憂二賊劫我法寶行者作是念是身無常不淨可惡如此衆生何故貪著此身起種種罪因緣如是思惟已知是身中有五情外有五欲和合故生世間顛倒樂人心求樂初無住時當觀此樂爲實爲虛身爲堅固猶尚散滅何況此樂此樂亦無住處未來未有過去已滅現在不住念念皆滅以遮苦故名樂無有實樂譬如飲食除飢渴苦故暫以爲樂過度則復生苦如先破樂中說則知世間樂皆從苦因緣生亦能生苦果誑人須臾後苦無量譬如美食雜毒食雖香美毒則害人世間樂亦如是

淫欲煩惱等毒故奪智慧命心則狂惑捨利取衰誰受此樂唯有心識諦觀此心念念生滅相續有故可得取相譬如水波燈焰受苦心非樂心受樂心非苦心受不苦不樂心非苦樂心時相各異以是故心無常無常故不自在不自在故無我想思憶念等亦如是餘三念處内外相如先說行是四聖行破四顛倒破四顛倒故開實相門開實相門已愧本所習譬人夜食不淨他了知非羞愧其事觀是四法不淨無常等是名苦諦是苦因愛等諸煩惱是集諦愛等煩惱斷是滅諦斷愛等諸煩惱方便是道諦如是觀四諦信涅槃道心住快樂似如無漏是名煖法如人鑽火並有煖氣必望得火信此法已心愛樂佛法如佛所說如服好藥瘥病知師爲妙諸服藥病瘥者人中第一是則信僧如是信三寶煖法增進罪福停等故名爲頂法如人上山至頂兩邊道里俱等從頂至忍乃至阿羅漢是一邊道從煖至頂是一邊道聲聞法中觀四念處所得果報如是菩薩法者於是觀中不忘本願不捨大悲先用不可得空調伏心地住是地中雖有煩惱心常不墮如人雖未殺賊繫閉一處菩薩頂法如先法位中說忍法世間第一法則是菩薩柔順法忍須陀洹道乃至阿羅漢辟支佛道是菩薩無生法忍如佛後品自說須陀洹若智若果皆是菩薩無生法忍四正勤四如意足雖各各别位皆在四念處中慧多故名四念處精進多故名四正勤定多故名四如意足問曰若爾者何以不說智處而說念處答曰初習行時未及有智

念爲初門常念其事是智慧隨念故以念爲名四念處實體是智慧所以者何觀内外身即是智慧念持智慧在緣中不令散亂故名念處與九十六種邪行求道相違故名正勤諸外道等捨五欲自苦身不能捨惡不善不能集諸善法佛有兩種斷惡不善法巳來者除却未來者防使不生善法亦有二種未生善法令生巳生善法令增長是名正勤智慧火得正勤風無所不燒正勤若過心則散亂智火微弱如火得風過者或滅或微不能燒炤是故須定以制過精進風則可得定定有四種欲定精進定心定思惟定制四念處中過智慧是時定慧道得精進故所欲如意後得如意事辦故名如意足足者名如意因緣亦名分是十二法鈍根人中名爲根如樹有根未有力若利根人中名爲力是事了了能疾有所辦如利刀截物故名有力事未辦故名爲道事辦思惟修行故名爲七覺三十七品論議如先說問曰若菩薩修是三十七品云何不取涅槃答曰本願牢故大悲心深入故了了知諸法實相故十方諸佛護念故如經說菩薩到七住地外觀諸法空内觀無我如人夢中縛栰渡河中流而覺作是念我空自疲苦無河無栰我何所渡菩薩爾時亦如是心則悔猒我何所度何所滅且欲自滅倒心是時十方佛伸手摩頭善哉佛子莫生悔心念汝本願汝雖知此衆生未悟汝當以此空法教化衆生汝所得者始是一門諸佛無量身無量音聲無量法門一切智慧等汝皆未得汝觀諸法空故著是涅槃諸法空中無

有滅處無有著處若實有滅汝先來已滅汝未具足六波羅蜜乃至十八法汝當具足此法坐於道場如諸佛法復次三三昧十一智三無漏根覺觀三昧十念四禪四無量心四無色定八背捨九次第定如先說復次佛十力四無所畏四無礙智十八不共法如初品中說是諸法後皆用無所得故以般若波羅蜜畢竟空和合故名除世間貪憂以不可得故

經復次須菩提菩薩摩訶薩見是棄死人身骨在地其色如鴿腐朽爛壞與土共合自念我身如是法如是相未脫此法如是須菩提菩薩摩訶薩内身中循身觀勤精進一心除世間貪憂以不可得故外身内外身亦如是受念處心念處法念處亦應如是廣說須菩提是名菩薩摩訶薩摩訶衍復次須菩提菩薩摩訶薩摩訶衍所謂四正勤何等四須菩提菩薩摩訶薩未生諸惡不善法爲不生故欲生勤精進攝心行道已生諸惡不善法爲斷故欲生勤精進攝心行道未生諸善法爲生故欲生勤精進攝心行道已生諸善法爲住不失修滿增廣故欲生勤精進攝心行道以不可得故須菩提是名菩薩摩訶薩摩訶衍復次須菩提菩薩摩訶薩摩訶衍所謂四如意分何等四欲定斷行成就修如意分心定斷行成就修如意分精進定斷行成就修如意分思惟定斷行成就修如意分以不可得故須菩提是名菩薩摩訶薩摩訶衍復次須菩提菩薩摩訶薩摩訶衍所謂五根何等五信根精進根念根定根慧根是名菩薩摩

訶薩摩訶衍以不可得故復次須菩提菩薩摩訶薩摩訶衍所謂五力何等五信力精進力念力定力慧力是名菩薩摩訶薩摩訶衍以不可得故復次須菩提菩薩摩訶薩摩訶衍所謂七覺分何等七菩薩摩訶薩修念覺分依離依無染向涅槃擇法覺分精進覺分喜覺分除覺分定覺分捨覺分依離依無染向涅槃以不可得故是名菩薩摩訶薩摩訶衍復次須菩提菩薩摩訶薩摩訶衍所謂八聖道分何等八正見正思惟正語正業正命正精進正念正定是名菩薩摩訶薩摩訶衍以不可得故復次須菩提菩薩摩訶薩摩訶衍所謂三三昧何等三空無相無作三昧空三昧名諸法自相空是爲空解脫門無相名壞諸法相不憶不念是爲無相解脫門無作名諸法中不作是爲無作解脫門是名菩薩摩訶薩摩訶衍以不可得故復次須菩提菩薩摩訶薩摩訶衍所謂苦智集智滅智道智盡智無生智法智比智世智他心智如實智云何名苦智知苦不生是名苦智云何名集智知集應斷是名集智云何名滅智知苦滅是名滅智云何名道智知八聖道分是名道智云何名盡智知諸婬怒癡盡是名盡智云何名無生智知諸有中無生是名無生智云何名法智知五衆本事是名法智云何名比智知眼無常乃至意觸因緣生受無常是名比智云何名世智知因緣名字是名世智云何名他心智知他衆生心是名他心智云何名如實智知諸佛一切種智是名如實智須菩提是名菩薩摩訶薩摩訶衍以不可得故

復次須菩提菩薩摩訶薩摩訶衍所謂三根未知欲知根知根知者根云何名未知欲知根諸學人未得果信根精進根念根定根慧根是名未知欲知根云何名知根諸學人得果信根乃至慧根是名知根云何名知者根諸無學人若阿羅漢若辟支佛諸佛信根乃至慧根是名知者根須菩提是名菩薩摩訶薩摩訶衍以不可得故復次須菩提菩薩摩訶薩摩訶衍所謂三三昧何等三有覺有觀三昧無覺有觀三昧無覺無觀三昧云何名有覺有觀三昧離諸欲離惡不善法有覺有觀離生喜樂入初禪是名有覺有觀三昧云何名無覺有觀三昧初禪二禪中間禪是名無覺有觀三昧云何名無覺無觀三昧從二禪乃至非有想非無想定是名無覺無觀三昧是名菩薩摩訶薩摩訶衍以不可得故復次須菩提菩薩摩訶薩摩訶衍所謂十念何等十念佛念法念僧念戒念捨念天念善念出入息念身念死須菩提是名菩薩摩訶薩摩訶衍以不可得故復次須菩提菩薩摩訶薩摩訶衍所謂四禪四無量心四無色定八背捨九次第定須菩提是名菩薩摩訶薩摩訶衍以不可得故復次須菩提菩薩摩訶薩摩訶衍所謂佛十力何等十佛如實知一切法是處不是處相一力也如實知他衆生過去未來現在諸業諸受法知造業處知因緣知報二力也如實知諸禪解脫三昧定垢淨分別相三力也如實知他衆生諸根上下相四力也如實知他衆生種種欲解五力也如實知世間種種無數性六力也如實知一切

至處道七力也知種種宿命有相有因緣一世二世乃至百千世刼初刼盡我在彼衆生中生如是姓如是名如是飲食苦樂壽命長短彼中死是間生是間死還生是間此間生姓名飲食苦樂壽命長短亦如是八力也佛天眼淨過諸天眼見衆生死時生時端正醜陋若大若小若墮惡道若墮善道如是業因緣受報是諸衆生惡身業成就惡口業成就惡意業成就謗毀聖人受邪見業因緣故身壞死時入惡道生地獄中是諸衆生善身業成就善口業成就善意業成就不謗聖人受正見業因緣故身壞死時入善道生天上九力也佛如實知諸漏盡故無漏心解脫無漏慧解脫現在法中自證知入是法所謂我生已盡梵行已作從今世不復見後世十力也

須菩提是名菩薩摩訶薩摩訶衍以不可得故復次須菩提菩薩摩訶薩摩訶衍所謂四無所畏何等四佛作誠言我是一切正智人若有沙門婆羅門若天若魔若梵若復餘衆如實難言是法不知乃至不見是微畏相以是故我得安隱得無所畏安住聖主處在大衆中師子吼能轉梵輪諸沙門婆羅門若天若魔若梵若復餘衆實不能轉一無畏也佛作誠言我一切漏盡若有沙門婆羅門若天若魔若梵若復餘衆如實難言是漏不盡乃至不見是微畏相以是故我得安隱得無所畏安住聖主處在大衆中師子吼能轉梵輪諸沙門婆羅門若天若魔若梵若復餘衆實不能轉二無畏也佛作誠言我說障法若有沙門婆羅門若天若魔若梵若復餘衆如實

難言受是法不障道乃至不見是微畏相以是故我得安隱得無所畏安住聖主處在大衆中師子吼能轉梵輪諸沙門婆羅門若天若魔若梵若復餘衆實不能轉三無畏也佛作誠言我所說聖道能出世間隨是行能盡苦若有沙門婆羅門若天若魔若梵若復餘衆如實難言行是道不能出世間不能盡苦乃至不見是微畏相以是故我得安隱得無所畏安隱住聖主處在大衆中師子吼能轉梵輪諸沙門婆羅門若天若魔若梵若復餘衆實不能轉四無畏也須菩提是名菩薩摩訶薩摩訶衍以不可得故復次須菩提菩薩摩訶薩摩訶衍所謂四無礙智何等四義無礙法無礙辭無礙樂說無礙須菩提是名菩薩摩訶薩摩訶衍以不可得故復次須菩提菩薩摩訶薩摩訶衍所謂十八不共法何等十八一諸佛身無失二口無失三念無失四無異想五無不定心六無不知已捨心七欲無減八精進無減九念無減十慧無減十一解脱無減十二解脱知見無減十三一切身業隨智慧行十四一切口業隨智慧行十五一切意業隨智慧行十六智慧知見過去世無礙無障十七智慧知見未來世無礙無障十八智慧知見現在世無礙無障須菩提是名菩薩摩訶薩摩訶衍以不可得故復次須菩提菩薩摩訶薩摩訶衍所謂字等語等諸字入門何等爲字等語等諸字入門阿字門一切法初不生故羅字門一切法離垢故波字門一切法第一義故遮字門一切法終不可得故諸法不終不生故那字門諸法離名

性相不得不失故邏字門諸法度世間故亦愛支因滅故陀字門諸法善心生故亦拖相故婆字門諸法婆字離故荼字門諸法荼字淨故沙字門諸法六自在王性清淨故和字門入諸法語言道斷故多字門入諸法如相不動故夜字門入諸法如實不生故吒字門入諸法制伏不可得故迦字門入諸法作者不可得故娑字門入諸法時不可得故諸法時未轉故摩字門入諸法我所不可得故伽字門入諸法去者不可得故他字門入諸法處不可得故闍字門入諸法生不可得故簸字門入諸法簸字不可得故馱字門入諸法性不可得故賒字門入諸法定不可得故呿字門入諸法虛空不可得故叉字門入諸法盡不可得故哆字門入諸法有不可得故若字門入諸法智不可得故拖字門入諸法拖字不可得故婆字門入諸法破壞不可得故車字門入諸法欲不可得故如影五衆亦不可得故摩字門入諸法魔字不可得故火字門入諸法喚不可得故蹉字門入諸法蹉字不可得故伽字門入諸法厚不可得故他字門入諸法處不可得故拏字門入諸法不來不去不立不坐不卧故頗字門入諸法邊不可得故歌字門入諸法聚不可得故醝字門入諸法醝字不可得故遮字門入諸法行不可得故咤字門入諸法驅不可得故荼字門入諸法邊竟處故不終不生過荼無字可說何以故更無字故諸字無礙無名亦不滅亦不可說不可示不可見不可書須菩提當知一切諸法如虛空須菩提是名陀羅尼門所

謂阿字義若菩薩摩訶薩是諸字門印阿字印若聞若受若誦若讀若持若爲他説如是知當得二十功德何等二十得强識念得慚愧得堅固心得經旨趣得智慧得樂説無礙易得諸餘陀羅尼門得無疑悔心得聞善不喜聞惡不怒得不高不下住心無增減得善巧知衆生語得巧分别五衆十二入十八界十二因緣四緣四諦得巧分别衆生諸根利鈍得巧知他心得巧分别日月歲節得巧分别天耳通得巧分别宿命通得巧分别生死通得能巧説是處非處得巧知往來坐起等身威儀須菩提是陀羅尼門字門阿字門等是名菩薩摩訶薩摩訶衍以不可得故

【論】釋曰字等語等者是陀羅尼於諸字平等無有愛憎又此諸字因緣未會時亦無終歸亦無現在亦無所有但住吾我心中憶想分别覺觀心説是散亂心語不見實事如風動水則無所見等者與畢竟空涅槃同等菩薩以此陀羅尼於一切諸法通達無礙是名字等語等問曰若略説則五百陀羅尼門若廣説則無量陀羅尼門今何以説是字等陀羅尼名爲諸陀羅尼門答曰先説一大者則知餘者皆説此是諸陀羅尼初門説初餘亦説復次諸陀羅尼法皆從分别字語生四十二字是一切字根本因字有語因語有名因名有義菩薩若聞字因字乃至能了其義是字初阿後荼中有四十得是字陀羅尼菩薩若一切語法中聞阿字即時隨義所謂一切法從初來不生相阿提秦言初阿耨波陀秦言不生若聞羅字即隨義知一切法離垢相羅

闍秦言垢若聞波字即時知一切法入第一義中波羅末陀秦言第一義若聞遮字即時知一切諸行皆非行遮梨夜秦言行若聞那字即知一切法不得不失不來不去那秦言不若聞邏字即知一切法離輕重相邏求秦言輕若聞陀字即知一切法善相陀摩秦言善若聞婆字即知一切法無縛無解婆陀秦言縛若聞荼字即知諸法無熱相南天竺荼闍他秦言不熱若聞沙字即知人身六種相沙秦言六若聞和字即知一切諸法離語言相和(許波切)波他秦言語言若聞多字即知諸法在如中不動多他秦言如若聞夜字即知諸法入實相中不生不滅夜他跋秦言實若聞咤字即知一切法無障礙相咤婆秦言障礙若聞迦字即知諸法中無有作者迦邏迦秦言作者若聞娑字即知一切法一切種不可得娑婆秦言一切若聞磨字即知一切法離我所磨磨迦羅秦言我所若聞伽字即知一切法底不可得伽陀秦言底若聞他字即知四句如去不可得多陀阿伽陀秦言如去若聞闍(音社)字即知諸法生老不可得闍提闍羅秦言生老若聞濕波字即知一切法皆不可得如濕波字不可得濕波字無義故不釋若聞馱字即知一切法中法性不可得馱摩秦言法若聞賒字即知諸法寂滅相賒多(都餓切)秦言寂滅若聞呿字即知一切法虛空不可得呿伽秦言虛空若聞叉字即知一切法盡不可得叉耶秦言盡若聞哆字即知諸法邊得何利迦哆度求那秦言是事邊得何利若聞若字即知一切法中無智相若那秦言

智若聞他字即知一切法義不可得阿利他秦言義若聞婆字即知一切法不可得破相婆伽秦言破若聞車字即知一切法無所去伽車提秦言去若聞濕麼字即知諸法牢堅如金剛石阿濕麼秦言石若聞火字即知一切法無音聲相火婆夜秦言喚來若聞蹉字即知一切法無慳無施相末蹉羅秦言慳若聞伽字即知諸法不厚不薄伽那秦言厚若聞咃土荼切字即知諸法無住處南天竺咃那秦言處若聞拏字即知一切法及衆生不來不去不坐不卧不立不起衆生空法空故南天竺拏秦言不若聞頗字即知一切法因果空故頗羅秦言果若聞歌字即知一切五衆不可得歌大秦言衆若聞醝字即知醝字空諸法亦爾若聞遮字即知一切法不動相遮羅地秦言動若聞咤字即知一切法此彼岸不可得多羅秦言岸若聞荼字即知一切法必不可得波荼秦言必荼外更無字若有者是四十二字枝派是字常在世間相似相續故入一切語故無礙如國國不同無一定名故言無名聞已便盡故言滅諸法入法性皆不可得而況字可說諸法無憶想分別故不可示先意業分別故有口業口業因緣故身業作字字是色法或眼見或耳聞衆生强作名字無因緣以是故不可見不可書諸法常空如虛空相何況字說已便滅是文字陀羅尼是諸陀羅尼門問曰知是陀羅尼門因緣者應得無量無邊功德何以但說二十答曰佛亦能說諸餘無量無邊功德但以廢說般若波羅蜜故但略說二十得强識念者菩薩

得是陀羅尼常觀諸字相修習憶念故得強識念得慚愧者集諸善法猒諸惡法故生大慚愧心得堅固者集諸福德智慧故心得堅固如金剛乃至阿鼻地獄事向不退阿耨多羅三藐三菩提何況餘苦得經旨趣者知佛五種方便說法故名爲得經旨趣一者知作種種門說法二者知爲何事故說三者知以方便故說四者知示理趣故說五者知以大悲心故說得智慧者菩薩因是陀羅尼分別破散諸字言語亦空言語空故名亦空名空故義亦空得畢竟空即是般若波羅蜜智慧樂說者既得如是畢竟清淨無礙智慧以本願大悲心度衆生故樂說易得陀羅尼者譬如析竹初節既破餘者皆易菩薩亦如是得是文字陀羅尼諸陀羅尼自然而得無疑悔心者入諸法實相中雖未得一切智慧於一切深法中無疑無悔聞善不喜聞惡不瞋者各各分別諸字無讚歎無毀呰故聞善不喜聞惡不瞋不高不下者憎愛斷故善巧知衆生語者得解一切衆生言語三昧故巧分別五衆十二入十八界十二因緣四緣四諦者五衆等義如先說巧分別衆生諸根利鈍知他心天耳宿命巧說是處非處者如十力中說巧知徃來坐起等者如阿鞞跋致中所說日月歲節者日名從旦至旦初分中分後分夜亦三分一日一夜有三十時春秋分時十五時屬晝十五時屬夜餘時增減五月至晝十八時夜十二時十一月至夜十八時晝十二時一月或三十日或三十日半或二十九日或二十七日半有四種月一者日月二者

世間月三者月月四者星宿月日月者三十日半世間月者三十日月月者二十九日加六十二分之三十星宿月者二十七日加六十七分之二十一閏月者從日月世間月二事中出是名十三月或十二月或十三月名一歲是歲三百六十六日周而復始菩薩知日中分時前分已過後分未至中分中無住處無相可取日分空無所有到三十日時二十九已滅云何和合成月月無故云何和合而為歲以是故佛言世間法如幻如夢但是誑心法菩薩能知世間日月歲和合能知破散無所有是名巧分別如是等種種分別是名菩薩摩訶薩摩訶衍

大智度論卷第四十八

音釋

鏇辭戀切轉軸裁器也　脾頻彌切土藏也　腎是忍切水藏也　肺芳吠切金藏也　脬披交切膀胱也　肪分房切脂也　⿰月冊蘇干切脂也　肨脹肨匹絳切脹知亮切　瘀依據切　鵄處脂切鳥名　爴厥縛切爪持也　腨市兗切腓腸也　醝昨何切　咤陟駕切

大智度論卷第四十九

龍樹菩薩造

姚秦三藏法師鳩摩羅什譯

釋發趣品第二十

【經】佛告須菩提汝問云何菩薩摩訶薩大乘發趣若菩薩摩訶薩行六波羅蜜時從一地至一地是名菩薩摩訶薩大乘發趣須菩提白佛言世尊云何菩薩摩訶薩從一地至一地佛言菩薩摩訶薩知一切法無來去相亦無有法若來若去若至若不至諸法相不滅故菩薩摩訶薩於諸地不念不思惟而修治地業亦不見地何等菩薩摩訶薩治地業菩薩摩訶薩住初地時行十事一者深心堅固是不可得故二者於一切衆生中等心衆生不可得故三者捨心與人受人不可得故四者親近善知識亦不自高五者求法一切法不可得故六者常出家家不可得故七者愛樂佛身相好不可得故八者演出法教諸法分別不可得故九者破憍慢法生慧不可得故十者實語諸語不可得故菩薩摩訶薩如是初地中住修治十事治地業復次須菩提菩薩摩訶薩住二地中常念八法何等八一者戒清淨二者知恩報恩三者住忍辱力四者受歡喜五者不捨一切衆生六者入大悲心七者信師恭敬諮受八者勤求諸波羅蜜須菩提是名菩薩摩訶薩住二地中應滿足八法復次須菩提菩薩摩訶薩住三地中行五法何等五一者多學問無猒足二者淨法施亦不自高三者莊嚴佛國土亦不自高四者受世間無量勤苦不以爲猒五者住慚愧

處須菩提是名菩薩摩訶薩住三地中應滿足五法復次須菩提菩薩摩訶薩住四地中應受行不捨十法何等十一者不捨阿練若住處二者少欲三者知足四者不捨頭陀功德五者不捨戒不取戒相六者穢惡諸欲七者猒世間心八者捨一切所有九者心不没十者不惜一切物須菩提是名菩薩摩訶薩住第四地中不捨十法復次須菩提菩薩摩訶薩住五地中遠離十二法何等十二一者遠離親白衣二者遠離比丘尼三者遠離慳惜他家四者遠離無益談說五者遠離瞋恚六者遠離自大七者遠離懱人八者遠離十不善道九者遠離大慢十者遠離自用十一者遠離顛倒十二者遠離婬怒癡須菩提是名菩薩摩訶薩住五地中遠離十二事復次須菩提菩薩摩訶薩住六地中當具足六法何等六所謂六波羅蜜復有六法所不應爲何等六一者不作聲聞辟支佛意二者布施不應生憂心三者見有所索心不没四者所有物布施五者布施之後心不悔六者不疑深法須菩提是名菩薩摩訶薩住六地中應滿具六法遠離六法復次須菩提菩薩摩訶薩住七地中二十法所不應著何等二十一者不著我二者不著衆生三者不著壽命四者不著衆數乃至知者見者五者不著斷見六者不著常見七者不應作相八者不應作因見九者不著名色十者不著五衆十一者不著十八界十二者不著十二入十三者不著三界十四者不作著處十五者不作所期處十六者不作依處十七者不著依佛見十

八者不著依法見十九者不著依僧見二十者不著依戒見是二十法所不應著復有二十法應具足滿何等二十一者具足空二者無相證三者知無作四者三分清淨五者一切衆生中具足慈悲智六者不念一切衆生七者一切法等觀是中亦不著八者知諸法實相是事亦不念九者無生忍法十者無生智十一者說諸法一相十二者破分別相十三者轉憶想十四者轉見十五者轉煩惱十六者等定慧地十七者調意十八者心寂滅十九者無礙智二十者不染愛須菩提是名菩薩摩訶薩住七地中應具足二十法復次須菩提菩薩摩訶薩住八地中應具足五法何等五順入衆生心遊戲諸神通觀諸佛國如所見佛國自莊嚴其國如實觀佛身自莊嚴佛身是名五法具足滿復次須菩提菩薩摩訶薩住八地中復具足五法何等五知上下諸根淨佛世界入如幻三昧常入三昧隨衆生所應善根受身須菩提是爲菩薩摩訶薩住八地中具足五法復次須菩提菩薩摩訶薩住九地中應具足十二法何等十二受無邊世界所度之分菩薩得如是願知諸天龍夜叉揵闥婆語而爲說法處胎成就生成就家成就姓成就眷屬成就出生成就出家成就莊嚴佛樹成就一切諸善功德成滿具足須菩提是名菩薩摩訶薩住九地中應具足十二法須菩提十地菩薩當知如佛爾時慧命須菩提白佛言世尊云何菩薩摩訶薩深心治地業佛言菩薩摩訶薩應薩婆若心集諸善根是名菩薩摩訶薩深心治地業云

何菩薩於一切衆生中等心佛言若菩薩摩訶薩應薩婆若心生四無量心所謂慈悲喜捨是名於一切衆生中等心云何菩薩修布施佛言菩薩施與一切衆生無所分別是名修布施云何菩薩親近善知識佛言能教入薩婆若中住如是善知識親近諮受恭敬供養是名親近善知識云何菩薩求法佛言若菩薩應薩婆若心求法不墮聲聞辟支佛地是名求法云何菩薩常出家治地業佛言菩薩世世不雜心佛法中出家無能障礙者是名常出家治地業云何菩薩愛樂佛身治地業佛言若菩薩見佛身相乃至阿耨多羅三藐三菩提終不離念佛是名愛樂佛身治地業云何菩薩演出法教治地業佛言菩薩若現在佛若佛滅度後爲衆生說法初中後善妙義好語淨潔純具所謂修妬路乃至優波提舍是名演出法教治地業云何菩薩破於憍慢治地業佛言菩薩破是憍慢故終不生下賤家是名菩薩破於憍慢治地業云何菩薩實語治地業佛言菩薩如所說如所行是名實語治地業是爲菩薩摩訶薩住初地中修行十事治地業

【論】論者言須菩提上問摩訶衍佛種種答摩訶衍相上又問發趣大乘者今答發趣大乘相菩薩摩訶薩乘是乘知一切法從本已來不來不去無動無發法性常住故又以大悲心故精進波羅蜜故方便力故還修諸善法更求勝地而不取地相亦不見此地問曰應答發趣大乘何以說發趣地答曰大乘即是地地有十分從初地至二地是名發趣譬如

乘馬趣象捨馬乘象乘象趣龍捨象乘龍問曰此中是何等十地答曰地有二種一者但菩薩地二者共地共地者所謂乾慧地乃至佛地但菩薩地者歡喜地離垢地有光地增曜地難勝地現在地深入地不動地善相地法雲地此地相如十地論中廣說入初地菩薩應行十法深心乃至實語須菩提雖知爲斷衆生疑故問世尊云何是深心佛答應薩婆若心集諸善根薩婆若心者菩薩摩訶薩初發阿耨多羅三藐三菩提意作是願我於未來世當作佛是阿耨多羅三藐三菩提意即是應薩婆若心應者繫心願我當作佛若菩薩利根大集福德諸煩惱薄過去罪業少發意即得深心深心者深樂佛道世世於世間心薄是名應薩婆若心所作一切功德若布施若持戒若修定等不求今世後世福樂壽命安隱但爲薩婆若譬如慳貪人無因緣乃至一錢不施貪惜積聚但望增長菩薩亦如是福德若多若少不向餘事但愛惜積集向薩婆若問曰是菩薩未知薩婆若不得其味云何能得深心答曰我先已說此人若利根諸煩惱薄福德淳厚不樂世間雖未聞讚歎大乘猶不樂世間何況已聞如摩訶迦葉娶金色女爲妻心不愛樂棄捨出家又如耶舍長者子中夜見衆婇女皆如死狀捨直十萬兩金寶屐於水岸邊直渡趣佛如是等諸貴人國王猒捨五欲者無數何況菩薩聞說佛道種種功德因緣而不即時發心深入如後薩陀波崙品中長者女聞讚歎佛功德即時捨家詣曇無竭所復次信等五根成就淳

熱故能得是深心譬如小兒眼等五情根未成就故不別五塵不識好醜信等五根未成就亦復如是不識善惡不知縛解愛樂五欲沒於邪見信等五根成就者乃能識別善惡十善道聲聞法猶尚愛樂况無上道而不深念初發無上道心已於世間最上何况成就復次菩薩始得般若波羅蜜氣味故能生深心如人閉在幽闇微隙見光心則踊躍作念言衆人獨得見如是光明欣悅愛樂即生深心念是光明方便求出菩薩亦如是宿業因緣故閉在十二入無明黒闇獄中所有知見皆是虚妄聞般若波羅蜜少得氣味深念薩婆若我當云何於此六情獄得出如諸佛聖人復次發阿耨多羅三藐三菩提隨願所行以是故生深心深心者一切諸法中愛無如愛薩婆若一切衆生中愛無如愛佛又深入悲心利益衆生如是等名深心相初地菩薩應常行是心於一切衆生等心者菩薩得是深心已等心於一切衆生衆生常情愛其所親惡其所憎菩薩得深心故怨親平等視之無二此中佛自説等心者四無量心是菩薩見衆生愛樂則生慈喜心作是願我當令一切衆生皆得佛樂若見衆生受苦則生悲心愍之作是願我當拔一切衆生苦若見不苦不樂衆生則生捨心作是願我當令衆生捨愛憎心四無量心餘義如先説捨心者捨有二種一者捨財行施二者捨結得道此以除慳爲捨與第二捨結作因縁至七地中乃能捨結問曰捨相有種種内外輕重財施法施世間出世間等佛何以故但説無分別憶想

出世間施答曰布施雖有種種相但說大者不取相復次佛於一切法不著亦以此教菩薩布施令如佛法不著此中應廣說無分別布施餘布施相處處已種種說近善知識義如先說求法者法有三種一者諸法中無上所謂涅槃二者得涅槃方便八聖道三者一切善語實語助八聖道者所謂八萬四千法衆十二部經四藏所謂阿含阿毗曇毗尼雜藏摩訶般若波羅蜜等諸摩訶衍經皆名爲法此中求法者書寫讀誦正憶念如是等治衆生心病故集諸法藥不惜身命如釋迦文佛本爲菩薩時名曰樂法時世無佛不聞善語四方求法精勤不懈了不能得爾時魔變作婆羅門而語之言我有佛所說一偈汝能以皮爲紙以骨爲筆以血爲墨書寫此偈當以與汝樂法即時自念我世世喪身無數不得是利即自剝皮曝之令乾欲書其偈魔便滅身是時佛知其至心即從下方涌出爲說深法即得無生法忍又如薩陀波崙苦行求法如釋迦文菩薩五百釘釘身爲求法故又如金堅王割身五百處爲燈炷投巖入火如是等種種苦行難行爲衆生求法復次佛自說求法相爲薩婆若不隨聲聞辟支佛地常出家者菩薩知在家有種種罪因緣我若在家自不能得行清淨行何能令人得諸淨行若隨在家法則有鞭杖等苦惱衆生若隨善法行則破居家法籌量二事我今不出家者死時俱亦當捨今自遠離福德爲大復次菩薩作是念一切國王及諸貴人力勢如天求樂未已死强奪之我今爲衆生故捨家持清

淨戒求佛道具足尸羅波羅蜜因緣此中佛自說菩薩世世不雜心出家不雜心者不於九十六種道中出家但於佛道中出家所以者何佛道中有二種正見世間正見出世間正見故愛樂佛身者聞種種讚佛功德十力四無所畏大慈大悲一切智慧又見佛身三十二相八十種隨形好放大光明天人供養無有猒足自知我當來世亦當如是假令無得佛因緣猶尚愛樂何況當得而不愛樂得是深心愛樂佛故世世常得值佛演出法教者菩薩如上求法已爲衆生演說菩薩在家者多以財施出家者愛佛情重常以法施若佛在世若不在世善住持戒不求名利等心一切衆生而爲說法讚歎檀義故名爲初善分別讚歎持戒名爲中善是二法果報若生諸佛國若作大天名爲後善復次見三界五受衆身多苦惱則生猒離心名爲初善棄捨居家爲身離故名爲中善爲心離煩惱故名爲後善解說聲聞乘名爲初善說辟支佛乘名爲中善宣暢大乘名爲後善妙義好語者三種語雖復辭妙而義味淺薄雖義理深妙而辭不具足以是故說妙義好語離三毒垢故但說正法不雜非法是名清淨八聖道分六波羅蜜備故名爲具足修多羅十二部經如先說破憍慢者是菩薩出家持戒說法能斷衆疑或時自恃而生憍慢是時應作是念我剃頭著染衣持鉢乞食此是破憍慢法我云何於中生憍慢又此憍慢在人心中則覆没功德人所不愛惡聲流布後身常生弊惡畜生中若生人中卑鄙下賤知是憍慢有如

是無量過罪破是憍慢爲求阿耨多羅三藐三菩提故如人求財猶尚謙遜下意何況求無上道以破憍慢故常生尊貴終不在下賤家生實語者是諸善之本生天因緣人所信受行是實語者不假布施持戒學問但修實語得無量福實語者如說隨行問曰口業有四種何以但說實語答曰佛法中貴實故說實餘皆攝四諦實故得涅槃復次菩薩與衆生共事惡口綺語兩舌或時能有妄語罪重故初地應捨是菩薩行初地未能具足行此四業故但說實語第二地中則能具足問曰初地中何以但說十事答曰佛爲法王諸法中得自在知是十法能成初地譬如良醫善知藥草種數若五若十足能破病是中不應難其多少初地竟

【經】云何菩薩戒清淨若菩薩摩訶薩不念聲聞辟支佛心及諸破戒障佛道法是名戒清淨云何菩薩知恩報恩若菩薩摩訶薩行菩薩道乃至小恩尚不忘何況多是名知恩報恩云何菩薩住忍辱力若菩薩於一切衆生無瞋無惱是名住忍辱力云何菩薩受歡喜所謂成就衆生以此爲喜是名受歡喜云何菩薩不捨一切衆生若菩薩念欲救一切衆生故是名不捨一切衆生云何菩薩入大悲心若菩薩如是念我爲一一衆生故如恒河沙等劫地獄中受勤苦乃至是人得佛道入涅槃如是名爲爲一切十方衆生忍苦是名入大悲心云何菩薩信師恭敬諮受若菩薩於諸師如世尊想是名信師恭敬諮受云何菩薩勤求諸波羅蜜若菩薩一心求諸波羅

蜜無異事是名勤求諸波羅蜜是爲菩薩摩訶薩住二地中滿足八法云何菩薩摩訶薩多學問無猒足諸佛所説法若是此間世界若十方世界諸佛所説盡欲聞持是名多學問無猒足云何菩薩淨法施有所法施乃至不求阿耨多羅三藐三菩提何況餘事是名不求名利法施云何菩薩淨佛世界以諸善根迴向淨佛世界是名淨佛世界云何菩薩受世間無量勤苦不以爲猒諸善根備具故能成就衆生亦莊嚴佛界乃至具足薩婆若終不疲猒是名受無量勤苦不以爲猒云何菩薩住慚愧處恥諸聲聞辟支佛意是名住慚愧處是爲菩薩摩訶薩住三地中滿足五法云何菩薩不捨阿蘭若住處能過聲聞辟支佛地是名不捨阿蘭若住處云何菩薩少

欲乃至阿耨多羅三藐三菩提尚不欲何況餘欲是名少欲云何菩薩知足得一切種智是名知足云何菩薩不捨頭陀功德觀諸深法忍是名不捨頭陀功德云何菩薩不捨戒不取戒相是名不捨戒云何菩薩穢惡諸欲欲心不生故是名穢惡諸欲云何菩薩猒世間心知一切法不作故是名猒世間心云何菩薩捨一切所有不惜内外諸法故是名捨一切所有云何菩薩心不没二種識處心不生故是名心不没云何菩薩不惜一切物於一切物不著不念是名不惜一切物是爲菩薩於四地中不捨十法云何菩薩遠離親白衣菩薩出家所生從一佛界至一佛界常出家剃頭著染衣是名遠離親白衣云何菩薩遠離比丘尼不共比丘尼住乃至彈指頃亦

不生念是名遠離比丘尼云何菩薩遠離慳惜他家菩薩如是思惟我應安樂衆生他今助我安樂云何生慳是名遠離慳惜他家云何菩薩遠離無益談説若有談説或生聲聞辟支佛心我當遠離是名遠離無益談説云何菩薩遠離瞋恚不令瞋心惱心鬪心得入是名遠離瞋恚云何菩薩遠離自大所謂不見内法故是名遠離自大云何菩薩遠離譏人所謂不見外法故是名遠離譏人云何菩薩遠離十不善道是十不善道能障八聖道何況阿耨多羅三藐三菩提是名遠離十不善道云何菩薩遠離大慢是菩薩不見法可作大慢者是名遠離大慢云何菩薩遠離自用是菩薩不見是法可自用者是名遠離自用云何菩薩遠離顛倒顛倒處不可得故是名遠離顛倒云何菩薩遠離婬怒癡婬怒癡處不可見故是名遠離婬怒癡處是爲菩薩住五地中遠離十二法云何菩薩住六地中具足六法所謂六波羅蜜諸佛及聲聞辟支佛住六波羅蜜中能度彼岸是名具足六法云何菩薩不作聲聞辟支佛意作是念聲聞辟支佛意非阿耨多羅三藐三菩提道云何菩薩布施不生憂心作是念此非阿耨多羅三藐三菩提道云何菩薩見有所索心不没作是念此非阿耨多羅三藐三菩提道云何菩薩所有物布施菩薩初發心時布施不言是可與是不可與云何菩薩布施之後心不悔慈悲力故云何菩薩不疑深法信功德力故是爲菩薩住六地中遠離六法

【論】論者言戒清淨者初地中多行布施次知

持戒勝於布施所以者何持戒則攝一切衆生布施則不能普周一切持戒徧滿無量如不殺生戒則施一切衆生命如衆生無量無邊福德亦無量無邊略說諸能破佛道事此中皆名破戒離是破戒垢皆名清淨乃至聲聞辟支佛心尚是戒垢何況餘惡知恩報恩者有人言我當宿世福德因緣應得或言我自然尊貴汝有何恩隨是邪見是故佛說菩薩當知恩衆生雖有宿世樂因今世事不和合則無由得樂譬如穀種在地無雨則不生不可以地能生穀故言雨無恩雖所受之物是宿世所種供奉之人敬愛好心豈非恩分復次知恩者是大悲之本開善業初門人所愛敬名譽遠聞死則生天終成佛道不知恩人甚於畜生如佛說本生經有人入山伐木迷惑失道時值暴雨日暮飢寒惡蟲毒獸欲來侵害是人入一石窟窟中有一大熊見之恐怖而出熊語之言汝勿恐怖此舍溫煖可於中宿時連雨七日常以甘果美水供給此人七日雨止熊將此人示其道徑熊語人言我是罪身多有怨家若有問者莫言見我人答言爾此人前行見諸獵者獵者問言汝從何來見有衆獸不答言我見一大熊此熊於我有恩不得示汝獵者言汝是人當以人類相親何以惜熊今一失道何時復來汝示我者與汝多分此人心變即將獵者示熊處所獵者殺熊即以多分與之此人展手取肉二肘俱墮獵者言汝有何罪答言是熊看我如父視子我今背恩將是此罪獵者恐怖不敢食肉持施衆僧爾時上座六通阿羅漢語諸

下座此是菩薩未來世當作佛莫食此肉即時起塔供養王聞此事勑下國內不知恩人無令住此又以種種因緣讚知恩者知恩人義徧閻浮提人皆信行復次菩薩作是念若人有惡事於我我猶尚應度何況於我有恩住忍辱力者如忍波羅蜜中廣說問曰種種因緣是忍辱相此中何以但說不瞋不惱答曰此是忍辱體先起瞋心然後身口惱他是菩薩初行故但說衆生忍不說法忍受歡喜者菩薩見是持戒故身口清淨知恩忍辱故心清淨三業清淨故則自然生歡喜譬如人香湯沐浴著好新衣瓔珞莊嚴鏡中自觀心生歡喜菩薩亦如是得是善法自莊嚴戒是禪定智慧根本我今得是淨戒無量無邊福德皆應易得以是自喜菩薩住是戒忍中教化衆生令得生他方佛前及生天上人中受樂或令得聲聞辟支佛乘佛乘者觀衆生樂著如長者觀小兒共戲亦與之同戲更以少異物與之令捨前所好菩薩亦如是教化衆生令得人天福樂漸漸誘進令得三乘以是故言受歡喜樂不捨一切衆生者善修習大悲心誓度衆生故發心牢固故不爲諸佛賢聖所輕笑故恐負一切衆生故不捨譬如先許人物後若不與則是虛妄罪人以是因緣故不捨衆生入大悲心者如先說此中佛自說本願大心爲衆生故所謂爲一一人故於無量劫代受地獄苦乃至令是人集行功德作佛入無餘涅槃問曰無有代受罪者何以作是願答曰是菩薩弘大之心深愛衆生若有代理必代不疑復次菩薩見人間有天祠

用人肉血五藏祀羅刹鬼有人代者則聽菩薩作是念地獄中若當有如是代理我必當代衆人聞菩薩大心如是則貴敬尊重之所以者何是菩薩深念衆生踰於慈母故信師恭敬諮受者菩薩因師得阿耨多羅三藐三菩提云何不信恭敬供養師雖智德高明若不恭敬供養則不能得大利譬如深井美水若無綆者無由得水若破憍慢高心宗重敬伏則功德大利歸之又如雨墮不住山頂必歸下處若人憍心自高則法不入若恭敬善師則功德歸之復次佛說依止善師持戒禪定智慧解脫皆得增長譬如衆樹依於雪山根莖枝葉華果皆得茂盛以是故佛說於諸師宗敬之如佛問曰惡師云何得供養信受善師不能視之如佛何況惡師佛何以故此中說於諸師尊如世尊想答曰菩薩不應順世間法順世間法者善者心著惡者遠離菩薩則不然若有能開釋深義解散疑結於我有益則盡心敬之不念餘惡如弊囊盛寶不得以囊惡故不取其寶又如夜行險道弊人執炬不得以人惡故不取其照菩薩亦如是於師得智慧光明不計其惡復次弟子應作是念師行般若波羅蜜無量方便力不知以何因緣故有此惡事如薩陀波崙聞空中十方佛教汝於法師莫念其短常生敬畏復次菩薩作是念法師好惡非是我事我所求者唯欲聞法以自利益如泥像木像無實功德因發佛想故得無量福德何況是人智慧方便能爲人說以是故法師有過於我無咎如世尊想者我先說菩薩異於世人世人分別

好醜好者愛著猶不如佛惡者輕慢了不比數菩薩則不然觀諸法畢竟空從本已來皆如無餘涅槃相觀一切衆生視之如佛何況法師有智慧利益以能作佛事故視之如佛勤求諸波羅蜜者菩薩作是念是六波羅蜜是無上正眞道因縁我當一心行是因縁譬如商人農夫隨所適國土所須之物地之所宜種子勤修求辦事無不成又如今世行布施後得大富持戒後得尊貴修禪定智慧得道菩薩亦如是行六波羅蜜則得成佛勤求者常一心勤求六波羅蜜所以者何若軟心漸進則爲煩惱所覆魔人所壞以是故佛說於二地中勤求莫懈（二地竟）多學問無猒足者菩薩知多學問是智慧因縁得智慧則能分別行道如人有眼所至無礙是故菩薩作是願十方諸佛有所說法我盡受持聞持陀羅尼力故清淨天耳力故得不忘陀羅尼力故譬如大海能受持一切十方諸水菩薩亦如是能受持十方諸佛所說之法淨法施者如苗中生草除穢則茂菩薩亦如是法施時不求名利後世果報乃至爲衆生故不求小乘涅槃但以大悲於衆生隨佛轉法輪法施相莊嚴佛國相受世間無量勤苦住慚愧處不捨阿蘭若住處少欲知足如先說問曰種種因縁在生死中不猒何以故但二因縁說不猒答曰是善根備具故在生死中苦惱薄少譬人有瘡良藥塗之其痛差少菩薩得善根清淨故今世憂愁嫉妬惡心等悉皆止息若更受身得善根果報自受福樂亦種種因縁利益衆生隨其所願自淨世界世界嚴淨勝

於天宫視之無猒能慰釋大菩薩心何况凡夫以是故雖有多因緣但說二事無猒慚愧雖有種種此中大者聲聞辟支佛心菩薩發心欲廣度一切衆生得少苦惱便欲獨取涅槃是可慚愧譬如有人大設餚饍請呼衆人慳悋心起便自獨食甚可慚愧竟三地不捨阿蘭若住處者離衆獨住若過聲聞辟支佛心是名離衆一切法以無所得空故不取不著相乃至阿耨多羅三藐三菩提亦不取用無有著心故菩薩常集諸功德無猒足得無上道則足更無勝法故飲食衣服卧具知足者則善法因緣不以爲要故不說不捨頭陀功德者如後覺魔品中說無生法忍此中以無生法忍爲頭陀菩薩住於順忍觀無生忍是十二頭陀爲持戒清淨故持戒清淨爲禪定故禪定爲智慧故無生忍法即是真智慧無生法忍是頭陀果報果中說因故不捨戒不取戒相者是菩薩知諸法實相故尚不見持戒何况破戒雖種種因緣不破戒此最爲大入空解脫門故穢惡諸欲者如先說此中佛說知是心相虛誑不實故乃至不生欲心何况受欲猒世間心者如世間不可樂想中說此中佛說猒心果報所謂無作解脫門捨一切所有者如先說心不没者先已種種因緣說菩薩聞是不没不畏相不生二識處者二識處所謂眼中色中不生眼識乃至意法中不生意識菩薩住是不二門中觀六識所知皆是虛誑無實作大誓願令一切衆生住不二法中離是六識不惜一切物者不惜一切物中雖有種種因緣此因緣最大所謂菩薩

知一切法畢竟空不憶念滅一切取相是故於受者不求恩惠施中無高心如是具清淨檀波羅蜜竟四地遠離親白衣者行者以妨道故出家若復習近白衣則與本無異以是故行者先求自度然後度人若未能自度而欲度人者如不知浮人欲救於溺相與俱沒是菩薩遠離親白衣則能集諸清淨功德深念佛故變身往至諸佛國出家剃頭著染衣所以者何常樂出家法不樂習近白衣故遠離比丘尼者如初品中說問曰菩薩等心視一切衆生云何不得共住答曰是菩薩未得阿鞞跋致未斷諸漏集諸功德人所樂著以是故不得共住又爲離人誹謗若誹謗者墮地獄故遠離慳惜他家者菩薩作是念我自捨家尚不貪不惜云何貪惜他家菩薩法欲令一切衆生得樂彼人助我與衆生樂云何慳惜衆生先世福德因緣今世少有功夫故得供養我何以慳嫉遠離無益談說者此即是綺語爲自心他心解愁事說王法事賊事大海山林藥草寶物諸方國土如是等事無益於福無益於道菩薩愍念一切衆生沒在無常苦火我當救濟云何安坐空說無益之事如人失火四邊俱起云何安處其內語說餘事此中佛說若說聲聞辟支佛事猶爲無益之言何況餘事遠離瞋恚者心中初生名瞋心以未定故瞋心增長事定打斫殺害是名惱心惡口讒謗是名諍心若殺害打縛等是名鬬菩薩大慈悲衆生故則不生是心常防此惡心不令得入遠離自大憍人者不見內外法所謂受五衆不受五衆遠離十不善道

者菩薩觀十不善道中過罪種種因緣如先說此中佛說十不善道破小乘何況大乘遠離大慢者菩薩行十八空不見諸法定有大小相遠離自用者拔七種憍慢根本故又深樂善法故遠離顛倒者一切法中常樂我淨不可得故遠離三毒者三毒義如先說又此三毒所緣無有定相竟五地六波羅蜜者如先說此中佛說三乘之人皆以此六波羅蜜得到彼岸問曰此是菩薩地何以說聲聞辟支佛得到彼岸答曰佛今說六波羅蜜多有所能大乘法中則能含受小乘小乘則不能是菩薩住六地中具足六波羅蜜觀一切諸法空未得方便力畏墮聲聞辟支佛地佛將護故說不應生聲聞辟支佛心菩薩深念衆生故大悲心故知一切諸法畢竟空故施時無所惜見有求者不瞋不憂布施之後心亦不悔福德大故信力亦大深清淨信敬諸佛具足六波羅蜜雖未得方便無生法忍般舟三昧於深法中亦無所疑作是念一切論議皆有過罪唯佛智慧滅諸戲論無有闕失故而能以方便修諸善法是故不疑竟六地

大智度論卷第四十九

音釋

諮(津私切)訪問也 懱(莫結切)輕易也 殺(竭戟切) 隙(乞逆切) 綆(古杏切)汲水 餚饍(餚何交切凡非穀而食曰餚饍時戰切美食也)

大智度論卷第五十

龍樹菩薩造

姚秦三藏法師鳩摩羅什譯

釋發趣品第二十之餘

【經】云何菩薩不著我畢竟無我故云何菩薩不著衆生不著壽命不著衆數乃至知者見者是諸法畢竟不可得故云何菩薩不著斷見無有法斷諸法畢竟不生故云何菩薩不著常見若法不生是不作常云何菩薩不應取相無諸煩惱故云何菩薩不應作因見諸見不可得故云何菩薩不著名色名色處相無故云何菩薩不著五衆不著十八界不著十二入是諸法性無故云何菩薩不著三界三界性無故云何菩薩不應作著心云何菩薩不應作願云何菩薩不應作依止是諸法性無故云何菩薩不著依佛見作依見不見佛故云何菩薩不著依法見法不可見故云何菩薩不著依僧見僧相無爲不可依故云何菩薩不著依戒見罪無罪不著故是爲菩薩住七地中二十法所不應著云何菩薩應具足空具足諸法自相空故云何菩薩無相證不念諸相故云何菩薩知無作於三界中不作故云何菩薩三分清淨十善道具足故云何菩薩一切衆生中慈悲智具足得大悲故云何菩薩不念一切衆生淨世界具足故云何菩薩一切法等觀於諸法不損益故云何菩薩知諸法實相諸法實相無知故云何菩薩無生忍爲諸法不生不滅不作忍故云何菩薩無生智知名色不生故云何菩薩說諸法一相一心不行二相故云何菩薩破分

别相一切法不分别故云何菩薩轉憶想小大無量想轉故云何菩薩轉見於聲聞辟支佛地見轉故云何菩薩轉煩惱斷諸煩惱故云何菩薩等定慧地所謂得一切種智故云何菩薩慧地調意於三界不動故云何菩薩心寂滅制六根故云何菩薩無礙智得佛眼故云何菩薩不染愛捨六塵故是爲菩薩住七地中具足二十法云何菩薩順入衆生心菩薩以一心知一切衆生心及心數法云何菩薩遊戲諸神通以是神通從一佛界至一佛界亦不作佛界想云何菩薩觀諸佛界自住其界見無量諸佛界亦無佛界想云何菩薩如所見佛界自莊嚴其界住轉輪聖王地遍至三千大千世界以自莊嚴云何菩薩如實觀佛身如實觀法身故是爲菩薩住八地中具足五法云何菩薩知上下諸根菩薩住佛十力知一切衆生上下諸根云何菩薩淨佛世界淨衆生故云何菩薩如幻三昧住是三昧能成辦一切事亦不生心相云何菩薩常入三昧菩薩得報生三昧故云何菩薩隨衆生所應善根受身菩薩知衆生所應生善根所爲受身成就衆生故是爲菩薩住八地中具足五法云何菩薩受無邊世界所度之分十方無量世界中衆生如諸佛法所應度者而度脱之云何菩薩得如所願六波羅蜜具足故云何菩薩知諸天龍夜叉揵闥婆語辭辯力故云何菩薩胎生成就菩薩世世常化生故云何菩薩家成就常在大家生故云何菩薩所生成就若刹利家生若婆羅門家生故云何菩薩姓成就如過去菩薩所生姓

從此中生故云何菩薩眷屬成就純諸菩薩摩訶薩爲眷屬故云何菩薩出生成就生時光明遍照無量無邊世界亦不取相故云何菩薩出家成就出家時無量百千億諸天侍從出家是一切衆生必至三乘云何菩薩莊嚴佛樹成就是菩提樹以黄金爲根七寶爲莖節枝葉莖節枝葉光明遍照十方阿僧祇三千大千世界云何菩薩一切諸善根功德成滿具足菩薩得衆生清淨佛界亦淨是爲菩薩住九地中具足十二法云何菩薩住十地中當知如佛若菩薩摩訶薩具足六波羅蜜四念處乃至十八不共法一切種智具足圓滿斷一切煩惱及習是爲菩薩摩訶薩住十地中當知如佛須菩提菩薩摩訶薩住是十地中以方便力故行六波羅蜜行四念處乃至十八不共法過乾慧地性地八忍地見地薄地離欲地已作地辟支佛地菩薩地過是九地住於佛地是爲菩薩十地如是須菩提菩薩摩訶薩大乘發趣

【論】論者言我等二十法不可得故不著不可得因緣如先種種說我見乃至知者見者佛見僧見是入衆生空故是見不應著餘斷常乃至戒見是法空故不應著問曰餘者可知因見云何答曰一切有爲法展轉爲因果是法中著心取相生見是名因見所謂非因說因或因果一異等具足空者若菩薩能盡行十八空是名具足空復次能行二種空衆生空法空是名具足空復次若菩薩能行畢竟空於中不著是名具足空問曰若爾者佛此中何以但說自相空答曰此三種空皆是自

相空以住六地菩薩福德故利根利根故分別諸法取相以是故七地中以自相空爲具足空佛或時說有爲空無爲空名具足空或時說不可得空名具足空無相證者無相即是涅槃可證不可修不可修故不得言知無量無邊不可分別故不得言具足知無作者三事雖通是知二事更義立其名無作但有知名三分清淨者所謂十善道身三口四意三是名三分已上說解脫門故此中不復說三分清淨者或有人身業清淨口業不清淨口業清淨身業不清淨或身口業清淨意業不清淨或有世間三業清淨而未能離著是菩薩三業清淨及離著故是名三分清淨一切衆生中具足慈悲智者悲有三種生緣法緣無緣此中說無緣大悲名具足所謂法空乃至實相亦空是名無緣大悲菩薩深入實相然後悲念衆生譬如人有一子得好寶物深心愛念欲以與之不念一切衆生者所謂淨世界具足故問曰若不念衆生者云何能淨佛世界答曰菩薩令衆生住十善道爲莊嚴佛國雖莊嚴未得無礙莊嚴令菩薩教化衆生不取衆生相諸善根福德清淨諸善根福德清淨故是無礙莊嚴一切法等觀者如法等忍中說此中佛自說於諸法不增損知諸法實相者如先種種因緣廣說無生忍法者於無生滅諸法實相中信受通達無礙不退是名無生忍無生智者初忍後名智麤者忍細者智佛自說知名色不生故說諸法一相者菩薩知內外十二入皆是魔網虛誑不實於此中生六種識亦是魔網虛誑何者是

實唯不二法無眼無色乃至無意無法等是名實令衆生離十二入故常以種種因緣說是不二法破分別相者菩薩住是不二法中破所緣男女長短大小等分別諸法轉憶想者破內心憶想分別諸法等轉見者是菩薩先轉我見邊見等邪見然後入道令轉法見涅槃見以諸法無定相轉涅槃者轉聲聞辟支佛見直趣佛道轉煩惱者菩薩以福德持戒力故折伏麤煩惱安隱行道唯有愛見慢等微細者在今亦離細煩惱復次菩薩用實智慧觀是煩惱即是實相譬如神通人能轉不淨爲淨等定慧地者菩薩於初三地慧多定少未能攝心故後三地定多慧少以是故不得入菩薩位今衆生空法空定慧等故能安隱行菩薩道從阿鞞跋致地漸漸得一切種智慧地調意者是菩薩先憶念老病死三惡道慈愍衆生故調伏心意令知諸法實相故不著三界不著三界故調伏心寂滅者菩薩爲涅槃故於先五欲中折伏五情意情難折故今住七地意情寂滅無礙智者菩薩得般若波羅蜜於一切實不實法中無礙得是道慧將一切衆生令入實法得無礙解脫得佛眼於一切法中無礙問曰是七地中何以說得佛眼答曰是中應學佛眼於諸法無礙似如佛眼不染愛者是菩薩雖於七地得智慧力猶有先世因緣有此肉身入禪定不著出禪定時有著氣隨此肉眼所見見好人親愛或愛是七地智慧實法是故佛說於六塵中行捨心不取好惡相七地竟

順入衆生心者菩薩住是八地中順觀一切衆生心之所趣

動發思惟深念順觀以智慧分別如是衆生永無得度因縁是衆生過無量阿僧祇劫然後可度是衆生或一劫二劫乃至十劫可度是衆生或一世二世乃至今世可度是衆生或即時可度者是熟是未熟是人可以聲聞乘度是人可以辟支佛乘度譬如良醫診病知瘥久近可治不可治者遊戲諸神通者先得諸神通今得自在遊戲能至無量無邊世界菩薩住七地中時欲取涅槃爾時有種種因緣及十方諸佛擁護還生心欲度衆生好莊嚴神通隨意自在乃至無量無邊世界中無所罣礙見諸佛國亦不取佛國相觀諸佛國者有菩薩以神通力飛到十方觀諸清淨世界取相欲自莊嚴其國有菩薩佛將至十方示清淨世界取淨國相自作願行如世自在王佛將法積比丘至十方示清淨世界或有菩薩自住本國用天眼見十方清淨世界初取淨相後得不著心故還捨如所見佛國自莊嚴其國者如先說是八地名轉輪地如轉輪聖王寶輪至處無礙無障無諸怨敵菩薩住是地中能雨法寶滿衆生願無能障礙亦能取所見淨國相而自莊嚴其國如實觀佛身者觀諸佛身如幻如化非五衆十二入十八界所攝若長若短若干種色隨衆生先世業因緣所見此中佛自說見法身者是爲見佛法身者不可得法空不可得法空者諸因緣邊生法無有自性知上下諸根者如十力中說菩薩先知一切衆生心所行誰鈍誰利誰布施多誰智慧多因其多者而度脫之淨佛世界者有二種淨一者菩薩自淨其身

二者淨衆生心令行清淨道以彼我因緣清淨故隨所願得清淨世界入如幻三昧者如幻人一處住所作幻事徧滿世界所謂四種兵衆宮殿城郭飲食歌舞殺活憂苦等菩薩亦如是住是三昧中能於十方世界變化徧滿其中先行布施等充滿衆生次說法教化破壞三惡道然後安立衆生於三乘一切所可利益之事無不成就是菩薩心不動亦不取心相常入三昧者菩薩得如幻等三昧所役心能有所作念轉身得報生三昧如人見色不用心力住是三昧中度衆生安隱勝於如幻三昧自然成事無所役用如人求財有役力得者有自然得者隨衆生所應善根受身者菩薩得二種三昧二種神通行得報得知以何身以何語以何因緣以何事以何道以何方便而爲受身乃至受畜生身而化度之(八地竟)受無邊世界所度之分者無量阿僧祇十方世界六道中衆生是菩薩教化所應度者而度之是世界有三種有淨不淨有雜是三種世界中衆生所可應度有利益者皆攝取之譬如然燈爲有目之人不爲盲者菩薩亦如是或先有因緣者或始作因緣者復次三千大千世界名一世界一時起一時滅如是等十方如恒河沙等世界是一佛世界如是一佛世界數如恒河沙等世界是一佛世界海如是佛世界海數如十方恒河沙世界是佛世界種如是世界種十方無量是名一佛世界於一切世界中取如是分是名一佛所度之分得如所願者是菩薩福德智慧具足故無願不得聽者聞無量無邊世界所

度之分疑不可得以是故次説所願如意此中佛自説六波羅蜜具足五度則福德具足般若則智慧具足知諸天龍夜叉揵闥婆語者我上説福德智慧具足所願如意知他人種種語即是所願事復次菩薩得宿命智清淨故知處處生一切語復次得願智故知立名者心强作種種名字語言復次菩薩得解衆生語言三昧故通一切語無礙復次自得四無礙智又復學佛四無礙智以是故知衆生語言音聲處胎成就者有人言菩薩乘白象與無量兜率諸天圍遶恭敬供養侍從入母胎有人言菩薩母得如幻三昧力故令腹廣大無量一切三千大千世界菩薩及天龍鬼神皆得入出胎中有宫殿臺觀先莊嚴床座懸繒播蓋散華燒香皆是菩薩福德業因緣所感然後菩薩來下處之亦以三昧力故下入母胎於兜率天上如故生成就者菩薩欲生時諸天龍鬼神莊嚴三千大千世界是時有七寶蓮華座自然而有從母胎中有無量菩薩先出坐蓮華上叉手讚歎俟待菩薩及諸天龍鬼神仙聖諸玉女等皆合手一心欲見菩薩生然後菩薩從母右脅出如滿月從雲中出放大光明照無量世界是時有大名聲徧滿十方世界唱言某國菩薩末後身生或有菩薩化生蓮華於四生中菩薩胎生化生於四種人中菩薩生刹利婆羅門二姓中生此二種姓人所貴故家成就者婆羅門家有智慧利刹利家有力勢婆羅門利益後世刹利利益今世是二種於世有益是故菩薩在此中生復次諸功德法家所謂不退轉生

是名家生成就姓成就者菩薩兜率天上觀世間何姓爲貴能攝衆生即於是姓中生如七佛中初三佛憍陳如姓中生次三佛迦葉姓中生釋迦文尼佛憍曇姓中生復次菩薩初深心牢固是名諸佛姓有人言得無生法忍是諸佛姓是時得佛一切種智氣分故如聲聞法中性地人眷屬成就者皆是智人善人世世集功德此中佛自說純以菩薩爲眷屬如不可思議經中說瞿毗耶是大菩薩一切眷屬皆是住阿鞞跋致地菩薩以方便三昧變化力爲男爲女共爲眷屬如轉輪聖王居士寶是夜叉鬼神現作人身與人共事出家成就者如釋迦文菩薩夜於宫殿見諸婇女皆如死狀十方諸天鬼神齎持播華供養之具奉迎將出是時車匿雖先受淨飯王勑而隨菩薩意自牽馬至四天使者接捧馬足踰城而出爲破諸煩惱及魔人示一切衆人在家之穢如此大功德貴重之人猶尚出家況諸凡細如是等因緣名出家成就莊嚴佛樹成就者莊嚴菩提樹如先說佛此中自說是菩提樹以黄金爲根七寶爲莖節枝葉莖節枝葉光明徧照十方無數阿僧祇諸佛世界或有佛以菩薩七寶莊嚴佛樹或有不如是者所以者何諸佛神力不可思議爲衆生故現種種莊嚴一切諸善功德成滿具足者菩薩住七地中破諸煩惱自利具足住八地九地利益他人所謂教化衆生淨佛世界自利利他深大故一切功德具足如阿羅漢辟支佛自利雖重利他輕故不名具足諸天及小菩薩雖能利益而自未除煩惱故亦不具

足是名功德具足（竟九地）當知如佛者菩薩坐如是樹下入第十地名爲法雲地譬如大雲澍雨連下無間心自然生無量無邊清淨諸佛法念念無量爾時菩薩作是念欲界魔王心未降伏放眉間光令百億魔宮闇蔽不現魔即瞋惱集其兵衆來逼菩薩菩薩降魔已十方諸佛慶其功勳皆放眉間光從菩薩頂入是時十地所得功德變爲佛法斷一切煩惱習得無礙解脫具十力四無所畏四無礙智十八不共法大慈大悲等無量無邊諸佛法是時地爲六種震動天雨華香諸菩薩天人皆合手讚歎是時放大光明徧照十方無量世界十方諸佛諸菩薩天人大聲唱言某方某國某甲菩薩坐於道場成具佛事是其光明是名十地當知如佛復次佛此中更說第十地相所謂菩薩行六波羅蜜以方便力故過乾慧地乃至菩薩地住於佛地佛地即是第十地菩薩能如是行十地是名發趣大乘

釋出到品第二十一

【經】佛告須菩提汝所問是乘何處出至何處住者佛言是乘從三界中出至薩婆若中住以不二法故何以故摩訶衍薩婆若是二法共不合不散無色無形無對一相所謂無相若人欲使實際出是人爲欲使無相法出若人欲使如法性不可思議性出是人爲欲使無相法出若人欲使色空出是人爲欲使無相法出若人欲使受想行識空出是人爲欲使無相法出何以故須菩提色空相不出三界亦不住薩婆若受想行識空相不出三界

亦不住薩婆若所以者何色色相空受想行識識相空故若人欲使眼空出是人爲欲使無相法出若人欲使耳鼻舌身意空出是人爲欲使無相法出若人欲使乃至意觸因緣生受空出是人爲欲使無相法出何以故須菩提眼空不出三界亦不住薩婆若乃至意觸因緣生受空不出三界亦不住薩婆若所以者何眼眼相空乃至意觸因緣生受意觸因緣生受相空故若人欲使夢出是人爲欲使無相法出若人欲使幻焰響影化出是人爲欲使無相法出何以故須菩提夢相不出三界亦不住薩婆若幻焰響影化相亦不出三界亦不住薩婆若須菩提若人欲使檀波羅蜜出是人爲欲使無相法出若人欲使尸羅波羅蜜羼提波羅蜜毗梨耶波羅蜜禪波羅蜜般若波羅蜜出是人爲欲使無相法出何以故檀波羅蜜相不出三界亦不住薩婆若尸羅波羅蜜乃至般若波羅蜜相不出三界亦不住薩婆若所以者何檀波羅蜜檀波羅蜜相空尸羅波羅蜜羼提波羅蜜毗梨耶波羅蜜禪波羅蜜般若波羅蜜般若波羅蜜相空故若人欲使内空出乃至無法有法空出是人爲欲使無相法出何以故須菩提内空相乃至無法有法空相不出三界亦不住薩婆若所以者何内空内空性空乃至無法有法空無法有法空性空故若人欲使四念處出是人爲欲使無相法出何以故四念處性不出三界亦不住薩婆若所以者何四念處性四念處性空故若人欲使四正勤四如意足五根五力七覺分八聖道分出是人爲

欲使無相法出何以故八聖道分性不出三界亦不住薩婆若所以者何八聖道分性八聖道分性空故乃至十八不共法亦如是須菩提若人欲使阿羅漢出生處是人爲欲使無相法出若人欲使辟支佛出生處是人爲欲使無相法出若人欲使多陀阿伽度阿羅訶三藐三佛陀出生處是人爲欲使無相法出何以故須菩提阿羅漢性辟支佛性佛性不出三界亦不住薩婆若所以者何阿羅漢性阿羅漢性空辟支佛性辟支佛性空佛性佛性空故若人欲使須陀洹果斯陀含果阿那含果阿羅漢果辟支佛道佛道一切種智出是人爲欲使無相法出如上說若人欲使名字假名施設相但有語言出是人爲欲使無相法出何以故名字空不出三界亦不住薩婆若所以者何名字相名字相空故乃至施設亦如是若人欲使不生不滅法不垢不淨無作法出是人爲欲使無相法出何以故不生乃至無作法性不出三界亦不住薩婆若所以者何不生性乃至無作無作性空故須菩提以是因緣故摩訶衍從三界中出薩婆若中住不動故

【論】問曰佛已知須菩提所問今何以更稱而答答曰是摩訶般若波羅蜜有十萬偈三百二十萬言與四阿含等此非一坐說盡又上須菩提所問已答二事異日故稱第三問而答復次有人言聲聞法中無有不可思議事不得一日一坐中說盡佛有無礙解脫菩薩有不可思議三昧能令多時作少時少時作多時亦能以大色入小小色作大又如六十

小劫說法華經人謂從旦至食問曰色有形可見時無形但有名云何得以近爲遠以遠爲近答曰以是故說以不可思議神通力如人夢中夢有所見自以爲覺夢中復夢如是展轉故是一夜以是故更稱其問而答是乘何處出至何處住者佛答是乘從三界中出至薩婆若中住問曰是乘爲是佛法爲是菩薩法若是佛法云何從三界出若是菩薩法云何薩婆若中住答曰是乘是菩薩法乃至金剛三昧是諸功德清淨變爲佛法是乘有大力能有所去直以至佛更無勝處可去故言住譬如劫盡火燒三千世界勢力甚大更無所燒故便自滅摩訶衍亦如是斷一切煩惱集諸功德盡其邊際更無所斷更無所知更無所集故便自歸滅不二法者斷諸菩薩著故說此中佛自說大乘薩婆若是二法不一故不合不異故不散六情所知盡虛妄故無色無形無對一相問曰先言不一故不合今何以言一相答曰此中言一相所謂無相無相則無有出至佛道爲引導凡夫人故說言一相實際者是諸法末後實相無出無入若有狂人欲使實際出至佛道者此人則欲使無相法出如法性法相如先說不可思議性者有人言即是如法性實際無量無邊心心數法滅故言不可思議復有人言過實際涅槃更求諸法實若有若無是名不可思議復次一切諸佛法無有能思惟籌量者故名不可思議復有人言一切諸法分別思惟皆同涅槃相是不可思議若人欲使空中出此人則欲使無相法中出此中佛自說五衆空

相不能出三界不能至薩婆若五衆中五衆相空故十二入乃至意觸因緣生受空亦如是夢等空譬喻亦如是自相空故無出無至若人欲使六波羅蜜出此人則爲欲使無相法出何以故六波羅蜜因緣和合故無自性自性無故空菩薩著六波羅蜜墮邪道故爲說空十八空乃至一切種智亦如是問曰六波羅蜜有道俗可著故可說空出世間六波羅蜜三十七品乃至十八不共法無所著故何以說空答曰諸菩薩漏未盡以福德智慧力故行是法或取相愛著故凡夫法虛妄顛倒此法從凡夫法邊生云何是實以是故佛說是亦空以喻無相法是大乘即是無相無相云何有出有至諸法皆空但有名字相假名語言今名字等亦空以喻無相第一義中不可得世俗法中有相名字等假名相義如先說用如是法從三界出至薩婆若中住非是實法亦無所動

經須菩提汝所問是乘何處住者須菩提是大乘無住處何以故一切法無住相故是乘若住不住法住須菩提譬如法性不生不滅不垢不淨無相無作非住非不住須菩提是乘亦如是非住非不住何以故法性相非住非不住所以者何法性相性空故乃至無作性無作性性空故諸餘法亦如是須菩提以是因緣故是乘無所住處以不住法不動法故

論問曰上言是乘到薩婆若更無勝法可去今何以復說是乘無住處答曰先說以空不二法故言住如幻如夢雖有坐卧行住非實

是住菩薩亦如是雖言到薩婆若住亦無定住佛此中自說一切法從本已來無住相云何獨大乘有住若有所住以畢竟空法住譬如如法性法相實際非住非不住不生不滅不垢不淨不起不作不住者自相中不住非不住者異相中不住不住者說空破有非不住者說世諦方便有住不住者說無常破常相非不住者破滅相此中佛自說法性法性相空何以故自相空故乃至無起無作諸餘法亦如是

經須菩提汝所問誰當乘是乘出者無有人乘是乘出者何以故是乘及出者所用法及出時是一切法皆無所有若一切法無所有用何等法當出何以故我不可得乃至知者見者不可得畢竟淨故不可思議性不可得畢竟淨故衆入界不可得畢竟淨故檀波羅蜜不可得畢竟淨故乃至般若波羅蜜不可得畢竟淨故內空不可得畢竟淨故乃至無法有法空不可得畢竟淨故四念處不可得乃至十八不共法不可得畢竟淨故須陀洹不可得乃至阿羅漢辟支佛菩薩佛不可得畢竟淨故須陀洹果乃至阿羅漢果辟支佛道佛道一切種智不可得畢竟淨故不生不滅不垢不淨無起無作不可得畢竟淨故過去世未來世現在世生住滅不可得畢竟淨故增減不可得畢竟淨故何法不可得故不可得法性不可得故不可得如實際不可思議性法性法相法位檀波羅蜜不可得故不可得乃至般若波羅蜜不可得故不可得內空不可得故不可得乃至無法有法空不可

得故不可得四念處不可得故不可得乃至十八不共法不可得故不可得須陀洹不可得故不可得乃至佛不可得故不可得須陀洹果不可得故不可得乃至佛道不可得故不可得不生不滅乃至不起不作不可得故不可得復次須菩提初地不可得故不可得乃至第十地不可得故不可得畢竟淨故云何爲初地乃至十地所謂乾慧地性地八人地見地薄地離欲地已作地辟支佛地菩薩地佛地內空中初地不可得乃至無法有法空中初地不可得內空乃至無法有法空中第二第三第四第五第六第七第八第九第十地不可得何以故須菩提初地非得非不得乃至十地非得非不得畢竟淨故內空乃至無法有法空中成就衆生不可得畢竟淨故內空乃至無法有法空中淨佛世界不可得畢竟淨故內空乃至無法有法空中五眼不可得畢竟淨故如是須菩提菩薩摩訶薩以一切諸法不可得故乘是摩訶衍出薩婆若

【論】論者言出者行是乘到佛道邊出又復以成就故名出以是乘成就薩婆若是名爲出此中佛自說空因緣乘者是六波羅蜜所用法者是慈悲方便等諸法六波羅蜜所不攝出者是菩薩是三法皆空此中佛復說因緣我不可得乃至知見者不可得畢竟空故五衆十二入十八界檀波羅蜜乃至十八不共法須陀洹乃至薩婆若不生不滅不垢不淨乃至三世三相增減等是名法空我乃至知者見者須陀洹乃至佛是名衆生空問曰有

二種不可得一者有法智慧少故不能得二者有大智慧推求不能得此云何不可得答曰是法無故不可得問曰一切法本末不可得於人有何利益答曰此中佛自説畢竟清淨故畢竟者若行者依無而破有於有得清淨於無未清淨以依止故此中佛自説不可得因緣一切衆生不可得一切法不可得譬如如法性實際等乃至不作不起不可得復次十八空故法性不可得乃至不起不作十八空中無初地乃至十地無成就衆生無淨佛世界無五眼以十八空故空畢竟清淨故不可得菩薩用不可得法乘是乘出薩婆若

大智度論卷第五十

音釋

診止忍切候脉也　瘥楚懈切病除也

大智度論卷第五十一

龍樹菩薩造

秦三藏法師鳩摩羅什譯

釋勝出品第二十二

經 慧命須菩提白佛言世尊摩訶衍摩訶衍者勝出一切世間及諸天人阿脩羅世尊是摩訶衍虛空等如虛空受無量無邊阿僧祇衆生摩訶衍亦如是受無量無邊阿僧祇衆生世尊是摩訶衍不見來處不見去處不見住處是摩訶衍前際不可得後際不可得中際不可得三世等是摩訶衍世尊以是故是乘名摩訶衍佛告須菩提如是如是菩薩摩訶薩摩訶衍所謂六波羅蜜檀波羅蜜尸羅波羅蜜羼提波羅蜜毗梨耶波羅蜜禪波羅蜜般若波羅蜜是名菩薩摩訶薩摩訶衍復次須菩提菩薩摩訶薩摩訶衍一切陀羅尼門一切三昧門所謂首楞嚴三昧乃至離著虛空不染三昧是名菩薩摩訶薩摩訶衍復次須菩提菩薩摩訶薩摩訶衍所謂內空乃至無法有法空是名菩薩摩訶薩摩訶衍復次須菩提菩薩摩訶薩摩訶衍所謂四念處乃至十八不共法是名菩薩摩訶薩摩訶衍如須菩提所言是摩訶衍勝出一切世間及諸天人阿脩羅須菩提若欲界當有實不虛妄不異諦不顛倒有常不壞相非無法者是摩訶衍不能勝出一切世間及諸天人阿脩羅須菩提以欲界虛妄憶想分別和合名字等有一切無常相無法以是故摩訶衍勝出一切世間及諸天人阿脩羅須菩提色界無色界若當實有不虛妄不異諦不顛倒有

常不壞相非無法者是摩訶衍不能勝出一切世間及諸天人阿脩羅須菩提以色界無色界虛妄憶想分別和合名字等有一切無常破壞相無法以是故摩訶衍勝出一切世間及諸天人阿脩羅須菩提若色當實有不虛妄不異諦不顛倒有常不壞相非無法者是摩訶衍不能勝出一切世間及諸天人阿脩羅須菩提以色虛妄憶想分別和合名字等有一切無常破壞相無法以是故是摩訶衍勝出一切世間及諸天人阿脩羅受想行識亦如是須菩提若眼乃至意色乃至法眼識乃至意識眼觸乃至意觸眼觸因緣生受乃至意觸因緣生受若當實有不虛妄不異諦不顛倒有常不壞相非無法者是摩訶衍不能勝出一切世間及諸天人阿脩羅須菩提以眼乃至意觸因緣生受虛妄憶想分別和合名字等有一切無常破壞相無法以是故摩訶衍勝出一切世間及諸天人阿脩羅須菩提若法性是有法非無法者是摩訶衍不能勝出一切世間及諸天人阿脩羅須菩提以法性無法非法以是故摩訶衍勝出一切世間及諸天人阿脩羅須菩提若如實際不可思議性是有法非無法者是摩訶衍不能勝出一切世間及諸天人阿脩羅須菩提以如實際不可思議性無法非法以是故摩訶衍勝出一切世間及諸天人阿脩羅須菩提若檀波羅蜜是有法非無法者是摩訶衍不能勝出一切世間及諸天人阿脩羅以檀波羅蜜無法非法以是故摩訶衍勝出一切世間及諸天人阿脩羅若尸羅波羅蜜羼提

波羅蜜毗梨耶波羅蜜禪波羅蜜般若波羅蜜是有法非無法者是摩訶衍不能勝出一切世間及諸天人阿脩羅以尸羅波羅蜜乃至般若波羅蜜無法非法以是故摩訶衍勝出一切世間及諸天人阿脩羅須菩提若內空乃至無法有法空是有法非無法者是摩訶衍不能勝出一切世間及諸天人阿脩羅以內空乃至無法有法空無法非法以是故摩訶衍勝出一切世間及諸天人阿脩羅須菩提若四念處乃至十八不共法是有法非無法者是摩訶衍不能勝出一切世間及諸天人阿脩羅以四念處乃至十八不共法無法非法以是故摩訶衍勝出一切世間及諸天人阿脩羅須菩提若性人法是有法非無法者是摩訶衍不能勝出一切世間及諸天人阿脩羅以性人法無法非法以是故摩訶衍勝出一切世間及諸天人阿脩羅須菩提若八人法須陀洹法斯陀含法阿那含法阿羅漢法辟支佛法佛法是有法非無法者是摩訶衍不能勝出一切世間及諸天人阿脩羅以八人法乃至佛法無法非法以是故摩訶衍勝出一切世間及諸天人阿脩羅須菩提若性人是有法非無法者是摩訶衍不能勝出一切世間及諸天人阿脩羅以性人無法非法以是故摩訶衍勝出一切世間及諸天人阿脩羅須菩提若八人須陀洹乃至佛是有法非無法者是摩訶衍不能勝出一切世間及諸天人阿脩羅以八人乃至佛無法非法以是故摩訶衍勝出一切世間及諸天人阿脩羅須菩提若一切世間及諸天人阿

脩羅是有法非無法者是摩訶衍不能勝出一切世間及諸天人阿脩羅以一切世間及諸天人阿脩羅無法非法以是故摩訶衍勝出一切世間及諸天人阿脩羅須菩提若菩薩摩訶薩從初發心乃至道場於其中間諸心若當有法非無法者是摩訶衍不能勝出一切世間及諸天人阿脩羅以菩薩從初發心乃至道場於其中間諸心無法非法以是故摩訶衍勝出一切世間及諸天人阿脩羅須菩提若菩薩摩訶薩如金剛慧若是有法非無法者是菩薩摩訶薩不能知一切結使及習無法非法得一切種智須菩提以菩薩摩訶薩如金剛慧無法非法是故菩薩知一切結使及習無法非法得一切種智以是故摩訶衍勝出一切世間及諸天人阿脩羅須菩提若諸佛三十二相是有法非無法者諸佛威德不能照然勝出一切世間及諸天人阿脩羅須菩提以諸佛三十二相無法非法以是故諸佛威德照然勝出一切世間及諸天人阿脩羅須菩提若諸佛光明是有法非無法者諸佛光明不能普照恒河沙等世界須菩提以諸佛光明無法非法以是故諸佛能以光明普照恒河沙等世界須菩提若諸佛六十種莊嚴音聲是有法非無法者諸佛不能以六十種莊嚴音聲遍至十方無量阿僧祇世界須菩提以諸佛六十種莊嚴音聲無法非法以是故諸佛能以六十種莊嚴音聲遍至十方無量阿僧祇世界須菩提諸佛法輪若是有法非無法者諸佛不能轉法輪諸沙門婆羅門若天若魔若梵及世間餘衆

所不能如法轉者須菩提以諸佛法輪無法非法以是故諸佛轉法輪諸沙門婆羅門若天若魔若梵及世間餘衆不能如法轉者須菩提諸佛爲衆生轉法輪是衆生若實有法非無法者不能令是衆生於無餘涅槃而般涅槃須菩提以諸佛爲衆生轉法輪是衆生無法非法以是故能令衆生於無餘涅槃中已滅今滅當滅

【論】論者言須菩提上以五事問摩訶衍佛已答竟須菩提歡喜讚歎作是言世尊是摩訶衍有大力勢破壞人天世間已能於中勝出譬如三人度惡道一者於夜逃遁獨脫其身二者以錢求免三者如大王將大軍衆摧破寇賊舉軍全濟無所畏難三乘亦如是如阿羅漢不能知一切總相別相亦不能破魔王又不能降伏外道猒老病死直趣涅槃如辟支佛入諸法實相深於聲聞少有悲心以神通力化度衆生能破煩惱不能破魔人及外道如菩薩從初發心於一切衆生起大慈悲雖未得佛於其中間利益無量衆生決定知諸法實相具足六波羅蜜故破諸魔王及壞外道斷煩惱習具足一切種智總相別相悉知悉了成阿耨多羅三藐三菩提三人雖俱免生死然方便道各異是故須菩提讚歎摩訶衍摧破一切世間勝出人天阿脩羅上譬如虛空含受一切國土而虛空故不盡摩訶衍亦如是含受三世諸佛及諸弟子摩訶衍亦不滿又如虛空常相故無入相無出相無住相是乘亦如是無未來世入處無過去世出處無現在世住處破三時故三世等名摩

訶衍問曰佛應讚須菩提所嘆言善哉何以更說摩訶衍答曰佛欲將順須菩提所嘆而讚說以上說摩訶衍遠故今略說摩訶衍相然後廣述須菩提所讚摩訶衍者所謂六波羅蜜諸陀羅尼門三昧門十八空四念處乃至十八不共法等如須菩提所說摩訶衍破壞一切世間勝出人天阿脩羅上者是事實爾何以故是三界虛誑如幻如夢無明虛妄因緣故有因果無有定實一切無常破壞摩滅皆是空相以摩訶衍與三界相違故能摧破勝出若三界定實常不虛妄是摩訶衍不能摧破勝出何以故力等故五衆十二入十八界六觸生諸受亦如是若法性是有法非無法者摩訶衍不能破世間得勝出須菩提以法性非有故摩訶衍能得勝出世間問曰有爲法因緣和合虛誑故言無如法性實際不可思議性是無爲實法名爲實際云何言無答曰無爲空故言無復次佛說離有爲無爲法不可得有爲法實相即是無爲法復次觀是有爲法虛誑如如法性實際是實以人於法性取相起諍故言無法性或說有或說無各有因緣故無咎如實際不可思議性亦如是世間檀波羅蜜著故有出世間檀波羅蜜無故空爲破慳貪故言有檀波羅蜜破邪見故言檀波羅蜜無爲度初學者說言有若聖人心中說言無如檀波羅蜜乃至若衆生實有非是無法不應令强滅入無餘涅槃問曰從三十二相已後何以不說言摩訶衍勝出答曰應當說直文煩故不說復次三十二相乃至爲衆生轉法輪亦是摩訶衍但名字

異耳復次上總相說摩訶衍勝出不知云何勝出令别相說所謂佛三十二相莊嚴身故勝一切衆生佛光明勝日月諸天一切光明佛音聲勝一切音樂世界妙聲諸天梵音佛法輪勝轉輪聖王寶輪及諸外道一切法輪無障無礙餘法輪所利益微淺或一世二世極至千萬世佛法輪能令永入無餘涅槃不復還入生死復次若衆生實有者佛不應令衆生入涅槃永拔其根此過於殺一身有如是大咎以衆生顛倒心見我故佛破其顛倒說言涅槃無衆生可滅故無咎有如是功德故摩訶衍能勝出一切世間問曰一切世間者十方六道衆生何以獨說勝出諸天人阿脩羅答曰六道中三是善道三是惡道摩訶衍尚能破三善道勝出何況惡道問曰龍王經中說龍得菩薩道何以說是惡道答曰衆生無量無邊龍得道者少復次有人言大菩薩變化身教化故作龍王身

釋含受品第二十三

【經】佛告須菩提汝所言衍與空等如是如是須菩提衍與空等須菩提如虛空無東方無南方西方北方四維上下須菩提摩訶衍亦如是無東方無南方西方北方四維上下須菩提如虛空非長非短非方非圓須菩提摩訶衍亦如是非長非短非方非圓須菩提如虛空非青非黄非赤非白非黑摩訶衍亦如是非青非黄非赤非白非黑以是故說摩訶衍與空等須菩提如虛空非過去非未來非現在摩訶衍亦如是非過去非未來非現在以是故說摩訶衍與空等須菩提如虛空不

增不減摩訶衍亦如是不增不減須菩提如
虛空無垢無淨摩訶衍亦如是無垢無淨須
菩提如虛空無生無滅無住無異摩訶衍亦
如是無生無滅無住無異須菩提如虛空非
善非不善非記非無記摩訶衍亦如是非善
非不善非記非無記以是故說摩訶衍與空
等如虛空無見無聞無知無識摩訶衍亦如
是無見無聞無知無識如虛空不可知不可
識不可見不可斷不可證不可修摩訶衍亦
如是不可知不可識不可見不可斷不可證
不可修以是故說摩訶衍與空等如虛空非
染相非離相摩訶衍亦如是非染相非離相
如虛空不繫欲界不繫色界不繫無色界摩
訶衍亦如是不繫欲界不繫色界不繫無色
界如虛空無初發心亦無二三四五六七八
九第十心摩訶衍亦如是無初發心乃至第
十心如虛空無乾慧地性地八人地見地薄
地離欲地已辦地摩訶衍亦如是無乾慧地
乃至無已作地如虛空無須陀洹果無斯陀
含果無阿那含果無阿羅漢果摩訶衍亦如
是無須陀洹果乃至無阿羅漢果如虛空無
聲聞地無辟支佛地無佛地摩訶衍亦如是
無聲聞地乃至無佛地以是故說摩訶衍與
空等如虛空非色非無色非可見非不可見
非有對非無對非合非散摩訶衍亦如是非
色非無色非可見非不可見非有對非無對
非合非散以是故說摩訶衍與空等須菩提
如虛空非常非無常非樂非苦非我非無我
摩訶衍亦如是非常非無常非樂非苦非我
非無我以是故說摩訶衍與空等須菩提如

虛空非空非不空非相非無相非作非無作摩訶衍亦如是非空非不空非相非無相非作非無作以是故說摩訶衍與空等須菩提如虛空非寂滅非不寂滅非離非不離摩訶衍亦如是非寂滅非不寂滅非離非不離以是故說摩訶衍與空等須菩提如虛空非闇非明摩訶衍亦如是非闇非明以是故說摩訶衍與空等須菩提如虛空非可得非不可得摩訶衍亦如是非可得非不可得以是故說摩訶衍與空等須菩提如虛空非可說非不可說摩訶衍亦如是非可說非不可說以是故說摩訶衍與空等須菩提以是諸因緣故說摩訶衍與空等

【論】論者言須菩提讚衍如虛空佛即廣述成其事如虛空無十方是摩訶衍亦無十方無長短方圓青黃赤白等是摩訶衍亦如是問曰虛空應爾是無爲法無色無方摩訶衍是有爲法是色法所謂布施持戒等云何言與虛空等答曰六波羅蜜有二種世間出世間世間者是有爲法色法不同虛空出世間者與如法性實際智慧和合故似如虛空從得無生忍已後無所分別如虛空復次如佛以無礙智觀實相如虛空餘人則不然智慧未畢竟清淨故復次佛前後說諸法畢竟空如無餘涅槃相如虛空不應致疑餘法亦如是乃至如虛空非說非不說亦如是問曰如虛空言無所有便足何以說無種種相答曰初發心菩薩於内外種種因緣法中著心以是故佛說如虛空無是種種相摩訶衍亦如是

【經】須菩提如汝所言如虛空受無量無邊阿

僧祇衆生摩訶衍亦受無量無邊阿僧祇衆生如是如是須菩提衆生無有故當知虚空無有虚空無有故當知摩訶衍亦無有以是因縁故摩訶衍受無量無邊阿僧祇衆生何以故是衆生虚空摩訶衍是法皆不可得故復次須菩提摩訶衍無所有故當知阿僧祇無所有阿僧祇無所有故當知無量無所有無量無所有故當知無邊無所有無邊無所有故當知一切諸法無所有以是因縁故須菩提是摩訶衍受無量無邊阿僧祇衆生何以故是衆生虚空摩訶衍阿僧祇無量無邊是一切法不可得故復次須菩提我無所有乃至知者見者無所有故當知如法性實際無所有如法性實際無所有故當知乃至無量無邊阿僧祇無所有無量無邊阿僧祇無所有故當知一切法無所有以是因縁故須菩提摩訶衍受無量無邊阿僧祇衆生乃至知者見者實際乃至無量無邊阿僧祇是一切法不可得故復次須菩提我無所有乃至知者見者無所有故當知不可思議性無所有不可思議性無所有故當知色受想行識無所有色受想行識無所有故當知虚空無所有虚空無所有故當知摩訶衍無所有摩訶衍無所有故當知阿僧祇無所有阿僧祇無所有故當知無量無所有無量無所有故當知無邊無所有無邊無所有故當知一切諸法無所有以是因縁故須菩提當知摩訶衍受無量無邊阿僧祇衆生何以故須菩提我乃至知者見者等一切法皆不可得故復次須菩提我無所有乃至知

者見者無所有故當知眼無所有耳鼻舌身意無所有眼乃至意無所有故當知虛空無所有虛空無所有故當知摩訶衍無所有摩訶衍無所有故當知阿僧祇無所有阿僧祇無所有故當知無量無所有無量無所有故當知無邊無所有無邊無所有故當知一切諸法無所有以是因緣故須菩提摩訶衍受無量無邊阿僧祇衆生何以故須菩提我乃至一切諸法皆不可得故復次須菩提我無所有乃至知者見者無所有故當知檀波羅蜜無所有尸羅波羅蜜羼提波羅蜜毗梨耶波羅蜜禪波羅蜜般若波羅蜜無所有般若波羅蜜無所有故當知虛空無所有虛空無所有故當知摩訶衍無所有摩訶衍無所有故當知無量無邊阿僧祇無所有無量無邊

阿僧祇無所有故當知一切諸法無所有以是因緣故須菩提摩訶衍受無量無邊阿僧祇衆生何以故我衆生乃至一切諸法皆不可得故復次須菩提我無所有乃至知者見者無所有故當知內空無所有乃至無法有法空無所有無法有法空無所有故當知虛空無所有虛空無所有故當知摩訶衍無所有摩訶衍無所有故當知阿僧祇無量無邊無所有阿僧祇無量無邊無所有故當知一切諸法無所有以是因緣故須菩提是摩訶衍受無量無邊阿僧祇衆生何以故我衆生乃至一切諸法皆不可得故復次須菩提我衆生乃至知者見者無所有故當知四念處無所有四念處無所有故乃至十八不共法無所有十八不共法無所有故當知虛空無

所有虛空無所有故當知摩訶衍無所有摩訶衍無所有故當知阿僧祇無量無邊無所有阿僧祇無量無邊無所有故當知一切諸法無所有以是因緣故須菩提是摩訶衍受無量無邊阿僧祇衆生何以故我衆生乃至一切諸法皆不可得故復次須菩提我衆生無所有乃至知者見者無所有故當知性地無所有乃至已作地無所有已作地無所有故當知虛空無所有虛空無所有故當知摩訶衍無所有摩訶衍無所有故當知阿僧祇無量無邊無所有阿僧祇無量無邊無所有故當知一切諸法無所有以是因緣故是摩訶衍受無量無邊阿僧祇衆生何以故我衆生乃至一切諸法皆不可得故復次須菩提我衆生乃至知者見者無所有故當知須陀洹無所有須陀洹無所有故當知斯陀含無所有斯陀含無所有故當知阿那含無所有阿那含無所有故當知阿羅漢無所有阿羅漢無所有故當知乃至一切諸法無所有以是因緣故須菩提是摩訶衍受無量無邊阿僧祇衆生何以故須菩提我乃至一切諸法皆不可得故復次須菩提我乃至知者見者無所有故當知聲聞乘無所有聲聞乘無所有故當知辟支佛乘無所有辟支佛乘無所有故當知佛乘無所有佛乘無所有故當知聲聞人無所有聲聞人無所有故當知須陀洹無所有須陀洹無所有故乃至佛無所有佛無所有故當知一切種智無所有一切種智無所有故當知虛空無所有虛空無所有故當知摩訶衍無所有摩訶衍無所有故當

知乃至一切諸法無所有以是因緣故摩訶衍受無量無邊阿僧祇衆生何以故我乃至一切諸法皆不可得故譬如須菩提涅槃性中受無量無邊阿僧祇衆生是摩訶衍亦受無量無邊阿僧祇衆生以是因緣故須菩提如虚空受無量無邊阿僧祇衆生是摩訶衍亦如是受無量無邊阿僧祇衆生

【論】問曰何以不説虚空廣大無邊故受一切物而言虚空無所有故能受一切物衆生摩訶衍亦無所有答曰現見虚空無所有一切萬物皆在其中以無所有故能受問曰心心數法亦無形質何以不受一切物答曰心心數法覺知相非是受相又無住處若内若外若近若遠但以分別相故知有心形色法有住處因色處故知有虚空以色不受物性則知虚空受物色與虚空相違色若不受則知虚空是受如以無明故知有明以苦故知有樂因色無故説有虚空更無别相復次心心數法更有不受義如邪見心不受正見正見心不受邪見虚空則不然一切皆受故又心心數法生滅相是可斷法虚空則不然心心數法虚空但無色無形同不得言都不異以是故諸法中説虚空能受一切問曰我先問意不然何以不言虚空無量無邊能受一切物而言無所有受一切物答曰我説虚空無自相待色相説虚空若無自相則無虚空云何言無量無邊問曰汝言受相則是虚空云何言無答曰受相即是無色相色不到處名爲虚空以是故無虚空若實虚空未有色時應有虚空若未有色有虚空虚空則無相何

以故以未有色故因色故知有虛空有色故便有無色若先有色後有虛空虛空則是作法作法不名爲常若有無相法是不可得以是故無虛空問曰若常有虛空因色故虛空相現然後相在虛空答曰若虛空先無相後相亦無所住若虛空先有相相無所相若先無相相亦無所住若離相無相以相無住處若相無住處所相處亦無所相處無故相亦無離相及相處更無有法以是故虛空不名爲相不名爲所相不名爲法不名爲非法不名爲有不名爲無斷諸語言寂滅如無餘涅槃餘一切法亦如是問曰若一切法如是者即是虛空何以復以虛空爲喻答曰諸法因果皆是虛誑因無明故有誑衆生心衆生於是法中生著而不於虛空生著六塵法誑衆生心虛空雖復誑則不爾以是故以虛空爲喻以麤現事破微細事如虛空因色故但有假名無有定法衆生亦如是因五衆和合故但有假名亦無定法摩訶衍亦如是以衆生空無佛無菩薩以有衆生故有佛有菩薩若無佛無菩薩則無摩訶衍以是故摩訶衍能受無量無邊阿僧祇衆生若是有法不能受無量諸佛及弟子問曰若實無虛空云何能受無量無邊阿僧祇衆生答曰以是故佛說摩訶衍無故阿僧祇無阿僧祇無故無量亦無無量無故無邊亦無無邊無故一切法亦無以是故能受阿僧祇者僧祇秦言數阿秦言無衆生諸法各各不可得邊故名無數數虛空十方遠近不可得邊故名無數分別數六波羅蜜種種布施種種持戒等無有數數

幾衆生已上乘當上乘今上乘不可數是名無數復次有人言初數爲一但有一一一故言二如是等皆一更無餘數法若皆是一則無數有人言一切法和合故有名字如輪輞輻轂和合故名爲車無有定實法一法無故多亦無先一後多故復次以數數事事無故數亦無無量者如以斗稱量物以智慧量諸法亦如是諸法空故無數無數故無量無邊無有實智云何能得諸法定相無量故無邊量名總相邊名别相量爲初始邊名終竟復次我乃至知者見者無故實際亦無實際無故無數亦無無數無故無量亦無無量無故無邊亦無無無邊無故一切法亦無以是故一切法畢竟清淨是摩訶衍能含受一切衆生及法二事相因若無衆生則無法若無法則無衆生先總相一切法空後一一别說諸法空實際是末後妙法此若無者何况餘法從不可思議性乃至如涅槃性亦如是

經須菩提汝所言是摩訶衍不見來處不見去處不見住處如是如是須菩提是摩訶衍不見來處不見去處不見住處何以故須菩提一切諸法不動相故是法無來處無去處無住處何以故須菩提色無所從來亦無所去亦無所住受想行識無所從來亦無所去亦無所住須菩提色法無所從來亦無所去亦無所住受想行識法無所從來亦無所去亦無所住須菩提色如無所從來亦無所去亦無所住受想行識如無所從來亦無所去亦無所住須菩提色性無所從來亦無所去亦無所住受想行識性無所從來亦無所去

亦無所住須菩提色相無所從來亦無所去亦無所住受想行識相無所從來亦無所去亦無所住須菩提眼眼法眼如眼性眼相無所從來亦無所去亦無所住耳鼻舌身意意法意如意性意相無所從來亦無所去亦無所住色聲香味觸法亦如是須菩提地種地種法地種如地種性地種相無所從來亦無所去亦無所住水火風空識種識種法識種如識種性識種相亦如是須菩提如如法如如性如如相無所從來亦無所去亦無所住須菩提實際實際法實際如實際性實際相無所從來亦無所去亦無所住須菩提不可思議不可思議法不可思議如不可思議性不可思議相無所從來亦無所去亦無所住須菩提檀波羅蜜檀波羅蜜法檀波羅蜜如檀波羅蜜性檀波羅蜜相無所從來亦無所去亦無所住尸羅波羅蜜羼提波羅蜜毗梨耶波羅蜜禪波羅蜜般若波羅蜜般若波羅蜜法般若波羅蜜如般若波羅蜜性般若波羅蜜相無所從來亦無所去亦無所住須菩提四念處四念處法四念處如四念處性四念處相無所從來亦無所去亦無所住乃至十八不共法亦如是須菩提菩薩菩薩法菩薩如菩薩性菩薩相無所從來亦無所去亦無所住佛佛法佛如佛性佛相無所從來亦無所去亦無所住阿耨多羅三藐三菩提法如性相無所從來亦無所去亦無所住須菩提有爲法有爲法法有爲法如有爲法性有爲法相無所從來亦無所去亦無所住須菩提無爲法無爲法法無爲法如無爲法性無

為法相無所從來亦無所去亦無所住以是因緣故須菩提是摩訶衍不見來處不見去處不見住處

論論者言佛謂須菩提汝何以但讚摩訶衍無來無去無住一切法亦如是無來無去無住一切法實相不動故問曰諸法現有來去可見云何言不動相無來無去答曰來去相先已破今當更說一切佛法中無我無衆生乃至無知者見者故來者去者無來者去者無故來去相亦應無復次三世中求去相不可得所以者何已去中無去未去中亦無去離已去未去去時亦無去問曰有身動處是名為去已去未去中無身動以是故去時身動即應有去答曰不然離去相去時不可得離去時去相不可得云何言去時去復次若去時有去相應離去相有去時何以故汝說去時有去故復次若去時去應有二去一者知去時二者知去時去問曰若爾有何咎答曰若爾有二去者何以故離去者無去相若離去者無去相離去相無去者是故去者不去不去者亦不去離去不去亦無有去來者住者亦如是以是故佛說凡夫人法虛誑無實雖復肉眼所見與畜生無異是不可信是故說諸法無來無去無住處亦無動何者是所謂色色法色如色性色相色名眼見事未分別好醜實不實自相他相色法名無常生滅不淨等色如名色和合有如水沫不牢固離散則無虛僞無實但誑人眼色現在如是過去未來亦爾如現在火熱比知過去未來亦如是復次如諸佛觀色相畢竟清淨空碁

薩亦應如是觀色法色如何因緣不如凡夫人所見性自爾故此性深妙云何可知以色相力故可知如火以煙爲相見煙則知有火見今色無常破壞苦惱麤澀相知其性爾此三法不去不來不住如先說乃至無爲無爲法如性相不來不去不住亦如是

經須菩提汝所言是摩訶衍前際不可得後際不可得中際不可得是衍名三世等以是故說名摩訶衍如是如是須菩提是摩訶衍前際不可得後際不可得中際不可得是衍名三世等以是故說名摩訶衍何以故須菩提過去世過去世空未來世未來世空現在世現在世空三世等三世等空摩訶衍摩訶衍空菩薩菩薩空何以故須菩提是空非一非二非三非四非五非異以是故說名三世

等是菩薩摩訶薩摩訶衍是衍中等不等相不可得故染不染不可得瞋不瞋不可得癡不癡不可得慢不慢不可得乃至一切善法不善法不可得是衍中常不可得無常不可得樂不可得苦不可得實不可得空不可得我不可得無我不可得欲界不可得色界不可得無色界不可得度欲界不可得度色界不可得度無色界不可得何以故是摩訶衍自法不可得故須菩提過去色過去色空未來現在色未來現在色空過去受想行識過去受想行識空未來現在受想行識未來現在受想行識空空中過去色不可得何以故空中空亦不可得何況空中過去色不可得空中未來現在色不可得何以故空中空亦不可得何況空中未來現在色可得空中過

去受想行識不可得何以故空中空亦不可得何況空中過去受想行識可得空中未來現在受想行識不可得何以故空中空亦不可得何況空中未來現在受想行識可得須菩提過去檀波羅蜜不可得未來檀波羅蜜不可得現在檀波羅蜜不可得三世等中檀波羅蜜亦不可得何以故等中過去世不可得未來世不可得現在世不可得等中等亦不可得何況等中過去世未來世現在世可得尸羅波羅蜜羼提波羅蜜毗梨耶波羅蜜禪波羅蜜般若波羅蜜亦如是復次須菩提過去世中四念處不可得乃至過去世中十八不共法不可得未來世現在世亦如是復次須菩提三世等中四念處不可得三世等中乃至十八不共法亦不可得何以故等中過去世四念處不可得等中未來世四念處不可得等中現在世四念處不可得等中等亦不可得何況等中過去世四念處未來現在世四念處可得等中等亦不可得何況等中過去乃至十八不共法可得未來現在世亦如是復次須菩提過去世凡夫人不可得未來世現在世中凡夫人不可得三世等中凡夫人亦不可得何以故衆生不可得乃至知者見者不可得故過去世中聲聞辟支佛菩薩佛不可得未來現在世中聲聞辟支佛菩薩佛不可得三世等中聲聞辟支佛菩薩佛不可得何以故衆生不可得乃至知者見者不可得故如是須菩提菩薩摩訶薩住般若波羅蜜中學三世等相當具足一切種智是名菩薩摩訶薩摩訶衍所謂三世等相菩

薩摩訶薩住是衍中勝出一切世間及諸天人阿脩羅成就薩婆若爾時須菩提白佛言世尊善哉善哉是菩薩摩訶薩摩訶衍何以故過去諸菩薩是衍中學得一切種智未來諸菩薩摩訶薩亦是衍中學當得一切種智世尊今十方無量阿僧祇世界中諸菩薩摩訶薩亦是衍中學得一切種智以是故世尊是衍實是菩薩摩訶薩摩訶衍佛告須菩提如是如是過去未來現在諸佛是摩訶衍中學已得一切種智當得今得

論論者言須菩提略讃說是摩訶衍前際後際中際俱不可得三世等故名摩訶衍今佛廣演須菩提所讃是三世云何不可得所謂過去世過去世空未來世未來世空現在世現在世空故不可得三世等等者空摩訶衍摩訶衍自空菩薩菩薩自空是三世中三世相空義如先說此中佛自說空因緣所謂空空相非一非二非三非四非五等不異不合不散無有分別是故三世等空相無所有故是等亦空菩薩能如是解諸法三世等不以無始世來爲疲猒不以未來世無邊故爲難是爲菩薩三世等名摩訶衍是摩訶衍中等相不可得不等相亦不可得得是三世等三昧破是不等相不等相相待故有等不等畢竟無故等亦無欲不欲乃至三界度三界是相待法亦如是此中佛自說是諸法皆從因緣和合故無自性自性無故空復次過去色過去色相空未來現在亦如是如色餘四衆亦如是所以者何空中空相不可得何況空中有三世五衆相菩薩觀五衆空斷貪欲入

道行所謂檀波羅蜜等亦如五衆三世中不可得三世等故等即是空是等中檀波羅蜜不可得問曰何以故三世及三世等中檀波羅蜜不可得答曰諸法等中無三世等等中等相亦不可得何況三世五波羅蜜乃至十八不共法亦如是復次三世中凡夫相不可得聲聞乃至佛亦不可得以衆生空故菩薩住般若波羅蜜能如是學三世等空集諸善功德便具足一切種智佛說菩薩能如是三世等中住則能勝出一切世間及諸天人阿脩羅是時須菩提讚言世尊善哉善哉是摩訶衍利益諸菩薩所以者何過去諸菩薩學是摩訶衍得一切種智未得今得亦如是有人言得清淨無因緣染垢穢亦無因緣大小好醜縛解皆無主所與有人言好醜縛解至時節自得有人言福德成就故得佛道有人言但得清淨實智慧得佛道如是等說皆是非因緣少因緣須菩提所以不讚嘆今佛捨非因緣亦捨不具足因緣說具足因緣所謂六波羅蜜三世菩薩學是乘具足得成佛道佛亦可須菩提所嘆言如是如是

大智度論卷第五十一

音釋

摩訶衍 梵語也此云大乘衍以淺切　羼提 梵語也此云忍辱羼初限切　首楞嚴 梵語也此云健相分別楞盧登切　逃遁 逃徒刀切遁徒困切　摧 昨回切挫折也　誑 古況切詐也　咎 巨九切愆也　澀 所立切

大智度論卷第五十二

龍　樹　菩　薩　造

姚秦三藏法師鳩摩羅什譯

釋會宗品第二十四

【經】爾時慧命富樓那彌多羅尼子白佛言世尊佛使須菩提爲諸菩薩摩訶薩說般若波羅蜜今乃說摩訶衍爲須菩提白佛言世尊我說摩訶衍將無離般若波羅蜜佛言不也須菩提汝說摩訶衍隨般若波羅蜜不離般若波羅蜜何以故一切所有善法助道法若聲聞法若辟支佛法若菩薩法若佛法是一切法皆攝入般若波羅蜜中須菩提白佛言世尊何等諸善法助道法聲聞法辟支佛法菩薩法佛法皆攝入般若波羅蜜中佛告須菩提所謂檀波羅蜜尸羅波羅蜜羼提波羅蜜毗梨耶波羅蜜禪波羅蜜般若波羅蜜四念處四正勤四如意足五根五力七覺分八聖道分空無相無作解脫門佛十力四無所畏四無礙智大慈大悲十八不共法無錯謬相常捨行須菩提是諸餘善法助道法若聲聞法若辟支佛法若菩薩法若佛法皆攝入般若波羅蜜中須菩提若摩訶衍若般若波羅蜜禪波羅蜜毗梨耶波羅蜜羼提波羅蜜尸羅波羅蜜檀波羅蜜若色受想行識眼色眼識眼觸眼觸因緣生諸受乃至意法意識意觸意觸因緣生諸受地種乃至識種四念處乃至八聖道分空無相無作解脫門及諸善法若有漏若無漏若有爲若無爲若苦諦集諦滅諦道諦若欲界若色界若無色界若內空乃至無法有法空諸三昧門諸陀羅尼

門佛十力乃至十八不共法若佛法佛法性如實際不可思議性涅槃是一切諸法皆不合不散無色無形無對一相所謂無相須菩提以是因緣故汝所說摩訶衍隨順般若波羅蜜何以故須菩提摩訶衍不異般若波羅蜜般若波羅蜜不異摩訶衍般若波羅蜜摩訶衍無二無別檀波羅蜜不異摩訶衍摩訶衍不異檀波羅蜜檀波羅蜜摩訶衍無二無別乃至禪波羅蜜亦如是須菩提四念處不異摩訶衍摩訶衍不異四念處四念處摩訶衍無二無別乃至十八不共法不異摩訶衍摩訶衍不異十八不共法十八不共法摩訶衍無二無別以是因緣故須菩提汝說摩訶衍即是說般若波羅蜜

【論】論者言富樓那雖自無疑為新學鈍根者不解義一而名字異故發問須菩提即以其事白佛佛法甚深我所說者將無有失佛答汝說摩訶衍隨順般若無有違錯此義初已論之今佛為說隨順因緣所謂三乘所攝一切善法皆合聚在般若波羅蜜中所以者何一切三乘善法皆為涅槃故涅槃門有三種一切法皆入空門無相無作門如持戒能生禪定禪定能生實智慧不著世間故何等三乘助道法攝在般若中所謂六波羅蜜三十七品三解脫門佛十力四無所畏四無礙智大慈大悲十八不共法無錯謬相常捨行此中三十七品三解脫門是三乘共法六波羅蜜是菩薩法十力乃至常捨行是佛法有人言六波羅蜜有具足有不具足不具足者共二乘法具足獨菩薩法復次摩訶衍空般若

波羅蜜亦空空義一故須菩提隨順無錯如般若波羅蜜空五波羅蜜乃至如法性實際不可思議性涅槃亦如是復次從般若波羅蜜乃至涅槃皆是不合不散無色無形無對一相所謂無相是同相故説摩訶衍則是般若波羅蜜摩訶衍般若無二無別故

釋十無品第二十五

【經】慧命須菩提白佛言世尊菩薩摩訶薩前際不可得後際不可得中際不可得色無邊故當知菩薩摩訶薩亦無邊受想行識無邊故當知菩薩摩訶薩亦無邊色是菩薩摩訶薩是亦不可得受想行識是菩薩摩訶薩是亦不可得如是世尊於一切種一切處求菩薩不可得世尊我當教何等菩薩摩訶薩般若波羅蜜世尊菩薩摩訶薩但有名字如説我名字我畢竟不生如我諸法亦如是無自性何等色畢竟不生何等受想行識畢竟不生世尊是畢竟不生不名爲色是畢竟不生不名爲受想行識世尊若畢竟不生法當教是般若波羅蜜耶離畢竟不生亦無菩薩行阿耨多羅三藐三菩提若菩薩聞作是説心不沒不悔不驚不怖不畏當知是菩薩摩訶薩能行般若波羅蜜舍利弗問須菩提何因縁故言菩薩摩訶薩前際不可得後際不可得中際不可得須菩提何因縁故言色無邊故當知菩薩亦無邊受想行識無邊故當知菩薩亦無邊須菩提何因縁故言色是菩薩是亦不可得受想行識是菩薩是亦不可得須菩提何因縁故言於一切種一切處菩薩不可得當教何等菩薩般若波羅蜜須菩提

何因緣故言菩薩摩訶薩但有名字須菩提何因緣故言如說我名字我畢竟不生如我諸法亦如是無自性何等色畢竟不生何等受想行識畢竟不生須菩提何因緣故言畢竟不生不名爲色畢竟不生不名爲受想行識須菩提何因緣故言若畢竟不生法當教是般若波羅蜜耶須菩提何因緣故言離畢竟不生亦無菩薩行阿耨多羅三藐三菩提須菩提何因緣故言若菩薩聞作是說心不没不悔不驚不怖不畏若能如是行是名菩薩摩訶薩行般若波羅蜜爾時須菩提報舍利弗言衆生無所有故菩薩前際不可得衆生空故菩薩前際不可得衆生離故菩薩前際不可得舍利弗色無有故菩薩前際不可得受想行識無有故菩薩前際不可得色空故菩薩前際不可得受想行識空故菩薩前際不可得色離故菩薩前際不可得受想行識離故菩薩前際不可得舍利弗色性無故菩薩前際不可得受想行識性無故菩薩前際不可得舍利弗檀波羅蜜無有故菩薩前際不可得尸羅波羅蜜羼提波羅蜜毗梨耶波羅蜜禪波羅蜜般若波羅蜜無有故菩薩前際不可得何以故舍利弗空中前際不可得後際不可得中際不可得空不異菩薩菩薩不異前際舍利弗空菩薩前際是諸法無二無别以是因緣故舍利弗菩薩前際不可得舍利弗檀波羅蜜空故檀波羅蜜離故檀波羅蜜性無故菩薩前際不可得尸羅波羅蜜羼提波羅蜜毗梨耶波羅蜜禪波羅蜜般若波羅蜜空故般若波羅蜜離故般若波羅

審性無故菩薩前際不可得何以故舍利弗空中前際不可得後際不可得中際不可得空不異菩薩亦不異前際舍利弗空菩薩前際無二無別以是因緣故舍利弗菩薩前際不可得復次舍利弗內空無所有故菩薩前際不可得乃至無法有法空無所有故菩薩前際不可得內空空故內空離故內空性無故乃至無法有法空空故離故性無故菩薩前際不可得餘如上說復次舍利弗四念處無所有故菩薩前際不可得四念處空故離故性無故菩薩前際不可得乃至十八不共法無所有故菩薩前際不可得十八不共法空故離故性無故菩薩前際不可得餘如上說以是因緣故舍利弗菩薩前際不可得復次舍利弗一切三昧門一切陀羅尼門無有故菩薩前際不可得三昧門陀羅尼門空故離故性無故菩薩前際不可得餘如上說復次舍利弗法性無有故菩薩前際不可得法性空故離故性無故菩薩前際不可得餘如上說復次舍利弗如無有故空故離故性無故實際無有故空故離故性無故不可思議性無有故空故離故性無故菩薩前際不可得餘如上說復次舍利弗聲聞無有故菩薩前際不可得聲聞空故離故性無故菩薩前際不可得辟支佛無有故空故離故性無故菩薩前際不可得佛無有故空故離故性無故菩薩前際不可得阿耨多羅三藐三菩提無有故乃至性無故菩薩前際不可得復次一切種智無有故乃至性無故菩薩前際不可得何以故舍利弗空前際不可得後際不

可得中際不可得菩薩不可得舍利弗空不異菩薩亦不異前際空菩薩前際是諸法無二無別以是因緣故舍利弗菩薩前際不可得後際中際亦如是

論問曰上已說菩薩菩薩字不可得為誰說般若波羅蜜今何以更說答曰不應作是問須菩提空行第一常樂說空若有所說常以空門利益衆生復次上略說是中十種廣分別菩薩不可得行者若觀諸法空隨順無相無作以無作心故不欲有所作尚不能自作利益何況利益人若人住我心中能分別諸法善不善相集諸善法捨不善法今佛說般若波羅蜜中不應計我心不應分別諸法但行衆善是事為難行者作是念若無我者為誰修善先有我今以般若波羅蜜故無心生憂感是故須菩提更重說我從本已來無非先有今無行者如是知本來自無今無所失故無所憂譬如深根大樹不可以一斫能辦多用斧力乃斷菩薩空亦如是不可一說便得以是故廣分別須菩提問佛時作是念若定有菩薩法應三世通有今前世中無有菩薩何以故前世無初故未來世亦如是未有因緣故前後相待故有中間若無前後則無中間若謂五衆是菩薩五衆無邊如先種種因緣說五衆畢竟空故無量無邊無量無邊故同無為法若菩薩無邊者是事不然以此因緣故菩薩不可得當為誰說常一切處一切種一切時求菩薩不可得當為誰說如我畢竟不生空無所有五衆亦如是畢竟不生無所有既無衆生及五衆法云何有菩薩問

曰衆生及五衆法畢竟不生解是法者即是菩薩答曰畢竟不生不名爲色不名爲受想行識何以故五衆是生相畢竟不生中無是分别五衆畢竟不生不可以教化離畢竟不生亦無菩薩行道當教誰菩薩聞是不怖不畏是爲能行菩薩道問曰我與菩薩是一物云何以我喻菩薩答曰是般若波羅蜜中一切法空初學不得便爲說空先當分别罪福捨罪修福福德果報無常無常故生苦是故捨福猒世間求道入涅槃爾時應作是念因我故生諸煩惱是我於六識中求不可得但以顛倒故著我是故解無我易易可受化若言色空則難解雖耳聞說空眼常見實是故先破惡罪中我後破一切諸法一切佛弟子得道者自知自證無我未得道者信餘法空不能如信無我是故以無我爲喻此中須菩提說一切法空推無菩薩用無我爲喻以小喻大如石蜜喻甘露問曰舍利弗知空無我義何以故事事致問答曰須菩提聲聞人德不如菩薩而於佛前說深般若新學菩薩心或生疑上佛歎雖言汝說摩訶衍隨順般若猶謂佛將順須菩提舍利弗欲斷此疑故發問復次佛欲共須菩提說般若乃至終竟是故舍利弗事事質問令須菩提善分别深義使衆人敬信以是故問過去世中菩薩不可得乃至不恐不怖須菩提答義我衆生人即是一物未得道時名凡夫人初入道乃至阿羅漢名聲聞人觀因緣法悟空小深少愍衆生名辟支佛人深入空法行六波羅蜜大慈大悲是名菩薩人功德别異故名字亦異如

我衆生人一事以眼見事故名見者意得故名知者受苦樂故名受者是我衆生人等先已説種種因緣無故菩薩亦應無是故須菩提語舍利弗衆生無故三世中無菩薩問曰五衆和合有菩薩菩薩應無五衆應有答曰爲破是事故言無衆生無我無我故則五衆無所屬無所屬故空空故無菩薩門曰若五衆空者空即是菩薩答曰五衆空亦非菩薩空無所有無分别故五衆離五衆無性亦無菩薩若説無菩薩則三世皆無觀是五衆等世間法六波羅蜜等道法是名菩薩是法空故菩薩亦空此中佛自説因緣諸法空不異菩薩菩薩不異空菩薩空三世空無二無别從六波羅蜜乃至一切種智行是諸法故名爲菩薩是諸法空故菩薩亦空此中法空聲聞辟支佛得是空故名聲聞辟支佛聲聞辟支佛人空故菩薩亦如是

【經】如舍利弗所言色無邊故當知菩薩亦無邊受想行識無邊故當知菩薩亦無邊舍利弗色如虚空受想行識如虚空何以故舍利弗如虚空邊不可得中不可得無邊無中故但説名虚空如是舍利弗色邊不可得中不可得是色空故空中亦無邊亦無中受想行識邊不可得中不可得識空故空中亦無邊亦無中以是因緣故舍利弗色無邊故當知菩薩亦無邊受想行識無邊故當知菩薩亦無邊乃至十八不共法亦如是如舍利弗言色是菩薩是亦不可得受想行識是菩薩是亦不可得舍利弗色色相空受想行識識相空檀波羅蜜檀波羅蜜相空乃至般若波羅

蜜亦如是內空內空相空乃至無法有法空無法有法空相空四念處四念處相空乃至十八不共法十八不共法相空如法性實際不可思議性不可思議性相空三昧門三昧門相空陀羅尼門陀羅尼門相空一切智一切智相空道種智道種智相空一切種智一切種智相空聲聞乘聲聞乘相空辟支佛乘辟支佛乘相空佛乘佛乘相空聲聞人聲聞人相空辟支佛辟支佛相空佛佛相空空中色不可得受想行識不可得以是因緣故舍利弗色是菩薩是亦不可得受想行識是菩薩是亦不可得如舍利弗言何因緣故於一切種一切處菩薩不可得當教何等菩薩般若波羅蜜舍利弗色色中不可得色受中不可得受受中不可得受色中不可得受想中不可得想想中不可得想色受中不可得行中不可得行行中不可得行色受想中不可得行識中不可得識識中不可得識色受想行中不可得舍利弗眼眼中不可得眼耳中不可得耳耳中不可得耳眼中不可得耳鼻中不可得鼻鼻中不可得鼻眼耳中不可得鼻舌中不可得舌舌中不可得舌眼耳鼻中不可得舌身中不可得身身中不可得身眼耳鼻舌中不可得身意中不可得意意中不可得意眼耳鼻舌身中不可得六入六識六觸六觸因緣生受亦如是檀波羅蜜乃至般若波羅蜜內空乃至無法有法空四念處乃至十八不共法一切三昧門一切陀羅尼門性法乃至辟支佛法初地乃至十地一切智道種智一切種智亦如是須陀洹乃至阿

羅漢辟支佛菩薩佛亦如是菩薩菩薩中不可得菩薩般若波羅蜜中不可得般若波羅蜜般若波羅蜜中不可得般若波羅蜜菩薩中不可得般若波羅蜜中教化無所有不可得教化中教化無所有不可得教化中菩薩及般若波羅蜜無所有不可得舍利弗如是一切法無所有不可得以是因緣故於一切種一切處菩薩不可得當教何等菩薩般若波羅蜜如舍利弗所言何因緣故說菩薩摩訶薩但有假名舍利弗色是假名受想行識是假名色名非色受想行識名非識何以故名名相空若空則非菩薩以是因緣故舍利弗菩薩但有假名復次舍利弗檀波羅蜜但有名字名字中非有檀波羅蜜檀波羅蜜中非有名字以是因緣故菩薩但有假名尸羅波羅蜜羼提波羅蜜毗梨耶波羅蜜禪波羅蜜般若波羅蜜但有名字名字中無有般若波羅蜜般若波羅蜜中無有名字以是因緣故菩薩但有假名舍利弗內空但有名字乃至無法有法空但有名字名字中無內空內空中無名字何以故名字內空俱不可得乃至無法有法空亦如是以是因緣故舍利弗菩薩但有假名舍利弗四念處但有名字乃至十八不共法但有名字一切三昧門一切陀羅尼門乃至一切種智亦如是以是因緣故舍利弗我說菩薩但有假名如舍利弗所言何因緣故說我名字畢竟不生舍利弗我畢竟不可得云何當有生乃至知者見者畢竟不可得云何當有生舍利弗色畢竟不可得云何當有生受想行識畢竟不可得云何

當有生眼畢竟不可得乃至意觸因緣生受畢竟不可得云何當有生檀波羅蜜畢竟不可得乃至般若波羅蜜畢竟不可得云何當有生内空畢竟不可得乃至無法有法空畢竟不可得云何當有生四念處畢竟不可得乃至十八不共法畢竟不可得云何當有生諸三昧門諸陀羅尼門畢竟不可得云何當有生聲聞乃至佛畢竟不可得云何當有生以是因緣故舍利弗我說如我名字我亦畢竟不生

論問曰心心數法無形故不可見無邊色是有形可見云何無邊答曰無處不有色不可得籌量遠近輕重如佛說四大無處不有故名爲大不可以五情得其限不可以斗稱量其多少輕重是故言色無邊復次是色過去時初始不可得未來時中無有恒河沙劫數限色當有盡是故無後邊初邊後邊無故中亦無復次邊名色相是色分別破散邊不可得無有本相復次無爲法不生不滅故無數無量無邊以法空觀色皆空與虛空及無爲同相無量無數無邊法中乃至微塵不可得何況菩薩是故說五衆無邊菩薩亦無邊如色無邊乃至十八不共法亦如是隨相分別如先說是五衆無量無邊無數故不得言色是菩薩四衆亦如是復次色若離心心數法如草木瓦石云何名菩薩若心心數法離色則無依止處亦無所能爲云何名菩薩復次六波羅蜜十八空三十七品十力乃至十八不共法如法性實際不可思議性三解脫門陀羅尼門諸三昧門薩婆若道智一切種智

三乘三乘人是法若修若觀是名菩薩是法皆以自相空故空所謂檀波羅蜜檀波羅蜜相空乃至佛佛相空一切處者五衆十二入十八界乃至一切種智一切種者十八空三解脱門般若波羅蜜觀若常若無常等入一門二門乃至無量門等是名一切種智求索菩薩不可得又以自法中無自法亦無他法如此中説色色中不可得色受中不可得受受中不可得受色中不可得乃至般若波羅蜜般若波羅蜜中不可得乃至教化中教化不可得但有名字者是五衆破壞散滅如虚空無異是菩薩但有名字如幻化人假名字中更爲立名須菩提語舍利弗不但菩薩假名字五衆皆亦假名字假名字中假名字相不可得皆入第一義中若如是空者則非菩薩復次六波羅蜜乃至一切種智行是法故名爲菩薩是法亦假名字菩薩亦假名字空無所有是諸法等强爲作名因縁和合故有亦無其實我名字畢竟不生者如此品初已説此中須菩提亦以衆生空法空破我所謂我畢竟不可得乃至知者見者不可得云何當有生五衆畢竟不可得云何有五衆生乃至意解因縁生受畢竟不可得云何當有生六波羅蜜畢竟不可得乃至諸陀羅尼門三昧門聲聞辟支佛佛畢竟不可得云何當有生若法先有然後可問生法體先無云何有生

經如舍利弗所言如我諸法亦如是無自性舍利弗諸法和合生故無自性舍利弗何等和合生無自性舍利弗色和合生無自性受

想行識和合生無自性眼和合生無自性乃至意和合生無自性色乃至法眼界乃至法界地種乃至識種眼觸乃至意觸眼觸因緣生受乃至意觸因緣生受和合生無自性檀波羅蜜乃至般若波羅蜜和合生無自性四念處乃至十八不共法和合生無自性復次舍利弗一切法無常亦不失舍利弗問須菩提何等法無常亦不失須菩提言色無常亦不失受想行識無常亦不失何以故若法無常即是動相即是空相以是因緣故舍利弗一切有爲法無常亦不失若有漏法若無漏法若有記法若無記法無常亦不失何以故若法無常即是動相即是空相以是因緣故舍利弗一切作法無常亦不失復次舍利弗一切法非常非滅舍利弗言何等法非常非滅須菩提言色非常非滅何以故性自爾受想行識非常非滅何以故性自爾乃至意觸因緣生受非常非滅何以故性自爾以是因緣故舍利弗諸法和合生無自性如舍利弗所言何因緣故色畢竟不生受想行識畢竟不生須菩提言色非作法受想行識非作法何以故作者不可得故舍利弗眼非作法何以故作者不可得故乃至意亦如是眼界乃至意觸因緣生受亦如是復次舍利弗一切諸法皆非起非作何以故作者不可得故以是因緣故舍利弗色畢竟不生受想行識畢竟不生如舍利弗所言何因緣故畢竟不生是不名爲色畢竟不生是不名爲受想行識須菩提言色性空是空無生無滅無住無異受想行識性空是空無生無滅無住無異眼

乃至一切有爲法性空是空無生無滅無住無異以是因緣故舍利弗畢竟不生不名色畢竟不生不名受想行識如舍利弗所言何因緣故畢竟不生法當教是般若波羅蜜耶須菩提言畢竟不生即是般若波羅蜜般若波羅蜜即是畢竟不生般若波羅蜜畢竟不生無二無別以是因緣故舍利弗我說畢竟不生當教是般若波羅蜜耶如舍利弗所言何因緣故離畢竟不生無菩薩行阿耨多羅三藐三菩提須菩提言菩薩摩訶薩行般若波羅蜜時不見畢竟不生異般若波羅蜜亦不見畢竟不生異菩薩畢竟不生及菩薩無二無別不見畢竟不生異色何以故是畢竟不生及色無二無別不見畢竟不生異受想行識何以故畢竟不生受想行識無二無別乃至一切種智亦如是以是因緣故舍利弗離畢竟不生無菩薩行阿耨多羅三藐三菩提如舍利弗所言何因緣故菩薩聞作是說心不没不悔不驚不怖不畏是名菩薩行般若波羅蜜須菩提言菩薩摩訶薩不見諸法有覺知想見一切諸法如夢如幻如燄如影如化舍利弗以是因緣故菩薩聞作是說心不没不悔不驚不怖不畏

論者言諸法無有自性者以性空破諸法各各性此中須菩提自說諸法和合生無有自性如和合五衆等法及六波羅蜜等善法從是出菩薩名字是菩薩從作法衆法和合生故非一法所成以是故言假名是衆法亦從和合邊生譬如有眼有色有明有空有欲見心等諸因緣和合生眼識是中不得言眼

是見者若識是見者若色是見者若明是見者若是眼色識等各各不得有所見和合中亦不應有見以是故見法畢竟空如幻如夢一切諸法亦如是復次一切法無常亦不失無常破常倒不失斷滅倒是無常不失法即是入實相門是故須菩提語舍利弗無常即是動相即是空相一切法亦如是復次一切法非常非失者如十八空後義說色畢竟不生者五衆作者生者起者不可得故復次生相不可得者如先破生中說一切法亦如是何以故說若色不生爲非色非受想行識者此中須菩提自說色從因緣生無有自性常空相若法常空相是法無生相無滅相無住異相受想行識亦如是是故不生相法即是無爲非有爲相餘法亦如是畢竟不生當教誰般若者畢竟不生即是諸法實相諸法實相即是般若波羅蜜云何以般若波羅蜜教般若波羅蜜若離是畢竟不生有菩薩者應當教般若波羅蜜是菩薩般若波羅蜜畢竟不生無二無別云何當教離畢竟不生行道者上說中已合解菩薩聞是不沒不悔者菩薩於一切法中不見我衆生乃至知者見者亦無說者亦無聽者無邪說無正說亦無無說者知一切法因緣和合故生諸緣離故滅無有起者無有滅者故不畏不怖不沒不悔菩薩知一切法虛誑無實無定若死急時若墮阿鼻泥犁心猶不動況聞虛聲而有怖畏如人夢中見怖畏事覺已則無恐心知夢法能誑心無有實事菩薩亦如是入世間心夢中見有恐畏得諸法實相覺時則無所畏知

諸法但是虛誑無有眞實復次譬如幻事智者雖見心無所惑知是誑法菩薩亦如是知一切法如幻能誑人心是中無實以是故不怖畏如燄如影如化亦如是

經須菩提白佛言世尊菩薩摩訶薩行般若波羅蜜如是觀諸法是時菩薩摩訶薩不受色不示色不住色不著色不言是色受想行識亦不受不示不住不著亦不言是受想行識眼不受不示不住不著亦不言是眼耳鼻舌身意亦不受不示不住不著亦不言是意檀波羅蜜不受不示不住不著亦不言是檀波羅蜜尸羅波羅蜜羼提波羅蜜毗梨耶波羅蜜禪波羅蜜般若波羅蜜不受不示不住不著亦不言是般若波羅蜜內空不受不示不住不著亦不言是內空乃至無法有法空亦如是復次世尊菩薩摩訶薩行般若波羅蜜時四念處不受不示不住不著亦不言是四念處乃至十八不共法不受不示不住不著亦不言是十八不共法一切三昧門一切陀羅尼門乃至一切種智不受不示不住不著亦不言是一切種智復次世尊菩薩摩訶薩行般若波羅蜜時不見色乃至不見一切種智何以故色不生是非色受想行識不生是非識眼不生是非眼耳鼻舌身意不生是非意檀波羅蜜不生是非檀波羅蜜乃至般若波羅蜜不生是非般若波羅蜜何以故色不生不二不別乃至般若波羅蜜不生不二不別內空不生是非內空乃至無法有法空不生是非無法有法空何以故內空乃至無法有法空不生不二不別世尊四念處不生

非四念處何以故四念處不生不二不别何以故世尊是不生法非一非二非三非異以是故四念處不生不二不别乃至十八不共法不生非十八不共法何以故十八不共法不生不二不别何以故世尊是不生法非一非二非三非異以是故十八不共法不生非十八不共法世尊如不生是非如乃至不可思議性不生是非不可思議性世尊是阿耨多羅三藐三菩提不生一切智一切種智不生是非一切種智何以故是阿耨多羅三藐三菩提乃至一切種智不生不二不别何以故世尊是不生法非一非二非三非異以是故乃至一切種智不生非一切種智世尊色不滅相是非色何以故色及不滅相不二不别何以故世尊是不滅法非一非二非三非異以是故色不滅相是非色受想行識不滅相是非識何以故識不滅不二不别何以故世尊是不滅法非一非二非三非異以是故識不滅是非識檀波羅蜜乃至般若波羅蜜内空乃至無法有法空四念處乃至十八不共法亦如是世尊以是故色入無二法數受想行識入無二法數乃至一切種智入無二法數

論論者言須菩提白佛菩薩能如是觀諸法於五衆中有五種正觀行所謂不受以五衆中有無常火能燒心故不示者不取相非但觀無常等過觀是五衆空不取相故不住者不依止五衆畏諸煩惱賊來故不敢久住譬如空聚落賊所止處智者不應久住不著者五衆若有一罪猶不應著何況身有饑渴寒

熱老病死等心有憂愁恐怖妬嫉瞋恚等後世隨三惡道一切無常苦空無我不得自在如是等無量無邊過罪云何可著不言是色者不以邪見説色若常若無常等不言五衆如是定相乃至一切種智亦如是何以故色中行五種正行是五衆皆無生相相皆一相一相則無相若無相則非有五衆乃至一切種智亦如是若一切法無生相般若波羅蜜不二不別得是無生心即是般若波羅蜜得般若波羅蜜即知諸法不生不滅以是故般若波羅蜜即是不生不二不別復次須菩提自説因縁所謂是無生法不一相不二不三不異何以故諸法無生一相故乃至一切種智亦如是如無生無滅亦如是問曰末後何以説色乃至一切種智入無二法數答曰菩薩若未破色則生愛等結使著是色等破色已則生邪見著是色空等今色等用空智慧故皆空不二相是諸法虛誑不實内外入所攝故名爲二色等乃至一切種智離是二名不二今須菩提憐愍衆生利益諸菩薩故説是諸法不二入無二法數中

大智度論卷第五十二

音釋

錯謬 錯倉各切舛也謬靡幼切誤也　慼 倉歷切愁慼也　斫 之若切斬也　籌 直由切筭也　妬嫉 妬當故切妬忌也嫉秦悉切憎嫉也　恚 於避切怒恨也

大智度論卷第五十三

龍樹菩薩造

姚秦三藏法師鳩摩羅什譯

釋無生三觀品第二十六經作無生品

經爾時慧命舍利弗語須菩提菩薩摩訶薩行般若波羅蜜觀諸法何等是菩薩何等是般若波羅蜜何等是觀須菩提語舍利弗汝所問何等是菩薩爲阿耨多羅三藐三菩提是人發大心以是故名爲菩薩亦知一切法一切種相是中亦不著知色相不著乃至知十八不共法亦不著舍利弗問須菩提何等爲一切法相須菩提言若以名字因縁和合等知諸法是色是聲香味觸法是内是外是有爲法是無爲法以是名字相語言知諸法是名知諸法相如舍利弗所問何等是般若波羅蜜遠離故名般若波羅蜜何等法遠離遠離衆界入遠離檀波羅蜜乃至禪波羅蜜遠離内空乃至無法有法空以是故遠離名般若波羅蜜復次遠離四念處乃至遠離十八不共法遠離一切智以是因縁故遠離名般若波羅蜜如舍利弗所問何等是觀舍利弗菩薩摩訶薩行般若波羅蜜時觀色非常非無常非樂非苦非我非無我非空非不空非相非無相非作非無作非寂滅非不寂滅非離非不離受想行識亦如是檀波羅蜜乃至般若波羅蜜内空乃至無法有法空四念處乃至十八不共法一切三昧門一切陀羅尼門乃至一切種智觀非常非無常非樂非苦非我非無我非空非不空非相非無相非作非無作非寂滅非不寂滅非離非不離舍

利弗是名菩薩摩訶薩行般若波羅蜜時觀諸法

論問曰所謂菩薩義般若波羅蜜義諸觀義上已問今何以更問答曰先已答大樹喻非一斫可斷是事難故更問復次是般若波羅蜜有無量義如曇無竭品中說般若波羅蜜如大海水無量如須彌山種種嚴飾是故問又此問雖同答義種種異復次諸佛斷法愛不立經書亦不莊嚴言語但爲拯濟衆生隨應度者說如大清涼美池無量衆生前後來飲各飽而去聽者亦如是佛先說菩薩般若及觀前來者得解悟而去後來者未聞是故重問菩提者菩提有三種有阿羅漢菩提有辟支佛菩提有佛菩提無學智慧清淨無垢故名爲菩提菩薩雖有大智慧諸煩惱習未盡故不名菩提此中但說一種所謂佛菩提也薩埵秦言衆生是衆生爲無上道故發心修行復次薩埵名大心是人發大心求無上菩提而未得以是故名爲菩提薩埵佛已得是菩提不名爲菩提薩埵大心滿足故菩薩餘義如先廣說復次佛此中自說因緣是人爲佛道故修行知一切諸法相亦不著諸法相者可以知諸法門是色是聲等略說菩薩我先知諸法各各相如地堅相然後知畢竟空相於是二種智慧中亦不著但欲度衆生故菩薩得如是智慧一切別相法中皆得遠離如色中離色離色即是自相空遠離者是空之別名菩薩得般若波羅蜜於一切法心皆遠離所以者何見一切諸法罪過故阿羅蜜秦言遠離波羅蜜秦言度彼岸此二音相

近義相會故以阿羅蜜釋波羅蜜遠離何等法所謂衆界入乃至一切智以遠離是諸法故名般若波羅蜜如禪波羅蜜能調伏人心般若波羅蜜能令人遠離諸法觀者不觀諸法常無常等如先說

經舍利弗問須菩提何因緣故色不生是非色受想行識不生是非識乃至一切種智不生是非一切種智須菩提言色色相空色空中無色無生以是因緣故色不生是非色受想行識識相空識空中無識無生以是因緣故受想行識不生是非受想行識舍利弗檀波羅蜜檀波羅蜜相空檀波羅蜜空中無檀波羅蜜無生尸羅波羅蜜羼提波羅蜜毗梨耶波羅蜜禪波羅蜜般若波羅蜜般若波羅蜜相空般若波羅蜜空中無般若波羅蜜無生以是因緣故舍利弗般若波羅蜜不生是非般若波羅蜜內空乃至無法有法空四念處乃至十八不共法一切種智亦如是以是因緣故內空不生是非內空乃至一切種智不生是非一切種智舍利弗問須菩提汝何因緣故言色不二是非色受想行識不二是非識乃至一切種智不二是非一切種智須菩提答言所有色所有不二所有受想行識所有不二是一切法皆不合不散無色無形無對一相所謂無相眼乃至一切種智亦如是以是因緣故舍利弗色不二是非色受想行識不二是非識乃至一切種智不二是非一切種智舍利弗問須菩提何因緣故言是色入無二法數受想行識入無二法數乃至一切種智入無二法數須菩提答言色不異

無生無生不異色色即是無生無生即是色受想行識不異無生無生不異識識即是無生無生即是識以是因緣故舍利弗色入無二法數受想行識入無二法數乃至一切種智亦如是

論問曰上品竟便應問不生何以此中方問答曰三種大法易解利益多衆生故先問何因緣故色不生爲非色乃至一切種智不生爲非一切種智須菩提答色是空色中無色相行者以是無生智慧令色無生若能得是無生心作是念令即得色實相是故說色無生爲非色色性常自無生非今智慧力故使無生如有人破色令空猶存本色想譬如除廁作舍今雖無廁猶有不淨想若能知廁本無幻化所作則無廁想行者如是若能知色從本已來初自無生者則不復存色想是故言色無生爲非色乃至一切種智亦如是問曰汝先自說無生即是無二今何以更問答曰義雖一所入觀門異上言破因中先有果若無果是生法一異等是生若初生若後生破如是等生名無生今破眼色有無等諸二故是名不二行者或先入無生觀門後入不二或先入不二後入無生觀義雖一行者分別破色二故言不二破色生故言無生上說無生因緣謂自相空今說不二因緣所謂不合不散一相所謂無相等義雖同一空上自相空此是散空色入無二法數者行者觀色不生不滅相是時分別色令變爲無生是故說色無生即是不二何以故色破散即是無生如先分別諸法時離色不得更有生今色

破散即是無生不得更有無生以是故色即是入無二法數是二阿羅漢於佛前共論竟須菩提白佛而更說是義欲使佛證知故

【經】爾時須菩提白佛言世尊若菩薩摩訶薩行般若波羅蜜如是觀諸法是時見色無生畢竟淨故見受想行識無生畢竟淨故見我無生乃至知者見者無生畢竟淨故見檀波羅蜜無生乃至般若波羅蜜無生畢竟淨故見內空無生乃至無法有法空無生畢竟淨故見四念處無生乃至十八不共法無生畢竟淨故見一切三昧一切陀羅尼無生畢竟淨故乃至見一切種智無生畢竟淨故見凡人凡人法無生畢竟淨故見須陀洹須陀洹法斯陀含斯陀含法阿那含阿那含法阿羅漢阿羅漢法辟支佛辟支佛法菩薩菩薩法佛佛法無生畢竟淨故舍利弗語須菩提如我聞須菩提所說義色是不生受想行識是不生乃至佛佛法是不生若爾者今不應得須陀洹須陀洹果斯陀含斯陀含果阿那含阿那含果阿羅漢阿羅漢果辟支佛辟支佛道不應得菩薩摩訶薩一切種智亦無六道別異亦不得菩薩摩訶薩五種菩提須菩提若一切法不生相何以故須陀洹為斷三結故修道斯陀含為薄婬恚癡故修道阿那含為斷五下分結故修道阿羅漢為斷五上分結故修道辟支佛為辟支佛法故修道何以故菩薩摩訶薩作難行為衆生受種種苦何以故佛得阿耨多羅三藐三菩提何以故佛轉法輪須菩提語舍利弗我不欲令無生法有所得我亦不欲令無生法中得須陀洹須

陀洹果乃至不欲令無生法中得阿羅漢阿羅漢果辟支佛辟支佛道我亦不欲令無生法中菩薩作難行爲衆生受種種苦菩薩亦不以難行心行道何以故舍利弗生難心苦心不能利益無量阿僧祇衆生舍利弗今菩薩憐愍衆生於衆生如父母兄弟想如兒子及已身想如是能利益無量阿僧祇衆生是用無所得故所以者何菩薩摩訶薩應生如是心如我一切處一切種不可得内外法亦如是若生如是想則無難心苦心何以故是菩薩於一切種一切處一切法不受故舍利弗我亦不欲令無生法中佛得阿耨多羅三藐三菩提亦不欲令無生中轉法輪亦不欲令以無生法得道

【論】論者言無生觀有二種一者柔順忍觀二者無生忍觀前說無生是柔順忍觀不畢竟淨漸習柔順觀得無生忍則畢竟淨問曰菩薩未盡結未得佛道智慧未淳淨云何言畢竟清淨答曰是菩薩得無生忍時滅諸煩惱得菩薩道入菩薩位雖有煩惱氣坐道場時乃盡無所妨故畢竟淨復次畢竟清淨者於柔順道畢竟清淨非爲佛道以衆生空法空故從見色無生畢竟淨乃至佛及佛法無生畢竟清淨須菩提種種因緣說諸法相決定無生因此事舍利弗作是難賢聖中最小者須陀洹須陀洹法最大者佛佛法若爾者聖人無大無小聖法亦無優劣亦無六道別異此略難後問斷三結修道者爲廣難問曰云何是五種菩提答曰一者柔順忍二者無生忍及三種菩提於三菩提中過二而住第三

菩提復有五菩提一者名發心菩提於無量生死中發心爲阿耨多羅三藐三菩提故名爲菩提此因中說果二者名伏心菩提折諸煩惱降伏其心行諸波羅蜜三者名明心菩提觀三世諸法本末總相別相分別籌量得諸法實相畢竟清淨所謂般若波羅蜜相四者名出到菩提於般若波羅蜜中得方便力故亦不著般若波羅蜜滅一切煩惱見一切十方諸佛得無生法忍出三界到薩婆若五者名無上菩提坐道場斷煩惱習得阿耨多羅三藐三菩提如是等五菩提義餘諸賢聖斷結義如先說問曰聲聞道廣說斷結義何以不說辟支佛行菩薩有種種行答曰辟支佛於聲聞無復異道但福德利根小深入諸法實相爲異菩薩道雖有種種衆行但難行苦行爲希有事衆生見已歡喜言菩薩爲我等作此行餘行雖深妙人所不知不能感物故不說復次如舍利弗難意若諸法都是無生空寂者一切衆生皆著樂菩薩何以故獨受苦行復次諸佛常樂遠離寂滅斷法愛決定知諸法不轉不還何故與衆生轉法輪須菩提於佛前說無生法佛不呵折得快心樂說無難力故答舍利弗我亦都不欲令無生法中有六種聖人除菩薩故言六及六道別異何以故以得無生法證故謂爲聖法聖人有差別於無生法中都無所有復次於無生法中有二種失麤失者殺盜等罪故有三惡道細失者用著心布施持戒等福故有三善道若菩薩生難心苦心則不能度一切衆生如世間小事心難以爲苦猶尚不成何況成

佛道成因縁者所謂大慈大悲心於衆生如父母兒子巳身想何以故父母兒子巳身自然生愛非推而生愛也菩薩善修大悲心故於一切衆生乃至怨讎同意愛念是大悲果報利益之具都無所惜持内外所有盡與衆生此中説不惜因縁所謂一切處一切種一切法不可得故若行者初入佛法用衆生空知諸法無我今用法空知諸法亦空以此大悲心及諸法空二因縁故能不惜内外所有利益衆生不起難行想苦行想一心精進歡喜如人爲自身及爲父母妻子勤身修業不以爲苦若爲他作則無歡心苦行難行如後品本生因縁變化現受畜生形中説一切諸法畢竟空不可思議相故一切法還而不轉故不名爲轉但爲破虚妄顛倒故名爲轉法輪

【經】舍利弗語須菩提今欲令以生法得道以無生法得道須菩提語舍利弗我不欲令以生法得道舍利弗言今須菩提欲令以無生法得道須菩提言我亦不欲令以無生法得道舍利弗言如須菩提所説無知無得須菩提言有知有得不以二法今以世間名字故有知有得世間名字故有須陀洹乃至阿羅漢辟支佛諸佛第一實義中無知無得無須陀洹乃至無諸佛須菩提若世間名字故有知有得六道别異亦世間名字故有非以第一實義耶須菩提言如是如是舍利弗如世間名字故有知有得六道别異亦世間名字故有非以第一實義何以故舍利弗第一實義中無業無報無生無滅無淨無垢舍利弗

語須菩提不生法生生法生須菩提言我不欲令不生法生亦不欲令生法生舍利弗言何等不生法不欲令生須菩提言色是不生法自性空不欲令生受想行識不生法自性空不欲令生乃至阿耨多羅三藐三菩提不生法自性空不欲令生舍利弗語須菩提生不生生須菩提言非生生亦非不生生何以故舍利弗生不生是二法不合不散無色無形無對一相所謂無相舍利弗以是因緣故非生生亦非不生生爾時舍利弗語須菩提須菩提樂說無生法及無生相須菩提語舍利弗我樂說無生法亦樂說無生相何以故諸無生法及無生相樂說及語言是一切法皆不合不散無色無形無對一相所謂無相舍利弗語須菩提汝樂說無生法亦樂說無生相是樂說語言亦不生須菩提言如是如是舍利弗何以故舍利弗色不生受想行識不生眼不生乃至意不生地種不生乃至識種不生身行不生口行不生意行不生檀波羅蜜不生乃至一切種智不生以是因緣故舍利弗我樂說無生法亦樂說無生相是樂說語言亦不生

論論者言爾時舍利弗知須菩提樂說無難而問言若一切法無生相此無生相云何證用是生法得證爲用不生法得證若用生法得證生法虛誑汝已種種因緣破又不可以生法得脫生法若已無生得證無生未有法相不可以證云何得證須菩提二法皆不受俱有過故如先說舍利弗作是念佛經說二法攝一切法若有爲若無爲生者有爲無生

者無爲今須菩提離此二法云何當說得道事作是念已問須菩提無有得道事耶須菩提是大阿羅漢行無諍三昧第一但爲菩薩故說是無生法汝云何當作邪見說無得道者是故言有知有得知得即是得道果之別名須菩提恐違前語故言不以二法故但爲世俗故說有須陀洹乃至佛何以故一切諸法實無我相今用我分別須陀洹乃至佛是世俗法復次未得法空故言是善是不善是有爲是無爲等第一義中無衆生故無須陀洹乃至佛法空故無須陀洹果乃至佛道聖人聖法猶尚虛誑無定實何況凡人六道業及果報問曰須菩提已種種因緣定說不生法今舍利弗何以故更問不生法生生法生答曰須菩提上說得道因緣故舍利弗得須菩提意雖說不生法破一切法爲因緣故說而心不著無生法是故更問又以此法甚深欲令聽者了了得解故更問上問得道行法今總問一切法云何生用慧眼知一切法皆不生今現見諸法生是故問云何生須菩提答二事皆非若生生法已生不應更生若不生生法未有故不應生若謂生時半生半不生是亦不生若生分則已生竟若未生分則無生故是須菩提不用是肉眼見以不通達故二法皆不受但說是生如幻如夢從虛誑法生應離應不取相舍利弗問何等法二俱不受須菩提以世諦故說色乃至一切種智畢竟不生自然空相不欲令實中有生若世諦虛誑可有生生如幻化此中說不生因緣所謂不合不散有人言生與法異謂生

是常所可生法無常是故更問答者以生法不異若說生法已說生相生不生如上說舍利弗聞須菩提所說知須菩提心愛樂無生法故語須菩提汝實愛樂說無生法須菩提即受其問心亦無愧何以故是論議不可破無有過罪何以知之須菩提自說無法可合無法可散無色無形空一相所謂無相空相尚不受何況餘相舍利弗重讚汝樂說無生法及語言皆無生是實清淨若當樂說及語言非無生但說外物無生者則非清淨須菩提即復受其讚答舍利弗非但樂說語言是無生色乃至一切種智皆亦無所生

經爾時舍利弗語須菩提須菩提於說法人中應最在上何以故須菩提隨所問皆能答須菩提言諸法無所依故舍利弗語須菩提云何諸法無所依須菩提言色性常空不依內不依外不依兩中間受想行識性常空不依內不依外不依兩中間眼耳鼻舌身意性常空不依內不依外不依兩中間色性常空乃至法性常空不依內不依外不依兩中間檀波羅蜜性常空乃至般若波羅蜜性常空不依內不依外不依兩中間內空性常空乃至無法有法空性常空不依內不依外不依兩中間舍利弗四念處性常空乃至一切種智性常空不依內不依外不依兩中間以是因緣故舍利弗一切諸法無所依性常空故如是舍利弗菩薩摩訶薩行六波羅蜜時應淨色受想行識乃至應淨一切種智舍利弗問須菩提菩薩摩訶薩云何行六波羅蜜時淨菩薩道須菩提言有世間檀波羅蜜有出

世間檀波羅蜜尸波羅蜜羼提波羅蜜毗梨耶波羅蜜禪波羅蜜般若波羅蜜有世間有出世間舍利弗問須菩提云何世間檀波羅蜜云何出世間檀波羅蜜須菩提言若菩薩摩訶薩作施主能施沙門婆羅門貧窮乞人須食與食須飲與飲須衣與衣卧具牀榻房舍香華瓔珞醫藥種種所須資生之物若妻子國土頭目手足支節內外之物盡以給施施時作是念我與彼取我不慳貪我爲施主我能捨一切我隨佛教施我行檀波羅蜜作是施已用得法與一切衆生共之迴向阿耨多羅三藐三菩提念言是布施因緣令衆生得今世樂後當令得入涅槃是人布施有三礙何等三我相他相施相著是三相布施是名世間檀波羅蜜何因緣故名世間於世間中不動不出是名世間檀波羅蜜云何名出世間檀波羅蜜所謂三分清淨何等三菩薩摩訶薩布施時我不可得不見受者施物不可得亦不望報是名菩薩摩訶薩三分清淨檀波羅蜜復次舍利弗菩薩摩訶薩布施時與一切衆生衆生亦不可得以此布施迴向阿耨多羅三藐三菩提乃至不見微細法相舍利弗是名出世間檀波羅蜜何以故名爲出世間於世間中能動能出是故名出世間檀波羅蜜尸羅波羅蜜有所依是爲世間尸羅波羅蜜無所依是爲出世間尸羅波羅蜜餘如檀波羅蜜說羼提波羅蜜毗梨耶波羅蜜禪波羅蜜般若波羅蜜有所依是名世間無所依是名出世間餘亦如檀中說如是舍利弗菩薩摩訶薩行六波羅蜜時淨菩薩道

舍利弗問須菩提云何菩薩摩訶薩爲阿耨多羅三藐三菩提道須菩提言四念處是菩薩摩訶薩爲阿耨多羅三藐三菩提道乃至八聖道分空解脫門無相解脫門無作解脫門内空乃至無法有法空一切三昧門一切陀羅尼門佛十力四無所畏四無礙智十八不共法大慈大悲舍利弗是名菩薩摩訶薩爲阿耨多羅三藐三菩提道

論問曰五百阿羅漢佛各記其第一如舍利弗智慧第一目揵連神足第一摩訶迦葉行頭陀中第一須菩提得無諍三昧第一摩訶迦栴延分別修多羅第一富樓那說法人中第一今舍利弗何以故讚須菩提於說法人中應最第一答曰佛以佛眼觀一切衆生利根鈍根籌量一切法總相別相隨其所得法各記第一無錯富樓那於四衆中用十二部經種種法門種種因緣譬喻說能利益衆生第一須菩提常行無諍三昧與菩薩同事巧便樂說一種空相法門勝富樓那譬如工師多有所能所能多故普不精悉如有人偏能一事則必盡其美富樓那雖多能不如須菩提常樂行空故能巧說空是故舍利弗聞須菩提巧說空義便讚言汝於說法人中應作第一舍利弗見須菩提隨所問皆能答如風行空中無所罣礙爾時須菩提不謙不受何以故安立平實好人相故好人相者不自讚不自毀於他亦不讚不毀若自讚身非大人相不爲人所讚而便自美若自毀是妖諂人若毀他是讒賊人若讚他是諂媚人須菩提說無生法故舍利弗雖讚而非諂須菩提以

舍利弗實讚故不謙又以斷法愛故心不高亦不愛著但答無礙無障因緣所謂一切法無所依止無所依止故無障無礙無所依止義如先說此中須菩提自說内法空故色不依止内外法空故色不依止外中間無所有故色不依止中間如色乃至一切種智亦如是若菩薩知一切三界無常空故不中依止爾時煩惱斷能淨菩薩道是故須菩提說菩薩行六波羅蜜應淨色乃至一切種智問曰淨色乃至淨一切種智即是淨菩薩道何以故更問答曰菩薩能令色畢竟空是名清淨是事深妙不可頓得是故舍利弗問新學菩薩云何修是初方便道須菩提答若菩薩能行二種波羅蜜六波羅蜜是初開菩薩道能用無所得空行三十七品是開佛道淨者名爲開如去道中荆棘名爲開道何等是二種波羅蜜一者世間二者出世間世間者須菩提自說義所謂須食與食等是義如初品中說若施時有所依止譬如老病人依恃他力能行能立施者離實智慧心力薄少故依止依止者已身財物受者是法中取相心著生憍慢等諸煩惱是名世間不動不出動者柔順忍出者無生法忍聲聞法中動者學人出者無學餘者五波羅蜜亦如是是名初開菩薩道問曰菩薩道即是阿耨多羅三藐三菩提道何以更問答曰菩薩時有道佛已到不須道是道爲得阿耨多羅三藐三菩提故名菩提道菩薩行是道故名菩薩道此中佛說遠道所謂六波羅蜜菩薩道也近道所謂三十七品菩提道也六波羅蜜中布施持戒等

雜故遠三十七品但有禪定智慧故近六波羅蜜有世間出世間雜故遠三十七品三解脫門等乃至大慈大悲畢竟清淨故近復次阿耨多羅三藐三菩提道者從初發意乃至金剛三昧其中爲菩提苦行皆是菩提道

【經】爾時舍利弗讚須菩提言善哉善哉何等波羅蜜力須菩提言是般若波羅蜜力所以者何般若波羅蜜能生一切諸善法若聲聞法辟支佛法菩薩法佛法舍利弗般若波羅蜜能受一切諸善法聲聞法辟支佛法菩薩法佛法舍利弗過去諸佛行般若波羅蜜得阿耨多羅三藐三菩提未來諸佛亦行般若波羅蜜當得阿耨多羅三藐三菩提舍利弗今現在十方世界中諸佛亦行是般若波羅蜜得阿耨多羅三藐三菩提舍利弗若菩薩摩訶薩聞說般若波羅蜜時不疑不難當知是菩薩摩訶薩行菩薩道菩薩道者救一切衆生故心不捨一切衆生以無所得故菩薩常應不離是念所謂大悲念舍利弗復問欲使菩薩摩訶薩常不離是念所謂大悲念若菩薩摩訶薩不離大悲念令一切衆生皆當作菩薩何以故須菩提一切衆生亦不離諸念故須菩提言善哉善哉舍利弗汝欲難我而成我義何以故衆生無故念亦無衆生性無故念亦性無衆生法無故念亦法無衆生離故念亦離衆生空故念亦空衆生不可知故念亦不可知舍利弗色無故念亦無色性無故念亦性無色法無故念亦法無色離故念亦離色空故念亦空色不可知故念亦不可知受想行識亦如是眼乃至意色乃至法

地種乃至識種檀波羅蜜乃至般若波羅蜜內空乃至無法有法空四念處乃至十八不共法一切三昧門一切陀羅尼門一切智一切種智乃至阿耨多羅三藐三菩提無故念亦無乃至阿耨多羅三藐三菩提不可知故念亦不可知舍利弗菩薩摩訶薩行是道我欲使不離是念所謂大悲念爾時佛讚須菩提言善哉善哉是菩薩摩訶薩般若波羅蜜其有說者亦當如是說如汝所說般若波羅蜜皆是承佛意故菩薩摩訶薩學般若波羅蜜應如汝所說學須菩提說是般若波羅蜜品時三千大千世界六種震動東湧西沒西湧東沒南湧北沒北湧南沒中湧邊沒邊湧中沒爾時佛微笑須菩提白佛言何因何緣故微笑佛告須菩提如我於此世界說般若波羅蜜東方無量阿僧祇世界諸佛亦爲諸菩薩摩訶薩說般若波羅蜜南西北方四維上下亦說是般若波羅蜜說是般若波羅蜜品時十二那由他諸天人得無生法忍十方諸佛說是般若波羅蜜時無量阿僧祇衆生亦發阿耨多羅三藐三菩提心

【論】論者言舍利弗作是念須菩提所說分別六波羅蜜世間出世間及菩提道大利益衆生故歡喜讚言善哉善哉再言之者喜之至也問是何波羅蜜力須菩提作是思惟一切心數法中除智慧無能如是分別斷疑開導諸波羅蜜中若離般若波羅蜜自體不能成就何況能分別開導如是思惟已答舍利弗是般若波羅蜜力如先說諸法中無我無知者無見者今以此證知是般若波羅蜜力非

佛力非須菩提力何以故須菩提說因緣所謂般若波羅蜜離斷常有無二邊等故能生一切善法所謂三乘法定相堅牢不壞相又般若波羅蜜無量無邊故能受一切善法如大海能受衆川萬流三乘善法者所謂六波羅蜜乃至十八不共法十方三世諸佛行般若波羅蜜故皆得阿耨多羅三藐三菩提雖行餘波羅蜜般若波羅蜜最尊大有分別通達力譬如和合下藥巴豆最有力般若波羅蜜亦如是雖與餘波羅蜜合而破諸煩惱邪見捨戲論般若波羅蜜力最勝以是故說皆是般若波羅蜜力問曰種種讚此般若波羅蜜微妙甚深誰能隨順應般若波羅蜜行答曰有菩薩無量世集諸福德利根諸煩惱折薄雖未到阿鞞跋致地聞般若波羅蜜即時信受深入通達如是相者則能行般若波羅蜜道所謂救度一切衆生令離世間憂惱大悲心故不捨一切衆生菩薩常不應離大悲及畢竟空念畢竟空破世間諸煩惱示涅槃而大悲引之令還入善法中以利益衆生爾時舍利弗難須菩提若菩薩不離是大悲念及畢竟空念者一切衆生皆當作菩薩何以故是畢竟空無相無所分別不應菩薩有而衆生無若有一切衆生應共有若無菩薩亦應無須菩提答汝欲難我而助成我義何以故諸法相畢竟空故衆生亦空衆生空故畢竟空念亦空若諸法畢竟空何有衆生實空而難我言衆生不離是念皆當爲菩薩是故說衆生無所有故畢竟空念亦無所有衆生無性衆生離衆生空衆生不可知畢竟空念

亦空色乃至阿耨多羅三藐三菩提亦如是問曰此中念是不離大悲念何以說不離畢竟空念答曰菩薩不離是念心不捨衆生用無所得故無所得空畢竟空名異而義一不可得空在初畢竟空在後以畢竟空大故生悲亦大大悲如阿差末經中說有三種悲衆生緣法緣無緣無緣悲從畢竟空生以是解舍利弗所難佛證其說故讚言善哉若欲解說般若波羅蜜者當如汝所說爾時衆中天人菩薩作是念般若波羅蜜甚深三世諸佛皆從中生須菩提小乘人云何佛讚欲說般若波羅蜜當如汝所說是故次言須菩提所說皆承佛意正使彌勒等諸菩薩梵天王等不承佛意尚不能得問何況須菩提在佛前自恣樂說諸菩薩欲學般若波羅蜜亦當如汝所說學說是品時三千大千世界地六種震動者是時會中多有菩薩發阿耨多羅三藐三菩提心皆當作佛佛是天地大主地神歡喜我主今生故使地大動復次人心信深般若波羅蜜者難得希有故是人以福德因緣感大風以動水水動故地動復次地下大龍王欲來聽般若波羅蜜從水出故水動水動故地動復次佛神力故令地動般若波羅蜜難見難知欲引導衆人令益信樂故餘地動因緣如先說此中佛自說因緣所謂我說般若波羅蜜十方諸佛亦說是般若波羅蜜十二那由他天人得阿鞞跋致地入法位是故地動又十方世界衆生等亦發無上道意是故地動爾時諸天亦有散種種蓮華及種種雜香天衣天蓋千萬種天妓樂諸龍王等

從四大海水中踴出及諸夜叉羅刹等皆生慈心合手讚佛又佛笑時無量光明遍覆十方如恒河沙等世界有爾所等希有事取要言之地動皆由說諸法實相所謂般若波羅蜜故

大智度論卷第五十三

音釋

拯（之肯切救濟也）廁（初吏切溷廁也）讎（市流切仇也）榻（託盍切狹牀也）旃（諸延切）讒（鋤咸切譖也）諂媚（諂丑琰切佞言也媚明祕切媚悦也）阿鞞跋致（梵語也此云不退轉鞞駢迷切）

大智度論卷第五十四

龍樹菩薩造

姚秦三藏法師鳩摩羅什譯

釋天王品第二十七

【經】爾時三千大千世界諸四天王天與無數百千億諸天俱來在會中三千大千世界諸釋提桓因等諸忉利天須夜摩天王等諸夜摩天删兜率陀天王等諸兜率陀天須涅蜜陀天王等諸妙化天婆舍跋提天王等諸自在行天各與無數百千億諸天俱來在會中三千大千世界諸梵王乃至首陀會諸天各與無數百千億諸天俱來在會中是諸四天王天乃至首陀婆諸天業報生身光明於佛常光百分千分千萬億分不能及一乃至不可以筭數譬喻爲比世尊光明最勝最妙最上第一諸天業報光明在佛光邊不照不現譬如燋炷比閻浮檀金爾時釋提桓因白大德須菩提是三千大千世界諸四天王天乃至首陀婆諸天一切和合欲聽須菩提說般若波羅蜜義須菩提菩薩摩訶薩云何應住般若波羅蜜中何等是菩薩摩訶薩般若波羅蜜云何菩薩摩訶薩應行般若波羅蜜須菩提語釋提桓因言憍尸迦我今當承順佛意承佛神力爲諸菩薩摩訶薩說般若波羅蜜如菩薩摩訶薩所應住般若波羅蜜中諸天子今未發阿耨多羅三藐三菩提心者今應當發心諸天子若入聲聞正位是人不能發阿耨多羅三藐三菩提心何以故與生死作障隔故是人若發阿耨多羅三藐三菩提心者我亦隨喜所以者何上人應更求上法

我終不斷其功德憍尸迦何等是般若波羅蜜菩薩摩訶薩應薩婆若心念色無常念色苦念色空念色無我念色如病如疽如癰如瘡如箭入身痛惱衰壞憂畏不安以無所得故受想行識亦如是眼耳鼻舌身意地種水火風空識種觀無常乃至憂畏不安是亦無所得故觀色寂滅離不生不滅不垢不淨受想行識亦如是觀地種乃至識種寂滅離不生不滅不垢不淨亦無所得故復次憍尸迦菩薩摩訶薩應薩婆若心觀無明緣諸行乃至老死因緣大苦聚集亦無所得故觀無明滅故諸行滅乃至生滅故老死滅老死滅故憂悲愁惱大苦聚滅以無所得故復次憍尸迦菩薩摩訶薩應薩婆若心修四念處以無所得故乃至修佛十力十八不共法以無所得故復次憍尸迦菩薩摩訶薩應薩婆若心行檀波羅蜜以無所得故行尸波羅蜜羼提波羅蜜毗梨耶波羅蜜禪波羅蜜以無所得故復次憍尸迦菩薩摩訶薩行般若波羅蜜時作是觀但諸法諸法共相因緣潤益增長分別校計是中無我無我所菩薩迴向心不在阿耨多羅三藐三菩提心中阿耨多羅三藐三菩提心不在迴向心中迴向心於阿耨多羅三藐三菩提心中不可得阿耨多羅三藐三菩提心於迴向心中不可得菩薩雖觀一切法亦無法可得是名菩薩摩訶薩般若波羅蜜釋提桓因問大德須菩提云何菩薩迴向心不在阿耨多羅三藐三菩提心中云何阿耨多羅三藐三菩提心不在迴向心中云何迴向心於阿耨多羅三藐三菩提心中

不可得云何阿耨多羅三藐三菩提心於迴向心中不可得須菩提語釋提桓因言憍尸迦迴向心阿耨多羅三藐三菩提心非心是非心相非心相中不可迴向是非心相常非心相不可思議相常不可思議相是名菩薩摩訶薩般若波羅蜜爾時佛讚須菩提言善哉善哉須菩提汝爲諸菩薩摩訶薩說般若波羅蜜安慰諸菩薩摩訶薩心須菩提白佛言世尊我應報恩不應不報恩過去諸佛及諸弟子爲諸菩薩說六波羅蜜示教利喜世尊爾時亦在中學得阿耨多羅三藐三菩提我今亦當爲諸菩薩說六波羅蜜示教利喜令得阿耨多羅三藐三菩提

論問曰初品中佛放殊勝光明諸天大集此間何以更說答曰有人言此是後會有人言即是前會天以須菩提善能說深般若波羅蜜諸天歡喜以是故佛微笑常光益更發明諸天光明不復現如日出時星月燈燭無復光明譬如燋炷在閻浮檀金邊四天王天者東方名提多羅吒秦言治國主乾闥婆及毗舍闍南方名毗流離秦言增長主拘槃茶及薜荔多西方名毗流波叉秦言雜語主諸龍王及富樓多那北方名鞞沙門秦言多聞主夜叉及羅刹釋提桓因釋迦秦言能提婆秦言天因提秦言主合而言之釋提婆那民須夜摩夜摩天王名也秦言妙善删兜率陀兜率陀天王名也秦言妙足須涅蜜陀秦言化樂婆舍跋提秦言他化自在天此間一梵天王名尸棄秦言火從梵天乃至首陀婆首陀婆天秦言淨居天業報生身光者欲界天以

燈燭明珠等施及布施持戒禪定等清淨故身常光明不須日月色界天行禪離欲修習火三昧故身常出妙光勝於日月及欲界報光明離欲天取要言之是諸光明皆由心清淨故得佛常光明者面各一丈諸天光大者雖無量由旬於佛光邊蔽而不現釋提桓因見佛神力光明作是念佛光明能蔽諸天光智慧之明亦當能破我愚闇又以佛命須菩提說般若是故言一切諸天皆大集會欲聽須菩提說般若義今大福德諸天皆集欲聞般若義云何是般若波羅蜜者是問般若體云何行者是問初入方便行云何住者問深入究竟住須菩提受其語作是答若人饑渴給足飲食感恩則深菩薩亦如是發心求佛道爲是人說般若則大得利益感恩亦深是故說般若若未發心者當發已入聖道者則不堪任以漏盡無有後生故如是等因緣故言不任問曰若是人不任者何以故言是人若發心者我亦隨喜不障其功德上人應更求上法答曰須菩提雖是小乘常習行空故不著聲聞道以是故假設言若發心有何咎此中須菩提自說二因緣一者不障其福德心二者上人應更求上法以是故上人求阿耨多羅三藐三菩提無咎若上人求小法是可恥以中間傍及餘事故更稱問何等是般若波羅蜜者所謂應薩婆若心觀色無常苦空無我如先說觀五衆能生諸惱故言如病有人聞五衆如病謂爲輕微故言如癰疽有人以癰疽難愈猶或可差故言如箭鏑入體不可得出有人以箭鏑在體雖沉深難拔良

方妙術猶可令出故言常痛惱如人著衰常有不吉五衆亦如是若人隨逐則無安隱以有衰故常懷憂怖是五衆如與師子虎狼共住常懷憂畏是五衆無常虛誑等過故常不安隱問曰五衆但有此十五種惡更有餘事答曰略說則十五廣說則無量無邊如雜阿含中訶五衆有百種罪過問曰何以常說無常苦空無我或時說八事如病如癰疽等餘七事少有說處答曰人有上中下為利根故說四即入苦諦中根者說四則不能生猒心說如病如癰等八事則生猒心鈍根人聞是八事猶不生猒更為說痛惱等七事然後乃猒利根易度故常多說四事鈍根人時有可度者故希說餘事上八事名為聖行餘七事凡夫聖人共行初四入十六聖行故般若中常說又說般若若為菩薩利根故多說聖行今問云何是初行法故此中都說十二入乃至六種等亦應如是訶十八界等亦應具說誦者忘失所以者何此十八界等諸法皆是五衆別名故不應不說若行者觀五衆等寂滅遠離不生不滅不垢不淨此但為般若波羅蜜故不合上十五說十五事三乘共故聲聞人智力薄故初始不能觀五衆若遠離若寂滅等但能觀無常等入第三諦乃能觀寂滅菩薩利根故初觀五衆便得寂滅相用無所得者常用無所得空慧觀諸法相復次釋提桓因問般若波羅蜜相不問五衆患猒事但說般若相般若相者不離五衆有涅槃不離涅槃有五衆五衆實相即是涅槃是故初發心鈍根者先用無常等觀然後觀五衆寂

滅等十二因緣亦如是復次修四念處乃至八聖道分是共法應薩婆若心以無所得者是名般若波羅蜜相六波羅蜜乃至十八不共法獨是大乘法問曰應說般若波羅蜜相行何以故中間說諸法諸法更相因緣潤益增長答曰須菩提上先說諸法無常等過後說諸法遠離寂滅無所得空然後說諸法雖空從因緣和合故有次說四念處乃至十八不共法行佛道聽者作是念上說遠離寂滅空故知非常說十二因緣故知不滅而無知者見者誰修行是諸法得佛是故說菩薩作是念諸法空無我無衆生而從因緣故有四大六識是十法各各有力能生能起能有所作如地能持水能爛火能消風能迴轉識能分別是十法各有所作衆生顛倒故謂是人作我作如皮骨和合故有語聲或者謂人語如火燒乾竹林出大音聲此中無有作者又如木人幻人化人雖能動作無有作者此十法亦如是前生法後生法因緣和合或共生因緣或相應因緣或報因緣等常修常集因緣令果報增長如春植果樹隨時溉灌花果繁茂以智慧分別知一切諸法無有作者菩薩初發意迴向與佛心作因緣而初發意迴向時未有佛心佛心中無初迴向心雖無而能作因緣問曰若初發心迴向時無菩提心者何所迴向答曰般若波羅蜜實相中諸法非常相非無常相非有相非無相故不應難言迴向心已滅無所有云何與菩提作因若諸法不生不滅非不生非不滅云何以不生不滅作難無菩提心何所迴向復次佛自說

菩提相非過去非未來非現在云何難言未來無菩提故何所迴向復次如如品中說過去世不離未來世未來世不離過去世過去世如未來世如一如無二云何說菩提心不在迴向心中迴向心不在菩提心中但菩薩聞讃嘆佛法發心愛樂我所有功德皆迴向佛道從發心已來乃至佛道修是功德不休不息用如幻如夢無所得故是名菩薩般若波羅蜜能知諸法因緣生果報而無有定相釋提桓因難何以故迴向心不在菩提心中可得菩提心不在迴向心中可得須菩提不以世諦如幻如夢說但以第一義諦說是二心皆空非心相何以故諸法畢竟空中無是心非心如是法云何可有迴向若有二法可有迴向譬如乘車西行南有止宿處故迴車趣向車與迴向處異故可有迴向不得但有車而言迴向無異故非心相常非心相者須菩提意謂是心相如常住不生不滅不垢不淨以非心相故非心亦無是非心是故說不可思議不可思議亦常不可思議不可籌量思惟取相以是因緣故阿耨多羅三藐三菩提所因心似果不似則不能生若初心不淨後不能發淨心如鍊鐵不能成金佛以須菩提深入因緣般若波羅蜜中此是般若波羅蜜名也以能深得諸法因緣故即以為名無有違錯故於大衆中讃言善哉善哉汝是小乘人而能善說深般若波羅蜜安慰諸菩薩心者以般若波羅蜜示諸菩薩汝莫自以煩惱未盡未成佛道故而自懈廢諸法無障無礙初心後心無有異相但勤精進則成佛道

我應報恩者須菩提作是念我行此諸法實相得脫老病死苦我云何不念是法大恩以是故常樂說復次佛有大悲心樂說法度衆生我以佛恩故得道我亦助佛說法度衆生是爲報恩又知今世尊因過去諸佛得成佛道是故我亦愛敬過去佛如子愛敬父故亦愛重於祖父亦愛敬過去諸菩薩及弟子能說法教示故今世尊亦因此得成須菩提深心信三寶故說我知今世尊及法過去諸佛及弟子恩法即是法寶今佛過佛即是佛寶諸菩薩及弟子是僧寶六波羅蜜如先說示者示人好醜善不善應行不應行生死爲醜涅槃安隱爲好分別三乘分別六波羅蜜如是等名示教者教言汝捨惡行善是教利者未得善法味故心則退沒爲說法引導令出汝莫於因時求果汝今雖勤苦果報出時大得利益令其心利故名利喜者隨其所行而讚歎之令其心喜若樂布施者讚布施則喜故名喜以此四事莊嚴說法

【經】爾時須菩提語釋提桓因言憍尸迦汝今當聽菩薩摩訶薩般若波羅蜜中如所應住所不應住憍尸迦色色空受想行識識空菩薩菩薩空是色空菩薩空不二不別受想行識空菩薩空不二不別憍尸迦菩薩摩訶薩般若波羅蜜中應如是住復次眼眼空乃至意意空菩薩菩薩空眼空乃至菩薩空不二不別六塵亦如是地種地種空乃至識種識種空菩薩菩薩空憍尸迦地種空乃至識種空菩薩空不二不別憍尸迦菩薩摩訶薩般若波羅蜜中應如是住無明無明空乃至老

死老死空無明滅無明滅空乃至老死滅老死滅空菩薩菩薩空憍尸迦無明空乃至老死空無明滅空乃至老死滅空菩薩空不二不別憍尸迦菩薩摩訶薩般若波羅蜜中應如是住檀波羅蜜乃至般若波羅蜜内空乃至無法有法空四念處乃至十八不共法一切三昧門一切陀羅尼門聲聞乘辟支佛乘佛乘聲聞辟支佛菩薩佛亦如是一切種智一切種智空菩薩菩薩空一切種智空菩薩空不二不別憍尸迦菩薩摩訶薩般若波羅蜜中應如是住爾時釋提桓因問須菩提云何般若波羅蜜中所不應住須菩提言憍尸迦菩薩摩訶薩不應色中住以有所得故不應受想行識中住以有所得故不應眼中住乃至不應意中住不應色中住乃至不應法中住眼識乃至意識眼觸乃至意觸眼觸因緣生受乃至意觸因緣生受中不應住以有所得故地種乃至識種中不應住以有所得故檀波羅蜜乃至般若波羅蜜四念處乃至十八不共法中不應住以有所得故須陀洹果中不應住以有所得故乃至阿羅漢果辟支佛道菩薩道佛道一切種智不應住以有所得故復次憍尸迦菩薩摩訶薩色是常不應住色是無常不應住受想行識亦如是色若樂若苦若淨若不淨若我若無我若空若不空若寂滅若不寂滅若離若不離不應住以有所得故受想行識亦如是復次憍尸迦菩薩摩訶薩須陀洹果無爲相斯陀含果無爲相阿那含果無爲相阿羅漢果無爲相不應住辟支佛道無爲相佛道無爲相不應住

須陀洹福田不應住斯陀含阿那含阿羅漢辟支佛佛福田不應住復次憍尸迦菩薩摩訶薩初地中不應住以有所得故乃至第十地中不應住以有所得故復次菩薩摩訶薩住初發心中我當具足檀波羅蜜不應住乃至我當具足般若波羅蜜不應住具足六波羅蜜當入菩薩位不應住入菩薩位已當住阿鞞跋致地不應住菩薩當具足五神通不應住以有所得故菩薩住五神通已我當遊無量阿僧祇佛世界禮敬供養諸佛聽法聽法已爲他人說菩薩摩訶薩如是不應住以有所得故如諸佛世界嚴淨我亦當莊嚴世界不應住以有所得故成就衆生令入佛道不應住到無量阿僧祇世界諸佛所尊重愛敬供養以香華瓔珞塗香擣香幢旛華蓋百千億種寶衣供養諸佛不應住以有所得故我當令無量阿僧祇衆生發阿耨多羅三藐三菩提心如是菩薩不應住我當生五眼肉眼天眼慧眼法眼佛眼不應住我當生一切三昧門不應住隨所欲遊戲諸三昧不應住我當生一切陀羅尼門不應住我當得佛十力不應住我當得四無所畏四無礙智十八不共法不應住我當具足大慈大悲不應住我當具足三十二相不應住我當具足八十隨形好不應住以有所得故是八人是信行人是法行人如是不應住須陀洹極七世生不應住家家不應住須陀洹命終垢盡不應住須陀洹中間入涅槃不應住是人向斯陀含果證不應住是人斯陀含一來入涅槃不應住是人向阿那含果證不應住斯陀含一

種不應住是人阿那含彼間入涅槃不應住是人向阿羅漢果證不應住是人阿羅漢今世入無餘涅槃不應住是辟支佛不應住過聲聞辟支佛地我當住菩薩地不應住道種智中不應住以有所得故一切種一切法知已斷諸煩惱及習不應住佛得阿耨多羅三藐三菩提當轉法輪不應住作佛事度無量阿僧祇衆生入涅槃不應住四如意足中不應住入是三昧住如恒河沙等劫壽不應住我當得壽命無央數劫不應住三十二相一一相百福莊嚴不應住我一世界如十方恒河沙等世界不應住我三千大千世界純是金剛不應住使我菩提樹當出如是香衆生聞是無有婬欲瞋恚愚癡亦無聲聞辟支佛心是一切人必當得阿耨多羅三藐三菩提若衆生聞是香者身病意病皆悉除盡不應住當使我世界中無有色受想行識名字不應住當使我世界中無有檀波羅蜜名字乃至無有般若波羅蜜名字當使我世界中無有四念處名字乃至無有十八不共法名字亦無須陀洹名字乃至佛無有佛名字不應住以有所得故何以故諸佛得阿耨多羅三藐三菩提時一切諸法無所得故如是憍尸迦菩薩於般若波羅蜜中不應住以無所得故爾時舍利弗心念菩薩今云何應住般若波羅蜜中須菩提知舍利弗心所念語舍利弗言於汝意云何諸佛何所住舍利弗語須菩提諸佛無有住處諸佛不色中住不受想行識中住不有為性中住不無爲性中住不四念處中住乃至不十八不共法中住不一

切種智中住舍利弗菩薩摩訶薩般若波羅蜜中應如是住如諸佛住諸法中非住非不住舍利弗菩薩摩訶薩般若波羅蜜中應如是學我當住不住法故

論論者言般若波羅蜜中住者所謂五衆五衆相空五衆相空者以十八空觀故復次般若波羅蜜經說空義五衆相空但凡夫顛倒故取五衆相五衆和合取菩薩相般若波羅蜜中以衆生空除衆生即是無菩薩相以法空除五衆則無五衆相二空無有別異故言五衆空菩薩空無二無別如栴檀火滅糞草木火滅滅法無異取未滅時相於滅時說故有別異於滅中則無異乃至一切種智亦如是不應住者所謂五衆中不應住問曰應說如住義何以故說不住答曰若能於五衆中心離不住則是住義是故說以有所得故不應住乃至一切種智亦如是先說五衆中不應住不知以何門不應住今說常無常等門中不應住乃至遠離不應住問曰須陀洹果等無爲相不應住有何次第答曰菩薩先觀諸法空無所有心退没欲取涅槃涅槃即是無爲相是故今說須陀洹果等無爲相不應住若是須陀洹果無爲相則無法可著何所愛何所取若是有爲相有爲相則虚誑無實亦不應住是故說須陀洹果無爲相不應住乃至佛無爲相不應住亦如是如菩薩欲行佛道初行檀波羅蜜應求福田所以者何福田因緣功德故所願得滿如種良田則所收益多如佛說餘田果報有量賢聖田無量果報亦無量菩薩聞是須陀洹等福田果報無

量故便欲作須陀洹以是故說須陀洹福田不應住乃至辟支佛亦如是問曰二乘小故應過不住佛福田何以不住答曰菩薩法於諸法應平等若以佛爲大衆生爲小則破等法相復次空故一切處不應住復次菩薩等心布施若分別福田則破大悲亦破三分清淨布施初地中不應住者若不捨初地則不得二地求大益故應捨小利復次以著心取相故不應住乃至第十亦如是問曰若菩薩摩訶薩法從初發心應行六波羅蜜行六波羅蜜故入法位入法位故應住阿鞞跋致地住阿鞞跋致地已應起五神通供養十方諸佛如後廣說今何以故皆言不應住答曰不破清淨住但破計我邪見取相心住譬如治田去其穢草復次爲斷法愛故不應住不欲違諸佛說畢竟空智慧故不應住若以方便不著心憐愍衆生故雖住無咎乃至八十種隨形好亦如是八人者所謂見諦道中信行法行須陀洹極久七世生有須陀洹今世煩惱盡得阿羅漢有家家須陀洹三世生三世生已入涅槃有中間須陀洹除第三餘中間入涅槃住六無礙五解脫中者皆是須陀洹向斯陀含斷欲界六種結生天上從天上來生人間入涅槃名斯陀含斷欲界第七分結名向阿那含斷第八分結亦名向阿那含名一種子斯陀含此間死彼間生入涅槃能斷欲界一切結使名阿那含此間死生色無色界入涅槃更不復來生有今世滅阿那含有中陰滅阿那含有即生時入涅槃阿那含有生已修起諸行入涅槃阿那含有不勤求諸

行入涅槃阿那含有上行乃至阿迦膩吒阿那含有生無色界入涅槃阿那含有得身證入涅槃阿那含是名阿那含亦名向阿羅漢阿羅漢有九種漏盡捨身時名入無餘涅槃過聲聞辟支佛地住菩薩地道種智一切種智知一切法斷一切煩惱及習成佛轉法輪三十二相廣世界度無量衆生無量壽命皆如先論議中說聲聞人善修四如意足得是三昧力能住壽若一劫若減一劫菩薩善修四如意三昧若欲如恒河沙劫壽亦得如意三千大千世界純是金剛者餘世界雖底有金剛及佛所行所坐處有金剛而餘處皆無是菩薩所願世界皆是金剛菩提樹香度衆生者如先議中說問曰此中事雖希有皆可信無有色受想行識名字無檀波羅蜜名字乃至佛名字是難可信答曰有世界大福德智慧人生處樹木虛空土地山水等常出諸法實相之音所有法皆是不生不滅不淨不垢空無相無作等衆生生便聞是音自然得無生法忍如是世界中不須分別說諸法名字所謂是五衆十二入等檀波羅蜜乃至十八不共法須陀洹乃至諸佛是世界衆生皆有三十二相八十隨形好莊嚴身無量光明一種道一種果是中不應住者菩薩自念我能生如是世界則生高心以是故不應取相住此中須菩提自說不住因緣諸佛得佛道時於諸法中不得定實相故當何所住令舍利弗作是念若都無所住當住何處得成佛道須菩提知舍利弗心所念語舍利弗諸菩薩皆是佛子子法應如父所行諸佛心於一

切法中無所住所謂色乃至一切種智菩薩亦應如是學用無所住心行般若波羅蜜如諸佛無所住心中亦不住非不住心中亦不住畢竟清淨故諸菩薩亦應隨佛住畢竟清淨故諸菩薩亦應隨佛學

【經】爾時會中有諸天子作是念諸夜叉言語名字句所說尚可了知須菩提所說言語論義解釋般若波羅蜜了不可知須菩提知諸天子心所念語諸天子不解不知耶諸天子言大德不解不知須菩提語諸天子汝等法應不知我無所論說乃至不說一字亦無聽者何以故諸字非般若波羅蜜般若波羅蜜中無聽者諸佛阿耨多羅三藐三菩提無字無說諸天子如佛化作化人是化人復化作四部衆比丘比丘尼優婆塞優婆夷化人於四部衆中說法於汝意云何是中有說者有聽者有知者不諸天子言不也大德須菩提言一切法皆如化此中無說者無聽者無知者諸天子譬如人夢中見佛說法於汝意云何是中有說者有聽者有知者不諸天子言不也大德須菩提語諸天子一切諸法皆如夢無說無聽無知者諸天子譬如二人在大深澗各住一面讚佛法衆有二響出於諸天子意云何是二人響展轉相解不諸天子言不也大德須菩提語諸天子一切法亦如是無說無聽無知者諸天子譬如巧幻師於四衢道中化作佛及四部衆於中說法於諸天子意云何是中有說者有聽者有知者不諸天子言不也大德諸天子一切諸法如幻無說者無聽者無知者爾時諸天子心

念須菩提所說欲令易解轉深轉妙須菩提知諸天子心所念語諸天子言色非深非妙受想行識非深非妙色性非深非妙受想行識性非深非妙眼性乃至意性色性乃至法性眼界性乃至意界性眼識乃至意識眼觸乃至意觸眼觸因緣生受乃至意觸因緣生受檀波羅蜜乃至般若波羅蜜內空乃至無法有法空四念處乃至十八不共法一切諸三昧門一切陀羅尼門乃至一切種智一切種智性非深非妙諸天子復作是念是所說法中不說色不說受想行識不說眼乃至意觸因緣生受不說檀波羅蜜乃至般若波羅蜜不說內空乃至無法有法空不說四念處乃至十八不共法不說陀羅尼門三昧門乃至一切種智不說須陀洹果乃至阿羅漢果不說辟支佛道不說阿耨多羅三藐三菩提道是法中不說名字語言須菩提知諸天子心所念語諸天子言如是如是諸天子是法中諸佛阿耨多羅三藐三菩提不可說相是中亦無說者亦無聽者亦無知者以是故諸天子善男子善女人欲住須陀洹果欲證須陀洹果者是人不離是忍斯陀含阿那含阿羅漢果辟支佛佛道欲住欲證不離是忍如是諸天子菩薩摩訶薩從初發心般若波羅蜜中應如是住以無說無聽故

論問曰諸夜叉語雖隱覆不正而事則鄙近說深般若波羅蜜雖用常辭而幽旨玄遠事異趣乖何以相況答曰諸天適以人所不解況已未悟不必事趣皆同以爲喻也有人言天帝九百九十九門門皆以六青衣夜叉守

之此諸夜叉語言浮僞情趣妖諂諸天賤之不以在意是故不解其言而其意況可不須言辯而識之故言尚可了知今聞深般若言似可及而玄旨幽邃尋之雖深而失之逾遠故以夜叉言況其叵知又以夜叉語雖難解眼見相傳其言度其心則皆可知譬如深淵駛水得船可度須菩提所說般若波羅蜜畢竟空義無有定相不可取不可傳譯得悟不得言有不得言無不得言有無不得言非有非無非有非無亦無一切心行處滅言語道斷故是故諸天子驚疑迷悶須菩提答諸天子汝所不解者法自應爾是法無所說乃至不說一字可著可取無字無語是諸佛道何以故名字皆空虛誑無實如破色名字中說用名字則有語言若無名字則無語言諸天子作是念若無說若無聽今日和合聚會有何所作須菩提欲解此義故以譬喻明之諸天子復作是念欲以譬喻解悟我等而此譬喻轉更深妙譬喻以麤喻細以定事明不定今此譬喻亦微妙無定相須菩提知諸天子心於深般若中迷沒不能自出是故說般若波羅蜜不異五衆五衆實相即是般若波羅蜜令是五衆非深非妙乃至一切種智非深非妙諸天子爾時深知須菩提口雖說色心無所說乃至阿耨多羅三藐三菩提亦如是須菩提知諸天子心答言如是如是非我獨爾佛得菩提時亦無說寂滅相實無說者聽者是故須陀洹果乃至佛道皆因無為法而有離是法得是忍則無須陀洹乃至佛道亦如是菩薩初發心乃至得佛於其中間一切

法無說無聞諸觀滅故語言斷故不可說不可說故不可聽不可聽故不可知不可知故於一切法無受無著則入涅槃

大智度論卷第五十四

音釋

癰於容切疽也 薜荔多梵語也此云餓鬼薜毗意切荔力智切 鏑丁歷切矢鋒也 鍊郎甸切鍛也 擣覩老切舂也 嚮許兩切 衢權俱切路四達曰衢 駛奘士切疾也

大智度論卷第五十五

龍　樹　菩　薩　造

姚秦三藏法師鳩摩羅什譯

釋如幻品第二十八（經作幻聽品）

【經】爾時諸天子心念應用何等人聽須菩提所說須菩提知諸天子心所念語諸天子言如幻化人聽法我應用如是人何以故如是人無聞無聽無知無證故諸天子語須菩提是衆生如幻如化聽法者亦如幻如化耶如是如是諸天子衆生如幻聽法者亦如幻衆生如化聽法者亦如化諸天子我如幻如夢衆生乃至知者見者亦如幻如夢諸天子色如幻如夢受想行識如幻如夢眼乃至意觸因緣生受如幻如夢內空乃至無法有法空檀波羅蜜乃至般若波羅蜜如幻如夢諸天子四念處乃至十八不共法如幻如夢須陀洹果如幻如夢斯陀含果阿那含果阿羅漢果辟支佛道如幻如夢諸天子佛道如幻如夢爾時諸天子問須菩提汝說佛道如幻如夢汝說涅槃亦復如幻如夢耶須菩提語諸天子我說佛道如幻如夢我說涅槃亦如幻如夢若當有法勝於涅槃者我說亦復如幻如夢何以故諸天子是幻夢涅槃不二不別

【論】問曰上已說如幻如夢無說者無聽者今何以復問應用何等人隨須菩提意聽法者答曰諸天子先言須菩提所說不可解此中須菩提說幻化人喻令諸天子更作是念何等人聽與須菩提所說相應能信受行得道果須菩提答如幻化人聽者則與我說法相應問曰是化人無心心數法不能聽受何用

說法答曰非即使幻化人聽但欲令行者於諸法用心無所著如幻化人是幻化人無聞亦無證衆生如幻如夢聽法亦如幻如夢衆生者說法人聽法者是受法人須菩提言不但說法者聽法者如幻如夢我乃至知者見者皆如幻如夢色亦如幻如夢乃至涅槃如幻如夢即是所說法如幻如夢一切衆生中佛爲第一一切諸法中涅槃第一聞是二事如幻如夢心則驚疑佛及涅槃最上最妙云何如幻如夢以是故更重問其事佛及涅槃悉如幻如夢耶須菩提將無誤說我等將無謬聽是以更定問須菩提語諸天子我說佛及涅槃正自如幻如夢是二法雖妙皆從虛妄法出故空所以者何從虛妄法故有涅槃從福德智慧故有佛是二法屬因緣無有實定如念佛念法義中說須菩提作是念般若波羅蜜力假令有法勝涅槃者能令如幻何況涅槃何以故涅槃一切憂愁苦惱畢竟滅以是故無有法勝涅槃者問曰若無法勝涅槃者何以故說若有法勝涅槃亦復如幻答曰譬喻法或以實事或時假設隨因緣故說如佛言若令樹木解我所說者我亦記言得須陀洹但樹木無因緣可解佛爲解悟人意故引此喻耳涅槃是一切法中究竟無上法如衆川萬流大海爲上諸山之中須彌爲上一切法中虛空爲上涅槃亦如是無有老病死苦無有邪見貪恚等諸衰無有愛別離苦無怨憎會苦無所求不得苦無常虛誑敗壞變異等一切皆無以要言之涅槃是一切苦盡畢竟常樂十方諸佛菩薩弟子衆所歸處

安隱常樂無過是者終不爲魔王魔人所破如阿毗曇中說有上法者一切有爲法及虛空非智緣盡無上法者智緣盡所謂涅槃是故知無法勝涅槃者須菩提美般若波羅蜜力大故言若有法勝涅槃者是亦如幻譬如大熱鐵丸以著擘起毳上直燒下過勢熱無損但更無可燒者般若波羅蜜智慧破一切有法乃至涅槃直過無礙智力不滅直更無法可破是故言設有法勝涅槃智慧力亦能破

【經】爾時慧命舍利弗摩訶目揵連摩訶拘絺羅摩訶迦旃延富樓那彌多羅尼子摩訶迦葉及無數千菩薩問須菩提般若波羅蜜如是甚深難見難解難知寂滅微妙誰當受者爾時阿難語諸大弟子及諸菩薩阿鞞跋致諸菩薩摩訶薩能受是甚深難見難解難知寂滅微妙般若波羅蜜正見成就人漏盡阿羅漢所願已滿亦能受之復次善男子善女人多見佛於諸佛所多供養種善根親近善知識有利根是人能受不言是法非法須菩提言不以空分別色不以色分別空受想行識亦如是不以無相無作分別色不以色分別無相無作受想行識亦如是不以無生無滅寂滅離分別色不以色分別無生無滅寂滅離受想行識亦如是眼乃至意觸因緣生受亦如是檀波羅蜜乃至般若波羅蜜內空乃至無法有法空四念處乃至十八不共法一切三昧門一切諸陀羅尼門須陀洹乃至阿羅漢辟支佛佛一切智不以空分別一切智不以一切智分別空不以空分別一切種

智不以一切種智分別空無相無作無生無滅寂滅離亦如是須菩提語諸天子言是般若波羅蜜甚深誰能受者是般若波羅蜜中無法可示無法可說若無法可示無法可說受人亦不可得爾時舍利弗語須菩提言般若波羅蜜中廣說三乘之教及攝取菩薩之法從初發意地乃至十地檀波羅蜜乃至般若波羅蜜四念處乃至八聖道分佛十力乃至十八不共法護持菩薩之教菩薩摩訶薩如是行般若波羅蜜常化生不失神通遊諸佛國具足善根隨其所欲供養諸佛即得如願從諸佛所聽受法教至薩婆若初不斷絕未曾離三昧時當得捷疾辯利辯不盡辯不可斷辯隨應辯義辯一切世間最上辯須菩提言如是如是如舍利弗言般若波羅蜜廣說三乘之教及護持菩薩之教乃至菩薩摩訶薩得一切世間最上辯不可得故我乃至知者見者不可得色受想行識檀波羅蜜乃至般若波羅蜜不可得內空乃至無法有法空不可得四念處乃至八聖道分佛十力乃至一切種智亦不可得故舍利弗語須菩提何因縁故般若波羅蜜中廣說三乘而不可得何因縁故般若波羅蜜中護持菩薩何因縁故菩薩摩訶薩得捷疾辯乃至一切世間最上辯不可得故須菩提語舍利弗言以內空故般若波羅蜜廣說三乘不可得外空乃至無法有法空故廣說三乘不可得內空故護持菩薩乃至一切世間最上辯不可得故外空乃至無法有法空故護持菩薩乃至一切世間最上辯不可得故

【論】論者言是時諸大弟子舍利弗等語須菩提是般若波羅蜜法甚深難解以諸法無定相故爲甚深諸思惟觀行滅故難見亦不著般若波羅蜜故名難解難知滅三毒及諸戲論故名寂滅得是智慧妙味故常得滿足更無所求餘一切智慧皆麤澀叵樂故言微妙諸大弟子作是言般若波羅蜜智甚深世間人智慧淺薄但貪著福德果報而不樂修福德著有則情勇破有則心怯本所聞習邪見經書堅著不捨如是人常樂世樂以是故言誰能信受是深般若波羅蜜若無信受何用說爲阿難助答有四種人能信受是故大德須菩提所說必有信受不空說也一者阿鞞跋致菩薩摩訶薩知一切法不生不滅不取相無所著故是則能受二者漏盡阿羅漢漏盡故無所著得無爲最上法所願已滿更無所求故常住空無相無作三昧隨順般若波羅蜜故則能信受三者三種學人正見成就漏雖未都盡四信力故亦能信受四者有菩薩雖未得阿鞞跋致福德利根智慧清淨常隨善知識是人亦能信受信受相不言是法非佛菩薩大弟子所說雖聞般若波羅蜜諸法皆畢竟空不以受先法故而言非法問曰自上已來阿難都無言論今何以代須菩提答答曰阿難是第三轉法輪將能爲大衆師是世尊近侍雖得初道以漏未盡故雖有多聞智慧自以於空智慧中未能善巧若說空法自未入故皆是他事是故無言或時說諸有事則能問能答如後品中問佛言世尊何以但讚歎般若波羅蜜不讚五波羅蜜此中

問人誰能信是深般若波羅蜜者非是空事故阿難便答須菩提常樂說空事不喜說有又以阿難是時樂說心生是故聽答阿難煩惱未盡故智慧力鈍然信力猛利故於甚深般若波羅蜜中能如法問答問曰般若波羅蜜無所有無有一定法云何四種人信受不言非法答曰今須菩提此中自說因緣不以空分別色色即是空空即是色以是故般若波羅蜜無所失無所破若無所破則無過罪是故不言非法空即是般若波羅蜜不以空智慧破色令空亦不以破色因緣故有空空即是色色即是空故以般若波羅蜜中破諸戲論有如是功德故無不信受無相無作無生無滅寂滅遠離亦如是乃至一切種智皆應廣說問曰諸大弟子問是義須菩提何以乃答諸天子答曰諸大弟子已得阿羅漢但自為疑故問利益事少諸天子發心為菩薩利益深故為說復次雖為諸天說即是答諸大弟子上說諸法空今說深般若波羅蜜中衆生畢竟空以是故般若波羅蜜中無有說者何況有聽受者若能如是解諸法空心無所著則能信受爾時須菩提說深般若波羅蜜舍利弗讚歎助成其事般若波羅蜜非但以空故可受亦廣說有三乘三乘義如先說攝取菩薩者以般若波羅蜜利益諸菩薩令得增長復次攝取者是般若中有十地令菩薩從一地至一地乃至第十地十地義從六波羅蜜乃至一切種智義如先說化生者說般若行報行般若波羅蜜於一切法無礙故得捷疾辯有人雖能捷疾鈍根故不能深入

以能深入故利是利辯說諸法實相無邊無盡故名樂說無盡般若中無諸戲論故無能問難斷絕者名不可斷辯斷法愛故隨衆生所應而爲說法名隨應辯說趣涅槃利益之事故名義辯說一切世間第一之事所謂大乘是名世間最上辯須菩提然其問言如是如是舍利弗作是念須菩提常樂說空何以故受我所說般若波羅蜜廣說三乘之教應當更有因緣須菩提答般若波羅蜜雖廣說三乘法非有定相皆以十八空和合故說攝取菩薩七種辯亦如是以空智慧故

釋散華品第二十九

(經)爾時釋提桓因及三千大千世界中四天王天乃至阿迦尼吒諸天作是念慧命須菩提爲雨法雨我等寧可化作華散佛菩薩摩訶薩比丘僧須菩提及般若波羅蜜上釋提桓因及三千大千世界中諸天化作華散佛菩薩摩訶薩比丘僧及須菩提上亦供養般若波羅蜜是時三千大千世界華悉周遍於虛空中化成華臺端嚴殊妙須菩提心念是天子所散華天上未曾見如是華比是華是化華非樹生華是諸天子所散華從心樹生非樹生華釋提桓因知須菩提心所念語須菩提言大德是華非生華亦非意樹生須菩提語釋提桓因言憍尸迦汝言是華非生華亦非意樹生憍尸迦是華若非生法不名爲華釋提桓因語須菩提言大德但是華不生色亦不生受想行識亦不生須菩提言憍尸迦非但是華不生色亦不生若不生是不名爲色受想行識亦不生若不生是不名爲識

六入六識六觸六觸因緣生諸受亦如是檀波羅蜜不生若不生是不名檀波羅蜜乃至般若波羅蜜不生若不生是不名般若波羅蜜內空不生若不生是不名內空乃至無法有法空不生若不生是不名無法有法空四念處不生若不生是不名四念處乃至十八不共法不生若不生是不名十八不共法乃至一切種智不生若不生是不名一切種智

論釋曰釋提桓因及諸天聞須菩提所說般若義一切法盡是實相無所分別雖說空於諸法無所破亦不失諸行業果報聲聞人於佛前能說是甚深法故釋提桓因等皆歡喜作是念須菩提所說法無礙無障譬如時雨如有國土溉灌種蒔及種種用水常苦不足若時雨普降無不沾洽無不如願小乘法亦如是初種種讚歎布施持戒禪定無常等諸觀有量有限末後說涅槃此中須菩提所明從初發心乃至佛道雖說諸法實相無所分別譬如大雨遍滿閻浮提無所不潤又如地先雖有穀子無雨則不生行者亦如是雖有因緣不得法雨發心者退未發者住若得法雨發心者增長未發者發以是故說如雨法雨復次譬如惡風塵土諸熱毒氣等得雨則消滅法雨亦如是惡覺觀塵土三不善毒邪見惡風邪師惡蟲及諸惡知識等得般若波羅蜜法雨則皆除滅人蒙時雨故供養天諸天聞法雨大利益欲供養故作是念我等寧可作華散佛諸大菩薩比丘僧及須菩提亦供養般若波羅蜜以須菩提善說般若敬之重故甄名供養是般若波羅蜜多說諸法空

又上欲得如化人聽法隨其相故以化華供養復次諸天當歡喜時便稱心供養不容多還取即作化華散佛須菩提諸菩薩比丘僧及般若波羅蜜華散佛上是供養佛寶散諸菩薩須菩提及般若波羅蜜是供養法寶散諸比丘僧是供養僧寶作是念巳隨意變化供養三寶大福德成就故心生所願皆得如意不從他求問曰華臺端嚴爲是誰力答曰是諸天力諸天福德自在故小能爲大有人言佛神力佛以此般若波羅蜜有大功德因時少而果報甚大成就佛道是故現此奇特須菩提即時分別知非實華釋提桓因知須菩提覺是化華語須菩提言大德是華非生華非生華者言是華無生空無所出須菩提是般若波羅蜜諸法無生空寂故以無生華供養意樹者諸天隨意所念則得以要言之天樹隨意所欲應念則至故言意樹釋提桓因難須菩提故言是華無生何以言是華不從樹生須菩提反質言若不生何以名華不生法中無所分別所謂是華是非華是時釋提桓因心伏而問但是華無生諸法亦無生須菩提答非但是華不生色亦不生何以故若一法空則一切法皆空若行者於一法中了了決定知空則一切法中皆亦明了若五衆不生則非五衆相乃至一切種智亦如是五衆從因緣和合生無有定性但有假名假名實相者所謂五衆如法性實際須菩提所說不違此理何以故聖人知名字是俗諦實相是第一義諦有所說者隨凡夫人第一義諦中無彼此亦無諍乃至一切種智亦如是

衆生空乃至知者見者空故須陀洹但有假名乃至佛亦如是（已上一百九字依舊藏本移入于此）

【經】爾時釋提桓因作是念是慧命須菩提其智甚深不壞假名而説諸法實相佛知釋提桓因心所念語釋提桓因言如是如是憍尸迦須菩提其智甚深不壞假名而説諸法實相釋提桓因白佛言大德須菩提云何不壞假名而説諸法實相佛告釋提桓因色但假名須菩提不壞假名而説諸法實相受想行識但假名須菩提亦不壞假名而説諸法實相所以者何是諸法實相無壞不壞故須菩提所説亦無壞不壞眼乃至意觸因緣生諸受亦如是檀波羅蜜乃至般若波羅蜜内空乃至無法有法空四念處乃至十八不共法亦如是須陀洹果乃至阿羅漢果辟支佛道菩薩道佛道一切智一切種智亦如是須陀洹乃至阿羅漢辟支佛佛是但假名須菩提不壞假名而説諸法實相何以故是諸法實相無壞不壞故須菩提所説亦無壞不壞如是憍尸迦須菩提不壞假名而説諸法實相須菩提語釋提桓因如是如是憍尸迦如佛所説諸法但假名菩薩摩訶薩當作是知諸法但假名應如是學般若波羅蜜憍尸迦菩薩摩訶薩作如是學爲不學色不學受想行識何以故不見色當可學者不見受想行識當可學者菩薩摩訶薩如是學爲不學檀波羅蜜何以故不見檀波羅蜜當可學者乃至不學般若波羅蜜何以故不見般若波羅蜜當可學者如是學爲不學内空乃至無法有法空何以故不見内空乃至無法有法空當

可學者如是學爲不學四念處乃至十八不共法何以故不見四念處乃至十八不共法當可學者如是學爲不學須陀洹果乃至一切種智何以故不見須陀洹果乃至一切種智當可學者爾時釋提桓因語須菩提言菩薩摩訶薩何因緣故不見色乃至不見一切種智須菩提言色色空乃至一切種智一切種智空憍尸迦色空不學色空乃至一切種智空不學一切種智空憍尸迦若如是不學空是名學空以不二故是菩薩摩訶薩學色空以不二故乃至學一切種智空不二故若學色空不二故乃至學一切種智空不二故是菩薩摩訶薩能學檀波羅蜜不二故乃至能學般若波羅蜜不二故能學四念處不二故乃至能學十八不共法不二故能學須陀洹果不二故乃至能學一切種智不二故是菩薩能學無量無邊阿僧祇佛法若能學無量無邊阿僧祇佛法是菩薩不爲色增學不爲色減學乃至不爲一切種智增學不爲一切種智減學若不爲色增減學乃至不爲一切種智增減學是菩薩不爲色受學不爲色滅學亦不爲受想行識受學亦不爲滅學乃至一切種智亦不爲受學亦不爲滅學舍利佛語須菩提菩薩摩訶薩如是學不爲受色學不爲滅色學乃至一切種智亦不爲受學亦不爲滅學須菩提言菩薩摩訶薩若如是學不爲受色學不爲滅色學乃至一切種智亦不爲受學亦不爲滅學須菩提何因緣故菩薩摩訶薩不爲受色學不爲滅色學乃至一切種智亦不爲受學亦不爲滅學須菩提

言是色不可受亦無受色者乃至一切種智不可受亦無受者内外空故如是舍利弗菩薩摩訶薩一切法不受故能到一切種智是時舍利弗語須菩提菩薩摩訶薩如是學般若波羅蜜能到一切種智耶須菩提言菩薩摩訶薩如是學般若波羅蜜能到一切種智一切法不受故舍利弗語須菩提若菩薩摩訶薩於一切法不受不滅學者菩薩摩訶薩云何能到一切種智須菩提言菩薩摩訶薩行般若波羅蜜不見色生不見色滅不見色受不見色不受不見色垢不見色淨不見色增不見色減何以故舍利弗色色性空故受想行識亦不見生亦不見滅亦不見受亦不見不受亦不見垢亦不見淨亦不見增亦不見減何以故識識性空故乃至一切種智亦不見生亦不見滅亦不見受亦不見不受亦不見垢亦不見淨亦不見增亦不見減何以故一切種智一切種智性空故如是舍利弗菩薩摩訶薩爲一切法不生不滅不受不捨不垢不淨不合不散不增不減故學般若波羅蜜能到一切種智無所學無所到故

論釋曰釋提桓因歡喜言須菩提其智甚深不壞假名而説諸法實相爾時佛讃須菩提言如是如是如釋所言問曰佛何故讃須菩提答曰示師不自高弟子承順師法故有人師所説弟子不受弟子所説師不聽如凡夫人處衆説法時破一切語不受以佛無吾我心故讃須菩提言如是如是復次佛以大悲心欲令衆生信受須菩提所説故讃言其智甚深菩薩知一切法假名則應般若波羅蜜

學所以者何一切法但有假名皆隨順般若波羅蜜畢竟空相故如是學不學色者假名法中無有定色若無色者云何學色何以故菩薩以五眼求色而不見是色若我若無我等相乃至一切種智亦如是何以故不見色者答言色中色相空不可得故不可見即是自相空乃至一切種智亦如是復次不學色者是色空即自不能學色空以諸法行於他相不行自相故譬如人乘馬非馬乘馬問曰若如是不學一切法云何學一切智答曰是中說若能於諸法空中無所著是爲眞學色空若著空者是破諸法而不破空若人破色而不著空是則色與空不二不別是爲能學色空不可得故不見空乃至一切種智亦如是無量無邊阿僧祇佛法者是讚一切種智

上一切種智是菩薩心中有量有限在佛心中則無量無限以是故上雖說學佛法今更別說若能如是學正行菩薩道不增減色學增者若但見四大及造色和合成身者則不生著以於是身中起男女好醜長短相謂爲定實生染著心是爲增若破色使空心著是空是爲減乃至一切種智亦如是不受不減者空故不受業果因緣相續故不滅是中須菩提自說因緣色受者不可得故不受又以色內外空故不受以色中內外空空故不滅問曰應以十八空空諸法此中何以但說內外空答曰受色者無故說內空色不可受故名外空是內外空則攝一切法空乃至一切種智亦如是若菩薩能如是學則出生一切種智一切種智是無障礙相若菩薩觀一切

法如虛空無障礙則是學一切種智因果相似故舍利弗作是念菩薩法應當滅一切煩惱應當受一切諸善法今不受不滅學云何出至薩婆若作是念已問須菩提須菩提答言破一切法生相故不生破一切法無常相故不滅觀一切法種種過罪故不受觀一切法種種利益故不捨一切法性常清淨故不垢一切法能生著心故不淨一切法雖是有作無作起滅入出來往等而不多不少不增不減譬如大海衆流歸之不增火珠煎之不減諸法亦如是法性常住故一切法自性不可得故能如是學則出到薩婆若不見學相不見出相不見菩薩相不見般若波羅蜜相此中略說故但說無學無出

經爾時釋提桓因語舍利弗菩薩摩訶薩般若波羅蜜當於何處求舍利弗言菩薩摩訶薩般若波羅蜜當於須菩提品中求釋提桓因語須菩提是汝神力使舍利弗語菩薩摩訶薩般若波羅蜜當於須菩提品中求須菩提語釋提桓因非我神力釋提桓因語須菩提是誰神力須菩提言是佛神力釋提桓因言一切法皆無受處何以故言是佛神力離無受處相如來不可得離如如來亦不可得須菩提語釋提桓因言如是如是憍尸迦離無受處相如來不可得離如如來亦不可得無受處相中如來不可得如中如來不可得色如中如來如不可得如來如中色如不可得色法相中如來法相不可得如來法相中色法相不可得受想行識法相中乃至一切種智亦如是憍尸迦如來色如中不合不散

受想行識如中不合不散如來離色如不合不散離受想行識如不合不散乃至一切種智亦如是如來色法相中不合不散受想行識法相中不合不散如來離色法相中不合不散離受想行識法相中不合不散乃至一切種智亦如是憍尸迦如是等一切法中不合不散是佛神力用無所受法故如憍尸迦言菩薩摩訶薩般若波羅蜜當於何處求憍尸迦不應色中求般若波羅蜜亦不應離色求般若波羅蜜不應受想行識中求亦不應離受想行識求何以故是般若波羅蜜色受想行識是一切法皆不合不散無色無形無對一相所謂無相乃至一切種智中不應求般若波羅蜜亦不應離一切種智求般若波羅蜜何以故是般若波羅蜜一切種智是一切法皆不合不散無色無形無對一相所謂無相何以故般若波羅蜜非色亦非離色非受想行識亦非離受想行識乃至非一切種智亦非離一切種智般若波羅蜜非色如亦非離色如非受想行識如亦非離受想行識如般若波羅蜜非色法亦非離色法非受想行識法亦非離受想行識法乃至非一切種智如亦非離一切種智如般若波羅蜜非一切種智法亦非離一切種智法何以故憍尸迦是一切法皆無所有不可得以無所有不可得故般若波羅蜜非色亦非離色非色如亦非離色如非色法亦非離色法乃至非一切種智亦非離一切種智非一切種智如亦非離一切種智如非一切種智法亦非離一切種智法

論問曰佛舍利弗須菩提從上來種種因緣明般若波羅蜜相今釋提桓因何以故問當何處求般若答曰此不問般若體但問般若言說名字可讀誦事是故舍利弗言當於須菩提所說品中求須菩提樂說空常善修習空故舍利弗雖智慧第一以無吾我嫉妬心又斷法愛故而言當於須菩提所說品中求問曰佛處處說般若波羅蜜欲比須菩提所說百千萬倍不可筭數譬喻爲比何以不言於佛所說品中求答曰釋提桓因意除佛一人誰能善說者是以推須菩提復次佛常一日一夜六時以佛眼觀衆生無令不聞法故墮落是故隨衆生所應解所應得所應習行等說或說般若波羅蜜無常苦空無我如病如癰等名爲般若波羅蜜或分別諸法總相別相或說諸法因緣和合生無有作者受者無知者見者名爲般若波羅蜜或時說法空或說畢竟空名爲般若波羅蜜以是故不示佛所說品中求又釋提桓因心念不知何者定是般若定相是以舍利弗言須菩提常深入空所說皆趣空所說空亦空是故言當於須菩提所說品中求釋提桓因歡喜讚須菩提言大德神力甚大須菩提謙言非是我力是佛所受神力釋提桓因言若一切法皆無所受云何言是佛所受神力若離無受相如來不可得離如中如來不可得釋提桓因作是念言一切法無受相一切法空無依止處云何當言定有如來若無如來云何有受神力又復離無所受相如來亦不可得令離是如如如來不可得問曰無受相與如有何等異

答曰諸法實相亦名無受亦名如諸法不可著故名無受諸戲論不能破壞故名爲如今如來空中不可得離空亦不可得須菩提然其言如是如是今須菩提廣說其事無受相如相中如來不可得者或以佛名名爲如來或以衆生名字名爲如來如先世來後世亦如是去是亦名如來亦名如去如十四置難中說死後如去者爲有爲無亦有亦無亦非有非無佛名如來者如定光佛等行六波羅蜜得成佛道釋迦文佛亦如是來故名如來如定光佛等智知諸法如從如中來故名如來釋迦文佛亦如是來故名如來此二種如來中此間說是佛如來因解佛如來無所有一切衆生一切法皆如是亦無所有無受及如來義如先說今當更略說無受相如來相皆空無所有無受相如相無定性故無如來有人言諸法實相有二種說一者諸法相畢竟空是實二者有人言畢竟空可示可說故非實如涅槃相不可示不可說是名爲實於此二事畢竟空中如來不可得破畢竟空實相中如來亦不可得畢竟空即是無受相破畢竟空實相即是如從此已下廣說二義於五衆乃至一切種智如來不可得如來不可得故云何當有如來神力如來不可得如上說是五衆非如來離五衆非如來五衆不在如來中如來不在五衆中如來亦不有五衆是如來者如來亦應是生滅復次五衆是五衆生滅無常苦空無我相故非是如來若法如來是一云何五法作一若五即是一一亦應即是五若爾者世間法出世間法一切

亂壞如是種種因緣故五衆非如來若離五衆有如來者如來應無見無聞無知無識亦不覺苦樂所以者何知覺等是五衆法故問曰如來用眼耳智慧等能知見者有何咎答曰能見是眼非是如來若如來非見相用眼能見者未取色時云何知用是眼亦可用耳見問曰如來用智慧分別能知眼是能見餘不能見是以用眼不取餘根答曰知亦如眼過知是五衆非是如來若用知知眼復用何事能知此知問曰如來用知知眼以眼知色若欲知如來以何得知若以如來知如來是則無窮答曰知相知中住如來若知即是知相若是知相則是無常若無常者則無後世復次離五衆有如來者如來應是常如虛空相不應變異受苦受樂亦應無縛無解有如是等過罪破異故五衆不在如來如來不在五衆亦非如來有五衆問曰應以五衆因緣故有如來若無五衆則無如來答曰若以五衆因緣有如來者則如來無自性若無自性何得從他性生於五衆中五種求如來不可得是故無如來但以戲論故說有如來以斷戲論故無如來如來是不生不滅法云何當以戲論求於如來若以戲論求如來者則不見如來若當都無如來則墮邪見是故若以有無戲論求如來是則不然如來相即是一切法相一切法相即是如來如來相即是畢竟空相畢竟空相即是一切法相問曰此中何以但說二事言五衆如中無如來如如來如中無五衆如答曰此是略說說二則五事都攝復次二十種我見雖一切凡夫人有不

能一時起今是會中感此二事以是故但説二事如五衆乃至一切種智亦如是五衆法相乃至一切種智法相亦如是五衆如即是法相問曰若如即是法相何以重説答曰行者既到五衆如心驚法相何以畢竟空無所有是故説五衆法相自爾如人觸火燒手則無愠心以其火相自爾故若人執火燒之則忿然而怒以其執火燒故如來五衆如中五衆法相中不合不散者除五衆如無如來如則是一相所謂無相所以者何一法無合無散故二法故有合有散離五衆法相亦無合散所以者何離五衆法相如來不可得故如來如法相五衆如法相無二無别故言離五衆如五衆法相亦不合不散乃至一切種智亦如是能如是知諸法如法相不合不散故

有是神力當於何處求者上來因佛神力説般若相今直説云何求般若論者説五衆虚誑無常本無今有已有還無如幻如夢般若波羅蜜是諸佛實智慧云何於五衆中求譬如求重寶必於大海寶山中求不應在溝瀆臭穢處求離五衆則無生無滅無作無起無有法相是中云何可求復次五衆般若波羅蜜不一不異不合不散無色無形無對一相所謂無相問曰般若波羅蜜是智慧心數法故可應無色無形無對五衆中色衆云何當説無形無對答曰聖人以慧眼觀諸法平等皆空一相所謂無相以是故色衆無形無對復次凡夫人所見色非實種種如先破復次有因緣般若波羅蜜不即是如凡夫人所見五衆破凡夫人所見五衆故即是般若波羅

蜜故言不離乃至一切種智亦如是如相法相相如先說

【經】釋提桓因語須菩提是摩訶波羅蜜是菩薩摩訶薩般若波羅蜜無量波羅蜜無邊波羅蜜是菩薩摩訶薩般若波羅蜜諸須陀洹須陀洹果從是般若波羅蜜中學成乃至諸阿羅漢阿羅漢果諸辟支佛辟支佛道諸菩薩摩訶薩皆從是般若波羅蜜中學成成就衆生淨佛國土得阿耨多羅三藐三菩提皆從是學成須菩提語釋提桓因言如是如是憍尸迦是摩訶波羅蜜是菩薩摩訶薩般若波羅蜜無量波羅蜜無邊波羅蜜是菩薩摩訶薩般若波羅蜜從是中學成須陀洹果乃至阿羅漢果辟支佛道諸菩薩摩訶薩從是般若波羅蜜中學成成就衆生淨佛國土得阿耨多羅三藐三菩提已得今得當得憍尸迦色大故般若波羅蜜亦大何以故是色前際不可得後際不可得中際不可得受想行識大故般若波羅蜜亦大何以故受想行識前際不可得後際不可得中際不可得乃至一切種智亦如是以是因緣故憍尸迦是摩訶波羅蜜是菩薩摩訶薩般若波羅蜜憍尸迦色無量故般若波羅蜜無量何以故色量不可得故憍尸迦譬如虚空量不可得色亦如是量不可得虚空無量故色無量色無量故般若波羅蜜無量受想行識乃至一切種智無量故般若波羅蜜無量何以故一切種智量不可得譬如虚空量不可得一切種智亦如是量不可得虚空無量故一切種智無量一切種智無量故般若波羅蜜無量以是

因緣故是菩薩摩訶薩般若波羅蜜無量憍尸迦色無邊故諸菩薩摩訶薩般若波羅蜜無邊何以故憍尸迦是色前際不可得後際不可得中際不可得受想行識無邊故般若波羅蜜無邊何以故受想行識前際後際中際皆不可得故乃至一切種智無邊故般若波羅蜜無邊何以故一切種智前後中際不可得故以是因緣故憍尸迦是般若波羅蜜無邊色無邊故乃至一切種智無邊復次憍尸迦緣無邊故般若波羅蜜無邊須菩提云何緣無邊故般若波羅蜜無邊須菩提言緣一切無邊法故般若波羅蜜無邊云何緣一切無邊法故般若波羅蜜無邊須菩提言緣無邊法性故般若波羅蜜無邊復次憍尸迦緣無邊如故般若波羅蜜無邊釋提桓因言云何緣無邊如故般若波羅蜜無邊須菩提言如無邊故緣亦無邊緣無邊故如亦無邊以是因緣故諸菩薩摩訶薩般若波羅蜜無邊復次憍尸迦衆生無邊故般若波羅蜜無邊釋提桓因問須菩提云何衆生無邊故般若波羅蜜無邊須菩提言於汝意云何何等法名衆生釋提桓因言無有法名衆生假名故爲衆生是名字本無有法亦無所趣强爲作名憍尸迦於汝意云何是般若波羅蜜中說衆生有實不釋提桓因言無也憍尸迦若般若波羅蜜中不說實衆生無邊亦不可得憍尸迦於汝意云何佛恒河沙劫壽說衆生衆生名字頗有衆生法有生有滅不釋提桓因言不也何以故衆生從本已來常清淨故以是因緣故憍尸迦衆生無邊故當知般若

波羅蜜亦無邊

論問曰釋提桓因是須陀洹人云何能問深般若波羅蜜答曰如須菩提是具足阿羅漢以利益菩薩憐愍衆生故問菩薩所行事釋提桓因雖聲聞人是諸天主有利智慧憐愍衆生故問般若波羅蜜亦如是復次有人言三千大千世界中有百億釋提桓因中阿含中說釋提桓因得須陀洹者異今釋提桓因今釋提桓因是大菩薩憐愍衆生故三種讚般若波羅蜜所謂摩訶波羅蜜無量波羅蜜無邊波羅蜜是般若波羅蜜是般若波羅蜜中學成諸聖道故須菩提然釋提桓因讚而廣解其讚言以五衆大故般若波羅蜜大五衆大者所謂三際不可得故亦以無量無邊故言大破是無量無邊五衆將一切衆生入無餘涅槃中故言般若波羅蜜大乃至一切種智亦如是無量者亦爾但以虛空譬喻爲異有法雖大不必無量是故不得以空爲喻如須彌山於諸山中雖大而有量所謂八萬四千由旬無邊者以五衆廣大無量故言無邊亦以五衆有邊則有始有始則有終即是無因無緣墮斷滅等種種過故復次五衆三世中不可得故言無邊緣無邊者所謂一切法四緣因緣生一切有爲法次第緣過去現在心心數法緣緣增上緣一切法是四種緣一切處一切時皆有故說緣無邊緣無邊故般若波羅蜜無邊復次緣無邊者四緣法虛誑無實畢竟空故無邊復次緣如法性實際無邊故般若波羅蜜無邊如法性實際是自然無爲相故無量無邊五衆無邊是觀力故

强作無邊復次衆生無邊者以衆生多故無量阿僧祇三世十方衆生無人能知數故言無邊復次是中說衆生空故言無邊但强爲作名亦無所趣者以衆生無有定法可趣向故如火定有所趣而衆生名無實衆生可趣於汝意云何般若波羅蜜中頗說實有衆生不不也大德若衆生實無云何有邊譬如諸佛是一切實語人中第一於無量恒河沙劫壽說衆生名字是衆生法不以說故有生有滅何況餘人顛倒虛誑少時說生我心故當有衆生是衆生不以入般若波羅蜜中故言無從本已來常清淨無所有有無等戲論滅故是以說衆生無邊故般若波羅蜜無邊問曰無邊中何以故廣說而大及無量何以略說答曰以衆生因緣故一切凡夫起諸煩惱於五衆中作諸邪行難破故是以廣說若破衆生相餘一切易破

大智度論卷第五十五

音釋

擘補麥切分擘也 毳昌芮切細毛也 絺五知切 捷疾葉切敏疾也 叵普火切不可也 溉灌溉古代切沃也灌古玩切澆也 種蒔種朱用切蒔詩吏切種植也 種種並上聲 甄之人切 溝瀆溝古侯切瀆徒谷切溝瀆田間通水渠也

大智度論卷第五十六

龍　樹　菩　薩　造

姚秦三藏法師鳩摩羅什譯

釋三歎品第三十

【經】爾時諸天王及諸天諸梵王及諸梵天伊賒那天及神仙并諸天女同時三反稱歎快哉快哉慧命須菩提所說法皆是佛出世間因緣恩力演布是教若有菩薩摩訶薩行是般若波羅蜜不遠離者我輩視是人如佛何以故是般若波羅蜜中雖無法可得所謂色受想行識乃至一切種智而有三乘之教所謂聲聞辟支佛佛乘爾時佛告諸天子如是如是諸天子如汝所言是般若波羅蜜中雖無法可得而有三乘之教所謂聲聞辟支佛佛乘諸天子若有菩薩摩訶薩行是般若波羅蜜不遠離者視是人當如佛以無所得故何以故是般若波羅蜜中廣說三乘之教所謂聲聞辟支佛佛乘檀波羅蜜中佛不可得離檀波羅蜜佛亦不可得乃至般若波羅蜜中佛不可得離般若波羅蜜佛亦不可得內空乃至無法有法空四念處乃至十八不共法一切種智亦如是佛語諸天子菩薩摩訶薩若能學是一切諸法所謂檀波羅蜜乃至一切種智以是事故當視是菩薩摩訶薩如佛諸天子我昔於然燈佛時華嚴城內四衢道頭見佛聞法即得不離檀波羅蜜行不離尸羅波羅蜜羼提波羅蜜毗梨耶波羅蜜禪波羅蜜般若波羅蜜行不離內空乃至無法有法空四念處乃至八聖道分不離四禪四無量心四無色定一切三昧門一切陀羅尼

門不離四無所畏佛十力四無礙智十八不共法大慈大悲及餘無量諸佛法行亦無所得是時然燈佛記我當來世過一阿僧祇劫當作佛號釋迦牟尼多陀阿伽度阿羅訶三藐三佛陀鞞侈遮羅那修伽度路迦憊無上士調御丈夫天人師佛世尊爾時諸天子白佛言世尊希有是般若波羅蜜能令諸菩薩摩訶薩得薩婆若於色不取不捨故於受想行識不取不捨故乃至一切種智不取不捨故

【論】釋曰人以歡喜之至則三反稱歎是故諸天聞大德須菩提說般若波羅蜜歡喜言快哉快哉天王者四天處四天王三十三天王釋提桓因乃至諸梵天王梵天已上更無有王諸天是欲界天諸梵是色界天伊賖那是大自在天王并其眷屬神仙者有二種或天或人天女者是天帝釋夫人舍脂等諸天女所以歎須菩提說深般若波羅蜜者知其承佛神力故若能行是般若波羅蜜我等當視是人如佛所以者何尊重法故法者所謂深般若波羅蜜深法者一切法雖畢竟空而有三乘分別所以者何諸法若畢竟空更不應修集三乘功德則墮斷滅中若修三乘功德則是分別差降不應是畢竟空是般若波羅蜜雖畢竟空而不墮斷滅雖分別有三乘亦不生著心於二事中不取定相是事甚深微妙故諸天大歡喜歎言快哉佛然其讚更說甚深因緣從六波羅蜜乃至一切種智中佛不可得離此佛亦不可得諸法和合因緣故有佛無有自性若菩薩能如是行者當知是

菩薩即是佛即是佛者是世界中語如太子雖未正位必當爲王此中佛自引本事以爲證此菩薩已得無生忍入菩薩位見十方諸佛諸天聞佛廣明已所讚義解心轉深重復讚歎以見一切法過罪故不取有利益故不捨又以一切法畢竟空不生不滅故不取不捨

經爾時佛觀四衆和合比丘比丘尼優婆塞優婆夷及諸菩薩摩訶薩并四天王乃至阿迦尼吒諸天皆會坐普觀已佛告釋提桓因憍尸迦若菩薩摩訶薩若比丘若比丘尼若優婆塞若優婆夷若諸天子若諸天女於是般若波羅蜜若聽受持親近讀誦爲他說正憶念不離薩婆若心諸天子是人魔若魔天不能得其便何以故是善男子善女人諦了知色空空不能得空便無相不能得無相便無作不能得無作便諦了知受想行識空空不能得空便乃至無作不能得無作便乃至諦了知一切種智空空不能得空便乃至無作不能得無作便何以故是諸法自性不可得無事可得便誰受惱者復次憍尸迦是善男子善女人若人非人不能得其便何以故是善男子善女人一切衆生中善修慈心悲喜捨心以無所得故憍尸迦是善男子善女人終不橫死何以故是善男子善女人行檀波羅蜜於一切衆生等心供給故復次憍尸迦三千大千世界四天王天三十三天夜摩天兜率陀天化樂天他化自在天梵天光音天遍淨天廣果天是諸天中有發阿耨多羅三藐三菩提心者未聞是般若波羅蜜未受

持親近是諸天子今應聞受持親近讀誦正憶念不離薩婆若心復次憍尸迦諸善男子善女人聞是般若波羅蜜受持親近讀誦正憶念不離薩婆若心是諸善男子善女人若在空舍若在曠野若人住處終不怖畏何以故是善男子善女人明於內空以無所得故明於外空乃至無法有法空以無所得故

論問曰此中佛觀四部衆已何以告釋提桓因答曰餘品中多說般若波羅蜜體今欲讚般若功德故命釋提桓因譬如先以好寶示人然後讚寶所能復次普觀者欲令會中衆生各知佛顧念則不自輕不自輕故堪任聽法是以普觀譬如王顧眄群下群下則欣然自慶說功德故應以白衣證白衣中釋提桓因爲大說般若者以出家人爲證出家人中

是舍利弗須菩提等爲大問曰先言釋是字提桓因是天主今佛何以不言釋乃命言憍尸迦答曰昔摩伽陀國中有婆羅門名摩伽姓憍尸迦有福德大智慧知友三十三人共修福德命終皆生須彌山頂第二天上摩伽婆羅門爲天主三十二人爲輔臣以此三十三人故名爲三十三天喚其本姓故言憍尸迦或言天主或言千眼等大人喚之故稱其姓此中所說般若波羅蜜者是十方諸佛所說語言名字書寫經卷宣傳顯示實相智慧何以故般若波羅蜜無諸觀語言相而因語言經卷能得此般若波羅蜜是故以名字經卷名爲般若波羅蜜此中略說佛意若能聞受持般若等當得種種功德復當廣說欲度衆生爲得佛道故供養受學般若波羅蜜是

人魔若魔天不能得便問曰何者是魔何故惱菩薩云何得便答曰魔名自在天主雖以福德因緣生彼而懷諸邪見以欲界衆生是已人民雖復死生展轉不離我界若復上生色無色界還來屬我若有得外道五通亦未出我界皆不以爲憂若佛及菩薩出世者化度我民拔生死根入無餘涅槃永不復還空我境界是故起恨讎嫉又見欲界人皆徃趣佛不來歸已失供養故心生嫉妬是以以佛菩薩名爲怨家是菩薩入法位得法性生身魔雖起惡不能壞敗若未得阿鞞跋致者魔則種種破壞若菩薩一心不惜身命有方便求佛道者十方諸佛及諸大菩薩皆共護持以是因緣故能成佛道若爲菩薩而有懈怠貪著世樂不能專心勤求佛道是則自欺亦欺十方諸佛及諸菩薩所以者何自言我爲一切衆生故求佛道而行雜行壞菩薩法以是罪故諸佛菩薩所不守護魔得其便所以者何一切聖人已入正位一心行道深樂涅槃魔入邪位愛著邪道邪正相違是故憎嫉正行狂愚自高喚佛沙門瞿曇佛稱其實名爲弊魔以相違故名爲怨家如經說魔有四種一者煩惱魔二者五衆魔三者死魔四者自在天子魔此中以般若力故四魔不能得便得諸法實相煩惱斷則壞煩惱魔天魔亦不能得其便入無餘涅槃故則壞五衆魔及死魔云何爲得便魔及魔人來恐怖菩薩如經中說魔作龍身種種異形可畏之像夜來恐怖行者或現上妙五欲壞亂菩薩或轉世間人心令作大供養行者貪著供養故則失

道德或轉人心令輕惱菩薩或罵或打或傷或害行者遭苦或生瞋恚憂愁如是等魔隨前人意所趣向因而壞之是名得便如魔品中廣說問曰魔力甚大肉身菩薩道力尚少云何不得便答曰如上說爲諸佛菩薩所護故此中佛自說因緣是人善修諸法空亦不著空不著空者云何當得便譬如無瘡則不受毒無相無作亦如是復次一切法實觀皆是空無相無作相皆是空無相無作相故則無得便亦無受便者是故空不應得空便無相不應得無相便無作不應得無作便以一相故如火不能滅火得水則滅以異相故問曰菩薩住三解脫門則是受便處與一切法相違故空與有相違無相與有相相違無作與有作相違答曰此經中佛自說三解脫門無有自性又先論議中說於空無相無作中亦不著是故雖住三解脫門魔及魔民不得其便問曰餘處皆言菩薩摩訶薩今何以言善男子善女人答曰先說實相智慧難受以能受故則是菩薩摩訶薩今說供養受持讀誦等雜說故攝得善男子善女人復次經中說女人有五礙不得作釋提桓因梵王魔王轉輪聖王佛聞是五礙不得作佛女人心退不能發意或有說法者不爲女人說佛道是故佛此間說善男子善女人女人可得作佛非不轉女身也五礙者說一身事善男子善女人義先已廣說人不得便者人名若賊若官若怨等欲惱亂菩薩求索其便問曰先說魔不得便因緣何以但說空今說人不得便但說四無量心答曰有人言先說魔若魔民

怨大故法亦大故說空怨小故法亦小故說四無量心有人言四無量心是菩薩常行爲集諸功德故後以般若波羅蜜空相令除邪見不著衆生亦不著法是二法前後無在復次上魔作恐怖事甚多不現本形或現雷震或作風雨或作病痛等是故說諸法空令人來惡口罵詈刀杖打斫故用四無量心不横死者所謂無罪而死或壽命未盡錯投藥故或不順藥法或無看病人或饑渴寒熱等夭命是名横死菩薩從初發意來於一切衆生中常行檀波羅蜜應病與藥隨病所須拯濟孤窮隨其所乞皆給與之於一切衆生中悉皆平等好心供養亦行是般若波羅蜜以是功德故不横死是中略說三功德已三千大千世界中諸天發心未聞般若波羅蜜者先說善男子善女人應聞受持乃至正憶念今說因緣諸天有大功德猶尚供養何況於人雖一切人天應聽般若能發無上道心者最應深心聽所以者何般若是佛道之本故問曰此天發心何以不聞般若答曰有人言此天前世人中發意今生天上五欲覆心故不聞復次諸天雖發無上道心五情利五欲妙染著深故視東忘西不能求般若色界諸天雖先聞法發心以味著禪定深故不能求般若是故說不聞者應聞受持復次先說魔及魔天不能得其便是内因緣所謂空三昧及四無量心今更說不得便是外因緣所謂佛告諸天汝等供養受持般若是善男子善女人亦受持供養是般若同事故若魔來破汝應守護復次受持般若者若在空舍住若在

曠野若在人間住處空舍中多諸鬼魅及以賊寇衆惡易來故初說除人住處及以空舍餘殘山澤樹林等皆是曠野少人行故多諸虎狼師子惡賊鬼魅人所住處不淨故魔及鬼神尠來諸難少故是以後說行者於三處住無所畏懼以二因緣故一者善修十八空二者般若波羅蜜威德故

【經】爾時三千大千世界中諸四天王天三十三天夜摩天兜率陀天化樂天他化自在天乃至首陀婆諸天白佛言世尊是善男子善女人能受持般若波羅蜜親近讀誦正憶念不離薩婆若心者我等常當守護何以故世尊以菩薩摩訶薩因緣故斷三惡道斷天人貧斷諸災患疾病饑餓以菩薩因緣故便有十善道出世間四禪四無量心四無色定檀波羅蜜尸波羅蜜羼提波羅蜜毗梨耶波羅蜜禪波羅蜜般若波羅蜜內空乃至無法有法空四念處乃至一切種智以菩薩因緣故世間便有生剎利大姓婆羅門大姓居士大家諸王及轉輪聖王四天王天乃至阿迦尼吒天以菩薩因緣故有須陀洹須陀洹果乃至阿羅漢阿羅漢果辟支佛辟支佛道以菩薩因緣故有成就衆生淨佛國土便有諸佛出現於世便有轉法輪知是佛寶法寶比丘僧寶世尊以是因緣故一切世間諸天及人阿脩羅應守護是菩薩摩訶薩佛語釋提桓因如是如是憍尸迦以菩薩摩訶薩因緣故斷三惡道乃至三寶出現於世以是故諸天及人阿脩羅常應守護供養恭敬尊重讚歎是菩薩摩訶薩憍尸迦供養恭敬尊重讚歎

是菩薩摩訶薩即是供養我以是故是諸菩薩摩訶薩諸天及人阿脩羅常應守護供養恭敬尊重讃歎憍尸迦若三千大千世界滿中聲聞辟支佛譬如竹葦稻麻叢林若有善男子善女人供養恭敬尊重讃歎不如供養恭敬尊重讃歎初發心菩薩摩訶薩不離六波羅蜜所得福德何以故不以聲聞辟支佛因縁故有菩薩摩訶薩及諸佛出現於世以有菩薩摩訶薩因縁故有聲聞辟支佛諸佛出現於世以是故憍尸迦是諸菩薩摩訶薩一切世間諸天及人阿脩羅常應守護供養恭敬尊重讃歎

論釋曰爾時諸天白佛我等當守護是菩薩與我等同事故亦以求佛道者能自捨身樂欲使一切衆生得樂故因菩薩斷三惡道者菩薩雖未離欲能遮衆生十不善故斷三惡道及天人貧窮諸灾患等行十善故開三善道門或有菩薩見五欲罪過能離欲得四禪以本願故起四無量心欲離種種因縁身苦故起四無色定爲佛道故修六波羅蜜乃至一切種智是法亦自行亦教人以是福德道法於衆生中展轉相教常在世間今當說是諸善法果報生刹利大姓乃至三寶出現於世如先義中說今是菩薩結業生身在因縁中無有力勢而能說是善法令衆生修行我等當云何不守護譬如太子雖小群臣百官無不奉承佛可諸天述而成之若供養菩薩即是供養佛者般若是三世佛母若爲般若故供養菩薩則爲供養佛不如供養恭敬初發意菩薩者問曰二乘已證實際是一切衆

生福田何以故不如初發意菩薩答曰以三事故不如一者用薩婆若心行二者常不離六波羅蜜等諸功德三者由是菩薩斷三惡道出生三乘依二乘人不能斷三惡道出生三乘

釋滅諍品第三十一（經作現滅諍品）

【經】爾時釋提桓因白佛言世尊甚奇希有諸菩薩摩訶薩從般若波羅蜜若聞受持親近讀誦爲他說正憶念時得如是今世功德亦成就衆生淨佛國土從一佛界至一佛界供養諸佛所欲供養之具隨意即得從諸佛聞法至得阿耨多羅三藐三菩提終不中忘亦得家成就母成就生成就眷屬成就相成就光明成就眼成就耳成就三昧成就陀羅尼成就是菩薩以方便力變身如佛從一佛國至一佛國到無佛處讃檀波羅蜜乃至般若波羅蜜讃四禪四無量心四無色定讃四念處乃至十八不共法以方便力說法以三乘法度脫衆生所謂聲聞辟支佛佛乘世尊快哉希有受是般若波羅蜜爲以總攝五波羅蜜乃至十八不共法亦攝須陀洹果乃至阿羅漢果辟支佛道佛道一切智一切種智佛告釋提桓因如是如是憍尸迦受是般若波羅蜜爲已總攝五波羅蜜乃至一切種智復次憍尸迦是般若波羅蜜受持親近讀誦爲他說正憶念是善男子善女人所得今世功德汝一心諦聽釋提桓因言唯世尊受教佛告釋提桓因憍尸迦若有外道諸梵志若魔若魔民若增上慢人欲乖錯破壞菩薩般若波羅蜜心是諸人適生此心即時滅去終不

從願何以故憍尸迦菩薩摩訶薩長夜行檀波羅蜜行尸羅羼提毗梨耶禪般若波羅蜜以衆生長夜貪諍故菩薩悉捨内外物安立衆生於檀波羅蜜中以衆生長夜破戒故菩薩悉捨内外法安立衆生於戒以衆生長夜鬪諍故菩薩悉捨内外法安立衆生於忍辱以衆生長夜懈怠故菩薩悉捨内外法安立衆生於精進以衆生長夜亂心故菩薩悉捨内外法安立衆生於禪以衆生長夜愚癡故菩薩悉捨内外法安立衆生於般若波羅蜜以衆生長夜爲愛結故流轉生死是菩薩摩訶薩以方便力斷衆生愛結安立於四禪四無量心四無色定四念處乃至八聖道分空無相無作三昧安立衆生於須陀洹果乃至阿羅漢果辟支佛道佛道憍尸迦是爲菩薩摩訶薩行般若波羅蜜得現世功德後世功德得阿耨多羅三藐三菩提轉法輪所願滿足入無餘涅槃憍尸迦是爲菩薩摩訶薩後世功德復次憍尸迦善男子善女人是般若波羅蜜若聞受持親近讀誦爲他說正憶念其所住處魔若魔民若外道梵志增上慢人欲輕毀難問破壞般若波羅蜜終不能成其人惡心轉滅功德轉增聞是般若波羅蜜故漸以三乘道得盡衆苦譬如憍尸迦有藥名摩祇有蛇饑行索食見蟲欲噉蟲趣藥所藥氣力故蛇不能前即便還去何以故是藥力能勝毒故憍尸迦摩祇藥有如是力是善男子善女人是般若波羅蜜若受持親近讀誦爲他人說正憶念若有種種鬪諍起欲來破壞者以般若波羅蜜威力故隨所起處

即疾消滅其人即生善心增益功德何以故是般若波羅蜜能滅諸法諍亂何等諸法所謂婬怒癡無明乃至大苦聚諸蓋結使纏我見人見衆生見斷見常見垢見淨見有見無見如是一切諸見慳貪犯戒瞋恚懈怠亂意無智常想樂想淨想我想如是等愛行著色著受想行識著檀波羅蜜尸波羅蜜羼提波羅蜜毗梨耶波羅蜜禪波羅蜜般若波羅蜜著内空外空内外空乃至無法有法空著四念處乃至十八不共法著一切智一切種智著涅槃是一切法諍亂盡能消滅不令增長

【論】釋曰聞者若從佛若菩薩若餘說法人邊聞般若波羅蜜是十方三世諸佛法寶藏聞已用信力故受念力故持得氣味故常來承奉諮受故親近親近已或看文或口受故言讀爲常得不忘故誦宣傳未聞故言爲他說聖人經書直說難了故解義觀諸佛法不可思議有大悲於衆生故說法不以邪見戲論求佛法如佛意旨不著故說法亦不著除四顛倒等諸邪憶念故住四念處正憶念中但爲得道故不爲戲論名爲正憶念正憶念是一切善法之根本修習行者初入名爲正憶念常行得禪定故名爲修今世功德者如先說義今釋提桓因更說今世功德所謂教化衆生乃至令衆生得三乘先說般若波羅蜜攝三乘令解其義是故言般若波羅蜜中攝五波羅蜜乃至一切種智佛可其所說者欲令人信故所得今世功德汝一心諦聽者上略說今世功德佛令欲廣說其事難信持故言一心諦聽復次因小果大難信故言一心

諦聽帝釋雖信受人不知故言唯世尊是般若波羅蜜雖不可破壞而宣示實相語言可破語言破故信心未定者亦可破是故說若外道梵志等來欲破壞般若波羅蜜梵志者是一切出家外道若有承用其法者亦名梵志梵志愛著其法聞實相空法不信故欲壞魔若魔民如先說增上慢人者是佛弟子得禪定未得聖道自謂已得是人聞無須陀洹乃至無阿羅漢無道無涅槃便發增上慢生忿怒心欲破是實相空法是般若波羅蜜神力故令彼惡心即時滅去終不成願如人以手障鉾但自傷其手鉾無所損何以故菩薩於內外法不著衆生從無始世界來常著內外法故起鬪諍菩薩捨內外著處自安立六波羅蜜教化衆生令捨內外鬪法安立衆生於六波羅蜜是無量世修集福德力鬪諍根盡故雖有鬪亂事來不能得便譬如毒蛇欲食蝦蟇常隨逐之蝦蟇到摩祇藥所蛇聞藥氣毒即消歇是壞法惡人亦復如是欲壞行般若波羅蜜人常隨逐之以般若力勢故瞋恚邪見之毒即時消滅有降伏得道者有作弟子者有復道還去者是般若波羅蜜能破無明等諸結使滅諸斷常邪見等能滅著五衆乃至涅槃何況瞋恚嫉妬鬪亂之事而不能滅

【經】復次憍尸迦三千大千世界中諸四天王諸釋提桓因諸梵天王乃至阿迦尼吒天常守護是善男子善女人能受持供養讀誦爲他說正憶念般若波羅蜜者十方現在諸佛亦共擁護是善男子善女人能聞受持供養

讀誦爲他說正憶念般若波羅蜜者是善男子善女人不善法滅善法轉增所謂檀波羅蜜轉增以無所得故乃至般若波羅蜜轉增以無所得故内空轉增乃至無法有法空轉增以無所得故四念處乃至十八不共法轉增以無所得故諸三昧門諸陀羅尼門一切智一切種智轉增以無所得故是善男子善女人所說人皆信受親友堅固不說無益之語不爲瞋恚所覆不爲憍慢慳貪嫉妬所覆是人自不殺生教人不殺讚不殺生法亦歡喜讚歎不殺生者自遠離不與取亦教人遠離不與取讚遠離不與取法亦歡喜讚歎遠離不與取者自不邪婬教人不邪婬讚不邪婬法亦歡喜讚歎不邪婬者自不妄語教人不妄語讚不妄語法亦歡喜讚歎不妄語者兩舌惡口無利益語亦如是自不貪教人不貪讚不貪法亦歡喜讚歎不貪者不瞋惱不邪見亦如是自行檀波羅蜜教人行檀波羅蜜讚行檀波羅蜜法亦歡喜讚歎行檀波羅蜜者自行尸羅波羅蜜教人行尸羅波羅蜜讚尸羅波羅蜜亦歡喜讚歎行尸羅波羅蜜者自行羼提波羅蜜教人行羼提波羅蜜讚羼提波羅蜜亦歡喜讚歎行羼提波羅蜜者自行毗梨耶波羅蜜教人行毗梨耶波羅蜜讚毗梨耶波羅蜜亦歡喜讚歎行毗梨耶波羅蜜者自行禪波羅蜜教人行禪波羅蜜讚禪波羅蜜亦歡喜讚歎行禪波羅蜜者自行般若波羅蜜教人行般若波羅蜜讚般若波羅蜜亦歡喜讚歎行般若波羅蜜者自修内空教人修内空讚内空亦歡喜讚歎修内空

者乃至自修無法有法空教人修無法有法空讚無法有法空亦歡喜讚歎修無法有法空者自入一切三昧中教人入一切三昧中讚一切三昧亦歡喜讚歎行一切三昧者自得陀羅尼教人得陀羅尼讚陀羅尼亦歡喜讚歎得陀羅尼者自入初禪教人入初禪讚初禪亦歡喜讚歎入初禪者二禪三禪四禪亦如是自入慈心中教人入慈心中讚入慈心法亦歡喜讚歎入慈心者悲喜捨心亦如是自入無邊空處教人入無邊空處讚無邊空處亦歡喜讚歎入無邊空處者無邊識處無所有處非有想非無想處亦如是自修四念處教人修四念處讚修四念處法亦歡喜讚歎修四念處者四正勤四如意足五根五力七覺分八聖道分亦如是自修空無相無作三昧教人修空無相無作三昧讚空無相無作三昧法亦歡喜讚歎修空無相無作三昧者自入八解脱中教人入八解脱讚入八解脱亦歡喜讚歎入八解脱者自入九次第定中教人入九次第定讚入九次第定法亦歡喜讚歎入九次第定者自修佛十力四無所畏四無礙智大慈大悲十八不共法亦如是自行不謬錯法自行常捨法教人行不謬錯法常捨法讚行不謬錯法常捨法亦歡喜讚歎行不謬錯法常捨法者自得一切種智教人得一切種智讚一切種智法亦歡喜讚歎得一切種智者是菩薩摩訶薩行六波羅蜜時所有布施與衆生共已迴向阿耨多羅三藐三菩提以無所得故所有持戒忍辱精進禪定智慧與衆生共已迴向阿耨多羅三藐

三菩提亦以無所得故是善男子善女人如是行六波羅蜜時作是念我若不布施當生貧窮家不能成就衆生淨佛世界亦不能得一切種智我若不持戒當生三惡道中尚不得人身何況能成就衆生淨佛世界得一切種智我若不修忍辱則當諸根毀壞色不具足不能得菩薩具足色身衆生見者必至阿耨多羅三藐三菩提亦不能得以具足色身成就衆生淨佛世界得一切種智我若懈怠不能得菩薩道亦不能得成就衆生淨佛世界得一切種智我若亂心不能得生諸禪定不能以此禪定成就衆生淨佛世界得一切種智我若無智不能得方便智以方便智過聲聞辟支佛地成就衆生淨佛世界得一切種智是菩薩復作是思惟我不應隨慳貪故

不具足檀波羅蜜不應隨犯戒故不具足尸羅波羅蜜不應隨瞋恚故不具足羼提波羅蜜不應隨懈怠故不具足毗梨耶波羅蜜不應隨亂意故不具足禪波羅蜜不應隨癡心故不具足般若波羅蜜若不具足檀波羅蜜尸羅波羅蜜羼提波羅蜜毗梨耶波羅蜜禪波羅蜜般若波羅蜜我終不能出到一切種智如是善男子善女人是般若波羅蜜受持親近讀誦爲他說正憶念亦不離薩婆若心得是今世後世功德釋提桓因白佛言世尊希有是菩薩摩訶薩般若波羅蜜爲迴向薩婆若故亦爲不高心故佛告釋提桓因憍尸迦云何菩薩摩訶薩般若波羅蜜爲迴向薩婆若心故亦爲不高心故釋提桓因白佛言世尊菩薩摩訶薩若行世間檀波羅蜜布施

諸佛辟支佛聲聞及諸貧窮乞匃行路人是菩薩無方便故生高心若行世間尸羅波羅蜜言我行尸羅波羅蜜我能具足尸羅波羅蜜無方便故生高心言我行羼提波羅蜜毗梨耶波羅蜜禪波羅蜜我行般若波羅蜜我修般若波羅蜜以是世間般若波羅蜜無方便故生高心世尊菩薩修世間四念處時自念言我修四念處我具足四念處無方便力故生高心我修四正勤四如意足五根五力七覺分八聖道分自念言我修空無相無作三昧我修一切三昧門當得一切陀羅尼門我修佛十力四無所畏十八不共法我當成就衆生我當淨佛世界我當得一切種智著吾我無方便力故生高心世尊如是菩薩摩訶薩行世間善法著吾我故生高心世尊若菩薩摩訶薩行出世間檀波羅蜜不得施者不得受者不得施物如是菩薩摩訶薩行出世間檀波羅蜜爲迴向薩婆若故亦不生高心行尸羅波羅蜜尸羅不可得行羼提波羅蜜羼提不可得行毗梨耶波羅蜜毗梨耶不可得行禪波羅蜜禪不可得行般若波羅蜜般若不可得修四念處四念處不可得乃至修十八不共法十八不共法不可得修大慈大悲大慈大悲不可得乃至修一切種智一切種智不可得世尊如是菩薩摩訶薩般若波羅蜜爲迴向薩婆若故亦爲不生高心故

【論】問曰先已說魔若魔民等三種人欲破壞般若今何以故重說答曰佛先說三種人來求便恐怖欲令愁惱中來者不爲惱人但欲破毀般若波羅蜜不隨其願不能得破後來

三種人雖欲生心破壞即時滅去所語人皆信受者是菩薩常令不善法斷滅善法轉增所謂檀波羅蜜乃至一切種智是人修集福德智慧故成大威德設使妄語人皆信受何況實語親友堅固者是人於一切衆生中深有慈悲心何況親友於我有益是菩薩愛敬佛道知身口無常故不說無益之言以善法增長故瞋恚等煩惱不能覆心行者作是念結使雖起智慧思惟不令覆心結使若起今世不善後世不善妨於佛道設使心起結使不起口業設口業起不成身業設身業起不至大惡如凡夫人也是菩薩雖復卑陋鄙賤以行勝法故得在勝人數中是今世功德是人深樂善法故能於善法四種正行求二乘人不能具足四行以不深樂善法故所謂自不殺生慈悲一切深自利故亦不教他慈悲一切賢聖法故常讚歎是菩薩常欲令人得樂故見有不殺者歡喜愛樂乃至一切種智亦如是上四種行廣說今略說功德總攝入六波羅蜜中所得果報與衆生共之是菩薩未入正位諸煩惱未盡故或時起慳等諸煩惱爾時應作是思惟諫喻其心若不布施我自失四事功德所謂後身生貧窮貧窮故自不能利益何能利他若不利他則不能成就衆生不能成就衆生亦不能淨佛世界何以故以衆生淨故世界清淨若不具足是等衆事云何當得一切種智以要言之無方便者雖行六波羅蜜內不能離我心外取諸法相所謂我是施者彼是受者是布施物是因緣故不能到佛道與此相違是有方便問曰若

世間波羅蜜等非是正道是般若波羅蜜中佛何以說答曰此是行者初門與正道相似故先行相似法後得眞道

大智度論卷第五十六

音釋

憊蒲拜切　眄美辨切邪視也　寇丘候切　尠息淺切少也　葦于鬼切蘆也　諮津私切訪問也　鉾莫浮切與矛同句兵也　匃古大切乞請也

大智度論卷第五十七

龍樹菩薩造

姚秦三藏法師鳩摩羅什譯

釋大明品第三十二（經作寶塔大明品）

經爾時佛告釋提桓因若有善男子善女人聞是深般若波羅蜜受持親近讀誦正憶念不離薩婆若心兩陣戰時是善男子善女人誦般若波羅蜜故入軍陣中終不失命刀箭不傷何以故是善男子善女人長夜行六波羅蜜自除婬欲刀箭亦除他人婬欲刀箭自除瞋恚刀箭亦除他人瞋恚刀箭自除愚癡刀箭亦除他人愚癡刀箭自除邪見刀箭亦除他人邪見刀箭自除纏垢刀箭亦除他人纏垢刀箭自除諸結使刀箭亦除他人結使刀箭憍尸迦以是因緣是善男子善女人不爲刀箭所傷復次憍尸迦是善男子善女人聞是深般若波羅蜜受持親近讀誦正憶念不離薩婆若心若以毒藥熏若以蠱道若以火坑若以深水若欲刀殺若與毒如是衆惡皆不能傷何以故是般若波羅蜜是大明呪是無上呪若善男子善女人於明呪中學自不惱身亦不惱他亦不兩惱何以故是善男子善女人不得我不得衆生不得壽命乃至知者見者皆不可得不得色受想行識乃至一切種智亦不可得以不可得故不自惱身亦不惱他亦不兩惱學是大明呪故得阿耨多羅三藐三菩提觀一切衆生心隨意說法何以故過去諸佛學是大明呪得阿耨多羅三藐三菩提當來諸佛學是大明呪當得阿耨多羅三藐三菩提今現在諸佛學是大明

呪得阿耨多羅三藐三菩提復次憍尸迦般若波羅蜜若有但書寫經卷於舍供養不受不讀不誦不說不正憶念是處若人若非人不能得其便何以故是般若波羅蜜爲三千大千世界中四天王諸天乃至阿迦尼吒諸天子及十方無量阿僧祇世界中諸四天王天乃至阿迦尼吒諸天等所守護故是般若波羅蜜所止處諸天皆來供養恭敬尊重讚歎禮拜已去是善男子善女人般若波羅蜜但書寫於舍供養不受不讀不誦不說不正憶念今世得如是功德譬如若人若畜生來入菩提樹下諸邊内外設人非人來不能得其便何以故是處過去諸佛於中得阿耨多羅三藐三菩提未來諸佛現在諸佛亦於中得阿耨多羅三藐三菩提得佛已施一切衆生無恐無畏令無量阿僧祇衆生受天上人中福樂亦令無量阿僧祇衆生得須陀洹果乃至得阿耨多羅三藐三菩提般若波羅蜜力故是處得恭敬禮拜華香瓔珞擣香澤香幢蓋妓樂供養

【論】問曰現有受持讀誦入於軍陣爲刀兵所傷或至失命又佛說業因緣非空非海中無有得免者是中佛何以故言讀誦般若者入軍陣中兵刃不傷亦不失命答曰有二種業因緣一者必應受報二者不必受報爲必應受報故法句中如是說此中爲不必受報故說讀誦般若兵刃不傷譬如大逆重罪應死之人雖有强力財寶不可得免有人罪雖入死料理在可救用力勢財物便得濟命不救則死善男子亦如是若無必受報罪雖有死

事來至讀誦般若波羅蜜則得濟度若不讀誦則不免死是故不得言般若波羅蜜無有力勢復次善男子善女人若遠離惡法調伏其心煩惱折減一心直信善法無有疑悔從久遠已來修集福德智慧於一切衆生有慈悲心教化衆生除去惡心如是善男子刀兵不傷命不中斷如佛自說因緣長夜行六波羅蜜除已身及他三毒刀箭五波羅蜜是福德般若波羅蜜是智慧已廣集此二事故不中失命毒藥水火等亦如是復次如外道神仙呪術力故入水不溺入火不熱毒蟲不螫何況般若波羅蜜是十力諸佛所因成就呪術問曰如上所說是事可信今此中不能受持讀誦念般若等但書寫供養云何得是功德答曰是人所得功德亦同於上何以故有人先已聞師說般若義深入愛樂然不識文字違離師教不能讀誦而不惜財寶雇人書寫盡心種種供養意與讀誦者同故亦得功德人不能得便者諸天守護是事難信故佛以菩提樹爲喻佛以般若力故於菩提樹下成無上道無上道力勢故其處猶有威德衆生入中衆惡不得其便何況般若波羅蜜是諸佛之母善男子盡心供養而無功德

經釋提桓因白佛言世尊善男子善女人書寫般若波羅蜜華香瓔珞乃至妓樂供養若有人佛般涅槃後若供養舍利若起塔供養恭敬尊重讚歎華香瓔珞乃至妓樂供養是二何者得福多佛告釋提桓因我還問汝隨汝意答我於汝意云何如佛得一切種智及得是身從何道學得是一切種智得是身釋

提桓因白佛言佛從般若波羅蜜中學得一切種智及相好身佛告釋提桓因如是如是憍尸迦從般若波羅蜜中學得一切種智憍尸迦不以是身名爲佛得一切種智故名爲佛憍尸迦是佛一切種智從般若波羅蜜中生以是故憍尸迦是佛身一切種智所依處佛因是身得一切種智善男子當作是思惟是身一切種智所依處是故我涅槃後舍利當得供養復次憍尸迦善男子善女人若聞是般若波羅蜜書寫受持親近讀誦正憶念華香瓔珞擣香澤香幢蓋妓樂恭敬供養尊重讚歎是善男子善女人則爲供養一切種智以是故憍尸迦若有善男子善女人書是般若波羅蜜若受持親近讀誦說正憶念供養恭敬尊重讚歎華香瓔珞乃至妓樂若復有善男子善女人佛涅槃後供養舍利起塔恭敬尊重讚歎華香乃至妓樂若有善男子善女人是般若波羅蜜書持供養恭敬尊重讚歎華香瓔珞乃至妓樂是人得福多何以故是般若波羅蜜生五波羅蜜生内空乃至無法有法空四念處乃至十八不共法一切三昧一切禪定一切陀羅尼皆從般若波羅蜜中生成就衆生淨佛世界皆從般若波羅蜜中生菩薩家成就色成就資生之物成就眷屬成就大慈大悲成就皆從般若波羅蜜中生刹利大姓婆羅門大姓居士大家皆從是般若波羅蜜中生四天王天乃至阿迦尼吒天須陀洹乃至阿羅漢辟支佛諸菩薩摩訶薩諸佛諸佛一切種智皆從是般若波羅蜜生爾時釋提桓因白佛言世尊閻浮提人

不供養般若波羅蜜不恭敬不尊重不讚歎爲不知供養多所利益耶佛告釋提桓因憍尸迦於汝意云何閻浮提中幾所人信佛不壞信法信僧不壞幾所人於佛無疑於法於僧無疑幾所人於佛決了於法於僧決了釋提桓因白佛言世尊閻浮提人於佛法僧不壞信少於佛法僧無疑決了亦少憍尸迦於汝意云何閻浮提幾所人得三十七品三解脫門八解脫九次第定四無礙智六神通閻浮提幾所人斷三結故得須陀洹道幾所人斷三結亦婬瞋癡薄故得斯陀含道幾所人斷五下分結得阿那含道幾所人斷五上分結得阿羅漢閻浮提幾所人求辟支佛幾所人發阿耨多羅三藐三菩提心釋提桓因白佛言世尊閻浮提中少所人得三十七品乃至少所人發阿耨多羅三藐三菩提心佛告釋提桓因如是如是憍尸迦少所人信佛不壞信法不壞信僧不壞少所人於佛無疑於法無疑於僧無疑少所人於佛決了於法決了於僧決了憍尸迦亦少所人得三十七品三解脫門八解脫九次第定四無礙智六神通憍尸迦亦少所人斷三結得須陀洹斷三結亦婬瞋癡薄得斯陀含斷五下分結得阿那含斷五上分結得阿羅漢少所人求辟支佛於是中亦少所人發阿耨多羅三藐三菩提心於發心中亦少所人行菩薩道何以故是衆生前世不見佛不聞法不供養比丘僧不布施不持戒不忍辱不精進不禪定無智慧不聞内空外空乃至無法有法空亦不聞不修四念處乃至十八不共法亦不聞不修

諸三昧門陀羅尼門亦不聞不修一切智一切種智憍尸迦以是因緣故當知少所衆生信佛不壞信法不壞信僧不壞乃至少所衆生求辟支佛道於是中少所衆生發阿耨多羅三藐三菩提心於發心中少所衆生行菩薩道於是中亦少所衆生得阿耨多羅三藐三菩提憍尸迦我以佛眼見東方無量阿僧祇衆生發心行阿耨多羅三藐三菩提心行菩薩道是衆生遠離般若波羅蜜方便力故若一若二住阿鞞跋致地多墮聲聞辟支佛地南西北方四維上下亦如是以是故憍尸迦善男子善女人發心求阿耨多羅三藐三菩提者應聞般若波羅蜜應受持親近讀誦說正憶念受持親近讀誦說正憶念已應書經卷恭敬供養尊重讚歎香華瓔珞乃至妓樂諸餘善法入般若波羅蜜中者亦應聞受持乃至正憶念何等是諸餘善法所謂檀波羅蜜尸羅波羅蜜羼提波羅蜜毗梨耶波羅蜜禪波羅蜜内空外空乃至無法有法空諸三昧門諸陀羅尼門四念處乃至十八不共法大慈大悲如是等無量諸善法皆入般若波羅蜜中是亦應聞受持乃至正憶念何以故是善男子善女人當如是念佛本爲菩薩時如是行如是學所謂般若波羅蜜禪波羅蜜毗梨耶波羅蜜羼提波羅蜜尸羅波羅蜜檀波羅蜜内空乃至無法有法空諸三昧門諸陀羅尼門四念處乃至十八不共法大慈大悲如是等無量佛法我等亦應隨學何以故般若波羅蜜是我等所尊禪波羅蜜乃至無量諸餘善法亦是我等所尊此是諸佛法

印諸辟支佛阿羅漢阿那含斯陀含須陀洹法印諸佛學是般若波羅蜜乃至一切種智得度彼岸諸辟支佛阿羅漢阿那含斯陀含須陀洹亦學是般若波羅蜜乃至一切種智得度彼岸以是故憍尸迦善男子善女人若佛在世若般涅槃後應依止般若波羅蜜禪波羅蜜毗梨耶波羅蜜羼提波羅蜜尸羅波羅蜜檀波羅蜜乃至一切種智亦應依止何以故是般若波羅蜜乃至一切種智是諸聲聞辟支佛菩薩摩訶薩及一切世間天人阿脩羅所可依止

【論】問曰佛以種種讚般若功德今釋提桓因何故以舍利校般若功德多少答曰信根多者喜供養舍利慧根多者好讀誦經法是故問有人書經供養有人供養舍利何所爲多華香瓔珞等義如先說於汝意云何者四事問中此是反問答是故佛即是反問釋提桓因或有人供養舍利得福德多或有人供養般若波羅蜜得福德亦多隨人心故佛不得一定答是故反問從般若波羅蜜中生五波羅蜜者後品中佛自說無方便智慧布施迴向不名檀波羅蜜十八空即是智慧智慧因緣故生四念處乃至一切種智雖非盡是智慧以性同故以智慧爲主是故言從般若生行般若波羅蜜得諸法實相於布施持戒等通達若不得般若實相不能通達布施持戒何以故若一切法空則無罪無福何用布施持戒若諸法實有不應從因緣生先已有故若衆生是常則譬如虛空亦無死者若無常神則隨身滅亦無後世罪福若無衆生何有

殺罪如是亦無不殺生戒等若得是般若波羅蜜實相法則不墮有無二邊用中道通達布施持戒等以此布施持戒等果報故有刹利大姓乃至諸佛問曰閻浮提人多貪利福德何以不供養般若波羅蜜答曰智人少故不知供養般若無咎譬如金寶盲者不識以閻浮提人但信三寶者少何況知而能行佛欲令釋提桓因自說故反問有幾許人於三尊得不壞信等問曰不壞信無疑決了有何差別答曰有人言無有差別佛莊嚴種種說開悟人心故有人言於三寶中得不壞信何以知之以無疑故何以知無疑以決了故問曰無疑決了有何異答曰初信三寶故是無疑智慧究竟故決了譬如度水初入是無疑出彼岸是決了三分聖戒力故信不壞四分力故是無疑正見分力故是決了復次見諦道中是不壞信思惟道中是無疑無學道中是決了如是等種種分別是三事得何果報從三十七品至六神通是有爲果三結盡乃至煩惱及習盡是無爲果得如是等果報釋提桓因有報生知他心亦曾以天耳聞諸道差別又以是大菩薩利根入觀衆生心三昧故得知諸道差別是故答佛深信者少從須陀洹乃至初發心求佛道轉少轉少故不知供養般若何以故少前世生死中不聞三寶名乃至不聞一切種智名佛欲證上事故說我今以佛眼觀十方無量阿僧祇衆生發無上道離般若方便力故若一若二住阿毗跋致地諸餘善法入般若波羅蜜者是諸餘經所謂法華經密迹經等十二部經中義同般

若者雖不名爲般若波羅蜜經然義理即同般若波羅蜜問曰云何須陀洹亦學般若波羅蜜乃至一切種智得到彼岸答曰此中六波羅蜜三解脱門三十七品等乃至一切種智此非獨菩薩法三乘共有各隨分學

經憍尸迦若有善男子善女人佛般涅槃後爲供養佛故作七寶塔高一由旬天香天華天瓔珞天擣香天澤香天衣天幢蓋天妓樂供養恭敬尊重讚歎憍尸迦於汝意云何是善男子善女人從是因緣得福多不釋提桓因言世尊甚多甚多佛言不如是善男子善女人聞是般若波羅蜜書寫受持親近正憶念不離薩婆若心亦恭敬尊重讚歎若華香瓔珞擣香澤香幢蓋妓樂供養是善男子善女人福德多佛告憍尸迦置一七寶塔若善男子善女人供養佛故佛般涅槃後起七寶塔滿閻浮提皆高一由旬恭敬尊重讚歎華香瓔珞幢蓋妓樂供養憍尸迦於汝意云何是善男子善女人得福多不釋提桓因言世尊其福甚多佛言不如是善男子善女人如前供養般若波羅蜜其福甚多憍尸迦復置一閻浮提滿中七寶塔有善男子善女人供養佛故佛般涅槃後起七寶塔滿四天下皆高一由旬供養如前憍尸迦於汝意云何是善男子善女人其福多不釋提桓因言甚多甚多佛言不如是善男子善女人書持般若波羅蜜恭敬尊重讚歎華香乃至妓樂供養其福甚多憍尸迦復置四天下滿中七寶塔若有善男子善女人供養佛故佛般涅槃後起七寶塔滿小千世界皆高一由旬供養如

前憍尸迦於汝意云何是善男子善女人其福多不釋提桓因言甚多佛言不如是善男子善女人書是般若波羅蜜受持恭敬尊重讚歎華香乃至妓樂供養其福甚多憍尸迦復置小千世界滿中起七寶塔若有善男子善女人供養佛故佛般涅槃後起七寶塔滿二千中世界皆高一由旬供養如前故不如供養般若波羅蜜其福甚多復置二千中世界七寶塔若善男子善女人供養佛故佛般涅槃後起七寶塔滿三千大千世界皆高一由旬盡形壽供養天華天香天瓔珞乃至天妓樂於汝意云何是善男子善女人得福多不釋提桓因言世尊甚多甚多佛言不如是善男子善女人書持是般若波羅蜜恭敬尊重讚歎華香乃至妓樂供養其福甚多復置三千大千世界中七寶塔若三千大千世界中衆生一一衆生供養佛故佛般涅槃後各起七寶塔恭敬尊重讚歎華香乃至妓樂供養若有善男子善女人書持般若波羅蜜乃至正憶念不離薩婆若心亦恭敬尊重讚歎華香瓔珞乃至妓樂供養是人得福甚多釋提桓因白佛言如是如是世尊是人供養恭敬尊重讚歎是般若波羅蜜則爲供養過去未來現在佛世尊若十方如恒河沙等世界中衆生一一衆生供養佛故佛般涅槃後各起七寶塔高一由旬是人若一劫若減一劫恭敬尊重讚歎華香乃至妓樂供養世尊是善男子善女人得福多不佛言甚多釋提桓因言有善男子善女人書持是般若波羅蜜乃至正憶念亦恭敬尊重讚歎華香乃至妓

樂供養其福大多何以故世尊一切善法皆入般若波羅蜜中所謂十善道四禪四無量心四無色定三十七品三解脱門空無相無作四諦苦諦集諦滅諦道諦六神通八解脱九次第定檀波羅蜜尸羅波羅蜜羼提波羅蜜毗棃耶波羅蜜禪波羅蜜般若波羅蜜内空乃至無法有法空諸三昧門陀羅尼門佛十力四無所畏四無礙智大慈大悲十八不共法一切智道種智一切種智世尊是名一切諸佛法印是法中一切聲聞及辟支佛過去未來現在諸佛學是法得度彼岸

論釋曰般若波羅蜜若聞受持讀誦等有無量功德更欲説故以現事譬喻證之人見土塔高大即時生心謂是塔主福德極大何況七寶起塔高一由旬是故佛以塔爲喻問曰是塔爲實爲假答曰佛欲使人解知分别福德多少故作是譬喻不應問其虚實有人言有實有假如迦葉佛般涅槃後有國王名吉棃姑爾時人壽二萬歲是王爲供養舍利故起七寶塔高五十里又過去世有轉輪王名德主一日起五百塔高五十由旬此言滿三千大千世界是事假喻有人言皆是實有如小國王隨力起七寶塔大王能起一由旬七寶塔或過一由旬小轉輪王能起七寶塔滿四天下大轉輪主能起七寶塔過四天下梵天王主三千大千世界是佛弟子能心生變化起塔高至梵天滿三千大千世界或有菩薩得陀羅尼門諸三昧門深行六波羅蜜故佛滅度後能起七寶塔滿三千大千世界滿者舉其多故不言間不容間後言一一衆生

者施主多故福德多佛是中自說得福因緣十善道乃至一切種智皆攝在般若波羅蜜中和合是法名爲般若波羅蜜是般若中但出生佛尚當供養何況出生三乘及人天中樂皆因般若波羅蜜有而不供養舍利是無記法是諸善法所依止處故後乃能與人果報行般若波羅蜜即時得果後亦得報

釋述成品第三十三

【經】爾時佛告釋提桓因如是如是憍尸迦是諸善男子善女人書是般若波羅蜜持經卷受學親近讀誦說正憶念加復供養華香瓔珞擣香澤香幢蓋妓樂當得無量無數不可思議不可稱量無邊福德何以故諸佛一切智一切種智皆從般若波羅蜜中生諸菩薩摩訶薩禪波羅蜜毗梨耶波羅蜜羼提波羅蜜尸羅波羅蜜檀波羅蜜皆從般若波羅蜜中生内空乃至無法有法空四念處乃至十八不共法皆從般若波羅蜜中生諸佛五眼皆從般若波羅蜜中生成就衆生淨佛世界道種智一切種智諸佛法皆從般若波羅蜜中生聲聞乘辟支佛乘佛乘皆從般若波羅蜜中生以是故憍尸迦善男子善女人書是般若波羅蜜受持經卷親近讀誦說正憶念加復供養華香乃至妓樂過出前供養七寳塔百分千分千億萬分乃至筭數譬喻所不能及何以故憍尸迦若般若波羅蜜在於世者佛寳法寳比丘僧寳亦終不滅若般若波羅蜜在於世者十善道四禪四無量心四無色定檀波羅蜜乃至般若波羅蜜四念處乃至十八不共法一切智一切種智皆現於世

若般若波羅蜜在於世者世間便有剎利大姓婆羅門大姓居士大家四天王天乃至阿迦尼吒諸天須陀洹果乃至阿羅漢果辟支佛道菩薩摩訶薩無上佛道轉法輪成就衆生淨佛世界

【論】釋曰上帝釋答佛言供養般若福德甚多更有大天以帝釋非一切智人故所説或錯是以佛即可所説言如是如是問曰若般若波羅蜜相一切諸觀滅語言道斷不生不滅如虚空相今何以説般若在世者三寶不滅答曰般若波羅蜜體性有佛無佛常住不滅此言在世者所謂般若經卷可修習讀誦者是因中説果譬如井深綆短不及便言失井井實不失般若波羅蜜實相如深井經卷名爲綆行者不能書寫修習故言滅問曰若説三寶盡攝一切善人善法何以復言般若在世者世間有十善道乃至一切種智答曰此諸法及諸道皆廣解三寶中義佛寶者佛法所攝無學五衆法寶者第三諦所謂涅槃除四沙門所攝學無學功德餘殘辟支佛功德菩薩功德僧寶者四向四得學無學五衆餘十善道四禪四無量等皆是道方便門是故別説

大智度論卷第五十七

音釋

溺 乃歷切沒也　螫 施隻切蟲行毒也　盲 莫耕切目無童子也　跕 尺涉切　綆 古杏切汲井索也

大智度論卷第五十八

龍樹菩薩造
姚秦三藏法師鳩摩羅什譯

釋勸持品第三十四

【經】爾時三千大千世界所有四天王天乃至阿迦尼吒天語釋提桓因諸天言應受是般若波羅蜜應持應親近應讀誦說正憶念何以故受持般若波羅蜜乃至正憶念故一切所修集善法當具足滿增益諸天衆減損阿脩羅諸天子受持般若波羅蜜乃至正憶念故佛種不斷法種僧種不斷佛種法種僧種不斷故世間便有檀波羅蜜尸羅波羅蜜羼提波羅蜜毗梨耶波羅蜜禪波羅蜜般若波羅蜜皆現於世四念處乃至十八不共法菩薩道皆現於世須陀洹果斯陀含果阿那含果阿羅漢果辟支佛道佛道須陀洹乃至佛皆現於世爾時佛告釋提桓因憍尸迦汝當受是般若波羅蜜持讀誦說正憶念何以故若諸阿脩羅生惡心欲與三十三天共鬪憍尸迦汝爾時當誦念般若波羅蜜諸阿脩羅惡心即滅更不復生憍尸迦若諸天子天女五死相現時當墮不如意處汝當於其前誦讀般若波羅蜜是諸天子天女聞般若波羅蜜功德力故還生本處何以故聞般若波羅蜜有大利益故復次憍尸迦若有善男子善女人若諸天子天女聞是般若波羅蜜經耳是功德故漸當得阿耨多羅三藐三菩提何以故憍尸迦過去諸佛及弟子皆學是般若波羅蜜得阿耨多羅三藐三菩提入無餘涅槃憍尸迦未來世諸佛今現在十方諸佛及

弟子皆學是般若波羅蜜得阿耨多羅三藐三菩提入無餘涅槃何以故憍尸迦是般若波羅蜜攝一切善法若聲聞法若辟支佛法若菩薩法若佛法釋提桓因白佛言世尊般若波羅蜜是大明呪無上明呪無等等明呪何以故世尊是般若波羅蜜能除一切不善法能與一切善法佛語釋提桓因如是如是憍尸迦般若波羅蜜是大明呪無上明呪無等等明呪何以故憍尸迦過去諸佛因是明呪故得阿耨多羅三藐三菩提未來世諸佛今現在十方諸佛亦因是明呪得阿耨多羅三藐三菩提因是明呪故世間便有十善道便有四禪四無量心四無色定便有檀波羅蜜乃至般若波羅蜜四念處乃至十八不共法便有法性如法相法住法位實際便有五眼須陀洹果乃至阿羅漢果辟支佛道一切智一切種智憍尸迦菩薩摩訶薩因緣故十善出於世間四禪四無量心乃至一切種智須陀洹乃至諸佛出於世間譬如滿月照明星宿亦能照明如是憍尸迦一切世間善法正法 十善乃至一切種智若諸佛不出時皆從菩薩生是菩薩摩訶薩方便力皆從般若波羅蜜生菩薩摩訶薩以是方便力行檀波羅蜜乃至禪波羅蜜內空乃至無法有法空四念處乃至十八不共法不證聲聞辟支佛地成就衆生淨佛世界壽命成就世界成就菩薩眷屬成就得一切種智皆從般若波羅蜜生復次憍尸迦若善男子善女人聞般若波羅蜜受持親近乃至正憶念是人當得今世後世功德釋提桓因白佛言世尊何等是

善男子善女人受持般若波羅蜜乃至正憶念得今世功德佛告釋提桓因若有善男子善女人受持般若波羅蜜乃至正憶念終不中毒死兵刃不傷水火不害乃至四百四病所不能中除其宿命業報復次憍尸迦若有官事起是善男子善女人讀誦般若波羅蜜故往到官所官不譴責何以故是般若波羅蜜威力故若善男子善女人讀誦是般若波羅蜜到王所若太子大臣所王及太子大臣皆歡喜問訊和意與語何以故是諸善男子善女人常有慈悲喜捨心向衆生故憍尸迦若善男子善女人受持般若波羅蜜乃至正憶念得如是等種種今世功德憍尸迦何等是善男子善女人後世功德是善男子善女人終不離十善道四禪四無量心四無色定六波羅蜜四念處乃至十八不共法是人終不墮三惡道受身完具終不生貧窮下賤工師除廁人擔死人家常得三十二相常得化生諸現在佛界終不離菩薩神通若欲從一佛界至一佛界供養諸佛聽諸佛法即得隨意所遊佛界成就衆生淨佛世界漸得阿耨多羅三藐三菩提憍尸迦是名後世功德以是故憍尸迦善男子善女人應當受持般若波羅蜜親近讀誦說正憶念華香乃至妓樂供養常不離薩婆若心是善男子善女人乃至阿耨多羅三藐三菩提得今世後世功德成就

【論】釋曰佛是法王讚歎受持般若波羅蜜者已次天王釋讚釋讚已今次諸天讚以多衆讚故令人信心轉深作是言應受持是般若

波羅蜜此中說受持因緣修諸功德增益諸天減損阿脩羅三寶不斷六波羅蜜等諸功德出現於世爾時佛可諸天讚告釋言汝受持是般若波羅蜜此中說因緣若阿脩羅生惡心欲共三十三天鬪汝爾時讀誦般若者惡心即滅若二陣相對時讀誦般若者阿脩羅即退去問曰若爾者何以不常誦般若令阿脩羅惡心不生何故乃使兩陣相對答曰諸天多著福樂染欲心利雖知般若有大功德不能常誦故又以忉利天不淨業因緣故致有怨敵不得不鬪諸天命欲終時五死相現一者華冠萎二者腋下汗出三者蠅來著身四者見更有天坐已坐處五者自不樂本座諸天見是死相念惜天樂見當生惡處心懷憂毒爾時若聞般若波羅蜜實相諸法虛誑無常空寂信是佛法心清淨故還生本處是天人不但還生本處以聞般若故世世受福樂漸成無上道此中因緣如經說般若波羅蜜爲大明呪者是問曰釋提桓因何以故名般若爲大明呪答曰諸外道聖人有種種呪術利益民人誦是呪故能隨意所欲使諸鬼神諸仙人有是呪故大得名聲人民歸伏貴呪術故是以帝釋白佛言諸呪術中般若波羅蜜是大呪術何以故能常與衆生道德樂故餘呪術樂因緣能起煩惱又不善業故墮三惡道復次餘呪術能隨貪欲瞋恚自在作惡是般若波羅蜜呪能滅禪定佛道涅槃諸著何況貪恚麤病是故名爲大明呪無上呪無等等呪復次是呪能令人離老病死能立衆生於大乘能令行者於一切衆生中最

大是故言大呪能如是利益故名爲無上先有仙人所作呪術所謂能知他人心呪名抑叉尼能飛行變化呪名揵陀梨能住壽過千歲萬歲呪於諸呪中無與等於此無等呪術中般若波羅蜜過出無量故名無等等復次諸佛法名無等般若波羅蜜得佛因緣故言無等等復次諸佛於一切衆生中名無等是般若呪術佛所作故名無等等呪復次此經中自説三呪因緣所謂是呪能捨一切不善法能與一切善法佛順其所歎故言如是如是亦更廣其所讃所謂因般若故出生十善道乃至諸佛是般若波羅蜜屬菩薩故佛説譬喻諸佛能大破無明闇故如滿月菩薩破暗不如故如星宿如夜中有所見皆是星月力世間生死夜中有所知見皆是佛菩薩力若世無佛爾時菩薩説法度衆生著人天樂中漸漸令得涅槃樂菩薩所有智慧皆是般若波羅蜜力復次是菩薩雖行三十七品十八空知諸法畢竟不可取亦不證聲聞辟支佛道而能還起善法教化衆生淨佛世界壽命具足等皆是方便般若波羅蜜力若是人能受持般若乃至正憶念得今世後世功德今世功德者所謂終不中毒死等問曰先已説不横死今何以更説答曰先已説般若波羅蜜不一會中説此爲後來者更爲説復次刀毒水火有二種有他作有自作先説他加兵毒水火等今爲不自傷何以知之次説四百四病故知上雖説人不能得其便不説其人還恭敬供養四百四病者四大爲身常相侵害一一大中百一病起冷病有二百二水

風起故熱病有二百二地火起故火熱相地堅相堅相故難消難消故能起熱病血肉筋脉骨髓等地分除其業報者一切法和合因緣生無有作者無有作者故必受業報佛所不能救何況般若必受業報不必受業報先巳說官事起者誦般若波羅蜜力故隨起皆滅問曰先說人不能得便今何以復更說答曰先雖說人不能得便不說國王大臣等旣不能得便還復恭敬供養何以故是菩薩常有慈悲喜捨心向衆生故後世功德者世世所生常不離十善道等是故常不墮惡道是人折伏惡心故受身完具不生下賤等家學佛所學道故得變化身似佛有三十二相八十隨形好常得化生現在佛國若隨心所到十方世界供養諸佛聽受諸法教化衆生漸漸得成佛道是故行者聽聞受持乃至正憶念不離薩婆若心如是得今世後世功德

釋梵志品第三十五（經作遺異品）

【經】爾時諸外道梵志來向佛所欲求佛短是時釋提桓因心念是諸外道梵志來向佛所欲求佛短我今當誦念從佛所受般若波羅蜜是諸外道梵志等終不能中道作礙斷說般若波羅蜜釋提桓因作是念已即誦般若波羅蜜是時諸外道梵志遙遶佛復道還去時舍利弗心念是中何因緣諸外道梵志遙遶佛復道還去佛知舍利弗心念告舍利弗是釋提桓因誦念般若波羅蜜以是因緣故諸外道梵志遙遶佛復道還去舍利弗我不見是諸外道梵志一念善心是諸外道梵志但持惡心來欲索佛短舍利弗我不見說般

若波羅蜜時一切世間若天若魔若梵若沙門衆婆羅門衆中有持惡意來能得短者何以故舍利弗是三千大千世界中諸四天王天乃至阿迦尼吒天諸聲聞辟支佛諸菩薩摩訶薩守護是般若波羅蜜所以者何是諸天人皆從般若波羅蜜中生故復次舍利弗十方如恒河沙等世界中諸佛及聲聞辟支佛菩薩摩訶薩諸天龍鬼神等皆守護是般若波羅蜜所以者何是諸佛等皆從般若波羅蜜中生故爾時惡魔心念今佛四衆現前集會亦有欲界色界諸天子是中必有菩薩摩訶薩授記當得阿耨多羅三藐三菩提我寧可至佛所破壞其意是時惡魔化作四種兵來至佛所爾時釋提桓因心念是四種兵或是惡魔化作欲來向佛何以故是四種兵嚴飾頻婆娑羅王四種兵所不類波斯匿王四種兵亦不類諸釋子四種兵諸梨昌四種兵皆亦不類是惡魔長夜索佛便欲惱衆生我寧可誦念般若波羅蜜釋提桓因即時誦念般若波羅蜜惡魔如所誦聞漸漸復道還去爾時會中四天王諸天子乃至阿迦尼吒諸天子化作天華於虛空中而散佛上作是言世尊願令般若波羅蜜久住閻浮提所以者何閻浮提人受持般若波羅蜜隨所住時佛寶不滅法寶僧寶亦住不滅爾時十方如恒河沙等世界中諸天亦散華作是言世尊願令般若波羅蜜久住閻浮提若般若波羅蜜久住佛法僧亦當久住亦分別知菩薩摩訶薩道復次所在住處有善男子善女人書持般若波羅蜜經卷是處則為照明已離衆

冥佛告釋提桓因等諸天子如是如是憍尸迦及諸天子閻浮提人受持般若波羅蜜隨所住時佛寶如是住法寶僧寶亦如是住乃至所在住處善男子善女人有書持般若波羅蜜經卷是處則爲照明已離衆冥爾時諸天子化作天華散佛上作是言世尊若有善男子善女人受持般若波羅蜜乃至正憶念魔若魔天不能得其便世尊我等亦當擁護是善男子善女人何以故若善男子善女人受持般若波羅蜜乃至正憶念我等視是人即是佛若次佛是時釋提桓因白佛言世尊善男子善女人受持般若波羅蜜乃至正憶念者當知是人先世於佛所作功德多親近供養諸佛爲善知識所護世尊諸佛一切智應當從般若波羅蜜中求般若波羅蜜亦當從一切智中求所以者何般若波羅蜜不異一切智一切智不異般若波羅蜜般若波羅蜜一切智不二不別是故我等視是人即是佛若次佛佛告釋提桓因如是如是憍尸迦諸佛一切智即是般若波羅蜜般若波羅蜜即是一切智何以故憍尸迦諸佛一切智從般若波羅蜜中生般若波羅蜜不異一切智一切智不異般若波羅蜜般若波羅蜜一切智不二不別

論釋曰上品中說聞受般若者魔若魔民外道梵志不得其便今欲現證驗故以威神感致衆魔及諸外道是以外道梵志作是念佛在耆闍崛山中說般若波羅蜜所謂諸法畢竟空無所有以引致十方衆生我等共往難問破此空論其論若破佛則自退我等還得

如本是諸外道但有邪見惡心憍慢故來欲出是畢竟清淨般若波羅蜜過罪譬如狂人欲中傷虛空徒自疲苦爾時帝釋如佛教受持般若外道不能得便令欲驗實令人信知故帝釋無量福德成就以天利根深信般若即時誦念得般若力故外道遥遶佛復道而去問曰何以不直還方遶佛而去答曰以般若神力故於遠處降伏作是念佛衆威德甚大我等今往徒自困辱無所成辦我等今若還見直去人當謂我等怯弱來而空去以是故詐現供養遶佛復道而去舍利弗本是梵志見諸外道遠處而去心少憐愍不能以小事故入三昧求知作是念此諸外道何因緣來竟不蒙度而空還去佛言是般若波羅蜜力舍利弗意念佛以般若波羅蜜無事不濟云何令此外道空來而去佛知舍利弗所念語舍利弗是諸梵志乃至無一念善心但持惡意邪見著心欲求諸法定相是故不中度譬如必死之病雖有良醫神藥不能救濟舍利弗說般若波羅蜜時非但此梵志一切世間人持惡心來不能得便何以故一切諸佛及諸菩薩諸天常守護般若故所以者何諸佛菩薩天人作是念我等皆從般若生故魔來欲難問破壞亦如是是時會中諸天子先聞般若功德令現證驗心大歡喜化華供養作是願令般若波羅蜜久住閻浮提是事如下廣說佛即印可諸天於佛前自誓言行者若聞受持般若波羅蜜乃至正憶念我等常當守護所以者何我等視是人如佛若次佛如佛者法性身住阿鞞跋致得無生法忍乃

至十地次佛者肉身菩薩能說般若波羅蜜及其正義爾時帝釋以先世因緣所集功德智慧讚是菩薩此中更說讚歎因緣諸佛一切種智應從般若中求者菩薩行般若波羅蜜具足故得佛時般若變成一切種智故言一切種智當從般若中求佛能說般若波羅蜜故言般若波羅蜜當從一切智中求譬如乳變爲酪離乳無酪亦不得言乳即是酪般若波羅蜜變爲一切種智離般若亦無一切種智亦不得言般若即是一切種智般若與一切種智作生因一切種智與般若作說因因果不相離故言不二不別

釋尊導品第三十六（經作阿難稱譽品）

〔經〕爾時慧命阿難白佛言世尊何以故不稱譽檀波羅蜜尸羅波羅蜜羼提波羅蜜毗梨耶波羅蜜禪波羅蜜乃至十八不共法但稱譽般若波羅蜜佛告阿難般若波羅蜜於五波羅蜜乃至十八不共法爲尊導阿難於汝意云何不迴向薩婆若布施得稱檀波羅蜜不不也世尊不迴向薩婆若尸羅羼提毗梨耶禪智慧是般若波羅蜜不不也世尊以是故知般若波羅蜜於五波羅蜜乃至十八不共法爲尊導是故稱譽阿難白佛言世尊云何布施迴向薩婆若作檀波羅蜜乃至作般若波羅蜜佛告阿難以無二法布施迴向薩婆若是名檀波羅蜜以不生不可得迴向薩婆若布施是名檀波羅蜜乃至以無二法智慧迴向薩婆若是名般若波羅蜜以不生不可得迴向薩婆若智慧是名般若波羅蜜阿難白佛言世尊云何以不二法迴向薩婆若

布施是名檀波羅蜜乃至以不二法迴向薩婆若智慧是名般若波羅蜜佛告阿難以色不二法故受想行識不二法故乃至阿耨多羅三藐三菩提不二法故世尊云何色不二法乃至阿耨多羅三藐三菩提不二法佛言色色相空何以故檀波羅蜜色不二不別乃至阿耨多羅三藐三菩提檀波羅蜜不二不別五波羅蜜亦如是以是故阿難但稱譽般若波羅蜜於五波羅蜜乃至一切種智爲尊導阿難譬如地以種散中得因緣和合便生是諸種子依地而生如是阿難五波羅蜜依般若波羅蜜得生四念處乃至一切種智亦依般若波羅蜜得生以是故阿難般若波羅蜜爲五波羅蜜乃至十八不共法尊導爾時釋提桓因白佛言世尊佛說善男子善女人受持般若波羅蜜乃至正憶念者功德未盡何以故受持般若波羅蜜乃至正憶念則受三世諸佛無上道所以者何欲得薩婆若當從般若波羅蜜中求欲得般若波羅蜜當從薩婆若中求世尊受持般若波羅蜜乃至正憶念故十善道現於世間四禪四無量心四無色定乃至十八不共法現於世間受持般若波羅蜜乃至正憶念故世間便有剎利大姓婆羅門大姓居士大家四天王天乃至阿迦尼吒諸天受持般若波羅蜜乃至正憶念故便有須陀洹乃至阿羅漢辟支佛菩薩摩訶薩受持般若波羅蜜乃至正憶念故諸佛出於世間爾時佛告釋提桓因憍尸迦善男子善女人受持般若波羅蜜乃至正憶念我不說但有爾所功德何以故憍尸迦是善男

子善女人受持般若波羅蜜乃至正憶念不離薩婆若心無量戒衆成就定衆慧衆解脱衆解脱知見衆成就復次憍尸迦是善男子善女人能受持般若波羅蜜乃至正憶念不離薩婆若心當知是人爲如佛復次憍尸迦一切聲聞辟支佛所有戒衆定衆慧衆解脱衆解脱知見衆不及是善男子善女人戒衆乃至解脱知見衆百分千分千億萬分乃至筭數譬喻所不能及何以故善男子善女人於聲聞辟支佛地中心得解脱更不求大乘法故復次憍尸迦若有善男子善女人書持般若波羅蜜經卷供養恭敬尊重華香瓔珞乃至妓樂亦得今世後世功德爾時釋提桓因白佛言世尊是善男子善女人受持般若波羅蜜乃至正憶念不離薩婆若心供養般若波羅蜜恭敬尊重華香乃至妓樂我常當守護是人

【論】釋曰阿難雖多聞力能分别空而未離欲故不能深入雖常侍佛不數問難空事今佛讃歎般若波羅蜜亦讃歎行者是故阿難白佛言世尊何以不稱歎餘波羅蜜及諸法而獨稱歎般若波羅蜜問曰佛從初以來常説六波羅蜜名今阿難何以言不稱説答曰雖説名字不爲稱美皆爲入般若中故説佛語阿難一切有爲法中智慧第一一切智慧中度彼岸般若波羅蜜第一譬如行路雖有衆伴導師第一般若亦如是雖一切善法各各有力般若波羅蜜能示導出三界到三乘若無般若波羅蜜雖行布施等善法隨受業行果報有盡以有盡故尚不能得小乘涅槃何

況無上道若布施等善法能觀如佛道相不二不生不滅不得不失畢竟空寂是名迴向薩婆若是布施福世世常受果報而不盡後當得一切種智如布施一切法亦如是相問曰佛何以答不二因緣還以不二解答曰阿難不問不二因緣但問何法不二是故佛答色等諸法不二故般若波羅蜜能令五事等作波羅蜜故但稱譽般若波羅蜜佛欲令是義了了易解故作是喻譬如大地能生萬物般若波羅蜜亦如是能持一切善法種子者從發心來除般若波羅蜜餘一切善法是因緣和合者是佛道中一心信忍精進不休不息欲受通達不壞有如是等法事得成辦者是增長者從發心起學諸波羅蜜從一地至一地乃至佛地是問曰帝釋何以故言佛說行者受持般若功德未盡答曰般若波羅蜜無量無邊功德亦無量無邊說未究竟中間外道梵志及魔來故傍及異事今還欲續聞帝釋深受福德果報樂聞般若功德聽無猒足今更欲聞說故自說因緣世尊若人受持般若波羅蜜乃至正憶念則受三世諸佛無上道功德智慧所以者何般若中應求一切種智一切種智中應求般若如上品末說諸行者若受持般若發心求阿耨多羅三藐三菩提爲度衆生故集般若波羅蜜等諸功德所謂十善道乃至十八不共法現於世間是善法因緣故有刹利大姓乃至諸佛佛告天帝是人不但得如上功德亦得無量戒衆等功德戒衆者是菩薩行般若波羅蜜於一切衆生中修畢竟無畏施衆生十方中數無量

無邊三世中數亦無量無邊六道四生種類各各相亦無量無邊於此無量無邊衆生中施第一所愛樂物所謂壽命是故得無量戒衆果報如是不殺等戒但說名字則二百五十毗尼中略說則八萬四千廣說則無量無邊是戒凡夫人或一日受或一世或百千萬世菩薩世世於一切衆生中施無畏乃至入無餘涅槃是名無量戒衆乃至解脫知見衆亦如是隨義分別是五衆功德勝於二乘不可計量若人書寫供養般若波羅蜜得今世後世功德問曰今世後世功德深重書持供養輕微云何得二世功德答曰供養有二種一者効他供養二者深心供養知般若功德深心供養故得二世功德是般若有種種門入若聞持乃至正憶念者智慧精進門入書寫供養者信及精進門入若一心深信則供養經卷勝若不一心雖受持而不如復次有如意寶珠是無記色法無心無識以衆生福德因緣故生有人供養者能令人隨意所得何況般若波羅蜜是無上智慧諸佛之母諸法寶中是第一寶若人如所聞一心信受供養云何不得二世功德但人不一心供養又先世重罪故雖供養般若而不得如上功德般若無咎

經佛告釋提桓因憍尸迦是善男子善女人欲讀誦說般若波羅蜜時無量百千諸天皆來聽法是善男子善女人說般若波羅蜜法諸天子益其膽力是諸法師若疲極不欲說法諸天益其膽力故便能更說善男子善女人受持是般若波羅蜜乃至正憶念供養華

香乃至妓樂故亦得是今世功德復次憍尸迦是善男子善女人於四部衆中說般若波羅蜜時心無怯弱若有論難亦無畏想何以故是善男子善女人爲般若波羅蜜所護持故般若波羅蜜中亦分別一切法若世間若出世間若有漏若無漏若善若不善若有爲若無爲若聲聞法若辟支佛法若菩薩法若佛法善男子善女人住内空乃至住無法有法空故不見有能難般若波羅蜜者亦不見受難者亦不見般若波羅蜜如是善男子善女人爲般若波羅蜜所護持故無有能難壞者復次善男子善女人受持般若波羅蜜乃至正憶念時不没不畏不怖何以故是善男子善女人不見是法没者恐怖者憍尸迦善男子善女人受持般若波羅蜜乃至正憶念

華香供養乃至旛蓋亦得是今世功德復次憍尸迦善男子善女人受持般若波羅蜜乃至正憶念書持經卷華香供養乃至旛蓋是人爲父母所愛宗親知識所念諸沙門婆羅門所敬十方諸佛及菩薩摩訶薩辟支佛阿羅漢乃至須陀洹所愛敬一切世間若天若魔若梵及阿脩羅等皆亦愛敬是人行檀波羅蜜檀波羅蜜無有斷絶時尸羅波羅蜜羼提波羅蜜毗梨耶波羅蜜禪波羅蜜般若波羅蜜亦無有斷絶時修内空不斷乃至修無法有法空不斷修四念處不斷乃至修十八不共法不斷修諸三昧門不斷修諸陀羅尼門不斷諸菩薩神通不斷成就衆生淨佛世界不斷乃至修一切種智不斷是人亦能降伏難論毀謗善男子善女人受持般若波羅

蜜乃至正憶念不離薩婆若心書持經卷華香供養乃至旛蓋亦得是今世後世功德復次憍尸迦善男子善女人書持經卷在所住處三千大千世界中所有諸四天王天發阿耨多羅三藐三菩提心者皆來到是處見般若波羅蜜受讀誦說供養禮拜還去三十三天夜摩天兜率陀天化樂天他化自在天梵衆天梵輔天梵會天大梵天光天少光天無量光天光音天淨天少淨天無量淨天遍淨天無陰行天福德天廣果天發阿耨多羅三藐三菩提心者皆來到是處見般若波羅蜜受讀誦說供養禮拜還去淨居諸天所謂無誑天無熱天妙見天喜見天色究竟天皆來到是處見是般若波羅蜜受讀誦說供養禮拜還去復次憍尸迦十方世界中諸四天王天乃至廣果天發阿耨多羅三藐三菩提心及淨居天并餘諸天龍鬼神揵闥婆阿脩羅迦樓羅緊那羅摩睺羅伽亦來見般若波羅蜜受讀誦說供養禮拜還去是善男子善女人應作是念十方世界中諸四天王天乃至廣果天發阿耨多羅三藐三菩提心及淨居天并餘諸天龍鬼神揵闥婆阿脩羅迦樓羅緊那羅摩睺羅伽來見般若波羅蜜受讀誦說供養禮拜我則法施已憍尸迦三千大千世界中所有諸四天王天乃至阿迦尼吒天及十方世界中諸四天王天乃至阿迦尼吒天發阿耨多羅三藐三菩提心者護持是善男子善女人諸惡不能得便除其宿命重罪憍尸迦是善男子善女人亦得是今世功德所謂諸天子發阿耨多羅三藐三菩提心皆

來到是處何以故憍尸迦諸天子發阿耨多羅三藐三菩提心欲救護一切衆生不捨一切衆生安樂一切衆生故爾時釋提桓因白佛言世尊善男子善女人云何當知諸四天王天乃至阿迦尼吒天來及十方世界中諸四天王天乃至阿迦尼吒天來見般若波羅蜜受讀誦說供養禮拜時佛告釋提桓因憍尸迦若善男子善女人見大淨光明必知有大德諸天來見般若波羅蜜受讀誦說供養禮拜時復次憍尸迦善男子善女人若聞異妙香必知有大德諸天來見般若波羅蜜受讀誦說供養禮拜時復次憍尸迦善男子善女人行淨潔故諸天來到其處見般若波羅蜜受讀誦說供養歡喜禮拜是中有小鬼輩即時出去不能堪任是大德諸天威德故以是大德諸天來故是善男子善女人生大心以是故般若波羅蜜所住處四面不應有諸不淨應然燈燒香散衆名華衆香塗地衆蓋旛幢種種嚴飾復次憍尸迦善男子善女人說法時終無疲極自覺身輕心樂隨法偃息卧覺安隱無諸惡夢夢中見諸佛三十二相八十隨形好比丘僧恭敬圍遶說法在諸佛邊聽受法教所謂六波羅蜜四念處乃至十八不共法分別六波羅蜜義四念處乃至十八不共法亦分別其義亦見菩提樹莊嚴殊妙見諸菩薩趣菩提樹得阿耨多羅三藐三菩提見諸佛成已轉法輪見百千萬菩薩共集法論義應如是求薩婆若應如是成就衆生應如是淨佛世界亦見十方無數百千萬億諸佛亦聞其名號其方其界其佛若千百

千萬億菩薩若干百千萬億聲聞恭敬圍遶說法復見十方無數百千萬億諸佛般涅槃復見無數百千萬億諸佛七寶塔見供養諸塔恭敬尊重讚歎華香乃至旛蓋憍尸迦是善男子善女人見如是善夢卧安覺安諸天益其氣力自覺身體輕便不大貪著飲食衣服卧具湯藥於此四供養其心輕微譬如比丘坐禪從禪定起心與定合不貪著飲食其心輕微何以故憍尸迦諸天法應以諸味之精益其氣力故十方諸佛及天龍鬼神阿脩羅揵闥婆迦樓羅緊那羅摩睺羅伽亦益其氣力如是憍尸迦善男子善女人欲得令世如是功德應當受持般若波羅蜜親近讀誦說正憶念亦不離薩婆若心憍尸迦善男子善女人雖不能受持乃至正憶念應當書持經卷恭敬供養尊重讚歎華香瓔珞乃至旛蓋憍尸迦若善男子善女人聞是般若波羅蜜受持讀誦說正憶念書寫經卷恭敬供養尊重讚歎華香乃至旛蓋是善男子善女人功德甚多勝於供養十方諸佛及弟子衆恭敬尊重讚歎衣服飲食卧具湯藥諸佛及弟子般涅槃後起七寶塔恭敬供養尊重讚歎華香乃至旛蓋

【論】問曰天上自有般若何以來至說法人所益其膽力答曰天上雖有般若諸天憐愍衆生故來來則惡鬼遠去益法師膽力令其樂說又使衆生益加信敬以是故來有人言天甘露味微細沾洽能入毛孔使善男子四大諸情柔輭輕利樂有所說問曰一切說般若者皆得諸天甘露味令其樂說不答曰不也

若有行者一心求佛道折伏結使衣服淨潔所説法處清淨華香旛蓋香水灑地無諸不淨是故諸天歡喜亦利益諸聽者説法者雖不多讀內外經書深入般若波羅蜜義故心不怯弱不沒不恐不畏何以故般若波羅蜜中無有定法可執可難可破故復次是般若波羅蜜中亦分別説諸法世間出世間常無常善不善等無法不有以備有諸法故不怯不畏若但有一法則多所闕故有恐畏是菩薩行般若波羅蜜煩惱折薄諸福德增益熏身故威德可敬身是功德住處故雖形體醜陋無所能作猶爲人所愛重何況自然端正能利益人問曰若諸佛沙門婆羅門所愛重可爾父母愛念何足稱答曰人雖父母所生不順父母教則不愛念菩薩於恭敬之中倍復殊勝供養恭敬尊重道德故沙門婆羅門愛敬平實至誠口不妄言深愛後世功德不著今世樂接養下人不自高大若見他有過尚不説其實何況讒毀若必不得已終不盡説給恤孤窮不私附己如是等事皆是般若波羅蜜力是人功德遠聞故諸天世人皆所愛敬是供養般若波羅蜜故世世常得六波羅蜜等無有斷絕時是人福德智慧名聞故若有問難毀謗悉能降伏復次諸天爲供養般若波羅蜜故來至般若所住處復次山河樹木土地城郭一切鬼神皆屬四天王四天王來故皆隨從共來是諸鬼神中有不得般若經卷者是故來至般若波羅蜜處供養讀誦禮拜亦爲利益善男子故此亦是今世功德以諸天善神來故天帝破肉眼人疑故問

云何知大德天來時見大光明若聞殊異之香亦以如先說住處清淨故問曰人身不淨內充外淨何益答曰淨其住處及以衣服則外無不淨外無不淨故諸天歡喜譬如國王大人來處群細庶民避去諸大德天來小鬼去亦如是大天威德重故舊住小鬼避去是諸大天來近故是人心則清淨廣大行者若欲令大德天來當如經所說惡鬼遠去故身心輕便所以者何近諸惡鬼令人身心漸惡譬如近瞋人喜令人瞋近美色則令人好色情發是人內外惡因緣遠離故卧安覺安無諸惡夢若夢但見諸佛如經所說問曰般若波羅蜜在佛身中若供養一佛則供養般若波羅蜜何以言供養十方佛不如供養般若波羅蜜答曰供養著心若供養佛取人相人畢竟不可得以取相故福田雖大而功德薄少供養般若波羅蜜者則如所聞般若中不取人相不取法相用是心供養故福德大復次般若波羅蜜是一切十方諸佛母亦是諸佛師諸佛得是身三十二相八十隨形好及無量光明神通變化皆是般若波羅蜜力以是故供養般若波羅蜜勝以是等因緣故勝供養十方諸佛非不敬佛

大智度論卷第五十八

音釋

萎（於爲切蔫也）腋（羊益切）揵（渠建切）怯（去劫切畏懦也）譽（羊茹切稱美也）輔（扶雨切）偃（於幰切卧也）沾洽（洽胡夾切沾洽潤澤也）恤（辛聿切振貧老也）

大智度論卷第五十九

龍樹菩薩造

姚秦三藏法師鳩摩羅什譯

釋舍利品第三十七

【經】佛告釋提桓因言憍尸迦若滿閻浮提佛舍利作一分復有人書般若波羅蜜經卷作一分二分之中汝取何所釋提桓因白佛言世尊若滿閻浮提佛舍利作一分般若波羅蜜經卷作一分二分之中我寧取般若波羅蜜經卷何以故世尊我於佛舍利非不恭敬非不尊重以舍利從般若波羅蜜中生般若波羅蜜熏修故是舍利得供養恭敬尊重讚歎爾時舍利弗問釋提桓因憍尸迦是般若波羅蜜不可取無色無形無對一相所謂無相汝云何欲取何以故是般若波羅蜜不爲取故出不爲捨故出不爲增減聚散損益垢淨故出是般若波羅蜜不與諸佛法不捨凡人法不與辟支佛法阿羅漢法學法不捨凡人法不與無爲性不捨有爲性不與內空乃至無法有法空不與四念處乃至一切種智不捨凡人法釋提桓因語舍利弗如是如是舍利弗若有人知是般若波羅蜜不與諸佛法不捨凡人法乃至不與一切種智不捨凡人法是菩薩摩訶薩能行般若波羅蜜能修般若波羅蜜何以故般若波羅蜜不行二法相故不二法相是般若波羅蜜不二法相是禪波羅蜜乃至檀波羅蜜爾時佛讚釋提桓因言善哉善哉憍尸迦如汝所說般若波羅蜜不行二法相故不二法相是般若波羅蜜不二法相是禪波羅蜜乃至檀波羅蜜憍尸

迦若人欲得法性二相者是人爲欲得般若波羅蜜二相何以故憍尸迦法性般若波羅蜜無二無別乃至檀波羅蜜亦如是若人欲得實際不可思議性二相者是人爲欲得般若波羅蜜二相何以故般若波羅蜜不可思議性無二無別釋提桓因白佛言世尊一切世間人及諸天阿脩羅應禮拜供養般若波羅蜜何以故諸菩薩摩訶薩般若波羅蜜中學得阿耨多羅三藐三菩提世尊我常在善法堂上坐我若不在座時諸天子來供養我故爲我坐處作禮遶竟還去諸天子作是念釋提桓因在是處坐爲諸三十三天說法故如是世尊在所處書是般若波羅蜜經卷受持誦讀爲他演說是處十方世界中諸天龍夜叉揵闥婆阿脩羅迦樓羅緊那羅摩睺羅伽皆來禮拜般若波羅蜜供養已去何以故是般若波羅蜜中生諸佛及一切衆生樂具故諸佛舍利亦是一切種智住處因緣以是故世尊二分中我取般若波羅蜜復次世尊我若受持讀誦般若波羅蜜深心入法中我是時不見怖畏相何以故世尊是般若波羅蜜無相無貌無言無說世尊無相無貌無言無說是般若波羅蜜乃至是一切種智世尊般若波羅蜜若當有相非無相者諸佛不應知一切法無相無貌無言無說得阿耨多羅三藐三菩提爲弟子說諸法無相無貌無言無說世尊以般若波羅蜜實是無相無貌無言無說故諸佛知一切諸法無相無貌無言無說得阿耨多羅三藐三菩提爲弟子說諸法亦無相無貌無言無說以是故世尊是般

若波羅蜜一切世間諸天人阿脩羅應供養恭敬尊重讚歎華香瓔珞乃至旛蓋復次世尊若有人受持般若波羅蜜親近讀誦說正憶念及書供養華香乃至旛蓋是人不墮地獄畜生餓鬼道中不墮聲聞辟支佛地乃至得阿耨多羅三藐三菩提常見諸佛從一佛界至一佛界供養諸佛恭敬尊重讚歎華香乃至旛蓋復次世尊滿三千大千世界佛舍利作一分書般若波羅蜜經卷作一分是二分中我取般若波羅蜜何以故世尊是般若波羅蜜中生諸佛舍利以是故舍利得供養恭敬尊重讚歎是善男子善女人供養恭敬舍利故受天上人中福樂常不墮三惡道如所願漸以三乘法入涅槃是故世尊若有見現在佛若見般若波羅蜜經卷等無異何以故世尊是般若波羅蜜與佛無二無別故

【論】問曰上以起七寶塔對校供養般若波羅蜜義已具足今佛何以以舍利經卷對校答曰先明七寶塔是舍利住處今但明舍利以對經卷舍利雖不及般若而滿閻浮提般若妙故但明經卷復次出家人多貪智慧智慧是解脫因緣故在家人多貪福德福德是樂因緣故出家人多貪意識所知物在家人多貪五識所知物釋提桓因已證福樂果報最大於在家人中最爲尊勝以是故佛問釋提桓因釋提桓因言我於二分中取般若波羅蜜經卷此中自說因緣世尊我不敢輕慢不恭敬舍利我知供養芥子許舍利功德無量無邊乃至得佛功德不盡何況滿閻浮提世尊菩薩受身便有舍利人所不貴得成佛時

舍利以般若熏修故人所恭敬尊重供養是故二分中我取勝者問曰舍利弗知釋提桓因以世諦故言取般若波羅蜜何以故難答曰釋提桓因在家中爲煩惱所縛五欲所覆而能説般若波羅蜜是事希有以是故舍利弗質問欲令釋提桓因更問佛深義故難釋提桓因順舍利弗意答言如是釋提桓因意於一切法中無二相不以舍利爲小不以般若波羅蜜爲大般若波羅蜜無二無分別相爲利益新發意菩薩故致以世諦如是説般若波羅蜜能令衆生心無二無分別以是利益故我取般若是時佛讃釋提桓因善哉善哉以能分別諸法亦能善説般若相故所謂無二相是故讃歎佛此中自説譬喻若人欲分別法性實際等作二分是人爲欲分別般若波羅蜜作二分帝釋自説般若又聞佛重説其心清淨深信歡喜言一切世間所應禮敬帝釋此中自説因緣一切菩薩學是般若得阿耨多羅三藐三菩提又此中以巳身爲喻巳身喻佛般若經卷喻坐處有人言巳身喻般若坐處喻舍利是故二分中我取般若復次世尊我若受持般若讀誦是時乃至不見怖畏相何況實怖畏所以者何一切諸法無相無言無説故般若波羅蜜能令人得是無相法故無所畏受持供養般若者不墮三惡趣及二乘道世世不離諸佛常供養十方諸佛是故般若波羅蜜一切世間所應供養復次佛開其初以舍利滿閻浮提帝釋旣悟二事勝負爲一切衆生故廣增至三千大千世界此中自説因緣見般若波羅蜜與見佛

等無異

【經】復次世尊如佛住三事示現説十二部經修多羅祇夜乃至優波提舍復有善男子善女人受持誦説是般若波羅蜜等無異何以故世尊是般若波羅蜜中生三事示現及十二部經修多羅乃至優波提舍故復次世尊十方諸佛住三事示現説十二部經修多羅乃至優波提舍復有人受般若波羅蜜爲他人説等無異何以故般若波羅蜜中生諸佛亦生十二部經修多羅乃至優波提舍復次世尊若有供養十方如恒河沙等世界中諸佛恭敬尊重讚歎華香乃至旛蓋復有人書般若波羅蜜經卷恭敬尊重讚歎華香乃至旛蓋其福正等何以故十方諸佛皆從般若波羅蜜中生復次世尊善男子善女人聞是般若波羅蜜受持讀誦正憶念亦爲他人説是人不墮地獄道畜生餓鬼道亦不墮聲聞辟支佛地何以故當知是善男子善女人正住阿鞞跋致地中故是般若波羅蜜遠離一切苦惱衰病復次世尊若有善男子善女人書是般若波羅蜜經卷受持親近供養恭敬尊重讚歎是人離諸恐怖世尊譬如負債人親近國王供給左右債主反更供養恭敬是人是人不復怖畏何以故世尊此人依近於王憑恃有力故如是世尊諸佛舍利般若波羅蜜熏修故得供養恭敬世尊當知般若波羅蜜如王舍利如負債人負債人依王故得供養舍利亦依般若波羅蜜修熏故得供養世尊當知諸佛一切種智亦以般若波羅蜜修熏故得成就以是故世尊二分之中我取

般若波羅蜜何以故世尊般若波羅蜜中生諸佛舍利三十二相般若波羅蜜中亦生佛十力四無所畏四無礙智十八不共法大慈大悲世尊般若波羅蜜中生五波羅蜜便得波羅蜜名字般若波羅蜜中生諸佛一切種智復次世尊所在三千大千世界中若有受持供養恭敬尊重讚歎般若波羅蜜是處若人若非人不能得其便是人漸漸得入涅槃世尊般若波羅蜜爲大利益如是於三千大千世界中能作佛事世尊在所住處有般若波羅蜜則爲有佛世尊譬如無價摩尼寶在所住處非人不得其便若男子若女人有熱病以是珠著身上熱病即時除差若有風病若有冷病若有雜熱風冷病以珠著身上皆悉除愈若闇中是寶能令明熱時能令涼寒時能令溫珠所住處其地不寒不熱時節和適其處亦無諸餘毒螫若男子女人爲毒蛇所螫以珠示之毒即除滅復次世尊若男子女人眼痛膚瞖盲瞽以珠示之即時除愈若有癩瘡惡腫以珠著其身上病即除愈復次世尊是摩尼寶所在水中水隨作一色若以青物裹著水中水色則爲青若黃赤白紅縹物裹著水中水隨作黃赤白紅縹色如是等種種色物裹著水中水隨作種種色世尊若水濁以珠著水中水即爲清是珠其德如是爾時阿難問釋提桓因言憍尸迦是摩尼寶爲是天上寶爲是閻浮提寶釋提桓因語阿難言是天上寶閻浮提人亦有是寶但功德相少不具足天上寶清淨輕妙不可以譬喻爲比復次世尊是摩尼寶若著篋中舉珠出

其功德熏篋故人皆愛敬如是世尊在所住處有書般若波羅蜜經卷是處則無衆惱之患亦如摩尼寶所著處則無衆難世尊佛般泥洹後舍利得供養皆般若波羅蜜力禪波羅蜜乃至檀波羅蜜內空乃至無法有法空四念處乃至十八不共法一切智法相法住法位法性實際不可思議性一切種智是諸功德力善男子善女人作是念是佛舍利一切智一切種智大慈大悲斷一切結使及習常捨行不錯謬法等諸佛功德住處以是故舍利得供養世尊舍利是諸功德寶波羅蜜住處不垢不淨波羅蜜住處不生不滅波羅蜜不入不出波羅蜜不增不損波羅蜜不來不去不住波羅蜜是佛舍利是諸法相波羅蜜住處以是諸法相波羅蜜熏修故舍利得供養復次世尊置三千大千世界滿中舍利如恒河沙等諸世界滿其中舍利作一分有人書般若波羅蜜經卷作一分二分之中我取般若波羅蜜何以故是般若波羅蜜中生諸佛舍利是般若波羅蜜修熏故舍利得供養世尊若有善男子善女人供養舍利恭敬尊重讚歎其功德報不可得邊受人中天上福樂所謂剎利大姓中婆羅門大姓居士大家四天王天處乃至他化自在天中受福樂亦以是福德因緣故當得盡苦若受是般若波羅蜜讀誦說正憶念是人能具足禪波羅蜜乃至能具足檀波羅蜜能具足四念處乃至能具足十八不共法過聲聞辟支佛地住菩薩位住菩薩位已得菩薩神通從一佛界至一佛界是菩薩爲衆生故受身隨其所應

成就衆生若作轉輪聖王若作刹利大姓若作婆羅門大姓成就衆生以是故世尊我不爲輕慢不恭敬故不取舍利以善男子善女人供養般若波羅蜜則爲供養舍利故復次世尊有人欲見十方無量阿僧祇諸世界中現在佛法身色身是人應聞受持般若波羅蜜讀誦正憶念爲他人廣說如是善男子善女人當見十方無量阿僧祇世界中諸佛法身色身是善男子善女人行般若波羅蜜亦應以法相修念佛三昧復次善男子善女人欲見現在諸佛應當受是般若波羅蜜乃至正憶念

論復次佛住三事示現說十二部經者問曰一切說法人中無與佛等者佛說十二部經則無不備具云何善男子但受持讀誦般若與佛等無異答曰此中佛欲稱歎般若爲大故於十二部經中般若爲最勝所以者何說是般若波羅蜜多有發菩薩心說十二部經雜發三乘意故不以菩薩功德比佛無量身此說法身菩薩但說般若勸導大乘佛雜說勸導三乘故等無異復次三事示現及十二部經根本者所謂般若波羅蜜是供養十方如恒河沙等諸佛若復有供養般若經卷亦等無異此中佛說般若所以福德勝因緣所謂般若能破一切苦惱衰病怖畏等如負債人依王王喻般若負債人喻舍利舍利是先世業因緣所成因緣中應償諸對以般若波羅蜜熏修故宿命因緣諸對及饑渴寒熱所不能得而得諸天世人所見供養如負債人依王反爲債主所敬先說無諸衰病及怖畏

以明內令說摩尼寶人非人不得其便以明外是人供養般若波羅蜜故若今世若後世若身衰心病盡皆能除諸善願事隨意能與得是般若波羅蜜大寶故無諸怖畏無所乏短譬如無價寶珠所願皆得問曰摩尼寶珠於玻瓈金銀硨磲碼碯瑠璃珊瑚琥珀金剛等中是何等寶答曰有人言此寶珠從龍王腦中出人得此珠毒不能害入火不能燒有如是等功德有人言是帝釋所執金剛用與阿脩羅鬬時碎落閻浮提有人言諸過去久遠佛舍利法既滅盡舍利變成此珠以益衆生有人言衆生福德因緣故自然有此珠譬如罪因緣故地獄中自然有治罪之器此寶名如意無有定色清澈輕妙四天下物皆悉照現如意珠義如先說是寶常能出一切寶物衣服飲食隨意所欲盡能與之亦能除諸衰惱病苦等是寶珠有二種有天上如意寶有人間如意寶諸天福德厚故珠德具足人福德薄故珠德不具足是珠所著房舍函篋之中其處亦有威德般若波羅蜜亦如是者如如意寶珠能與在家人今世富樂隨意所欲般若波羅蜜能與出家求道人三乘解脫樂隨意所願如意寶珠在所著處非人不得其便般若波羅蜜亦如是行者心與相應惡邪羅刹不能入其心中沮壞道意奪智慧命復次般若所在處魔若魔民地神夜叉諸惡鬼等不能得便如意珠能除四百四病根本四病者風熱冷雜般若波羅蜜亦能除八萬四千病根本四病貪瞋癡等分婬欲病分二萬一千瞋恚病分二萬一千愚癡病分二萬

一千等分病分二萬一千以不淨觀除貪欲以慈悲心除瞋恚以觀因緣除愚癡總上三藥或不淨或慈悲或觀因緣除等分病如寶珠能除黑暗般若亦如是能除三界黑闇如寶珠能除熱般若亦如是能除婬欲瞋恚熱如寶珠能除冷般若亦如是能除無明不信不恭敬懈怠等冷心日月皆諸寶所成日能作熱月能作冷雖俱利益衆生以不能兼故不名爲如意寶珠所在處毒蛇等諸惡蟲所不能害般若亦如是貪欲等毒所不能病若有人毒蛇所螫持寶珠示之即時除愈有人爲貪欲等毒蛇所螫得般若波羅蜜貪恚毒即除如難陀鴦群梨摩羅等有人眼痛盲瞽以寶珠示之即時除愈般若波羅蜜亦如是有人以無明疑悔顛倒邪見等破慧眼得般若即時明了如人癩瘡癰腫以寶珠示之即時除愈般若亦如是五逆癩罪等得般若即時消滅如以種種色裹寶珠著水中隨作一色般若亦如是行者得般若力故心則柔輭無所著隨信手五根等亦隨順四禪四無量心背捨勝處及一切入復次於須陀洹斯陀含阿那含阿羅漢辟支佛地隨順遍學無所違逆第六縹色者是虛空色行者得般若觀諸法空心亦隨順不著如是等種種者入一切諸法皆隨順無礙如水渾濁雜色不淨以珠著中皆清淨一色般若亦如是人有種種煩惱邪見戲論擾心渾濁得般若則清淨一色如如意珠有無量功德般若功德亦如是今當別相說般若功德是如意珠但能除惡鬼不能壞魔天般若則能除二事珠能治身

病般若能治身心病珠能治人彼所治病般若能治一切天龍鬼神所不能治病珠能治世世曾所治病般若能治無始世界來未曾所治病如是等種種差別珠能照所住處夜闇般若能照一切煩惱相應無明黑闇及不共無明及一切法中不了癡黑闇珠但能破所住處熱不能破餘處熱般若力乃至無量世界劫盡大火一吹能滅何況一處熱珠但能除形質火日之熱般若能除三毒心熱珠能除風雨寒雪般若能除十方無量世界衆生不信不恭敬懈怠心等寒珠能却外毒螫不能除四大毒蛇般若能畢竟除此二種毒珠不能治邪見毒般若能除珠能治肉眼般若能治慧眼珠能治近見眼般若能治遠見眼珠能治肉眼肉眼不作珠般若能治慧眼

慧眼即作般若珠能治肉眼後病復發般若治慧眼畢竟清淨珠能治癩瘡惡腫般若能治身癩心癩問曰四種病中攝一切病何以別説眼痛癩病等答曰眼是身中第一所用最貴是故別説諸病中癩病最重宿命罪因縁故難治是故更説珠能令水隨所裹色般若能隨順心數善法珠不能轉人心般若能轉一切衆生心性所樂所欲珠能令所著處濁水清非一切水般若力能令六覺濁心即時清淨又於諸龍王鬼神王人王等貪恚濁心能令清淨珠能使所著函篋房舍有威德般若力能度十方無量世界阿僧祇衆生令有威德珠功德力入函篋不能與人隨意功德舍利得般若熏修故有人供養必還得般若而得成佛是函篋凡夫之人所貴舍利凡

夫聖人所貴函篋世間受樂人所貴舍利出世間世間受樂人所貴般若是如意寶珠函篋是舍利舍利中雖無般若般若所熏故得供養復次諸聖法中般若第一無可譬喻以世間人貴是寶珠故以珠爲喻人見如意寶珠所願皆得若見珠所住處亦得少願行者亦如是得是般若波羅蜜義即入佛道若見般若所住舍利供養故得今世後世無量福樂久必得道如是總相別相應當知問曰般若若有如是功德者何以故說舍利是五波羅蜜乃至一切種智所住處故得供養答曰先已說一切諸法般若波羅蜜爲首爲明導譬如王來必有將從但舉其主名餘者已盡得讃般若波羅蜜是義先已說

論復次世尊有二種法相有爲諸法相無爲諸法相云何有爲諸法相所謂內空中智慧乃至無法有法空中智慧四念處中智慧乃至八聖道分中智慧佛十力四無所畏四無礙智十八不共法中智慧善法中不善法中有漏法中無漏法中世間法中出世間法中智慧是名有爲諸法法相云何名無爲諸法法相若法無生無滅無住無異無垢無淨無增無減諸法自性云何名諸法自性諸法無所有性是諸法自性是名無爲諸法相爾時佛告釋提桓因如是如是憍尸迦過去諸佛因是般若波羅蜜得阿耨多羅三藐三菩提過去諸佛弟子亦因般若波羅蜜得須陀洹道乃至阿羅漢辟支佛道未來現在世十方無量阿僧祇諸佛因是般若波羅蜜得阿耨多羅三藐三菩提未來現在諸佛弟子亦因

般若波羅蜜得須陀洹道乃至辟支佛道何以故般若波羅蜜中廣說三乘義以無相法故無生無滅法故無垢無淨法故無作無起不入不出不增不損不取不捨法故以俗法故非以第一義何以故是般若波羅蜜非此非彼非高非下非等非不等非相非無相非世間非出世間非有漏非無漏非有爲非無爲非善非不善非過去非未來非現在何以故憍尸迦般若波羅蜜不取聲聞辟支佛法亦不捨凡夫法釋提桓因白佛言世尊菩薩摩訶薩行般若波羅蜜知一切衆生心亦不得衆生乃至知者見者亦不得是菩薩不得色不得受想行識不得眼乃至意不得色乃至法不得眼觸因緣生受乃至意觸因緣生受不得四念處乃至十八不共法不得阿耨多羅三藐三菩提不得諸佛法不得佛何以故般若波羅蜜不爲得法故出何以故般若波羅蜜性無所有不可得所用法不可得處亦不可得佛告釋提桓因如是如是憍尸迦如汝所說菩薩摩訶薩長夜行般若波羅蜜阿耨多羅三藐三菩提不可得何況菩薩及菩薩法爾時釋提桓因白佛言世尊菩薩摩訶薩但行般若波羅蜜不行餘波羅蜜耶佛告釋提桓因言憍尸迦菩薩盡行六波羅蜜法以無所得故行檀波羅蜜不得施者不得受者不得財物行尸羅波羅蜜不得戒不得持戒人不得破戒人乃至行般若波羅蜜不得智慧不得智慧人不得無智慧人憍尸迦菩薩摩訶薩行布施時般若波羅蜜爲作明導能具足檀波羅蜜菩薩摩訶薩行持戒時

般若波羅蜜爲作明導能具足尸羅波羅蜜菩薩摩訶薩行忍辱時般若波羅蜜爲作明導能具足羼提波羅蜜菩薩摩訶薩行精進時般若波羅蜜爲作明導能具足毗梨耶波羅蜜菩薩摩訶薩行禪時般若波羅蜜爲作明導能具足禪波羅蜜菩薩摩訶薩觀諸法時般若波羅蜜爲作明導能具足般若波羅蜜一切法以無所得故所謂色乃至一切種智憍尸迦譬如閻浮提諸樹種種葉種種華種種果種種色其蔭無差別諸波羅蜜入般若波羅蜜中至薩婆若無差別亦如是以無所得故釋提桓因白佛言世尊般若波羅蜜大功德成就世尊般若波羅蜜一切功德成就世尊般若波羅蜜無量功德成就無邊大功德成就無等功德成就世尊若有善男子

善女人書是般若波羅蜜經卷恭敬供養尊重讚歎華香乃至旛蓋如般若波羅蜜所説正憶念復有善男子善女人書般若波羅蜜經卷與他人其福何所爲多佛告釋提桓因憍尸迦我還問汝隨汝意報我若有善男子善女人供養諸佛舍利恭敬尊重讚歎華香乃至旛蓋若復有人分舍利如芥子許與他人令供養恭敬尊重讚歎華香乃至旛蓋其福何所爲多釋提桓因白佛言世尊如我從佛聞法中義有善男子善女人自供養舍利乃至旛蓋若復有人分舍利如芥子許與他人令供養其福甚多世尊佛見是福利衆生故入金剛三昧中碎金剛身作末舍利何以故有人佛滅度後供養佛舍利乃至如芥子許其福報無邊乃至苦盡佛告釋提桓因如

是如是憍尸迦若善男子善女人書般若波羅蜜經卷供養恭敬華香乃至旛蓋若復有人書般若波羅蜜經卷與他人令學是善男子善女人其福甚多復次憍尸迦善男子善女人如般若波羅蜜中義爲他人說開示分別令易解是善男子善女人勝於前善男子善女人功德所從聞般若波羅蜜當視其人如佛亦如高勝梵行人何以故當知般若波羅蜜即是佛般若波羅蜜不異佛佛不異般若波羅蜜過去未來現在諸佛皆從般若波羅蜜中學得阿耨多羅三藐三菩提及高勝梵行人高勝梵行人者所謂阿鞞跋致菩薩摩訶薩亦學般若波羅蜜當得阿耨多羅三藐三菩提聲聞人學是般若波羅蜜得阿羅漢道求辟支佛道人學是般若波羅蜜得辟支佛道菩薩亦學是般若波羅蜜得入菩薩位以是故憍尸迦善男子善女人欲供養現在佛恭敬尊重讚歎華香乃至旛蓋當供養般若波羅蜜我見是利益初得阿耨多羅三藐三菩提時作如是念誰有可供養恭敬尊重讚歎依止住者憍尸迦我一切世間中若天若魔若梵若沙門婆羅門中不見與我等何況有勝者我自思惟念我所得法自致作佛我供養是法恭敬尊重讚歎當依止住依是法何等是法所謂般若波羅蜜憍尸迦我自供養是般若波羅蜜恭敬尊重讚歎已依止住何況善男子善女人欲得阿耨多羅三藐三菩提而不供養般若波羅蜜恭敬尊重讚歎華香瓔珞乃至旛蓋何以故般若波羅蜜中生諸菩薩摩訶薩菩薩摩訶薩中生諸

佛以是故憍尸迦善男子善女人若求佛道若求辟支佛道若求聲聞道皆應供養般若波羅蜜恭敬尊重讚歎華香乃至旛蓋

論 問曰何因緣故說是有為法無為法相答曰帝釋讚歎般若波羅蜜攝一切法此中欲說因緣有為法相所謂十八空三十七品乃至十八不共法略說善不善等乃至世間出世間是名有為法相何以故是作相先無今有已有還無故與上相違即是無為法相是二法相皆般若波羅蜜中攝有為善法是行處無為法是依止處餘無記不善法以捨離故不說此是新發心菩薩意所學若得般若波羅蜜方便力應無生忍則不愛行法不憎捨法不離有為法而有無為法是故不依止涅槃是以經中說般若波羅蜜中廣說三乘用無相法故無生無滅等以世諦故作是說非第一義諦菩薩行是諸法實相雖能觀一切衆生心亦不得衆生雖能行一切法亦不得一切法何以故以得無所得般若波羅蜜故佛可其所歎菩薩常習是行乃至阿耨多羅三藐三菩提不可得何況餘法帝釋意念若般若是究竟法者行人但行般若波羅蜜何用餘法佛答菩薩行六波羅蜜以般若波羅蜜用無所得法和合故此即是行般若波羅蜜若但行般若不行五法則功德不具足不美不妙譬如愚人不識飲食種具聞醬是衆味主便純飲醬失味致患行者亦如是欲除著心故但行般若反墮邪見不能增進善法若與五波羅蜜和合則功德具足義味調適雖衆行和合般若為主若布施等諸法離

般若波羅蜜則有種種差別至般若波羅蜜中皆一相無有差別譬如閻浮提阿那婆達多池四大河流一大河有五百小川歸之俱入大海則失其本名爲一味無有别異又如樹木枝葉華果衆色别異蔭則無别問曰蔭亦有差别樹大則蔭大枝葉華果大小種種異形云何無差别答曰蔽光故影現無光之處即名爲蔭蔭不以大小異形爲義問曰行般若波羅蜜受誦乃至正憶念此事爲難書持般若經卷與他人爲易功德尚不應等云何言勝答曰獨行誦讀正憶念雖難或以我心故功德小以經卷與他者有大悲心作佛道因緣無吾我故功德爲大如佛問帝釋若人自供養舍利復有人以舍利與他令供養其福何所爲多答曰與他人令供養得福多以無吾我慈心與故佛雖不用福德見有如是大利益衆生故是以入金剛三昧自碎其身問曰若福德在佛心佛何用碎身如芥子令人供養答曰信淨心從二因緣生一者内正憶念二者外有良福田譬如有好穀子田又良美所收必多是故心雖好必因舍利然後得大果報佛旣可其言復更自說有人書寫經卷與人復有人於大衆中廣解其義其福勝前視是人如佛若次佛如佛若次佛義如先說佛以二種因緣證般若波羅蜜爲勝一者三世聖人從中學成聖道二者我以此法故得成無上聖我今還師仰此法法者諸法實相所謂般若波羅蜜憍尸迦我更無所求而猶推尊般若供養何况善男子不以種種供具供養般若波羅蜜此中說因緣般若

是菩薩根本因緣菩薩是諸佛根本因緣諸佛是一切世間大利益安樂因緣是故聲聞辟支佛人欲疾安隱入三解脫門行者猶尚供養般若波羅蜜何況菩薩供養具者所謂以一心聽受乃至正憶念及以華香乃至旛蓋

大智度論卷第五十九

音釋

債側界切逋財也　瞖於計切目疾也　瞽公戶切目有眹而無明曰瞽　癩落蓋切惡疾也　腫之隴切癰也　縹匹沼切帛青白色也　篋苦協切箱篋也　澈直列切澄清也　擾而沼切亂也

大智度論卷第六十

龍樹菩薩造

姚秦三藏法師鳩摩羅什譯

釋十善品第三十八

經佛告釋提桓因言憍尸迦若有善男子善女人教一閻浮提人行十善道於汝意云何是因緣故得福多不答言甚多世尊佛言不如善男子善女人書持般若波羅蜜經卷與他人令讀誦說得福多何以故是般若波羅蜜中廣說諸無漏法善男子善女人從是中學已學今學當學入正法位中已入今入當入得須陀洹果已得今得當得乃至阿羅漢果求辟支佛道亦如是諸菩薩摩訶薩求阿耨多羅三藐三菩提入正法位中已入今入當入得阿耨多羅三藐三菩提已得今得當得憍尸迦何等是無漏法所謂四念處乃至八聖道分四聖諦內空乃至無法有法空佛十力乃至十八不共法善男子善女人學是法得阿耨多羅三藐三菩提已得今得當得憍尸迦若有善男子善女人教一人令得須陀洹果是人得福德勝教一閻浮提人行十善道何以故憍尸迦教一閻浮提人行十善道不離地獄畜生餓鬼苦憍尸迦教一人得須陀洹果離三惡道故乃至阿羅漢果辟支佛道亦如是憍尸迦若善男子善女人教一閻浮提人令得須陀洹果斯陀含阿那含阿羅漢辟支佛道不如善男子善女人教一人令得阿耨多羅三藐三菩提得福多何以故憍尸迦以菩薩因緣故生須陀洹乃至阿羅漢辟支佛以菩薩因緣故生諸佛以是因緣

故憍尸迦當知善男子善女人書般若波羅蜜經卷與他人令書持讀誦說得福多何以故是般若波羅蜜中廣說諸善法是善法中學便出生刹利大姓婆羅門大姓居士大家四天王天乃至非有想非無想天便有四念處乃至一切種智便有諸須陀洹乃至阿羅漢辟支佛便有諸佛憍尸迦置一閻浮提人若有善男子善女人教四天下世界中衆生令行十善道於汝意云何是人以是因緣得福多不荅言甚多世尊佛言不如善男子善女人書般若波羅蜜經卷與他人令書持讀誦說得福多餘如上說憍尸迦置四天下世界中衆生若教小千世界中衆生令行十善道亦如是憍尸迦置小千世界中衆生若教二千中世界中衆生令行十善道若有善男子善女人書般若波羅蜜經卷與他人令書持讀誦是人得福多餘如上說憍尸迦置二千中世界中衆生若教三千大千世界中所有衆生令行十善道復有人書般若波羅蜜經卷與他人令書持讀誦是人福德多憍尸迦置三千大千世界中衆生若教如恒河沙等世界中所有衆生令行十善道若復有人書般若波羅蜜經卷與他人令書持讀誦其福多餘如上說復次憍尸迦有人教一閻浮提衆生令立四禪四無量心四無色定五神通於汝意云何是善男子善女人福德多不釋提桓因言甚多世尊佛言不如是善男子善女人書般若波羅蜜經卷與他人令書持讀誦得福多何以故是般若波羅蜜中廣說諸善法餘如上說憍尸迦置閻浮提衆生復

置四天下世界中衆生小千世界中衆生二千中世界中衆生三千大千世界中衆生憍尸迦若有人教十方如恒河沙等世界中衆生令立四禪四無量心四無色定五神通於汝意云何是人福德多不答言甚多世尊佛言不如善男子善女人書般若波羅蜜經卷與他人令書持讀誦得福多何以故是般若波羅蜜中廣說諸善法餘如上說復次憍尸迦若有善男子善女人受是般若波羅蜜持讀誦說正憶念是人福德勝教閻浮提人行十善道立四禪四無量心四無色定五神通正憶念者受持親近般若波羅蜜乃至正憶念不以二法不以不二法受持親近禪波羅蜜毗梨耶波羅蜜羼提波羅蜜尸波羅蜜檀波羅蜜乃至正憶念不以二法不以不二法爲阿耨多羅三藐三菩提正憶念内空乃至一切種智不以二法不以不二法復次憍尸迦若善男子善女人爲他人種種因緣演說般若波羅蜜義開示分別令易解憍尸迦何等是般若波羅蜜義憍尸迦般若波羅蜜義者不應以二相觀不應以不二相觀非有相非無相不入不出不增不損不垢不淨不生不滅不取不捨不住非不住非實非虛非合非散非著非不著非因非不因非法非不法非如非不如非實際非不實際憍尸迦若善男子善女人能以是般若波羅蜜義爲他人種種因緣演說開示分別令易解是善男子善女人所得福德甚多勝自受持般若波羅蜜親近讀誦說正憶念復次憍尸迦善男子善女人自受持般若波羅蜜親近讀誦說正

憶念亦爲他人種種因緣演說般若波羅蜜義開示分別令易解是善男子善女人所得功德甚多釋提桓因白佛言世尊善男子善女人應如是演說般若波羅蜜義開示分別令易解佛語釋提桓因如是憍尸迦是善男子善女人應如是演說般若波羅蜜義開示分別令易解憍尸迦善男子善女人如是演說般若波羅蜜義開示分別令易解得無量無邊阿僧祇福德若善男子善女人供養十方無量阿僧祇諸佛盡其壽命隨其所須恭敬尊重讚歎華香乃至旛蓋供養若復有善男子善女人種種因緣爲他人廣說般若波羅蜜義開示分別令易解是善男子善女人功德甚多何以故諸過去未來現在佛皆於是般若波羅蜜中學得阿耨多羅三藐三菩提已得今得當得復次憍尸迦若善男子善女人於無量無邊阿僧祇劫行檀波羅蜜不如是善男子善女人以般若波羅蜜爲他人演說其義開示分別令易解其福甚多以無所得故云何名有所得憍尸迦若菩薩摩訶薩用有所得故布施布施時作是念我與彼受所施者物是名得檀不得波羅蜜我持戒此是戒是名得戒不得波羅蜜我忍辱爲是人忍辱是名得忍辱不得波羅蜜我精進爲是事懃精進是名得精進不得波羅蜜我修禪所修是禪是名得禪不得波羅蜜我修慧所修是慧是名得慧不得波羅蜜憍尸迦是善男子善女人如是行者不得具足檀波羅蜜尸羅波羅蜜羼提波羅蜜毗梨耶波羅蜜禪波羅蜜般若波羅蜜釋提桓因白佛言世

尊菩薩摩訶薩云何修具足檀波羅蜜尸波羅蜜羼提波羅蜜毗梨耶波羅蜜禪波羅蜜般若波羅蜜佛告釋提桓因菩薩摩訶薩布施時不得與者不得受者不得所施物是人得具足檀波羅蜜乃至修般若波羅蜜時不得智不得所修智是人得具足般若波羅蜜憍尸迦是爲菩薩摩訶薩具足檀波羅蜜乃至般若波羅蜜善男子善女人如是行般若波羅蜜當爲他人演說其義開示分別令易解禪波羅蜜毗梨耶波羅蜜羼提波羅蜜尸羅波羅蜜檀波羅蜜演說其義開示分別令易解何以故憍尸迦未來世當有善男子善女人欲說般若波羅蜜而說相似般若波羅蜜有善男子善女人發阿耨多羅三藐三菩提心聞是相似般若波羅蜜失正道善男子善女人應爲是人具足演說般若波羅蜜義開示分別令易解釋提桓因白佛言世尊何等是相似般若波羅蜜佛言有善男子善女人說有所得般若波羅蜜是爲相似般若波羅蜜釋提桓因白佛言世尊云何善男子善女人說有所得般若波羅蜜是爲相似般若波羅蜜佛言善男子善女人說有所得般若波羅蜜是相似般若波羅蜜者說色無常作是言能如是行是行般若波羅蜜行者求色無常是爲行相似般若波羅蜜說受想行識無常作是言能如是行是行般若波羅蜜行者求受想行識無常是爲行相似般若波羅蜜說眼無常乃至說意無常說色無常乃至說法無常說眼界無常色界眼識界無常乃至說意界法界意識界無常說地種無常乃

至說識種無常說眼識衆無常乃至說意識衆無常說眼觸無常乃至說意觸無常說眼觸因緣生受無常乃至說意觸因緣生受無常廣說如五衆說色苦乃至說意觸因緣生受苦說色無我乃至說意觸因緣生受無我皆如五衆說行者行檀波羅蜜時爲說色無常苦無我乃至意觸因緣生受說無常苦無我尸羅波羅蜜乃至般若波羅蜜亦如是行四禪四無量心四無色定爲說無常苦空無我行四念處爲說無常苦無我乃至行薩婆若時爲說無常苦無我作如是教能如是行者是爲行般若波羅蜜憍尸迦是名相似般若波羅蜜復次憍尸迦若善男子善女人當來世說相似般若波羅蜜作是言汝善男子修行般若波羅蜜汝修行般若波羅蜜時當得初地乃至當得十地禪波羅蜜乃至檀波羅蜜亦如是行者以相似有所得以總相修是般若波羅蜜憍尸迦是名相似般若波羅蜜復次憍尸迦善男子善女人欲說般若波羅蜜作是言汝善男子修行般若波羅蜜已當過聲聞辟支佛地是名相似般若波羅蜜復次善男子善女人爲求佛道者如是說汝善男子善女人修行般若波羅蜜已入菩薩位得無生法忍得無生忍已便住菩薩神通從一佛界至一佛界供養諸佛恭敬尊重讚歎如是說者是名相似般若波羅蜜復次憍尸迦善男子善女人爲求佛道者如是說汝善男子善女人學是般若波羅蜜受持讀誦說正憶念當得無量無邊阿僧祇功德如是說者名相似般若波羅蜜復次善男子善女

人爲求佛道者說如過去未來現在諸佛功德善本從初發心至成得佛都合集迴向阿耨多羅三藐三菩提如是說者是名相似般若波羅蜜釋提桓因白佛言世尊云何善男子善女人爲求佛道者不說相似般若波羅蜜佛言若善男子善女人爲求佛道者說般若波羅蜜善男子汝修行般若波羅蜜莫觀色無常何以故色色性空是色性非法若非法即名爲般若波羅蜜般若波羅蜜中色非常非無常何以故是中色尚不可得何況常無常憍尸迦善男子善女人如是說者是名不說相似般若波羅蜜受想行識亦如是復次憍尸迦善男子善女人爲求佛道者說汝善男子修行般若波羅蜜於諸法莫有所過莫有所住何以故般若波羅蜜中無有法可過可住所以者何一切法自性空自性空是非法若非法即是爲般若波羅蜜般若波羅蜜中無有法可入可出可生可滅憍尸迦是善男子善女人如是說是名不說相似般若波羅蜜廣說如上與相似相違是名不說相似般若波羅蜜如是憍尸迦善男子善女人應如是演說般若波羅蜜義若如是說般若波羅蜜義所得功德勝於前者

論論者言佛更欲以異門明般若波羅蜜勝故問帝釋言若有人教一閻浮提人行十善道其福多不如經中廣說此中說所以勝因緣所謂般若波羅蜜廣說諸無漏法成三乘道入涅槃不復還十善道但善有漏法受世間無常福樂還復墮苦是故不如復次先是世間法後是出世間法先是能生生死法後

是能滅生死法先是無常樂因緣後是常樂因緣先是凡夫聖人共法後但是爲聖人法如是等差別無漏法者三十七品十八不共法乃至無量諸佛法欲令是事了了易解故更說因緣所謂教一人令得須陀洹果得大福德勝於教閻浮提人行十善道雖行十善未免三惡道故乃至得阿羅漢辟支佛道亦如是佛更說譬喻若有人教一閻浮提人令得聲聞辟支佛道不如有人教一人令得阿耨多羅三藐三菩提是人得福多何以故須陀洹至辟支佛皆從菩薩生故是般若波羅蜜中種種說佛道因緣是故書般若經卷與人勝以十善教四天下乃至如恒河沙等世界復次教閻浮提人乃至恒河沙等世界人令行四禪等乃至五神通亦如是但四禪等是離欲人與十善差別復次若有人教一閻浮提人乃至如恒河沙世界令行十善道四禪四無量心四無色定五神通不如是人受持般若波羅蜜讀誦說正憶念得福多得福多者上以般若經卷與他人令自行般若爲異先十善道乃至五神通別說今合說問曰何以不解受持讀誦說但解正憶念答曰受持讀誦說福德多以正憶念能具二事所謂福德智慧是故別說如人採藥草乃至合和而未服之於病無損服乃除病正憶念如服藥病愈是故但解正憶念正憶念相所謂非二非不二行般若波羅蜜二不二義如先說初以書經卷勝舍利中以經卷與人勝教人行十善乃至五神通令受持讀誦說於受持邊正憶念最勝今諸佛憐愍衆生故爲解其

義令易解勝自行正憶念是時佛欲廣分別福德故說言若有人盡形壽供養十方佛不如爲他解說般若義此中說勝因緣三世諸佛皆學是般若成無上道復次若菩薩於無量劫行六波羅蜜以有所得故不如爲人解說般若波羅蜜有所得者所謂以我心於諸法中取相故佛更欲說般若正義故答帝釋菩薩以無所得行六波羅蜜則得具足即是般若波羅蜜正義有人未來世說相似般若者會中人聞說正憶念作是思惟何者是邪憶念是故說相似般若波羅蜜相如人知是道非道故能捨非道行正道復次憐愍未來世衆生不見佛及諸大菩薩但見經書邪憶念故隨著音聲說相似般若波羅蜜相似者名字語言同而心義異如以著心取相說五衆等無常乃至無生無滅是相似般若若以不著心不取相說五衆無常但爲破常顛倒故不著無常是眞實般若是說法人教捨相似般若波羅蜜修習眞般若是名說般若波羅蜜正義勝前功德

經復次憍尸迦閻浮提中所有衆生皆教令得須陀洹於汝意云何是人得福多不答言甚多世尊佛言不如是善男子善女人以般若波羅蜜爲他人種種因緣演說其義開示分別令易解如是言善男子汝來受是般若波羅蜜勤誦讀說正憶念如般若波羅蜜中所說行何以故是般若波羅蜜中出生諸須陀洹憍尸迦置閻浮提中衆生復置四天下衆生小千世界二千中世界三千大千世界衆生若有人教十方如恒河沙等世界中衆

生盡教令得須陀洹於汝意云何是人得福多不答言甚多世尊佛言不如是善男子善女人以般若波羅蜜爲他人種種因緣演說其義開示分別令易解如是言善男子汝來受是般若波羅蜜勤誦讀說正憶念如般若波羅蜜中所說行何以故般若波羅蜜中出生諸須陀洹復次憍尸迦若有善男子善女人教閻浮提中人令得斯陀含阿那含阿羅漢於汝意云何是人得福多不答言甚多世尊佛言不如是善男子善女人以般若波羅蜜爲他人種種因緣演說其義開示分別令易解如是言汝來善男子受是般若波羅蜜勤誦讀說正憶念如般若波羅蜜中所說行何以故般若波羅蜜中出生諸斯陀含阿那含阿羅漢故乃至十方如恒河沙等世界中衆生亦如是復次憍尸迦若善男子善女人教一閻浮提中衆生令得辟支佛道於汝意云何是人得福多不答言甚多佛言不如善男子善女人以般若波羅蜜爲他人種種因緣演說其義開示分別令易解如是言汝來善男子受是般若波羅蜜勤誦讀說正憶念如般若波羅蜜中所說行何以故般若波羅蜜中出生諸辟支佛道故四天下乃至十方如恒河沙等世界中衆生亦如是復次憍尸迦善男子善女人教一閻浮提中衆生令發阿耨多羅三藐三菩提心於汝意云何是人得福多不答言甚多世尊佛言不如善男子善女人以般若波羅蜜爲他人種種因緣演說其義開示分別令易解如是言汝當隨般若波羅蜜中學當得一切智法汝若得一切

智法汝便得修行般若波羅蜜增益具足若得修行般若波羅蜜增益具足汝當得阿耨多羅三藐三菩提何以故憍尸迦般若波羅蜜中生諸初發意菩薩摩訶薩故乃至十方如恒河沙等世界亦如是復次憍尸迦善男子善女人教一閻浮提中衆生令住阿鞞跋致地於汝意云何是人福德多不答言甚多世尊佛言不如善男子善女人以般若波羅蜜爲他人種種因緣演說其義開示分別令易解如是言汝來善男子受是般若波羅蜜乃至如般若波羅蜜中所說行汝便得一切智法得一切智法已乃至便得阿耨多羅三藐三菩提何以故般若波羅蜜中生諸菩薩摩訶薩阿鞞跋致地故乃至十方如恒河沙等世界亦如是復次憍尸迦一閻浮提中衆

生發意求阿耨多羅三藐三菩提若有善男子善女人爲是人演說般若波羅蜜及其義解開示分別如是言汝來善男子受是般若波羅蜜乃至如般若波羅蜜中所說行學已汝當得阿耨多羅三藐三菩提復有人爲一阿鞞跋致菩薩演說般若波羅蜜及其義解開示分別如是言善男子汝來受是般若波羅蜜乃至如般若波羅蜜中所說行學已汝當得阿耨多羅三藐三菩提是善男子所得功德甚多乃至十方如恒河沙等世界中亦如是復次憍尸迦若有一閻浮提中衆生皆得阿鞞跋致阿耨多羅三藐三菩提復有善男子善女人以般若波羅蜜爲是人演說其義於是中有一菩薩疾欲得阿耨多羅三藐三菩提若有善男子善女人爲是菩薩說般

若波羅蜜及其義解是人功德最多乃至十方如恒河沙等世界亦如是釋提桓因白佛言世尊如是菩薩摩訶薩轉近阿耨多羅三藐三菩提者如是應轉轉教行檀波羅蜜尸羅波羅蜜羼提波羅蜜毗梨耶波羅蜜禪波羅蜜般若波羅蜜應教内空乃至無法有法空四念處乃至八聖道分佛十力四無所畏四無礙智十八不共法亦應供養衣服卧具飲食湯藥隨其所須是善男子善女人法施財施供養是菩薩所得功德勝於前者何以故世尊是菩薩摩訶薩疾得阿耨多羅三藐三菩提故爾時慧命須菩提語釋提桓因言善哉善哉憍尸迦汝爲聖弟子安慰諸菩薩摩訶薩爲阿耨多羅三藐三菩提者以法施財施利益法應爾何以故菩薩中生諸佛聖衆若菩薩不發阿耨多羅三藐三菩提心者是菩薩不能學六波羅蜜乃至十八不共法若不學六波羅蜜乃至十八不共法不能得阿耨多羅三藐三菩提若不能得阿耨多羅三藐三菩提者則無聲聞辟支佛以是故憍尸迦諸菩薩摩訶薩學六波羅蜜乃至十八不共法時得阿耨多羅三藐三菩提得阿耨多羅三藐三菩提故斷地獄畜生餓鬼道世間便有刹利大姓婆羅門大姓居士大家四天王天乃至非有想非無想天便有檀波羅蜜尸羅羼提毗梨耶禪波羅蜜般若波羅蜜内空乃至無法有法空四念處乃至十八不共法出現於世聲聞辟支佛乘佛乘皆現於世

【論】論者言教閻浮提乃至恒河沙世界中人

令得聲聞辟支佛道不如爲他人演說般若波羅蜜義此中說因緣是諸賢聖皆從般若波羅蜜中出故般若波羅蜜是諸法實相正遍知名爲佛小不如是大菩薩辟支佛阿羅漢轉不如是阿那舍斯陀舍須陀洹愛念供養能知諸法實相者是天王人王等世間福德人是故常說般若波羅蜜出生諸賢聖剎利大姓乃至一切諸天復次教一閻浮提乃至恒河沙世界中人發無上道乃至阿鞞跋致不如爲人解說般若波羅蜜正義問曰上說凡夫法二乘法不如可爾今說教人發無上道得阿鞞跋致是佛道事何故不如答曰說般若正義有二種一者生死肉身菩薩二者出三界不生不死法性生身菩薩是菩薩但說過阿鞞跋致菩薩事所謂教化衆生淨佛世界分別一切衆生三世無量劫心行業因緣分別諸世界起滅成敗劫數多少大慈大悲一切智等無量諸佛法爲是一人說法勝教閻浮提乃至如恒河沙世界衆生令發心又復至阿鞞跋致從阿鞞跋致已上至佛道中間更有一人近佛道疾欲成佛教是人般若波羅蜜正義者其福最多何以故福田大故福德亦大譬如供養一切十方如恒河沙等世界聖人乃至欲坐道場菩薩不如供養一佛譬如犯於太子得罪過犯一切人若供養太子得恩勝於供養一切凡夫若犯國王得罪過於犯太子若供養國王勝於供養太子如是教化供養疾近作佛菩薩勝於供養教化如恒河沙等阿鞞跋致菩薩功德所以者何福田深厚其法能令衆生增長故爾

時帝釋了知是法力大故白佛言菩薩轉轉近無上道如是應教化供養功德轉多爾時須菩提讚帝釋言善哉善哉汝能安慰勸進諸菩薩爲阿耨多羅三藐三菩提者以財法二施財施者供養具衣食等法施者所教六波羅蜜等帝釋得道故名爲聖弟子聖弟子法應安慰勸進等諸菩薩是中說因緣是諸聖衆皆從菩薩中出何以故若菩薩不行六波羅蜜不成無上道則無須陀洹乃至辟支佛菩薩因緣故十善道乃至無量佛法出現於世是故三惡道斷有刹利大姓乃至諸佛出現於世是故菩薩說般若波羅蜜正義教近佛道福德最大

大智度論卷第六十

大智度論卷第六十一

龍樹菩薩造

姚秦三藏法師鳩摩羅什譯

釋隨喜品第三十九

【經】爾時彌勒菩薩摩訶薩語慧命須菩提有菩薩摩訶薩隨喜福德與一切衆生共之迴向阿耨多羅三藐三菩提以無所得故若聲聞辟支佛福德若一切衆生德若布施若持戒若修定若隨喜是菩薩摩訶薩隨喜福德與一切衆生共之迴向阿耨多羅三藐三菩提其福最上第一最妙無上無與等者何以故聲聞辟支佛及一切衆生布施持戒修定隨喜爲自調爲自淨爲自度故起所謂四念處乃至八聖道分空無相無作菩薩隨喜福德迴向阿耨多羅三藐三菩提持是功德爲調一切衆生爲淨一切衆生爲度一切衆生故起爾時慧命須菩提白彌勒菩薩言諸菩薩摩訶薩念十方無量無邊阿僧祇世界中無量無邊阿僧祇諸滅度佛從初發心乃至得阿耨多羅三藐三菩提入無餘涅槃乃至法盡於其中間諸善根應六波羅蜜及諸聲聞人善根若布施福德持戒修定福德及諸學人無漏善根無學人無漏善根諸佛戒衆定衆慧衆解脫衆解脫知見衆一切智大慈大悲及餘無量阿僧祇諸佛法及諸佛所說法是法中學得須陀洹果乃至得阿羅漢果辟支佛道入菩薩摩訶薩位及餘衆生種諸善根是諸善根一切和合隨喜福德迴向阿耨多羅三藐三菩提最上第一最妙無上無與等者如是隨喜已持是隨喜福德迴向阿

耨多羅三藐三菩提若有善男子行菩薩乘者作是念我是心迴向阿耨多羅三藐三菩提是生心緣事若善男子取相迴向阿耨多羅三藐三菩提如所念可得不彌勒菩薩語須菩提是善男子行菩薩乘迴向阿耨多羅三藐三菩提心是緣事若善男子取相不得如所念須菩提語彌勒菩薩若諸事諸緣無所有是善男子行菩薩乘者取相於十方諸佛諸善根從初發心乃至法盡及聲聞諸善根學無學善根一切和合隨喜功德迴向阿耨多羅三藐三菩提以無相故是菩薩將無顛倒無常謂常想顛倒心顛倒見顛倒不淨謂淨苦謂樂無我謂我想顛倒心顛倒見顛倒若如緣如事阿耨多羅三藐三菩提亦如是迴向心亦如是檀波羅蜜尸羅羼提毗梨耶禪般若波羅蜜乃至十八不共法亦如是若爾者何等是緣何等是事何等是阿耨多羅三藐三菩提何等是善根何等是隨喜心迴向阿耨多羅三藐三菩提

論釋曰先七品中佛命須菩提令說般若中間帝釋多問多說功德事令彌勒順佛本意還欲令須菩提因隨喜法廣說般若波羅蜜復次帝釋聞上供養般若以華香妓樂旛蓋之具得福甚多深自慶幸此供養具唯我等能辦非出家人所有是故彌勒欲抑其自多之情故語須菩提菩薩但以心隨喜則勝聲聞辟支佛一切衆生布施等及諸無漏功德何況華香供養經卷等菩薩摩訶薩義如先說隨喜福德者不勞身口業作諸功德但以心方便見他修福隨而歡喜作是念一切衆

生中能修福行道者最爲殊勝若離福德人與畜生同行三事三事者婬欲飲食戰鬬能修行福德行道之人一切衆生所共尊重愛敬譬如熱時清涼滿月無不樂仰亦如大會先集妓樂肴饌無不畢備遠近諸人咸共欣赴修福之人亦復如是福德有二種樂因緣世間出世間出世間者諸無漏法雖無福報能生福德故名福德是故有漏無漏通名福德復次福德是菩薩摩訶薩根本能滿所願一切聖人所讃歎無智人所毀呰智人所行處無智人所遠離是福德因緣故作人王轉輪聖王天王阿羅漢辟支佛諸佛世尊大慈大悲十力四無所畏一切種智自在無礙皆從福德中生如是等種種福德得正見故隨而歡喜復次菩薩自念我應與一切衆生樂

而衆生能自行福德是故心生歡喜復次一切衆生行善與我相似是我同伴是故隨喜諸菩薩摩訶薩於十方三世諸佛及菩薩聲聞辟支佛及一切修福衆生布施持戒修定於此福德中生隨喜福德是故名隨喜持是隨喜福德共一切衆生迴向阿耨多羅三藐三菩提共一切衆生者是福德不可得與一切衆生而果報可與菩薩既得福德果報衣服飲食等世間樂具以利益衆生菩薩以福德清淨身口人所信受爲衆生說法令得十善道四禪等與作後世利益末後成佛得福德果報身有三十二相八十隨形好無量光明觀者無厭無量清淨梵音柔和無礙解脫等諸佛法於三事示現度無量阿僧祇衆生般涅槃後碎身舍利與人供養久後皆令得

道是果報可與一切衆生以果中説因故言福德與衆生共若福德可以與人者諸佛從初發心所集福德盡可與人然後更作善法體不可與人今直以無畏無惱施與衆生用無所得故者此義如先説是名菩薩摩訶薩隨喜福德比一切聲聞辟支佛及衆生三種福德最勝最上第一最妙無上無與等義如先説是中説勝因緣是二乘福德皆爲自調自淨自度持戒者是自調修禪者是自淨智慧者是自度復次自調者正語正業正命自淨者正念正定自度者正見正思惟正方便復次布施因緣故自調持戒因緣故自淨修定因緣故自度修定者是無漏法近因緣無漏者所謂三十七品三解脱門等布施持戒遠故不解菩薩隨喜福德雖無勤勞爲度一切衆生故勝問曰實不度一切衆生何以言度一切衆生故勝答曰諸佛菩薩功德力能度一切衆生但以衆生無和合因緣故譬如大火常有燒力但以薪不近故不得燒近則能燒爾時須菩提以畢竟空智慧難問彌勒菩薩念諸佛福德隨喜迴向無上道是所念過去事是事如所念不彌勒以二因緣故答言不也一者過去無量阿僧祇劫諸佛久已滅度無復遺餘菩薩或無宿命智或有而不能及但以如所聞憶想分別故不如所念二者諸佛及功德出三界出三世斷戲論語言道如涅槃相畢竟空清淨隨喜者分別諸佛及諸弟子善根功德是迴向心及無上道非實故言不也須菩提難言若無是事是菩薩憶念分別應墮顛倒若是事畢竟空清淨相

憶念亦如是諸過去佛功德亦如是無分別無異云何得隨喜是略說義廣則如經說所謂須菩提問彌勒若菩薩摩訶薩憶念過去十方無量無邊阿僧祇世界中諸滅度佛者是菩薩欲起隨喜福德佛是福德主是故念佛聞經書說有過去佛名故因是名廣念一切過去佛從初發心者初發心作願我當度一切衆生是心相應三善根不貪不瞋不癡善根相應諸善法及善根所起身口業和合是法名爲福德從初發心行六波羅蜜入菩薩位得十地乃至坐道場是中菩薩自修福德和合得佛道乃至入無餘涅槃滅度後舍利及遺法皆是佛自身功德和合因諸佛大乘人行六波羅蜜相應福德相應者除六波羅蜜餘菩薩所行法皆攝入六波羅蜜中故說應六波羅蜜和合若求聲聞辟支佛人種布施持戒修定等福德聲聞辟支佛人有二種一者漏盡名無學二者得道漏未盡名爲學是二人諸福德中善根勝故但說善根上言求二乘人者總凡夫聖人今學無學者絶是聖人相好是無記色法非是善功德故但說佛五無學衆大慈大悲佛法義如初品中說諸佛所說法學是法得須陀洹果乃至入菩薩位者是佛滅度後遺法中得道是故重說及餘衆生種諸善根者此是佛在世及遺法中天人乃至畜生種種福德因緣是上四段福德行者心遍緣憶念隨喜求佛道故迴向名無上隨喜最上無與等問曰求佛道者何以不自作功德而心行隨喜答曰諸菩薩以方便力他勤勞作功德能於中起隨喜福

德勝自作者復次是隨喜福德即是實福德所以者何念過去佛即是念佛三昧亦是六念中念佛念法念僧念戒念捨念天等因行清淨戒入禪定起畢竟智慧和合故能起正隨喜是故不但隨喜而已亦行是實法是心迴向者即是隨喜心緣者隨喜心所緣所謂一切諸佛及一切衆生所作功德事者是所緣之本福德是緣功德所住處所謂諸佛及衆生幷土地山林精舍住處皆名事如所念可得不彌勒答言不也須菩提語彌勒若諸事諸緣無所有者云何不墮顛倒顛倒者四顛倒三種分别此顛倒是譬喻無佛而憶想念佛猶如無常而念常不淨而念淨問曰見爲諸顛倒本如得初道人能起想心顛倒無見顛倒以見諦道斷故答曰是顛倒生時異斷時異生時想在前次是心後是見斷時先斷見見諦所斷故顛倒體皆是見相見諦所斷想心顛倒者學人未離欲憶念忘故取淨想起結使還得正念即時滅如經中譬喻如渧水墮大熱鐵上即時消滅小錯故假名顛倒非實顛倒是故說凡夫人三種顛倒學人二種顛倒復次諸緣諸事如實畢竟空念亦空菩提亦空隨喜心亦空檀波羅蜜乃至十八不共法亦空若諸法一相所謂無相此中何等是緣何等是事何等是心迴向無上道

【經】彌勒菩薩語須菩提若諸菩薩摩訶薩久行六波羅蜜多供養諸佛種善根與善知識相隨善學自相空法是諸菩薩是緣是事諸佛諸善根隨喜福德不取相迴向阿耨多羅三藐三菩提以不二法非不二法非相非不

相非可得法非不可得法非淨非垢不生不滅法是名迴向阿耨多羅三藐三菩提若諸菩薩不久行六波羅蜜不多供養諸佛不種善根不與善知識相隨不善學自相空法是諸菩薩是諸緣是諸事諸佛諸善根隨喜福德諸心取相迴向阿耨多羅三藐三菩提是不名迴向須菩提如是般若波羅蜜義乃至一切種智義所謂內空乃至無法有法空不應爲新學菩薩說何以故是菩薩所有少許信樂恭敬清淨心皆忘失當在阿鞞跋致菩薩摩訶薩前說若有爲善知識所護若久供養諸佛種諸善根應爲是人說如是般若波羅蜜義乃至一切種智義所謂內空乃至無法有法空是人聞是法不沒不驚不畏不怖須菩提菩薩摩訶薩隨喜福德應如是迴向阿耨多羅三藐三菩提所謂菩薩用心隨喜功德迴向阿耨多羅三藐三菩提是心盡滅變離是緣是事是諸善根亦盡滅變離是中何等是隨喜心何等是諸緣何等是諸事何等是諸善根隨喜迴向阿耨多羅三藐三菩提二心不俱是心性亦不可得迴向菩薩云何隨喜心迴向阿耨多羅三藐三菩提若菩薩摩訶薩行般若波羅蜜時如是知是般若波羅蜜無有法乃至檀波羅蜜亦無有法色無有法受想行識乃至阿耨多羅三藐三菩提無有法菩薩摩訶薩應如是隨喜功德迴向阿耨多羅三藐三菩提若能如是迴向是名隨喜功德迴向阿耨多羅三藐三菩提

論釋曰彌勒意以諸法甚深微妙所謂不壞諸法相而隨喜心迴向無上道是事甚難凡

夫人心剛强不能行是法是故彌勒答言若行者久修六波羅蜜諸功德深厚故不動所謂能信能行多供養諸佛種善根故集無量無邊阿僧祇功德結使折損其心柔輭此是先世因緣今世得好師好同學亦自學諸法實相空巧方便故不著是空如是等種種無量因緣故法雖無相而能起隨喜心迴向無上道譬如鐵雖堅鞕入鑪則柔輭隨作何器菩薩心亦如是久行六波羅蜜善知識所護故其心調柔過去諸佛諸緣諸事諸善根中不取相能起隨喜心用無相迴向無上道無相者能用不二非不二法乃至不生不滅等與上相違者是不能迴向彌勒知須菩提樂說空故語言如是般若波羅蜜隨喜義不應新學菩薩前說何以故若有少福德善根者聞是畢竟空法即著空作是念若一切法畢竟空無所有者我何爲作福德則忘失前業以是故新發意菩薩先教取相隨喜漸得方便力爾乃能行無相隨喜譬如鳥子羽翼未成不可逼令高翔六翮成就則能遠飛阿鞞跋致菩薩入法位得法忍能信能行故可爲說若有久行六波羅蜜與善知識相隨内福德外因緣力助雖非阿鞞跋致能信能行是二種人聞是心清淨歡喜信受如久飢渴者得好飲食如大熱得涼大寒得温其心愛樂歡喜是二菩薩亦如是得是無相智慧作是念我因是智慧能度無量衆生何況有驚懼恐怖恐怖從我心中出是法中諸法法相尚空何況有我而決定取諸法相聞一切法無相則生驚懼是說隨喜義體竟後當更以種

種異門釋上事復次須菩提菩薩應如是思惟用是心迴向無上道是心念念盡滅變離無有住時是諸緣事所謂過去諸佛及諸善根諸佛等諸緣事久已滅隨喜心今滅既滅無異是故經中說用是心迴向是心即盡滅如是等入過去世故入諸法實相故無有分別是心是緣是事是善根等若能如是迴向是爲正迴向復次一時二心不和合隨喜心時無菩提心一切心相畢竟空不可以取相迴向何以故菩薩知般若波羅蜜空無有定法如般若波羅蜜一切法乃至無上道亦如是是時斷法愛捨著心於空無諍是名菩薩正迴向

【經】爾時釋提桓因語須菩提新發意菩薩聞是事將無驚懼怖畏須菩提云何新發意菩薩作諸善根迴向阿耨多羅三藐三菩提復云何隨喜福德迴向阿耨多羅三藐三菩提須菩提語釋提桓因若新發意菩薩行般若波羅蜜不受是般若波羅蜜以無所得故無相故乃至檀波羅蜜亦如是多信解內空乃至多信解無法有法空多信解四念處乃至十八不共法常與善知識相隨是善知識爲說六波羅蜜義開示分別如是教授令常不離般若波羅蜜乃至得入菩薩法位終不離般若波羅蜜乃至不離檀波羅蜜不離四念處乃至十八不共法亦教語魔事聞種種魔事已不增不減何以故是菩薩摩訶薩不受一切法故是菩薩亦常不離諸佛乃至得菩薩位於中種善根以是善根故生菩薩家至得阿耨多羅三藐三菩提終不離是善根復

次新發意菩薩摩訶薩於過去十方無量無邊阿僧祇世界中諸佛斷生死道斷諸戲論道盡棄重擔滅聚落剌斷諸有結正智得解脫及弟子所作功德於中若刹利大姓婆羅門大姓居士大家四天王天乃至淨居天所種善根是一切和合稱量以隨喜心最上第一最妙無上無與等者迴向阿耨多羅三藐三菩提爾時彌勒菩薩語須菩提若新發意菩薩摩訶薩念諸佛及弟子諸善根隨喜功德最上第一最妙無上無與等者隨喜已應迴向阿耨多羅三藐三菩提云何菩薩不墮想顛倒心顛倒見顛倒須菩提言若菩薩摩訶薩念諸佛及僧於中不生佛想不生僧想無善根想用是心迴向阿耨多羅三藐三菩提是心中亦不生心想菩薩如是迴向想不顛倒心不顛倒見不顛倒若菩薩摩訶薩念諸佛及僧善根取相取相已迴向阿耨多羅三藐三菩提菩薩如是名為想顛倒心顛倒見顛倒若菩薩摩訶薩用是心念諸佛及僧諸善根是心念時即知盡滅若盡滅是法不可得迴向所用迴向心亦是盡滅相所迴向處法亦如是相若如是迴向是名正迴向非邪迴向菩薩摩訶薩應如是迴向阿耨多羅三藐三菩提復次若菩薩摩訶薩過去諸佛善根及弟子善根是中凡夫人聞法種善根若諸天龍夜叉揵闥婆阿脩羅迦樓羅緊那羅摩睺羅伽聞法種善根若刹利大姓婆羅門大姓居士大家四天王天乃至阿迦尼吒天聞法種善根發阿耨多羅三藐三菩提心是一切福德和合稱量隨喜最上第一最妙

無上無與等者迴向阿耨多羅三藐三菩提是時菩薩若如是知是諸法盡滅所迴向處是法亦自性空能如是迴向是名眞迴向阿耨多羅三藐三菩提復次若菩薩如是知無有法能迴向法何以故一切法自性空故若如是迴向是名正迴向阿耨多羅三藐三菩提如是菩薩摩訶薩行般若波羅蜜乃至檀波羅蜜不墮想顛倒心顛倒見顛倒何以故菩薩不著是迴向亦不見以諸善根迴向菩提心處是名菩薩摩訶薩無上迴向

論問曰新發意菩薩聞是事將無怖畏驚懼者耶此義先已問答今何以復問答曰上彌勒雖語須菩提不應爲新學說可爲阿鞞跋致及久行者說是二種人聞能信行已說正迴向因緣而猶說空法是故帝釋疑言是衆中有新發意者云何更說使不恐怖須菩提欲成彌勒所說欲令新發意者應正迴向故答帝釋若新發意菩薩雖不久行六波羅蜜不供養諸佛而以利根得善知識是二因緣故堪任正迴向是故語帝釋新發意菩薩行般若波羅蜜不受是般若以無所得故畢竟空故般若波羅蜜亦不得亦不著乃至檀波羅蜜亦如是多信解內空者常修樂入觀內空三昧故信解乃至十八不共法多信解亦如是善知識相如先說此中但明能隨六波羅蜜義說聞是義已常不離般若波羅蜜乃至得入菩薩法位有久行入菩薩位有新發意入菩薩位復次是新發意菩薩善知識爲說魔事聞魔事已不增不減以善修習諸法實相故若魔欲破爲欲破空空則無破若有

增益如幻如夢何所增益是故說不增不減是因緣故常不離諸佛常生菩薩家世世不離善根乃至無上道是新發意菩薩得如是因緣與久發意無異復次隨喜迴向所謂新發意菩薩於過去十方無量阿僧祇世界中諸佛斷道者斷生死道入無餘涅槃諸戲論斷故言滅諸戲論以空空等三昧捨八聖道分故故言道盡五衆能生苦惱故是重擔五衆有二種捨一者有餘涅槃中捨五衆因緣諸煩惱二者入無餘涅槃中捨五衆果一切白衣舍名爲聚落出家人依白衣舍活而白衣舍有五欲刺爲食故來入惡刺果林以取果故爲刺所刺如人著木屐踐刺刺則摧折是諸佛以禪定智慧屐摧五欲刺名滅斷下分五結有分結盡名斷上五分結諸法實相

金剛三昧相應智慧斷一切煩惱及習故言正智得解脱如是等皆名讚歎過去諸佛及弟子所作功德者佛弟子有三種菩薩辟支佛聲聞刹利大姓乃至淨居天是中種善根者是四種福田因是種福德處是福德和合稱量隨喜心最上無與等迴向無上道是迴向心非正非邪所以者何今彌勒問須菩提若新發意菩薩念諸佛等功德迴向無上道云何不墮顛倒須菩提答若是菩薩以般若波羅蜜方便力故於諸佛不生佛想及弟子諸善根中不生善根想一切法從和合生無有自性故無有定法名爲佛是故不生佛等想是迴向心亦不生心想是故菩薩不墮顛倒與上相違即墮顛倒復次菩薩以是心念諸佛等及諸善根是心盡時即知盡盡心不

得迴向何以故變失滅壞故是心亦入無常門到法性中法性中無有分別是心是非心是佛是弟子是善根是無上道迴向心迴向處盡相亦如是初心是憶念過去諸佛等隨喜功德後心是迴向心若如是迴向是名正迴向問曰初心後心是生滅相可無常所迴向處法是無上道在未來世中云何言盡滅答曰汝不聞我先答入無常門到法性中此中不說盡是無常但說諸法實相是盡先亦說阿耨多羅三藐三菩提出三世過三界無受相能如是迴向者是爲正迴向復次非正非邪迴向所謂菩薩於過去諸佛善根等乃至無上無與等迴向無上道若菩薩知是事皆盡滅知迴向處法亦自性空能知滅知空是眞迴向若過去法無常無常故不可迴向自性空法中若過去法空空故不可迴向自性空法中用如是智慧迴向是名正迴向復次若菩薩知一切法因緣生故無自力常住自法相不動況能有所作無所作故一切法中無有法能迴向法是名正迴向如是菩薩雖行般若波羅蜜等諸善法亦不墮顛倒一切法不著故

【經】復次若菩薩摩訶薩知所起福德離五衆十二入十八界亦知般若波羅蜜是離相乃至檀波羅蜜是離相内空乃至無法有法空是離相四念處乃至十八不共法是離相如是菩薩摩訶薩隨喜心起福德迴向阿耨多羅三藐三菩提復次若是菩薩摩訶薩隨喜福德知隨喜福德自性離亦知諸佛離佛性諸善根亦離善根性菩提心菩提心性亦離

迴向迴向性亦離菩薩菩薩性亦離般若波
羅蜜般若波羅蜜性亦離禪波羅蜜毗黎耶
波羅蜜羼提波羅蜜尸羅波羅蜜檀波羅蜜
檀波羅蜜性亦離乃至十八不共法十八不
共法性亦離菩薩摩訶薩應如是行離相般
若波羅蜜是名菩薩摩訶薩般若波羅蜜中
生隨喜福德復次菩薩摩訶薩諸過去滅度
佛諸善根若欲迴向應如是迴向作是念如
諸佛滅度相諸善根相亦如是滅度法相亦
如是我用心迴向是心相亦如是若能如是
迴向當知是迴向阿耨多羅三藐三菩提不
墮想顛倒心顛倒見顛倒若菩薩摩訶薩行
般若波羅蜜時取諸佛善根相迴向阿耨多
羅三藐三菩提是不名爲迴向何以故諸過
去佛及善根非相緣非無相緣若菩薩摩訶
薩亦如是取相是不名善根迴向阿耨多羅
三藐三菩提如是菩薩摩訶薩墮想顛倒心
顛倒見顛倒若菩薩摩訶薩諸佛及諸善根
及諸心不取相是名以諸善根迴向阿耨多
羅三藐三菩提是菩薩摩訶薩不墮想顛倒
心顛倒見顛倒爾時彌勒菩薩問須菩提云
何菩薩摩訶薩於諸善根不取相能迴向阿
耨多羅三藐三菩提須菩提言以是事故當
知菩薩摩訶薩所學般若波羅蜜中應有般
若波羅蜜方便力若是福德離般若波羅蜜
不得迴向阿耨多羅三藐三菩提何以故般
若波羅蜜中諸佛不可得諸善根不可得迴
向阿耨多羅三藐三菩提心亦不可得於是
中菩薩摩訶薩行般若波羅蜜時應如是思
惟諸過去佛及弟子身皆滅諸善根亦滅我

令取相分別諸佛諸善根及諸心如是取相迴向阿耨多羅三藐三菩提諸佛所不許何以故取相有所得故所謂於過去諸佛取相分別是故菩薩摩訶薩欲以諸善根迴向阿耨多羅三藐三菩提不應有得不應取相如是迴向若有得取相迴向諸佛不說有大利益何以故是迴向雜毒故譬如美食雜毒雖有好色好香為人所貪而其雜毒愚癡之人食之歡喜貪其好色香美可口飯欲消時受若死若死等苦若善男子善女人不諦受不諦取相不諦讀誦不解中義如是教他言汝善男子過去未來現在十方諸佛從初發意已來至得阿耨多羅三藐三菩提入無餘涅槃乃至法盡於其中間行般若波羅蜜時作諸善根行禪波羅蜜毗棃耶波羅蜜羼提波羅蜜尸羅波羅蜜檀波羅蜜時作諸善根修四禪四無量心四無色定四念處乃至八聖道分佛十力乃至修十八不共法時作諸善根淨佛世界成就衆生作諸善根及諸佛戒衆定衆慧衆解脫衆解脫知見衆一切種智無錯謬法常捨行及諸弟子是中所種善根及諸佛所記當作辟支佛是中諸天龍阿脩羅迦樓羅緊那羅摩睺羅伽等所種善根是諸福德稱量和合隨喜迴向阿耨多羅三藐三菩提是迴向以取相得法故如雜毒食得法者終無正迴向何以故是得法雜毒有相有動有戲論若如是迴向則為謗佛不隨佛教不隨法說是善男子善女人求佛道應如是學過去未來現在諸佛從初發意乃至法盡及弟子行般若波羅蜜時作善根乃至修

一切種智如上說云何諸善根迴向阿耨多羅三藐三菩提正迴向有求佛道善男子善女人行般若波羅蜜不欲謗諸佛者修諸福德應如是迴向如諸佛所知無上智慧是諸善根相是諸善根性我亦如是隨喜如諸佛所知我亦如是迴向阿耨多羅三藐三菩提求菩薩道善男子善女人應如是迴向阿耨多羅三藐三菩提若如是迴向則爲不謗佛如佛所教如佛法說是菩薩摩訶薩迴向則無雜毒

論釋曰所起福德離五衆者先但說過去事今說自起隨喜福德若知是福德中無五衆十二入十八界雖行般若波羅蜜等諸法亦知空離相如是福德名正迴向復次若菩薩知隨喜福德中隨喜福德性自離諸佛及善根并諸起阿耨多羅三藐三菩提心迴向心菩薩般若波羅蜜等諸行法知自性空是名正迴向隨喜福德者總說一切福德相善根隨喜起福德是別相說菩薩自緣所求阿耨多羅三藐三菩提是名阿耨多羅三藐三菩提心是菩薩隨喜心功德果但求無上道是名迴向心行者五衆中假名字爲菩薩般若波羅蜜等諸法如先義說先說福德中離五衆今說福德福德自相空復次菩薩念過去佛因緣生福德應如是迴向如過去諸佛入無餘涅槃無相無戲論性常寂滅是福德及迴向心亦如是如是迴向是名正迴向不墮顛倒復次若菩薩於諸過去佛功德取相分別迴向是不名迴向何以故有相是一邊無相是一邊離是二邊行中道是諸佛實相是

故說諸過去佛不墮相數中不墮無相數中若如是取相數是不名迴向則墮顛倒與上相違是爲不墮顛倒是事難故彌勒重問所謂一切法不取相而復能迴向須菩提是中不得決定答處是故語彌勒以是事故菩薩學般若波羅蜜求方便力是福德離般若波羅蜜不得迴向者一切法中一法實而不誑所謂阿耨多羅三藐三菩提隨是阿耨多羅三藐三菩提行不誑道爾乃可得不誑道者即是般若波羅蜜是故說離般若波羅蜜是福德不可得迴向何以故是般若波羅蜜畢竟空無有分別福德若離般若波羅蜜若不離般若波羅蜜不可得迴向菩薩應作是念諸過去佛及弟子身并諸善根福德皆滅我今取相分別所謂是諸佛是弟子是善根是隨喜福德取相迴向我爲不是何以故與諸法實相異故受果報已久久當盡故不疾至佛道有所得故於過去諸佛憶想分別即是大失所謂過去佛空無而我憶想分別譬如雜毒食食是隨喜福德毒是取相故愛見等諸煩惱生好色者福德因緣作人王轉輪王天王得福樂好香者得好名譽富貴勢力凡夫無智之人所共貪愛愚癡人者是新發意取相著心菩薩食之歡喜者富樂福德因緣故於天人中受此富樂飯欲消時受若死若死等苦者是富樂若無常破壞離時憂愁遂死若次死受諸苦惱復次若死若死等者自失命名死失所著物名死等復次若死若死等者苦惱多故失智慧命名死妨行善道名死等此經中須菩提自說是無智人不審諦

受不取其義但著語言不諦取相者不如法分別不諦讀誦者忘失句逗若自失若受不具足不解義者不得經意如是少智師教化弟子汝善男子過去未來現在十方諸佛從初發意乃至如是迴向則爲謗佛不隨佛教不隨法說與此相違名爲正迴向復次正迴向菩薩應作是念如十方三世諸佛所知用無上智慧知諸善根相一切智人中佛第一勝佛所知諸善根必是實相如佛所知我亦用如是善根相迴向譬如射地無不著時若射餘物或著或不著如諸佛所知隨喜如射地無不著若用餘道隨喜如射餘物或著或不著如是迴向是爲不謗佛

【經】復次求佛道善男子善女人行般若波羅蜜時諸善根應如是迴向如色不繫欲界不繫色界不繫無色界不繫法者不名過去不名未來不名現在如受想行識不繫欲界不繫色界不繫無色界不繫法者不名過去未來現在十二入十八界亦如是如般若波羅蜜不繫欲界不繫色界不繫無色界不繫法者不名過去未來現在禪波羅蜜乃至檀波羅蜜亦如是內空乃至無法有法空亦如是如四念處不繫欲界不繫色界不繫無色界不繫法者不名過去未來現在乃至八聖道分亦如是佛十力乃至十八不共法亦如是如如法性法相法住法位實際不可思議性戒定慧解脫解脫知見衆一切種智不錯謬法常捨行不繫欲界不繫色界不繫無色界不繫法者不名過去未來現在是迴向所迴向處行者不繫皆亦如是是諸佛亦不繫諸

善根亦不繫是諸聲聞辟支佛善根亦不繫不繫法者不名過去未來現在若菩薩摩訶薩行般若波羅蜜時如是知色不繫三界不繫法者不名過去未來現在若法不名過去未來現在者不可以取相有所得迴向阿耨多羅三藐三菩提何以故是色無生若法無生則無法無法中不可迴向受想行識亦如是檀波羅蜜乃至般若波羅蜜四念處乃至不謬錯法常捨行不繫三界不繫法者亦非過去未來現在若非過去未來現在法者不可以取相有所得法迴向阿耨多羅三藐三菩提何以故是法無生若法無生則無法無法中不可迴向菩薩摩訶薩如是迴向則不雜毒若求佛道善男子善女人以取相得法以諸善根迴向阿耨多羅三藐三菩提是名邪迴向若邪迴向諸佛所不稱譽用是邪迴向不能具足檀波羅蜜乃至般若波羅蜜不能具足四念處乃至八聖道分內空乃至無法有法空佛十力乃至不錯謬法常捨行不能具足淨佛世界成就衆生若不能淨佛世界成就衆生則不能得阿耨多羅三藐三菩提何以故是迴向雜毒故復次菩薩摩訶薩行般若波羅蜜時應作是念如諸佛所知諸善根迴向是眞迴向我亦應以是法相迴向是名正迴向爾時佛讃須菩提善哉善哉如汝所爲爲作佛事爲諸菩薩摩訶薩說所應迴向法以無相無得無出無垢無淨無法性自相空常性空法性如實際故須菩提若三千大千世界中衆生皆當得十善道四禪四無量心四無色定五神通於須菩提意云何

是衆生得福多不甚多世尊佛言不如是善男子善女人於諸善根心不著迴向阿耨多羅三藐三菩提最上第一最妙無上無與等復次須菩提若三千大千世界中衆生皆當作須陀洹乃至阿羅漢辟支佛若有善男子善女人盡形壽供養恭敬尊重讚歎衣服飲食卧具醫藥供給所須於須菩提意云何是善男子善女人是因緣故得福德多不甚多世尊佛言不如是善男子善女人於諸善根心不著迴向阿耨多羅三藐三菩提最上第一最妙無上無與等復次須菩提若三千大千世界中衆生皆發阿耨多羅三藐三菩提心十方如恒河沙等世界中一一衆生如恒河沙等劫恭敬尊重讚歎供養是菩薩衣服飲食卧具醫藥供給所須於須菩提意云何是善男子善女人是因緣故得福多不甚多世尊無量無邊阿僧祇不可以譬喻爲比世尊若是福德有形者十方如恒河沙等世界所不受佛告須菩提善哉善哉如汝所言雖爾不如善男子善女人於諸善根心不著迴向阿耨多羅三藐三菩提最上第一最妙無上無與等者是無著迴向功德比前功德百倍千倍百千萬億倍乃至算數譬喻所不能及何以故是善男子善女人取相得法行十善道四禪四無量心四無色定五神通取相得法供養須陀洹恭敬尊重讚歎衣服飲食卧具醫藥供給所須乃至取相供養菩薩故爾時四天王天與二萬諸天子合掌禮佛作是言世尊菩薩摩訶薩最大迴向以方便力故以無所得故以無相法故以無覺法故諸

善根迴向阿耨多羅三藐三菩提如是迴向不墮二法爾時釋提桓因亦與無數三十三天及餘諸天子持天華瓔珞擣香澤香天衣旛蓋鼓天妓樂以供養佛作是言世尊菩薩摩訶薩最大迴向以方便力故以無所得故以無相法故以無覺法故諸善根迴向阿耨多羅三藐三菩提如是迴向不墮二法須夜摩天王與千天子珊兜率陀化樂他化自在諸天王各與千天子俱供養佛已作是言世尊菩薩摩訶薩最大迴向以方便力故以無所得故以無相法故以無覺法故諸善根迴向阿耨多羅三藐三菩提如是迴向不墮二法爾時諸梵天與無數百千億那由他諸天俱詣佛所頭面禮佛足發大音聲作如是言未曾有也世尊菩薩摩訶薩爲般若波羅蜜所護以方便力故勝前善男子善女人取相有所得者光音天乃至阿迦尼吒天與無數百千億那由他諸天俱詣佛所頭面禮佛足發大音聲作如是言未曾有也世尊菩薩摩訶薩爲般若波羅蜜所護以方便力故勝前善男子善女人取相有所得者爾時佛告四天王天乃至阿迦尼吒諸天子若三千大千世界中所有衆生皆發阿耨多羅三藐三菩提心是一切菩薩念過去未來現在諸佛及聲聞辟支佛諸善根從初發意乃至法住於其中間所有善根幷餘一切衆生所有善根所謂布施持戒忍辱精進一心智慧檀波羅蜜乃至般若波羅蜜戒衆定衆慧衆解脫衆解脫知見衆如是等諸餘無量佛法一切和合隨喜隨喜已迴向阿耨多羅三藐三菩提

以取相有所得故復有善男子善女人發阿耨多羅三藐三菩提心念過去未來現在諸佛及聲聞辟支佛從初發意乃至法住於其中間所有善根并餘一切衆生所有善根所謂布施持戒忍辱精進一心智慧檀波羅蜜乃至無量諸佛法一切和合稱量以無所得故無二法故無相法故不著法故無覺法故是最上隨喜第一最妙無上無與等隨喜隨喜已迴向阿耨多羅三藐三菩提是善男子善女人功德勝前善男子善女人功德百倍千倍百千億倍乃至算數譬喻所不能及爾時須菩提白佛言世尊世尊所說善男子善女人和合諸善根稱量隨喜迴向最上第一最妙無上無與等世尊云何名隨喜最上乃至無與等佛言若善男子善女人於過去未來現在諸法不取不捨不念非不念不得非不得是諸法中亦無有法生者滅者若垢若淨諸法不增不減不來不去不合不散不入不出如過去未來現在諸法相如如相法性法住法位我亦如是隨喜隨喜已迴向阿耨多羅三藐三菩提如是迴向最上第一最妙無上無與等須菩提是隨喜法比餘隨喜百倍千倍百千億倍乃至算數譬喻所不能及復次須菩提求佛道善男子善女人於過去未來現在諸佛及聲聞辟支佛從初發心乃至法住於其中間所有善根若布施乃至智慧檀波羅蜜乃至無量諸佛法及餘一切衆生所有善根若欲隨喜者應如是隨喜作是念布施與解脫等戒忍精進禪智與解脫等色與解脫等受想行識亦與解脫等内空與

解脱等乃至無法有法空亦與解脱等四念處與解脱等乃至八聖道分亦與解脱等佛十力與解脱等乃至一切種智亦與解脱等戒衆定衆慧衆解脱衆解脱知見衆亦與解脱等隨喜與解脱等過去未來現在諸法與解脱等十方諸佛與解脱等諸佛迴向與解脱等諸佛與解脱等諸佛滅度與解脱等諸佛弟子聲聞辟支佛與解脱等諸佛弟子滅度與解脱等諸佛法相與解脱等諸聲聞辟支佛法相與解脱等一切諸法相亦與解脱等我以是諸善根相隨喜功德迴向阿耨多羅三藐三菩提亦與解脱等不生不滅故須菩提是名諸菩薩摩訶薩隨喜功德最上第一最妙無上無與等須菩提菩薩成就是隨喜功德當疾得阿耨多羅三藐三菩提復次須菩提十方如恒河沙等諸佛及弟子現在若有求佛道善男子善女人盡形壽供養是諸佛及弟子一切所須供養恭敬尊重讃歎衣服飲食卧具醫藥是諸佛滅度後晝夜勤修供養恭敬尊重讃歎華香乃至旛蓋妓樂以取相有所得故持戒忍辱精進禪定修智慧以取相有所得故復有善男子善女人發意求阿耨多羅三藐三菩提行檀波羅蜜尸羅波羅蜜羼提波羅蜜毗梨耶波羅蜜禪波羅蜜般若波羅蜜時以不取相無所得法方便力諸善根迴向阿耨多羅三藐三菩提是福德最上第一最妙無上無與等勝前福德百倍千倍百千億倍乃至算數譬喻所不能及如是須菩提菩薩摩訶薩行檀波羅蜜時尸羅波羅蜜羼提波羅蜜毗梨耶波羅蜜禪

波羅蜜般若波羅蜜時以方便力故諸善根應迴向阿耨多羅三藐三菩提以不取相無所得法故

【論】釋曰菩薩應作是念從色乃至常捨行諸法不繫三界故三世不攝諸佛及弟子并諸功德隨喜心迴向處所用迴向法迴向者亦如是是名正迴向爾時菩薩作是念若色出三界三世不攝不可以取相有所得迴向何以故是色出三界者即是色實相初後生相不可得如破生品中說若法無生即是無所有無所有迴向心云何迴向無所有菩提心色受想行識乃至常捨行亦如是是名無雜毒迴向所謂無相無得迴向雜毒者所謂諸佛不讚歎不能具足六波羅蜜等乃至不能得阿耨多羅三藐三菩提復次菩薩應作是念如十方三世諸佛所知應如是生心如是念如是觀如是迴向是功德直至無上道我亦如是隨喜迴向是菩薩必得實隨喜迴向不虛如先說因緣是略說諸迴向品菩薩禮佛有三品一者悔過品二者隨喜迴向品三者勸請諸佛品廣說則無量無邊善哉善哉汝作佛事者佛初發心誓度一切衆生須菩提雖是阿羅漢而能助佛說法開菩薩道是故讚言善哉善哉復次佛自說因緣為諸菩薩說所應迴向法用無相故者以無相智慧和合迴向福德相者與上相違名為無相無相有三種假名相法相無相相假名相者如車如屋如林如軍如衆生諸法和合中更有是名無明力故取是假名相起諸煩惱業法相者五衆十二入十八界等諸法肉眼觀故有以慧眼觀則無是故法亦虛誑

妄語應捨離法相離是二相餘但有無相相有人取是無相相隨逐取相還生結使是故亦不應取無相相離三種相故名無相若無有相是中無所得無得故無出若法無得無出即是無垢無淨若法無垢無淨即是無法性若法無性即是自相空若法自相空即是法常自性空若法常自性空即同法性如實際用如是法和合隨喜福德迴向故讚言善哉善哉復有善哉因緣所謂隨喜福德大利益衆生有大果報何者是大利益所謂佛語須菩提若三千大千世界衆生行十善乃至五通問曰欲界中二處天及梵天王何以與多天俱餘四天何以少答曰是二天依止地近佛故又五欲不如上天佛生時苦行時降魔時得道時轉法輪時常來供養佛是故多

餘四處天宮殿在虛空中不屬地五欲妙深著深故不能多來又兜率天雖利根樂法而其天上常有補處菩薩說法是故不來梵天雖遠離欲故樂法情深佛爲法王是故多來復次梵天王爲色界主請佛初轉法輪是故應與多衆俱來餘色界天盡名梵天問曰先種種因緣說正迴向正迴向即是最上今何以更問答曰上處處廣說今略說所謂三世十方一切法決定心知於是法中無生者滅者等一切法不可得不可念不得不念故不取不捨入諸法實相中作是念如諸法實相我亦如是以隨喜福德迴向不分別諸法不壞法性是名最上迴向何以故果報常無盡故問曰六波羅蜜等諸法各各相若色相若無色相等解脫有二種有爲解脫無爲解脫

云何皆與解脫等答曰我先已說凡夫人以肉眼六識顛倒觀故見異若以慧眼觀諸法皆虛妄唯涅槃爲實是有爲解脫屬無爲隨無爲故名解脫如實得道者名道人今未得道者衣服法則隨得道者故亦名道人如無餘涅槃不生不滅不入不出不垢不淨非有非無非常非無常寂滅相心識觀滅語言道斷非法非非法等相用無所有相故慧眼觀一切法亦如是相是名六波羅蜜等與解脫等是故佛法中說解脫爲貴上智慧貴解脫佛是中分別說若人無量阿僧祇劫行六波羅蜜用有所得法種種修習善根一人用無所得法但以心隨喜念他功德迴向無上道是人百千萬分不及其一何以故先福德有量是福德無量先福德有盡今福德無盡先福德雜毒今福德無毒先福德隨生死今福德隨涅槃先福德不定或作佛或退今福德定到必疾作佛有如是等差別是故四種人若凡夫人求世間樂若聲聞辟支佛人求涅槃樂若諸菩薩摩訶薩求佛樂應如是隨喜生福德迴向阿耨多羅三藐三菩提如此品中說

大智度論卷第六十一

音釋

羼（初限切）肴饌（肴何交切凡非穀而食曰肴 饌雛綰切具食也）呰（蔣氏切口毀也）渧（丁歷切水點也）阿鞞跋致（梵語也此云不退轉 鞞騈迷切）鞕（牛更切堅強也）翮（胡得切勁羽也）揵闥婆（梵語也此云香陰 揵巨言切 闥他達切）屐（竭戟切木屐也）逗（大透切）

大智度論卷第六十二

龍樹菩薩造

姚秦三藏法師鳩摩羅什譯

釋照明品第四十

【經】爾時慧命舍利弗白佛言世尊是般若波羅蜜佛言是般若波羅蜜世尊般若波羅蜜能照一切法畢竟淨故世尊應禮般若波羅蜜世尊般若波羅蜜不著三界世尊般若波羅蜜除諸闇瞑一切煩惱諸見除故世尊般若波羅蜜一切助道法中最上世尊般若波羅蜜安隱能斷一切怖畏苦惱故世尊般若波羅蜜能與光明五眼莊嚴故世尊般若波羅蜜能示導墮邪見衆生離二邊故世尊般若波羅蜜是一切種智一切煩惱及習斷故世尊般若波羅蜜諸菩薩摩訶薩母能生諸佛法故世尊般若波羅蜜不生不滅自相空故世尊般若波羅蜜遠離生死非常非滅故世尊般若波羅蜜無救者作護施一切珍寶故世尊般若波羅蜜具足力無能破壞故世尊般若波羅蜜能轉三轉十二行法輪一切諸法不退不還故世尊般若波羅蜜能示諸法性無法有法空故世尊應云何供養般若波羅蜜佛言當如供養世尊禮般若波羅蜜當如禮世尊何以故世尊不異般若波羅蜜般若波羅蜜不異世尊世尊即是般若波羅蜜般若波羅蜜即是世尊是般若波羅蜜中出生諸佛菩薩辟支佛阿羅漢阿那舍斯陀舍須陁洹般若波羅蜜中生十善道四禪四無量心四無色定五神通內空乃至無法有法空四念處乃至八聖道分是般若波羅蜜

中生佛十力十八不共法大慈大悲一切種智爾時釋提桓因心念何因緣故舍利弗問是事念已語舍利弗何因緣故問是事舍利弗語釋提桓因言憍尸迦諸菩薩摩訶薩爲般若波羅蜜守護以漚和拘舍羅力故於過去未來現在諸佛從初發心乃至法住於其中間所作善根一切和合隨喜迴向阿耨多羅三藐三菩提以是因緣故我問是事憍尸迦菩薩摩訶薩般若波羅蜜勝檀波羅蜜尸羅羼提毗梨耶禪波羅蜜譬如生盲人若百若千若百千而無前導不能趣道入城憍尸迦五波羅蜜亦如是離般若波羅蜜如盲無導不能趣道不能得一切種智憍尸迦若五波羅蜜得般若波羅蜜將導是時五波羅蜜名爲有眼般若波羅蜜將導得波羅蜜名字釋提桓因語舍利弗如汝所言般若波羅蜜將導五波羅蜜故得波羅蜜名字舍利弗若無檀波羅蜜五波羅蜜不得波羅蜜名字若無尸羅波羅蜜羼提波羅蜜毗梨耶波羅蜜禪波羅蜜五波羅蜜不得波羅蜜名字若爾者何以故獨讚般若波羅蜜舍利弗言如是如是憍尸迦無檀波羅蜜五波羅蜜不得波羅蜜名字無尸羅波羅蜜羼提波羅蜜毗梨耶波羅蜜禪波羅蜜五波羅蜜不得波羅蜜名字但菩薩摩訶薩住般若波羅蜜中能具足檀波羅蜜尸羅波羅蜜羼提波羅蜜毗梨耶波羅蜜禪波羅蜜以是故憍尸迦般若波羅蜜於五波羅蜜中最上第一最妙無上無與等舍利弗白佛言世尊云何應生般若波羅蜜佛告舍利弗色不生故般若波羅蜜生

受想行識不生故般若波羅蜜生檀波羅蜜不生故般若波羅蜜生乃至禪波羅蜜不生故般若波羅蜜生内空乃至無法有法空四念處乃至八聖道分佛十力乃至一切智一切種智不生故般若波羅蜜生如是諸法不生故般若波羅蜜應生舍利弗言世尊云何色不生故般若波羅蜜生乃至一切諸法不生故般若波羅蜜應生佛言色不起不生不得不失故乃至一切諸法不起不生不得不失故般若波羅蜜生舍利弗白佛言如是生般若波羅蜜與何等法合佛言無所合如是故得名般若波羅蜜世尊不合何等法佛言不與不善法合不與善法合不與世間法合不與出世間法合不與有漏法合不與無漏法合不與有罪法合不與無罪法合不與有爲法合不與無爲法合何以故般若波羅蜜不爲得諸法故生以是故於諸法無所合爾時釋提桓因白佛言世尊是般若波羅蜜亦不合薩婆若佛言如是憍尸迦般若波羅蜜亦不合薩婆若亦不得釋提桓因言世尊云何般若波羅蜜亦不合薩婆若亦不得佛言般若波羅蜜不如名字不如相不如起作法合釋提桓因言今云何合佛言若菩薩摩訶薩如不取不受不住不著不斷如是合亦無所合如是憍尸迦般若波羅蜜一切法合亦無所合爾時釋提桓因白佛言未曾有也世尊是般若波羅蜜爲一切法不起不生不得不失故生須菩提白佛言世尊若菩薩摩訶薩行般若波羅蜜時作是念般若波羅蜜若一切法合若不合是菩薩摩訶薩則捨般若

波羅蜜遠離般若波羅蜜佛告須菩提復有因緣菩薩摩訶薩捨般若波羅蜜遠離般若波羅蜜若菩薩摩訶薩作是念是般若波羅蜜無所有空虚不堅固是菩薩摩訶薩則捨般若波羅蜜遠離般若波羅蜜須菩提以是因緣故捨離般若波羅蜜須菩提白佛言世尊信般若波羅蜜爲不信何法佛告須菩提信般若波羅蜜則不信色不信受想行識不信眼乃至意不信色乃至法不信眼界乃至意識界不信檀波羅蜜尸羅波羅蜜羼提波羅蜜毗棃耶波羅蜜禪波羅蜜不信内空乃至無法有法空不信四念處乃至八聖道分不信佛十力乃至十八不共法不信須陀洹果斯陀含果阿那含果阿羅漢果辟支佛道不信菩薩道不信阿耨多羅三藐三菩提乃至一切種智須菩提白佛言世尊云何信般若波羅蜜時不信色乃至一切種智佛告須菩提色不可得故信般若波羅蜜不信色乃至一切種智不可得故信般若波羅蜜不信一切種智以是故須菩提信般若波羅蜜時不信色乃至不信一切種智

論釋曰上佛與彌勒須菩提釋提桓因共說隨喜義舍利弗雖默然聽聞是般若波羅蜜隨喜義甚深無量無邊大利益衆生雖漏盡寂滅發歡喜心從座起合掌白佛言能作隨喜斷諸戲論利益無量衆生令入佛道者是般若波羅蜜佛可其語故言是般若波羅蜜中說諸法實相諸法實相中無戲論垢濁故名畢竟清淨畢竟清淨故能遍照一切五種法藏所謂過去未來現在無爲及不可說是

故舍利弗言世尊般若波羅蜜能照一切法畢竟淨故般若波羅蜜能守護菩薩救諸苦惱能滿所願如梵天王守護三千大千世界故衆生皆禮三界中三毒泥所不汙故言不著三界破一切愛等百八煩惱我見等六十二見故言破無明黑闇諸法中智慧最上一切智慧中般若波羅蜜爲上以智慧爲本分別四念處等三十七品是故言一切助道法中最上能斷生老病死等諸怖畏苦惱故言安隱是般若波羅蜜中攝五眼故言能與光明離有邊無邊等諸二邊故言能示正道菩薩住金剛三昧斷一切煩惱微習令無遺餘得無礙解脱故言一切種智復次知一切法總相別相一切種智因緣故名一切種智能生十方三世無量諸佛法故言諸菩薩母一切法中各各自相空故言不生不滅斷常是諸見本諸見是諸結使本諸結使是一切生死中苦本是故言遠離生死能令衆生信三寶等諸善法實得諸善法實故得世間出世間樂能令衆生得二種樂故言無救者作護是般若波羅蜜相乃至十方諸佛所不能壞所以者何畢竟不可得故何況餘人故言具足波羅蜜是般若波羅蜜中無自性故説諸法不轉生死中不還入涅槃不生故不轉不滅故不還故言能轉三轉十二行法輪三轉十二行法輪義如先説一切法有二分若有若無是般若中有亦不應取無亦不應取離是有無即是諸法性是故言能示諸法性如是等無量因緣讚歎般若後當廣説是般若波羅蜜是無相相有人心未淳熟求其定相

不能得便生慢心是故舍利弗問應云何供養佛教言當如供養佛以人從久遠已來深著衆生相於貴法情薄是故言如供養世尊智者觀之佛與般若等無異所以者何般若修集即變爲一切智此中佛自說因緣是般若波羅蜜中出生賢聖等出生十善道等世間出世間法乃至一切種智爾時帝釋作是念者帝釋意以舍利弗漏盡離欲人如似著法人讚歎般若今舍利弗自說因緣菩薩爲般若守護故以方便力能隨喜福德迴向而不破般若波羅蜜相是事希有故尊敬般若波羅蜜是故問佛云何供養復次憍尸迦般若波羅蜜自力勢故勝五波羅蜜問曰五波羅蜜應以五盲人作喻何以乃說百千答曰此中說其力勢不論多少復次若言導五不足爲貴故說百千復次波羅蜜亦多如賢劫三昧中有八萬四千種波羅蜜廣說則無量問曰檀波羅蜜亦有眼所以者何信有罪福破邪見等無明故能布施何以故喻無眼答曰布施中智慧是客來非正體譬如四大常和合不得相離諸波羅蜜和合亦如是不能趣道道者菩薩十地道城者一切種智等諸佛法復次道者八聖道分城者涅槃如盲人雖有手足力不能得隨意有所至得有眼人示導則隨意所往皆能成辦五波羅蜜雖各各有事能不得般若示導尚不得二乘何況無上道五波羅蜜得般若波羅蜜將導故得波羅蜜名字至成佛道帝釋問汝自說諸波羅蜜和合互相佐助如四大不得相離如是者般若波羅蜜亦待五法何以獨說以般若

故五法得波羅蜜名字答曰雖六事和合互相佐助但般若波羅蜜力大故五法因得波羅蜜名字譬如合散雖衆藥各各有力石勢大故名爲石散又如大軍摧敵雖各各有力主將力大故主得名字舍利弗已問供養般若事今問行者云何生般若波羅蜜佛答若行者觀色等諸法不生相是則生般若波羅蜜舍利弗復問云何觀色等不生故般若波羅蜜生答曰色等因緣和合起行者知色虛妄不令起不起故不生不生故不得不得故不失爾時舍利弗問意般若無生緣處行者亦無生如是般若與何法合終歸何處住得何果報答曰般若波羅蜜無生相故無所合若般若波羅蜜有法合者若善若不善等是不名般若波羅蜜今無所合故入般若波羅蜜數中問曰若爾者帝釋已知一切法不合何以獨問薩婆若不合答曰帝釋貴重深著是般若於薩婆若愛未斷故言乃至薩婆若亦不合耶佛答般若波羅蜜薩婆若亦不合一切法畢竟無生故此中佛破斷滅邪見故說合般若波羅蜜不如凡夫人取相著名作起有爲法合如佛心合問曰云何如佛心合答曰一切相虛誑故不取相一切法中有無常等過咎故不受吾我心縛著世間皆動相故不住能生種種苦惱後變異故不著一切世間顛倒顛倒果報不實如幻如夢無所滅故不斷是故佛不著法不生高心入畢竟空善相中深入大悲以救衆生菩薩應如佛心合帝釋歡喜讚言希有是般若波羅蜜不破壞諸法不生不得不失故而能成就菩薩令

得至佛須菩提言若菩薩用有所得如是分別一切智等一切法若合若不合是菩薩則失般若波羅蜜佛然可其言如是更有因緣菩薩若取汝所説一切法無合不合取是空相言般若空無所有不牢固是亦失般若波羅蜜須菩提知般若波羅蜜不可得相是故問若信般若波羅蜜信何法般若波羅蜜空亦不可得爲決定心信於何法佛言色等一切法不可信何以故色等一切法自性不可得故不可信

㊟須菩提白佛言世尊是般若波羅蜜名爲摩訶波羅蜜須菩提何因緣故是般若波羅蜜名爲摩訶波羅蜜須菩提言世尊是般若波羅蜜不作色大不作色小受想行識不作大不作小眼乃至意色乃至法眼識界乃至意識界不作大不作小檀波羅蜜乃至禪波羅蜜不作大不作小内空乃至無法有法空不作大不作小四念處乃至阿耨多羅三藐三菩提不作大不作小諸佛法不作大不作小諸佛不作大不作小是般若波羅蜜不作色合不作色散受想行識不作合不作散乃至諸佛不作合不作散不作色無量不作色非無量乃至諸佛不作無量亦不作非無量不作色廣不作色狹乃至諸佛不作廣不作狹不作色有力不作色無力乃至諸佛不作有力不作無力世尊以是因緣故是般若波羅蜜名摩訶波羅蜜世尊若新發意菩薩摩訶薩若不遠離般若波羅蜜不遠離禪波羅蜜不遠離毗黎耶波羅蜜不遠離羼提波羅蜜不遠離尸羅波羅蜜不遠離檀波羅蜜如

是念是般若波羅蜜不作色大不作色小乃至諸佛不作大不作小色不作合不作散不作色無量不作色非無量不作色有力不作色無力乃至諸佛不作有力不作無力世尊菩薩摩訶薩若如是知是爲不行般若波羅蜜何以故是非般若波羅蜜相所謂作色大小乃至諸佛作大小色有力無力乃至諸佛有力無力世尊是菩薩摩訶薩用有所得故有大過失所謂行般若波羅蜜時作色大作色小乃至諸佛作有力作無力何以故有所得相者無阿耨多羅三藐三菩提所以者何衆生不生故般若波羅蜜亦應不生色不生故般若波羅蜜不生乃至佛不生故般若波羅蜜不生衆生性無故般若波羅蜜性無色性無故般若波羅蜜性無乃至佛性無故般若波羅蜜性無衆生非法故般若波羅蜜非法色非法故般若波羅蜜非法乃至佛非法故般若波羅蜜非法衆生空故般若波羅蜜空色空故般若波羅蜜空乃至佛空故般若波羅蜜空衆生離故般若波羅蜜離色離故般若波羅蜜離乃至佛離故般若波羅蜜離衆生無有故般若波羅蜜無有色無有故般若波羅蜜無有乃至佛無有故般若波羅蜜無有衆生不可思議故般若波羅蜜不可思議色不可思議故般若波羅蜜不可思議乃至佛不可思議故般若波羅蜜不可思議衆生不滅故般若波羅蜜不滅色不滅故般若波羅蜜不滅乃至佛不滅故般若波羅蜜不滅衆生不可知故般若波羅蜜不可知色不可知故般若波羅蜜不可知乃至佛不可知

故般若波羅蜜不可知衆生力不成就故般若波羅蜜力不成就色力不成就故般若波羅蜜力不成就乃至佛力不成就故般若波羅蜜力不成就世尊以是因緣故諸菩薩摩訶薩般若波羅蜜名爲摩訶波羅蜜

【論】釋曰須菩提聞佛所說疑心開解讚歎般若波羅蜜言是般若名爲摩訶波羅蜜佛反問須菩提於汝意云何何以故名爲大波羅蜜須菩提答色等諸法不作大不作小故凡夫人心於諸法中隨意作大小如人急時其心縮小安隱富樂時心則寬大又如八背捨中隨心故外色或大或小又如凡夫人於眼見色中非色事亦言色如指葉指量指數指一異等法合爲色是名色作大有人眼見色可見處名色不可見處不名色有人言麤色虛誑非眞色但微塵常故是眞色微塵和合時假名爲色是名色作小如是等因緣凡夫人於色或作大或作小隨憶想分別故破諸法性般若波羅蜜隨色性如實觀不作大小不合不散者般若波羅蜜不說微塵色和合更有色生但有假名無有定相色是故無合無散色無邊故無量無處不有色無時不有色故無有量色是作法般若波羅蜜中不以微塵合故有麤色不以麤色散故還歸微塵是故言不合不散起法有分別籌量多少不得言不合不散無量如凡人空故說無量實故說有量般若波羅蜜遠離空實故言非量非無量凡夫人隨心憶念得解故於色作廣作狹般若波羅蜜觀實法相不隨心故非廣非狹凡夫人不知和合因緣生諸法故言色

有力如合衆縷以爲繩不知者謂繩有力又如牆崩殺人言牆有力若各各分散則無有力般若波羅蜜知和合相不說一法有力不說言無力是故名摩訶波羅蜜復有大因緣若菩薩不遠離六波羅蜜色等諸法不作大不作小但行般若波羅蜜則心散亂不調順多生疑悔邪見失般若波羅蜜相若與五波羅蜜和合行則調柔不錯能成辦衆事譬如八聖道分正見是道若無七事佐助則不能辦事亦不名正見是故佛說一切諸善法皆從因緣和合共生無有一法獨自生者是故和合時各各有力但力有大小是名行般若波羅蜜若菩薩離五波羅蜜行般若波羅蜜分別色等諸法若大若小等是人即墮用有所得墮有邊中若於色等諸法無所分別若大若小離五波羅蜜著是不大不小等空相先分別諸法大小有所得爲失今著不大不小等空相亦是失所以者何此中須菩提說因緣有所得相者乃至無阿耨多羅三藐三菩提所以者何阿耨多羅三藐三菩提寂滅相無所得相畢竟清淨相有所得相者生諸戲論諍競一切法無生無滅無所得相如我衆生十方求索不可得但有假名實不生衆生不生故般若波羅蜜亦如衆生相破吾我顛倒故不生不滅如色等諸法生相不可得故不生二法攝一切法若衆生若法此二法因緣和合生但有假名無有定性若法無定性此法即是無生是二法無生故當知色等諸法亦無生衆生法無性無所有空離不可思議不滅不可知亦如是衆生力不成就故

般若波羅蜜力不成就者先說一切法從因緣和合生各各無自力般若波羅蜜知諸法各各無自力故無自性無自性故空般若波羅蜜從諸法生故無自力無自力故亦同諸法畢竟空是故說衆生及法力不成就故般若波羅蜜力亦不成就問曰先說色等諸法不作有力不作無力今何以更說衆生及色等諸法力不成就故般若波羅蜜力亦不成就答曰上說般若觀諸法不作有力不作無力聽者謂般若波羅蜜能作是觀即有大力是故此中說衆生色等力不成就故般若波羅蜜力亦不成就如是等種種因緣故名摩訶波羅蜜

釋信毀品第四十一之上

經 爾時慧命舍利弗白佛言世尊有菩薩摩訶薩信解是般若波羅蜜者從何處終來生是閒發阿耨多羅三藐三菩提心來爲幾時爲供養幾佛行檀波羅蜜尸羅波羅蜜羼提波羅蜜毗梨耶波羅蜜禪波羅蜜般若波羅蜜來幾時能隨順解深般若波羅蜜義佛告舍利弗是菩薩摩訶薩供養十方諸佛來生是閒是菩薩發阿耨多羅三藐三菩提心來無量無邊阿僧祇百千萬億劫是菩薩摩訶薩從初發心常行檀波羅蜜尸羅波羅蜜羼提波羅蜜毗梨耶波羅蜜禪波羅蜜般若波羅蜜供養無量無邊不可思議阿僧祇諸佛來生是閒舍利弗是菩薩摩訶薩若見若聞般若波羅蜜作是念我見佛從佛聞舍利弗是菩薩摩訶薩能隨順解深般若波羅蜜義以無相無二無所得故須菩提白佛言世尊

是般若波羅蜜可聞可見耶佛告須菩提是般若波羅蜜無有聞者無有見者般若波羅蜜無聞無見諸法鈍故禪波羅蜜毗梨耶波羅蜜羼提波羅蜜尸羅波羅蜜檀波羅蜜無聞無見諸法鈍故内空無聞無見諸法鈍故乃至無法有法空無聞無見諸法鈍故四念處無聞無見諸法鈍故乃至八聖道分無聞無見諸法鈍故佛十力乃至十八不共法無聞無見諸法鈍故須菩提佛及佛道無聞無見諸法鈍故須菩提白佛言世尊是菩薩幾時行佛道能習行如是深般若波羅蜜佛告須菩提是中應分别說須菩提有菩薩摩訶薩初發意習行深般若波羅蜜禪波羅蜜毗梨耶波羅蜜羼提波羅蜜尸羅波羅蜜檀波羅蜜以方便力故於諸法無所破壞不見諸法無利益者亦終不遠離行六波羅蜜亦不遠離諸佛從一佛世界至一佛世界若欲以善根力供養諸佛隨意即得終不生母人腹中終不離諸神通終不生諸煩惱及聲聞辟支佛心從一佛世界至一佛世界成就衆生淨佛世界須菩提如是等諸菩薩摩訶薩能習行深般若波羅蜜須菩提有菩薩摩訶薩多見諸佛若無量百千萬億從諸佛所行布施持戒忍辱精進一心智慧皆以有所得故是菩薩聞說深般若波羅蜜時便從衆中起去不恭敬深般若波羅蜜及諸佛是菩薩今在此衆中坐聞是甚深般若波羅蜜不樂便捨去何以故是善男子善女人等先世聞深般若波羅蜜時棄捨去今世聞深般若波羅蜜亦棄捨去身心不和是人種愚癡因緣業

種是愚癡因緣罪故聞說深般若波羅蜜呰毀呰毀般若波羅蜜故毀呰過去未來現在諸佛一切智一切種智是人毀呰三世諸佛一切智故起破法業破法業因緣集故無量百千萬億歲墮大地獄中是破法人輩從一大地獄至一大地獄若火劫起時至他方大地獄中生在彼間從一大地獄至一大地獄彼間若火劫起時復至他方大地獄中生在彼間從一大地獄至一大地獄如是遍十方彼間若火劫起故從彼死破法業因緣未盡故還來是間大地獄中生此間亦從一大地獄至一大地獄受無量苦此間火劫起故復至十方他世界生畜生中受破法罪業苦如地獄中說重罪漸薄或得人身生生盲人家生旃陀羅家生除廁擔死人種種下賤家若

無眼若一眼若眼瞎無舌無耳無手所生處無佛無法無佛弟子處何以故種破法業積集厚重具足故受是果報爾時舍利弗白佛言世尊五逆罪與破法罪相似耶佛告舍利弗不應言相似所以者何若有人聽說是甚深般若波羅蜜時毀呰不信作是言不應學是法是非法非善非佛教諸佛不說是語是人自毀呰般若波羅蜜亦教他人毀呰般若波羅蜜自壞其身亦壞他人身自飲毒殺身亦飲他人毒自失其身亦失他人身自不知不信毀呰深般若波羅蜜亦教他人令不信不知舍利弗如是人我不聽聞其名字何況眼見何以故當知是人名爲汙法人爲墮衰濁黑性如是人若有聽其言信用其語亦受如是苦舍利弗若人破般若波羅蜜當知是

名爲破法人舍利弗白佛言世尊世尊說破法之人所受重罪不說是人所受身體大小佛告舍利弗不須說是人受身大小何以故是破法人若聞所受身大小便當吐熱血若死若近死苦是破法人聞如是身有如是重罪是人便大愁憂如箭入心漸漸乾枯作是念破法罪故得如是大醜身受如是無量苦以是故佛不聽舍利弗問是人所受身體大小舍利弗白佛言願佛說之爲未來世作明戒令知破法業積集故得如是大醜身受如是苦佛告舍利弗後世人若聞是破法業積集厚重具足受大地獄中久久無量苦聞是久久無量時苦足爲未來世作明戒舍利弗白佛言世尊若白性善男子善女人聞是法足作依止寧失身命終不破法自念我若破法當受如是苦

論釋曰舍利弗聞般若波羅蜜甚深微妙聞者尚難何況能行是故言信解般若者是爲希有是故問世尊若信解般若者是人於何處終來生是間舍利弗作是念是人應從好世界終來生是間是人不應新發意不應少供養佛不應少行六波羅蜜必是大德人未聖而能知聖法故是故問發意幾時供養幾佛行六波羅蜜幾時能隨順解深般若義者是菩薩於諸法不取相不著空行行空和合五波羅蜜行般若波羅蜜用大慈悲心爲一切衆生行般若波羅蜜故十方諸佛清淨世界中終來生是間者爲度有緣衆生又與釋迦文尼佛共因緣故雖有此間死此間生者但以從他方佛所來者貴故發心來無量阿

僧祇劫諸福德力集厚故能信解隨順深義有人雖無量阿僧祇劫發心久不行功德者是故說從發心來常行六波羅蜜常行六波羅蜜福德故能得見能得供養無量無邊阿僧祇佛是菩薩成就上四因緣故得無量無邊福德智慧是福德因緣故諸煩惱薄心柔輭菩薩信慧等諸根利轉增得力故深入般若波羅蜜汙猒世間事若見般若經卷即時心生如見佛若披卷尋義即時心生如從佛聞信力慧力成就故隨順解深般若義所謂一切無相故出十二入二法不二法中心無所著故名無所得略說三相是順解般若波羅蜜義須菩提聞見經卷如見佛讀經文如從佛聞如似有著是故問般若可見可聞耶須菩提意以般若波羅蜜畢竟空天眼天耳猶不能見聞何況肉眼肉耳出世間慧眼亦不得見何況世間眼佛順其意答般若波羅蜜不可得見聞此中說因緣諸法入般若波羅蜜中皆一相無相是中無分別聞者見者及可聞可見三界凡夫人作分別是眼是色是耳是聲六情是利六塵是鈍色等諸法是鈍慧等是利諸法入般若波羅蜜中如百川歸海皆爲一味是故說般若波羅蜜不可見不可聞以諸法鈍故從檀波羅蜜乃至佛道須陀洹乃至佛亦如是復次衆生離法不能聞不能見法離衆生亦不能聞不能見聞曰上已問菩薩發意幾時供養幾佛能順解深義今何以更問答曰上佛說般若無聞無見亦說見般若經卷如見佛讀般若如從佛聞二相說是般若亦言可見可聞亦言不可見

不可聞是故還問佛菩薩幾時行得是方便能行有能行無行有不墮三界行無不墮斷滅能隨般若波羅蜜相行佛答有此事不定應當分別說或有菩薩初發心便能習行甚深六波羅蜜習行者一心信受常行方便力故者雖行六波羅蜜起福德因緣而心不著諸法無所破壞者是菩薩信力智慧力大故聞摩訶衍深法即時信聞聲聞法亦信聞外道在家出家法亦不破壞而於中出二種利一者分別是道非道捨非道行是道二者一切法入般若波羅蜜中無是無非無破無受不見諸法無利益者即是上說於中出利者是福德具足故知不遠離六波羅蜜乃至淨佛世界略說義有菩薩雖新發意深信受是般若波羅蜜有菩薩久發意供養千萬億諸佛用有所得行六波羅蜜不信受是般若波羅蜜此中佛自說因緣是人於過去世聞深般若波羅蜜不信不受從座起去今佛爲說不信不受破般若波羅蜜罪果報故說是人不信不受業因緣故即起愚癡業因緣得愚癡業因緣故疑悔惡邪著心轉增著心轉增故於大衆中毀呰破壞般若波羅蜜破壞般若波羅蜜故破三世十方諸佛一切智破三世十方諸佛一切智罪故轉身墮大地獄大地獄者阿鼻地獄無量百千萬億阿僧祇歲受憂愁苦惱憂愁是心苦苦惱是身苦從一大地獄至一大地獄者如福德因緣故上有六欲天罪業因緣亦如是下有八種大地獄八種大地獄各有十六小地獄是中阿鼻最大餘須彌四天下亦如是是三千大千世界

中有百億須彌山有百億阿鼻地獄是故說從一阿鼻大地獄至一阿鼻大地獄如人從會至會又如入正位者從天上來受人間樂從人中還至天上受樂若此間火劫起其罪未盡故轉至他處十方世界大地獄中受罪若彼間火劫起復展轉至他方他方火劫起復還生此間阿鼻地獄中展轉如前是破般若波羅蜜罪小減展轉生勤苦畜生中此間火劫起復生他方世界畜生中展轉受苦彼間火劫起還來此間復展轉如前罪轉微輕或得人身生下賤家所謂生生盲家不欲見般若波羅蜜罪故輕賤說法人故生旃陀羅及除糞擔死人等下賤家毀呰說法者故無舌不欲聞故無耳癴手非撥故無手此人心雖愛佛以愚癡無智故毀滅佛母破壞法藏破壞法藏故生無佛法衆處問曰何以不說生餓鬼中答曰是破壞法者多以二煩惱所謂瞋恚愚癡慳貪發故墮餓鬼此中無慳故不說問曰舍利弗何以言五逆罪與破法罪相似答曰舍利弗是聲聞人常聞五逆罪最重墮阿鼻地獄一切受苦聲聞人不悉知供養般若得大果報又不知謗毀般若得大罪故舉五逆對問相似不答言不相似者以相去懸遠故所以者何此人毀謗般若者自失大利亦令他失自遠離般若亦令他遠離自破壞善根亦破他善根自塗邪見毒亦塗他邪見毒自失其身亦失他身自不知故著法愛故自破亦令他破般若波羅蜜如父母愛子恩極一世又以因緣故愛是行般若波羅蜜菩薩於無邊世中深心愛念衆生父母念

子無能以一眼與者行般若波羅蜜者於無邊劫中以頭目髓腦積過須彌以施衆生出佛身血殺阿羅漢但壞肉身不壞法身壞僧是離眷屬讃五法不壞般若是故五逆罪不得似壞般若波羅蜜般若波羅蜜能令人作佛毀般若罪則無喻是故破般若人我不欲聽聞其名字何況眼見是破般若人或先世福德因緣廣學多聞富貴威德巧於談語諸魔官屬常隨逐佐助故未得阿鞞跋致菩薩見其多人供養多有出家在家弟子是故若有讃其名者不聽聞之何況親附禮拜受其教訓所以者何菩薩欲增長善法利益衆生是人欲破法令衆生墮大衰濁二事相違故衰濁者如人著衰雖好衣美食常無色力雖勤身作務財産日耗是人壞一切佛上法實故雖身口業善持戒布施讀經善法終不增長如濁水泥不見面像亦不中飲是人不中親近若親近者則喜染著是人破法故邪見疑悔常擾亂心先所聞法深染愛著不解般若波羅蜜相故言般若波羅蜜無所有空不堅固無有罪福如是濁亂蔽其心故不能得見清淨實法相黒性者佛法中善法名白不善法名黒是人常積集不善法故成不善性若有信受其語其罪亦同問曰舍利弗何以問是人受身大小而佛不答答曰舍利弗既聞受罪時節及處所不聞其身大小意欲聞佛說其大身又如帝釋身長十里受樂遍滿故欲知受罪身大受苦亦多有二因緣故佛不爲說一者上已說其在三惡道中久受苦惱令復說其身大醜惡人或不信不信者當

受久劇之苦故二者若信佛語則大憂怖憂怖故風發吐熱血死若死等者設令不死身常乾枯若不信後世受重罪故佛不說舍利弗白佛今雖以二因緣故不說願憐愍未來世人故說佛言若有善根白性福德人足作依止白性者與黑性相違依止者聞是受苦更不敢作若不信雖說身大亦不信若信聞上受苦久遠足可信三業中應攝身口意

大智度論卷第六十二

音釋

廁（初寺切圊也）麾（吁爲切指麾也）劇（竭戟切尤甚也）

大智度論卷第六十三

龍樹菩薩造
姚秦三藏法師鳩摩羅什譯

釋信毀品第四十一之下

【經】爾時須菩提白佛言世尊善男子善女人應好攝身口意業無受如是諸苦或不見佛或不聞法或不親近僧或生無佛世界中或生人中墮貧窮家或人不信受其言須菩提白佛言世尊以積集口業故有是破法重罪佛告須菩提以積集口業故有是破法重罪須菩提是愚癡人在佛法中出家受戒破深般若波羅蜜毀呰不受須菩提若破般若波羅蜜毀呰般若波羅蜜則爲破十方諸佛一切智一切智破故則爲破佛寶破佛寶故破法寶破法寶故破僧寶破三寶故則破世間正見破世間正見故則破四念處乃至破一切種智法破一切種智法故則得無量無邊阿僧祇罪得無量無邊阿僧祇罪已則受無量無邊阿僧祇憂苦須菩提白佛言世尊是愚癡人毀呰破壞深般若波羅蜜有幾因緣佛告須菩提有四因緣是愚癡人毀呰破是深般若波羅蜜須菩提言世尊何等四是愚癡人爲魔所使故欲毀呰破壞深般若波羅蜜是名初因緣是愚癡人不信深法不信不解心不得清淨是第二因緣故是愚癡人欲毀呰破壞深般若波羅蜜是愚癡人與惡知識相隨心没懈怠堅著五受衆是第三因緣故是愚癡人欲毀呰破壞深般若波羅蜜是愚癡人多行瞋恚自高輕人是第四因緣故是愚癡人毀呰破壞深般若波羅蜜須菩提

以是四因緣故愚癡人欲毁呰破壞深般若波羅蜜

【論】問曰口業是破法何以言攝身口意業答曰意業是口業之本若欲攝口業先攝意業意業攝故身口業亦善身口業善意業亦善是中須菩提自説因緣莫受是諸苦或不見佛等世間人以身業爲重口業爲輕是故須菩提問但以口業得如是罪耶佛可其意示言愚癡人自無急事又無使作者亦無所得而自以舌故作如是罪是爲大狂人是狂人未來世在我法中出家出家者五衆受戒者有七衆是聲聞人著聲聞法佛法過五百歲後各各分别有五百部從是以來以求諸法決定相故自執其法不知佛爲解脱故説法而堅著語言故聞説般若諸法畢竟空如刀傷心皆言決定之法今云何言無於般若波羅蜜無得無著相中作得作著相故毁呰破壞言非佛教佛憐愍衆生故爲説是道非道今般若中是道非道盡爲一相所謂無相是故先生疑意後定心於空法生邪見邪見得力故於大衆中處處毁壞般若波羅蜜毁壞般若波羅蜜故則破十方三世諸佛一切智等諸功德破佛功德故即破三寶三寶破故則破世間樂因緣所謂世間正見若破世間正見則破出世間樂因緣出世間正見所謂四念處乃至一切種智是法名爲無量無邊福德因緣破是法故得無量無邊罪得無量無邊罪故受無量無邊憂愁苦惱問曰先已説破法因緣所謂愛著法等須菩提何以更問答曰先論中説今經中説先不遍説今遍

廣説所謂四因緣是人爲魔所使若魔若魔人來入其心中轉其身口令破般若波羅蜜如阿難佛三問閻浮提樂壽命亦樂魔入身故三不答佛阿難得初道猶爲魔嬈何況凡人復次魔有四種五衆魔煩惱魔死魔自在天子魔四魔中多煩惱魔自在天子魔故令不信般若自貪著法憎嫉他法愚癡顛倒故能破般若波羅蜜有人言初因緣煩惱魔後第四天子魔是二種魔所使故名爲魔所使堅著邪見貪愛自法慧根鈍故不識佛意不信不受甚深般若故破有人利根堪任信受魔又不來但隨惡師教故亦破般若有人雖屬惡知識諸結使薄故勤精進能信般若波羅蜜是故二事和合爲一亦屬惡知識亦深著五衆結使厚生懈怠心是故不信般若是人世世多集瞋恚成其性瞋相者是不信相是人剛强自高輕賤説法人我智德如是尚不能解況汝愚賤而能知之以是瞋恚憍慢多故破般若波羅蜜

【經】須菩提白佛言世尊是深般若波羅蜜不勤精進種不善根惡友相得人難信難解佛言如是如是須菩提是深般若波羅蜜不勤精進種不善根惡友相得人難信難解須菩提白佛言世尊是般若波羅蜜云何甚深難信難解須菩提色不縛不解何以故無所有性是色受想行識不縛不解何以故無所有性是受想行識檀波羅蜜不縛不解何以故無所有性是檀波羅蜜尸羅波羅蜜不縛不解何以故無所有性是尸羅波羅蜜羼提波羅蜜不縛不解何以故無所有性是羼提波

羅蜜毗梨耶波羅蜜不縛不解何以故無所有性是毗梨耶波羅蜜禪波羅蜜不縛不解何以故無所有性是禪波羅蜜般若波羅蜜不縛不解何以故無所有性是般若波羅蜜須菩提內空不縛不解何以故無所有性是內空乃至無法有法空不縛不解何以故無所有性是無法有法空四念處不縛不解何以故無所有性是四念處乃至一切智一切種智不縛不解何以故無所有性是一切種智須菩提色本際不縛不解何以故本際無所有性是色受想行識乃至一切種智本際不縛不解何以故本際無所有性是一切種智須菩提色後際不縛不解何以故後際無所有性是色受想行識乃至一切種智後際不縛不解何以故後際無所有性是一切種智須菩提現在色不縛不解何以故現在無所有性是色受想行識乃至現在一切種智不縛不解何以故現在無所有性是一切種智須菩提白佛言世尊是般若波羅蜜不勤精進不種善根惡友相得懈怠少進喜忘無巧便慧如此之人實難信難解如是如是須菩提是般若波羅蜜不勤精進不種善根惡友相得繫屬於魔懈怠少進喜忘無巧便慧如此之人實難信難解何以故色淨果亦淨受想行識淨果亦淨乃至阿耨多羅三藐三菩提淨果亦淨復次須菩提色淨故即般若波羅蜜淨般若波羅蜜淨即色淨受想行識淨即般若波羅蜜淨般若波羅蜜淨即受想行識淨乃至一切種智淨即般若波羅蜜淨般若波羅蜜淨即一切種智淨色淨般若波

羅蜜淨無二無別無斷無壞乃至一切種智淨般若波羅蜜淨無二無別無斷無壞復次須菩提不二淨故色淨不二淨故乃至一切種智淨何以故是不二淨色淨乃至一切種智淨無二無別故我淨衆生淨乃至知者見者淨故色淨受想行識淨乃至一切種智淨色淨乃至一切種智淨故我衆生乃至知者見者淨何以故我衆生乃至知者見者淨色淨乃至一切種智淨不二不別無斷無壞

論釋曰爾時須菩提白佛言是般若波羅蜜甚深故懈怠隨惡知識種不善根故難信與上相違名爲信般若波羅蜜佛可其言須菩提更問是般若波羅蜜云何甚深故難信佛答色等諸法無縛無解三毒是縛三解脫門是解是三毒等諸煩惱虛誑不實從和合因緣生無自性故無縛無縛故無解破是三毒故三解門亦空復次取相著法顛倒一切煩惱等是縛法若實定有自性者則不可解若實定有誰能破者若破即墮斷滅中若取相顛倒等諸煩惱虛誑不實亦無所斷復次一切心心數法憶想分別取相皆縛在緣中若入諸法實相中知皆是虛誑如上品中說心清淨相者即是非心相是縛空故解亦空如是等種種因緣故色等諸法不縛不解此中佛自說因緣色等諸法有爲作法從因緣和合生故無有定性故說無所有性是色等諸法復次色等諸法三世中不縛不解如破三世中說是時須菩提知般若波羅蜜非甚深非不甚深如後品中說若謂般若波羅蜜甚深則遠離般若波羅蜜以是故白佛言世尊

惡人以般若波羅蜜甚深難解非謂善人惡人者不與般若相應不一心勤精進不種解般若波羅蜜善根隨破壞般若惡師懈怠者著世間樂不願出世間如此人若有精進少不足言諸煩惱亂心故喜忘善不善法相不破憍慢不除邪見戲論故求諸法實相不知分別諸法相好醜是名無巧便慧有如是等惡法故是人難解甚深般若佛可其意言如是如是問曰須菩提說中無有魔事佛說中何以益魔事答曰須菩提直說內外因緣不具足佛今具足說故言是人爲魔所使佛更欲說甚深難解相告須菩提色等諸法淨故果亦淨四念處是色等諸法果何以故觀色等諸法不淨無常等即得身念處餘念如上說是中四念處性無漏斷煩惱爲涅槃故清淨見果淨故知因亦淨問曰先說觀色不淨無常等得身念處云何言果淨故因亦淨答曰不淨觀是初入門非實觀是故不入十六聖行是十六行中觀無常苦空無我不觀不淨淨顛倒故生婬欲破淨故言不淨非是實是故不淨不入十六聖行但是得解觀是般若中不觀常不觀無常不觀淨不觀不淨等常無常淨不淨空實等諸觀戲論滅是色實相色實相淨故果亦淨復次佛此中自說因緣般若波羅蜜如虛空畢竟清淨無所染汙是般若波羅蜜觀色等諸法實相不生不滅行六波羅蜜修四念處等如是可得般若波羅蜜是般若波羅蜜三種因緣正觀正行正修是故言般若波羅蜜淨故色等諸法淨色等諸法淨故般若波羅蜜淨所以者何色等

諸法般若波羅蜜實相中無二無別不異不別不離不散故不斷不壞復次如我法乃至十方三世中求不可得於五衆中但有假名衆生乃至知者見者亦如是如我空無所有清淨故一切法亦如是

經復次須菩提婬淨故色淨乃至一切種智淨何以故婬淨色淨乃至一切種智淨不二不別瞋癡淨故色淨乃至一切種智淨何以故瞋癡淨色淨乃至一切種智淨不二不別無斷無壞復次須菩提無明淨故諸行淨諸行淨故識淨識淨故名色淨名色淨故六入淨六入淨故觸淨觸淨故受淨受淨故愛淨愛淨故取淨取淨故有淨有淨故生淨生淨故老死淨老死淨故般若波羅蜜淨般若波羅蜜淨故乃至檀波羅蜜淨檀波羅蜜淨故內空淨內空淨故乃至無法有法空淨無法有法空淨故四念處淨四念處淨故乃至一切智淨一切智淨故一切種智淨何以故是一切智淨一切種智淨不二不別無斷無壞復次須菩提般若波羅蜜淨故色淨乃至般若波羅蜜淨一切智淨是般若波羅蜜淨一切智淨不二不別故須菩提禪波羅蜜淨故乃至一切智淨毗棃耶波羅蜜羼提波羅蜜尸羅波羅蜜檀波羅蜜淨故乃至一切智淨內空淨故乃至一切智淨四念處淨故乃至一切智淨復次須菩提一切智淨故乃至般若波羅蜜淨如是一一如先說復次須菩提有爲淨故無爲淨何以故有爲淨無爲淨不二不別無斷無壞故復次須菩提過去淨故未來現在淨未來淨故過去現在淨現在淨

故過去未來淨何以故現在淨過去未來淨不二不別無斷無壞故

論問曰佛說三毒是垢穢不淨此中云何言婬欲等淨故色等亦淨答曰佛說三毒實性清淨故色等諸法亦清淨三毒淨色等淨故不二不別欲廣說三毒清淨及三毒清淨果報因緣故說無明淨故諸行亦淨無明淨者所謂無明畢竟空如破無明十喻中說從十二因緣乃至一切種智亦如是故色等無明等諸法清淨故般若波羅蜜清淨般若波羅蜜清淨故諸菩薩所行法所謂禪波羅蜜乃至一切種智皆清淨禪波羅蜜等諸法亦如是復次用十八空故色等乃至一切種智空乃至一切種智空故十八空亦空一切種智不離十八空十八空不離一切種智是故言不二不別空者即是清淨今色乃至一切種智一法爲首餘法各各爲首展轉皆清淨復次諸法多無量故略說有爲無爲有爲法實相即是無爲法如淨行者於諸法中求常樂我淨不可得若不可得是爲實知有爲法實知不可得即是無爲法是故說有爲法淨故無爲法清淨復次因有爲法故知無爲法聖人得是無爲法說有爲法相是故說有爲法清淨故無爲法清淨無爲法清淨故有爲法清淨有爲法在三世中故說過去世清淨故未來世亦清淨未來世清淨故過去世亦清淨所以者何如過去世破壞散滅無所有故空未來世未生未有故空二世無故現在亦無何以故有先有後知有現在復次有爲法念念生滅故無住時住時無故無現在世三

世空故有爲法空有爲法空故無爲法空空即是畢竟清淨不破不壞無戲論如虛空如是般若波羅蜜畢竟清淨三世諸佛法藏破是能宣示實相般若言說文字故墮地獄問曰若不信般若墮地獄信者得作佛若有五逆罪破戒邪見懈怠之人信是般若是人得成佛不復有持戒精進者而不信般若是云何墮地獄答曰破般若有二種一者佛口所說弟子誦習書作經卷愚人謗言非是佛說是魔若魔民所作亦是斷滅邪見人手筆莊嚴口力者說或言雖是佛說其中處處餘人增益或有人著心分別取相說般若波羅蜜口說空法而心著有初破者墮大地獄不得聖人說般若意故第二破著心論議者是不名爲破般若如調達出佛身血祇域亦出佛身血雖同出血心異故一人得罪一人得福如畫作佛像一人以不好故壞一人以惡心故破以心不同故一人得福一人得罪破般若波羅蜜者亦如是復次或有人破般若雖不瞋不輕佛自用心憶想分別是甚深法一切智人所說應有深妙法云何言都空耶佛以無著心爲度衆生故說法是人以著心取相故起口業毀呰破壞般若能起身業手摩非撥指毀令去與二種不信相違故名二種信一者知般若實義信得如說果報二者信經卷言語文字得功德少邪見罪重故雖持戒等身口業好皆隨邪見惡心如佛自說譬喻如種苦種雖復四大所成皆作苦味邪見人亦如是雖持戒精進皆成惡法與此相違名爲正見五逆罪人惡罪常覆心疑令世後

世業果何況能信甚深般若雖復書經卷供養望免惡罪去般若大遠或有遇善知識先世積集福德利智第一信般若波羅蜜清淨因緣能得如所說果報如阿闍世王殺父之罪蒙佛文殊師利善知識故除其重罪得如所說般若果報受無上道記

釋歎淨品第四十二之上

【經】爾時舍利弗白佛言世尊是淨甚深佛言畢竟淨故舍利弗言何法淨故是淨甚深佛言色淨故是淨甚深受想行識淨故四念處淨故乃至八聖道分淨故佛十力淨故乃至十八不共法淨菩薩淨佛淨故一切智一切種智淨故是淨甚深世尊是淨明佛言畢竟淨故舍利弗言何法淨故是淨明佛言般若波羅蜜淨故是淨明乃至檀波羅蜜淨故是淨明四念處乃至一切智淨故是淨明世尊是淨不相續佛言畢竟淨故舍利弗言何法不相續故是淨不相續佛言色不去不相續故是淨不相續乃至一切種智不去不相續故是淨不相續世尊是淨無垢佛言畢竟淨故舍利弗言何法無垢故是淨無垢佛言色性常淨故是淨無垢乃至一切種智性常淨故是淨無垢世尊是淨無得無著佛言畢竟淨故舍利弗言何法無得無著故是淨無得無著佛言色無得無著故是淨無得無著乃至一切種智無得無著故是淨無得無著世尊是淨無生佛言畢竟淨故舍利弗言何法無生故是淨無生佛言色無生故是淨無生乃至一切種智無生故是淨無生世尊是淨不生欲界中佛言畢竟淨故舍利弗言云何

是淨不生欲界中佛言欲界性不可得故是淨不生欲界中世尊是淨不生色界中佛言畢竟淨故舍利弗言云何是淨不生色界中佛言色界性不可得故是淨不生色界中世尊是淨不生無色界中佛言畢竟淨故舍利弗言云何是淨不生無色界中佛言無色界性不可得故是淨不生無色界中世尊是淨無知佛言畢竟淨故舍利弗言云何是淨無知佛言諸法鈍故是淨無知世尊色無知是淨淨佛言畢竟淨故舍利弗言云何色無知是淨淨佛言色自性空故色無知是淨淨世尊受想行識無知是淨淨佛言畢竟淨故舍利弗言云何受想行識無知是淨淨佛言受想行識自性空故無知是淨淨世尊一切法淨故是淨淨佛言畢竟淨故舍利弗言云何一切法淨故是淨淨佛言一切法不可得故一切法淨是淨淨世尊是般若波羅蜜於薩婆若無益無損佛言畢竟淨故舍利弗言云何般若波羅蜜於薩婆若無益無損佛言法常住相故般若波羅蜜於薩婆若無益無損世尊是般若波羅蜜淨於諸法無所受佛言畢竟淨故舍利弗言云何般若波羅蜜淨於諸法無所受佛言法性不動故是般若波羅蜜淨於諸法無所受

論釋曰是淨甚深者淨有二種一者智慧淨二者所緣法淨此二淨相待離智淨無緣淨離緣淨無智淨所以者何一切心心數法從緣生若無緣則智不生譬如無薪火無所然以有智故知緣爲淨無智則不知緣淨此中智淨緣淨相待世間常法是中說離智離緣

諸法實相本自清淨爲心心數法所緣則汙染不清淨譬如百種美食與毒同器則不可食諸法實相常淨非佛所作非菩薩非辟支佛聲聞一切凡夫所作有佛無佛常住不壞相在顛倒虛誑法及果報中則汙染不淨是清淨有種種名字或名如法性實際或名般若波羅蜜或名道或名無生無滅空無相無作無知無得或名畢竟空等如是無量無邊名字舍利弗觀是般若波羅蜜相雖不可見不可聞不可說不可破壞而誹謗得無量罪信受正行則得無上果報舍利弗發希有歡喜心而白佛言世尊是淨甚深佛答汝所見者以爲希有實相中復過汝所見一切法中畢竟淨無所著乃至淨體亦不著是名畢竟清淨復次清淨主所謂十方三世諸佛諸佛亦不著是清淨是故言畢竟清淨故是清淨般若波羅蜜能令一切賢聖無邊苦盡有是大利益而亦不著是般若波羅蜜如是有無量因緣畢竟清淨是淨甚深舍利弗問何法畢竟清淨故是淨甚深佛答色等諸法清淨故是淨甚深所以者何色等諸法本末因果清淨故是淨甚深如上品中說菩薩於色等法中觀行斷故得如是清淨以是故名色等清淨是淨能破一切法中戲論無明能與畢竟空智慧光明是故言淨明行檀波羅蜜等諸菩薩妙法故得是淨明是淨能與有餘涅槃故言是淨明令與無餘涅槃故言是淨不相續先以空空等三三昧捨諸善法後壽命自然盡故色等五衆不去亦不相續故淨不相續以百八諸煩惱不能遮覆汙染淨故言

淨無垢行如是諸法實相不二道從苦法忍乃至十五心是名得第十六心得沙門果是名著（著者著不墮落得之別名也）復次行六波羅蜜乃至生柔順忍是名得能生無生法忍入菩薩位是名著是清淨法中用無所得心無此二事故名無得無著行如是法知一切法畢竟空畢竟空故不取相不取相故不起不作三種業不作三種業故一切世間無生世間所謂三界此中二因緣故不生一者三種生業不起故二者三界自性不可得故此中佛總說因緣所謂三界自性空是故說三界色等諸法自性不可得是淨無知諸法鈍故如上品中說一切諸法性常不生不生故不可得不可得故畢竟清淨舍利弗得聲聞波羅蜜佛爲一切智人是二人問答故諸菩薩貪著是般若波羅蜜是故舍利弗欲斷其貪著故說言世尊般若波羅蜜雖有如是功德畢竟清淨故於薩婆若亦無益無損如夢幻中雖有得失亦無益無損如虛空畢竟清淨無所有亦因是虛空有所成濟亦不得言空有所作亦不得言空無所益檀波羅蜜因般若波羅蜜有所作是故言般若波羅蜜無益無損般若波羅蜜觀一切法有失不淨無常苦空無我不生不滅非不生非不滅等種種因緣讚歎滅諸觀戲論斷語言道是故說般若波羅蜜清淨於諸法無所受滅諸觀戲論斷語言道即是入法性相是故此中說法性不動故

【經】爾時慧命須菩提白佛言世尊我淨故色淨佛言畢竟淨故須菩提言以何因緣我淨故色淨畢竟淨佛言我無所有故色無所有

畢竟淨世尊我淨故受想行識淨佛言畢竟
淨須菩提言何因緣故我淨受想行識淨畢
竟淨佛言我無所有故受想行識無所有畢
竟淨世尊我淨故檀波羅蜜淨我淨故尸羅
波羅蜜淨我淨故羼提波羅蜜淨我淨故毗
棃耶波羅蜜淨我淨故禪波羅蜜淨世尊我
淨故般若波羅蜜淨世尊我淨故四念處淨
世尊我淨故乃至八聖道分淨世尊我淨故
佛十力淨世尊我淨故乃至十八不共法淨
佛言畢竟淨故須菩提言何因緣故我淨檀
波羅蜜淨我淨乃至十八不共法淨佛言我
無所有故檀波羅蜜無所有淨乃至十八不
共法無所有故淨世尊我淨故須陀洹果淨
我淨故斯陀含果淨我淨故阿那含果淨我
淨故阿羅漢果淨我淨故辟支佛道淨我淨
故佛道淨佛言畢竟淨須菩提言何因緣故
我淨須陀洹果淨斯陀含果淨阿那含果淨
阿羅漢果淨辟支佛道淨佛道淨佛言自相
空故世尊我淨故一切智淨佛言畢竟淨故
須菩提言何因緣故我淨故一切智淨佛言
無相無念故世尊以二淨故無得無著佛言
畢竟淨須菩提言何因緣故以二淨故無得
無著是畢竟淨佛言無垢無淨故世尊我無
邊故色淨受想行識淨佛言畢竟淨須菩提
言何因緣故我無邊故色淨受想行識淨佛
言畢竟空無始空故須菩提白佛言世尊若
菩薩摩訶薩能如是知是名菩薩摩訶薩般
若波羅蜜佛言畢竟淨故須菩提言何因緣
故菩薩摩訶薩能如是知是名菩薩摩訶薩
般若波羅蜜佛言知道種故世尊若菩薩摩

訶薩行般若波羅蜜以方便力故作是念色不知色受想行識不知受想行識過去法不知過去法未來法不知未來法現在法不知現在法佛言菩薩摩訶薩行般若波羅蜜以方便力故不作是念我施與彼人我持戒如是持戒我修忍如是修忍我精進如是精進我入禪如是入禪我修智慧如是修智慧我得福德如是得福德我當入菩薩法位中我當淨佛世界成就衆生當得一切種智須菩提是菩薩摩訶薩行般若波羅蜜以方便力故無諸憶想分别内空外空内外空空空大空第一義空有爲空無爲空無始空散空性空諸法空自相空故須菩提是名菩薩摩訶薩行般若波羅蜜方便力故無所礙

論釋曰佛初命須菩提説般若若有所説不應求其因緣若餘人所説者當求因緣舍利弗已問清淨相佛作證今須菩提説清淨相佛亦爲證我淨故五衆淨者如我畢竟無所有不可得五衆亦如是畢竟空即是我清淨五衆清淨難解我空易解五衆空難是故以易解喻難解六波羅蜜乃至十八不共法須陀洹果乃至佛道亦如是我淨故是法亦淨問曰上言我無所有故色乃至十八不共法亦無所有今何以説須陀洹果乃至佛道自相空答曰我從和合因緣假名生於無我中有我顛倒是故説我虛妄無所有以五衆著處因緣故無所有檀波羅蜜等諸法雖善是有爲作法菩薩所著故言無所有須陀洹果等是無爲法無爲法自相空所謂無生無滅無住無異故是故不説無所有但言自相空

復次有爲法中邪行多故説無所有無爲法中無生無滅無邪行故説自相空我淨一切種智淨者以菩薩深著故無相無念無相者是無相三昧無念者於無相三昧亦不念今須菩提知般若波羅蜜眞清淨故白佛用二淨故無得無著清淨有二種一者用二法清淨二者用不二法清淨二法清淨是名字清淨用不二法清淨者是眞清淨佛言諸法畢竟空相云何以二法清淨有得有著此中説因縁所謂一切法無垢無淨二清淨中分別是垢是淨我無邊故五衆清淨者如我空空故無邊五衆亦如是問曰常言畢竟清淨故今何以言畢竟空無始空答曰畢竟空即是畢竟清淨以人畏空故言清淨此中説我無邊我即衆生衆生空何以故無始空故説曰能如是知是名般若者能以衆生空法空一切法畢竟空是名般若波羅蜜般若波羅蜜即是畢竟清淨佛常答畢竟空是故問若畢竟空云何言菩薩能如是知是名菩薩般若難畢竟空也以畢竟空無知故佛言知道種故菩薩雖知一切法畢竟空欲令衆生得此畢竟空遠離著心畢竟空但爲破著心故説非是實定畢竟空即是答道種智爾時須菩提白佛言世尊行般若者作是念色不知色等佛意般若無定相但以道種智故分別説令菩薩行般若有方便故法雖畢竟空亦如是知色不知色法等觀一切法畢竟空唯有能觀智慧在不應畢竟空以引導衆生著心令入畢竟空佛答若菩薩行般若有方便能觀外法畢竟空色不知色等內自觀內心亦如是方便力故若行檀時

不作是念我施與彼是受者先須菩提色不知色等者一切法空故不相知不相知故無所作破二事所謂受者所施物此二事皆是外也今破與者乃至我修一切種智亦如是此中說因緣菩薩行般若方便故無如是分別以內空故乃至自相空是十三空破諸法盡後五種空總相說是名菩薩無所礙無所礙者以是諸空於一切法無所礙

大智度論卷第六十三

音釋

嬈 爾紹切亂也 誹謗 誹敷尾切非議也謗補曠切毀也

大智度論卷第六十四

龍樹菩薩造

姚秦三藏法師鳩摩羅什譯

釋歎淨品第四十二之下

【經】爾時釋提桓因問須菩提云何是求菩薩道善男子礙法須菩提報釋提桓因言憍尸迦有求菩薩道善男子善女人取心相所謂取檀波羅蜜相取尸羅波羅蜜相羼提波羅蜜相毗梨耶波羅蜜相禪波羅蜜相般若波羅蜜相取内空相外空内外空乃至無法有法空相取四念處相乃至八聖道分相取佛十力相乃至十八不共法相取諸佛相取於諸佛種善根相是一切福德和合取相迴向阿耨多羅三藐三菩提憍尸迦是名求菩薩道善男子善女人礙法用是法故不能無礙行般若波羅蜜何以故憍尸迦是色相不可迴向受想行識相不可迴向乃至一切種智相不可迴向復次憍尸迦若菩薩摩訶薩示教利喜他人阿耨多羅三藐三菩提示教利喜一切諸法實相若求菩薩道善男子善女人行檀波羅蜜時不應作是分別言我施與我持戒我忍辱我精進我入禪我修智慧我行内空外空内外空乃至我行無法有法空我修四念處乃至我行阿耨多羅三藐三菩提善男子善女人應如是示教利喜他人阿耨多羅三藐三菩提若如是示教利喜阿耨多羅三藐三菩提自無錯謬亦如佛所說法示教利喜令是善男子善女人遠離一切礙法爾時佛讚須菩提善哉如汝爲諸菩薩說諸礙法須菩提汝今更聽我說微細礙相須

菩提一心好聽佛告須菩提有善男子善女人發阿耨多羅三藐三菩提心取相念諸佛須菩提所可有相皆是礙相又於諸佛從初發意乃至法住於其中間所有善根取相憶念取相憶念已迴向阿耨多羅三藐三菩提須菩提所可有相皆是礙相又於諸佛及弟子所有善根及餘衆生善根取相迴向阿耨多羅三藐三菩提所可有相皆是礙相何以故不應取相憶念諸佛亦不應取相念諸佛善根須菩提白佛言世尊是般若波羅蜜甚深佛言一切法常離故須菩提言世尊我當禮般若波羅蜜佛告須菩提是般若波羅蜜無起無作故無有能得者須菩提言世尊一切諸法亦不可得佛言一切法一性非二性須菩提是一法性是亦無性是無性即是性是性不起不作如是須菩提菩薩摩訶薩若知諸法一性所謂無性無起無作則遠離一切礙相須菩提白佛言世尊是般若波羅蜜難知難解佛言如所言是般若波羅蜜無見者無聞者無知者無識者無得者世尊是般若波羅蜜不可思議佛言如汝所言是般若波羅蜜不從心生不從色受想行識生乃至不從十八不共法生

論問曰若與無礙相違是名爲礙帝釋何以更問礙答曰菩薩礙法微妙入諸善法和合利根者所覺鈍根者不覺以難解故於佛前更問礙法何者是所謂菩薩分別慳心施心捨慳心取施心是名取心相知布施物貴賤知修集布施能一切與是檀波羅蜜乃至隨喜福德取相諸善法雖爲是妙内著我外著

法墮礙法中譬如食雖香美過噉則病此中須菩提自說因緣色等諸法相畢竟空故不可得迴向無上道上說礙相今說無礙相所謂菩薩若欲教他無上道應以實法示教利喜示教利喜義如先說實法者所謂滅諸憶想分別是故說行檀時不分別我與等若能如是教化得二種利一者自無錯謬二者亦如佛所得法以化他人如是等無量礙相相違是名無礙相問曰佛已讚須菩提說無礙相今何以故復更自說微細礙相答曰佛就須菩提力中讚歎汝是捨衆生人而能說菩薩礙相微細礙相須菩提力所不及是故佛自說是礙相微細故汝一心好聽何者是所謂菩薩用取相念諸佛等皆是礙無相相是般若波羅蜜佛從般若中出亦是無相相諸善根著心取相迴向是世間果報有盡雜毒故不能得無上道問曰上說麤礙言取相今微細礙中亦言取相有何差别答曰上說我是與者彼是受者如是等今但說取相復次今說諸菩薩念佛三昧故微細相微細心人中礙是故名微細礙須菩提知佛所說深妙非已所及是故讚言甚深佛答一切法常遠離相故佛說是般若離一切法離一切法故細微相不得入般若中須菩提歡喜言我當爲般若作禮須菩提意作是念我得解是般若波羅蜜甚深相故發心我應作禮佛言是般若波羅蜜無起無作故十方如恒河沙佛無能得者汝聲聞人云何言得須菩提言世尊非但般若一切法皆無知無得佛言諸法一性無二一性所謂畢竟空無二者無畢竟

不畢竟一法性即是無性畢竟空不應著不應取相所以者何從因緣和合生故須菩提作是念若無性即是性以不起不作故後世苦不相續能如是知般若波羅蜜一切諸礙皆遠離若遠離諸礙則自在得無上道須菩提聞是說作是念我以爲得佛謂不得是般若波羅蜜難解難知佛答非獨汝難一切衆生無見者無聞者無知者無識者無得者鼻舌身所不知意所不識不得是般若出過六種知故言難解須菩提入深般若中智力窮極故言不可思議佛言是般若非心生非五衆生乃至不從十八不共法生無生相故問曰若說不從心生何以復說五衆五衆中識衆即是心答曰先說心是略說後說五衆等是廣說五衆乃至十八不共法可與般若作因緣不能生般若譬如猛風除雲能令日月出現而不能作日月也

釋無作品第四十三之上

【經】須菩提白佛言是般若波羅蜜無所作佛言作者不可得故色不可得乃至一切法不可得故世尊若菩薩摩訶薩欲行般若波羅蜜應云何行佛告須菩提菩薩摩訶薩欲行般若波羅蜜不行色是行般若波羅蜜不行受想行識是行般若波羅蜜乃至不行一切種智是行般若波羅蜜不行色常無常是行般若波羅蜜乃至一切種智不行常無常是行般若波羅蜜不行色若苦若樂是行般若波羅蜜乃至不行一切種智若苦若樂是行般若波羅蜜不行色是我非我是行般若波羅蜜乃至不行一切種智是我非我是行般

若波羅蜜不行色淨不淨是行般若波羅蜜乃至不行一切種智淨不淨是行般若波羅蜜何以故是色無所有性云何有常無常苦樂我無我淨不淨受想行識亦無所有性云何有常無常乃至淨不淨乃至一切種智無所有性云何有常無常乃至淨不淨復次須菩提菩薩摩訶薩行般若波羅蜜時不行色不具足是行般若波羅蜜不行受想行識不具足是行般若波羅蜜乃至不行一切種智不具足是行般若波羅蜜何以故色不具足者是不名色如是亦不行是行般若波羅蜜受想行識不具足者是不名識如是亦不行是行般若波羅蜜乃至不行一切種智不具足者是不名一切種智如是亦不行是行般若波羅蜜須菩提白佛言未曾有也世尊善說求菩薩道善男子善女人礙不礙相佛言如是如是須菩提佛善說求菩薩道善男子善女人礙不礙相復次須菩提若菩薩摩訶薩行般若波羅蜜時不行色不礙是行般若波羅蜜不行受想行識不礙是行般若波羅蜜不行眼不礙是行般若波羅蜜不行耳鼻舌身不礙是行般若波羅蜜不行意不礙是行般若波羅蜜不行檀波羅蜜不礙是行般若波羅蜜不行尸羅波羅蜜不礙是行般若波羅蜜不行羼提波羅蜜不礙是行般若波羅蜜不行毗梨耶波羅蜜不礙是行般若波羅蜜不行禪波羅蜜不礙是行般若波羅蜜不行般若波羅蜜不礙是行般若波羅蜜乃至不行一切種智不礙是行般若波羅蜜須菩提菩薩摩訶薩如是行般若波羅蜜時知

色是不礙知受想行識是不礙乃至知一切種智是不礙知須陀洹果不礙知斯陀含果不礙知阿那含果不礙知阿羅漢果不礙知辟支佛道不礙知阿耨多羅三藐三菩提道不礙爾時慧命須菩提白佛言未曾有也世尊是甚深法若說亦不增不減若不說亦不增不減佛語須菩提如是如是甚深法若說亦不增不減若不說亦不增不減譬如佛盡形壽若讚若毀虛空讚時亦不增不減毀時亦不增不減須菩提如幻人若讚時不增不減毀時亦不增不減讚時不喜毀時不憂須菩提諸法相亦如是若說亦如本不異若不說亦如本不異須菩提白佛言世尊諸菩薩摩訶薩所為甚難修行是般若波羅蜜時不憂不喜而能習行般若波羅蜜於阿耨多羅三藐三菩提亦不轉還何以故世尊修般若波羅蜜如修虛空如虛空中無般若波羅蜜無禪無毗棃耶無羼提無尸羅無檀波羅蜜如虛空中無色無受想行識亦無內空外空內外空乃至無法有法空無四念處乃至無八聖道分無佛十力乃至無十八不共法無須陀洹果斯陀含果阿那含果阿羅漢果無辟支佛道無阿耨多羅三藐三菩提修般若波羅蜜亦如是世尊應禮是諸菩薩摩訶薩能大誓莊嚴世尊是人為衆生大誓莊嚴勤精進如為虛空大誓莊嚴勤精進世尊是人欲度衆生如欲度虛空世尊是諸菩薩摩訶薩大誓莊嚴為虛空等衆生大誓莊嚴世尊是人大誓莊嚴欲度衆生為如舉虛空世尊諸菩薩摩訶薩大精進力欲度衆生故發阿

耨多羅三藐三菩提心世尊菩薩摩訶薩大菩莊嚴欲度衆生故發阿耨多羅三藐三菩提心世尊諸菩薩摩訶薩大勇猛爲度如虚空等衆生故發阿耨多羅三藐三菩提心何以故世尊若三千大千世界滿中諸佛譬如竹葦甘蔗稻麻叢林諸佛若一劫若減一劫說法一一佛度無量無邊阿僧祇衆生令入涅槃世尊是衆生性亦不減亦不增何以故衆生無所有故衆生離故乃至十方世界中諸佛所度衆生亦如是世尊以是因縁故我如是說是人欲度衆生故發阿耨多羅三藐三菩提心爲欲度虚空是時有一比丘作是言我禮般若波羅蜜般若波羅蜜中雖無法生無法滅而有戒衆定衆慧衆解脱衆解脱知見衆而有諸須陀洹諸斯陀含諸阿那含諸阿羅漢諸辟支佛有諸佛而有佛寶法寶比丘僧寶而有轉法輪

論釋曰須菩提聞佛說般若波羅蜜無起無作相是故今在佛前說般若波羅蜜無所作若無作者不能斷諸煩惱不能修集諸善法此中佛說因縁從作者乃至一切法不可得故知者尚無何況作者須菩提言若無作者般若波羅蜜無所能作應云何行般若波羅蜜佛言若菩薩不行一切法不得一切法所謂若常無常乃至若淨若不淨是名行般若波羅蜜一切法者從色乃至一切種智是菩薩行法是法中無智人行諸法常等智人行諸法無常等是般若波羅蜜示諸法畢竟實相故不說諸法常無常無常等雖能破常等顛倒般若中不受是法以能生著心故思惟

籌量求常無常相不可得定實問曰色等罪法可觀不淨苦餘善法云何觀不淨苦答曰是名字不淨苦如隨意安隱好法名清淨快樂不隨意非安隱法名不淨苦於善法中愛樂悅可者以爲淨樂猒惡不喜者以爲不淨苦須菩提作是念若離諸觀法者將無不具足菩薩道耶是故佛說若不得色等不具足是行般若波羅蜜色具足者有人言色等法中常無常等憶想分別是名具足不具足者是中用無常等觀破常等是名不具足少常等故今於色中亦不行無常等是故言不行色不具足是爲行般若波羅蜜復次有人言具足者謂補處菩薩能如色實觀乃至一切種智是名具足餘者是不具足若菩薩不行色等不具足者即是行具足般若波羅蜜何以故色不具足則非色色非常相故佛言出衆生於常中著無所有中隨語言音聲故是故說如是實清淨亦不行是爲行般若波羅蜜善說道非道故須菩提言希有礙者是非道無礙者是道佛觀衆會心多迴向空知般若波羅蜜無礙相是故說不行色等無礙是行般若波羅蜜能如是行者於色等法無礙須菩提雖不能究盡知畢竟空理而常樂說是空法希有與一切世間法相違佛可須菩提所說若說不說無增無減是諸法實相若以身業毀壞亦不能令異何況口說常不生相故譬如虛空虛空是般若波羅蜜幻人是行者行者雖罪業因緣生是虛誑法般若波羅蜜合故無有異如種種諸色到須彌山邊同爲金色是諸法實相不可知不可說故若

說不說如本不異爾時須菩提作是念若諸法畢竟空無所有如虚空乃至無有微細相而菩薩能脩集善法得無上道是事難信難受作是念已白佛言諸菩薩所爲甚難能爲難事故應禮拜謂能大誓莊嚴故須菩提希有心說是菩薩摩訶薩爲阿耨多羅三藐三菩提大誓莊嚴一切天人皆應禮拜問曰云何知是大誓莊嚴答曰須菩提此中自說譬喻如有人爲虚空故勤行精進利益故大誓莊嚴菩薩爲利益衆生勤精進亦如是世尊若有人欲度虚空菩薩摩訶薩欲度衆生亦如是問曰一事何以再說答曰利益者未得涅槃但令得智慧禪定等今世後世樂欲度者令得漏盡成三乘道入無餘涅槃如虚空無生無滅無苦無樂無脫無縛無所有故衆生亦如是是故說世尊爲度虚空等衆生故大誓莊嚴如虚空無色無形若有欲舉虚空是爲難衆生法亦如是畢竟空而菩薩欲舉三界衆生著涅槃中是故名大誓莊嚴須菩提復讚是菩薩大精進力不隨邪疑心故雖未得佛道未滅諸結而能大勇猛能如是行菩薩道爲衆生衆生亦空譬如以種種彩色欲畫虚空此中佛說衆生空因緣所謂十方如恒河沙諸佛以神通力爲衆生無量劫說法一一佛度無量阿僧祇衆生入涅槃假令如是於衆生無所減少若實有衆生實有減少者諸佛應有減衆生罪若衆生實空和合因緣有假名衆生故無有定相是故爾所佛度衆生實無減少若不度亦不增是故諸佛無減衆生咎是故說菩薩欲度衆生爲欲度

虛空爾時一比丘聞畢竟空相驚喜言我當禮般若波羅蜜般若中無有法定實相而有衆生等及諸果報

經爾時釋提桓因語須菩提若菩薩摩訶薩習般若波羅蜜爲習何法須菩提語釋提桓因言憍尸迦是菩薩摩訶薩習般若波羅蜜爲習空釋提桓因白佛言世尊若善男子善女人受持般若波羅蜜親近讀誦說正憶念我當作何等護爾時須菩提語釋提桓因言憍尸迦汝頗見是法可守護者不釋提桓因言不也須菩提我不見是法可守護者須菩提言憍尸迦若善男子善女人如般若波羅蜜中所說行即是守護所謂常不遠離如所說般若波羅蜜行是善男子善女人若人若非人不得其便當知是善男子善女人不遠離般若波羅蜜憍尸迦若人欲護行般若波羅蜜菩薩爲欲護虛空憍尸迦於汝意云何汝能護夢燄影響幻化不釋提桓因言不能護若人欲護行般若波羅蜜諸菩薩摩訶薩亦如是徒自疲苦憍尸迦於汝意云何能護佛所化不釋提桓因言不能護若人欲護行般若波羅蜜諸菩薩摩訶薩亦如是憍尸迦於汝意云何能護法性實際如不可思議性不釋提桓因言不能護若人欲護行般若波羅蜜諸菩薩摩訶薩亦如是爾時釋提桓因問須菩提云何菩薩摩訶薩行般若波羅蜜知見諸法如夢如燄如影如響如幻如化諸菩薩摩訶薩如所知見故不念夢不念是夢不念用夢不念我夢燄影響幻化亦如是須菩提言憍尸迦若菩薩摩訶薩行般若波羅

蜜不念色不念是色不念用色不念我色是菩薩摩訶薩亦能不念夢不念是夢不念用夢不念我夢乃至化亦不念化不念是化不念用化不念我化受想行識亦如是乃至一切智不念一切智不念是一切智不念用一切智不念我一切智是菩薩摩訶薩亦能不念夢不念是夢不念用夢不念我夢乃至化亦如是如是憍尸迦菩薩摩訶薩知諸法如夢如燄如影如響如幻如化

論釋曰即時帝釋問從佛須菩提所聞是甚深般若爲習何法須菩提言諸法久久皆歸涅槃故當習諸法空是故說欲習般若當習空帝釋是人天王於世間自在能與所須願作守護聞是般若波羅蜜歡喜白佛言我當作何等守護隨其所須盡當與之須菩提及一比丘出家法敬禮而已諸惡鬼常惱是人魔若魔民常惱行者是故問佛我當以何事守護若自守護若遣子弟若遣官屬侍衛隨佛教勑須菩提知般若有無量力又知佛意欲令般若波羅蜜貴重不用受恩故語帝釋憍尸迦般若波羅蜜中皆空如幻如夢汝頗見定有一法可護不帝釋言不也若可見者不名爲般若波羅蜜畢竟空若不可見云何說言我當作何事守護復次憍尸迦若行者如所說般若中住即是守護若菩薩如般若中所說一心信受思惟正憶念入禪定觀諸法實相得畢竟空智慧應無生法忍入菩薩位如是人不惜身命何況外物是人不須守護守護名遮諸苦惱令得安樂是人離一切世間法故無有憂愁苦惱得世間事不以爲

喜失世間事不以爲憂所謂常不離如所説般若波羅蜜行若人少時應行後還失者宜須守護若常不離如所説般若波羅蜜則不須守護如伽羅夜叉以拳打舍利弗頭舍利弗時入滅盡定不覺打痛般若波羅蜜氣分即是滅盡定是故若人若非人不能得便略説二種因緣不須守護若人若非人不得便一者從身乃至一切諸法皆猒離無我無我所故皆無所著如斬草木不生憂愁二者得上妙法故爲十方諸佛菩薩諸天守護復次譬如人欲守護虚空虚空雨不能壞風日不能乾刀仗等不能傷若有人欲守護虚空者徒自疲苦於空無益若人欲守護行般若波羅蜜菩薩亦如是欲令此事明了故問汝能守護空及夢中所見人及影響幻化人不答言不也此法但誑心眼暫現已滅云何可守護行般若菩薩亦如是觀五衆如夢等虚誑如無爲法如法性實際不可思議性無能守護者亦無所利益行般若菩薩知身如如法性實際不分別得供養利時不喜破壞失時不憂如是人何須守護爾時帝釋貪貴是如夢等智慧菩薩得是智慧力不須外守護故問須菩提云何菩薩知是如夢等空法如所知見不念夢等者夢等喻五衆五衆人所著不著夢等欲令離著事故以不著事爲喻欲令觀五衆如夢於夢亦復生著是故帝釋問如夢亦不著是夢凡夫人以夢喻五衆即復著夢作是言定有夢法眠睡時生是名念夢是夢惡是夢好如是分別是名念夢夢得好事則心高得惡事則心愁又用此夢譬喻得

是如夢實智慧是名念用夢聞是譬喻我因此夢得知諸法如夢是名念我夢餘喻亦如是爾時須菩提答帝釋若行者不念色是色人色非人色樹色山色是四大若四大所造色等不念是色若常若無常等不以色故心生憍慢不念色是我所入無我門直至諸法實相中是人能不念夢不念是夢等用是夢等譬喻破著五衆破著故於夢中亦不錯若不能破色著是人於色錯於夢亦錯受想行識乃至一切種智亦如是幻燄響影化等亦如是諸菩薩知諸法如夢於夢亦不念

【經】爾時佛神力故三千大千世界中諸四天王天三十三天夜摩天兜率陀天化樂天他化自在天梵身天梵輔天梵衆天大梵天少光天乃至淨居天是一切諸天以天栴檀遙散佛上來詣佛所頭面禮佛足却住一面爾時四天王天釋提桓因及三十三天梵天王乃至諸淨居天佛神力故見東方千佛說法亦如是相如是名字說是般若波羅蜜品諸比丘皆字須菩提問難般若波羅蜜品者皆字釋提桓因南西北方四維上下亦如是各千佛現爾時佛告須菩提彌勒菩薩摩訶薩得阿耨多羅三藐三菩提時亦當於是處說般若波羅蜜如賢劫中諸菩薩摩訶薩得阿耨多羅三藐三菩提時亦當於是處說般若波羅蜜須菩提白佛言世尊彌勒菩薩摩訶薩得阿耨多羅三藐三菩提時用何相何因何義說是般若波羅蜜義佛告須菩提彌勒菩薩摩訶薩得阿耨多羅三藐三菩提時色非常非無常當如是說法色非苦非樂色非

我非無我色非淨非不淨當如是說法色非縛非解當如是說法受想行識非常非無常乃至非縛非解當如是說法色非過去色非未來色非現在當如是說法受想行識亦如是色畢竟淨當如是說法受想行識畢竟淨當如是說法乃至一切智畢竟淨當如是說法須菩提白佛言世尊是般若波羅蜜清淨佛言色清淨故般若波羅蜜清淨受想行識清淨故般若波羅蜜清淨世尊云何色清淨故般若波羅蜜清淨云何受想行識清淨故般若波羅蜜清淨佛言若色不生不滅不垢不淨是名色清淨受想行識不生不滅不垢不淨是名受想行識清淨復次須菩提虛空清淨故般若波羅蜜清淨世尊云何虛空清淨故般若波羅蜜清淨佛言虛空不生不滅故清淨般若波羅蜜亦如是復次須菩提色不汙故般若波羅蜜清淨受想行識不汙故般若波羅蜜清淨世尊云何色不汙故般若波羅蜜清淨受想行識不汙故般若波羅蜜清淨佛言如虛空不可汙故虛空清淨世尊云何如虛空不可汙故虛空清淨佛言虛空不可取故虛空清淨虛空清淨故般若波羅蜜清淨復次須菩提虛空可說故般若波羅蜜清淨世尊云何虛空可說故般若波羅蜜清淨佛言因虛空中二聲出般若波羅蜜亦如虛空可說故清淨須菩提虛空不可說故般若波羅蜜清淨世尊云何虛空不可說故般若波羅蜜清淨佛言如虛空無可說故般若波羅蜜清淨復次如虛空不可得故般若波羅蜜清淨世尊云何如虛空不可得故般

若波羅蜜清淨佛言如虛空無所得相般若波羅蜜亦如虛空無所得相故清淨復次須菩提一切法不生不滅不垢不淨故般若波羅蜜清淨世尊云何一切法不生不滅不垢不淨故般若波羅蜜清淨佛言一切法畢竟清淨故般若波羅蜜清淨

論釋曰是般若波羅蜜雖皆甚深是品中了了說諸法實相故是以三千大千世界中諸天持諸供養具來供養佛一面立問曰即是上諸天今更來答曰有人言事久故去竟更來有人言更有新天上來者欲令信般若故十方面各千佛現是人福德因緣應見千佛故佛神力故在會衆人皆見十方佛人天所見有限非佛威神無由得見彼諸佛佛前說法者皆字須菩提難問者皆字釋提桓因取其同字者有千人是時須菩提帝釋皆歡喜言非獨我等能說能問佛欲證其事故廣引其事說彌勒及賢劫菩薩於是摩伽陀國王舍城耆闍崛山說般若波羅蜜如經中說彌勒菩薩將大衆到耆闍崛山以足指開山頂摩訶迦葉骨身著僧伽梨執杖持鉢而出彌勒為大衆說言有過去釋迦牟尼佛人壽百歲時是人是少欲知足行頭陀弟子中第一具六神通得三明常憐愍利益衆生故以神通力令此骨身至今因此小身得如是利何況汝等大身大身生於好世而不能自利爾時彌勒因是事廣說法令無量衆生得盡苦際以此事故知彌勒在耆闍崛山中說法是般若波羅蜜過去未來現在佛所說應當信受須菩提問彌勒以何相何因以何法門說

佛言如我說色等諸法非常非無常非縛非解等如先說亦不說色過去未來現在如涅槃出三世色等諸法亦如是如先說一切法如涅槃相彌勒所說亦如是爾時須菩提歡喜白佛言世尊是般若波羅蜜第一清淨佛言色等諸法清淨故淨因果相似故色等法清淨者所謂色等法不失業因緣故及不得諸法生相定實故不生不滅諸法相常不汙染故不垢不淨此中說譬喻欲令事明了故如虛空塵水不著性清淨故般若波羅蜜亦如是不生不滅故常清淨如虛空不可染汙般若波羅蜜亦如是雖有邪見戲論不能染汙刀仗惡事不能壞無色無形故不可取不可取故則不可染汙復次諸菩薩住辯才樂說無礙智中爲衆生說十二部經八萬四千法聚皆是般若波羅蜜一事而分別爲說是故說般若波羅蜜可說故清淨如虛空因虛空及山谷有人聲從口中空出因是二聲故名響如響空口聲亦如是是二聲皆虛誑不實而人以聲爲實以響爲虛般若亦如是一切法皆畢竟空如幻如夢凡夫法聖法皆是虛誑小菩薩以凡夫法爲虛誑聖法爲實問曰是二皆虛誑何以故小菩薩以凡夫法爲虛聖法爲實答曰聖法因持戒禪定智慧修集功德所成故以爲實以凡夫法自然有如響自然出非是人故作以爲虛衆生無始世來著此身故聲從身出以爲實小菩薩深樂善法故以爲實復次如虛空中無音聲語言相故無所說是語言音聲皆是作法虛空是無作法般若波羅蜜亦如是第一深義畢竟

空無有言說一切語言道斷故復次如虛空
無所得相不得有不得無若有無相如先破
虛空相若不因是虛空造無量事般若波羅
蜜亦如是有無相不可得故清淨復次般若
波羅蜜因諸法正憶念故生正憶念者畢竟
空清淨故一切法不生不滅不垢不淨

大智度論卷第六十四

大智度論卷第六十五

龍樹菩薩造

姚秦三藏法師鳩摩羅什譯

釋無作品第四十三之下

【經】須菩提白佛言世尊若善男子善女人受持是般若波羅蜜親近正憶念者終不病眼耳鼻舌身亦終不病身無形殘亦不衰耄終不橫死無數百千萬諸天四天王天乃至淨居諸天皆悉隨從聽受六齋日月八日二十三日十四二十九日十五日三十日諸天衆會善男子爲法師者在所說般若波羅蜜皆悉來集是善男子善女人在大衆中說是般若波羅蜜得無量無邊阿僧祇不可思議不可稱量福德佛告須菩提如是如是善男子善女人若六齋日月八日二十三日十四日二十九日十五日三十日在諸天衆前說般若波羅蜜是善男子善女人得無量無邊阿僧祇不可思議不可稱量福德何以故須菩提般若波羅蜜是大珍寶何等是大珍寶是般若波羅蜜能拔地獄畜生餓鬼及人中貧窮能與刹利婆羅門大姓居士大家能與四天王天處乃至非有想非無想處能與須陀洹果斯陀含果阿那含果阿羅漢果辟支佛道阿耨多羅三藐三菩提何以故是般若波羅蜜中廣說十善道四禪四無量心四無色定四念處乃至八聖道分檀波羅蜜尸羅波羅蜜羼提波羅蜜毗梨耶波羅蜜禪波羅蜜般若波羅蜜廣說內空乃至無法有法空廣說佛十力乃至一切種智從是中學出生刹利刹利大姓婆羅門大姓居士大家出生四天

王天三十三天夜摩天兜率陀天化樂天他化自在天梵身天梵輔天梵衆天大梵天光天少光天無量光天光音天淨天少淨天無量淨天遍淨天阿那婆伽天得福天廣果天無想天阿浮訶那天不熱天快見天妙見天阿迦尼吒天虚空無邊處天識無邊處天無所有處天非有想非無想處天是法中學得須陀洹果斯陀含果阿那含果阿羅漢果得辟支佛道得阿耨多羅三藐三菩提以是故須菩提般若波羅蜜名爲大珍寶珍寶波羅蜜中無有法可得若生若滅若垢若淨若取若捨珍寶波羅蜜亦無有法若善若不善若世間若出世間若有漏若無漏若有爲若無爲以是故須菩提是名無所得珍寶波羅蜜須菩提是珍寶波羅蜜無有法能染汙何以故所用染法不可得故須菩提以是故名無染珍寶波羅蜜須菩提若菩薩摩訶薩行般若波羅蜜時亦如是不知亦如是不分別亦如是不得亦如是不戲論是爲能修行般若波羅蜜亦能禮覲諸佛從一佛國至一佛國供養恭敬尊重讚歎諸佛遊諸佛利成就衆生淨佛國土須菩提是般若波羅蜜於諸法無有力無非力亦無受亦無與不生不滅不垢不淨不增不減是波羅蜜亦非過去非未來非現在不捨欲界不住欲界不捨色界不住色界不捨無色界不住無色界是般若波羅蜜不與檀波羅蜜亦不捨不與尸波羅蜜亦不捨不與羼提波羅蜜亦不捨不與毗梨耶波羅蜜亦不捨不與禪波羅蜜亦不捨不與般若波羅蜜亦不捨不與內空亦不捨乃

至不與無法有法空亦不捨不與四念處亦不捨乃至不與八聖道分亦不捨不與佛十力亦不捨乃至不與十八不共法亦不捨不與須陀洹果亦不捨乃至不與阿羅漢果亦不捨不與辟支佛道亦不捨乃至不與一切智亦不捨是般若波羅蜜不與阿羅漢法不捨凡人法不與辟支佛法不捨阿羅漢法不與佛法不捨辟支佛法是般若波羅蜜亦不與無爲法不捨有爲法何以故若有諸佛若無諸佛是諸法相常住不異法相法住法位常住不謬不失故

論 問曰若受持般若正憶念猶有衆患云何言終不病眼等答曰是事上功德地獄品中已廣說所謂非必受報業故無衆患又常受持正憶念如所說行般若故無衆患譬如良藥能破衆病若不能將順則不除患非藥之失又如瘁人雖得利器不能禦難非器之過行者如是先世重罪今世不如所說行故不得般若力非般若過問曰天上亦有般若波羅蜜諸天何以於六齋日隨逐不淨人身求聞般若答曰天上有經卷傳聞如是亦非佛說若令有者忉利天上兜率天上當有何以故阿脩羅共忉利天鬬時佛勑帝釋汝當誦念般若兜率天上常有補處菩薩爲諸天說故可有色界諸天身及衣服輕微乃至無兩數常樂宴寂受禪定味是故不應有經卷諸天著二種樂欲樂定樂不能勤苦書持般若波羅蜜閻浮提人能精進書持受學正憶念如經說閻浮提人以三因緣勝諸天及鬱單越人一者能斷婬欲二者強識念力三者能

精勤勇猛是閻浮提人能書寫讀誦受持以是故諸天來下禮拜般若經卷或欲聞説復有人言天上若有經卷遠來供養福德增益求般若波羅蜜亦無厭足有菩薩天欲令般若尊重故來下欲令衆生益加信敬諸天尚來何况我等行者若聞好香若見光明有如是希有事故深心信樂般若又未離欲人惡鬼魔民常逐伺便令墮惡處從四天王乃至淨居天是大力諸天來小鬼避去菩薩能生清淨大心如先品中説是故來隨逐法師六齋日諸天來觀人心十五日三十日上白諸天復次是六齋日是惡日令人衰凶若有是日受八戒持齋布施聽法是時諸天歡喜小鬼不得其便利益行者是日法師高座説法如是等種種因緣故諸天皆來説法者讚歎

無量無邊無上法所謂般若波羅蜜亦得無量無邊福德若爲人説人鈍根福德薄故得福少諸天利根福德多福田勝故得福多故佛説行者齋日諸天及大衆中説般若得福無量此中佛可須菩提所言復自説無量福德因緣所謂般若波羅蜜是大珍寶波羅蜜如如意寶珠能滿一切人願是般若波羅蜜能滿一切衆生願所謂離苦得樂離苦者般若波羅蜜能拔衆生地獄畜生餓鬼及人中貧窮與樂者能與刹利大姓乃至阿耨多羅三藐三菩提是樂因緣善法般若波羅蜜中廣説所謂十善道乃至一切智如如意實能出衣服飲食金銀等隨意所須般若波羅蜜亦如是能令得十善道乃至一切智刹利大姓乃至佛以是事故名爲珍寶波羅蜜復次

珍寶波羅蜜者如人得如意寶則隨意所須皆得失則憂惱是般若波羅蜜不生不滅常不失世世與衆生樂末後令得佛道如人得如意寶則心生自高輕賤他人是爲衰因緣若人得世間般若波羅蜜亦如是分別著諸善法捨諸惡法生高心輕慢餘人則開諸罪門珍寶般若波羅蜜出世間般若波羅蜜中不分別善不善是名大珍寶波羅蜜能利衆生畢竟無憂是珍寶波羅蜜善法尚不能汙染何況不善法如此中說如是亦不知者如上說般若相亦不作是知不作知者不取相亦不生著不分別不得定相是名無有過患無有法愛斷諸戲論如是人能實修行般若波羅蜜以法禮佛自得實法利益故能利衆生能自離惡能令衆生離惡故得淨佛世界用無所得方便力故知諸法畢竟寂滅相而能爲衆生故起諸善法般若波羅蜜畢竟清淨故無力無非力譬如虛空雖無有法而因虛空得有所作無有一法定相可著故無有力得諸法實相於諸善法無礙乃至降魔成佛非無有力不受不與不生不滅等乃至不捨有爲法不與無爲法亦如是此中說因緣有佛無佛諸法性常住世間諸法性者即是諸法實相諸法實相者即是般若波羅蜜若以常無常等求諸法實相是皆爲錯若人入法性中則無有錯謬法性常故不失

【經】爾時諸天子虛空中立發大音聲踊躍歡喜以優鉢羅華波頭摩華拘物頭華分陀利華而散佛上如是言我等於閻浮提見第二法輪轉是中無量百千天子得無生法忍佛

告須菩提是法輪非第一轉非第二轉是般若波羅蜜不爲轉故出不爲還故出無法有法空故須菩提白佛言世尊云何無法有法空故般若波羅蜜不爲轉不爲還故出佛言般若波羅蜜般若波羅蜜相空乃至檀波羅蜜檀波羅蜜相空內空內空相空乃至無法有法空無法有法空相空四念處四念處相空乃至八聖道分八聖道分相空佛十力佛十力相空乃至十八不共法十八不共法相空須陀洹果須陀洹果相空斯陀含果斯陀含果相空阿那含果阿那含果相空阿羅漢果阿羅漢果相空辟支佛道辟支佛道相空一切種智一切種智相空須菩提白佛言世尊諸菩薩摩訶薩般若波羅蜜是摩訶波羅蜜何以故雖一切法自性空而諸菩薩摩訶薩因般若波羅蜜得阿耨多羅三藐三菩提亦無法可得轉法輪亦無法可轉亦無法可還是摩訶波羅蜜中亦無有法可見何以故是法不可得若轉若還一切法畢竟不生故何以故是空相不能轉不能還無相相不能轉不能還無作相不能轉不能還若能如是說般若波羅蜜教照開示分別顯現解釋淺易有能如是教者是名清淨說般若波羅蜜亦無說者亦無受者亦無證者若無說無受無證亦無滅者是說法中亦無畢定福田

【論】釋曰諸天聞般若大歡喜踊躍諸天身輕利根分別著相知有輕重聞般若波羅蜜畢竟清淨平等實相大利益衆生無有過者是故踊躍歡喜起身業口業持供養具蓮華等供養於佛作是言我等於閻浮提見第二法

輪轉問曰初説法令人得道是名轉法輪今何以言第二法輪轉若以佛説名爲轉法輪者皆是法輪何限第二答曰初説法名定實一法輪因初轉乃至法盡通名爲轉是諸天見是會中多有人發無上道得無生法忍見是利益故讚言第二轉法輪初轉法輪八萬諸天得無生法忍阿若憍陳如一人得初道今無量諸天得無生法忍是故説第二法輪轉今轉法輪似如初轉問曰今轉法輪多人得道初轉法輪得道者少云何以大喻小答曰諸佛事有二種一者密二者現初轉法輪聲聞人見八萬一人得初道諸菩薩見無數阿僧祇人得聲聞道無數人種辟支佛道因緣無數阿僧祇人發無上道心無數阿僧祇人行六波羅蜜道得諸深三昧陀羅尼門十方無量衆生得無生法忍無量阿僧祇衆生從初地中乃至十地住無量阿僧祇衆生得一生補處無量阿僧祇衆生得坐道場聞是法疾成佛道如是等不可思議相是名密轉法輪相譬如大雨大樹則多受小樹則少受以是故當知初轉法輪亦大後喻前無咎轉法輪非一非二者爲畢竟空及轉法輪果報涅槃故如是説是則因中説果法轉即是般若波羅蜜是般若波羅蜜無起無作相故無轉無還如十二因緣中説無明畢竟空故不能實生諸行等無明虚妄顛倒無有實定故無法可滅説世間生法故名爲轉説世間滅法故名爲還般若波羅蜜中無此二事故説無轉無還無法有法空故無轉是有法空無還是無法空問曰須菩提何以作是問有法

無法空故般若波羅蜜不爲轉不爲還故出而佛還以空答答曰有人說諸法有四種相一者說有二者說無三者說亦有亦無四者說非有非無是中邪憶念故四種邪行著此四法故名爲邪道是中正憶念故四種正行中不著故名爲正道是中破非有非無故名無法有法空佛說乃至破非有非無故說無有轉無有還破非有非無有二種一者用上三句破二者用涅槃實相破須菩提雖知佛以涅槃破有無是中有新發意菩薩或錯謬故用三句破非有非無於無法有法空中還生邪見故佛說有法無法亦自相空是故說般若波羅蜜無轉無還般若波羅蜜中無般若波羅蜜相一切法無相故乃至檀波羅蜜亦如是內空乃至一切種智相空亦如是爾時須菩提及大衆歡喜讚歎般若波羅蜜作是言大波羅蜜所謂般若波羅蜜大波羅蜜者所謂一切法雖自性空而般若波羅蜜能利益菩薩令得阿耨多羅三藐三菩提雖得亦無所得雖轉法輪亦無所轉問曰若諸法空般若波羅蜜空阿耨多羅三藐三菩提亦空不應讚般若爲摩訶波羅蜜答曰此中說一切法自性空故自性空中亦無自性空是故名摩訶波羅蜜若無空相不應作難以畢竟空故無所破而能行諸善法得阿耨多羅三藐三菩提世俗法故非第一義諸佛雖說法令他得道破煩惱從此至彼名爲轉令我等諸煩惱虛誑顛倒妄語無有定相若無定相爲何所斷若無所斷亦無轉無還是故說雖轉法輪亦無轉還何以故是般若波羅蜜

中無有法五眼所能見若轉若還一切法從本已來畢竟不生故是自性空畢竟空非轉相非還相畏墮常故不轉畏墮滅故不還畏墮有故不轉畏墮無故不還畏著世間故不轉畏著涅槃故不還如是自性空畢竟空十八空等無量諸空是空解脫門不轉不還無相無作亦如是入是三解脫門捨我我所心是名說得解脫能如是不取相不著心說般若波羅蜜教照等說者若案文若口傳教者爲人讚般若令受持讀誦正憶念照者如人執燈照物若人不知般若以智慧明照之令知開者如寶藏閉門雖有好物而不能得若開其門則隨意所取如人疑不信般若者開邪疑扉折無明關是人則隨意所取示者如人眼視不明指示好醜如人有小信小智者示是道非道是利是失等分別者分別諸法是善是不善是罪是福是世間是涅槃經書略說難解難信能廣爲分別解說令得信解顯現者佛爲種種衆生說種種法或時毀呰善法助不善法趣令衆生得解說法者說佛意趣以應衆生令知輕重相解釋者如囊中寶物繫口則人不知若爲人解經卷囊解釋義理又如重物披析令輕種種因緣譬喻解釋本末令易解淺易者如深水難渡有人分散此水令淺則渡者皆易般若波羅蜜如水甚深論議方便力故種種說能令淺易乃至小智之人皆能信解能以十種爲首說甚深義是名清淨說般若波羅蜜義第一義中實無所說畢竟空故無說無說故無受無受故無證無證故無滅諸煩惱者若無滅煩惱則

無福田受者名信受讀誦行是法得沙門果無生法忍是名爲證證時諸煩惱滅得有餘涅槃得有餘涅槃故是畢定福田畢定者諸法同無餘涅槃性故說亦無畢定福田

釋諸波羅蜜品第四十四（經作百波羅蜜遍歎品）

【經】爾時慧命須菩提白佛言世尊無邊波羅蜜是般若波羅蜜佛言如虛空無邊故一世尊等波羅蜜是般若波羅蜜佛言諸法等故二世尊離波羅蜜是般若波羅蜜佛言畢竟空故三世尊不壞波羅蜜是般若波羅蜜佛言一切法不可得故四世尊無彼岸波羅蜜是般若波羅蜜佛言無名無身故五世尊空種波羅蜜是般若波羅蜜佛言入出息不可得故六世尊不可說波羅蜜是般若波羅蜜佛言覺觀不可得故七世尊無名波羅蜜是般若波羅蜜佛言受想行識不可得故八世尊不去波羅蜜是般若波羅蜜佛言一切法不來故九世尊無移波羅蜜是般若波羅蜜佛言一切法不可伏故十世尊盡波羅蜜是般若波羅蜜佛言一切法畢竟盡故十一世尊不生波羅蜜是般若波羅蜜佛言一切法不滅故十二世尊不滅波羅蜜是般若波羅蜜佛言一切法不生故十三世尊無作波羅蜜是般若波羅蜜佛言作者不可得故十四世尊無知波羅蜜是般若波羅蜜佛言知者不可得故十五世尊不到波羅蜜是般若波羅蜜佛言生死不可得故十六世尊不失波羅蜜是般若波羅蜜佛言一切法不失故十七

【論】釋曰無邊波羅蜜者須菩提聞佛說大珍寶波羅蜜義因而自讚般若爲摩訶波羅蜜

又以智慧深入種種法門觀般若波羅蜜如大海水無量無邊深知般若波羅蜜功德因發大歡喜欲以種種因緣讚歎般若是故白佛言世尊無邊波羅蜜是般若波羅蜜無邊義從品初至竟皆是無邊義妨說餘事故略說若廣說則無量復次常是一邊無常是一邊我無我有無世間有邊無邊衆生有邊無邊如是等法名爲邪見邊得般若波羅蜜則無是諸邊故言無邊復次譬如物盡處名爲有邊虛空無色無形故無邊般若波羅蜜畢竟清淨故無有邊無有盡處無有取處無受處無著處是故佛答如虛空無邊故般若波羅蜜亦無邊菩薩得法忍觀一切法皆平等是故說一切法等故言等波羅蜜菩薩用畢竟空心離諸煩惱亦離諸法是故名離波羅蜜菩薩用是般若波羅蜜總相別相求諸法不得定相如毛髮許以不可得故於一切法心不著若有邪見戲論人用邪見著心欲破壞是菩薩是菩薩無所著故不可破壞是名不壞波羅蜜此岸名爲生死彼岸名涅槃中有諸煩惱大河一切出家人欲捨此岸貪著彼岸而般若波羅蜜無彼岸彼岸是涅槃無色無名是故說無色無名故是名無彼岸波羅蜜有虛空則有出入息出入息皆從虛誑業因緣生出者非入入者非出念念生滅不可得實相息不可得故一切法亦不可得不可得故名空種波羅蜜一切法空寂相故不須覺觀覺觀無故則無言說無言說故說般若波羅蜜斷語言道是故名不可說波羅蜜二法攝一切法所謂名色四大及造色色所

攝受等四衆名所攝分别諸法者説般若波羅蜜是智慧相故名所攝今實不離色是名不離名是色是般若波羅蜜無知相故説受想行識不可得故言無名波羅蜜一切法無來無去故名無去波羅蜜般若波羅蜜是三世十方佛法藏以三法印印無天無人能破故名無移波羅蜜諸有爲法念念盡滅無有住時若爾者過去法不盡未來法亦不盡現在法不住故不盡三世盡不可得故名爲畢竟盡畢竟盡故名盡波羅蜜一切法三世中生不可得故無生無生故名無生波羅蜜不滅波羅蜜亦如是作有二種一者衆生作二者法作衆生作者布施持戒等法作者火燒水爛心識所知衆生空故無作者一切法鈍不起不作相故法亦不作是二無作故名無作波羅蜜無知波羅蜜亦如是一切法鈍故無所知天眼見有生死用空慧眼見生死不可得生死不可得故今世衆生死無到後世者但五衆先業因緣相續生故名不到波羅蜜般若波羅蜜不失諸法實相亦能令一切法不失實相離般若波羅蜜一切法皆失觀一切法實相得般若波羅蜜是故名不失波羅蜜

【經】世尊夢波羅蜜是般若波羅蜜佛言乃至夢中所見不可得故十八世尊響波羅蜜是般若波羅蜜佛言聞聲者不可得故十九世尊影波羅蜜是般若波羅蜜佛言鏡面不可得故二十世尊燄波羅蜜是般若波羅蜜佛言水流不可得故二十一世尊幻波羅蜜是般若波羅蜜佛言術事不可得故二十二世尊不垢波羅

蜜是般若波羅蜜佛言諸煩惱不可得故二十三世尊無淨波羅蜜是般若波羅蜜佛言煩惱虛誑故二十四世尊不汙波羅蜜是般若波羅蜜佛言處不可得故二十五世尊不戲論波羅蜜是般若波羅蜜佛言一切戲論破故二十六世尊不念波羅蜜是般若波羅蜜佛言一切念破故二十七世尊不動波羅蜜是般若波羅蜜佛言法性常住故二十八世尊無染波羅蜜是般若波羅蜜佛言知一切法妄解故二十九世尊不起波羅蜜是般若波羅蜜佛言一切法無分別故三十世尊寂滅波羅蜜是般若波羅蜜佛言一切法相不可得故三十一世尊無欲波羅蜜是般若波羅蜜佛言欲不可得故三十二世尊無瞋波羅蜜是般若波羅蜜佛言瞋恚不實故三十三世尊無癡波羅蜜是般若波羅蜜佛言無明黑闇滅故三十四世尊無煩惱波羅蜜是般若波羅蜜佛言分別憶想虛妄故三十五世尊無衆生波羅蜜是般若波羅蜜佛言衆生無所有故三十六世尊斷波羅蜜是般若波羅蜜佛言諸法不起故三十七世尊無二邊波羅蜜是般若波羅蜜佛言離二邊故三十八世尊不破波羅蜜是般若波羅蜜佛言一切法不相離故三十九世尊不取波羅蜜是般若波羅蜜佛言過聲聞辟支佛地故四十世尊不分別波羅蜜是般若波羅蜜佛言諸妄想不可得故四十一世尊無量波羅蜜是般若波羅蜜佛言諸法量不可得故四十二世尊虛空波羅蜜是般若波羅蜜佛言一切法無所有故四十三

【論】釋曰須菩提讚般若波羅蜜示衆生世間

空如夢佛言夢亦不可得故名夢波羅蜜響影燄幻亦如是人心以聲爲實以響爲虛影以面鏡爲實像爲虛燄以風塵日光爲實水爲虛幻以祝術爲實祝術所作爲虛須菩提讚般若以喻爲空佛説喻本事皆空本事皆空故是喻亦空是般若波羅蜜無垢能斷滅一切垢佛言諸煩惱從本已來常無今何所斷是故名無垢波羅蜜無淨波羅蜜亦如是無煩惱即是淨婬欲瞋恚等諸煩惱名爲汙是般若波羅蜜一切垢法所不汙六情是諸煩惱處六情及一切法諸煩惱緣處住處皆不可得故名不汙波羅蜜得是般若波羅蜜一切戲論憶想分別滅故名不戲論波羅蜜一切法畢竟空故無憶無念想無憶無念想故名無念波羅蜜住法性菩薩一切論議者所不能勝一切結使邪見所不能覆一切法無常破壞心不生憂如是等因緣故名不動波羅蜜一切法妄解非但愛染故名無染波羅蜜憶想分別是一切結使根本有結使能起後身業知憶想分別虛妄一切後世生業更不復起故是名不起波羅蜜般若波羅蜜中不取三毒火相故言寂滅波羅蜜佛言非但三毒相寂滅一切法相不可得故是般若波羅蜜乃至善法中尚不貪何況餘欲佛説欲從本已來不可得故貪欲虛誑自性不可得故名無欲波羅蜜非是離欲故名無欲瞋恚性畢竟無所有故名無瞋波羅蜜非是離瞋故名無瞋一切法中無明黒闇破故名無癡波羅蜜非是滅癡故名無癡無煩惱波羅蜜者菩薩得無生法忍故一切煩惱滅佛言

憶想分別是煩惱根本憶想尚無何況煩惱故名無煩惱波羅蜜般若能破無衆生中有衆生顛倒故名無衆生波羅蜜佛言是衆生從本已來不生無所有故名無衆生須菩提意以般若波羅蜜能斷一切有漏法故名斷波羅蜜佛言諸法不起不生無所作諸法自然斷相故名斷二邊者所謂我無我斷無斷可斷法無斷法常滅有無如是等無量二邊般若波羅蜜中無是諸邊故名無二邊波羅蜜佛言是諸邊從本已來無但以虛誑顛倒故著菩薩求實事故離是顛倒邊是般若波羅蜜一相空故不可破佛言不但般若波羅蜜一切法皆無定異相如果不離因因不離果有爲法不離無爲法無爲法不離有爲法般若波羅蜜不離一切法一切法不離般若波羅蜜一切法實相即是般若波羅蜜故名不破波羅蜜破者所謂諸法各各離散一切法常無常等過失是故般若波羅蜜不取一切法佛言一切法乃至二乘出世間清淨法亦不取故名不取波羅蜜分別名取相生心妄想分別般若是實相故無是妄想分別佛言因憶想分別有無分別今憶想分別從本已來無故名無分別波羅蜜般若波羅蜜出四無量故名無量波羅蜜復次畢竟空爲得涅槃無量法故名無量復次智慧所不能到邊崖是名無量量名六情所籌度是法空無相無生滅六情所不能量何以故物多而量器小故佛言非但是般若波羅蜜無量色等一切法不可得故皆無量如虛空無色無形無所能作般若波羅蜜亦如是佛言非但虛

空無所有色等諸法皆無所有故名虛空波羅蜜

【經】世尊無常波羅蜜是般若波羅蜜佛言一切法破壞故四十四 世尊苦波羅蜜是般若波羅蜜佛言一切法苦惱相故四十五 世尊無我波羅蜜是般若波羅蜜佛言一切法不著故四十六 世尊空波羅蜜是般若波羅蜜佛言一切法不可得故四十七 世尊無相波羅蜜是般若波羅蜜佛言一切法不生故四十八 世尊內空波羅蜜是般若波羅蜜佛言內法不可得故四十九 世尊外空波羅蜜是般若波羅蜜佛言外法不可得故五十 世尊內外空波羅蜜是般若波羅蜜佛言內外法不可得故五十一 世尊空空波羅蜜是般若波羅蜜佛言空空法不可得故五十二 世尊大空波羅蜜是般若波羅蜜佛言一切法不可得故五十三 世尊第一義空波羅蜜是般若波羅蜜佛言涅槃不可得故五十四 世尊有爲空波羅蜜是般若波羅蜜佛言有爲法不可得故五十五 世尊無爲空波羅蜜是般若波羅蜜佛言無爲法不可得故五十六 世尊畢竟空波羅蜜是般若波羅蜜佛言諸法畢竟不可得故五十七 世尊無始空波羅蜜是般若波羅蜜佛言諸法無始不可得故五十八 世尊散空波羅蜜是般若波羅蜜佛言散法不可得故五十九 世尊性空波羅蜜是般若波羅蜜佛言有爲無爲法不可得故六十 世尊諸法空波羅蜜是般若波羅蜜佛言一切法不可得故六十一 世尊自相空波羅蜜是般若波羅蜜佛言自相離故六十二 世尊無法空波羅蜜是般若波羅蜜佛言無法不可

得故六十三世尊有法空波羅蜜是般若波羅蜜佛言有法不可得故六十四世尊無法有法空波羅蜜是般若波羅蜜佛言無法有法不可得故六十五世尊念處波羅蜜是般若波羅蜜佛言身受心法不可得故六十六世尊正勤波羅蜜是般若波羅蜜佛言善不善法不可得故六十七世尊如意足波羅蜜是般若波羅蜜佛言四如意足不可得故六十八世尊根波羅蜜是般若波羅蜜佛言五根不可得故六十九世尊力波羅蜜是般若波羅蜜佛言五力不可得故七十世尊覺波羅蜜是般若波羅蜜佛言七覺分不可得故七十一世尊道波羅蜜是般若波羅蜜佛言八聖道分不可得故七十二世尊無作波羅蜜是般若波羅蜜佛言無作不可得故七十三世尊空波羅蜜是般若波

羅蜜佛言空相不可得故七十四世尊無相波羅蜜是般若波羅蜜佛言寂滅相不可得故七十五世尊背捨波羅蜜是般若波羅蜜佛言八背捨不可得故七十六世尊定波羅蜜是般若波羅蜜佛言九次第定不可得故七十七世尊檀波羅蜜是般若波羅蜜佛言慳貪不可得故七十八世尊尸羅波羅蜜是般若波羅蜜佛言破戒不可得故七十九世尊羼提波羅蜜是般若波羅蜜佛言忍不忍辱不可得故八十世尊毗梨耶波羅蜜是般若波羅蜜佛言懈怠精進不可得故八十一世尊禪波羅蜜是般若波羅蜜佛言定亂不可得故八十二世尊般若波羅蜜佛般若波羅蜜佛言癡慧不可得故八十三世尊十力波羅蜜是般若波羅蜜佛言一切法不可伏故八十四世尊無所畏波羅

蜜是般若波羅蜜佛言道種智不沒故八十五世尊無礙智波羅蜜是般若波羅蜜佛言一切法無障無礙故八十六世尊佛法波羅蜜是般若波羅蜜佛言過一切法故八十七世尊如實說波羅蜜是般若波羅蜜佛言一切語如實故八十八世尊自然波羅蜜是般若波羅蜜佛言一切法中自在故八十九世尊佛波羅蜜是般若波羅蜜佛言知一切法一切種故九十

【論】釋曰般若波羅蜜中有無常聖行故名無常波羅蜜佛言非但般若中有無常觀一切法無常故名無常波羅蜜問曰上來說般若波羅蜜法性常住今何以說無常答曰般若波羅蜜是智慧觀法從因緣和合生是有爲法故無常般若波羅蜜所緣處如法性實際無爲法故常須菩提說有爲般若故言般若無常問曰若爾者佛何以說一切法盡是破壞無常無爲法無破壞相答曰一切法名六情內外皆是作法作法故必歸破壞相離有爲法無無爲法亦更無有法相因有爲法相故說無爲法不生不滅復次一切有爲法有二種一者名字一切二者實一切一切有爲法破壞故名一切無常苦等乃至無法有法空亦如是須菩提說一切法相讚般若佛舉一切法答正觀身等四法從四念處生四念處是四諦之初門四諦是四沙門果初門阿羅漢果分別即是三乘四念處般若波羅蜜中種種廣說佛言是四種法緣處從本已來皆不可得故名念處波羅蜜從四正勤乃至般若波羅蜜亦如是問曰餘法可以讚般若云何復以般若讚般若答曰有二種般若一

者常住般若二者與五波羅蜜共行有用般若波羅蜜須菩提讚有用般若波羅蜜能破無明黒闇能與眞智慧是故佛說常住般若波羅蜜癡慧不可得故行是般若波羅蜜菩薩初得菩薩十力後得佛十力是故說十力波羅蜜佛言非但十力者不可破不可伏一切法實相亦不可破亦不可伏佛意爲衆生故說十力佛力無量無邊如佛力一切法實相亦如是不可伏故名十力波羅蜜菩薩得是般若波羅蜜力於佛前能說法論議何況餘處尚不畏魔王何況外道故名無所畏波羅蜜佛言道種智不没故道種智名法眼知一切衆生以何道得涅槃般若波羅蜜常寂滅相不可說是菩薩以道種智故引導衆生於大衆中師子吼道種智增益故不没無所畏不自憍慢我有是法名無畏波羅蜜須菩提從佛聞法無畏轉深故讚般若波羅蜜言無礙波羅蜜佛言非但四無礙一切法入如法性實際故皆是無礙相菩薩因般若波羅蜜能集十力四無所畏四無礙智大慈大悲等諸佛法故說佛法波羅蜜佛言聲聞法於凡夫法爲勝辟支佛法於聲聞法爲勝佛法於一切法最勝如一切色中虚空廣大佛法最勝無能及無可喻過一切法故名佛法波羅蜜如過去佛行六波羅蜜得諸法如相今佛亦如是行六波羅蜜得佛道故故名多陀阿伽陀波羅蜜多陀阿伽陀者或言如來或言如實說或言如實知此中佛說非但佛說名如實說一切語言皆是如實故名如實說波羅蜜是般若波羅蜜具足後身自然作佛

故名自然波羅蜜自然名佛佛所說故名自然波羅蜜復次是般若波羅蜜實相自然不由他作故名自然佛言佛一切法中得自在力故名自然波羅蜜具足十地得十力四無所畏轉法輪擊法鼓覺世間無明睡衆生故名爲佛波羅蜜佛秦言覺者知者何者是所謂正知一切法一切種故故名覺一切法者所謂五衆十二入十八界等復次一切法名外道經書伎術禪定等略說有五種所謂凡夫法聲聞法辟支佛法菩薩法佛法佛略知有二種相所謂總相別相又以分別相畢竟空相廣知則一切種一切種是一切無量無邊法門以是事故名爲佛波羅蜜不以佛身故名爲佛波羅蜜但以一切種智故

大智度論卷第六十五

音釋

耄莫報切惛忘也　㾍尼耕切與儜同弱也　懱莫結切輕易也

大智度論卷第六十六

龍樹菩薩造

姚秦三藏法師鳩摩羅什譯

釋聞持品第四十五之上經作經耳聞持品

經爾時釋提桓因作是念若善男子善女人得聞般若波羅蜜經耳者是人於前世佛所作功德與善知識相隨何況受持親近讀誦正憶念如說行當知是善男子善女人多親近諸佛能得聽受乃至正憶念如說行能問能答當知是善男子善女人於前世多供養親近諸佛故聞是深般若波羅蜜不驚不怖不畏當知是人亦於無量億劫行檀波羅蜜尸羅波羅蜜羼提波羅蜜毗梨耶波羅蜜禪波羅蜜般若波羅蜜爾時舍利弗白佛言世尊若有善男子善女人聞是深般若波羅蜜不驚不怖不畏聞已受持親近如說習行當知是善男子善女人如阿鞞跋致菩薩摩訶薩何以故世尊是般若波羅蜜甚深若先世不久行檀波羅蜜尸羅波羅蜜羼提波羅蜜毗梨耶波羅蜜禪波羅蜜般若波羅蜜終不能信解深般若波羅蜜世尊若有善男子善女人毀呰深般若波羅蜜者當知是人前世亦毀呰深般若波羅蜜何以故是善男子善女人聞說深般若波羅蜜時無信無樂心不清淨當知是善男子善女人先世不問不難諸佛及弟子云何應行檀波羅蜜尸羅波羅蜜羼提波羅蜜毗梨耶波羅蜜禪波羅蜜般若波羅蜜云何應修內空乃至云何應修無法有法空云何應修四念處乃至云何應修八聖道分云何應修佛十力乃至云何應修

十八不共法釋提桓因語舍利弗是深般若波羅蜜若有善男子善女人不久行檀波羅蜜尸羅波羅蜜羼提波羅蜜毗梨耶波羅蜜禪波羅蜜般若波羅蜜不行內空乃至無法有法空不行四禪四無量心四無色定不行四念處乃至八聖道分不行佛十力乃至十八不共法如是人不信解是般若波羅蜜有何可怪大德舍利弗我禮般若波羅蜜禮般若波羅蜜是禮一切智佛告釋提桓因如是如是憍尸迦禮般若波羅蜜是禮一切智何以故憍尸迦諸佛一切智皆從般若波羅蜜生一切智即是般若波羅蜜以是故憍尸迦善男子善女人欲住一切智當住般若波羅蜜若善男子善女人欲生道種智當習行般若波羅蜜欲斷一切諸結及習當習行般若波羅蜜善男子善女人欲轉法輪當習行般若波羅蜜善男子善女人欲得須陀洹果斯陀含果阿那含果阿羅漢果當習行般若波羅蜜欲得辟支佛道當習行般若波羅蜜欲教衆生令得須陀洹果斯陀含果阿那含果阿羅漢果辟支佛道當習行般若波羅蜜若善男子善女人欲教衆生令得阿耨多羅三藐三菩提若欲總攝比丘僧當習行般若波羅蜜

【論】釋曰釋提桓因是諸天主利根智勝信佛法故倍復增益如火得風逾更熾盛聞須菩提以種種因緣讚般若波羅蜜佛以深理成其所讚帝釋發希有心作是念若善男子善女人得聞般若經耳者是人於前世多供養諸佛作大功德今世得遇好師同學等善知

識因先世供養佛緣今世善知識故聞般若波羅蜜能信何況讀誦思惟正憶念修習禪定籌量分別義趣能成辦事者當知是人從過去諸佛及弟子聞深般若波羅蜜義信受不怖不畏何以故是人於無量阿僧祇劫行六波羅蜜等諸功德是故雖未得阿鞞跋致地於深法中不疑不悔譬如新壁乾毳隨風東西濕毳緤繳則不可動新發意菩薩亦如是不久修德作福淺薄隨他人語不能信受般若波羅蜜若久修福德不隨他語則能信受深般若波羅蜜不驚不怖帝釋思惟念般若波羅蜜有無量功德時舍利弗知帝釋所念而白佛言世尊善男子善女人雖未入菩薩位能信受深般若波羅蜜不驚不怖如說行是人大福德智慧信力故當知如阿鞞跋致無異此中佛自說因緣般若波羅蜜甚深無相可取可信可受若能信受是爲希有如人空中種植是爲甚難一切凡人得勝法則捨本事如得禪定樂捨五欲樂乃至依有頂處捨無所有處功德不能無所依止而有所捨如尺蠖尋條安前足進後足盡樹端更無所依止還歸本處是菩薩未得道於般若波羅蜜無所依止而能修福德捨五欲是事希有是中說因緣是人先世信受久行六波羅蜜大集諸福德與信相違則毀呰般若如厚福德者從久積集不信毀呰者亦從久習問曰若先世毀呰誹謗應墮地獄何緣復得聞般若答曰有人言是人墮地獄罪畢還來毀呰不說次後身有人言作業積集厚重則能與果報是人前世雖不信而積業未厚則未

得果報以餘福德故生人中續復不信復次有人言五逆罪次後身必受餘罪不爾或次後身或久後身爾時帝釋語舍利弗是般若波羅蜜畢竟空無所有故甚深菩薩不久行功德則著心堅固信力微弱不信般若波羅蜜乃至一切智何足怪帝釋思惟籌量信般若波羅蜜福德無量不信者得罪深重深愛敬般若波羅蜜故發是言我當禮是般若何以故禮般若波羅蜜則爲禮一切智禮一切智者則禮三世十方諸佛爾時佛可其言復說讃般若波羅蜜因緣所謂諸佛一切智慧皆從般若中生是故言若有菩薩欲住一切智中乃至總攝比丘僧當習行般若波羅蜜

【經】釋提桓因白佛言世尊菩薩摩訶薩欲行般若波羅蜜時云何名住般若波羅蜜禪波羅蜜毗黎耶波羅蜜羼提波羅蜜尸羅波羅蜜檀波羅蜜云何住内空乃至無法有法空云何住四禪四無量心四無色定五神通云何住四念處乃至八聖道分云何住佛十力乃至十八不共法世尊菩薩摩訶薩云何習行般若波羅蜜乃至檀波羅蜜内空乃至十八不共法佛語釋提桓因善哉善哉憍尸迦汝能樂問是事皆是佛神力憍尸迦若菩薩摩訶薩行般若波羅蜜時若不住色中爲習行般若波羅蜜若不住受想行識中爲習行般若波羅蜜眼耳鼻舌身意色聲香味觸法眼界乃至意識界亦如是憍尸迦若菩薩摩訶薩不住般若波羅蜜中爲習行般若波羅蜜不住禪波羅蜜中爲習禪波羅蜜不住毗黎耶波羅蜜中爲習毗黎耶波羅蜜不住羼

提波羅蜜中爲習羼提波羅蜜不住尸羅波羅蜜中爲習尸羅波羅蜜不住檀波羅蜜中爲習檀波羅蜜如是憍尸迦是名菩薩摩訶薩不住般若波羅蜜爲習般若波羅蜜憍尸迦不住内空中爲習内空乃至不住無法有法空爲習無法有法空不住四禪爲習四禪不住四無量心爲習四無量心不住四無色定爲習四無色定不住五神通爲習五神通不住四念處爲習四念處乃至不住八聖道分爲習行八聖道分不住佛十力爲習行佛十力乃至不住十八不共法爲習行十八不共法何以故憍尸迦是菩薩不得色可住可習處乃至十八不共法不得十八不共法可住可習處復次憍尸迦菩薩摩訶薩不習色若不習色是名習色受想行識乃至十八不共法亦如是何以故是菩薩摩訶薩色前際不可得中際不可得後際不可得乃至十八不共法亦如是舍利弗白佛言世尊是般若波羅蜜甚深佛言色如甚深故般若波羅蜜甚深受想行識如甚深故般若波羅蜜甚深乃至十八不共法亦如是舍利弗言世尊是般若波羅蜜難可測量佛言色難可測量故般若波羅蜜難可測量受想行識乃至十八不共法難可測量故般若波羅蜜難可測量世尊是般若波羅蜜無量佛言色無量故般若波羅蜜無量受想行識乃至十八不共法無量故般若波羅蜜無量佛告舍利弗若菩薩摩訶薩行般若波羅蜜時不行色甚深爲行般若波羅蜜不行受想行識乃至不行十八不共法甚深爲行般若波羅蜜何以故色

甚深相爲非色受想行識乃至十八不共法甚深相爲非十八不共法如是不行爲行般若波羅蜜舍利弗若菩薩摩訶薩行般若波羅蜜時不行色難測量爲行般若波羅蜜不行受想行識乃至不行十八不共法難測量爲行般若波羅蜜何以故色難測量相爲非色受想行識乃至十八不共法難測量相爲非十八不共法舍利弗若菩薩摩訶薩行般若波羅蜜時不行色無量爲行般若波羅蜜不行受想行識乃至不行十八不共法無量爲行般若波羅蜜何以故色是無量相爲非色受想行識乃至十八不共法無量相爲非十八不共法舍利弗白佛言世尊是般若波羅蜜甚深甚深相難見難解不可思量不應在新發意菩薩前説何以故新發意菩薩聞是甚深般若波羅蜜或當驚怖心生疑悔不信不行是甚深般若波羅蜜當在阿鞞跋致菩薩摩訶薩前説是菩薩聞是甚深般若波羅蜜不驚不怖心不疑悔則能信行釋提桓因問舍利弗若在新發意菩薩摩訶薩前説是深般若波羅蜜有何等過舍利弗報釋提桓因憍尸迦若在新發意菩薩前説是深般若波羅蜜或當驚怖毀呰不信是新發意菩薩或有是處若新發意菩薩聞是深般若波羅蜜毀呰不信種三惡道業是業因緣故久久難得阿耨多羅三藐三菩提

【論】釋曰爾時帝釋從佛聞讚般若波羅蜜具足故今問佛菩薩云何住般若波羅蜜從禪波羅蜜乃至十八不共法佛讚言善哉善哉者以釋提桓因諸天中主言必可信問是事

斷大衆疑通達無礙能大利益故言善哉善哉復次佛以帝釋能捨上妙五欲七寶宫殿能問佛賢聖所行事是故言善哉以佛神力故汝能樂問此事是中更有上妙諸天觀佛神德無量令帝釋能於大衆中諮問佛事故是佛威神如持心經說佛光明入身中能問佛事佛答憍尸迦若菩薩不住色等是習行般若波羅蜜者是菩薩見色無常苦等過罪故不住色若不住色即是能習行般若波羅蜜凡夫人見色著色故起顛倒煩惱失是般若波羅蜜道以是故不住者能習行般若波羅蜜五衆十二入十八界亦如是問曰何以故不住六波羅蜜等各各自習其行答曰是六波羅蜜等皆是善法行法以是故說不住六度等言各習其行衆界入爲習行般若波羅蜜若於是法中不著則斷愛著斷愛著故色等諸法中清淨習此中說不住因緣所謂不得色等法住處不得色等法習處復次佛以此事難解故更說因緣不習色者是菩薩見色過故不住色中不住故不習習色名取色相若常若無常等復次菩薩常行善法正語正業等積習純厚故名習色今菩薩欲行般若故散壞是色不習所以者何過去色已隨滅未來色未有故不可習現在色生時即滅故不住若住一念尚無習何況念念滅是故此中說不習色因緣三世色不可得乃至十八不共法亦如是若能如是觀諸法散壞不取相是名能習色等習色等諸法實相爾時舍利弗從佛聞是義歡喜深入空智白佛般若波羅蜜甚深佛然可成其所讚色等諸

法如故甚深佛語不但眼見色甚深以般若波羅蜜分別色入如實故甚深如雨渧渧不名甚深和合衆流入於大海乃名甚深色等亦如是天眼肉眼見淺而不深若以慧眼觀則深不可測甚深故難可測量唯有諸佛乃盡其底甚深不可測量故名無量無有智慧能取色等實相若常若無常籌量有過罪故是時舍利弗及諸聽者作是念般若波羅蜜不可測量無有量菩薩當云何行佛知其念告舍利弗菩薩摩訶薩若行色等甚深者則爲失般若波羅蜜若不行色甚深是爲得般若波羅蜜凡夫鈍根故言甚深若有一心福德利根者爲非甚深譬如水深淺無定若於小兒則深長者則淺乃至大海於人則深於羅睺阿脩羅王則淺如是於凡夫人新發意懈怠者爲甚深於久積德阿鞞跋致則淺諸佛如羅睺阿脩羅王於一切法無有深者得無礙解脫故以是故知爲衆生及時節利鈍初久懈怠精進故分別說深淺不可測量無有量亦如是此中佛自說因緣色等法甚深相爲非色何以故怖畏心没疑悔故以色爲甚深色相則無深如先說舍利弗白佛言世尊是般若波羅蜜甚深甚深相難見難解問曰上說菩薩不行甚深爲行般若波羅蜜今舍利弗何以復說甚深答曰舍利弗非定心說甚深得佛意趣爲人故說甚深是故此中說世尊不應於新發意菩薩前說是般若波羅蜜新學菩薩聞是深智慧則心没應當在阿鞞跋致菩薩前說阿鞞跋致智慧深故信而不没譬如深水不應使小兒渡應教大人

令渡帝釋問舍利弗若爲新發意菩薩說有何等過舍利弗答是新發意者則不信心沒心沒故生疑悔怖畏若受一切空法我云何當墮斷滅中若不受者佛所說法何可不受是故怖畏生疑悔若心定則生惡邪毀呰毀呰果報如地獄品中說此中略說種三惡道業因緣久久難得無上道

【經】釋提桓因問舍利弗頗有未受記菩薩摩訶薩聞是深般若波羅蜜不驚不怖者不舍利弗言如是憍尸迦若有菩薩摩訶薩聞是深般若波羅蜜不驚不怖當知是菩薩受阿耨多羅三藐三菩提記不久不過一佛兩佛佛告舍利弗如是如是是菩薩摩訶薩久發意行六波羅蜜多供養諸佛聞是深般若波羅蜜不驚不怖不畏聞即受持如般若波羅

蜜所說行爾時舍利弗白佛言世尊我欲說譬喻如求菩薩道善男子善女人夢中修行般若波羅蜜入禪定勤精進具足忍辱守護於戒行布施修行內空外空乃至坐於道場當知是善男子善女人近阿耨多羅三藐三菩提何況菩薩摩訶薩欲得阿耨多羅三藐三菩提覺時修行般若波羅蜜入禪定勤精進具足忍辱守護於戒行布施而不疾成阿耨多羅三藐三菩提坐於道場世尊善男子善女人善根成就得聞般若波羅蜜受持乃至如說行當知是菩薩摩訶薩久發意種善根多供養諸佛與善知識相隨是人能受持般若波羅蜜乃至正憶念當知是人近受阿耨多羅三藐三菩提記當知是善男子善女人如阿鞞跋致菩薩摩訶薩於阿耨多羅三

藐三菩提不動轉能得深般若波羅蜜得已能受持讀誦乃至正憶念世尊譬如人欲過百由旬若二百三百四百由旬曠野險道先見諸相若放牧者若壃界若園林如是等諸相故知近城邑聚落是人見是相已作如是念如我所見相當知城邑聚落不遠心得安隱不畏賊難惡蟲飢渴世尊菩薩摩訶薩亦如是若得是深般若波羅蜜受持讀誦乃至正憶念當知近受得阿耨多羅三藐三菩提記不久當知是菩薩摩訶薩不應畏墮聲聞辟支佛地是諸先相所謂甚深般若波羅蜜得聞得見得受乃至正憶念故佛告舍利弗如是如是汝復樂說者便說世尊譬如人欲見大海發心往趣不見樹相不見山相是人雖未見大海知大海不遠何以故大海處平無樹相無山相故如是世尊菩薩摩訶薩聞是深般若波羅蜜受持乃至正憶念時雖未佛前受劫數之記若百劫千劫萬劫百千億劫是菩薩自知近受阿耨多羅三藐三菩提記不久何以故我得聞是深般若波羅蜜受持讀誦乃至正憶念故世尊譬如初春諸樹陳葉已墮當知此樹新葉華果出在不久何以故見是諸樹先相故知今不久葉華果出是時閻浮提人見樹先相皆大歡喜世尊菩薩摩訶薩得聞是深般若波羅蜜受持讀誦乃至正憶念如說行當知是菩薩善根成就多供養諸佛是菩薩應作是念先世善根所追趣阿耨多羅三藐三菩提以是因緣故得見得聞是深般若波羅蜜受持讀誦乃至正憶念如說行是中諸天子曾見佛者歡喜踊

躍作是念言先諸菩薩摩訶薩亦有如是受記先相今是菩薩摩訶薩受阿耨多羅三藐三菩提記亦不久世尊譬如母人懷妊身體苦重行步不便坐起不安眠食轉少不喜言語猒本所習受苦痛故有異母人見其先相當知產生不久菩薩摩訶薩亦如是種善根多供養諸佛久行六波羅蜜與善知識相隨善根成就得聞深般若波羅蜜受持讀誦乃至正憶念如說行諸人亦知是菩薩摩訶薩得阿耨多羅三藐三菩提記不久佛告舍利弗善哉善哉汝所樂說皆是佛力爾時須菩提白佛言希有世尊諸多陀阿伽度阿羅呵三藐三佛陀善付諸菩薩摩訶薩事佛告須菩提諸菩薩摩訶薩發阿耨多羅三藐三菩提心安隱多衆生令無量衆生得樂憐愍饒益諸天人故是諸菩薩行菩薩道時以四事攝無量百千衆生所謂布施愛語利益同事亦以十善道成就衆生自行初禪亦教他人令行初禪乃至自行非有想非無想處亦教他人令行乃至非有想非無想處自行檀波羅蜜亦教他人令行檀波羅蜜自行尸羅波羅蜜亦教他人令行尸羅波羅蜜自行羼提波羅蜜亦教他人令行羼提波羅蜜自行毗梨耶波羅蜜亦教他人令行毗梨耶波羅蜜自行禪波羅蜜亦教他人令行禪波羅蜜自行般若波羅蜜亦教他人令行般若波羅蜜是菩薩得般若波羅蜜以方便力教衆生令得須陀洹果自於内不證教衆生令得斯陀含果阿那含果阿羅漢果自於内不證教衆生令得辟支佛道自於内不證自行六波羅

蜜亦教無量百千萬諸菩薩令行六波羅蜜自住阿鞞跋致地亦教他人住阿鞞跋致地自淨佛世界亦教他人淨佛世界自成就衆生亦教他人成就衆生自得菩薩神通亦教他人令得菩薩神通自淨陀羅尼門亦教他人淨陀羅尼門自具足樂說辯才亦教他人具足樂說辯才自受色成就亦教他人令受色成就自成就三十二相亦教他人成就三十二相自成就童真地亦教他人成就童真地自成就佛十力亦教他人令成就佛十力自行四無所畏亦教他人行四無所畏自行十八不共法亦教他人行十八不共法自行大慈大悲亦教他人令行大慈大悲自得一切種智亦教他人令得一切種智自離一切結使及習亦教他人令離一切結使及習自轉法輪亦教他人轉法輪

論釋曰爾時帝釋問舍利弗頗有未受記菩薩聞是深般若不驚怖者不舍利弗言無有不受記聞般若能信者若或時能信者當知垂欲受記不過見一佛二佛便得受記佛可舍利弗語舍利弗聞佛可其所說心生歡喜復欲分明了了是事故說譬喻作是言夢中心爲睡所覆故非真心所作若善男子善女人於夢中發意行六波羅蜜乃至坐於道場當知是人福德輕微近受於阿耨多羅三藐三菩提記何況菩薩摩訶薩覺時實心發阿耨多羅三藐三菩提行六波羅蜜而不近受記世尊若人往來六道生死中或時得聞般若波羅蜜受持讀誦正憶念必知是人不久得阿耨多羅三藐三菩提如吞鈎之魚雖復

遊戲池中當知出在外不久行者亦如是深信樂般若波羅蜜不久住於生死此中舍利弗自說譬喻若人欲過險道險道者即是世間百由旬者是欲界二百由旬者是色界三百由旬者是無色界四百由旬者是聲聞辟支佛道復次四百由旬是欲界三百是色界二百是無色界百由旬是聲聞辟支佛欲出者是信受行般若波羅蜜人先見諸法相者見大菩薩捨世間欲樂深心樂般若波羅蜜壃界者分別諸法是聲聞法是辟支佛法是大乘法如是小利是聲聞大利是菩薩魔界是生死佛界是般若波羅蜜甘露味不死之處園林者隨佛道禪定智慧等樂如是等無量善法相聚落者是柔順法忍邑是無生法忍城是阿耨多羅三藐三菩提得安隱者菩薩聞是法思惟籌量行我得是法心安隱當得阿耨多羅三藐三菩提賊者是我等六十二邪見惡蟲者是愛恚等諸煩惱不畏賊者人不得便不畏惡蟲者非人不得便不畏飢者不畏不能得聖人真智慧不畏渴者不畏不能得禪定解脱等法樂味此中自說因緣菩薩摩訶薩得先相者不久當得阿耨多羅三藐三菩提不畏墮惡道中飢餓死者不畏墮聲聞辟支佛地佛然可其喻以麤喻細以世間喻出世間餘三譬喻亦應如上分別說大海水是無上道平地無樹無山是般若波羅蜜經卷等樹果是無上道樹華是阿鞞跋致地春時陳葉落更生新葉是諸煩惱邪見疑等滅能得般若波羅蜜經卷等母人是行者所妊身是無上道欲産相是菩薩久習行

般若波羅蜜猒本所習是患世間婬欲樂不復喜著佛讚其所說善哉爾時須菩提聞佛然舍利弗所說讚其善哉知佛意深敬念是菩薩是故白佛言世尊甚爲希有善付菩薩事菩薩事者空道福德道亦如佛種種總相別相說以寄付阿難彌勒等入無餘涅槃後好自奉行教示利益衆生無令謬錯佛說善付因緣諸菩薩發阿耨多羅三藐三菩提心安隱多衆生者一切衆生中無量無邊阿僧祇除佛無能計知者從佛得利益者不可數知名多安隱者衆生著常者教無常著樂者教苦著實者教空著我者教無我如是等名安隱凡夫人聞是當時雖不喜樂久久滅諸煩惱得安隱樂如服苦藥當時雖苦後得除患無量衆生得樂者菩薩求般若波羅蜜未

得成就時以今世後世樂利益衆生如菩薩本生經說若得般若波羅蜜已滅諸煩惱亦以世間樂出世間樂利益衆生若得無上道時但以出世間樂利益衆生安樂饒益者但以憐愍心故安樂饒益者多利益天人餘道中饒益少故不說利益事者所謂四攝法以財施法施二種攝取衆生愛語有二種一者隨意愛語二者隨其所愛法爲說是菩薩未得道憐愍衆生自破憍慢隨意說法若得道隨所應度法爲說高心富人爲讚布施是人能得他物利名聲福德故若爲讚持戒毀呰破戒則心不喜樂如是等隨其所應而爲說法利益亦有二種一者今世利後世利爲說法以法治生勤修利事二者不信教令信破戒令持戒寡識令多聞不好施者令布施癡

者教智慧如是等以善法利益衆生同事者菩薩教化衆生令行善法同其所行菩薩善心衆生惡心能化其惡令同已善是菩薩以四種攝衆生令住十善道是廣說四攝義於二施中法施隨其所樂而爲說法是愛語中第一衆生愛惜壽命令行十善道則得久壽利益於一切寶物利中法利最勝是爲利益同事中同行善法爲勝是菩薩自行十善亦以教人有人言後自行十善等是第四同義是故說自行十善亦教人行自行初禪亦教他行初禪等同離欲同持戒是故名相攝相攝故漸漸能以三乘法度乃至非有想非無想處亦如是自行六波羅蜜亦以教他因般若故令衆生得般若分所謂得須陀洹等方便力故自不證是人福德智慧力增益故教無量阿僧祇菩薩令住六波羅蜜自住阿鞞跋致地等亦以教他乃至自轉法輪亦教他轉法輪是故我以慈悲心故善付菩薩事不以愛著故

大智度論卷第六十六

音釋

擘補麥切分擘也　毳充芮切獸細毛也　緤繖緤音薛繖直利切　蠖烏郭切尺蠖蟲名　壃居良切界也

大智度論卷第六十七

龍樹菩薩造

姚秦三藏法師鳩摩羅什譯

釋聞持品第四十五之下

【經】須菩提白佛言希有世尊諸菩薩摩訶薩大功德成就所謂爲一切衆生行般若波羅蜜欲得阿耨多羅三藐三菩提世尊云何諸菩薩摩訶薩具足修行般若波羅蜜佛告須菩提若菩薩摩訶薩行般若波羅蜜時不見色增相不見色減相不見受想行識增相亦不見減相乃至一切種智不見增相亦不見減相菩薩摩訶薩是時具足般若波羅蜜復次須菩提菩薩摩訶薩行般若波羅蜜時不見是法是非法不見是過去法是未來現在法不見是善法不善法有記法無記法不見是有爲法無爲法不見欲界色界無色界不見檀波羅蜜尸羅波羅蜜羼提波羅蜜毗棃耶波羅蜜禪波羅蜜般若波羅蜜乃至不見一切種智知是菩薩摩訶薩具足修行般若波羅蜜何以故諸法無相故諸法空欺誑無堅固無覺者無壽命者須菩提言世尊世尊所說不可思議佛告須菩提色不可思議故所說不可思議受想行識不可思議故所說不可思議六波羅蜜不可思議故所說不可思議乃至一切種智不可思議故所說不可思議須菩提若菩薩摩訶薩行般若波羅蜜時知色是不可思議受想行識是不可思議乃至知一切種智是不可思議菩薩則不能具足般若波羅蜜須菩提白佛言世尊是深般若波羅蜜誰當信解者佛言若有菩薩摩

訶薩久行六波羅蜜種善根多親近供養諸佛與善知識相隨是菩薩能信解深般若波羅蜜須菩提白佛言世尊云何菩薩摩訶薩久行六波羅蜜種善根多親近供養諸佛與善知識相隨佛言若菩薩摩訶薩不分別色不分別色相不分別色性不分別受想行識不分別識相不分別識性眼耳鼻舌身意色聲香味觸法眼界乃至意識界亦如是不分別欲界色界無色界不分別三界相性不分別檀波羅蜜乃至般若波羅蜜內空乃至無法有法空四念處乃至八聖道分佛十力乃至十八不共法不分別十八不共法相性不分別道種智相性不分別一切種智不分別一切種智相不分別一切種智性何以故須菩提色不可思議受想行識不可思議乃至一切種智不可思議如是須菩提是名菩薩摩訶薩久行六波羅蜜種善根多親近供養諸佛與善知識相隨須菩提白佛言世尊色甚深故般若波羅蜜甚深受想行識甚深乃至一切種智甚深故般若波羅蜜甚深世尊是般若波羅蜜珍寶聚有須陀洹果寶故有斯陀含果阿那含果阿羅漢果辟支佛道阿耨多羅三藐三菩提寶故四禪四無量心四無色定五神通四念處乃至八聖道分佛十力四無所畏四無礙智大慈大悲十八不共法一切智一切種智寶故世尊是般若波羅蜜清淨聚色清淨故般若波羅蜜清淨聚受想行識清淨乃至一切種智清淨故般若波羅蜜清淨聚

【論】釋曰是菩薩大功德成就者如先說自行

亦教他人復次多功德者衆生非親里又無所貪利而爲是衆生勤苦行般若波羅蜜得阿耨多羅三藐三菩提是名菩薩摩訶薩有大恩分故名大功德修般若波羅蜜相如先品中種種因緣說今問修般若具足相佛言如修般若具足相亦如是所以者何若菩薩不見色等諸法增減如是悉名具足是菩薩雖得十地坐道場爾時修般若波羅蜜具足如夢如幻不增不減以畢竟空故說復次若菩薩於一切法不分別是法是非法悉皆是法如大海水百川萬流皆合一味爾時修般若波羅蜜具足復次若菩薩入法空中不見法有三世善不善等不見六波羅蜜乃至一切種智爾時修般若波羅蜜具足何以故諸法無相是實相若分別諸法皆是邪見相用

十八空故名諸法空諸法和合因緣生以爲有諸緣離則破壞故虚誑一切有爲法中無常無實故是名不堅固無受苦樂者衆生空故無覺者不覺苦樂無壽命者壽名命根有人言是命根有我相是故壽命爲我衆生空中已種種因緣破是故無行法者無受法者若觀諸法空衆生空法空如是則具足修般若波羅蜜須菩提是時驚喜不能自安所說般若波羅蜜不可思議佛言色等諸法不可思議故不可思議所以者何因果相似故復次若菩薩知色等法亦不可思議若住是不可思議中則不具足般若波羅蜜取不可思議相故是故說若菩薩知色等法不可思議相故則不具足般若波羅蜜爾時須菩提於般若中不得依止處如没大海是故白佛是

深般若不可思議不可思議亦不可思議故誰當信解者若但不可思議猶不可信何況不可思議復不可思議佛答若菩薩久行六波羅蜜久種善根久供養親近諸佛久與善知識相隨是因緣故信心牢固能信受深般若波羅蜜餘品中說有新發意者亦能信深般若波羅蜜今佛說久發意故能信是以須菩提問云何是久發意者佛言若菩薩摩訶薩了了知般若波羅蜜相不分別一切法所謂不分別色四大若四大造色不分別色相者不分別色是可見聲是可聞是色若好若醜若短若長若常若無常若苦若樂等不分別色性者不見色常法所謂地堅性等復次色實性名法性畢竟空故是菩薩不分別法性法性不壞相故乃至一切種智亦如是問曰地是堅相何以言性答曰是相積習成性譬如人瞋日習不已則成惡性或性相異如見煙知火煙是火相而非火也或相性不異如熱是火相亦是火性此中佛說因緣色等諸法不可思議不可思議即是畢竟空諸法實相常清淨須菩提言菩薩雖日月年歲不久能如是行是名久須菩提聞般若波羅蜜更得深利益故白佛言世尊般若波羅蜜甚深色等甚深故色等甚深相如先說世尊般若波羅蜜是珍寶聚珍寶聚者所謂須陀洹果能滅三結惡毒故乃至阿耨多羅三藐三菩提能滅一切煩惱及習能滿一切願是諸果依諸禪乃至一切種智因果合說是名珍寶聚是般若波羅蜜清淨聚色等諸法清淨故色等法中正行不邪名爲清淨無諸過患

乃至畢竟空亦不著不可思議亦不著是故名清淨聚爾時須菩提應作是念是般若波羅蜜是珍寶聚能滿一切衆生願所謂令世樂涅槃樂阿耨多羅三藐三菩提樂愚癡之人而復欲破壞是般若波羅蜜清淨聚如如意寶珠無有瑕穢如虛空無有塵垢般若波羅蜜畢竟清淨聚而人自起邪見因緣欲作留難破壞譬如人眼翳見妙珍寶謂爲不淨作是念已

【經】須菩提言世尊甚可怪說是般若波羅蜜時多有留難佛言如是如是須菩提是甚深般若波羅蜜多有留難以是事故善男子善女人若欲書是般若波羅蜜時應當疾書若讀誦思惟說正憶念修行時亦應疾修行何以故是甚深般若波羅蜜若書時讀誦思惟說正憶念修行時不欲令諸難起故善男子善女人若能一月書成當應勤書若二月三月四月五月六月七月若一歲書成亦當勤書讀誦思惟說正憶念修行若一月得成就乃至一歲得成就應當勤成就何以故須菩提是珍寶中多有難起故須菩提言世尊是甚深般若波羅蜜中惡魔喜作留難故不得令書不得令讀誦思惟說正憶念修行佛告須菩提惡魔雖欲留難是深般若波羅蜜令不得書讀誦思惟說正憶念修行亦不能破壞是菩薩摩訶薩書般若波羅蜜乃至修行爾時舍利弗白佛言世尊誰力故令惡魔不能留難菩薩摩訶薩書深般若波羅蜜乃至修行佛言是佛力故惡魔不能留難菩薩摩訶薩書深般若波羅蜜乃至修行舍利弗亦

是十方世界現在諸佛力故是諸佛擁護念是菩薩故令魔不能留難菩薩摩訶薩令不書成般若波羅蜜乃至修行何以故十方世界中現在無量無邊阿僧祇諸佛擁護念是菩薩書深般若波羅蜜乃至修行法應爾無能作留難舍利弗善男子善女人應當作是念我書是深般若波羅蜜乃至修行皆是十方諸佛力舍利弗言世尊若有善男子善女人書是深般若波羅蜜乃至修行皆是佛力故當知是人是諸佛所護佛言如是如是舍利弗當知若有善男子善女人書是深般若波羅蜜乃至修行皆是佛力故當知亦是諸佛所護舍利弗言世尊十方現在無量無邊阿僧祇諸佛皆識皆以佛眼見是善男子善女人書深般若波羅蜜乃至修行時佛言如是如是舍利弗十方現在無量無邊阿僧祇諸佛皆識皆以佛眼見是善男子善女人書深般若波羅蜜乃至修行時舍利弗是中求菩薩道善男子善女人若書是深般若波羅蜜受持讀誦正憶念如說修行當知是人近阿耨多羅三藐三菩提不久舍利弗善男子善女人書是深般若波羅蜜受持讀誦乃至正憶念是人於深般若波羅蜜多信解相亦供養恭敬尊重讚歎是深般若波羅蜜華香瓔珞乃至旛蓋供養舍利弗諸佛皆識皆以佛眼見是善男子善女人是善男子善女人供養功德當得大利益大果報舍利弗是善男子善女人以是供養功德因緣故終不墮惡道中乃至阿鞞跋致地終不遠離諸佛舍利弗是善男子善女人以是善根因緣故乃

至阿耨多羅三藐三菩提終不遠離六波羅蜜終不遠離內空乃至無法有法空終不遠離四念處乃至八聖道分終不遠離佛十力乃至阿耨多羅三藐三菩提

論釋曰留難者魔事等壞般若波羅蜜因緣佛可須菩提所說若善男子善女人欲書是般若波羅蜜當疾疾書乃至正憶念如說行時疾修行所以疾者是有爲法不可信多有留難起是般若波羅蜜部黨經卷有多有少有上中下光讚放光道行有書寫者書有遲疾有一心勤書者有懈惰不精勤者人身無常有爲法不可信釋迦文佛出惡世故多有留難是故說若可一月書竟當勤書成莫有中廢畏有留難故乃至一歲如書乃至修行亦如是隨人根利鈍得有遲疾此中佛更說因緣世間以珍寶故多有賊出般若即是大珍寶故多有留難留難者雖有疾病飢餓等但以魔事大故說言魔事若魔若魔民惡鬼作惡因緣入人身中嬈亂人心破書般若或令書人疲厭或令國土事起或書人不得供養如是等讀誦時師徒不和合大衆中說時或有人來說法師過罪或言不能如說行何足聽受或言雖能持戒而復鈍根不解深義聽其所說了無所益或說般若波羅蜜空無所有滅一切法無可行處譬如裸人自言我著天衣如是等留難令不得說不正憶念者魔作好身若善知識或作所敬信沙門形爲說般若波羅蜜空無所有雖有罪福名而無道理或說般若波羅蜜空可即取涅槃如是等破修佛道正憶念事新發意菩薩聞是事

心大驚怖我等生死身魔是欲界主威勢甚大我等云何行般若波羅蜜得無上道是故佛說惡魔雖欲留難亦不能破壞何以故大因緣常能破小故如離欲人常勝貪欲者慈悲人常勝瞋恚者智人常勝無智者般若波羅蜜是眞智慧其力甚大魔事虛誑是菩薩雖未得具足般若波羅蜜得其氣分故魔不能壞是事因緣故舍利弗白佛誰力故魔不能破佛答佛力故如惡人中魔爲大善人中佛爲大縛人中魔爲大解人中佛爲大留難人中魔爲大通達人中佛爲大初說佛力者釋迦文佛後說十方現在佛是餘佛阿閦阿彌陀等如惡賊餘惡相助諸佛法亦如是常爲一切衆生故有發意者便爲作護所以者何般若波羅蜜是十方諸佛母人欲沮壞不得不護應當知其有書讀乃至正憶念者皆是十方佛力是諸留難力大故舍利弗言若有書持乃至修行皆是諸佛所護佛可其言舍利弗復說世尊書持等善男子善女人十方現在諸佛皆以佛眼見知念耶佛可言如是先惡魔來破壞佛及十方諸佛守護不令沮壞今以佛眼見是善男子善女人知是人功德難有未破魔網而能行是般若波羅蜜大事是故十方佛以佛眼見知念是人問曰爲以天眼見以佛眼見若以天眼見云何此中說佛眼若以佛眼衆生虛誑云何以佛眼見答曰天眼有二種一者佛眼所攝二者不攝佛眼所不攝者見現在衆生有限有量佛眼所攝者見三世衆生無限無量法眼入佛眼中但見諸法不見衆生慧眼入佛眼中不

見法但見畢竟空問曰佛眼所攝天眼爲實爲虛妄若虛妄佛不應以虛妄見若實者衆生空現在衆生尚不實何況未來過去答曰佛眼所攝皆是實衆生於涅槃是虛妄非於世界所見是虛妄若人於衆生取定相故說言虛妄非爲世諦故說虛妄以是故佛眼所攝天眼見衆生問曰若爾者何以不以佛眼所攝慧眼見衆生答曰慧眼無相利故慧眼常以空無相無作共相應不中觀衆生何以故五衆和合假名衆生譬如小兒可以小杖鞭之不可與大杖此中讚菩薩行般若波羅蜜爲世諦故說非第一義諦問曰未來世未有念知尚難何況眼見答曰如過去法雖滅無所有而心數法中念力故能憶過去事盡其宿命聖人亦如是有聖智力雖未起而能知能見復次是般若中三世無分別未來過去現在不異若見現在過去未來亦應見若不見過去未來亦不應見現在問曰北方未法衆生漏結未盡是罪惡人佛何以故見知念答曰佛大悲相愛徹骨髓是菩薩能發無上道心爲衆生故佛觀是法末後熾盛我涅槃後是人佐助佛法故是以念知復次北方末後人生於邊地惡世三毒熾盛刀兵劫中賢聖希少是人自不知諸罪福業因緣但從人聞若讀經便能信樂供養疾近無上道不久是事爲難若佛在世作阿鞞跋致信行般若波羅蜜不足爲難如是等種種無量因緣故佛應見念知是人信解相大故能供養般若波羅蜜供養具華香等如先說是供養故得大果報如毀呰者受大苦惱大果報者如

須陀洹終不墮三惡道是菩薩一心信解供養般若波羅蜜亦如是愛念諸佛故常行念佛三昧故終不離諸佛乃至到阿鞞跋致地教化衆生離諸佛無咎如小兒不離其母恐墮諸難故常深愛念善法故乃至阿耨多羅三藐三菩提終不離六波羅蜜等得如是等今世後世大果報

經舍利弗是深般若波羅蜜佛般涅槃後當至南方是中比丘比丘尼優婆塞優婆夷當書是深般若波羅蜜當受持讀誦思惟說正憶念修行以是善根因緣故終不墮惡道中受天上人中樂增益六波羅蜜供養恭敬尊重讚歎諸佛漸以聲聞辟支佛佛乘而得涅槃舍利弗是深般若波羅蜜從南方當轉至西方所在處是中比丘比丘尼優婆塞優婆夷當書是深般若波羅蜜當受持讀誦思惟說正憶念修行以是善根因緣故終不墮惡道中受天上人中樂增益六波羅蜜供養恭敬尊重讚歎諸佛漸以聲聞辟支佛佛乘而得涅槃舍利弗是深般若波羅蜜從西方當轉至北方所在處是中比丘比丘尼優婆塞優婆夷當書是深般若波羅蜜當受持讀誦思惟說正憶念修行以是善根因緣故終不墮惡道中受天上人中樂增益六波羅蜜供養恭敬尊重讚歎諸佛漸以聲聞辟支佛佛乘而得涅槃舍利弗是深般若波羅蜜是時北方當作佛事何以故舍利弗我法盛時無有滅相舍利弗我已念是善男子善女人受是深般若波羅蜜乃至修行亦念是善男子善女人能書是深般若波羅蜜恭敬供養尊

重讚歎華香乃至旛蓋舍利弗是善男子善女人以是善根因緣故終不墮惡道中受天上人中樂增益六波羅蜜供養恭敬尊重讚歎諸佛漸以聲聞辟支佛佛乘而得涅槃何以故舍利弗我以佛眼見是人我亦稱譽讚歎十方世界中無量無邊阿僧祇諸佛亦以佛眼見是人亦稱譽讚歎舍利弗白佛言世尊是深般若波羅蜜後時當在北方廣行耶佛言如是如是舍利弗是深般若波羅蜜後時在北方當廣行舍利弗後時於北方是善男子善女人若聞是深般若波羅蜜若書持受讀誦思惟說正憶念如說修行當知是善男子善女人久發大乘心多供養諸佛種善根久與善知識相隨舍利弗白佛言世尊後時北方當有幾所善男子善女人求佛道書深般若波羅蜜乃至如說修行佛告舍利弗後時北方雖多有求佛道善男子善女人少有聞是深般若波羅蜜不没不驚不怖不畏何以故是人多親近供養諸佛多諮問諸佛是人必能具足般若波羅蜜禪波羅蜜毗棃耶波羅蜜羼提波羅蜜尸羅波羅蜜檀波羅蜜具足四念處乃至具足十八不共法舍利弗是善男子善女人善根淳熟故能多利益衆生爲阿耨多羅三藐三菩提何以故我今爲是善男子善女人說應薩婆若法過去諸佛亦爲是善男子善女人說應薩婆若法以是因緣故是人後生時續得阿耨多羅三藐三菩提心亦爲他人說阿耨多羅三藐三菩提法是善男子善女人皆一心和合魔若魔民不能沮壞阿耨多羅三藐三菩提心何況

惡行人毀呰行深般若波羅蜜者能壞其阿耨多羅三藐三善提心舍利弗是求菩薩道諸善男子善女人聞是深般若波羅蜜大得法喜法樂亦立多人於善根爲阿耨多羅三藐三菩提

論釋曰是深般若波羅蜜佛滅度後當至南方國土者佛出東方於中說般若波羅蜜破魔及魔民外道度無量衆生然後於拘夷那竭雙樹下滅度後般若波羅蜜從東方至南方如日月五星二十八宿常從東方至南方從南方至西方從西方至北方圍遶須彌山又如供養常法右遶應遍度閻浮提人以是因緣故從東方至南方從南方至西方如佛無著心故不定一處般若波羅蜜亦如是不定住一處從西方至北方二方衆生好供養書讀乃至修行華香乃至旛蓋受大果報如經中說後展轉至北方此中供養所得果報如上說舍利弗是般若波羅蜜北方當作佛事是中說因緣佛在時能斷衆疑佛法興盛不畏法滅佛滅後過五百歲正法漸滅是時佛事轉難是時利根者讀誦正憶念亦華香供養鈍根者書寫華香等供養是二種人久久皆當得度故說當作佛事佛言是善男子善女人我及十方諸佛皆以佛眼見念知讚歎舍利弗白佛言是深般若在北方廣行耶廣行者於閻浮提北方廣大故又北方地有雪山雪山冷故藥草能殺諸毒所食米穀三毒不能大發三毒不能大發故衆生柔軟信等五根皆得勢力如是等因緣北方多行般若波羅蜜是人聞是深般若波羅蜜書持乃

至正憶念如說行當知是人久發大乘意多供養佛種善根與善知識相隨是故能於惡世書持信受乃至如說修行舍利弗問北方有幾許人聞是深般若波羅蜜能書讀誦乃至如說修行佛答是深般若難知難行雖多有人發無上道心得名菩薩少有人聞是般若波羅蜜心通達不驚不没心通達不驚不怖相佛此中自說是人多親近諸佛親近諸佛者於無量世常見諸佛恭敬供養問難者直問其事疑心不解重種種問名爲難是人世世從諸佛問難般若波羅蜜事是人功德果報雖未成當知是人具足六波羅蜜三十七品乃至十八不共法具足是福德淳熟故多利益衆生所謂檀波羅蜜尸羅波羅蜜因緣故生於富貴家自行布施教人布施羼提

波羅蜜禪波羅蜜因緣故令無量衆生出家受戒發阿耨多羅三藐三菩提心此中佛說因緣是人從我及過去諸佛聞應薩婆若大乘法是故後生不失是心是人亦教化他人說如是事如然一燈展轉皆然是人諸煩惱薄無慳貪嫉妬瞋恚故不相讒謗常一心和合是故魔若魔民不能沮壞若人少有錯故魔得其便如人有瘡受毒魔是欲界王尚不能沮壞何況惡行人或有人惡行而非惡如未離欲聖人以是故說惡行人毀呰般若波羅蜜毀壞菩薩復次諸善男子善女人無量世來愛佛法深著實法信力慧力多故聞深般若波羅蜜得大慈悲心故隨衆生力令入深般若波羅蜜若令得般若因緣所謂布施持戒等諸善根爲阿耨多羅三藐三菩提故

者是善男子善女人求無上道故教他令生諸善根福德

經是善男子善女人於我前立誓願我行菩薩道時當度無數百千萬億衆生令發阿耨多羅三藐三菩提心示教利喜乃至阿鞞跋致地受記我知其心亦隨喜是善男子善女人亦於過去諸佛前立誓願我行菩薩道時當度無數百千萬億衆生令發阿耨多羅三藐三菩提心示教利喜乃至阿鞞跋致地受記諸過去佛亦知其心而隨喜舍利弗是諸善男子善女人所爲心大所受色聲香味觸法亦大亦能大施能大施已種大善根種大善根已得大果報爲攝衆生故受身能於衆生中捨内外所有物以是善根因緣發願欲生他方世界現在諸佛說深般若波羅蜜處於諸佛前聞是深般若波羅蜜已亦於彼示教利喜百千萬億衆生令發阿耨多羅三藐三菩提心舍利弗白佛言希有世尊佛於過去未來現在法無法不知無法如相不知衆生之行無事不知今佛悉知過去諸佛及菩薩聲聞亦知今現在十方諸佛世界菩薩及聲聞亦知未來諸佛及菩薩聲聞世尊未來世有善男子善女人勤求六波羅蜜受持讀誦乃至修行有得有不得佛告舍利弗若善男子善女人一心精進勤求當得應六波羅蜜諸經舍利弗白佛言善男子善女人如是勤行者當得是應六波羅蜜深經耶佛語舍利弗是善男子善女人得是應六波羅蜜深經何以故善男子善女人爲阿耨多羅三藐三菩提故與衆生說法示教利喜令住六波

羅蜜中以是因緣故是善男子善女人後身轉生易得應六波羅蜜深經得已如六波羅蜜所說修行精勤不息乃至淨佛世界成就衆生得阿耨多羅三藐三菩提

論釋曰佛說善男子善女人於我前及過去諸佛前立誓願我行菩薩道當令無量百千萬億衆生發無上道意示教利喜令得阿鞞跋致記我及過去佛知是善男子心大能有所作故隨喜善男子善女人聞佛知其心則生歡喜自念過去作誓願事倍加精進大心者一切衆生心皆樂緣六塵有人行雜福德所謂作福時心生疑悔是福德果報雖得富貴不能好用亦不能與他罪業因緣故諸根闇鈍不擇好醜是善男子未得道時清淨福德故得上妙五欲能盡意用亦能隨意施與或施窮乏或種於福田若得善知識聞佛法著欲心息憐愍衆生爲阿耨多羅三藐三菩提故內外所有布施無所愛惜若持戒遍行十善道具戒律儀以慈悲心共行餘善法亦如是皆以深心自行及引導他人令行善道是福德因緣故不求世樂天王人王富貴處聞有現在佛處願往生彼是菩薩知諸法實相故不樂生若爲衆生生十方佛前聞深般若波羅蜜聞已於彼開化無量百千衆生發無上道心舍利弗無一切智聞說三世菩薩願行事發希有心白佛言世尊佛於三世中無法不知從如法性實際無不知者諸衆生心所行業果報因緣無事不知從十方現在諸佛及過去未來世佛及世界弟子及所行事皆悉遍知佛一切智其力甚大不可思議

舍利弗意謂同是出家人俱求般若波羅蜜何以故有得有不得者佛答若是菩薩常一心求六波羅蜜不惜身命是人內有好心外諸佛菩薩及諸天所護助故舍利弗意雖復精進佛不在世魔力復大是菩薩云何得是般若波羅蜜深經是故更問得是應六波羅蜜深經佛言得此中說得因緣所謂善男子善女人爲無上道故爲衆生說法示教利喜令住六波羅蜜開佛道是業果報故轉身易得應六波羅蜜深經若得能疾受持乃至如所說修行精進不捨世世常不離用六波羅蜜果報故淨佛世界成就衆生乃至無上道若恪惜法則常生邊地無佛法處

大智度論卷第六十七

音釋

裸（魯果切赤體也）沮（在呂切壞也）讒（鉏咸切譖也）

大智度論卷第六十八

龍樹菩薩造

姚秦三藏法師鳩摩羅什譯

釋魔事品第四十六

【經】爾時慧命須菩提白佛言：世尊！是善男子善女人發阿耨多羅三藐三菩提心，行六波羅蜜，成就衆生，淨佛世界，佛已讚歎說其功德。世尊！云何善男子善女人求於佛道生諸留難？佛告須菩提：樂說辯不即生，當知是菩薩魔事。須菩提言：世尊！何因緣故樂說辯不即生，是菩薩魔事？佛言：有菩薩摩訶薩行般若波羅蜜時，難具足六波羅蜜，以是因緣故樂說辯不即生，是菩薩魔事。復次，須菩提！樂說辯卒起，當知亦是菩薩魔事。世尊！何因緣故樂說辯卒起，復是魔事？佛言：菩薩摩訶薩行檀波羅蜜乃至般若波羅蜜，著樂說法，以是因緣故樂說辯卒起，當知是菩薩魔事。復次，須菩提！書是般若波羅蜜經時，偃蹇傲慢，當知是菩薩魔事。復次，須菩提！書是經時，戲笑亂心，當知是菩薩魔事。復次，須菩提！若書是經時，輕笑不敬，當知是菩薩魔事。復次，須菩提！若書是經時，心亂不定，當知是菩薩魔事。復次，須菩提！若書是經時，各各不和合，當知是菩薩魔事。復次，須菩提！善男子善女人作是念：我不得是經中滋味，便棄捨去，當知是菩薩魔事。復次，須菩提！受持般若波羅蜜、讀誦、說、若正憶念時，偃蹇傲慢，當知是菩薩魔事。復次，須菩提！若受持般若波羅蜜經，親近、正憶念時，轉相形笑，當知是菩薩魔事。復次，須菩提！若受持般若波羅蜜經，讀誦、正憶

念修行時共相輕懱當知是菩薩魔事若受持般若波羅蜜讀誦乃至正憶念時散亂心當知是菩薩魔事若受持般若波羅蜜讀誦乃至正憶念時心不和合當知是菩薩魔事須菩提白佛言世尊世尊說善男子善女人作是念我不得經中滋味便棄捨去當知是菩薩魔事世尊何因緣故菩薩不得經中滋味便棄捨去佛言是菩薩摩訶薩前世不久行般若波羅蜜禪波羅蜜毗梨耶波羅蜜羼提波羅蜜尸羅波羅蜜檀波羅蜜是人聞說是般若波羅蜜便從座起作是念言我於般若波羅蜜中無記心不清淨便從座起去當知是菩薩魔事須菩提白佛言世尊何因緣故不與授記聞說是深般若波羅蜜時便從座起去佛告須菩提若菩薩未入法位中諸佛不與授阿耨多羅三藐三菩提記復次須菩提聞說般若波羅蜜時菩薩作是念我是中無名字心不清淨當知是菩薩魔事須菩提言何因緣故是深般若波羅蜜中不說是菩薩名字佛言未授記菩薩諸佛不說名字復次須菩提是菩薩摩訶薩作是念是般若波羅蜜中無我生處名字若聚落城邑是人不欲聽聞般若波羅蜜便從會中起去是人如所起念時念念却一劫甫當更勤精進求阿耨多羅三藐三菩提

【論】釋曰一切有爲法各有增上增上者共相違相違即是怨賊如水得增上力滅火火得增上力則消水乃至草木各有相害何況衆生菩薩摩訶薩有大悲心雖不與衆生作怨而衆生與菩薩作怨菩薩身有爲法故能作

留難佛上說菩薩功德所謂諸佛菩薩諸天所護而未說怨賊相令佛憐愍故先雖略說令須菩提請佛廣說留難事佛雖於一切衆生一切法心平等以是菩薩能大利益世間故說好醜相及利害是道非道留難事佛不令行人毀害留難者但令覺知不隨其事何者是怨賊略說若衆生法非衆生法能沮壞菩薩無上道心非衆生者若疾病飢渴寒熱推壓墜落等衆生者魔及魔民惡鬼邪疑不信者斷善根者定有所得者實定分別諸法者深著世間樂者怨賊官事師子虎狼惡獸毒蟲等衆生賊有二種若內若外內者自從心生憂愁不得法味生邪見疑悔不信等外者如上說如是諸難事佛總名爲魔魔有四種煩惱魔五衆魔死魔天子魔煩惱魔者所謂百八煩惱等分別八萬四千諸煩惱五衆魔者是煩惱業和合因緣得是身四大及四大造色眼根等色是名色衆百八煩惱等諸受和合名爲受衆小大無量無所有想分別和合名爲想衆因好醜心發能起貪欲瞋恚等心相應不相應法名爲行衆六情六塵和合故生六識是六識分別和合無量無邊心是名識衆死魔者無常因緣故破相續五衆壽命盡離三法識斷壽故名爲死魔天子魔者欲界主深著世間樂用有所得故生邪見憎嫉一切賢聖涅槃道法是名天子魔魔秦言能奪命者唯死魔實能奪命餘者亦能作奪命因緣亦奪智慧命是故名殺者問曰一五衆魔攝三種魔何以故別說四答曰實是一魔分別其義故有四煩惱魔者人因貪欲

瞋恚故死亦能作奪命因緣是近奪命因緣故別說天子魔雜福德業因緣故力勢大邪見力故能奪慧命亦能作死因緣是故別說無常死力大一切無能免者甚可畏厭故別說問曰是魔何以惱亂行道者答曰先已廣說是品中皆有四種魔義但隨處說復次三魔不相遠離若有五衆則有煩惱有煩惱則天魔得其便五衆煩惱和合故有天魔是故須菩提問佛上已讚歎說菩薩功德今云何是菩薩魔事起佛答樂說辯不即生是爲魔事者若菩薩摩訶薩憐愍衆生故高座說法而樂說辯不生聽者憂愁我等故來而法師不說或作是念法師怖畏故不能說或言不知故不說或自惟過咎深重故不說或謂不得供養故不肯說或謂輕賤我等故不說或串樂故不說如是等種種因緣聽者心壞故以不樂說名爲魔事復次是菩薩憐愍衆生故來欲說法聽者欲聞而法師心生欲說而口不能言現是魔事如魔入阿難心佛三問而三不答久乃說者此中須菩提問世尊何因緣故辯不即生佛答菩薩行六波羅蜜時難具足六波羅蜜所以者何是人先世因緣故鈍根懈怠魔得其便不一心行六波羅蜜故樂說辯不即生問曰如樂說辯不即生是魔事今樂說辯卒起何以復是魔事答曰是法師愛法著法求名聲故自恣樂說無有義理如逸馬難制又如大水暴漲衆穢渾雜是故此中佛自說菩薩行六波羅蜜著樂說法是爲魔事復次是般若波羅蜜爲破憍慢故出而書是經者生我心憍慢憍慢故身亦高

所謂偃蹇傲慢書是般若波羅蜜時用輕心瞋心戲笑不敬復次是般若波羅蜜若一心攝心猶尚難得何況散亂心書書時從人口受或寫經卷若一心和合則得若授者不與如是等種種因緣是不和合復次觀看是般若經時品品皆空無可樂處作是念我於是經不得滋味便棄捨去般若波羅蜜是一切諸樂根本此人不得其味是爲魔事復次受持讀誦說正憶念時偃蹇形笑散亂心不和合如上說共相輕慢者從人受讀誦正憶念時師徒互相輕賤書寫經時但有捨去無相輕賤以是故無問曰上事中何以但問不得經中滋味不問餘者答曰般若波羅蜜聖人所說與凡人說異是故凡夫人不得滋味須菩提意謂般若波羅蜜是清淨珍寶聚能利益衆生無有過惡是人云何不得滋味佛答是人先世不久行六波羅蜜故菩薩信等五根薄故不能信空無相無作無依止法嬈亂心起作是言佛一切智何以不與我授記便捨去餘者易解故不問須菩提問若爾者何以故不與授記佛是大悲應當愍念防護其心不令墮惡佛言未入法位人諸佛不與授記所以者何諸佛雖悉知衆生久遠事爲五通仙人及諸天見人未有善行業因緣可授記若爲授記輕佛不信無有因緣云何與授記是故入法位者與授記是人名字及聚落處亦如是是人從座起去隨其起念多少念念却一劫償罪畢還得人身甫當復爾所劫行

經復次須菩提菩薩學餘經棄捨般若波羅

蜜終不能至薩婆若善男子善女人爲捨其根而攀枝葉當知亦是菩薩魔事須菩提白佛言世尊何等是餘經善男子善女人所學不能至薩婆若佛言是聲聞所應行經所謂四念處四正勤四如意足五根五力七覺分八聖道分空無相無作解脫門善男子善女人住是中得須陀洹果斯陀含果阿那含果阿羅漢果是名聲聞所行不能至薩婆若如是善男子善女人捨般若波羅蜜親近是餘經何以故須菩提般若波羅蜜中出生諸菩薩摩訶薩成就世間出世間法須菩提菩薩摩訶薩學般若波羅蜜時亦學世間出世間法須菩提譬如狗不從大家求食反從作務者索如是須菩提當來世有善男子善女人棄深般若波羅蜜而攀枝葉聲聞辟支佛所應行經當知是爲菩薩魔事須菩提譬如有人欲得見象見已反觀其跡須菩提於汝意云何是人爲黠不須菩提言爲不黠佛言諸求佛道善男子善女人亦復如是得深般若波羅蜜棄捨去取聲聞辟支佛所應行經須菩提當知是爲菩薩魔事須菩提譬如人欲見大海反求牛跡水作是念大海水能與此等不須菩提於汝意云何是人爲黠不須菩提言爲不黠佛言當來世有求佛道善男子善女人亦如是得深般若波羅蜜棄捨去取聲聞辟支佛所應行經當知是亦菩薩摩訶薩魔事須菩提譬如工匠若工匠弟子欲擬作釋提桓因勝殿而揆則日月宮殿須菩提於汝意云何是人爲黠不須菩提言爲不黠如是須菩提當來世有薄福德善男子善女

人求佛道者得是深般若波羅蜜棄捨去於聲聞辟支佛所應行經中求薩婆若須菩提於汝意云何是人為黠不須菩提言為不黠佛言當知亦是菩薩魔事須菩提譬如有人欲見轉輪聖王見而不識後見諸小國王取其相貌如是言轉輪聖王與此何異須菩提於汝意云何是人為黠不須菩提言為不黠須菩提當來世有薄福德善男子善女人求佛道者得是深般若波羅蜜棄捨去取聲聞辟支佛所應行經持求薩婆若須菩提於汝意云何是人為黠不須菩提言為不黠當知是為菩薩魔事須菩提譬如飢人得百味食棄捨去反食六十日穀飯須菩提於汝意云何是人為黠不須菩提言為不黠佛言當來世有求佛道善男子善女人得聞深般若波羅蜜棄捨去取聲聞辟支佛所應行經持求薩婆若於汝意云何是人為黠不須菩提言為不黠當知是亦菩薩魔事須菩提譬如人得無價摩尼珠反持比水精珠須菩提於汝意云何是人為黠不須菩提言為不黠佛言當來世有求佛道善男子善女人得聞深般若波羅蜜棄捨去取聲聞辟支佛所應行經持求薩婆若是人為黠不須菩提言為不黠當知是亦菩薩魔事復次須菩提求佛道善男子善女人書是深般若波羅蜜時樂說不如法事不得書成般若波羅蜜所謂樂說色聲香味觸法樂說持戒禪定無色定樂說檀波羅蜜乃至般若波羅蜜樂說四念處乃至阿耨多羅三藐三菩提何以故須菩提是般若波羅蜜中無樂說相須菩提般若波羅蜜

不可思議相般若波羅蜜不生不滅相般若波羅蜜不垢不淨相般若波羅蜜不亂不散相般若波羅蜜無說無示相般若波羅蜜無言無義相般若波羅蜜無所得相何以故須菩提般若波羅蜜中無是諸法相須菩提若有善男子善女人求菩薩道者書是般若波羅蜜經時以是諸法散亂心當知是亦菩薩魔事須菩提白佛言世尊是般若波羅蜜可書耶佛言不可書何以故般若波羅蜜自性無故禪波羅蜜毗棃耶波羅蜜羼提波羅蜜尸羅波羅蜜檀波羅蜜乃至一切種智自性無故若自性無是不名爲性無法不能書無法須菩提若求菩薩道善男子善女人作是念無法是深般若波羅蜜當知即是菩薩魔事世尊是求菩薩道善男子善女人用文字書般若波羅蜜自念我書是般若波羅蜜以字著般若波羅蜜當知亦是菩薩魔事何以故世尊是般若波羅蜜無文字禪波羅蜜毗棃耶波羅蜜羼提波羅蜜尸羅波羅蜜檀波羅蜜無有文字世尊色無文字受想行識無文字乃至一切種智無文字世尊若求菩薩道善男子善女人著無文字般若波羅蜜乃至著無文字一切種智當知亦是菩薩魔事提求佛道善男子善女人書般若波羅蜜時讀誦說正憶念如說修行亦如是復次須菩若國土念起聚落念起城邑念起方念起若聞謗毀其師念起若念父母及兄弟姊妹諸餘親里若念賊若念旃陀羅若念衆女若念婬女如是等種種諸餘異念留難惡魔復益其念破壞書般若波羅蜜破壞讀誦說正憶

念如說修行須菩提當知是亦魔事復次須菩提求佛道善男子善女人得名譽恭敬布施供養所謂衣服飲食臥牀疾藥種種樂具善男子善女人書是般若波羅蜜經受持讀誦乃至正憶念時愛著是事不得書成般若波羅蜜乃至正憶念當知是亦菩薩魔事復次須菩提求佛道善男子善女人書般若波羅蜜乃至如說修行時惡魔方便持諸餘深經與是菩薩摩訶薩有方便力者不應貪著惡魔所與諸餘深經何以故是經不能令人至薩婆若故是中無方便菩薩摩訶薩聞是諸餘深經便捨深般若波羅蜜須菩提我是般若波羅蜜中廣說諸菩薩摩訶薩方便道諸菩薩摩訶薩應當從是中求須菩提今善男子善女人求菩薩道捨是深般若波羅蜜於魔所與聲聞辟支佛深經中求方便道當知亦是菩薩魔事

論釋曰學餘經捨般若波羅蜜等有人於聲聞師僧中受戒學法初不聞般若波羅蜜或時餘處聞深著先所學法捨般若波羅蜜於先所學法中求薩婆若有聲聞弟子先得般若波羅蜜不知義趣不得滋味以聲聞經行菩薩道有人是聲聞弟子得般若波羅蜜經欲信受餘聲聞人沮壞其心語言是經初後不相應無有定相汝宜捨之聲聞法中何所不有六足阿毗曇及其論議分別諸法相即是般若波羅蜜八十部律即是尸羅波羅蜜阿毗曇中分別諸禪解脫諸三昧等是禪波羅蜜三藏本生中讚歎解脫布施忍辱精進即是三波羅蜜如是等種種因緣捨般若波

羅蜜於聲聞經中求薩婆若如人欲得堅實好木捨其根莖而取枝葉雖是木名而不中用復次般若波羅蜜是三藏根本得般若波羅蜜已爲度衆生故說餘事是故名枝葉復次聲聞經中雖說諸法實相而不了了般若波羅蜜經中分明顯現易見易得如人攀緣枝葉則墜落若捉莖榦則堅固若執聲聞經則墮小乘中若持般若波羅蜜易得無上道是故說捨根莖取枝葉問曰三十七品三解脫門般若經中亦有今何以故但名聲聞辟支佛經答曰摩訶衍中雖有是法與畢竟空合心無所著以不捨薩婆若大悲心爲一切衆生故說聲聞經則不爾爲小乘證故復次菩薩行般若波羅蜜故能成就世間出世間法是故菩薩若求佛應當學般若波羅蜜譬如狗爲主守備應從主索食而反於奴客求菩薩亦如是狗喻行者般若波羅蜜喻主人般若中有種種利益而捨求餘經佛欲令分明易見故說譬喻象大海帝釋殿轉輪聖王無價寶亦如是問曰五欲生五蓋以五蓋覆智慧故不應樂說何以故樂說餘六波羅蜜乃至無上道而言不如法答曰不如法者不如般若波羅蜜實相般若波羅蜜實相中無定相法云何可樂說若有定相則心著樂說諸佛及菩薩以大悲心故爲衆生說法不著語言用無所得法示衆生畢竟空相般若波羅蜜是人書讀誦等以深著心取六塵相乃至無上道故言不如法問曰若般若波羅蜜畢竟空無所有法不可書讀誦等如是則不應有魔事答曰畢竟空無所有亦非般若波

羅蜜相何以故是魔事此中說若是人知無所有是般若波羅蜜相即是魔事若用文字書般若波羅蜜自知我書般若波羅蜜有此著心即是魔事若人知般若波羅蜜相不以著心書讀誦等若有來破者是爲破般若波羅蜜復次內有煩惱魔外有天子魔是二事因緣故書般若波羅蜜乃至修行時壞般若波羅蜜念起者所謂念此國土不安隱彼國土豐樂聚落城邑方亦如是或聞謗毀其師捨般若波羅蜜欲助師除滅惡名或聞父母疾病官事或念賊恐怖欲發心詣餘處旃陀羅亦如是與賊旃陀羅共住則發瞋恚與衆女婬女共住故婬欲心發如是等種種因緣破壞般若波羅蜜菩薩覺知當莫念莫說或書般若波羅蜜時鈍根者於多恭敬供養事中愛著自念我能書能隨行故有是著是利養即是魔事或有利根者魔或思惟是菩薩不著世間樂一心受般若波羅蜜此人不可沮壞我今當以聲聞深經轉其心使成阿羅漢佛言聲聞經雖深不應貪著譬如燒然金丸色雖妙不可捉若菩薩無方便不大利根得是經歡喜是空無相無作盡苦本何復過是便捨般若波羅蜜亦是魔事何以故此中佛說因緣於般若波羅蜜中廣說諸菩薩摩訶薩方便道所謂觀聲聞辟支佛道而不證以大悲心行三解脫門故譬如人以酥和毒毒勢則歇不能害人般若亦如是菩薩於般若中求無上道易得於餘經則難如但服毒是故不應從聲聞經中求菩薩道

釋兩不和合品第四十七之上（經作兩不和合過品）

經復次須菩提聽法人欲書持般若波羅蜜讀誦問義正憶念說法人懈墮不欲爲說當知是菩薩摩訶薩魔事須菩提說法之人心不懈墮欲令書持般若波羅蜜聽法者不欲受之二心不和當知是爲魔事復次須菩提聽法人若欲書持般若波羅蜜讀誦乃至正憶念說法者欲至他方當知是爲魔事須菩提說法人欲令書持般若波羅蜜聽法者欲至他方二心不和當知是爲魔事復次須菩提說法人貴重布施衣服飲食臥具醫藥資生之物聽法人少欲知足行遠離行攝念精進一心智慧兩不和合不得書般若波羅蜜受持讀誦問義正憶念當知是爲魔事須菩提說法人少欲知足行遠離行攝念精進一心智慧聽法者貴重布施衣服飲食臥具醫藥資生之物兩不和合不得書持般若波羅蜜讀誦問義正憶念當知是爲魔事復次須菩提說法者受十二頭陀一作阿蘭若二常乞食三納衣四一坐食五節量食六中後不飲漿七塚間住八樹下住九露地住十常坐不臥十一次第乞食十二但三衣聽法人不受十二頭陀不作阿蘭若乃至不受但三衣兩不和合不得書持般若波羅蜜讀誦問義正憶念當知是爲魔事須菩提聽法者受十二頭陀作阿蘭若乃至受但三衣說法人不受十二頭陀不作阿蘭若乃至不受但三衣兩不和合不得書持般若波羅蜜讀誦問義正憶念當知是爲魔事

論釋曰一切有爲法因緣和合故生衆緣離則無譬如鑽燧求火有鑽有母二事因緣得

火書寫般若乃至正憶念亦如是内外因緣和合故生所謂師弟子同心同事故乃得書成是故佛告須菩提聽法人信等五善根發故欲書持般若乃至正憶念説法者五蓋覆心故不欲説問曰若五蓋覆心故不欲説何以作師答曰是人著世間樂不觀空無常雖能心知口説不能自行弟子雖必欲行而不能知故更無餘處必諮此人或時師悲心發故欲令書持般若弟子信等五善根鈍不發故著世間樂故不欲受書持乃至正憶念問曰若不欲受持何以名聽法者答曰少多聽受讀誦不能究竟成就故但名聽法若二人善心共同能得般若波羅蜜若不同則不能得是名魔事内煩惱發外天子魔作因緣離是般若菩薩應覺是魔事防令不起若自失

當具足若弟子失當教令得復次師或慈悲心薄捨弟子至他方或不宜水土四大不和或善法無所增益或水旱不適或土地荒亂如是等種種因緣故至他方弟子亦種種因緣不能追隨貴重利養者如上五蓋覆心等復次是二人皆有信有戒而一人以十二頭陀莊嚴戒一人不能問曰一人何以故不能答曰佛所結戒弟子受持十二頭陀不名爲戒能行則戒莊嚴不能行不犯戒譬如布施能行則得福不能行者無罪頭陀亦如是是故兩不和合則是魔事十二頭陀者行者以居家多惱亂故捨父母妻子眷屬出家行道而師徒同學還相結著心復娆亂是故受阿蘭若法令身遠離憒丙住於空閑遠離者最近三里能遠益善得是身遠離已亦當令心

遠離五欲五蓋若受請食若衆僧食起諸漏因緣所以者何受請食者若得作是念我是福德好人故得若不得則嫌恨請者彼爲無所别識不應請者請應請者不請或自鄙薄懊惱自責而生憂苦是貪愛法則能遮道僧食者入衆中當隨衆法斷事擯人料理僧事處分作使心則散亂妨廢行道有如是等惱亂事故受常乞食法好衣因緣故四方追逐墮邪命中若受人好衣則生親著若不親著檀越則恨若僧中得衣如上説衆中之過又好衣是未得道者生貪著處好衣因緣招致賊難或至奪命有如是等患故受弊納衣法行者作是念求一食尚多有所妨何況小食中食後食若不自損則失半日之功不能一心行道佛法爲行道故不爲益身如養馬養猪是故斷數數食受一食法有人雖一食而貪心極噉腹脹氣塞妨廢行道是故受節量食法節量者略説隨所能食三分留一分則身輕安隱易消無患於身無損則行道無廢如經中舍利弗説我若食五口六口足之以水則足支身於秦人中食可十口許有人雖節量食過中飲漿則心生樂著求種種漿果蜜漿等求欲無厭不能一心修習善法如馬不著轡勒左右噉草不肯進路若著轡勒則噉草意斷隨人意去是故受中後不飲漿無常空觀是入佛法初門能厭離三界塜間常有悲啼哭聲死屍狼藉眼見無常後或火燒鳥獸所食不久滅盡因是屍觀一切法中易得無常相空相又塜間住若見死屍臭爛不淨易得九想觀是離欲初門是故受塜間

住法不淨無常等觀已得道事辦捨至樹下或未得道者心則不大厭取是相樹下思惟如佛生時成道轉法輪時般涅槃時皆在樹下行者隨諸佛法常處樹下如是等因緣故受樹下坐法行者或觀樹下如半舍無異蔭覆涼樂又生愛著我所住者好彼樹不如如是等生漏故至露地住作是思惟樹下有二種過一者雨漏濕冷二者鳥屎汙身毒蟲所住有如是等過空地則無此患露地住則著衣脫衣隨意快樂月光遍照空中明淨心易入空三昧身四儀中坐爲第一食易消化氣息調和求道者大事未辦諸煩惱賊常伺其便不宜安臥若行若立則心動難攝亦不可久故受常坐法若欲睡時脇不著席行者不著於味不輕衆生等心憐愍故次第乞食不擇貧富故受次第乞食法行者少欲知足衣趣蓋形不多不少故受但三衣白衣求樂故多畜種種衣或有外道苦行故裸形無恥是故佛弟子捨二邊處中道行住處食處常用故事多衣不須日日求故略說是十二頭陀佛意欲令弟子隨道行捨世樂故讚十二頭陀是佛意常以頭陀爲本有因緣不得已而聽餘事如轉法輪時五比丘初得道白佛言我等著何等衣佛言應著納衣又受戒法盡壽著納衣乞食樹下住弊棄藥於古四聖種中頭陀即是三事佛法唯以智慧爲本不以苦爲先是法皆助道隨道故諸佛常讚歎

大智度論卷第六十八

音釋

偃蹇偃於幰切蹇九件切偃蹇驕傲也串古患切習也黠胡八切慧也鑽燧鑽祖官切燧徐醉切鑽燧穿木出火也擯必刃切斥也臰尺救切與臭同腐氣也

大智度論卷第六十九

龍樹菩薩造

姚秦三藏法師鳩摩羅什譯

釋兩不和合品第四十七之下

經 復次須菩提說法者有信有善欲書受深般若波羅蜜乃至正憶念聽法者無信破戒惡行不欲書受深般若波羅蜜乃至正憶念當知是爲魔事須菩提聽法者有信有善說法者無信破戒惡行兩不和合當知是爲魔事復次須菩提說法者能一切施心不慳惜聽法者悋惜不捨當知是爲魔事須菩提聽法者一切能施心不慳惜說法者悋法不施兩不和合不得書持般若波羅蜜乃至正憶念當知是爲魔事復次須菩提聽法者欲供養說法人衣服飲食臥具醫藥資生所須說法者不欲受之當知是爲魔事須菩提說法者欲供給聽法人衣服乃至資生所須聽法者不欲受之兩不和合不得書持般若波羅蜜乃至正憶念當知是爲魔事復次須菩提說法者易悟聽法人闇鈍當知是爲魔事須菩提聽法者易悟說法人闇鈍兩不和合不得書持般若波羅蜜乃至正憶念當知是爲魔事復次須菩提說法者知十二部經次第義所謂修妬路乃至優波提舍聽法者不知十二部經次第義當知是爲魔事聽法者知十二部經次第義說法人不知十二部經次第義兩不和合不得書深般若波羅蜜乃至正憶念當知是爲魔事復次須菩提說法者成就六波羅蜜聽法者不成就六波羅蜜兩不和合不得書深般若波羅蜜乃至正憶念

當知是爲魔事聽法者有六波羅蜜說法人無六波羅蜜兩不和合不得書深般若波羅蜜乃至正憶念當知是爲魔事復次須菩提說法者於六波羅蜜有方便力聽法人於六波羅蜜無方便力兩不和合不得書深般若波羅蜜乃至正憶念當知是爲魔事聽法者於六波羅蜜有方便力說法人於六波羅蜜無方便力兩不和合不得書深般若波羅蜜乃至正憶念當知是爲魔事復次須菩提說法者得陀羅尼聽法人無陀羅尼兩不和合不得書深般若波羅蜜乃至正憶念當知是爲魔事聽法者得陀羅尼說法者無陀羅尼兩不和合不得書深般若波羅蜜乃至正憶念當知是爲魔事復次須菩提說法者欲令書持般若波羅蜜讀誦乃至正憶念聽法人不欲書持般若波羅蜜讀誦乃至正憶念兩不和合不得書深般若波羅蜜乃至正憶念當知是爲魔事聽法者欲書讀誦說般若波羅蜜說法者不欲令書般若波羅蜜乃至不欲令說兩不和合不得書深般若波羅蜜乃至正憶念當知是爲魔事復次須菩提說法者離貪欲瞋恚睡眠掉悔疑聽法人貪欲瞋恚睡眠掉悔疑當知是爲魔事聽法者離貪欲瞋恚睡眠掉悔疑說法人貪欲瞋恚睡眠掉悔疑兩不和合不得書深般若波羅蜜乃至正憶念當知是爲魔事復次須菩提書是深般若波羅蜜乃至正憶念時或有人來說三惡道中苦劇汝何不於是身盡苦入涅槃何用是阿耨多羅三藐三菩提爲兩不和合不得書般若波羅蜜乃至正憶念當知是爲

魔事復次須菩提書是深般若波羅蜜受持讀誦說正憶念時或有人來讚四天王諸天讚三十三天夜摩天兜率陀天化樂天他化自在天梵天乃至非有想非無想天讚初禪乃至非有想非無想定作是言善男子欲界中受五欲快樂色界中受禪生樂無色界中受寂滅樂是事亦無常苦空無我變相盡相散相離相滅相汝何不於是身中取須陀洹果斯陀含果阿那含果阿羅漢果辟支佛道何用是世間生死中受種種苦求阿耨多羅三藐三菩提爲兩不和合不得書深般若波羅蜜乃至正憶念當知是爲魔事復次須菩提說法者一身無累自在無礙聽法人多將人衆兩不和合不得書深般若波羅蜜乃至正憶念當知是爲魔事聽法者一身無累自在無礙說法者多將人衆兩不和合不得書深般若波羅蜜乃至正憶念當知是爲魔事復次須菩提說法者如是言汝能隨我意者當與汝般若波羅蜜令書讀誦說正憶念若不隨我意者則不與汝兩不和合不得書深般若波羅蜜讀誦說正憶念當知是爲魔事復次須菩提聽法者欲得追隨如其意說法者不聽兩不和合不得書深般若波羅蜜乃至正憶念當知是爲魔事復次須菩提說法者欲得財利故與般若波羅蜜令書持乃至正憶念聽法者以是因緣故不欲從受兩不和合不得書深般若波羅蜜乃至正憶念當知是爲魔事聽法者爲財利故欲書深般若波羅蜜讀誦說說法者以是因緣故不欲與兩不和合不得書深般若波羅蜜讀誦說當

知是爲魔事復次須菩提說法者欲至他方危命之處聽法者不欲隨去兩不和合不得書深般若波羅蜜乃至正憶念當知是爲魔事聽法者欲至他方危命之處說法者不欲去兩不和合不得書深般若波羅蜜乃至正憶念當知是爲魔事復次須菩提說法者欲至他方飢餓穀貴無水之處聽法者不欲隨去兩不和合不得書深般若波羅蜜乃至正憶念當知是爲魔事聽法者欲至他方飢餓穀貴無水之處說法者不欲去兩不和合不得書深般若波羅蜜乃至正憶念當知是爲魔事復次須菩提說法者欲至他方豐樂之處聽法者欲隨從去說法者言善男子汝爲利養故追隨我汝善自思惟若得若不得無令後悔以是少因緣故兩不和合聽法者聞之心厭作是念是爲拒逆不欲與我相隨便止不去兩不和合不得書深般若波羅蜜乃至正憶念當知是爲魔事復次須菩提說法者欲過曠野賊怖旃陀羅怖獵師怖惡獸毒蛇怖聽法者欲隨逐去說法者言善男子汝何用到彼彼中多有諸怖賊怖乃至毒蛇怖聽法者聞之知其不欲與般若波羅蜜書持乃至正憶念心厭不欲追隨以是少因緣故兩不和合當知是爲魔事復次須菩提說法者多有檀越數往問訊以是因緣故語聽法者我有因緣應往到彼聽法人知其意便止兩不和合不得書深般若波羅蜜乃至正憶念當知是爲魔事

【論】問曰有人書持讀誦般若波羅蜜不能行而犯戒或可有是若不信云何從受法答曰

是人不信般若波羅蜜所謂畢竟空但欲求名故讀誦廣説如佛弟子不信外道經書亦爲人講説復次不能深心信樂般若故名不信非都不信問曰弟子法應供養師奉諸所有何以言師不能施答曰弟子作是念師少物不能捨何況捨身雖讃説布施是爲欺誑是故名不和合弟子欲以四事供養師師少欲知足故不受或羞愧似如賣法故不受或師多知多識無所乏少能供給弟子弟子自念人當謂我貪師衣食故受法或自以德薄不消所給此心雖好不能成般若故亦是魔事師鈍根者是誦經師非解義師十二部經亦是誦經師復次有六波羅蜜者作是念弟子罪人鈍根不能行六波羅蜜著世間事但有弟子名無有實事是師不知弟子聞般若已後成大事但以現前無六波羅蜜不肯教化弟子亦作是念六波羅蜜義我亦能行師但能口説不能脩行不知師轉身因緣當成大事又不知師別有讀誦利益因緣故不和合復次弟子直信著善法師不著法以方便行六波羅蜜弟子謂爲不深樂六波羅蜜何以知之師或時讃歎六波羅蜜或時斷人著故破散六波羅蜜弟子有方便亦如是問曰若弟子得陀羅尼師無陀羅尼何以爲師答曰陀羅尼有種種有弟子得聞持陀羅尼能持能誦不能解義師能爲解説弟子或能得諸法實相陀羅尼義而不能次第誦讀或師得聞持陀羅尼未得大悲故輕賤弟子不能教道問曰弟子欲受持般若波羅蜜師不與或可有是云何師欲與法弟子不受答曰如

先答弟子見師有過故不欲受法復次師欲教化前人為弟子而是人或邪見諸惡因緣故不肯受教復次一切衆生所行法同則和合一人離五蓋一人不離故相輕相輕故不和合一切上法皆爾復次書誦般若波羅蜜乃至正憶念時一人呵三惡道一人讚歎諸天是事如先答雖不能都破其善行但壞其大乘授小乘法復次師少欲知足不樂衆聚弟子多有人衆師作是念弟子雖好可度而將徒衆多師深著善法捨離弟子弟子一身亦如是復次說法者意若弟子隨我意行若去若住隨時問訊如是等聽法者但欲從求法利不能行此衆事是不和合或時聽法者隨意進止問訊等說法者不聽作是念何用是事損我功德聽法者意謂輕賤不相好喜是不和合復次師為利養故欲與法弟子心則不敬師云何欲賣經法弟子亦如是為財利故讀誦般若非清淨心故師知弟子心如是則薄賤不與故不和合復次師欲至他方路經險難弟子惜身命故不能隨作是念我有身然後求法弟子欲去亦如是飢餓穀貴無水處亦如是復次師欲至豐樂處弟子欲隨師或羞愧不欲將去或弟子串樂不任涉遠或道里懸遠或師諳彼國弟子不悉謂師稱美彼國不必實爾或慮師謂貪飲食故去如是等種種因緣師語弟子如汝所聞彼國土所有不必盡爾好自籌量若自欲去者便去無以財物豐樂故去至彼不得隨意勿以見怨師復為說汝聞彼國土豐樂故去非為法故不須隨我師好心止弟子不知是壞般

若波羅蜜因緣弟子聞是説敬難師故不能答便止不去故不和合師復欲至遠國彼中有種種虎狼賊盜語弟子言彼間多難汝不須去弟子聞已便止師但知彼有難事故止弟子不知是壞般若波羅蜜因緣問曰若遠國多難何以自去答曰有人言師彼國生故服習彼土能自防護有人言彼有好師經書不惜身命故去師作是念我身自死則可云何枉他如是等因緣故止弟子不令去師多有知識檀越師常隨時問訊檀越弟子少欲知足不著檀越師常隨時問訊檀越心生樂著弟子但欲求法不喜是事師知其意語言我有因緣不得爲汝説法弟子聞已不悦師貴俗緣不貴於法是不和合

【經】復次須菩提惡魔作比丘形像來方便破壞般若波羅蜜不得令書持讀誦説正憶念須菩提白佛言世尊何因緣故惡魔作比丘形像方便破壞般若波羅蜜不得令書持乃至正憶念佛言惡魔作比丘形像來壞善男子善女人心令遠離般若波羅蜜作是言如我所説經即是般若波羅蜜此經非般若波羅蜜須菩提是中破壞諸比丘時有未受記菩薩便墮疑墮疑故不書深般若波羅蜜不受不持乃至不作正憶念不和合不得書成般若波羅蜜乃至正憶念當知是爲魔事復次須菩提惡魔作比丘身到菩薩所作如是言若菩薩行般若波羅蜜於實際作證得須陀洹果斯陀含果阿那含果阿羅漢果得辟支佛道以是不和合不得書深般若波羅蜜乃至正憶念當知是爲魔事復次須菩提説

是深般若波羅蜜時多有魔事起留難般若波羅蜜是爲魔事菩薩摩訶薩應當覺知知已遠離須菩提言世尊何等是魔事留難菩薩應當覺知知已遠離佛言似般若波羅蜜諸魔事起似禪波羅蜜似毗棃耶波羅蜜似羼提波羅蜜似尸羅波羅蜜似檀波羅蜜魔事起菩薩應當覺知知已遠離復次須菩提聲聞辟支佛所應行經是菩薩摩訶薩應當知是魔事而遠離之復次須菩提内空乃至無法有法空四念處乃至八聖道分空無相無作解脱門用是法得須陀洹果斯陀含果阿那含果阿羅漢果辟支佛道如是等諸經惡魔作比丘形像方便與菩薩摩訶薩是不和合故不得書深般若波羅蜜乃至正憶念當知是爲魔事復次須菩提惡魔作佛身金色丈光到菩薩所是菩薩貪著因縁故耗減薩婆若是不和合故不得書般若波羅蜜乃至正憶念當知是爲魔事復次須菩提惡魔作佛身及比丘僧到菩薩前是菩薩起貪著意作是念我於當來世亦當如是從比丘僧爲説法是菩薩貪著魔身故耗減薩婆若不得書成般若波羅蜜乃至正憶念當知是爲魔事復次須菩提惡魔化作無數百千萬億菩薩行檀波羅蜜尸羅波羅蜜羼提波羅蜜毗棃耶波羅蜜禪波羅蜜般若波羅蜜指示善男子善女人善男子善女人見已貪著貪著故耗減薩婆若不得書般若波羅蜜乃至正憶念當知是爲魔事何以故是深般若波羅蜜中無有色無有受想行識乃至無有阿耨多羅三藐三菩提須菩提般若波羅蜜若

無有色乃至無阿耨多羅三藐三菩提是中無佛無聲聞無辟支佛無菩薩何以故一切諸法自性空故復次須菩提善男子善女人書是深般若波羅蜜受讀誦說正憶念時多有留難起須菩提譬如閻浮提中珍寶金銀瑠璃硨磲碼碯珊瑚等寶多難多賊如是須菩提善男子善女人書是深般若波羅蜜乃至正憶念時多賊多留難起須菩提白佛言如是世尊閻浮提中珍寶金銀瑠璃硨磲碼碯珊瑚等多賊多難世尊善男子善女人亦如是書是深般若波羅蜜乃至正憶念時多賊多留難起多有魔事何以故是愚癡人爲魔所使善男子善女人書是深般若波羅蜜乃至正憶念時破壞令遠離世尊是愚癡人少智少慧是善男子善女人書般若波羅蜜

乃至正憶念時破壞令遠離是愚癡人心不樂大法是故不書是深般若波羅蜜不受不讀不誦不正憶念不如說修行亦壞他人令不得書深般若波羅蜜乃至如說修行佛言如是如是須菩提新發大乘意善男子善女人爲魔所使不種善根不供養諸佛不隨善知識故不書深般若波羅蜜乃至不正憶念而作留難是善男子善女人少智少慧心不樂大法是故不能書是深般若波羅蜜乃至正憶念魔事起故須菩提若善男子善女人能書是深般若波羅蜜乃至正憶念時魔事不起能具足禪波羅蜜乃至檀波羅蜜能具足四念處乃至一切種智須菩提當知佛力故是善男子善女人能書是深般若波羅蜜乃至正憶念亦能具足禪波羅蜜乃至檀波

羅蜜內空乃至無法有法空具足四念處乃至八聖道分佛十力乃至一切種智須菩提十方現在無量無邊阿僧祇諸佛亦助是善男子善女人令得書是深般若波羅蜜乃至正憶念十方阿鞞跋致諸菩薩摩訶薩亦擁護祐助是善男子善女人書般若波羅蜜乃至正憶念

論釋曰魔作大沙門形有重威德令人受其語多持經卷與衆弟子俱語諸比丘般若波羅蜜如我經所說眞實佛語汝先聞者不實非佛所說訶毀先經種種自讚所說鈍根菩薩信受是語生邪見若利根未得授記者生疑何以故諸佛畢竟空無相智慧難解故不和合或時魔語菩薩般若波羅蜜三解脫門廣說但是空汝常習此空於中得證不得證云何作佛作佛法先行布施持戒等修三十二相福德坐道場時爾乃用空菩薩或信或疑離般若波羅蜜問曰云何似六波羅蜜名魔事答曰如相似般若波羅蜜中說復次以著心行六波羅蜜是名似聲聞辟支佛經無有慈悲不求佛道但欲自度雖是好事破菩薩道故名魔事問曰若菩薩見佛身則信心清淨云何名魔事答曰一切煩惱取相皆是魔事是小菩薩未應見佛身魔作佛妙形菩薩心著爲是好身故行道如未離欲人見天女形深心染著不能堪受天欲迷悶而死是故魔願得滿菩薩雖得少淨心而失實相智慧如人手捉重寶有人以少金誑之捨大價寶而取賤物是名耗減魔作佛身將諸比丘示多菩薩行六波羅蜜亦如上此中佛說因

緣色等一切法自性空復次衆會生疑般若波羅蜜是無上法多有利益云何有人憎嫉是故佛說譬喻如閻浮提金銀等多怨多賊爲是故出不爲瓦石等生般若波羅蜜是佛法藏中妙寶微妙甚深懈怠鈍根者所不解是故訾毀魔以般若波羅蜜多令衆生入涅槃故魔作怨賊須菩提喜受佛教述其所說毀呰破壞般若者世尊是狂癡之人爲魔所使不得自在以少智不能通達佛意是人無有大心不知清淨法味但知三相貪味婬欲瞋恚如畜生法與般若波羅蜜生留難佛可須菩提所說語須菩提若菩薩摩訶薩書般若乃至正憶念魔事不起當知是佛力亦是十方諸佛及諸菩薩所擁護而能具足五波羅蜜乃至一切種智亦是十方現在佛力何以故魔是欲界主世間福德智慧具足魔是世間生死根本色界諸天雖有邪見常入禪定故心柔輭不能有所破壞無色界中無形故又心微細不能有所作下諸天無有力勢故不能如是破壞是魔先世業因緣力又住處因緣他作奪取是中賊主名爲魔是魔相爾破壞好事初發心菩薩福德智慧薄故惜身若十方諸佛菩薩不擁護佐助者不能成是故諸佛菩薩諸天爲破壞魔事是菩薩或覺或不覺如賊遶城大人守護小兒不覺略說魔事如是廣說則無量無邊然佛意但欲令行者成般若大事是故師徒宜應和合一切惡事不應計念

釋佛母品第四十八之上

【經】佛告須菩提譬如母人有子若五若十若

二十若三十若四十若五十若百若千母中得病諸子各各勤求救療作是念我等云何令母得安無諸患苦不樂之事風寒冷熱蚊寅蛇蚖侵犯母身是我等憂其諸子等常求樂具供養其母所以者何生育我等示我世間如是須菩提佛常以佛眼視是深般若波羅蜜何以故是深般若波羅蜜能示世間相十方現在諸佛亦以佛眼常視是深般若波羅蜜何以故是深般若波羅蜜能生諸佛能與諸佛一切智能示世間相以是故諸佛常以佛眼視是深般若波羅蜜又以般若波羅蜜能生禪波羅蜜乃至檀波羅蜜能生內空乃至無法有法空能生四念處乃至八聖道分能生佛十力乃至一切種智般若波羅蜜能生須陀洹斯陀含阿那含阿羅漢辟支佛諸佛須菩提所有諸佛已得阿耨多羅三藐三菩提今得當得皆因深般若波羅蜜因緣故得須菩提若求佛道善男子善女人書是深般若波羅蜜乃至正憶念諸佛常以佛眼視是人須菩提是求菩薩道善男子善女人諸十方佛常守護令不退阿耨多羅三藐三菩提須菩提白佛言如世尊所說般若波羅蜜能生諸佛能示世間相世尊般若波羅蜜云何能生諸佛云何能示世間相云何諸佛從般若波羅蜜生云何諸佛說世間相佛告須菩提是深般若波羅蜜中生佛十力乃至十八不共法一切種智須菩提得是諸法故名為佛須菩提以是故深般若波羅蜜能生諸佛須菩提諸佛說五衆是世間相須菩提言世尊云何深般若波羅蜜中說五衆相云

何深般若波羅蜜中示五衆須菩提般若波羅蜜不示五衆破不示壞不示生不示滅不示垢不示淨不示增不示減不示入不示出不示過去不示未來不示現在何以故空相不破不壞無相相無作相不破不壞相如是示不起法不生法無所有法法性不破不壞相如是示如是須菩提佛說深般若波羅蜜能示世間相復次須菩提諸佛因深般若波羅蜜悉知無量無邊阿僧祇衆生心所行須菩提是深般若波羅蜜中無衆生無衆生名無色無色名無受想行識無受想行識名無眼乃至無意無眼識乃至無意識無眼觸乃至無意觸乃至無一切種智無一切種智名如是須菩提是深般若波羅蜜能示世間相須菩提是深般若波羅蜜亦不示色不示受想行識乃至不示一切種智何以故須菩提是深般若波羅蜜中尚無般若波羅蜜何況色乃至一切種智復次須菩提所有衆生名數若有色若無色若有想若無想若非有想非無想若此間世界若遍十方世界是諸衆生若攝心若亂心是攝心亂心佛如實知須菩提云何佛知衆生攝心亂心相以法相故知用何等法相故知須菩提是法相中尚無法相何況有攝心亂心須菩提以是法相故佛知衆生攝心亂心復次須菩提佛知衆生攝心亂心云何知須菩提以盡相故知以無染相故知以滅相故知以斷相故知以寂相故知以離相故知如是須菩提佛因般若波羅蜜知衆生攝心亂心復次須菩提佛因般若波羅蜜知衆生染心如實知染心瞋心

癡心如實知瞋心癡心須菩提白佛言世尊云何佛知衆生染心如實知染心瞋心癡心如實知瞋心癡心佛告須菩提染心如實相則無染心相何以故如實相中心心數法不可得何況當得染心不染心須菩提瞋心癡心如實相無瞋無癡相何以故如實相中心心數法尚不可得何況當得瞋心不瞋心癡心不癡心如是須菩提佛因般若波羅蜜衆生染心如實知染心瞋心癡心如實知瞋心癡心復次須菩提佛因般若波羅蜜衆生無染心如實知無染心無瞋心無癡心如實知無瞋心無癡心須菩提白佛言世尊云何衆生無染心如實知無染心無瞋心如實知無瞋心無癡心如實知無癡心佛告須菩提是心無染相中染相不染相不可得何以故須

菩提二心不俱故如是須菩提佛因般若波羅蜜衆生無染心如實知無染心須菩提是無瞋心無癡心相中癡心不癡心不可得何以故二心不俱故如是須菩提佛因般若波羅蜜衆生無瞋心無癡心如實知復次須菩提佛因般若波羅蜜是衆生廣心如實知廣心須菩提白佛言世尊云何佛因般若波羅蜜是衆生廣心如實知廣心須菩提佛知諸衆生心相不廣不狹不增不減不來不去心相離故是心不廣乃至不來不去何以故是心性無故誰作廣作狹乃至來去亦如是須菩提佛因般若波羅蜜是衆生廣心如實知廣心復次須菩提佛因般若波羅蜜是衆生大心如實知大心須菩提白佛言世尊云何佛因般若波羅蜜是衆生大心如實知大心

佛告須菩提佛因般若波羅蜜不見衆生心來相去相不見衆生心生相滅相住相異相何以故是諸心性無故誰來誰去誰生滅住異如是須菩提佛因般若波羅蜜是衆生大心如實知大心復次須菩提佛因般若波羅蜜衆生無量心如實知無量心須菩提白佛言世尊云何佛因般若波羅蜜衆生無量心如實知無量心佛告須菩提佛因般若波羅蜜知是衆生心不見住不見不住何以故是無量心相無依止故誰有住不住處如是須菩提佛因般若波羅蜜衆生無量心如實知無量心復次須菩提佛因般若波羅蜜衆生不可見心如實知不可見心須菩提白佛言世尊云何佛因般若波羅蜜衆生不可見心如實知不可見心佛告須菩提衆生心是無相佛如實知無相自相空故復次須菩提佛知衆生心五眼不能見如是須菩提佛因般若波羅蜜衆生不可見心如實知不可見心

論釋曰上說十方諸佛及大菩薩擁護般若波羅蜜乃至正憶念不令魔得其便會中聽者聞是事已或作是念諸佛阿耨多羅三藐三菩提寂滅相於諸法及衆生無憎無愛何以故擁護書持般若乃至正憶念者是故佛告須菩提爲說譬喻如子知恩故守護其母般若是十方諸佛母故若有魔等留難欲破壞般若波羅蜜者諸佛雖行寂滅相憐愍衆生故知恩分故用慈悲心常念用佛眼常見守護是行般若者令得增益不失佛道此中佛說因緣諸賢聖及賢聖法皆從般若中生問曰須菩提問四種佛何以正答三事而不

說諸佛從般若中生答曰般若生諸佛諸佛從般若生義無異有人言諸法和合故能生般若波羅蜜般若波羅蜜能生諸佛有人行般若波羅蜜及衆行得成佛初謂作者二謂法若言墮枝殺人若言墮樹殺人以是事同故不別答若說般若波羅蜜能生諸佛即說諸佛從般若生問曰如餘經說五衆破壞故名世間此中何以言般若波羅蜜示五衆無破壞生滅等答曰彼是小乘事此是大乘法小乘法多說無常大乘法中多說法空小乘法中先說無常後說法空大乘法中初便說法空小乘法中說無常令衆生怖畏大乘則不然是故說無破壞等此中佛自說因緣空無相無作終不破壞般若波羅蜜示如是等世間相復次五衆名世間衆生身形色易知餘心數法無形故難知是故佛語須菩提無量阿僧祇衆生心所行皆知深般若中雖無衆生及色等法乃至一切種智以般若方便力而能知衆生心所行是般若波羅蜜中畢竟空故不示色等法乃至一切種智此中佛說因緣般若波羅蜜中尚無般若相何況色等法復次般若波羅蜜示世間者一切衆生若色若無色色者欲色界衆生無色者無色界衆生有想者除無想天及非有想非無想天餘者是有想無想者是無想衆生非有想非無想者是有頂處天此閻世界者是三千大千世界遍十方者餘無量無邊阿僧祇世界是世界六道中三世衆生佛悉知其攝心亂心須菩提聞已心疑怪諸佛常樂行寂滅諸法空今云何遍知無始無邊衆生攝心亂

心佛心一衆生心無量種云何一時知一切衆生心以是故問佛云何知佛答諸法實相智慧故知衆生攝心亂心須菩提問何等是諸法實相答曰所謂畢竟空是畢竟空畢竟空性亦不可得何況攝心亂心問曰諸法實相畢竟空中無分別心心數法佛云何知其心答曰此中佛自說諸法實相性亦不可得以是智慧知衆生攝心亂心何以故若空性可得應有難空性不可得云何作難令佛過一切憶想分別虛妄法安住實相如實知一切衆生心衆生心住虛妄法中故不能知他衆生如實先略說知他心次分別衆生攝心亂心所謂三毒無三毒者廣大無量不可見出沒屈伸等須菩提事事問初答以諸法實相故知攝心亂心次以盡無染滅斷寂離故知盡者無常慧菩薩行是無常慧心離一切世間染用世間道遮滅結使是名滅用無漏道斷故名斷斷諸結使已觀涅槃寂滅離相以是因緣得諸法實相以諸法實相知他攝心亂心皆是實相復次是心念念生滅未來無故不可知現在念念滅住時無故不可知凡夫人取相分別於三世中憶想妄見謂知心令以盡門觀即是畢竟空畢竟空故無所著是時得道知諸法實相於一切法不妄想分別則如實知他心染心者一切法入法性中皆清淨是故說染心實相是中無染心何以故如實中無心無心數法何況染心瞋心癡心亦如是無染心相中是中無有染心相染心從本來無故亦無不染心無染心是寂滅相無所分別此中佛自說因緣須菩提二

心不俱故衆生法心心次第生無染心時則無染心何以故過去染心已滅未來未有現在無染心則無有染心染心無故亦無不染心相待法無故是故無染實相中無有染心不染心無瞋心無癡心亦如是廣狹增減心皆是衆生取相分別佛不如是知何以故是心無色無形無住處念念滅則無廣狹增減差別此中佛說因緣心性相無故廣狹等不可得廣狹增減大小義如四無量心中說無量心者廣心大心即是無量又緣無量衆生故名無量又緣涅槃無量法故名無量又心相不可取故名無量如有眼有色因緣故眼識生是識不在眼不在色不在中間不在此不在彼是故無住處若實無住處云何能有所作若好若醜如夢所見事不可求其實定相心亦如是無依止故無定相故名無量廣大亦應如是隨義分別說問曰若知心不可見佛何以故說如實知不可見心答曰有坐禪人憶想分別見是心如清淨珠中縷觀白骨人中見心次第相續生或時見心在身或見在緣如無邊識處但見識無量無邊破如是等處虛妄故佛言如實知衆生心衆生心自相空故無相相復次佛以五眼觀此心不可得肉眼天眼緣色故不見慧眼緣涅槃故不見初學法眼分別知諸法善不善有漏無漏等是法眼入實相中則無分別如先說一切法無知者無見者是故不應見佛眼觀寂滅相故不應見衆生心見者如實見不如凡夫人憶想分別見復次五眼因緣和合生皆是作法虛誑不實佛不信不用是故言不以

五眼見

大智度論卷第六十九

大智度論卷第七十

龍樹菩薩造
姚秦三藏法師鳩摩羅什譯

釋佛母品第四十八之下

【經】復次須菩提佛因深般若波羅蜜衆生心數出没屈伸如實知世尊云何佛因般若波羅蜜衆生心數出没屈伸如實知佛言一切衆生心數出没屈伸等皆依色受想行識生須菩提佛於是中知衆生心數出没屈伸所謂神及世間常是事實餘妄語是見依色神及世間無常是事實餘妄語是見依色神及世間常亦無常是事實餘妄語是見依色神及世間非常非無常是事實餘妄語是見依色神及世間常是事實餘妄語是見依受神及世間無常是事實餘妄語是見依受神及世間常亦無常是事實餘妄語是見依受神及世間非常非無常是事實餘妄語是見依受神及世間常是事實餘妄語是見依想神及世間無常是事實餘妄語是見依想神及世間常亦無常是事實餘妄語是見依想神及世間非常非無常是事實餘妄語是見依想神及世間常是事實餘妄語是見依行神及世間無常是事實餘妄語是見依行神及世間常亦無常是事實餘妄語是見依行神及世間非常非無常是事實餘妄語是見依行神及世間常是事實餘妄語是見依識神及世間無常是事實餘妄語是見依識神及世間常亦無常是事實餘妄語是見依識神及世間非常非無常是事實餘妄語是見依識神及世間常是事實餘妄語是見依色世

間有邊是事實餘妄語是見依色世間無邊是事實餘妄語是見依色世間有邊無邊是事實餘妄語是見依色世間非有邊非無邊是事實餘妄語是見依色依受想行識亦如是神即是身是見依色神異身異是見依色依受想行識亦如是死後有如去是事實餘妄語是見依色死後無如去是事實餘妄語是見依色死後或有如去或無如去是事實餘妄語是見依色死後非有如去非無如去是事實餘妄語是見依色依受想行識亦如是如是須菩提佛因般若波羅蜜衆生出沒屈伸如實知復次須菩提佛知色相云何知色相如如不壞無分別無相無憶無戲論無得色相亦如是須菩提佛知受想行識相云何知受想行識相如如不壞無分別無相無憶無戲論無得受想行識相亦如是如是須菩提佛知衆生如相及衆生心數出沒屈伸如相是五衆如相諸行如相即一切法如相何等是一切法如相所謂六波羅蜜如相六波羅蜜如相即是三十七品如相三十七品如相即是十八空如相十八空如相即是八背捨如相八背捨如相即是九次第定如相九次第定如相即是佛十力如相佛十力如相即是四無所畏四無礙智大慈大悲乃至十八不共法如相十八不共法如相即是一切種智如相一切種智如相即是善法不善法世間法出世間法有漏法無漏法如相有漏法無漏法如相即是過去未來現在諸法如相過去未來現在諸法如相即是有爲法無爲法如相有爲法無爲法如相即是須陀

洹果如相須陀洹果如相即是斯陀含果如相斯陀含果如相即是阿那含果如相阿那含果如相即是阿羅漢果如相阿羅漢果如相即是辟支佛道如相辟支佛道如相即是阿耨多羅三藐三菩提如相阿耨多羅三藐三菩提如相即是諸佛如相諸佛如相皆是一如相不二不别不盡不壞是名一切諸法如相佛因般若波羅蜜得是如相以是因緣故般若波羅蜜能生諸佛能示世間相如是須菩提佛知一切法如相非不如相不異相得是如相故佛名如來須菩提白佛言世尊是諸法如相非不如相不異相甚深世尊諸佛用是如爲人説阿耨多羅三藐三菩提世尊誰能信解是者唯有阿鞞跋致菩薩及具足正見人漏盡阿羅漢何以故是法甚深故須菩提是如無盡相故甚深須菩提言何法無盡相故甚深佛言一切法無盡故如是須菩提佛得是一切諸法如已爲衆生説

【論】釋曰佛悉知一切衆生所作所行六十二邪見等諸邪見九十八結使等諸煩惱是故説佛知衆生心心數法出没屈伸在家者爲愛等諸煩惱所没名爲没九十六種邪見出家者名爲出復次常著世樂故名没或知無常怖畏求道故名出復次受九十六種道法不能得正道故還没在世間屈者不離欲界伸者離欲界色界離不離亦如是如人立清池上見魚或有常在水中或有暫出還没或有出觀四方或有出欲渡者近岸還没佛亦如是以佛眼觀十方六道衆生有常著五欲諸煩惱覆心不求出者或有好心能布施能

持戒而以邪疑覆心故還沒有人出五欲能得煖法頂法等觀四諦未得實法故還沒有人離欲乃至無所有處不得涅槃故還沒何等是出沒屈伸相此中佛說所謂神及世間常神者凡夫人憶想分別隨我心取相故計有神外道說神有二種一者常二者無常若計神常者常修福德後受果報故或由行道故神得解脫若謂神無常者爲今世名利故有所作常無常者有人謂神有二種一者細微常住二者現有所作現有所作者身死時無常細神是常有人言神非常非無常常無常中俱有過若神無常即無罪福若神常亦無罪福何以故若常則苦樂不異譬如虛空雨不能濕風日不能乾若無常則苦樂變異譬如風雨在牛皮中則爛壞以我心故說必有神但非常非無常佛言四種邪見皆緣五衆但於五衆謬計爲神神及世間者世間有三種一者五衆世間二者衆生世間三者國土世間此中說二種世間五衆世間國土世間衆生世間即是神於世間相中亦有四種邪見問曰神從本已來無故應錯世間是有云何同神邪見答曰但破於世間起常無常相不破世間譬如無目人得蛇以爲瓔珞有目人語是蛇非是瓔珞佛破世間常顛倒不破世間何以故現見無常故亦不得言無常罪福不失故因過去事有所作故常無常二俱有過故非常非無常著世間過故世間有邊者有人求世間根本不得其始不得其始則無巾無後若無初中後則無世間是故世間應有始即是邊得禪者宿命智力乃見八

萬劫事過是已往不復能知但見身始中陰識而自思惟此識不應無因無緣必應有因緣宿命智所不能知但憶想分別有法名世性非五情所知極微細故於世性中初生覺覺即是中陰識從覺生我從我生五種微塵所謂色聲香味觸從聲微塵生虛空大從聲觸生風大從色聲觸生火大從色聲觸味生水大從色聲觸味香生地大從空生耳根從風生身根從火生眼根從水生舌根從地生鼻根如是等漸漸從細至麤世性者從世性已來至麤從麤轉細還至世性譬如泥丸中具有瓶瓮等性以泥爲瓶破瓶爲瓮如是轉變都無所失世性亦如是轉變爲麤世性是常法無所從來如是僧佉經廣說世性復次有人說世間初邊名微塵微塵常法不可破不可燒不可爛不可壞以微細故但待罪福因緣和合故有身若天若地獄等以無父母故罪福因緣盡則散壞有人以自然爲世界始貧富貴賤非願行所得有人言天主即是世界始造作吉凶禍福天地萬物此法滅時天還攝取如是邪因是世界邊有人說衆生世世受苦樂盡自到邊譬如山上投縷丸縷盡自止受罪受福會歸於盡精進懈怠無異有人說國土世間八方有邊唯上下無邊有人說下至十八地獄上至有頂上下有邊八方無邊如是種種說世界邊有人說衆生世間有邊如說神在體中如芥子如棗或言一寸大人則神大小人則神小說神是色法有分故言神有邊無邊者有人說神遍滿虛空無處不有得身處能覺苦樂是名神無邊有

人言國土世間無始若有始則無因緣後亦無窮常受身是則破涅槃是名無邊復次說國土世間十方無邊如是等說神世間國土世間無邊有邊無邊者有人言神世間無邊國土世間有邊或言神世間有邊國土世間無邊如上說神是色故或言上下有邊八方無邊如是總上二法名爲有邊無邊世間非有邊非無邊者有人見世間有邊有過無邊亦有過故不說有邊不說無邊著非有邊非無邊以爲世間實神即是身者有人言身即是神所以者何分析此身求神不可得故復次受好醜苦樂皆是身是故言身即是神身異神異者有人言神微細五情所不得亦非凡夫人所見攝心清淨得禪定人乃能得見是故言身異神異復次若身即是神身滅神亦滅是邪見說身異神異身滅神常在是邊見死後有如去者問曰先說常無常等即是後世或有或無今何以別說如去四句答曰上總說一切世間常非常後世有無事要故別說如去者如人來此間生去至後世亦如是有人言先世無所從來滅亦無所去有人言身神和合爲人死後神去身不去是名如去不如去非有如去非無如去者見去不去有失故說非去非不去是人不能捨神而著非去非不去如是諸邪見煩惱等是名心出没屈伸所以者何邪見者種種道求出不得故欲出而没邪見力多難解故說常無常等十四事外道雖種種憶想分別佛言皆緣五衆依止五衆無神無常佛知五衆空無相無作無戲論但知五衆如不如凡夫虚誑顛倒

見如五衆如一切法如亦如是何以故二法攝一切法所謂有爲無爲五衆是有爲法五衆如即是無爲法觀察籌量思惟五衆能行六波羅蜜是故説五衆如即是一切法如一切法如即是六波羅蜜如行六波羅蜜菩薩求實道觀五衆無常空生三十七品八背捨九次第等是聲聞道知已直過行十八空十力等諸佛法皆正觀五衆五衆如無分別故皆是一切諸法如是故説善法如即是不善法如不善法如即是善法如世間出世間法亦如是是以行者不得著善法捨不善法乃至阿耨多羅三藐三菩提佛如相亦如是皆是一如相不二不别所以者何求諸法實到畢竟空無復異如是等諸法如佛因般若波羅蜜得是故言般若波羅蜜能生諸佛能示世間相須菩提歎未曾有白佛言世尊一切諸法如甚深隨順不相違三世十方諸佛如即是諸法如解是諸法如故爲衆生種種説法是甚深如難解難信阿鞞跋致菩薩入法位授記者能信具足正見人者三道人漏盡阿羅漢不受一切法故能信其有信者近阿鞞跋致中故不别説佛語須菩提一切法無盡故是如無盡如無盡故得聖道者能信無爲法中差别故有須陀洹諸道聞自所得法故能信凡夫人著虚誑顛倒法故不能信佛告須菩提諸佛得是諸法如故名爲如來名爲一切智人能教衆生令至涅槃

釋問相品第四十九

【經】爾時三千大千世界中所有欲界天子色界天子遥散華香來至佛所頂禮佛足一面

住白佛言世尊所說般若波羅蜜甚深何等是深般若波羅蜜相佛告欲界色界諸天子諸天子空相是般若波羅蜜相無相無作無起無生無滅無垢無淨無所有法無相無依止虛空相是般若波羅蜜相諸天子如是等相是深般若波羅蜜相佛爲衆生用世間法故說非第一義諸天子是諸相一切世間天人阿脩羅不能破壞何以故是一切世間天人阿脩羅亦是相故諸天子相不能破相相不能知相相不能知無相無相不能知相是相是無相相無相皆無所有謂知知者知法皆不可得故何以故諸天子是諸相非色作非受想行識作非檀波羅蜜作非尸羅波羅蜜羼提波羅蜜毗梨耶波羅蜜禪波羅蜜般若波羅蜜作非內空作非外空作非內外空

作非無法空作非有法空作非無法有法空作非四念處作乃至非一切種智作諸天子是諸相非人所有非非人所有非世間非出世間非有漏非無漏非有爲非無爲佛復告諸天子譬如有人問何等是虛空相此人爲正問不諸天子言世尊此不正問何以故世尊是虛空無相可說虛空無爲無起故佛告欲界色界諸天子有佛無佛相性常住佛得如實相性故名爲如來諸天子白佛言世尊世尊所得諸相性甚深得是相故得無礙智住是實相中以般若波羅蜜集諸法自相諸天子言希有世尊是深般若波羅蜜是諸佛常所行處行是道得阿耨多羅三藐三菩提得阿耨多羅三藐三菩提已通達一切法相若色相若受想行識相乃至一切種智相佛

言如是如是諸天子惱壞相是色相佛得是無相覺者受相取者想相起作者行相了別者識相佛得是無相能捨者檀波羅蜜相無熱惱者尸羅波羅蜜相不變異者羼提波羅蜜相不可伏者毗棃耶波羅蜜相攝心者禪波羅蜜相捨離者般若波羅蜜相佛得是無相心無所嬈惱者是四禪四無量心四無色定相佛得是無相出世間者三十七品相佛得是無相苦者無作脫門相離者空脫門相寂滅者無相脫門相佛得是無相勝者十力相不恐怖者無所畏相遍知者四無礙智相餘人無得者十八不共法相佛得是無相愍念衆生者大慈大悲相實者無謬錯相無所取者常捨相現了知者一切種智相佛得是無相如是諸天子佛得一切諸法無相以是因緣故佛名無礙智

論問曰上處處已說空無相無作乃至無起無所有是般若相今諸天子何以復問何等是般若相答曰佛雖處處說般若波羅蜜或說空等或說有或說果報或說罪福不定故是以今問何者定是般若相復次是般若波羅蜜如幻化如似可得而無定相可取唯諸佛能正遍知其相諸天雖有利智不能了知故問復次有人言是諸天子有後來者不聞故問佛答諸天子空等是般若波羅蜜相空相者內外空等諸空若諸法空者即是無有男女長短好醜等相是名無相相若空無相不復生願著後世身是名無作相三解脫門是初入般若相三乘共有不生不滅不垢不淨無依止虛空等是般若波羅蜜深相上三

脱門中無相無男女等外相無所有下無相相無一切法相空雖是一人根有利鈍入有深淺故差別說空無生無滅等論議如先說佛知天子必有如是念若般若波羅蜜空無所有如虚空相云何可說若說即是有相諸天子以佛威德大故不敢致難是故佛自爲說佛憐愍衆生以世諦故說空等諸相非以第一義諦若以第一義故應難以世諦故說則不應難復次雖說空不以著心取相不示法若是若非一切法同一相無分别是故復了了說所謂無所有如虚空相無有一法不入此相者是故說一切世間無能破壞何以故一切世間天人阿修羅即是相故若異法相違則有可破如水能滅火火不自滅火口言如實欲破者竟不能破何况不實者譬如盲人蹈践珍寶口言非珍寶竟不能令非珍寶此中佛更說般若波羅蜜畢竟空無相故相不能破相復次有人言相不能破相者有法能解散諸法和合竟無所破無所失如斧斫薪分分解散竟無所失復次諸法無定相如樹根莖枝葉和合故名爲樹樹無定相故無所破如是等名爲相不能破相問曰色等諸法非覺故不可相知心數法是知相云何言不知荅曰此中以實相故不說凡夫人虚妄知是智慧有爲法故因緣和合生虚妄法不能實有所知是故捨入無餘涅槃若智慧知常無常乃至空寂滅等上來已廣破滅無所有若如是者云何當有知以是故相不知相相不能知無相者内雖有智慧外空故無法可知外無緣云何智慧生是故言相不能

知無相譬如刀雖利不能破空無相不能知相者有人言內智慧無定相外所緣法有定相心隨緣而生是故說無相不應知相譬如無刀雖有物無刀可斫是相是無相相無相皆不可得者相不入相何以故先有相故相不入無相何以故相無入處故離是相無相更無處可入復次相所相法不定故因所相故有相所以者何若先有相無所相者則無相無所因故若先有所相而無相者云何有所相無所因待故復次相以所相不定相或時作所相所相或時是相是故相不定不實故所相亦無若所相不定不實故相亦無是故說是相是無相是相無相不可得如先說空等諸相是實何以故是相非五衆所作非六波羅蜜乃至一切種智所作是相無爲故無法可作亦無若人若非人能作人者菩薩諸佛等非人者諸天等是相畢竟空故非有漏非無漏非世間非出世間先雖說無爲相但破有爲故說無爲無爲亦無定相比中佛欲使是事明了故說譬喻聽者作是念若無佛則不聞是相佛於衆生最上故應當作是相是故佛語諸天有佛無佛此相常住佛能知是相故名爲佛爾時諸天子歡喜復白佛言世尊是諸相甚深雖不可取相而可行能與人無上果報佛得是相故於一切法得無礙智若分別諸法有定相則是有礙智世尊住是諸法實相中則通達無礙能說諸法各各別相所謂惱壞相是色相乃至現了知者是一切種智相佛可其意爲分別諸相凡夫所知諸相各異佛知皆是空相空相即是無

相佛得是無相得者是知無比遍知故名得是諸法相今轉名般若波羅蜜故

【經】爾時佛告須菩提般若波羅蜜是諸佛母般若波羅蜜能示世間相是故佛依止是法住供養恭敬尊重讚歎是法何等是法所謂般若波羅蜜諸佛依止般若波羅蜜住恭敬供養尊重讚歎是般若波羅蜜何以故是般若波羅蜜出生諸佛佛知作人若人正問知作人者正答無過於佛何以故須菩提佛知作人故佛所乘來法佛所從來道得阿耨多羅三藐三菩提是乘是道佛還恭敬供養尊重讚歎受持守護須菩提是名佛知作人復次須菩提佛知一切法無作相作者無所有故一切法無起形事不可得故須菩提佛因般若波羅蜜知一切法無作相亦以是因緣故佛知作人復次須菩提佛因般若波羅蜜得一切法不生以無所得故以是因緣故般若波羅蜜能生諸佛能示世間相須菩提言世尊若一切法無知者無見者云何般若波羅蜜能生諸佛能示世間相佛告須菩提如是如是一切法實無知者無見者云何無知者無見者一切法空虚誑不堅固是故一切法無知者無見者復次須菩提一切法云何無知者無見者一切法無依止無所繫以是故一切法無知者無見者如是須菩提般若波羅蜜能生諸佛能示世間相不見色故示世間相不見受想行識故示世間相乃至不見一切種智故示世間相如是須菩提般若波羅蜜能生諸佛能示世間相須菩提言世尊云何不見色故般若波羅蜜示世間相不

見受想行識乃至一切種智故示世間相佛告須菩提若不緣色生識是名不見色相故示不緣受想行識生識乃至不緣一切種智生識是名不見一切種智相故示如是須菩提是深般若波羅蜜能生諸佛能示世間相復次須菩提般若波羅蜜云何能生諸佛能示世間相須菩提般若波羅蜜示世間空云何示世間空示五衆世間空示十二入世間空示十八界世間空示十二因緣世間空示我見根本六十二見世間空示十善道世間空示四禪四無量心四無色定世間空示三十七品世間空示六波羅蜜世間空示內空世間空示外空世間空示內外空世間空示無法空世間空示有法空世間空示無法有法空世間空示有爲性世間空示無爲性世間空示佛十力世間空示十八不共法世間空乃至示一切種智世間空如是須菩提般若波羅蜜能生諸佛能示世間相復次須菩提佛因般若波羅蜜示世間空知世間空覺世間空思惟世間空分別世間空如是須菩提般若波羅蜜能生諸佛能示世間相復次須菩提般若波羅蜜示佛世間空云何示佛世間空示五衆世間空乃至示一切種智世間空如是須菩提般若波羅蜜能生諸佛能示世間相復次須菩提般若波羅蜜示佛世間不可思議云何示世間不可思議示五衆世間不可思議乃至示一切種智世間不可思議復次須菩提般若波羅蜜示佛世間離云何示世間離示五衆世間離乃至示一切種智世間離如是須菩提般若波羅蜜示佛

世間離復次須菩提般若波羅蜜示佛世間寂滅云何示世間寂滅示五衆世間寂滅乃至示一切種智世間寂滅復次須菩提般若波羅蜜示佛世間畢竟空云何示世間畢竟空示五衆世間畢竟空乃至示一切種智世間畢竟空復次須菩提般若波羅蜜示佛世間性空云何示世間性空示五衆世間性空乃至示一切種智世間性空復次須菩提般若波羅蜜示佛世間無法空云何示世間無法空示五衆世間無法空乃至示一切種智世間無法空復次須菩提般若波羅蜜示佛世間無法有法空云何示世間無法有法空示五衆世間無法有法空乃至示一切種智世間無法有法空復次須菩提般若波羅蜜示佛世間獨空云何示世間獨空示五衆世間獨空乃至示一切種智世間獨空如是須菩提般若波羅蜜能生諸佛能示世間相須菩提是深般若波羅蜜示世間相所謂不生今世後世相何以故諸法無可用生今世後世相故

論釋曰般若波羅蜜是諸佛母是因緣故諸佛依止般若波羅蜜住餘經中說諸佛依止法以法爲師佛此中告須菩提法者即是般若波羅蜜一切不善法中無過邪見邪見故不識恩分我自然應爾知恩者諸世間善法中最上能與今世好名聲後與上妙果報是故佛自說知恩報恩中第一我尚知布施持戒等恩何況般若波羅蜜復次諸天子作是念般若波羅蜜畢竟空無定相故或有人不貪不貴是故佛說我爲三界尊尚供養般若

波羅蜜何況餘人復有人生疑佛於一切世間如虛空無所著何以故貪是般若波羅蜜尊重供養似如貪著是故佛說我無貪心但分別知諸法好醜力用多少知是般若波羅蜜能斷一切戲論開三乘道能滅衆苦等有無量無邊功德是故讚歎尊重供養譬如人行安隱道免諸患難常念此道以示人佛知作人者知他作恩於已餘處說佛不知作人恐人疑是故說佛知一切法無作相知一切法無作相故言無作人不以不知恩分故名不知作人言知作人不知作人無咎爾時須菩提以畢竟空難世尊若一切法畢竟空故無知者無作者云何般若波羅蜜能生諸佛能示諸佛世間佛可其問此中自說因緣一切法空虛誑無堅固須菩提意一切法鈍相無見無知云何般若波羅蜜獨能知見佛意一切法非但無知無見一切法空不牢固無知者無見者亦不可得故不應難復次一切法無所依止無繫故無知者無見者種種門破諸法令空或破常行無常入空或破實入空或畢竟盡故入空或一切法遠離故入空如是等入空今以一切法無住處故無依止無繫無依止故亦無生滅以是故即是空不繫者一切法實相不繫出三界所以者何三界虛誑故是以一切法無知者無見者如是示世間般若不見色等諸法故示世間色等法無依止無繫虛誑故不見此中佛自說不見因緣所謂不生緣色識乃至不生緣一切種智識是名不見色等法問曰識可不生色云何不生答曰惱壞相是色因識故分別知

無識亦無惱壞相復次一切諸法從因緣和合故生相無有自性如有身識觸諸緣和合故知地堅相堅相不離身識是故諸法皆由和合生無有自性般若波羅蜜示世間空者世間名五衆乃至一切種智菩薩行般若波羅蜜時觀是法若大若小若內若外無不空者是名般若波羅蜜示世間空佛示世間空者或有人疑佛愛著法故說般若波羅蜜示世間空非是諸法常實相是故佛說我非愛法故說佛知諸法相本末籌量思惟分別無有法出於空者我非但讀誦從他聞故說我以內心覺知思惟分別故說示世間空此一段說示世間空者上廣說離六十二見等今但說五衆乃至一切種智時會者謂般若波羅蜜是畢竟空心想取著是故說不可思議不可思議者畢竟空亦不可得畢竟空或名離或名寂滅離名分散諸法久後無遺餘又自離其性知畢竟空已無心數法無語言故名寂滅畢竟空等如先說問曰云何是獨空答曰十八空皆因緣相待如內空因內法故名內空若無內法則無內空十八空皆爾是獨空無因無待故名獨空復次獨空者如虛空如法性實際涅槃示世間非今世相非後世相者有諸外道但說今世不說後世是人邪見墮斷滅中有人說今世後世言今世神入後世是人邪見墮常中般若波羅蜜離二邊說中道雖空而不著空故爲說罪福雖說罪福不生常邪見亦於空無礙此中佛自說因緣此中畢竟空故云何有今世後世見若斷若常

經須菩提白佛言世尊是般若波羅蜜爲大事故起世尊是般若波羅蜜爲不可思議事故起世尊是般若波羅蜜爲不可稱事故起世尊是般若波羅蜜爲無量事故起世尊是般若波羅蜜爲無等等事故起佛言如是如是須菩提般若波羅蜜爲大事故起爲不可思議事起故爲不可稱事故起爲無量事故起爲無等等事故起須菩提云何是般若波羅蜜爲大事故起須菩提諸佛大事者所謂救一切衆生不捨一切衆生須菩提云何是般若波羅蜜爲不可思議事起須菩提不可思議者所謂諸佛法如來法自然人法一切智人法以是故須菩提諸佛般若波羅蜜爲不可思議事起須菩提云何般若波羅蜜爲不可稱事起須菩提一切衆生中無有能思惟稱量佛法如來法自然人法一切智人法以是故須菩提般若波羅蜜爲不可稱事起須菩提云何般若波羅蜜爲無量事起須菩提一切衆生中無有能量佛法如來法自然人法一切智人法以是故須菩提般若波羅蜜爲不可量事起須菩提云何般若波羅蜜爲無等等事起須菩提一切衆生中無有能與佛等者何況過以是故須菩提般若波羅蜜爲無等等事起須菩提白佛言世尊但佛法如來法自然人法一切智人法不可思議不可稱無有量無等等事起耶佛告須菩提如是如是佛法如來法自然人法一切智人法不可思議不可稱無有量無等等色亦不可思議不可稱無有量無等等受想行識亦不可思議不可稱無有量無等等乃至一切

種智法性法相不可思議不可稱無有量無等等是中心心數法不可得復次須菩提色不可思議是亦不可得乃至色無等等是亦不可得受想行識乃至一切種智無等等是亦不可得須菩提白佛言世尊何因緣色不可思議乃至無等等是亦不可得受想行識乃至一切種智無等等是亦不可得佛告須菩提色量不可得故受想行識量不可得故乃至一切種智量不可得故須菩提白佛言世尊何因緣色量不可得乃至一切種智量不可得佛告須菩提色不可思議故乃至色無等等故量不可得乃至一切種智不可思議故乃至一切種智無等等故量不可得須菩提於汝意云何不可思議乃至無等等寧可得色受想行識乃至一切種智可得不須菩提言世尊不可得以是故須菩提一切法不可思議乃至無等等如是須菩提諸佛法不可思議不可稱無有量無等等須菩提是名諸佛法不可思議乃至無等等須菩提是諸佛法不可思議過思議想故不可稱過稱故無有量過量故無等等過等等故須菩提以是因緣故一切法亦不可思議相乃至無等等須菩提不可思議名是義不可思議不可稱名是義不可稱無有量名是義不可量無等等名是義無等等須菩提是諸佛法不可思議乃至無等等不可思議如虛空不可思議不可稱如虛空不可稱無有量如虛空無有量無等等如虛空無等等須菩提是亦名諸佛法不可思議乃至無等等佛法如是無量一切世間天人阿脩羅無能思議籌量

者説是諸佛法不可思議不可稱無有量無等等品時五百比丘一切法不受故漏盡心解脱得阿羅漢二十比丘尼亦不受一切法故漏盡得阿羅漢六萬優婆塞三萬優婆夷諸法中遠塵離垢諸法中法眼生二十菩薩摩訶薩得無生法忍於是賢劫中當授記

【論】釋曰須菩提深解般若相於諸法中無著無礙心生歡喜白佛言世尊般若波羅蜜爲大事故起等大事者破一切衆生大苦惱能與佛無上大法故名爲大事不可思議先已答不可稱者稱名智慧般若定實相甚深極重智慧輕薄是故不能稱又般若多智慧少故不能稱又般若利益處廣未成能與世間果報成已與道果報又究盡知故名稱般若波羅蜜無能稱知若常若無常若實若虛若有若無如是等不可稱義應當知無量事者有人言稱即是量有人言取相名爲量是般若波羅蜜不可取相故無量又菩薩以四無量心行般若故名無量又量名智慧凡夫智慧二乘智慧菩薩智慧無能量般若得邊者名無量無等等者無等名涅槃一切有爲法無有與涅槃等者涅槃有三分聲聞涅槃辟支佛涅槃佛涅槃般若能與大乘涅槃故名無等等復次一切衆生無與佛等故佛名無等般若波羅蜜利益衆生令與佛相似故名無等等復次諸佛法第一微妙無能與等無能及者無可爲比般若波羅蜜能令衆生得是心故名無等等復次無等名諸法實相諸觀諸行無能及者無戲論無能破壞故名無等菩薩得是無等能於衆生中生慈悲心故

名無等等是名無等等義須菩提聲聞人無一切智而能說是不可思議般若等佛可其所說佛自說五事衆生無量無邊多於十方恒河沙等世界中微塵諸佛以十力等法盡欲救濟是名大事復有菩薩久得無生法忍不捨衆生故不入無餘涅槃復次是菩薩得佛道時爲衆生故受五事一者受諸勞苦二者捨寂定樂三者與惡人共事四者與人接對五者入大衆會佛深得離欲樂而爲衆生故甘受是五事等種種疲苦如受功德是爲大事不可思議者所謂佛法如來法自然人法一切智人法佛法者佛名爲覺於一切無明睡眠中最初覺故名爲覺如來者如過去諸佛行六波羅蜜得諸法如相來至佛道今佛亦如是道來如諸佛來是名如來自然人法者聲聞人亦有覺亦有如而從他聞是弟子法是故說佛是自然人不從他聞一切智人法者辟支佛亦自然得不從他聞而無一切智是故說佛一切智人法是四種法無有人能思惟稱量是故名不可思議不可稱不可量更無有法與是法相似者是故名無等等須菩提意恐新學菩薩著是四法是故白佛言但是四法不可思議無有與等耶佛答色等諸法亦不可思議無稱無量無等等佛是中自說因緣色等一切法不可得故如是須菩提諸佛法不可思議者是如上事是名不可思議者結句論者先廣解佛此中略說不可思議過思議相過等等相義趣涅槃法不可思議名字世諦故可思議如虚空不可思議者如先品中說虚空相不可思議是故

說不可思議乃至無等等如虛空虛空無可喻故名無等等般若波羅蜜相即是佛法相不可思議無量無稱無等等即是佛法相是佛法一切世間天人阿脩羅無能思議稱量者六道中但說三道者三善道衆生尚不能稱量何況三惡道問曰說是品時何以故比丘尼菩薩得道者少答曰此中多讚歎諸佛法所謂不可思議無稱無量無等等聞者多增益信根故是故白衣得道者多女人雖復信多智慧少故得道者亦少白衣貪著世事智慧淺薄鈍根不能盡漏諸比丘信慧諸根等一心求道故漏盡者多比丘尼智慧少故二十人得漏盡故不異白衣此中不說入無生忍法甚深難得故少又以於此法種因縁者少賢劫中當授記者或有人言賢劫中千佛除四佛當與授記或有人言釋迦文佛與授記於賢劫中在餘世界作佛

大智度論卷第七十

音釋

燸（乃管切）　瓮（音盆）　椎（先擊切破也）

大智度論卷第七十一

龍樹菩薩造

姚秦三藏法師鳩摩羅什譯

釋成辦品第五十（經作大事起成辦品）

【經】爾時須菩提白佛言世尊是深般若波羅蜜爲大事故起不可思議事故起不可稱事故起無有量事故起世尊是深般若波羅蜜無等等事故起佛告須菩提如是如是深般若波羅蜜爲大事故起乃至無等等事故起何以故般若波羅蜜中含受五波羅蜜般若波羅蜜中含受内空乃至無法有法空含受四念處乃至八聖道分是深般若波羅蜜中含受佛十力乃至一切種智譬如灌頂王國土中尊諸有官事皆委大臣國王安樂無事如是須菩提所有聲聞辟支佛法若菩薩法若佛法一切皆在般若波羅蜜中般若波羅蜜能成辦其事以是故須菩提般若波羅蜜爲大事故起乃至無等等事故起復次須菩提是般若波羅蜜不取色不著色故能成辦受想行識不取不著故能成辦乃至一切種智不取不著故能成辦須陀洹果乃至阿羅漢果辟支佛道乃至阿耨多羅三藐三菩提不取不著故能成辦須菩提白佛言云何色不取不著故般若波羅蜜能成辦云何受想行識乃至阿耨多羅三藐三菩提不取不著故般若波羅蜜能成辦佛告須菩提於汝意云何頗見是色可取可著不須菩提言不也世尊須菩提於汝意云何頗見受想行識乃至阿耨多羅三藐三菩提可取可著不須菩提言不也世尊佛言善哉善哉須菩提我亦

不見是色可取可著不見故不取不取故不著我亦不見受想行識乃至阿耨多羅三藐三菩提及一切種智可取可著不見故不取不取故不著須菩提我亦不見佛法如來法自然人法一切智人法可取可著不見故不取不取故不著以是故須菩提諸菩薩摩訶薩色亦不應取亦不應著受想行識乃至佛法如來法自然人法一切智人法亦不應取亦不應著爾時欲色界諸天子白佛言世尊是般若波羅蜜甚深難見難解不可思惟比類知微妙善巧智慧寂滅者可知能信是般若波羅蜜者當知是菩薩多供養佛多種善根與善知識相隨能信解深般若波羅蜜世尊若三千大千世界中所有衆生皆作信行法行人八人須陀洹斯陀含阿那含阿羅漢辟支佛若智若斷不如是菩薩一日行深般若波羅蜜忍欲思惟籌量何以故是信行法行人八人須陀洹斯陀含阿那含阿羅漢辟支佛若智若斷即是菩薩摩訶薩無生法忍佛告欲色界諸天子如是如是諸天子若信行法行人八人須陀洹乃至阿羅漢辟支佛即是菩薩摩訶薩無生法忍諸天子若善男子善女人聞是深般若波羅蜜書受持讀誦說正憶念是善男子善女人疾得涅槃勝求聲聞辟支佛乘善男子善女人遠離深般若波羅蜜行餘經若一劫若減一劫何以故是深般若波羅蜜中廣說上妙法是信行法行人八人須陀洹斯陀含阿那含阿羅漢辟支佛所應學菩薩摩訶薩亦所應學學已得阿耨多羅三藐三菩提是時欲色界諸天子俱

發聲言世尊是深般若波羅蜜名摩訶波羅蜜世尊是般若波羅蜜名不可思議不可稱無有量無等等波羅蜜信行法行人八人學是深般若波羅蜜得成就須陀洹斯陀含阿那含阿羅漢辟支佛學是深般若波羅蜜得成菩薩摩訶薩是深般若波羅蜜中學得阿耨多羅三藐三菩提是深般若波羅蜜亦不增亦不減是時諸欲色界天子頂禮佛足遶佛而去去是不遠忽然不現各還本處須菩提白佛言世尊若菩薩摩訶薩聞是般若波羅蜜即時信解者從何處終來生是閒佛告須菩提若菩薩摩訶薩聞是深般若波羅蜜即時信解不沒不怯不難不疑不悔歡喜樂聽聽已憶念終不遠離是深般若波羅蜜若行若住若坐若卧終不癈忘常隨法師譬如新生犢子不離其母菩薩摩訶薩亦如是爲聞深般若波羅蜜故終不遠離法師乃至得是深般若波羅蜜口誦心解正見通達須菩提當知是菩薩從人道中終還生是閒人中何以故是求佛道者前世時聞深般若波羅蜜書受恭敬尊重讚歎華香乃至幡蓋供養以是因緣故人中命終還生人中聞是深般若波羅蜜即時信解須菩提白佛言世尊頗有菩薩摩訶薩如是功德成就他方世界供養諸佛於彼命終來生是閒聞深般若波羅蜜即時信解書持讀誦正憶念有是者不佛言有菩薩如是功德成就他方世界供養諸佛於彼命終來生是閒聞是深般若波羅蜜即時信解書持讀誦正憶念何以故是菩薩摩訶薩從他方諸佛所聞是深般若波羅蜜

信解書持讀誦說正憶念於彼間終來生此間當知是人是先世功德成就復次須菩提有菩薩從彌勒菩薩摩訶薩聞是深般若波羅蜜以是善根因緣故來生此間須菩提復有菩薩摩訶薩前世時雖聞深般若波羅蜜不問中事來生人中聞是深般若波羅蜜心有疑悔難悟須菩提如是菩薩當知先世雖聞是深般若波羅蜜不問故今續生疑悔難悟須菩提若菩薩先世雖聞禪波羅蜜不問中事今世聞般若波羅蜜時不問故續生疑悔須菩提若菩薩先世雖聞毗梨耶波羅蜜不問中事今世聞般若波羅蜜不問故續復疑悔須菩提若菩薩先世雖聞羼提波羅蜜不問中事今世聞般若波羅蜜不問故續復疑悔須菩提若菩薩先世雖聞尸羅波羅蜜不問中事今世聞般若波羅蜜不問故續復疑悔須菩提若菩薩先世雖聞檀波羅蜜不問中事今世聞般若波羅蜜不問故續復疑悔復次須菩提菩薩摩訶薩先世雖聞內空外空內外空乃至無法空有法空不問中事來生人中聞是深般若波羅蜜不問故續復疑悔難悟復次須菩提菩薩摩訶薩先世雖聞四念處乃至八聖道分四禪四無量心四無色定五神通佛十力乃至一切種智不問中事來生人中聞是深般若波羅蜜不問故續復疑悔難悟復次須菩提菩薩摩訶薩先世聞深般若波羅蜜問中事而不行捨身生時聞是深般若波羅蜜若一日二日三日四日五日者其心堅固無能壞者若離所聞時便退失何以故先世聞是深般若波羅蜜時

雖問中事不如說行是人或時欲聞或時不欲聞心輕不固志亂不定譬如輕毛隨風東西須菩提當知是菩薩發意不久不與善知識相隨不多供養諸佛先世不書是深般若波羅蜜不讀不誦不正憶念不學般若波羅蜜不學禪波羅蜜不學毗梨耶波羅蜜不學羼提波羅蜜不學尸羅波羅蜜不學檀波羅蜜不學內空乃至無法有法空不學四念處乃至八聖道分不學四禪四無量心五神通佛十力乃至不學一切種智如是須菩提當知是菩薩摩訶薩新發大乘意少信少樂故不能書是深般若波羅蜜不能受持讀誦說正憶念須菩提若求佛道善男子善女人不書是深般若波羅蜜不受持讀誦不說不正憶念亦不為深般若波羅蜜所護乃至不為一切種智所護是人亦不如說行深般若波羅蜜乃至不如說行一切種智是人或墮二地若聲聞地若辟支佛地何以故是善男子善女人不書是深般若波羅蜜不讀不誦不說不正憶念是人亦不為深般若波羅蜜所護亦不如說行以是故是善男子善女人於二地中當墮一地

論問曰上來數說是般若波羅蜜甚深因緣今何以復重說答曰處處說甚深多有所利益凡人不知謂為重說譬如大國王未有嫡子求禱神祇積年無應時王出行夫人産男子遣信告王大夫人産男王聞喜而不答乃至十反使者白王向所白者王不聞也王曰我即聞之久來願滿故喜心內悅樂聞不已耳即勑有司賜此人百萬兩金一語十萬兩

王聞使者言語語中有利益非重說不知者謂爲重處處說甚深亦如是佛與菩薩須菩提知大有利益須菩提聞佛說深般若不能得底轉覺甚深聽者處處聞甚深得禪定智慧利益等凡夫人謂爲重說復次深淺無定隨衆生解者無深不解者謂爲深般若波羅蜜除佛無能遍知故故言甚深是故佛爲衆生故說甚深無定甚深相若定甚深無人能行是故言菩薩謂般若甚深爲不行般若波羅蜜甚深因緣所謂爲大事故起乃至無等等事故起大事等義如先說此中佛自說大事等因緣所謂般若波羅蜜舍受五波羅蜜等諸法問曰五波羅蜜等各異相云何言般若波羅蜜中舍受答曰是中說經卷中舍受復次五波羅蜜等諸法與般若波羅蜜和合

方便迴向故五波羅蜜等諸法得至佛道灌頂王如佛國事種種度衆生法大臣是般若波羅蜜佛委仗般若波羅蜜成辦種種法故安處禪定快樂無事又如欲除乾薪草木以火投中則火力能燒令盡人便無事復次是般若波羅蜜不取不著色等諸法故名舍受初滐曰取生受曰著須菩提問云何般若爲色等諸法不取不著故名舍受佛於四答中以反問答於汝意云何以智慧眼見是色等法可取可著不須菩提意念若智慧眼見空無相無作無量不可思議相云何當答色等法定相可取可著佛可其所說汝未得一切智不見色等諸法我一切智人亦不見色等諸法是故歎言善哉是時諸天子讚歎般若波羅蜜及行般若波羅蜜者作是言若三千

大千世界中衆生皆作信行法行乃至辟支佛若智若斷智者十智斷者二種斷有殘斷無殘斷學人有殘斷無學人無殘斷不如是菩薩一日行深般若波羅蜜何以故是諸賢聖智斷皆是菩薩無生法忍問曰若諸賢聖智斷即是無生忍者何以言不如答曰信行等人無大悲捨衆生故不如無方便力不能於涅槃自反譬如衆水會恒河俱入大海欲入海時水勢湊急衆生在中無能自反唯有大力者乃能自出復次諸餘賢聖智斷成就菩薩姑得無生忍而力能過之是故勝智斷功德雖成就不及菩薩初忍譬如大臣功業雖大不及太子復次煖頂忍法是小乘初門菩薩法忍是大乘初門聲聞辟支佛雖終成尚不及菩薩初入道門何況成佛問曰聲聞辟支佛法是小乘菩薩是大乘云何言二乘智斷即是菩薩無生忍答曰所緣同如法性實際亦同利鈍智慧爲異又有無量功德及大悲心守護故勝餘種種說是讚般若波羅蜜行般若波羅蜜人有上中下下者聞般若波羅蜜直信聽受不問中義中者既聞已問義而不能行上者聞解能行下者雖得人身聞般若疑悔難悟根鈍福薄故中者得人身聞般若一心信樂能知義趣從一日至四五日心能堅固過是已往不能信樂或欲聞或不欲聞以其宿世雖解義不能行根鈍福薄故上者得人身聞般若心即深解信樂不捨常隨法師上二種菩薩不能得上地故當墮二乘不爲般若所守護故爲更明了是事故佛於後品中爲作譬喻如大海水中船破若

得所依則能渡不得所依則不能渡

釋譬喻品第五十一

經佛告須菩提譬如大海中船破壞其中人若不取木不取器物不取浮囊不取死屍須菩提當知是人不到彼岸沒海中死須菩提若船破時其中人取木取器物浮囊死屍者當知是人終不沒死安隱無礙得到彼岸須菩提求佛道善男子善女人亦復如是若但有信樂不依深般若波羅蜜不書不讀不誦不正憶念不依禪波羅蜜毗梨耶波羅蜜羼提波羅蜜尸羅波羅蜜檀波羅蜜不書不讀不誦不正憶念乃至不依一切種智不書不讀不誦不正憶念須菩提當知是善男子中道衰耗是人未到一切種智於聲聞辟支佛地取證須菩提若有求佛道善男子善女人爲阿耨多羅三藐三菩提故有信有忍有淨心有深心有欲有解有捨有精進是人依深般若波羅蜜書持讀誦說正憶念是善男子善女人爲阿耨多羅三藐三菩提故有諸信忍淨心深心欲解捨精進爲深般若波羅蜜所護乃至一切種智所護爲深般若波羅蜜守護故乃至一切種智守護故終不中道衰耗過聲聞辟支佛地能淨佛世界成就衆生當得阿耨多羅三藐三菩提須菩提譬如男子女人持坏瓶取水當知是瓶不久爛壞何以故是瓶未熟故還歸於地如是須菩提善男子善女人雖有爲阿耨多羅三藐三菩提心有信有忍有淨心有深心有欲有解有捨有精進不爲般若波羅蜜方便力所守護不爲禪波羅蜜毗梨耶波羅蜜羼提波羅蜜尸

羅波羅蜜檀波羅蜜所守護不爲内空乃至無法有法空四念處乃至八聖道分佛十力乃至一切種智所守護須菩提當知是人中道衰耗墮聲聞辟支佛地須菩提譬如男子女人持熟瓶取水若河若井若池若泉當知是瓶持水安隱何以故是瓶成熟故如是須菩提善男子善女人求阿耨多羅三藐三菩提有諸信忍淨心深心欲解捨精進爲般若波羅蜜方便力所護爲禪定精進忍戒施乃至一切種智所護故須菩提當知是人不中道衰耗過聲聞辟支佛地能淨佛世界成就衆生得阿耨多羅三藐三菩提須菩提譬如大海邊船未莊治便持財物著上須菩提當知是船中道壞没船與財物各在一處是賈客無方便力故亡其重寶如是須菩提是求佛道善男子善女人雖有爲阿耨多羅三藐三菩提心有信忍淨心深心欲解捨精進不爲般若波羅蜜方便力所守護乃至不爲一切種智所守護故當知是人中道衰耗失大珍寶大珍寶者所謂一切種智衰耗者墮聲聞辟支佛地須菩提譬如有人有智方便莊治海邊大船然後推著水中持財物著上而去當知是船不中道没壞必得安隱到所至處如是須菩提善男子善女人爲阿耨多羅三藐三菩提有信忍淨心深心欲解捨精進爲般若波羅蜜方便力所護爲禪精進忍辱戒施乃至一切種智所護故當知是菩薩得到阿耨多羅三藐三菩提不中道墮聲聞辟支佛地須菩提譬如有人年百二十歲年耆根熟又有風冷熱病若雜病須菩提於汝意

云何是人能從牀起不須菩提言不能佛言是人或有能起者云何須菩提言是人雖能起不能遠行若十里若二十里以其老病故如是須菩提善男子善女人雖有爲阿耨多羅三藐三菩提心有信忍淨心深心欲解捨精進不爲般若波羅蜜方便力所守護乃至不爲一切種智所守護故當知是人中道墮聲聞辟支佛地何以故不爲般若波羅蜜方便力所守護故須菩提如向老人百二十歲年耆根熟又有風冷熱病若雜病是人欲起行有兩健人各扶一腋語老人言莫有所難隨所欲至我等二人終不相捨如是須菩提若善男子善女人爲阿耨多羅三藐三菩提有信忍淨心深心欲解捨精進爲般若波羅蜜方便力所護乃至爲一切種智所護當知是人不中道墮聲聞辟支佛地能到是處所謂阿耨多羅三藐三菩提心

【論】釋曰菩薩有二種一者得諸法實相二者雖未得實相於佛道中有信有忍有淨心有深心有欲有解有捨有精進信者信罪福業因緣果報信行六波羅蜜得阿耨多羅三藐三菩提有人雖信佛道思惟籌量心不能忍是故說有忍有人雖忍邪疑未斷故心濁不淨是故說有淨有人雖信忍心淨而有淺有深是故說深心四事因緣故一心欲得無上道不欲餘事是故說有欲了了決定知無上道爲大世間餘事爲小是故說有解以欲解定心故捨財及捨諸惡心慳恚等煩惱是故說捨爲捨故常能精進有如是等諸功德若不得般若波羅蜜若人身壞命終時若惡知

識沮壞則失菩薩道世間功德故受世間果報然後墮聲聞辟支佛地不能至無上道此中佛說五譬喻船是行者身浮囊等物即是般若方便瓶是菩薩道般若方便是水未與般若方便和合故不能受持六波羅蜜功德水至無上道不補治船是菩薩無方便信等功德寶物是五波羅蜜等諸善法船船寶異處者與本願乖異或受人天樂或墮二乘大利者所謂一切智等佛法寶老病人是有信等功德菩薩不斷六十二邪見故名老不斷百八等諸煩惱故名病從牀起者從三界牀起我當作佛以邪見煩惱因緣故不能成菩薩道二人者般若及方便般若波羅蜜能滅諸邪見煩惱戲論將至畢竟空中方便將出畢竟空

【經】爾時佛語須菩提言善哉善哉汝爲諸菩薩摩訶薩問佛是事須菩提若有求佛道善男子善女人從初發意已來以我我所心布施持戒忍辱精進禪定智慧是善男子善女人布施時作是念我是施主我施是人我施是物我持戒我修忍我精進我入禪我修智慧是善男子善女人念有是施是我施乃至念有是慧是我慧何以故檀波羅蜜中無如是分別遠離此彼岸是檀波羅蜜相尸羅波羅蜜羼提波羅蜜毗梨耶波羅蜜禪波羅蜜般若波羅蜜中無如是分別何以故遠離此彼岸是般若波羅蜜相是人不知此岸不知彼岸是人不爲檀波羅蜜乃至不爲一切種智所護故墮聲聞辟支佛地不能到薩婆若須菩提云何求佛道人無方便須菩提求佛

道人從初發心已來無方便行布施持戒忍辱精進禪定修智慧是人作如是念我布施施是人以是物施我持戒修忍勤精進入禪定修智慧如是修智慧是人念有是施是我施以是施自高念有是戒是我戒以是戒自高念有是忍是我忍以是忍自高念有是精進是我精進以是精進自高念有是禪定是我禪以是禪自高念有是慧是我慧以是慧自高何以故檀波羅蜜中無如是分別遠離此彼岸是檀波羅蜜相遠離此彼岸是尸波羅蜜相遠離此彼岸是羼提波羅蜜相遠離此彼岸是毗梨耶波羅蜜相遠離此彼岸是禪波羅蜜相遠離此彼岸是般若波羅蜜相何以故般若波羅蜜中無如是憶念分別是求佛道善男子善女人不知此岸不知彼岸是人不爲檀波羅蜜所護不爲尸羅波羅蜜羼提波羅蜜毗梨耶波羅蜜禪波羅蜜般若波羅蜜所護乃至不爲一切種智所護故或墮聲聞道中或墮辟支佛道中不能得到薩婆若如是須菩提菩薩摩訶薩不爲般若波羅蜜方便力所守護故或墮聲聞地或墮辟支佛道中須菩提云何菩薩摩訶薩爲般若波羅蜜方便力所護故不墮聲聞辟支佛道中疾得阿耨多羅三藐三菩提須菩提菩薩從初已來以方便力布施無我我所心布施乃至無我我所心修智慧是人不作是念我有是施是我施不以是施自高乃至般若波羅蜜亦如是是菩薩不念我布施不念我施是人用是物不念我持戒有是戒不念我忍辱有是忍辱不念我精進有是精進不念我

禪定有是禪定不念我修智慧有是智慧何以故是檀波羅蜜中無如是分別遠離此彼岸是檀波羅蜜相遠離此彼岸是尸羅波羅蜜相遠離此彼岸是羼提波羅蜜相遠離此彼岸是毗梨耶波羅蜜相遠離此彼岸是禪波羅蜜相遠離此彼岸是般若波羅蜜相何以故是般若波羅蜜中無如是分別是菩薩摩訶薩知此岸知彼岸是人爲檀波羅蜜所護爲尸羅波羅蜜所護爲羼提波羅蜜所護爲毗梨耶波羅蜜所護爲禪波羅蜜所護爲般若波羅蜜所護乃至爲一切種智所護故不墮聲聞辟支佛地得到薩婆若如是須菩提菩薩摩訶薩爲般若波羅蜜方便力所護故不墮聲聞辟支佛地疾得阿耨多羅三藐三菩提

論爾時佛可須菩提意更說失行因緣菩薩雖行信等善法亦不得無上道所謂以我我所心行六波羅蜜故是中無分別此岸彼岸以遠離相是般若波羅蜜而分別著行是爲失上佛雖說無方便義不說無方便名欲令是事明了故命須菩提云何有方便無方便內無我我所心外觀一切法空不取相般若方便乃至一切種智守護菩薩故名有方便守護者五波羅蜜邊得功德力般若波羅蜜邊得智慧力以二因緣故不失道

釋知識品第五十二經作善知識品

經爾時須菩提白佛言世尊新學菩薩摩訶薩云何應學般若波羅蜜禪波羅蜜毗梨耶波羅蜜羼提波羅蜜尸羅波羅蜜檀波羅蜜佛告須菩提新學菩薩摩訶薩若欲學般若

波羅蜜禪精進忍戒檀波羅蜜先當親近供養善知識能說是深般若波羅蜜者是人作是教汝善男子所有布施一切迴向阿耨多羅三藐三菩提善男子所有持戒忍辱精進禪定智慧一切迴向阿耨多羅三藐三菩提汝莫以色是阿耨多羅三藐三菩提莫以受想行識是阿耨多羅三藐三菩提莫以檀波羅蜜是阿耨多羅三藐三菩提莫以尸羅波羅蜜羼提波羅蜜毗梨耶波羅蜜禪波羅蜜般若波羅蜜是阿耨多羅三藐三菩提莫以內空乃至無法有法空是阿耨多羅三藐三菩提莫以四念處四正勤四如意足五根五力七覺分八聖道分是阿耨多羅三藐三菩提莫以四禪四無量心四無色定五神通是阿耨多羅三藐三菩提莫以佛十力乃至十八不共法是阿耨多羅三藐三菩提所以者何不取色便得阿耨多羅三藐三菩提不取受想行識便得阿耨多羅三藐三菩提不取檀波羅蜜乃至般若波羅蜜便得阿耨多羅三藐三菩提不取內空乃至無法有法空四念處乃至十八不共法便得阿耨多羅三藐三菩提善男子行是深般若波羅蜜時莫貪色何以故善男子是色非可貪者莫貪受想行識何以故受想行識非可貪者善男子莫貪檀波羅蜜尸羅波羅蜜羼提波羅蜜毗梨耶波羅蜜禪波羅蜜般若波羅蜜莫貪內空乃至無法有法空莫貪四念處乃至八聖道分莫貪四禪四無量心四無色定五神通莫貪佛十力乃至一切種智何以故一切種智非可貪者善男子莫貪須陀洹果者乃至阿

羅漢果莫貪辟支佛道莫貪菩薩法位莫貪阿耨多羅三藐三菩提何以故阿耨多羅三藐三菩提非可貪者所以者何諸法自性空故

論問曰須菩提問新學所行佛何以乃答菩薩久行微妙事所謂不取一切法一切法性空故答曰諸法性空有二種一者大菩薩所得二者小菩薩所學柔順忍以智慧發心此中但說小菩薩所學空復次有智慧氣分佛數爲菩薩若無者雖久行餘功德說不數爲菩薩譬如佛說聲聞法中頂法相於三寶中有少信是名頂法是信過煖法修禪定生以色界心得於佛無礙解脱是爲小於凡人爲大如是新發意菩薩得般若波羅蜜氣味故能受化名爲新學過五波羅蜜功德於凡夫爲大於佛爲小復次佛不直說諸法性空先教供養親近善知識善知識爲說五波羅蜜功德善知識雖種種教化佛但稱其不壞法所謂於色等諸法不貪不著不取譬如金翅鳥子始生從一須彌至一須彌菩薩亦如是初學能生如是深智何況久學又如小火能燒何況大者菩薩亦如是新學時能以般若轉世間法令畢竟空燒諸煩惱何況得力具足

經須菩提白佛言世尊諸菩薩摩訶薩能爲難事於一切性空法中求阿耨多羅三藐三菩提欲得阿耨多羅三藐三菩提佛言如是如是須菩提菩薩摩訶薩能爲難事於一切性空法中求阿耨多羅三藐三菩提欲得阿耨多羅三藐三菩提須菩提諸菩薩摩訶薩

爲安隱世間故發阿耨多羅三藐三菩提心爲安樂世間故爲救世間故爲世間歸故爲世間依處故爲世間洲故爲世間將導故爲世間究竟道故爲世間趣故發阿耨多羅三藐三菩提心須菩提云何菩薩摩訶薩爲安隱世間故發阿耨多羅三藐三菩提心須菩提菩薩摩訶薩得阿耨多羅三藐三菩提時拔出六道衆生著無畏岸涅槃處須菩提是爲菩薩摩訶薩爲安隱世間故發阿耨多羅三藐三菩提心云何菩薩摩訶薩爲安樂世間故發阿耨多羅三藐三菩提心須菩提菩薩摩訶薩得阿耨多羅三藐三菩提時拔出衆生種種憂苦愁惱著無畏岸涅槃處須菩提是爲菩薩摩訶薩爲安樂世間故發阿耨多羅三藐三菩提心云何菩薩摩訶薩爲救世間故發阿耨多羅三藐三菩提心須菩提菩薩摩訶薩得阿耨多羅三藐三菩提時救衆生生死中種種苦亦爲斷是苦故而爲說法衆生聞法漸以三乘而得度脫須菩提是爲菩薩摩訶薩爲救世間故發阿耨多羅三藐三菩提心云何菩薩摩訶薩爲世間歸故發阿耨多羅三藐三菩提心須菩提菩薩摩訶薩得阿耨多羅三藐三菩提時拔出衆生生老病死相憂悲愁惱法著無畏岸涅槃處須菩提是爲菩薩摩訶薩爲世間歸故發阿耨多羅三藐三菩提心云何菩薩摩訶薩爲世間依處故發阿耨多羅三藐三菩提心須菩提菩薩摩訶薩得阿耨多羅三藐三菩提時爲衆生說一切法無依處須菩提是爲菩薩摩訶薩爲世間依處故發阿耨多羅三藐

三菩提心須菩提白佛言世尊云何一切法無依處佛言色不相續即是色無生色無生即是色不滅色不滅即是色無依處受想行識乃至一切種智亦如是須菩提是爲菩薩摩訶薩爲世間依處故發阿耨多羅三藐三菩提心云何菩薩摩訶薩爲世間究竟道故發阿耨多羅三藐三菩提心須菩提若菩薩摩訶薩得阿耨多羅三藐三菩提時爲衆生說如是法色究竟相非是色受想行識乃至一切種智究竟相非是一切種智須菩提如究竟相一切法相亦如是須菩提言世尊若一切法如究竟相者諸菩薩摩訶薩皆應行阿耨多羅三藐三菩提何以故世尊色究竟相中無有分別受想行識究竟相中無有分別乃至一切種智究竟相中無有分別所謂

是色是受想行識乃至是一切種智佛告須菩提如是如是色究竟相中無有分別受想行識乃至一切種智究竟相中無有分別所謂是色乃至是一切種智須菩提是爲菩薩摩訶薩難事如是觀諸法寂滅相而心不没不怯何以故菩薩摩訶薩作是念是諸深法我應如是知得阿耨多羅三藐三菩提如是寂滅微妙法當爲衆生說是爲菩薩摩訶薩爲世間究竟道故發阿耨多羅三藐三菩提心云何菩薩摩訶薩爲世間洲故發阿耨多羅三藐三菩提心須菩提若江河大海四邊水斷是爲洲須菩提色亦如是前後際斷受想行識前後際斷乃至一切種智前後際斷以是前後際斷故一切法亦斷須菩提是一切法前後際斷故即是寂滅即是妙寶所謂

空無所得愛盡無餘離欲涅槃須菩提菩薩摩訶薩得阿耨多羅三藐三菩提時以寂滅微妙法爲衆生說須菩提是爲菩薩摩訶薩爲世間洲故發阿耨多羅三藐三菩提心云何菩薩摩訶薩爲世間將導須菩提菩薩摩訶薩得阿耨多羅三藐三菩提時爲衆生說色不生不滅不垢不淨說受想行識不生不滅不垢不淨說十二處十八界四念處乃至八聖道分四禪四無量心四無色定五神通不生不滅不垢不淨說須陀洹果乃至阿羅漢果辟支佛道不生不滅不垢不淨說佛十力乃至一切種智不生不滅不垢不淨須菩提是爲菩薩摩訶薩爲世間將導故發阿耨多羅三藐三菩提心

【論】釋曰須菩提發希有心白佛言諸菩薩未斷煩惱大悲未具未得阿鞞跋致知諸法本性空而能發無上道心是事甚難佛可其言如是更讃菩薩希有因緣所謂菩薩安隱世間故發心安隱者能破一切煩惱究竟不變失譬如良藥能破病不問甘苦以能究竟除病安隱故佛能使衆生常安隱不期一世二世世間樂者有法雖安隱而不樂有法今世苦後世樂如服苦藥腹中安隱口中不美是故說佛能與今世後世樂六道無常相故非安隱是故說出六道名安隱世間樂著因緣故久後必生憂惱不名爲樂涅槃樂始終無變故說離憂苦爲樂救世間者如人爲怨賊所逐若親戚若官力能救衆生亦如是惡罪諸煩惱因緣及魔民所逐唯諸佛能說法救護世間歸者如人遇暴風疾雨必歸房舍世

間種種邪見煩惱等身心内外苦惱老病死諸憂苦等若歸佛佛以種種因緣拔其憂悲苦惱依處者一切有爲法從和合因緣生故無自力不可依止衆生爲苦所逼來依止佛佛爲説無依止法無依止法者是眞實所謂無餘涅槃色等五衆滅更不相續不相續即是不生不滅不生不滅即是畢竟空無依止處問曰若無依止處何以説依止答曰依止有二種一者以愛見等諸煩惱依止有爲法二者清淨智慧説依止涅槃煩惱見故説無依止究竟道者所謂諸法實相畢竟空色等法前際中無後際中亦無現在中亦無凡夫人憶想分别業果報諸情力故有顛倒見聖人以智慧眼觀之皆虚誑不實如前後中亦爾若無先後云何有中能如是爲衆生説法則安處衆生於究竟第一道中世間洲者如洲四邊無地色等法亦如是前後皆不可得中間如究竟道中破入前後空故中間亦空水者三漏四流諸煩惱及業果報中一切法畢竟空無所取所謂涅槃是爲洲衆生没在四流水中佛以八正道船引著涅槃洲上如是種種因緣接度衆生名爲將導

經云何菩薩摩訶薩爲世間趣故發阿耨多羅三藐三菩提心須菩提菩薩摩訶薩得阿耨多羅三藐三菩提時爲衆生説色趣空説受想行識趣空乃至説一切種智趣空爲衆生説色非趣非不趣何以故是色空相非趣非不趣説受想行識非趣非不趣何以故是受想行識空相非趣非不趣乃至一切種智非趣非不趣何以故是一切種智空相非趣

非不趣如是須菩提菩薩摩訶薩爲世間趣故發阿耨多羅三藐三菩提心何以故一切法趣空是趣不過何以故空中趣不趣不可得故須菩提一切法趣無相是趣不過何以故無相中趣非趣不可得故須菩提一切法趣無作是趣不過何以故無作中趣非趣不可得故須菩提一切法趣無趣是趣不過何以故無起中趣非趣不可得故須菩提一切法趣無所有不生不滅不垢不淨是趣不過何以故無所有不生不滅不垢不淨中趣非趣不可得故須菩提一切法趣如夢是趣不過何以故夢中趣非趣不可得故須菩提一切法趣幻趣響趣影趣化是趣不過何以故是化等中趣非趣不可得故須菩提一切法趣無量無邊是趣不過何以故無量無邊中趣非趣不可得故須菩提一切法趣不與不取是趣不過何以故不與不取中趣非趣不可得故須菩提一切法趣不舉不下是趣不過何以故不舉不下中趣非趣不可得故須菩提一切法趣不增不減是趣不過何以故無增無減中趣非趣不可得故須菩提一切法趣不來不去是趣不過何以故不來不去中趣非趣不可得故須菩提一切法趣不入不出不合不散不著不斷是趣不過何以故不著不斷中趣非趣不可得故須菩提一切法趣我衆生壽命人起使起者作使作者知者見者是趣不過何以故我乃至知者見者畢竟不可得何況有趣非趣須菩提一切法趣常是趣不過何以故常畢竟不可得云何當有趣非趣須菩提一切法趣樂淨我是趣

不過何以故樂淨我畢竟不可得云何當有趣非趣須菩提一切法趣無常苦不淨無我是趣不過何以故無常苦不淨無我畢竟不可得云何當有趣非趣須菩提一切法趣欲事是趣不過何以故欲事畢竟不可得何況當有趣非趣須菩提一切法趣瞋事癡事見事是趣不過何以故瞋事癡事見事畢竟不可得何況當有趣非趣須菩提一切法趣如是趣不過何以故如中無來無去故須菩提一切法趣法性實際不可思議性是趣不過何以故法性實際不可思議性中無來無去故須菩提一切法趣平等是趣不過何以故平等中趣非趣不可得故須菩提一切法趣不動相是趣不過何以故不動相中趣非趣不可得故須菩提一切法趣色是趣不過何以故色畢竟不可得故云何當有趣非趣須菩提一切法趣受想行識是趣不過何以故受想行識畢竟不可得云何當有趣非趣十二處十八界亦如是須菩提一切法趣檀波羅蜜是趣不過何以故檀畢竟不可得故云何當有趣非趣須菩提一切法趣尸羅波羅蜜是趣不過何以故尸羅畢竟不可得故云何當有趣非趣須菩提一切法趣羼提波羅蜜是趣不過何以故羼提畢竟不可得故云何當有趣非趣須菩提一切法趣毗梨耶波羅蜜是趣不過何以故毗梨耶畢竟不可得故云何當有趣非趣須菩提一切法趣禪波羅蜜是趣不過何以故禪畢竟不可得故云何當有趣非趣須菩提一切法趣般若波羅蜜是趣不過何以故般若畢竟不可得故云

何當有趣非趣須菩提一切法趣內空是趣不過何以故內空畢竟不可得故云何當有趣非趣須菩提一切法趣外空是趣不過何以故外空畢竟不可得故云何當有趣非趣須菩提一切法趣內外空是趣不過何以故內外空畢竟不可得故云何當有趣非趣乃至一切法趣無法有法空是趣不過何以故無法有法空畢竟不可得故云何當有趣非趣須菩提一切法趣四念處乃至八聖道分是趣不過何以故四念處乃至八聖道分畢竟不可得故云何當有趣非趣須菩提一切法趣佛十力乃至一切種智是趣不過何以故一切種智中趣非趣不可得故須菩提一切法趣須陀洹果斯陀含果阿那含果阿羅漢果辟支佛道是趣不過何以故須陀洹果乃至辟支佛道中趣非趣不可得故須菩提一切法趣阿耨多羅三藐三菩提是趣不過何以故阿耨多羅三藐三菩提中趣非趣不可得故須菩提一切法趣須陀洹乃至佛是趣不過何以故須陀洹乃至佛中趣非趣不可得故須菩提白佛言世尊是深般若波羅蜜誰能信解者佛告須菩提有菩薩摩訶薩先於諸佛所久行六波羅蜜善根純熟供養無數百千萬億諸佛與善知識相隨是輩人能信解深般若波羅蜜須菩提白佛言世尊能信解是深般若波羅蜜者有何等性何等相何等貌佛言欲瞋癡斷離是性相貌是菩薩摩訶薩則能信解深般若波羅蜜

【論】問曰上諸事中略說今趣中何以廣說答曰趣是乃至品竟總上九事之會歸是故多

說復次安樂等及趣皆同一義俱出衆生著涅槃故若事事廣說則不可盡趣最在後故廣說當知餘者亦皆應廣說色等法趣空者如虛空但有名而無法色等法亦爾終歸於空諸法究竟相必空故餘者皆虛妄如人初雖有善言久久乃知情實色等諸法亦如是入無餘涅槃時與虛空無異當知先亦如是但凡夫顛倒果報故見異一切法無有過出空等諸相如人欲出過虛空不可得我等十六名皆因五衆和合假有此名無有實法云何當有趣非趣若常淨樂我等四顛倒破四聖行如常等四法不可得以顛倒故色等諸法亦如是如常等不可得無常等從常等出故亦不可得是故說一切法趣常等趣無常等須菩提問佛是法甚深微細誰當信解者佛答說久行等因緣能信更問久行等人有何等相佛答是人離三毒心亦不見是離深入諸法實相故問曰是人未得無生忍法云何言斷三毒答曰斷有二種一者根本斷二者薄少斷此中說薄少斷行者不分別是斷是煩惱何以故煩惱相顛倒不定故煩惱即是斷是故言離

釋趣智品第五十三（經作趣一切智品）

經　須菩提白佛言世尊是諸菩薩摩訶薩能解深般若波羅蜜者當趣何所佛告須菩提是菩薩摩訶薩解深般若波羅蜜當趣一切種智須菩提白佛言世尊是菩薩摩訶薩能趣一切種智者是爲一切衆生所歸趣修般若波羅蜜故世尊修般若波羅蜜即修一切諸法世尊無所修是修般若波羅蜜不受修

壞修是修般若波羅蜜佛告須菩提何等法壞故修般若波羅蜜爲壞修世尊色壞故般若波羅蜜爲壞修受想行識十二處十八界壞故般若波羅蜜爲壞修我乃至知者見者壞故般若波羅蜜爲壞修世尊檀波羅蜜壞故般若波羅蜜爲壞修乃至般若波羅蜜壞故般若波羅蜜爲壞修內空乃至無法有法空四念處乃至十八不共法須陀洹果乃至一切種智壞故般若波羅蜜爲壞修佛言如是如是須菩提色壞故般若波羅蜜爲壞修乃至一切種智壞故般若波羅蜜爲壞修爾時佛告須菩提是深般若波羅蜜中阿鞞跋致菩薩摩訶薩應當驗知若菩薩摩訶薩是深般若波羅蜜中不著當知是阿鞞跋致禪波羅蜜乃至檀波羅蜜中不著四念處乃至一切種智中不著當知是阿鞞跋致

論問曰般若波羅蜜非趣非不趣須菩提何以故問行般若者趣至何處又佛何以答趣薩婆若答曰外道言諸法從因趣果從先世入今世從今世趣後世破是常顛倒故言無趣不趣此中須菩提以無著心問佛以無著心答般若波羅蜜畢竟空於諸法無障無礙得無障無礙解脫故無障無礙因果相似故言解深般若者趣一切種智須菩提言菩薩知般若波羅蜜者爲一切衆生所歸趣如子爲苦惱所逼則趣父母問曰何以故但菩薩解深般若波羅蜜爲衆生所歸趣答曰菩薩於衆生中大悲心故常修習般若波羅蜜以修故能解一切諸法皆入般若波羅蜜是故修般若波羅蜜即修一切法般若無定實法

可得故經中說無所修是修般若波羅蜜般若波羅蜜中一切諸觀有過故不受是名不受修壞修者一切法無常散壞故名壞修可破壞法者所謂色等乃至一切種智佛可須菩提所說上品未說阿鞞跋致菩薩性相貌今應驗試知於深般若波羅蜜中著不若著則非若不著則是其相行般若波羅蜜菩薩有二種一者因般若波羅蜜觀一切法畢竟空般若亦自空二者不能觀般若亦空是故經中試知著不

【經】若有阿鞞跋致菩薩摩訶薩行深般若波羅蜜時不以他人語爲堅要亦不隨他教行阿鞞跋致菩薩摩訶薩不爲欲心瞋心癡心所牽若阿鞞跋致菩薩摩訶薩不遠離六波羅蜜若阿鞞跋致菩薩摩訶薩聞說深般若波羅蜜時心不驚不沒不怖不畏不悔歡喜樂聞受持讀誦正憶念如說行須菩提當知是菩薩先世已聞是深般若波羅蜜中事已受持讀誦說正憶念何以故是菩薩摩訶薩有大威德故聞是深般若波羅蜜心不驚不怖不畏不沒不悔歡喜樂聞受持讀誦正憶念須菩提白佛言世尊若菩薩摩訶薩聞深般若波羅蜜不驚不怖乃至正憶念世尊是菩薩摩訶薩云何行般若波羅蜜佛言隨順一切種智心是菩薩摩訶薩應如是行般若波羅蜜世尊云何名隨順一切種智心是菩薩摩訶薩應如是行般若波羅蜜佛言以空隨順是爲菩薩摩訶薩行深般若波羅蜜以無相無作無所有不生不滅不垢不淨隨順是菩薩摩訶薩應如是行般若波羅蜜以如

夢幻焰響化隨順是行般若波羅蜜須菩提白佛言佛說以空隨順乃至如夢如幻隨順是行般若波羅蜜世尊是菩薩摩訶薩行何法若色若受想行識乃至一切種智佛告須菩提菩薩摩訶薩不行色不行受想行識乃至不行一切種智何以故是菩薩行處無作法無壞法無所從來亦無所去無住處是法不可數無有量若無數無量是法不可得不可以色得乃至不可以一切種智得何以故色即是薩婆若薩婆若即是色乃至一切種智即是薩婆若薩婆若即是一切種智色如相乃至一切種智如相皆是一如無二無別

論釋曰阿鞞跋致菩薩所試事於他語言中不生念是中有實不實何以故他人有二種在家人著五欲樂虛誑不淨出家外道著諸邪見不實此等所說皆無實事是故不信自得諸法實相故乃至佛身來說破諸法實相者亦不信得無爲法故心則安重不復移轉是菩薩雖未得佛道貪欲等諸煩惱折薄故不爲所牽心常不離六波羅蜜知善法果報味故心常愛樂不離六波羅蜜如是等種種因緣故聞深般若不怖不畏歡喜欲聞讀誦問義修習如雷霆小鳥則怖畏悶死孔雀大鳥歡喜儛戲般若波羅蜜亦如是邪見凡夫聞則恐怖阿鞞跋致菩薩聞則歡喜心無猒足是故說歡喜樂聞是中佛說因緣是菩薩於過去世已聞深般若波羅蜜多集諸福德智慧故有大威德有大威德故不怖畏須菩提問是菩薩聞深般若波羅蜜雖不怖畏是般若無定相云何應行佛言隨順一切種智

心問曰是菩薩未得一切種智云何能順答曰是故說順畢竟空心則順一切種智心一切種智是寂滅相佛後品中說一切寂滅相是一切種智是故言順畢竟空則順一切種智無相無作虛空無生無滅無垢無淨如夢等亦如是爾時須菩提問順畢竟空心觀何等法佛答不觀色乃至一切種智何以故智慧欲求實事色等有爲作法皆虛妄一切種智是實法實法故過有爲法過有爲法故說是法無作無作者無壞法無壞者是法不從六波羅蜜來故言無所從來不入佛法中故言無所去有爲虛誑故不住無爲法中無憶想分別故亦不住五衆和合故有六道數壞五衆相續故則無數無量無數無量故則語言道斷語言道斷故不可以行色等諸法得佛此中自說因緣色等諸法即是薩婆若薩婆若即是色等諸法何以故色等諸法如即是薩婆若如薩婆若如即是色等諸法如以是故說是如無二無別

大智度論卷第七十一

音釋

怯乞業切畏懦也　犢徒谷切牛子也　羼提梵語也此云忍辱　羼初限切
嫡丁歷切正室子也　禱都皓切祈求也　湊倉奏切趣也　浮囊
囊奴當切浮囊渡海具也　坏芳杯切未燒陶器也　腋羊益切左右肘脅間曰腋
翅矢利切翼也　阿鞞跋致梵語也此云不退轉　鞞頻迷切　跋蒲末切
暴蒲報切猛也　誑古況切欺也　驗魚欠切證也　儛罔甫切與舞同

大智度論卷第七十二

龍樹菩薩造

姚秦三藏法師鳩摩羅什譯

釋大如品第五十四

【經】爾時欲界諸天子色界諸天子以天末栴檀香以天青蓮華赤蓮華紅蓮華白蓮華遥散佛上來至佛所頂禮佛足一面住白佛言世尊諸佛阿耨多羅三藐三菩提甚深難見難解不可思惟知微妙寂滅智者能知一切世間所不能信何以故是深般若波羅蜜中如是說色即是薩婆若薩婆若即是色乃至一切種智即是薩婆若薩婆若即是一切種智色如相薩婆若如相是一如無二無別乃至一切種智如相薩婆若如相一如無二無別佛告欲色界諸天子如是如是諸天子色即是薩婆若薩婆若即是色乃至一切種智即是薩婆若薩婆若即是一切種智色如相乃至一切種智如相一如無二無別諸天子以是義故佛初成道時心樂嘿然不樂說法何以故是諸佛阿耨多羅三藐三菩提法甚深難見難解不可思惟知微妙寂滅智者能知一切世間所不能信何以故阿耨多羅三藐三菩提無得者無得處無得時是名諸法甚深相所謂無有二法諸天子如虛空甚深故是法甚深如甚深故是法甚深法性甚深故是法甚深如甚深故是法甚深實際甚深不可思議無邊甚深故是法甚深無來無去甚深故是法甚深不生不滅無垢無淨無知無得甚深故是法甚深諸天子我甚深乃至知者見者甚深故是法甚深諸天子色甚深受想行識甚深故是法甚深檀波

羅蜜甚深乃至般若波羅蜜甚深故是法甚深内空乃至無法有法空甚深故是法甚深四念處甚深乃至一切種智甚深故是法甚深爾時欲界色界諸天子白佛言世尊是所說法一切世間所不能信世尊是甚深法不爲受色故說不爲捨色故說不爲受受想行識故說不爲捨受想行識故說不爲受須陀洹果故說不爲捨須陀洹果故說乃至不爲受一切種智故說不爲捨一切種智故說諸世間皆受著行所謂色是我是我所受想行識是我是我所乃至十八不共法是我是我所須陀洹果是我是我所乃至一切種智是我是我所佛告諸天子如是如是諸天子是法非爲受色故說非爲捨色故說乃至非爲受一切種智故說非爲捨一切種智故說諸天子若有菩薩爲受色故行乃至爲受一切種智故行是菩薩不能修般若波羅蜜不能修禪波羅蜜毗梨耶波羅蜜羼提波羅蜜尸羅波羅蜜不能修檀波羅蜜乃至不能修一切種智者須菩提白佛言世尊是法隨順一切法云何是法隨順一切法是法隨順般若波羅蜜乃至隨順檀波羅蜜是法隨順内空乃至隨順無法有法空是法隨順四念處乃至隨順一切種智是法無礙不礙於色不礙受想行識乃至不礙一切種智諸天子是法名無礙相如虚空等故如法性法住實際不可思議性等故空無相無作等故是法不生相色不生不可得故受想行識不生不可得故乃至一切種智不生不可得故是法無處色處不可得故受想行識處不可得故乃至

一切種智處不可得故是時欲色界諸天子白佛言世尊須菩提是佛子隨佛生何以故須菩提所說皆與空合爾時須菩提語諸天子汝等言須菩提是佛子隨佛生云何爲隨佛生諸天子如相故須菩提隨佛生何以故如來如相不來不去須菩提如相亦不來不去是故須菩提隨佛生復次須菩提從本已來隨佛生何以故如來如相即是一切法如相一切法如相即是如來如相是如相中亦無如相是故須菩提爲隨佛生復次如來如常住相須菩提如亦常住相如來如相無異無別須菩提如相亦無異無別是故須菩提爲隨佛生如來如相無有礙處一切法如亦無礙處是如來如相一切法如相一如無一無別是如相無作終不不如是故是如相無二無別是故須菩提爲隨佛生如來如相一切處無念無別須菩提如相亦如是一切處無念無別如來如相不異不別不可得須菩提如相亦如是以是故須菩提爲隨佛生如來如相不遠離諸法如相是如終不不如是故須菩提如不有異爲隨佛生亦無所隨復次如來如相不過去不未來不現在諸法如相亦不過去不未來不現在是故須菩提爲隨佛生復次如來如不在過去如中過去如亦不在如來如中如來如不在未來如中未來如不在如來如中如來如不在現在如中現在如不在如來如中過去未來現在如如來如一如無二無別色如如來如受想行識如如來如是色如受想行識如如來如一如無二無別我如乃至知者見者如如來如一

如無二無別檀波羅羅如乃至般若波羅蜜如內空如乃至無法有法空如四念處如乃至一切種智如如來如一如無二無別須菩提菩薩摩訶薩得是如故名為如來說是如相品時是三千大千世界大地六種震動東涌西没西涌東没南涌北没北涌南没中央涌四邊没四邊涌中央没

論問曰般若波羅蜜無不甚深何以或時讚甚深答曰般若波羅蜜中或時分別諸法空是淺或時說世間法即同涅槃是深色等諸法即是佛法聽者聞說心信佛語自智慧不及故言甚深譬如河水有洄澓深處有淺處問曰諸天所讚法甚深一切世間所不能信何用說為答曰一切有二種一者名字一切二者實一切如此中說名字一切以多不信故言一切此中說微妙寂滅智者能知智者必有信先信後知故復次是般若波羅蜜中佛能知衆生聞所說而信者此中不名為信智慧知已名為信問曰若爾者何以言微妙智者能知答曰一切世間無能遍盡知諸佛智者寂滅智者能知少分如須陀洹於無上道得少分所謂斷三結如是諸道展轉增多若世間都不信者云何有諸道以是故言寂滅智者能知阿耨多羅三藐三菩提即是般若但名字異在菩薩心中為般若在佛心中名阿耨多羅三藐三菩提是中說色等法即是薩婆若薩婆若即是色等法此中說色等法如薩婆若如無二無別佛可諸天子意更說因緣如名色等諸法真實相譬如除宮殿及諸陋廬如燒栴檀及雜木其處虛空無有

異色及薩婆若等諸法求其實皆是如以是義故佛初成道時心樂嘿然不樂說法知甚深法凡人難悟故復次是法無二故甚深如虛空故甚深如法性等甚深故甚深爾時諸天子知是法無可取相白佛言是所說法一切世間不能信是法不爲受色等法故說佛可其言若有菩薩爲受色等故行菩薩道不能修般若波羅蜜等諸功德須菩提白佛言世尊是般若波羅蜜相隨順一切法無所障礙何以故於般若波羅蜜亦不著說不障礙因緣如虛空等故譬如壁中先有空相小兒以橛釘之力少故不入大力者能入行者亦如是色等諸法中自有如實相智慧力少故不能令空大智者能知是故說諸法無礙如虛空平等色等法不生亦不可得以是故名不生非但色等不生若不生法可得則非畢竟空非名無礙無住處亦如是爾時諸天子白佛言世尊須菩提隨佛生何以故所知所說皆與空合復次經說有三種子一者不隨順生二者隨順生三者勝生世人皆願二種子隨順子勝子佛法中唯欲一種隨順生以無有勝佛故佛子有五皆從口生法生須陀洹乃至阿羅漢入正位菩薩辟支佛雖佛法中種因緣無佛時自能得道不得言從佛口生因緣遠故諸漏盡者是隨順生須菩提於漏盡中常樂畢竟空是隨順生何以故所行法不可破壞如虛空佛法如是相是名隨佛生問曰何以不說入法位菩薩隨順佛生答曰有人言漏未盡故不說須菩提漏盡故說有人言入無餘涅槃者是第一清淨阿羅漢

未後身住有餘涅槃近無餘涅槃門故説菩薩雖有深利智慧往返生死中是故不説有人言般若有二種一者唯與大菩薩説二者三乘共説共聲聞説中須菩提是隨佛生但與菩薩説時不説須菩提隨佛生何以故法性生身大菩薩是中無有結業生身但有變化生身滅三毒出三界教化衆生淨佛世界故住於世間此中都無一切聲聞人佛大慈悲心菩薩心亦爾是名菩薩隨生須菩提但取涅槃故不説隨生此經共三乘説須菩提知般若波羅蜜甚深法性生身菩薩力大諸天雖讚不應受語諸天子言諸法如一相所謂無相是因緣故隨佛生如不異故如經中説如如來如相不來不去須菩提如相亦不來不去復次如來如畢竟空一切法如亦畢竟空一切法如中攝須菩提如是故須菩提用如來如故隨佛生復次如如來如無憶想分別常住如虚空須菩提如亦如是是故須菩提隨佛生復次如如來如得無礙解脱故一切法中無罣礙一切法如亦如是於一切法中亦無罣礙如來如一切法如一如無異須菩提如亦入一切法如故是以隨佛生復次諸法如相無作無作者如來如相亦如是須菩提如一切法如攝故隨佛生復次如如來如相一切處常無憶想分別須菩提如一切法如攝故隨佛生復次如來如相不離一切法如正觀一切法名爲佛一切法是因緣佛是果報是故説如來如不離一切法如是如實故常如無不如時須菩提如亦如是不異故隨佛生亦無法可隨復次如來如相無

憶想分別出過三世一切法如亦如是須菩提如亦出三世是故隨佛生復次如來如不在過去如中何以故如來空過去亦畢竟空是故空不在空中住譬如虛空不住虛空中未來現在亦如是三世如如來如不二不分別者三世如空無相無生無滅等如來如亦如是三世如無障礙如過去世無窮無邊未來世亦無窮無邊現在世亦無窮無邊如來如亦如是此三世十方無礙無邊須菩提如亦如是復次五衆如乃至一切種智如如來如無二無別何以故色等諸法和合故有如來如是如來不得言但是色等法亦不得言離色等法亦不得言色等法在如來中亦不得言如來在色等法中亦不得言色等法屬如來亦不得言無如來五衆色等法中假名如來如來如即是一切法如是故說色等法如如來如不二不別凡夫人見有二有別聖人觀無二無別聖人可信凡夫人所見不可信佛語須菩提是名爲如佛因此如故名爲如來如來者如實行來到佛法中說是如時地六種震動如上說

經是時諸欲天子諸色天子以天末栴檀香散佛上及散須菩提上白佛言未曾有也世尊須菩提以如來如隨佛生須菩提復爲諸天子說言諸天子須菩提不從色中隨佛生亦不從色如中隨佛生不離色隨佛生亦不離色如隨佛生須菩提不從受想行識中隨佛生亦不從受想行識如中隨佛生不離受想行識隨佛生亦不離受想行識如隨佛生乃至不從一切種智中隨佛生亦不從一切

種智如中隨佛生不離一切種智隨佛生亦不離一切種智如隨佛生須菩提不從無爲中隨佛生亦不從無爲如中隨佛生不離無爲隨佛生亦不離無爲如隨佛生何以故是一切法皆無所有不可得無隨生者亦無隨生法爾時舍利弗白佛言世尊是如實不虛法相法住法位甚深是中色不可得色如不可得何以故色尚不可得何況色如當可得受想行識不可得受想行識如不可得何以故受想行識尚不可得何況受想行識如當可得乃至一切種智不可得一切種智如不可得何以故一切種智尚不可得何況一切種智如當可得佛告舍利弗如是如是舍利弗是如實不虛法相法住法位甚深是中色不可得色如不可得何以故色尚不可得何況色如當可得乃至一切種智不可得一切種智如不可得何以故一切種智尚不可得何況一切種智如當可得舍利弗說是如相時二百比丘不受一切法故漏盡得阿羅漢五百比丘尼遠塵離垢諸法中得法眼生天人中五千菩薩摩訶薩得無生法忍六千菩薩諸法不受故漏盡心得解脫成阿羅漢舍利弗是六十菩薩先世值五百佛親近供養於五百佛法中行布施持戒忍辱精進禪定無般若波羅蜜無方便力故行別異相作是念是施是持戒是忍辱是精進是禪定無般若波羅蜜無方便力故布施持戒忍辱精進禪定行異別相行異別相故不得無異相不得無異相故不得入菩薩位不得入菩薩位故得須陀洹果乃至阿羅漢果舍利弗菩薩

摩訶薩雖有道若空若無相若無作法遠離般若波羅蜜無方便力故便於實際作證取聲聞乘舍利弗白佛言世尊何因緣故俱行空無相無作法遠離方便力故於實際作證取聲聞乘菩薩摩訶薩亦修空無相無作法有方便力故得阿耨多羅三藐三菩提佛告舍利弗有菩薩遠離薩婆若心修空無相無作法無方便力故取聲聞乘舍利弗復有菩薩摩訶薩不遠離薩婆若心修空無相無作法有方便力故入菩薩位得阿耨多羅三藐三菩提舍利弗譬如有鳥身長百由旬若二百三百由旬而無有翅從三十三天自投閻浮提舍利弗於汝意云何是鳥中道作是念欲還上三十三天能得還不不得也世尊舍利弗是鳥復作是願到閻浮提欲使身不痛不惱舍利弗於汝意云何是鳥得不痛不惱不舍利弗言不得也世尊是鳥到地若痛若惱若死若死等苦何以故世尊是鳥身大而無翅故舍利弗菩薩摩訶薩亦如是雖如恒河沙等劫修布施持戒忍辱精進禪定發大事生大心爲得阿耨多羅三藐三菩提故受無量願是菩薩遠離般若波羅蜜方便力故若墮阿羅漢若墮辟支佛道何以故是菩薩遠離薩婆若心布施持戒忍辱精進禪定無般若波羅蜜無方便力故墮聲聞地若辟支佛道中舍利弗菩薩摩訶薩雖念過去未來現在諸佛持戒禪定智慧解脱解脱知見取相受持是人不知不解諸佛戒定慧解脱解脱知見但聞空無相無作名字聲而取名字聲迴向阿耨多羅三藐三菩提菩薩摩訶薩

若如是迴向住聲聞辟支佛地中不能得過何以故遠離般若波羅蜜及方便力持諸善根迴向阿耨多羅三藐三菩提故舍利弗有菩薩摩訶薩從初發意已來不遠離薩婆若心行布施持戒忍辱精進禪定不遠離般若波羅蜜及方便力故不取相於過去未來現在諸佛戒定慧解脱解脱知見不取空解脱門相不取無相無作解脱門相舍利弗當知是菩薩摩訶薩不墮聲聞辟支佛道直至阿耨多羅三藐三菩提何以故是菩薩摩訶薩從初發心已來行布施不取相持戒忍辱精進禪定不取相過去未來現在諸佛戒定慧解脱解脱知見不取相舍利弗是名菩薩方便力以離相心行布施持戒忍辱精進禪定乃至離相心行一切種智舍利弗白佛言世尊如我解佛所説義若菩薩摩訶薩不遠離般若波羅蜜方便力當知是菩薩近阿耨多羅三藐三菩提何以故是菩薩摩訶薩從初發心已來無法可知若色者受想行識乃至一切種智世尊有求菩薩道善男子善女人遠離般若波羅蜜方便力當知是人於阿耨多羅三藐三菩提或得或不得何以故世尊是求菩薩道善男子善女人所有布施皆取相所有持戒忍辱精進禪定皆取相以是故是善男子善女人於阿耨多羅三藐三菩提不定世尊以是因緣故菩薩摩訶薩欲得阿耨多羅三藐三菩提不應遠離般若波羅蜜方便力是菩薩摩訶薩住般若波羅蜜方便力中以無得無相心應修布施持戒忍辱精進禪定乃至以無得無相心應修一切種智

論釋曰諸天子歡喜以末栴檀香散佛及須菩提上歎言希有世尊須菩提以如來如隨佛生者諸天子意謂須菩提智慧力故令一切法皆如佛法是故說隨佛生須菩提知諸天子心少貴尚是諸法如是故須菩提欲斷諸天子心故說是如畢竟空相以四種破著如心所謂須菩提不在色中不在色如中不以色等不以色等如不離色等不離色等如隨佛生佛此中自說因緣此法皆空不可得舍利弗言世尊是如甚深是如中但色等法不可得何況色等法如當可得問曰何者是色等法何者是色等法如答曰色等法眼所見等諸法如名色等法實相不虛誑人於色等如法中錯謬故或起不善業墮惡道中或起善業生於人天中終歸磨滅還生諸苦或起無漏業應求大利而取小乘不得畢竟清淨如相故色等法皆是作法有爲虛妄從顛倒生凡夫所憶想分別行處是故色等法虛妄不即是如知色等法如實故即是如因色等法得如名是故言不離色等法得如色等法入如中皆一相無異是故須菩提謙言非但我隨佛生一切法亦如是相舍利弗讚歎須菩提所說色等法亦畢竟空何況如因若空何況果聞如是甚深如相衆生各得道利益問曰是般若波羅蜜爲菩薩說何故六千人成阿羅漢道答曰佛知必有難者自爲舍利弗說因緣是人無般若波羅蜜無方便力過去作功德無方便故邪行不正是人離般若波羅蜜故深著善法今從佛聞般若波羅蜜深猒世間慈悲心薄故求自利不受一切

法即得阿羅漢於般若無咎如人持器詣海隨器大小各自取足問曰如經說六千菩薩無般若波羅蜜方便力故行五波羅蜜不得是無分別法作阿羅漢若一切聖人皆得無爲法無爲法即是無分別何以此中說不得無分別法作阿羅漢答曰非說今世聽法時乃是過去五百世時不得般若方便修集五波羅蜜功德以是故言不得無分別失菩薩信等五根失菩薩信等五根故雖聞般若不得如菩薩所聞即於實際作證問曰俱行空無相無作何以一人得作佛一人作阿羅漢答曰雖有種種因緣得阿羅漢大因緣所謂離薩婆若心行空等故大鳥者金翅鳥於諸天如此間人鳥雀等無異是鳥所以不來者此鳥食龍翅出毒風扇一切眼失明故是鳥初出鷇羽翼未成意欲飛去即時墮落中道心悔我未應飛欲還住本天上舍摩梨樹上是鳥身大羽翼未成不能舉身鳥身是菩薩身大者世世廣集五波羅蜜功德無兩翅者是無般若波羅蜜無方便須彌山者是三界虛空是無量佛法未應飛而飛者是菩薩功德未成滿欲行菩薩三解脫門欲遊無量佛法虛空中而自退沒是心雖欲願作佛而不能得若死者是阿羅漢道死等者辟支佛道若痛若惱者失菩薩本願功德佛自結句乃至住是無得無相心中應布施等此經中合喻義自明了故不說

【經】爾時欲色界諸天子白佛言世尊阿耨多羅三藐三菩提難得何以故是菩薩摩訶薩應知一切諸法已得阿耨多羅三藐三菩提

是法亦不可得佛言如是如是諸天子阿耨多羅三藐三菩提難得我亦得一切法一切種智已得阿耨多羅三藐三菩提亦無所得無能知無可知亦無知者何以故諸法畢竟淨故須菩提白佛言世尊如佛所說阿耨多羅三藐三菩提難得如我解佛所說義我心思惟是阿耨多羅三藐三菩提易得何以故無有得阿耨多羅三藐三菩提者亦無可得法一切法一切法相空無法可得無能得者何以故一切法空故亦無法可增亦無法可滅所謂布施持戒忍辱精進禪定乃至一切種智是法皆無可得者無能得者世尊以是因緣故我意謂阿耨多羅三藐三菩提爲易得何以故世尊色色相空受想行識識相空乃至一切種智一切種智相空舍利弗語須菩提若一切法空如虛空虛空不作是念我當得阿耨多羅三藐三菩提若菩薩摩訶薩信解一切法空如虛空是阿耨多羅三藐三菩提易得者今恒河沙等諸菩薩摩訶薩求阿耨多羅三藐三菩提何以故退還須菩提以是故知阿耨多羅三藐三菩提不易得須菩提語舍利弗於意云何色於阿耨多羅三藐三菩提退還不舍利弗言不受想行識於阿耨多羅三藐三菩提退還不舍利弗言不乃至一切種智於阿耨多羅三藐三菩提退還不舍利弗言不離色有法於阿耨多羅三藐三菩提退還不舍利弗言不離受想行識有法於阿耨多羅三藐三菩提退還不舍利弗言不乃至離一切種智有法於阿耨多羅三藐三菩提退還不舍利弗言不舍利弗於

意云何色如相於阿耨多羅三藐三菩提退還不舍利弗言不受想行識如相乃至一切種智如相於阿耨多羅三藐三菩提退還不舍利弗言不離色如相有法於阿耨多羅三藐三菩提退還不舍利弗言不離受想行識如相乃至離一切種智如相有法於阿耨多羅三藐三菩提退還不舍利弗言不舍利弗於意云何如於阿耨多羅三藐三菩提退還不舍利弗言不法性法住法位實際不可思議性於阿耨多羅三藐三菩提退還不舍利弗言不舍利弗於意云何離如有法於阿耨多羅三藐三菩提退還不舍利弗言不離法性法住法位實際不可思議性有法於阿耨多羅三藐三菩提退還不舍利弗言不須菩提語舍利弗諸法畢竟不可得何等法於阿耨多羅三藐三菩提退還舍利弗語須菩提如須菩提所說是法忍中無有菩薩於阿耨多羅三藐三菩提退還者若不退還佛說求道者有三種阿羅漢道辟支佛道佛道是三種爲無分別如須菩提說獨有一菩薩求佛道是時富樓那彌多羅尼子語舍利弗應當問須菩提爲有一菩薩乘不爾時舍利弗問須菩提須菩提爲欲說有一菩薩乘須菩提語舍利弗於諸法如中欲使有三種人聲聞乘辟支佛乘佛乘耶舍利弗言不也舍利弗三乘分別中有如可得不舍利弗言不也舍利弗是如有若一相若二相若三相不舍利弗言不也舍利弗汝欲於如中乃至有一菩薩不舍利弗言不也如是四種中三乘人不可得舍利弗云何作是念是求聲聞乘人是

求辟支佛乘人是求佛乘人舍利弗菩薩摩訶薩聞是諸法如相心不驚不没不悔不疑是名菩薩摩訶薩能成就阿耨多羅三藐三菩提爾時佛讚須菩提言善哉善哉須菩提汝所說者皆是佛力須菩提若菩薩摩訶薩聞說是如無有諸法別異心不驚不怖不畏不難不没不悔當知是菩薩能成就阿耨多羅三藐三菩提舍利弗白佛言世尊成就何等菩提佛言成就佛阿耨多羅三藐三菩提

論釋曰爾時諸天子作是念白佛言世尊阿耨多羅三藐三菩提難得何以故一切法畢竟空而菩薩求佛道觀行修集成佛度衆生是法亦不可得佛可其言自身爲證我坐道場以一切種得一切法亦無一定相可得須菩提言世尊如我意阿耨多羅三藐三菩提易得一切法畢竟常空故是中無得者無可得法無障無礙無所修無所斷故爾時舍利弗言若佛道易得者何以故恒河沙等無量菩薩求佛道若一若二作佛餘者皆退還須菩提答舍利弗色於阿耨多羅三藐三菩提退還不受想行識乃至一切種智退還不答曰不也何以故色等法畢竟空無有退還色等法如無二相亦無分別故無退還離色等法更有法退還不答言離色等更無有法是故言不也離色等法如更有法退還不答言如破色等法已如亦自空是故言不法性法位乃至不可思議性亦如是須菩提語舍利弗若法無退還何以故言如恒河沙等菩薩退還舍利弗答如須菩提所說法忍中則無退還法忍者是法門法修法行入須菩提所

說法門中則無退還出是法門則有退還舍利弗雖見受須菩提語亦自引佛法作難若無退者盡當作佛何以說有三乘須菩提還以如相四句破三乘佛歎須菩提善哉若菩薩聞如中無三乘分別不恐怖是菩薩即能成無上道問曰若佛說菩薩成阿耨多羅三藐三菩提舍利弗何以故問成就何等菩提答曰各各有無上舍利弗疑故問何等道無上答大乘無上復次須菩提以畢竟空智慧破著三乘心佛讚善哉須菩提言菩薩聞是心不沒不怖則能成就阿耨多羅三藐三菩提舍利弗問三乘菩提無定相今言成就菩提成何等菩提佛言成就佛阿耨多羅三藐三菩提若入畢竟空門一切法盡一相若出畢竟空三乘則有異今佛分別諸法故說有上中下乘不為畢竟空故說

【經】須菩提白佛言世尊若菩薩摩訶薩欲成就阿耨多羅三藐三菩提應云何行佛言應起等心於一切衆生亦等心與語無有偏黨於一切衆生中起大慈心亦以大慈心與語於一切衆生中下意亦以下意與語於一切衆生中應生安隱心亦以安隱心與語於一切衆生中應生無礙心亦以無礙心與語於一切衆生中應生無惱心亦以無惱心與語於一切衆生中應生愛敬心如父如母如兄如弟如姊如妹如兒子親族知識亦以愛敬心與語是菩薩摩訶薩應自不殺生亦教人不殺生讚不殺生法歡喜讚歎諸不殺者乃至自行不邪見亦教他人不行邪見讚不邪見法歡喜讚歎不邪見者如是須菩提菩薩

摩訶薩欲成就阿耨多羅三藐三菩提當如是行復次須菩提菩薩摩訶薩欲成就阿耨多羅三藐三菩提應自行初禪亦教他人行初禪讚歎行初禪法歡喜讚歎行初禪者二禪三禪四禪亦如是復次須菩提菩薩摩訶薩欲成就阿耨多羅三藐三菩提應自行慈心亦教人行慈心讚歎行慈心法歡喜讚歎行慈心者悲喜捨心亦如是自行虛空處亦教人行虛空處讚歎行虛空處法歡喜讚歎行虛空處者識處無所有處非有想非無想處亦如是自具足檀波羅蜜亦教人具足檀讚歎具足檀法歡喜讚歎具足檀波羅蜜者尸羅羼提毗梨耶禪般若波羅蜜亦如是復次菩薩摩訶薩欲成就阿耨多羅三藐三菩提自行內空亦教人行內空讚歎行內空法歡喜讚歎行內空者乃至無法有法空亦如是自行四念處亦教人行四念處讚歎行四念處法歡喜讚歎行四念處者乃至八聖道分亦如是自修空三昧無相無作三昧亦教人修空無相無作三昧讚歎修空無相無作三昧法歡喜讚歎修空無相無作三昧者自行八背捨亦教人行八背捨讚歎行八背捨法歡喜讚歎行八背捨者自行九次第定亦教人行九次第定讚歎行九次第定法歡喜讚歎行九次第定者自具足佛十力亦教人具足佛十力讚歎具足佛十力法歡喜讚歎具足佛十力者自行四無所畏四無礙智十八不共法大慈大悲亦教人行四無所畏乃至大慈大悲讚歎行四無所畏乃至大慈大悲法歡喜讚歎行四無所畏乃至大慈大悲

者自逆順觀十二因緣亦教人逆順觀十二因緣讚歎逆順觀十二因緣法歡喜讚歎逆順觀十二因緣者須菩提菩薩摩訶薩欲成就阿耨多羅三藐三菩提應如是行復次須菩提菩薩摩訶薩欲成就阿耨多羅三藐三菩提自應知苦斷集證滅修道亦教人知苦斷集證滅修道讚歎知苦斷集證滅修道法歡喜讚歎知苦斷集證滅修道者自生須陀洹果證智而不證實際亦教人著須陀洹果中讚歎須陀洹果法歡喜讚歎得須陀洹果者斯陀含果阿那含果阿羅漢果亦如是自生辟支佛道證知而不證辟支佛道亦教人著辟支佛道中讚歎辟支佛道法歡喜讚歎得辟支佛道者自入菩薩位亦教人入菩薩位讚歎菩薩位法歡喜讚歎入菩薩位者自淨佛世界成就衆生亦教人淨佛世界成就衆生讚歎淨佛世界成就衆生法歡喜讚歎淨佛世界成就衆生者自起菩薩神通亦教人起菩薩神通讚歎菩薩神通法歡喜讚歎起菩薩神通者自生一切種智亦教人生一切種智讚歎生一切種智法歡喜讚歎生一切種智者自斷一切結使習亦教人斷一切結使習讚歎斷一切結使習法歡喜讚歎斷一切結使習者須菩提菩薩摩訶薩欲成就阿耨多羅三藐三菩提菩薩應如是行復次須菩提菩薩摩訶薩欲成就阿耨多羅三藐三菩提自取壽命成就亦教人取壽命成就讚歎取壽命成就法歡喜讚歎取壽命成就者自成就法住亦教人成就法住讚歎成就法住法歡喜讚歎成就法住者須菩提菩

薩摩訶薩欲成就阿耨多羅三藐三菩提應如是行亦應如是學般若波羅蜜方便力是菩薩如是學如是行時當得無礙色得無礙受想行識乃至得無礙法住何以故是菩薩摩訶薩從本已來不受色不受受想行識乃至不受一切種智何以故色不受者爲非色乃至一切種智不受者爲非一切種智說是菩薩行品時二千菩薩得無生法忍

論釋曰須菩提問菩薩欲成無上道者云何應行佛答應起等心於一切衆生無有偏黨五衆和合假名衆生如車如林一切衆生者盡舉十方六道無有遺餘一切衆生法各行三分怨親中人佛令教菩薩等心一切衆生皆有親愛想莫生怨心莫生中人心復次衆生有二種愛及憎佛言於一切衆生離是二心莫生憎愛愛者貪欲煩惱心不應行當行慈愛心世間法愛念妻子牛馬等憎惡怨賊等菩薩轉此世間法但行慈愛心於一切衆生復次等心者菩薩生法喜於一切衆生欲令皆至佛道菩薩自捨憎愛心亦捨衆生憎愛心加已世間有三種人惡大惡惡中惡善大善善中善惡者如人以惡事加已還報之以惡事諸佛法於一切衆生平等心不應起惡念何況起身行口行大惡者如無人侵已而以惡加人惡中惡者如人以好心供給慈念而反以惡心毀害如是等惡名惡中惡善者如人以好事於已還以善報大善者如人於已無善而以善事利益善中善者如人以惡害於已而以善事乃至身命供養是名善中善菩薩捨是三惡過是二種善行第六心

於一切衆生問曰是菩薩未得法身云何能行是心答曰是菩薩求無上道應行無上法受如是難爲苦行乃成無上道譬如賈客於險道中備受諸苦乃得大利復次是菩薩聞佛法正體所謂畢竟空無我無我所無一定實法所見所聞所知皆是虚誑如幻如夢深信是法故能以身命供養怨賊復次菩薩知此身從罪業煩惱顛倒因緣生所見所聞皆是虚誑罪垢之本若有人來欲加害於我我宜歡喜受之以此弊身而得無上道利何爲不與復次菩薩發心深愛衆生欲利益故自以已身供養怨賊欲令衆生効已所行以有衆生說法教者不必肯受故以身教令其信受復次多有人發意求無上道而身行不稱亦以是故菩薩以身教之令堅心行此難事欲求無上道當行善中善法爲此難事爾乃可得如是等無量因緣自以身命供養怨賊問曰等心慈心有何異答曰等心者是四無量心慈心者是一無量有人言初捨怨親是等心後加愍念是慈心復次有人言等心者觀衆生如如實際法性是法皆無爲無量故等愛念衆生是名慈心所以不說悲心有悲心或憂念衆生積集此心心則退沒或有衆生不受菩薩悲念言汝何以不自憂其身而念他人慈心無如是事易攝衆生故但說慈心問曰若衆生有三種上中下菩薩福德智慧積集故應是大人云何言於一切衆生中起下意答曰菩薩作是念一切法無常一切衆生上中下皆歸磨滅是中何者是大何者是小人以世法故有大小復次大小不定此

國以爲大餘國以爲小於此爲大於彼爲小如今世卑賤後世爲天王如是業因緣在世間輪轉貴賤大小無定如水火貴賤隨時用捨無定復次菩薩雖有功德知是功德畢竟空如幻如夢不著此功德不有是大小復次一切衆生中有佛道因緣者唯佛能知菩薩作是念若我小衆生形貌才能以此事輕者則爲輕未來佛若輕佛則爲永了復次菩薩作是念我誓度一切衆生若衆生無所得我則孤負衆生譬如主人請客則應敬客而自卑若無所供設是則負愧於客復次以自大心故則喜生瞋恚憍慢是瞋之本瞋是一切重非之根若菩薩於衆生起下心衆生若罵若打則無恚恨譬如大家打奴奴不敢瞋恨若菩薩自高下意衆生者衆生侵害忿然生怒如奴打大家則起瞋怒下意有如是等種種利益故菩薩應當行安隱心者與今世後世究竟樂非如父母知識與現世樂菩薩若以等心慈心下心利益衆生時若有不知恩人來惱菩薩不信所行謂爲欺誑爲求名故無有實事又爲魔所使來惱菩薩惡中之惡不識恩分菩薩等心於此通達無礙得是無礙心已衆生雖有大罪大過但欲利益不生惱心慈心安隱無礙不惱心譬如孝子愛敬父母如兄如弟如姊妹兒女無淫欲心而生愛敬慈念世人但能愛敬所親菩薩普及一切得是柔輭清淨好心名衆生忍是法忍初門次行十善道十善道有佛無佛世間常有是善法教菩薩先以四十種行行是十善道何以故是菩薩深念善法心慈衆生故離欲

凡夫法有十二事亦以四十八種行六波羅蜜乃至法住是客法有佛說則有菩薩行上來舊法客法本末具足今世得善法智慧無礙捨身得法身無礙隨意至十方教化衆生於十方佛前修集善法聞是法時二千菩薩得無生法忍者是品說如微妙深法亦說有行善門智門二行具足但說如法所利少若說有法所利亦少今說有無二法具足故得無生忍譬如二輪具足故能有所至此中善說二諦故二千菩薩得無生法忍

大智度論卷第七十二 釋第五十四品

音釋

嘿 蜜北切不語也 洄澓 洄胡隈切澓房六切洄澓水旋流也 橛 其月切杙也 釘 丁定切以釘釘物也 錯 七各切誤也 謬 靡幼切妄言也 彀 苦角切 輭 而兖切弱也

大智度論卷第七十三

龍樹菩薩造

姚秦三藏法師鳩摩羅什譯

釋阿鞞跋致品第五十五

經 須菩提白佛言世尊以何等行何等類何等相貌知是阿鞞跋致菩薩摩訶薩佛告須菩提菩薩摩訶薩能知凡夫地聲聞地辟支佛地佛地是諸地如相中無二無別亦不念亦不分別入是如中聞是事直過無疑何以故是如中無一無二相故是菩薩摩訶薩亦不作無益語但說利益相應語不視他人長短須菩提以是行類相貌知是阿鞞跋致菩薩摩訶薩須菩提言世尊復以何行類相貌以知是阿鞞跋致菩薩摩訶薩佛告須菩提若一切法無行無類無相貌當知是名阿鞞跋致菩薩摩訶薩須菩提白佛言世尊若一切法無行無類無相貌菩薩於何等法轉名不轉佛言若菩薩摩訶薩色中轉受想行識中轉是名菩薩不轉復次須菩提菩薩摩訶薩檀波羅蜜中轉乃至般若波羅蜜中轉內空中乃至無法有法空中轉四念處中乃至十八不共法中轉聲聞辟支佛地中轉乃至阿耨多羅三藐三菩提中轉當知是菩薩摩訶薩不轉何以故須菩提色性無是菩薩何所住乃至阿耨多羅三藐三菩提性無是菩薩何所住復次須菩提菩薩摩訶薩不觀外道沙門婆羅門面類言語不作是念是諸外道若沙門若婆羅門實知實見若說正見無有是事復次菩薩不生疑不著戒取不墮邪見亦不求世俗言事以爲清淨不以華香瓔

珞旛蓋妓樂禮拜供養諸天須菩提以是行類相貌當知是名阿鞞跋致菩薩摩訶薩復次須菩提阿鞞跋致菩薩摩訶薩常不生下賤家乃至不生八難之處常不受女人身須菩提以是行類相貌當知是名阿鞞跋致菩薩摩訶薩復次須菩提菩薩摩訶薩常行十善道自不殺生不教人殺生讚歎不殺生法歡喜讚歎不殺生者乃至自不邪見不教人邪見亦不讚歎邪見法不歡喜讚歎行邪見者須菩提以是行類相貌當知是名阿鞞跋致菩薩摩訶薩復次須菩提菩薩摩訶薩乃至夢中亦不行十不善道以是行類相貌當知是名阿鞞跋致菩薩摩訶薩復次須菩提菩薩摩訶薩爲利益一切衆生故行檀波羅蜜乃至爲利益一切衆生故行般若波羅蜜須菩提以是行類相貌當知是名阿鞞跋致菩薩摩訶薩復次須菩提菩薩摩訶薩所有諸法受持讀誦說正憶念所謂修妬路乃至優波提舍是菩薩法施時作是念是法施因緣故滿一切衆生願以是法施功德與一切衆生共之迴向阿耨多羅三藐三菩提須菩提以是行類相貌當知是名阿鞞跋致菩薩摩訶薩復次須菩提菩薩摩訶薩於甚深法中不疑不悔須菩提言世尊菩薩於甚深法中何因緣故不疑不悔佛言是阿鞞跋致菩薩都不見有法可生疑處若色受想行識乃至阿耨多羅三藐三菩提不見是法可生疑處悔處須菩提以是行類相貌當知是名阿鞞跋致菩薩摩訶薩復次須菩提菩薩摩訶薩身口意業柔軟須菩提以是行類相貌當

知是名阿鞞跋致菩薩摩訶薩復次須菩提菩薩摩訶薩以慈身口意業成就須菩提以是行類相貌當知是名阿鞞跋致菩薩摩訶薩復次須菩提菩薩摩訶薩不與五蓋俱婬欲瞋恚睡眠掉悔疑須菩提以是行類相貌當知是名阿鞞跋致菩薩摩訶薩復次須菩提菩薩摩訶薩一切處無所愛著須菩提以是行類相貌當知是名阿鞞跋致菩薩摩訶薩復次須菩提菩薩摩訶薩出入去來坐卧行住常念一心出入去來坐卧行住舉足下足安隱庠序常念一心視地而行須菩提以是行類相貌當知是名阿鞞跋致菩薩摩訶薩復次須菩提菩薩摩訶薩所著衣服及諸卧具人不偲穢好樂淨潔少於疾病須菩提以是行類相貌當知是名阿鞞跋致菩薩摩訶薩復次須菩提常人身中有八萬户蟲侵食其身是阿鞞跋致菩薩摩訶薩身無是蟲何以故是菩薩功德出過世間以是故是菩薩無是蟲户是菩薩功德增益隨其功德得身清淨得心清淨須菩提以是行類相貌當知是名阿鞞跋致菩薩摩訶薩須菩提白佛言世尊云何菩薩摩訶薩得身清淨得心清淨佛言菩薩摩訶薩隨其所得增益善根滅除心曲心邪須菩提是名菩薩摩訶薩身清淨心清淨以是身心清淨故能過聲聞辟支佛地入菩薩位中須菩提以是行類相貌當知是名阿鞞跋致菩薩摩訶薩復次須菩提菩薩摩訶薩不貴利養雖行十二頭陀不貴阿蘭若法乃至不貴但三衣法須菩提以是行類相貌當知是名阿鞞跋致菩薩摩訶薩

復次須菩提菩薩摩訶薩常不生慳貪心不生破戒心瞋動心懈怠心散亂心不生愚癡心不生嫉妬心須菩提以是行類相貌當知是名阿鞞跋致菩薩摩訶薩復次須菩提菩薩摩訶薩心住不動智慧深入一心聽受所從聞法及世間事皆與般若波羅蜜合是菩薩摩訶薩不見產業之事不入法性者是事一切皆見與般若波羅蜜合以是因緣故須菩提是名阿鞞跋致菩薩阿鞞跋致相

論問曰上來處處說阿鞞跋致相今何以復問答曰上雖處處略說今欲廣說此中多是阿鞞跋致相故名阿鞞跋致品復次上來解般若波羅蜜相次說魔因緣壞般若今說信受般若波羅蜜者是阿鞞跋致欲說其相貌故須菩提問復次菩薩初發心來所行因緣所得果報是阿鞞跋致受記必當作佛如人受職已得印信心無復疑又如聲聞人所行衆行皆爲四沙門果阿鞞跋致是決定安隱地過凡夫不入二乘地雖未成佛道能爲世間作福田是事微妙難得故須菩提問其相貌佛本命須菩提說般若波羅蜜故須菩提問世尊阿鞞跋致有何行類相貌問曰是三事有何等異答曰有人言是三事皆一義以此知是阿鞞跋致非阿鞞跋致有人言行名是阿鞞跋致菩薩身口意業異於他人以此行表阿鞞跋致甚深智慧類者分別知諸菩薩是阿鞞跋致非阿鞞跋致相貌者除行類餘種種因緣得知阿鞞跋致相佛說義趣若菩薩能具足五波羅蜜深入般若波羅蜜方便力故不著般若波羅蜜但觀如所謂諸法

實相菩薩爾時不以凡夫二乘地爲下賤不以佛地爲高貴入諸法如故諸法如中無有分別二法但以如入如更無餘事亦不分別取相何以故如平等故能如是入者即入諸佛法藏心不生疑更求諸法決定相是故經說須菩提凡夫地乃至佛地如相中無二無別得如是法名阿鞞跋致行類相貌復次略說是義菩薩因諸法如所謂畢竟空捨一切世間事亦不住畢竟空何以故得諸法畢竟清淨實相故菩薩若聞是無依止法心無疑悔不念依止自上事是阿鞞跋致正體自是以下盡是畢竟空行果得畢竟空故心淳熟寂滅相不說無益語所說常是法不是非法所說皆實非妄說所言柔輭不麤獷皆以慈悲心說不以瞋恚心所說應時常得機會觀察人心隨其方俗今此中略說利益之言若教佛道若二乘若人天道若今世得非罪樂常遠離口四惡故於衆生中慈悲心大故又能自摧薄諸煩惱故是以能種種因緣說諸利益語問曰聲聞人直趣涅槃可不觀他人菩薩視衆生如子常欲教化云何不觀其長短答曰若衆生不可伏折不可化度如是等莫觀何以故若以好心教詔則謂嫉已如刀刺心既無所益更增其罪是故不觀長短復次菩薩應作是念如諸佛一切智煩惱習盡尚不能盡度衆生何況我未得菩薩神通未得無礙智云何能普觀衆生阿鞞跋致有得神通者有不得者得阿鞞跋致已別修神通道乃得若先得神通者不具足故不能遍觀問曰須菩提初問行類相貌佛何以不即答

無行類相貌今此中方説答曰初問時衆生未著阿鞞跋致相故佛答或説空相或説有相今以衆生著阿鞞跋致相欲從凡夫入阿鞞跋致地是故佛説一切無行無類無相貌須菩提以更問若諸法盡空者何以言於何法轉名不轉法應當從凡夫地轉於佛地不轉佛答若菩薩能觀色等諸法空無所有轉諸著心故於佛道中不轉色等法和合因緣生菩薩知是有爲過罪故不應此中住諸法空故能轉著心轉著心故名不轉復次阿鞞跋致菩薩入正位故心決定不疑一切外道中有實智若有實智不名外道如是名阿鞞跋致相問曰今説不生疑後説深法不疑是二不疑有何差別答曰今不疑者四諦中如須陀洹所斷後不疑者於佛所知深法中不

疑是菩薩福德智慧力故雖不作須陀洹未作佛而能無此二疑戒取名外道戒人行此外道戒不得涅槃餘四見皆名邪見深信業因緣果報故不求吉事不以華香等供養天求道破憍慢根本故常不生下賤家不障他功德常行勸助故不生八難處折薄婬欲遠離諂媚心故不受女人身復次餘人雖行十善道或一或二或三不能具足四種是菩薩大悲心深愛善法故具足行四種常修集十善道故乃至夢中不行十不善道餘人所修福德但自爲身小菩薩雖爲衆生亦自爲巳阿鞞跋致諸所作福皆爲衆生不爲其身若福德可以與人則盡與衆生更自修習但不可得與故菩薩以十二部經教化衆生亦但爲衆生不自爲巳復次菩薩信等五根利故

雖未作佛於諸法能信佛此中更語空因緣菩薩不見色等法故無生疑處復次是菩薩常行慈悲心故意業柔輭意業柔輭故身口慈業成就問曰慈悲心外道亦有云何說是阿鞞跋致相答曰外道雖有而不深不能遍念衆生亦不常有非諸法實相和合故菩薩不爾復次是菩薩呵五欲除五蓋入五支初禪不與五蓋俱五蓋覆心能耗減智慧破佛道開魔路故是菩薩知一切有爲作法虛妄不實如幻如夢無爲法空無所有寂滅相是故於一切處無所愛著於衆生中乃至佛亦不著於法中乃至涅槃亦不著瞋麤罪小菩薩已斷故不說愛深微難斷故今說復次是菩薩深入禪定故守護一切衆生守護一切衆生故常一心念不惱衆生不破戒故出入來去等安庠一心舉足下足視地而行者爲護衆生爲避亂心故復次是菩薩久修集無量無邊善法身中無八萬戶蟲亦少病痛故衣服卧具等常淨潔無汚得諸法實相等善根力故身中無八萬戶蟲心清淨故身口等亦清淨離虛誑邪曲等下賤煩惱故心清淨二事清淨故雖行世間離諸逼迫苦惱心不猒没故出過聲聞辟支佛地是菩薩貴佛道故不貴利養雖行頭陀不貴是法以是法是究竟道因緣少分非究竟道是名阿鞞跋致菩薩行類相貌問曰是菩薩未得佛道未斷諸煩惱云何常不生慳貪等諸惡心答曰阿鞞跋致菩薩得無生法忍時斷諸煩惱但未斷習若不斷者云何常能不生諸慳貪等障道心如經說須陀洹乃至阿羅漢即是菩薩

無生法忍復次有人言菩薩行六波羅蜜深修集諸功德故諸煩惱折薄心中不生故是名常不生復次是菩薩無量世行禪波羅蜜故心住不動積習般若故深入智慧是菩薩知法味微妙故從他聞法一心聽受樂法情深故所聞若三乘法若外道及世間法自心妙故皆與般若和合不破法相譬如壯夫無病所食之物無不消化又如佛得最上味相雖復苦辛不美之食在佛口中皆是上味又如煮石蜜欲熟時種種物內中皆成石蜜妙味力盛故菩薩亦如是般若波羅蜜力盛故種種諸法能令皆與般若合為一味無諸過罪復次世間事者菩薩所起身口諸業皆為憐愍度衆生故此憐愍心皆入般若波羅蜜初門又復世間諸事因緣乃至坐起行步飲食言諸常念安隱衆生是來去等法皆入法性如破來去中說産業之事亦如是是名阿鞞跋致相

經復次須菩提若惡魔於阿鞞跋致菩薩前化作八大地獄一一地獄中有千億萬菩薩皆被燒煮受諸辛酸苦毒語菩薩言是諸菩薩皆是阿鞞跋致佛所授記墮大地獄中汝若為佛授阿鞞跋致記者當入是大地獄中佛為授汝地獄記汝不知還捨菩薩心可得不墮地獄得生天上須菩提若是菩薩見是事聞是事心不動不疑不驚作是念阿鞞跋致菩薩若墮地獄畜生餓鬼中終無是處須菩提以是行類相貌當知是名阿鞞跋致菩薩摩訶薩復次須菩提惡魔化作比丘被服來至菩薩所語菩薩言汝先聞應如是淨修

六波羅蜜乃至應如是淨修得阿耨多羅三藐三菩提是事汝疾悔捨汝先於過去未來現在諸佛所從初發心乃至法住於其中間所作善根隨喜迴向阿耨多羅三藐三菩提是事汝亦疾放捨若汝疾捨我當語汝眞佛法汝先所聞皆非佛法非佛教皆是文飾合集作耳我所說是眞佛法若是菩薩聞作是說心驚疑悔當知是菩薩未得諸佛受記未定住阿鞞跋致性中若是菩薩心不動不驚不疑不悔隨順依止無作無生法不信他語不隨他行行六波羅蜜時不隨他語乃至行阿耨多羅三藐三菩提時亦不隨他語須菩提譬如漏盡阿羅漢不信他語不隨他行現見諸法實相惡魔不能轉如是須菩提阿鞞跋致菩薩摩訶薩亦如是求聲聞道辟支佛道人不能破壞不能折伏其心須菩提是菩薩摩訶薩必定住阿鞞跋致地中不隨他語乃至佛語不直信取何況求聲聞辟支佛人及惡魔外道梵志語終無是處何以故是菩薩不見有法可隨信者所謂色若受想行識若色如乃至識如乃至不見阿耨多羅三藐三菩提何況阿耨多羅三藐三菩提如須菩提以是行類相貌當知是名阿鞞跋致菩薩摩訶薩復次須菩提魔作比丘身來到菩薩所語菩薩言汝所行者是生死法非薩婆若道汝今身取苦盡證是時惡魔爲菩薩用世間行說似道法此似道法是三界繫觀不淨所謂骨相若初禪乃至非有想非無想語善男子用是道用是行當得須陀洹果乃至當得阿羅漢果汝行是道今世苦盡汝用受生

死中種種苦惱爲今是四大身尚不用受何況當更受來身須菩提若是菩薩摩訶薩心不驚不疑不悔作是念是比丘益我不少爲我說似道法行是似道法不得至須陀洹果證不得至阿羅漢辟支佛道證何況得至阿耨多羅三藐三菩提是菩薩摩訶薩益復歡喜作是念是比丘益我不少爲我說障道法我知是障道法不障學三乘道是時惡魔知菩薩歡喜作是言善男子汝欲見是菩薩摩訶薩供養如恒河沙等諸佛衣被飲食卧具醫藥資生所須亦於如恒河沙等諸佛所行檀波羅蜜尸羅波羅蜜羼提波羅蜜毗梨耶波羅蜜禪波羅蜜般若波羅蜜亦親近如恒河沙等諸佛諮問菩薩摩訶薩道世尊菩薩摩訶薩云何住菩薩摩訶薩乘云何行檀波羅蜜尸羅波羅蜜羼提波羅蜜毗梨耶波羅蜜禪波羅蜜般若波羅蜜四念處乃至大慈大悲是菩薩摩訶薩如佛所教如是住如是行如是修是菩薩摩訶薩如是教如是學尚不得阿耨多羅三藐三菩提不得薩婆若何況汝當得阿耨多羅三藐三菩提若菩薩摩訶薩聞是事心不異不驚益復歡喜作是念是比丘益我不少爲我說障道法是障道法不得須陀洹道乃至不得阿羅漢辟支佛道何況得阿耨多羅三藐三菩提是時惡魔知是菩薩心不没不驚即於是處化作多比丘語菩薩言此皆是發意求佛道菩薩今皆住阿羅漢地是輩尚不得阿耨多羅三藐三菩提汝云何能得若菩薩摩訶薩即作是念此是惡魔說相似道法菩薩摩訶薩行般若波

羅蜜不應轉阿耨多羅三藐三菩提心亦不應墮聲聞辟支佛道中復作是念行檀波羅蜜尸羅波羅蜜羼提波羅蜜毗梨耶波羅蜜禪波羅蜜般若波羅蜜乃至一切種智不得阿耨多羅三藐三菩提無有是處須菩提以是行類相貌當知是名阿鞞跋致菩薩摩訶薩復次須菩提若菩薩摩訶薩復作是念若菩薩能如佛所說不遠離般若波羅蜜心乃至一切種智是菩薩終不退阿耨多羅三藐三菩提若菩薩覺知魔事亦不失阿耨多羅三藐三菩提以是行類相貌當知阿鞞跋致菩薩摩訶薩相須菩提白佛言世尊於何法轉名爲不轉佛言於色相轉於受想行識相轉於十二入相十八界相婬欲瞋恚愚癡相邪見相四念處相乃至聲聞辟支佛相乃至佛相轉以是故名爲不退轉菩薩摩訶薩相何以故是阿鞞跋致菩薩摩訶薩以是自相空法入菩薩位得無生法忍乃至少許法不可得不可得故不作不作故不生是名無生法忍菩薩摩訶薩以是行類相貌當知是阿鞞跋致菩薩摩訶薩

【論】釋曰魔了了知是菩薩是阿鞞跋致者不復沮壞若未了了知者則種種因緣驗試破壞或作八大地獄化作無數菩薩在中燒煑語菩薩言此皆是阿鞞跋致諸佛授記者汝若受記爲受地獄記問曰惡魔何因緣故言行善者受地獄記答曰惡魔以是菩薩欲代一切衆生受苦故言受地獄記汝若行福德生天者則自爲身無豫衆生事若菩薩聞是事心動疑悔若信受魔語當知是未受阿鞞

跋致記若菩薩聞是事不疑不動不驚作是念阿鞞跋致得諸法實相故不著一切法不著一切法故乃至不生小罪何況三惡道罪如火中有水水中生火無有是處復有魔作比丘被服來語菩薩汝先從小師聞修六波羅蜜法皆是虚妄所集隨喜心功德亦是虚誑汝先所聞皆是虚誑文飾不真非是佛口所說今我爲汝說者真是佛法汝疾捨之若菩薩聞是心動瞋疑當知諸佛未與授記譬如僞金火燒磨打若黑若赤若白乃知非真若菩薩聞是不瞋不疑隨無生無滅無起無作法行於六波羅蜜相中自知不隨於他語當知是真阿鞞跋致譬如阿羅漢漏盡故諸魔事來不能破阿鞞跋致菩薩亦如是無能降伏者自現前知諸法實相故乃至魔作佛身來所說異於法相者亦不信受譬如狗著師子皮諸獸見之雖怖聞聲則知是狗何況變作餘身等此中佛自說因緣是菩薩見色等法空故誰當隨他語復次惡魔來作比丘身語菩薩言是六波羅蜜皆是生死道布施等福德因緣故欲界中受福樂禪波羅蜜因緣故色界中受樂是般若波羅蜜無定相故名虚誑法迴轉五道中不能自出是生死道人誑汝言是一切種智道我今實語汝取涅槃今世盡苦是菩薩若嘿然魔即爲說似道法若觀三十六種不淨若觀骨人若出入息因是道得四禪四無色定汝因是禪定可得須陀洹乃至阿羅漢汝今此身是罪因緣所生佛說彈指頃不讚更受身何況久住生死中阿鞞跋致菩薩聞是事心喜作是念是比

丘大益我爲我說似道法我得是似道法即知眞道如行路人知邪逕則知正道障道亦如是阿鞞跋致是大人貴重故不與是比丘諍語魔見菩薩嘿然歡喜言是人信受我語語菩薩言善男子有無量菩薩供養如恒河沙等諸佛諮問奉行六波羅蜜及菩薩道法面受佛教盡受行諸菩薩行尚不得無上道今皆作阿羅漢汝欲見不菩薩聞是事已嘿然魔於是處即化作無數阿羅漢比丘語菩薩言是諸比丘皆久行無上道今皆取阿羅漢汝今云何獨欲作佛阿鞞跋致即復歡喜是比丘爲我說似道障道法是菩薩實行六波羅蜜諸功德定不退墮二乘如佛所說心常不離六波羅蜜等諸功德不得無上道無有是處菩薩若知是魔事則大得利益而無所失以是故菩薩心不動轉是名阿鞞跋致相爾時須菩提白佛言世尊於何法轉名爲不轉佛言於色相等法中轉還上略說今當廣說若菩薩於色等相皆能轉是名行一切法性空得無生法忍入菩薩位無生忍者乃至微細法不可得何況大是名無生得是無生法不作不起諸業行是名得無生法忍得無生法忍菩薩是名阿鞞跋致如是等無量行類相貌是阿鞞跋致相

釋轉不退輪品第五十六之上（經作轉不轉品）

經 復次須菩提惡魔到菩薩所壞其心作是言薩婆若與虛空等無所有相諸法亦與虛空等空無所有相是虛空等諸法空無所有相中無有得阿耨多羅三藐三菩提者亦無有不得者是諸法皆如虛空無所有相汝唐

受勤苦汝所聞阿耨多羅三藐三菩提皆是魔事非佛所説汝當放捨是願汝莫長夜受是不安隱憂苦墮惡道是諸善男子善女人聞是阿時應如是念是惡魔事壞我阿耨多羅三藐三菩提心諸法雖如虚空無所有自相空而衆生不知不見不解我亦以是如虚空等無所有自相空大誓莊嚴得一切種智爲衆生説此法令得解脱得須陀洹果斯陀含果阿那含果阿羅漢果辟支佛道阿耨多羅三藐三菩提須菩提菩薩摩訶薩從初發意已來聞如是法應堅固其心不動不轉菩薩摩訶薩以是堅固心不動不轉心行六波羅蜜當入菩薩位須菩提白佛言世尊不轉故名阿鞞跋致轉故亦名阿鞞跋致佛言不轉故名阿鞞跋致轉故亦名阿鞞跋致須菩提白佛言世尊云何不轉故名阿鞞跋致轉故亦名阿鞞跋致佛告須菩提若菩薩摩訶薩於聲聞地辟支佛地不轉是故名不轉若菩薩摩訶薩於聲聞地辟支佛地轉是故亦名不轉須菩提以是行類相貌當知是名阿鞞跋致菩薩摩訶薩相以是行類相貌故惡魔不能壞其意令離阿耨多羅三藐三菩提復次須菩提阿鞞跋致菩薩摩訶薩若欲入初禪第二第三第四禪乃至滅受想定禪即得入復次須菩提阿鞞跋致菩薩摩訶薩若欲修四念處乃至八聖道分空無相無作三昧乃至五神通即能修是菩薩雖修四念處乃至五神通是人不受四念處果雖修諸禪不受諸禪果乃至不受滅受想定禪果不證須陀洹果乃至不證辟支佛道是菩薩故爲

衆生受身隨其所應而利益之須菩提以是行類相貌當知是名阿鞞跋致菩薩摩訶薩復次須菩提是阿鞞跋致菩薩摩訶薩常憶念阿耨多羅三藐三菩提終不離薩婆若心故不貴色不貴相不貴聲聞辟支佛不貴檀波羅蜜尸羅波羅蜜羼提波羅蜜毗梨耶波羅蜜禪波羅蜜般若波羅蜜不貴四禪四無量心四無色定不貴五神通不貴四念處乃至八聖道分不貴佛十力乃至十八不共法不貴淨佛世界不貴成就衆生不貴見佛不貴種善根何以故一切法自相空不見可貴法能生貴心者何以故是一切法與虛空等無所有自相空須菩提是阿鞞跋致菩薩摩訶薩成就是心於四種身儀中出入來去坐卧行住一心不亂須菩提以是行類相貌當知是阿鞞跋致菩薩摩訶薩復次須菩提阿鞞跋致菩薩摩訶薩若在居家以方便力爲利益衆生故受五欲布施衆生須食與食須飲與飲衣服卧具乃至資生所須盡給與之是菩薩自行檀波羅蜜教人行檀讚歎行檀法歡喜讚歎行檀波羅蜜者尸羅波羅蜜乃至般若波羅蜜亦如是須菩提阿鞞跋致菩薩摩訶薩在家時能以滿閻浮提珍寶施與衆生乃至三千大千世界滿中珍寶給施衆生亦不自爲常修梵行不陵易虜掠他人令其憂惱須菩提以是行類相貌當知是名阿鞞跋致菩薩摩訶薩復次須菩提阿鞞跋致是菩薩摩訶薩執金剛神王常隨逐作是願是菩薩摩訶薩當得阿耨多羅三藐三菩提我常隨逐乃至五性執金剛神常隨守護以

是故若天若魔若梵若餘世間大力者不能破壞是菩薩摩訶薩薩婆若心乃至得阿耨多羅三藐三菩提須菩提是名菩薩摩訶薩阿鞞跋致相復次須菩提菩薩摩訶薩常具足菩薩五根信根精進根念根定根慧根是名阿鞞跋致相復次須菩提阿鞞跋致菩薩摩訶薩爲上人不爲下人須菩提白佛言世尊云何爲上人佛告須菩提若菩薩摩訶薩一心行阿耨多羅三藐三菩提心不散亂是名上人以是行類相貌當知是阿鞞跋致相復次須菩提阿鞞跋致菩薩一心常念佛道爲淨命不作呪術合和諸藥不呪鬼神令著男女問其吉凶男女祿相壽命長短何以故須菩提是菩薩摩訶薩知諸法自相空不見諸法相故不行邪命而行淨命須菩提以是行類相貌當知是名阿鞞跋致菩薩摩訶薩相

論釋曰復有阿鞞跋致菩薩相若惡魔作是言薩婆若與虛空等薩婆若有種種名字或說一切智或說一切種智或說無上道或說無量諸佛法或說菩提皆是薩婆若名字此中說薩婆若當知是阿耨多羅三藐三菩提一切菩薩皆願欲得薩婆若魔來欲壞作是言是薩婆若空無所有但諸師誑汝耳如虛空無所有無色無形不可知薩婆若亦如是是故說與虛空等諸法者六波羅蜜等趣薩婆若助道法是法亦空薩婆若空無所有相諸法但有名字無有實事是中無得薩婆若者無趣薩婆若無有助道者汝唐受辛苦汝師常教汝離魔事薩婆若即是魔事何以故

捨涅槃取生死故汝先所聞經若六波羅蜜義非是佛法皆是人造汝今疾悔捨是邪心若不捨長夜受三惡道苦阿鞞跋致菩薩聞是事即覺知魔事是魔毀呰薩婆若欲令我遠離阿耨多羅三藐三菩提何以故一切法雖空無所有而凡夫衆生顛倒覆心故不知不見我亦當以自相空莊嚴得一切智爲衆生說法若一切法空我以實莊嚴是不相應若諸法空莊嚴亦空者是則相稱爲衆生說法亦如是令衆生得須陁洹果須陁洹果有二種一者三結斷無爲法二者空無相無作三昧相應有爲須陁洹果是二皆空有爲法中三脫門故空無爲法中無生無住無滅相故即是空乃至阿耨多羅三藐三菩提亦如是阿鞞跋致菩薩從初發意已來聞是法堅固其心不動不轉一切諸煩惱箭不入故名爲堅一切外道魔民不能轉故名不動於阿耨多羅三藐三菩提不退故名不轉是菩薩以如是三種心行六波羅蜜入菩薩位菩薩位義如先說是名入菩薩位入菩薩位者名阿鞞跋致須菩提問不轉故名阿鞞跋致轉故名阿鞞跋致佛二種答以二諦故所謂世諦第一義諦若菩薩入菩薩位轉聲聞辟支佛心直入菩薩位是名轉不轉者入阿鞞跋致第一義諸法一相中所謂無相尚無一乘定相何況三乘則無所轉無所轉故名阿鞞跋致復次阿鞞跋致雖行欲界法度衆生於禪定出入自在於禪定自在故若欲敎化他人修四念處乃至八聖道分三解脫門乃至五神通皆得自在雖入禪定其心清淨柔輭

故不受長壽天福於欲界教化雖修四念處道法亦不證須陀洹果乃至不證辟支佛道是菩薩觀十方國土知何處有可利益衆生處故爲受身生其國如是等名阿鞞跋致相是菩薩一心深念常不離阿耨多羅三藐三菩提故但貴阿耨多羅三藐三菩提不貴餘事所謂諸佛三十二相金色身不捨本願度衆生故不貴聲聞辟支佛道是人貴無所得畢竟空故不貴是布施乃至不貴種善根何況五欲世間利養何以故菩薩觀一切法自相空不見實定法可生貴心復次有人有所貪貴故心動不能自安若得則歡喜失則憂慼菩薩無所貴無所貪故至於得失心清淨不動故身行口行調和不異故身四威儀一心常念無所違失復次深入禪波羅蜜故身四威儀無所違失問曰經中說阿鞞跋致菩薩方便力爲利益衆生故受五欲受何等方便答曰譬如以鉗取火雖捉而不燒五欲如火能燒人善根是菩薩思惟我出家一身云何能以布施攝衆生衆生多須飲食衣服須法者少菩薩爲攝衆生故故生富貴家布施衆生恣其所須出家在家衆生能廣利益譬如大地人民鳥獸皆蒙利潤是時四種行六波羅蜜若出家讚布施或有人言汝自一身無財但教人施則不信受是故菩薩方便作白衣以財充滿一切而勸行施人則信受是菩薩或作轉輪聖王心念施時則滿閻浮提珍寶如頂生王宫殿中心生欲寶則寶至于膝或作帝釋或作梵王能雨珍寶滿三千世界供養於佛充滿一切爲攝衆生故而自不

受人受五欲則心生憍慢陵易於人是人常斷婬欲故諸煩惱薄不生憍慢不生憍慢故不陵易衆生是名阿鞞跋致相復次若菩薩得無生法忍入菩薩位得受記即時執金剛神王等法應隨逐守護得佛道時則現其身時令人見此中自說因緣若人若非人無能破壞人破者若殺若縛若論議得勝等非人破者與病人令狂若奪命若作惡身令其恐怖若變作佛身說邪道如是等不能折伏菩薩問曰若爲金剛神王所守護者菩薩自無有力答曰菩薩亦自有力復以菩薩功德故能使金剛神所守護金剛神所守護故雖未得法身而功德增益又使天神見金剛神侍衞故益加敬畏具足菩薩根者如人無眼等五情根則無異木石五情力故能見能聞菩薩心中無信等五根即是凡夫不入聖數問曰如阿毗曇經說誰成就五根不斷善根者今何以言無信等五根即是凡夫答曰不斷善根衆生雖成就五根而不能發起爲用譬如小兒雖成就煩惱婬欲等未能發用故言無信等五根亦如是衆生雖有不發不用是故不數信等五根有二種一者屬聲聞辟支佛二者屬佛諸菩薩屬聲聞辟支佛五根能深信涅槃能以智慧知世間無常空能知涅槃寂滅菩薩五根生深慈悲心於怨惡衆生亦能觀諸法實相所謂無生無滅等雖未得佛亦能信受佛事復有以菩薩根故能見能聞能知諸佛神通力非諸聲聞辟支佛所及如不可思議解脫經中說舍利弗目連須菩提等雖在佛左右以無菩薩根故不見是大

菩薩會及所有神通力亦不聞佛說不可思議解脫是故說若菩薩具足得是信等五根故名阿鞞跋致問曰餘經中說善人身口意業無惡知恩報恩能爲一切衆生故自捨身樂安隱衆生有所利益不求果報如是等上人相何以故但說不散亂心行無上道一事名爲上人答曰此中佛自略說一心不散亂盡攝諸善法何以故貪重佛道故一切諸煩惱折薄是故於衆生深加慈心能自以身命給施何況不知報恩等常一心念阿耨多羅三藐三菩提清淨持戒故不行邪命所謂不作祝術合藥祝術者能翳身令人不見能變人爲畜獸如是等種種祝術合藥者餌食求仙亦合和諸藥療疾求財及求名聲祝鬼者有人欲知未來事祝鬼令著男女問其吉凶生男生女壽命脩短豐樂勝負等若有作者爲攝衆生破其憍慢不爲財利名聞何以故是人知一切諸法自相空故不見諸法相所謂已身妻子男女等不見是相故不行邪命

大智度論卷第七十三 釋第五十五品訖第五十六品之上

音釋

修妬路 梵語也此云契經妬都故切 掉 徒弔切搖也 僫穢 僫遏各切糞穢也穢鳥廢切 懈怠 懈居隘切懶也怠徒耐切倦也 獷 古猛切惡也 諂 丑琰切佞言也 媚 明祕切蠱惑也 虜 郎古切虜獲也 掠 力灼切劫奪也 鉗 巨鹽切夾火器也 祝 職救切與呪同 餌 仍吏切藥餌也

大智度論卷第七十四

龍樹菩薩造

姚秦三藏法師鳩摩羅什譯

釋轉不退輪品第五十六之下

【經】復次須菩提今當更說阿鞞跋致菩薩摩訶薩行類相貌一心諦聽佛告須菩提菩薩摩訶薩行般若波羅蜜常不遠離阿耨多羅三藐三菩提心故不說五衆事不說十二入事不說十八界事何以故常念觀五衆空相十二入十八界空相故是菩薩摩訶薩不好說官事何以故是菩薩諸法空相中住不見法若貴若賤不好說賊事何以故諸法自相空故不見若得若失不好說軍事何以故諸法自相空故不見若多若少不好說鬪事何以故是菩薩摩訶薩住諸法如中不見法若憎若愛不好說婦女事何以故住諸法空中不見好醜故不好說聚落事何以故諸法自相空故不見法若合若散不好說城邑事何以故住諸法實際中不見有勝有負不好說國事何以故住實際中不見法有所屬有不屬不好說我事何以故法性中住不見法是我是無我乃至不見知者見者如是等不說種種世間事但好說般若波羅蜜不遠離薩婆若心若行檀波羅蜜時不爲慳貪事行尸羅波羅蜜時不爲破戒事行羼提波羅蜜時不爲瞋諍事行毗梨耶波羅蜜時不爲懈怠事行禪波羅蜜時不爲散亂事行般若波羅蜜時不爲愚癡事是菩薩雖行一切法空而樂法愛法是菩薩雖行法性常讚不壞法而愛樂善知識所謂諸佛及菩薩聲聞辟支佛

諸能教化令樂住阿耨多羅三藐三菩提者是人常願欲見諸佛聞在所處國土中有現在佛隨願往生如是心常晝夜行所謂念佛心如是須菩提阿鞞跋致菩薩摩訶薩行初禪乃至非有想非無想處以方便力故起欲界心若衆生能行十善道者及現在有佛處在中生如是行類相貌當知是爲阿鞞跋致菩薩摩訶薩復次須菩提阿鞞跋致菩薩摩訶薩行般若波羅蜜時住内空外空乃至無法有法空住四念處乃至空無相無作解脱門於自地中了了知不疑我是阿鞞跋致非阿鞞跋致何以故乃至不見少許法於阿耨多羅三藐三菩提中若轉若不轉須菩提譬如人得須陀洹果住須陀洹地中自了了知終不疑不悔阿鞞跋致菩薩摩訶薩亦如是

住阿鞞跋致地中終不疑住是地中淨佛世界成就衆生種種魔事起即時覺知亦不隨魔事破壞魔事須菩提譬如有人作五逆罪五逆罪心乃至死時常逐不捨雖有異心不能障隔須菩提阿鞞跋致菩薩摩訶薩亦如是自住其地心常不動一切世間天人阿脩羅不能動轉何以故是菩薩摩訶薩出一切世間天人阿脩羅上入正法位中自證地中住具足諸菩薩神通能淨佛世界成就衆生從一佛界至一佛界於十方佛所殖諸善根親近諮問諸佛是菩薩如是住種種魔事起覺而不隨以方便力處魔事著實際中自證地中不疑不悔何以故實際中無疑相故知是實際非一非二以是因緣故是人乃至轉身終不向聲聞辟支佛地是菩薩摩訶薩諸

法自相空中不見法若生若滅若垢若淨須菩提是菩薩摩訶薩乃至轉身亦不疑我當得阿耨多羅三藐三菩提若不得何以故須菩提諸法自相空即是阿耨多羅三藐三菩提須菩提是菩薩摩訶薩住自證地中不隨他語無能壞者何以故是阿鞞跋致菩薩摩訶薩成就不動智慧故須菩提以是行類相貌當知是阿鞞跋致菩薩摩訶薩復次須菩提是菩薩摩訶薩若惡魔作佛身來語菩薩言汝今於是間取阿羅漢道汝亦無阿耨多羅三藐三菩提記汝亦未得無生法忍汝亦無是阿鞞跋致行類相貌亦無是相得受阿耨多羅三藐三菩提記須菩提若菩薩摩訶薩聞是語心不異不没不驚不畏是菩薩應自知我必從諸佛受阿耨多羅三藐三菩提

記何以故諸菩薩以是法授記我亦有是法得授記須菩提若惡魔若為魔所使作佛形像來與菩薩授聲聞辟支佛記須菩提是菩薩作是念是惡魔若為魔所使作佛形像來語佛不應教菩薩遠離阿耨多羅三藐三菩提教住聲聞辟支佛道須菩提以是行類相貌當知是名阿鞞跋致相復次須菩提惡魔復作佛身來到菩薩所作是言汝所學經書非佛所說亦非聲聞說是魔所說須菩提是菩薩摩訶薩當作是知是惡魔若魔所使教我遠離阿耨多羅三藐三菩提須菩提當知是菩薩已為過去佛所授記住阿鞞跋致地何以故諸菩薩所有阿鞞跋致行類相貌是菩薩亦有是行類相貌是名阿鞞跋致菩薩相復次須菩提阿鞞跋致菩薩摩訶薩行般

若波羅蜜時爲護持諸法故不惜身命何況餘物是菩薩護持法故作是念我不爲護持一佛法我爲護持三世十方諸佛法故須菩提云何菩薩摩訶薩護持佛法故不惜身命須菩提如佛說一切諸法眞空是時有愚癡人破壞不受作是言是非法非善非世尊教須菩提菩薩護持如是法故不惜身命菩薩亦應作是念未來世諸佛我亦在是數中在中受記是法亦是我法以是故不惜身命須菩提菩薩見是利益故護持是法不惜身命須菩提以是行類相貌知是阿鞞跋致相復次須菩提阿鞞跋致菩薩摩訶薩聞佛說法不疑不悔聞已受持終不忘失何以故得陀羅尼故須菩提言世尊得何等陀羅尼聞佛所說諸經而不忘失佛告須菩提菩薩得聞持等陀羅尼故佛說諸經不忘不失不疑不悔須菩提白佛言世尊但聞佛說法不忘不失不疑不悔聞聲聞辟支佛說天龍鬼神阿脩羅緊那羅摩睺羅伽說亦復不忘不失不疑不悔耶佛告須菩提所有言說衆事得陀羅尼菩薩皆不忘不失不疑不悔須菩提如是行類相貌成就故當知是阿鞞跋致菩薩摩訶薩

論釋曰佛更欲細說阿鞞跋致相故告須菩提一心諦聽是菩薩常不離阿耨多羅三藐三菩提樂行畢竟空故不喜說分別五衆十二入十八界決定相又不喜說國王等事如餘外道受他供養無正道故虛妄染著心解愁故說國事分別過去世諸王力勢等樂阿鞞跋致菩薩不說是事見一切世間常爲無

常火燒衆生可愍我未得佛道我但應說度衆生法不應說餘事一切法畢竟空故大小相不可得賊等事亦如是畢竟空即是如法性實際行六波羅蜜不說六蔽菩薩雖安住一切法空中而樂法愛法何以故是菩薩不著是一切法空故又我行次第法禪定智慧等然後得一切法空此空不可得口說而心著是故先行次第法復次法性中不分別諸法故法性非破壞相是菩薩不著法性憐愍衆生爲種種分別善不善法等令衆生得解雖爲衆生如是說亦常讚歎不壞法引導衆生令入法性中故復次阿鞞跋致菩薩更無親善但以諸佛及大菩薩諸能讚歎諸實相法者爲親善是人功德智慧大故隨意所往若欲至諸佛世界隨意得生是菩薩雖欲得諸禪定以方便力故爲衆生生欲界者有現在佛處生欲界者故爲衆生留愛慢分不以此禪定果報生色無色界但以禪定柔和其心不受其報復次是菩薩安住内空等諸空中安住者深入通達心無所著故不生疑我是阿鞞跋致非阿鞞跋致自心中深入智慧故是名自地證又是人不見一切法若轉若不轉是故不生疑疑名取相有所得如人夜見樹杌尋復生念人形亦爾便生疑心若取此二相故名疑菩薩行無相三昧故於一切法中不取相則無生疑處此中佛說譬喻如須陀洹從無始世來未得是無漏智慧三結斷故即自知得無漏法於四諦中定心不疑若苦若樂阿鞞跋致亦如是從無始世來未得諸法實相所謂阿鞞跋致地得時亦不生

疑諸生疑者見違失事不如本所聞故是菩薩於一切法畢竟空故不得是不如所聞法疑無住處故無疑自知此是究竟道不可論不可破住是地中教化衆生淨佛世界亦能以方便力故破種種魔事是阿鞞跋致法常隨逐菩薩乃至成佛此中佛說二譬喻一者須陀洹二者五逆是二心厚重故不可却須陀洹心常不可却五逆心罪畢乃除如人著衰鬼常隨逐阿鞞跋致心復過於是阿鞞跋致心一切無能動轉者種種苦事逼迫不能動種種供養利樂因緣不能令捨實相心及慈悲心上來種種說阿鞞跋致相貌今說其行事所謂教化衆生淨佛世界從諸佛所新種善根從一佛諮問諸佛諸深法要及種種度衆生門十方種種魔事起而不隨逐以方便力觀是魔事如佛法觀諸魔身如佛無異所以者何一切法及實際同一相所謂無相故是人轉身亦不向聲聞辟支佛地何以故是菩薩初得阿鞞跋致地時知一切法實相空轉身心亦不向二地心不自疑若得無上道若不得是菩薩世世無人能降伏破壞者佛爲驗是菩薩故作譬喻若魔作佛身來欲誑試是菩薩語言汝可今世取阿羅漢汝無阿鞞跋致相可得佛道無生法忍即是一切法是中云何可得忍若菩薩聞是心不退没是菩薩自知必從諸佛授記何以故我有無生法忍聞是魔事心不怖畏故復次惡魔知是菩薩歡喜與授聲聞辟支佛道記者若今世得阿羅漢後世得辟支佛若菩薩不隨此變化佛身語覺知是魔若魔所使何以故身

是而言非如試金錢彈之聲出則知其眞僞若佛與菩薩授聲聞辟支佛記終無是處所以者何諸佛種種方便欲令一切人盡入佛道云何引菩薩與聲聞記復次魔復化作佛身語菩薩言汝所行經書盡是魔所說是菩薩覺知是魔事當知是菩薩已得受記安住阿鞞跋致性中復次阿鞞跋致菩薩深愛樂法故聞即心淤衣毛皆豎念佛大悲則歡喜悲泣或於甚深法中生大歡喜當知是阿鞞跋致譬如大軍退敗則怖懅迷悶卧地似死親族見之欲知活不以杖鞭之若瘾胗起者則知必活菩薩亦如是皆是肉身何以故知必能成佛若聞說佛法身中相現衣毛爲豎顏色相異餘人聞不入心則無異相如死人無異是菩薩深愛法故能捨身爲法若佛若

佛弟子於大會種種因緣說諸法畢竟空有一狂人取音聲名字相著是畢竟空出其過罪若諸法盡畢竟空則無佛無法無罪福業因緣亦無修行精進得道果報如是等出無量過罪阿鞞跋致菩薩觀察籌量知說法者有無著心隨佛語憐愍故說知狂人著語言取相破是畢竟空爾時阿鞞跋致則沒命佐助狂人言是邪見人自沒邪見亦多化衆人令邪見壞滅佛法深懷瞋恨故或自殺或使弟子殺爾時菩薩若死事至爲佐法故不以怖畏而壞壞諸法性此中佛說因緣菩薩作是念未來世佛我亦在是數中是法亦是我法是我法故不惜身命而守護之作是思惟我無量世中爲煩惱邪見故喪身無數今爲十方三世諸佛法佐助發起若有益而死勝

無益而生如是等爲法故不惜身命復次是菩薩未成佛道從佛聞甚深法能盡受不生信力故能受聞持陀羅尼力故不失斷疑陀羅尼力故不疑須菩提問但聞佛語能信持不疑聞餘語亦爾佛言一切有所説者皆能持若二乘天龍等所説有道理能信持不疑無道理者持之無疑而不信復次有人言信是邪法不疑不善是善有人言諸天龍二乘所説皆是佛法以是阿鞞跋致相聞則能持無疑無悔是菩薩雖未作佛於諸法實相中都無有疑如是等行類相貌是阿鞞跋致菩薩問曰得何事來名阿鞞跋致答曰阿毗曇毗婆沙中説過三阿僧祇劫後種三十二相因緣從是已來名阿鞞跋致毗泥阿波陀那中説從見然燈佛以五莖華散佛以髮布地

佛爲授阿鞞跋致記飛騰虚空以偈讚佛從是已來名阿鞞跋致此般若波羅蜜中若菩薩具足行六波羅蜜得智慧方便力不著是畢竟空波羅蜜觀一切法不生不滅不增不減不垢不淨不來不去不一不異不常不斷非有非無如是等無量相待二法因是智慧觀破一切生滅等無常相先因無常等破常等倒今亦捨無生無滅等捨無常觀等於不生不滅亦不著亦不墮空無所有中亦知是不生不滅相不得不著故亦信用是不生不滅法三世十方諸佛眞智慧中信力故通達無礙是名菩薩得無生忍法入菩薩位名阿鞞跋致是菩薩雖從初發心已來名阿鞞跋致阿鞞跋致相未具足故不與授記何以故外道聖人諸天小菩薩等作此念佛見是人

有何等事而與授記是人於佛道因緣中未住云何與授記是故佛未與授記是菩薩有二種一者生死肉身二者法性生身得無生忍法斷諸煩惱捨是身後得法性生身肉身阿鞞跋致亦有二種有於佛前得授記有不於佛前授記若佛不在世時得無生法忍是不於佛前授記問曰若爾者有人讀誦說正憶念隨順無生法忍義是人未得禪定或生疑心或爲著心所牽如是人比是何等菩薩爲是阿鞞跋致不答曰是人不名爲阿鞞跋致阿鞞跋致菩薩於甚深佛法中尚無疑何況無生忍初法門是未得阿鞞跋致者有二種一者信少疑多二者疑少信多少疑多者於讀誦經人小勝信多疑少者若得禪定即時得柔順忍未斷法愛故或生著心或還退沒是人若常修習此柔順忍增長故斷法愛得無生忍入菩薩位略說阿鞞跋致相義

釋深奥品第五十七之上 經作燈炷深奥品

【經】須菩提白佛言世尊是阿鞞跋致菩薩摩訶薩大功德成就世尊阿鞞跋致菩薩摩訶薩無量功德成就無邊功德成就佛告須菩提如是如是是阿鞞跋致菩薩摩訶薩大功德成就是阿鞞跋致菩薩摩訶薩無量無邊功德成就何以故是阿鞞跋致菩薩摩訶薩得無量無邊智慧不與一切聲聞辟支佛共故阿鞞跋致菩薩住是智慧中生四無礙智得是四無礙智故一切世間天及人無能窮盡須菩提白佛言世尊佛能以如恒河沙等劫歎說阿鞞跋致菩薩摩訶薩行類相貌須菩提言世尊何等深奥處阿鞞跋致菩薩摩

訶薩住是中行六波羅蜜時具足四念處乃至具足一切種智佛讚須菩提言善哉善哉須菩提汝爲阿鞞跋致菩薩摩訶薩問是深奥處須菩提深奥處者空是其義無相無作無起無生無染離寂滅如法性實際涅槃須菩提如是等法是爲深奥義須菩提白佛言世尊但空乃至涅槃是深奥非一切法深奥耶佛言一切法亦是深奥義須菩提色亦深奥受想行識亦深奥眼亦深奥乃至意色乃至法眼界乃至意識界檀波羅蜜乃至般若波羅蜜四念處乃至阿耨多羅三藐三菩提亦深奥世尊云何色深奥乃至阿耨多羅三藐三菩提亦深奥佛言色如深奥故故色深奥受想行識如乃至阿耨多羅三藐三菩提如深奥故阿耨多羅三藐三菩提深奥世尊云何色如深奥乃至阿耨多羅三藐三菩提如深奥須菩提是色如非是色非離色乃至識如非是識非離識乃至阿耨多羅三藐三菩提如非是阿耨多羅三藐三菩提非離阿耨多羅三藐三菩提須菩提白佛言希有世尊微妙方便力故令阿鞞跋致菩薩離色處涅槃亦令離受想行識處涅槃亦令離一切法若世間若出世間若有諍若無諍若有漏若無漏法處涅槃佛言如是如是須菩提佛以微妙方便力故令阿鞞跋致菩薩離色處涅槃乃至離有漏無漏法處涅槃須菩提若菩薩摩訶薩如是甚深法與般若波羅蜜相應觀察籌量思惟作是念我應如是行如般若波羅蜜中教我應如是學如般若波羅蜜中説須菩提若是菩薩摩訶薩能如説行如

說學如般若波羅蜜中觀具足勤精進一念生時當得無量無邊阿僧祇福德是菩薩摩訶薩超越無量劫近阿耨多羅三藐三菩提何況常行般若波羅蜜應阿耨多羅三藐三菩提念須菩提譬如多婬欲人與端正淨潔女人共期此女人限礙不得時往於須菩提意云何是人所念爲在何處世尊是人念念常在彼女人所恒作是念憶想當來與共坐卧歡樂須菩提是人一日一夜爲有幾念生須菩提言世尊是人一日一夜其念甚多佛告須菩提菩薩摩訶薩念般若波羅蜜如般若波羅蜜中說行是道一念頃超越劫數亦如彼人一日一夜心念之數是菩薩摩訶薩行般若波羅蜜遠離衆罪所謂離阿耨多羅三藐三菩提罪是菩薩摩訶薩行般若波羅蜜一日所得善根功德假令滿如恒河沙等三千大千世界中功德猶亦不減於餘殘功德百分不及一分千分千億萬分乃至筭數譬喻所不能及

論釋曰須菩提聞阿鞞跋致相時具聞阿鞞跋致功德心大歡喜讃歎阿鞞跋致功德故白佛言世尊阿鞞跋致成就大功德成就無量無邊功德佛可其所讃更自說大功德等因緣所謂阿鞞跋致菩薩得無量無邊智慧不與聲聞辟支佛共行者要先知而後行行已受其功德以是故說功德因緣由於智慧無量無邊智慧者所謂般若波羅蜜菩薩住是般若波羅蜜中能生四無礙智一切法實義中智慧無礙無障既知義無礙已分別種種諸法名字爲說義故是名法無礙是名字

要由言語由語言故出是種種名字是名辭無礙得是法無礙及辭無礙故便樂說諸法實義是名樂說無礙菩薩安住四無礙中一切衆生問難無能窮盡如大海水不可傾竭須菩提聞佛上二品中說阿鞞跋致具足相入此品佛方開四無礙門更欲說阿鞞跋致相是故須菩提讃佛世尊智慧無量無邊阿鞞跋致功德亦無量無邊佛言若恒河沙等劫樂說亦不可盡阿鞞跋致相貌亦不可盡世尊何等是阿鞞跋致深與處阿鞞跋致菩薩住是深奥處能具足六波羅蜜四念處乃至一切種智佛歎須菩提善哉汝能爲阿鞞跋致菩薩問深奥義佛語須菩提空等乃至涅槃是名深奥問曰諸有法種種細分别人不解故有深空無所有以何爲深答曰非直口說名字故空分别解諸有相内不見有我外不見定實法得是空已觀一切法相皆是虚誑有諸過罪若滅諸相更不作願生三界此空是得道空非但口說是故言深復次空亦復空若著是空則有過失是不名深若空從破邪見有故出是爲深若於空中亦不著空故亦深復次觀五衆生滅破常顛倒觀畢竟空破生滅何以故空中無無常無生滅故無生滅有二種一者邪見人謂世間常有故無生滅二者破生滅故言無生滅此中破生滅亦不著是不生不滅故名爲深諸煩惱難除故言離欲寂滅故深錯誤易眞實難故如法性實際爲深涅槃諸梵天等九十六種道所不能及故深復次涅槃中一切得道人入者永不復出故深問曰此中說空等法深是

何等空答曰有人言三三昧空無相無作心數法名爲空空故能觀諸法空有人言外所緣色等諸法皆空緣外空故名爲空三昧此中佛說不以空三昧故空亦不以所緣外色等諸法故空何以故若外法不實空以三昧力故空者是虛妄不實若緣外空故生三昧者是亦不然所以者何若色等法實是空相則不能生空三昧若生空三昧則非是空此中說離是二邊說中道所謂諸法因緣和合生是和合法無有一定法故空何以故因緣生法無自性無自性故即是畢竟空是畢竟空從本已來空非佛所作亦非餘人所作諸佛爲可度衆生故說是畢竟空相是空相是一切諸法實體不因内外有是空相有種種名字所謂無相無作寂滅離涅槃等須菩提

知諸菩薩利根深著涅槃爲是菩薩故問世尊但涅槃甚深諸法不甚深耶佛答正觀色等一切法得涅槃色等諸法因涅槃故甚深是故經中說色等如故甚深色等如即是正觀須菩提問云何色等如故色等法甚深此中佛自說深因緣所謂如非是色非離色譬如以泥爲瓶泥非即是瓶不離泥有瓶亦不得言無瓶須菩提知是因緣法甚深如大海無有底故讚言希有世尊佛以微妙方便力故令菩薩離色等諸法處於涅槃亦不著涅槃亦不住世間是微妙方便佛可其所說讚歎菩薩行諸法實相果報福德告須菩提如是甚深法與般若相應觀察籌量等一念生時得無量無邊阿僧祇福德問曰二乘無漏法尚無果報福德何況大乘畢竟空觀法得

無量福德而福德從大慈悲愍衆生故生如罪亦由惱害衆生故得答曰二乘無漏心中煩惱盡故無果報福德菩薩煩惱未盡故應有福德果報復次二乘於實際證故燒盡諸福德菩薩不證更有生故便有福德復次人於實事錯謬故福德少正行實事故得福多如施畜生得百倍施惡人得千倍施善人得十萬倍施離欲人得十億萬倍施須陀洹等諸聖人得無量福凡夫人雖離欲行慈悲心不得實法相故不得作無量福田須陀洹雖未離欲分別諸法實相故福田無量諸法實相得有深淺是故菩薩深入實相故一念中福德無量無邊此中念念福德多故說譬喻衆生心雖念念生滅但相續生故不覺隨滅婬欲人心深著所欲不遂情故心生憶念取相種種分別不來因緣事所謂彼女爲心自悔不來爲人遮不來如是等多生覺觀心是心易覺知故以爲譬喻如是念一日緣事超一劫如人服濡藥一歲乃差病服大力藥一日能差菩薩亦如是行五波羅蜜久久乃成佛者有行般若波羅蜜疾得成佛者復次一日行般若波羅蜜功德假令有形取滿如恒河沙等三千大千世界中於一日中正功德體猶故不減於此福德百分不及一乃至筭數譬喻所不能及

(經)復次須菩提若菩薩摩訶薩遠離般若波羅蜜如恒河等劫布施三寶佛寶法寶比丘僧寶須菩提於汝意云何是菩薩摩訶薩以是因緣故得福多不須菩提言世尊甚多無量無邊阿僧祇佛告須菩提不如菩薩摩訶

薩深般若波羅蜜中一日如說修行得福多何以故般若波羅蜜是諸菩薩摩訶薩道乘是道疾得阿耨多羅三藐三菩提須菩提若菩薩遠離般若波羅蜜如恒河沙劫供養須陀洹斯陀含阿那含阿羅漢辟支佛及諸佛於須菩提意云何是菩薩摩訶薩以是因緣故得福多不須菩提言世尊甚多佛言不如是菩薩摩訶薩深般若波羅蜜如說修行一日得福多何以故菩薩摩訶薩行是般若波羅蜜過一切聲聞辟支佛地入菩薩位漸漸得阿耨多羅三藐三菩提須菩提菩薩摩訶薩遠離般若波羅蜜如恒河沙劫布施持戒忍辱精進禪定智慧於意云何是人以是因緣故得福多不須菩提言世尊甚多佛言不如是菩薩摩訶薩行般若波羅蜜如說修行一日布施持戒忍辱精進禪定智慧得福多何以故須菩提般若波羅蜜是菩薩摩訶薩母故是般若波羅蜜能生諸菩薩摩訶薩諸菩薩摩訶薩住般若波羅蜜中能具足一切佛法須菩提若菩薩摩訶薩遠離般若波羅蜜如恒河沙劫壽行法施須菩提於汝意云何是人得福多不須菩提言甚多世尊佛言不如是善男子善女人深般若波羅蜜如說修行乃至一日法施得福多何以故須菩提是菩薩摩訶薩不遠離般若波羅蜜則不遠離一切種智不遠離一切種智則不遠離般若波羅蜜以是故須菩提菩薩摩訶薩欲得阿耨多羅三藐三菩提不當遠離般若波羅蜜須菩提若菩薩摩訶薩如恒河沙劫遠離般若波羅蜜修行四念處乃至八聖道分内

空乃至一切種智須菩提於汝意云何是善男子善女人得福多不須菩提言世尊甚多佛言不如是善男子善女人深般若波羅蜜如說一日修行四念處乃至一切種智得福多何以故須菩提若菩薩摩訶薩不遠離般若波羅蜜於薩婆若轉者無有是處須菩提若菩薩摩訶薩遠離般若波羅蜜於薩婆若轉則有是處須菩提以是故菩薩摩訶薩常不應遠離般若波羅蜜行須菩提若菩薩摩訶薩遠離般若波羅蜜如恒河沙劫壽財施法施及禪定福德迴向阿耨多羅三藐三菩提於汝意云何是人得福多不須菩提言世尊甚多甚多佛言不如是善男子善女人深般若波羅蜜如說修行乃至一日財施法施禪定福德迴向阿耨多羅三藐三菩提得福多何以故是第一迴向所謂般若波羅蜜迴向若遠離般若波羅蜜迴向是不名迴向須菩提以是故菩薩摩訶薩欲得阿耨多羅三藐三菩提應方便學般若波羅蜜迴向須菩提若善男子善女人遠離般若波羅蜜如恒河沙劫壽過去未來現在諸佛及弟子善根和合隨喜迴向阿耨多羅三藐三菩提須菩提於汝意云何是人得福多不須菩提言世尊甚多佛言不如是善男子善女人深般若波羅蜜如說修行乃至一日隨喜善根迴向是阿耨多羅三藐三菩提得福多須菩提以是故菩薩摩訶薩欲得阿耨多羅三藐三菩提應學般若波羅蜜中方便迴向阿耨多羅三藐三菩提須菩提白佛言世尊如佛所說因緣起法從妄想生非實云何善男子善女

人得大福德世尊用是因緣起法不應得正見入法位不應得須陀洹果乃至不應得阿耨多羅三藐三菩提果佛告須菩提如是如是須菩提用是因緣起法不應得正見入法位乃至不應得阿耨多羅三藐三菩提須菩提行般若波羅蜜菩薩摩訶薩知因緣起法亦空無堅固虛誑不實何以故須菩提是菩薩摩訶薩善學內空乃至善學無法有法空故是菩薩摩訶薩住是十八空種種觀作法空即不遠離般若波羅蜜若菩薩摩訶薩如是漸漸不遠離般若波羅蜜漸漸得無數無量無邊福德須菩提白佛言世尊無數無量無邊有何等異須菩提無數者名不墮數中若有爲性中若無爲性中無量者量不可得若過去若未來若現在無邊者諸法邊不可得須菩提言世尊頗有色亦無數無量無邊頗有受想行識亦無數無量無邊須菩提有因緣色亦無數無量無邊受想行識亦無數無量無邊世尊何等因緣故色亦無數無量無邊受想行識亦無數無量無邊佛告須菩提色空故無數無量無邊受想行識空故無數無量無邊世尊但色空受想行識空非一切法空耶須菩提我不說一切法空耶須菩提言世尊說一切法空世尊諸法空即是不可盡無有數無量無邊世尊空中數不可得量不可得邊不可得以是故世尊是不可盡無數無量無邊義無有異佛告須菩提如是如是是法義無別異須菩提是法不可說佛以方便力故分別說所謂不可盡無數無量無邊無著空無相無作無起無生無滅無染

涅槃佛種種因緣以方便力說須菩提白佛言希有世尊諸法實相不可說而佛以方便力說世尊如我解佛所說義一切法亦不可說佛言如是如是須菩提一切法不可說一切法不可說相即是空是空不可說世尊不可說義有增有減不佛言不也須菩提不可說義無增無減世尊若不可說義無增無減檀波羅蜜亦當無增無減乃至般若波羅蜜亦當無增無減四念處乃至八聖道分亦當無增無減四禪四無量心四無色定五神通八背捨八勝處九次第定佛十力四無所畏四無礙智十八不共法亦當無增無減世尊若菩薩摩訶薩六波羅蜜不增乃至十八不共法不增者云何菩薩摩訶薩得阿耨多羅三藐三菩提佛言如是如是須菩提不可說義無增無減菩薩摩訶薩習行般若波羅蜜有方便力故不作是念我增般若波羅蜜乃至增檀波羅蜜當作是念但名字故名檀波羅蜜是菩薩摩訶薩行檀波羅蜜時是心及善根如阿耨多羅三藐三菩提相迴向乃至行般若波羅蜜時是心及善根如阿耨多羅三藐三菩提相迴向須菩提白佛言世尊何等是阿耨多羅三藐三菩提佛言一切法如相是名阿耨多羅三藐三菩提須菩提白佛言世尊何等是一切法如相是阿耨多羅三藐三菩提佛告須菩提色如相受想行識如相乃至涅槃如相是阿耨多羅三藐三菩提是如相亦不增不減須菩提是菩薩摩訶薩不離般若波羅蜜常觀是如法不見有增有減以是因緣故須菩提不可說義無增無減

檀波羅蜜亦不增不減乃至十八不共法亦不增不減須菩提菩薩摩訶薩以是不增不減法故應般若波羅蜜行

論釋曰離般若波羅蜜恒河沙劫供養三寶不及一日行般若又復有人住壽如恒河沙等劫供養須陀洹等亦不及一日行般若此中佛自說因緣菩薩行般若過二地入菩薩位成無上道又復遠離般若恒河沙等劫行布施等六法亦不及一日如所說住般若中行布施等六法是中說勝因緣般若是諸佛母住是般若中能具足諸佛法施財竟若遠離般若如恒河沙等劫行法施不及一日住般若中行法施復次遠離般若用聲聞辟支佛法修行四念處如恒河沙等劫不如一日如所說住般若中修四念處乃至一切種智此中自說勝因緣所謂不離般若於薩婆若轉者無有是處復次菩薩離般若如恒河沙等劫財施法施禪定生福德迴向無上道不如一日應般若財施法施禪定生福德迴向無上道何以故般若波羅蜜無雜毒正迴向故復次若菩薩離般若壽如恒河沙劫等十方三世諸佛功德隨喜迴向無上道不如一日應般若隨喜迴向爾時須菩提難佛如佛說一切有為法虛誑不實如幻不能生正見入正位云何菩薩一日福德勝佛可其言如是如是有為法皆虛誑不得以虛誑法入正位得聖道菩薩行般若波羅蜜時所作福德知皆虛誑空無堅固心不著是福德是福德清淨故勝餘福德如金剛雖小能摧破大山此中佛說菩薩善巧學十八空雖觀空而能

行諸功德雖知涅槃無上道而憐愍衆生故修集福德雖知一切法相不可說而爲衆生種種方便說法雖知法性中無有分別一相無相而爲衆生分別是善是不善是可行是不可行是取是捨是利是失等若菩薩雖觀畢竟空而能起諸福德是名不離般若波羅蜜行若菩薩常不離般若波羅蜜漸得無數無量無邊功德何以故若菩薩初學般若時煩惱力强般若力弱漸漸得般若力斷諸煩惱滅諸戲論是故得福德無數無量無邊無數無量無邊義佛自分別說所謂無數者不墮若有爲性中若無爲性中三世量不可得故名無量十方邊亦不可得故名無邊須菩提問佛五衆頗有因緣亦無數無量無邊耶佛答有以五衆空故亦無數無量無邊須菩提問世尊但五衆空非一切法空耶佛答一切法空須菩提言是空法即不可盡不可盡故即是無數無數即是無量無量即是無邊是故空中盡不可得故名無盡數不可得故名無數量不可得故名無量邊不可得故名無邊四事名雖異義是一所謂畢竟空佛可其言如是更自說因緣須菩提是空法相不可說若可說不名爲空佛以大慈悲心憐愍衆生故方便爲說强作名字語言令衆生得解所謂空或說不可盡無數無量無邊等是實相不生不作故說不盡諸聖人得諸法實相入無餘涅槃時不墮六道數是實相法亦不墮有爲無爲等諸法數中是故說無數量名以智慧稱量好醜多少大小是非等諸法實相中滅諸相故是故說無量諸法實相不

可量故說無邊是實相法寂滅故說無著是實相法我我所定相不可得故說空空故無相無相則無作無起是法常住不壞故無生無滅是法能斷三界染故名無染更不織煩惱業故名涅槃如是等有無量名字種種因緣說是諸法實相爾時須菩提白佛希有世尊諸法實相雖不可說而佛以方便力說如我解佛義非但實相不可說一切諸法亦不可說佛可其言而說因緣一切法終歸於空歸於空故不可說不可說義即是無增無減若一切法無增無減六波羅蜜等諸善法亦無增無減若六波羅蜜善法不增者云何得無上道佛可其言更爲說因緣法雖無增減而可得無上道所謂菩薩習行般若波羅蜜方便力故雖行檀波羅蜜諸助道法我我所憍慢斷故不作是念我增長是六波羅蜜等法不取內外諸法相行是諸善法如無上道相迴向須菩提問何等是無上道佛答諸法如即是無上道須菩提問何等是一切法佛答色等法乃至涅槃是諸法如寂滅相是無上道相寂滅者不增不減不高不下滅諸煩惱戲論不動不壞無所障礙菩薩以般若波羅蜜方便力故亦能令布施等如寂滅相如是種種因緣說無上道相若菩薩常念無上道寂滅相令一切法皆同寂滅相亦觀不可說義所謂不增不減相菩薩如是疾得無上道以不增不減不可得故

大智度論卷第七十四

音釋

杌 五忽切 木無枝也 僞 危睡切 詭也 懅 其據切 懼也 鞭 卑連切 癮胗 癮於謹切 胗止忍切 癮胗皮外小起也 濡 乳兗切 沬也 織 質力切

大智度論卷第七十五

龍樹菩薩造

姚秦三藏法師鳩摩羅什譯

釋深奥品第五十七之下

【經】須菩提白佛言世尊菩薩摩訶薩用初心得阿耨多羅三藐三菩提用後心得阿耨多羅三藐三菩提世尊是初心不至後心後心不在初心世尊如是心心數法不俱云何善根增益若善根不增云何當得阿耨多羅三藐三菩提佛告須菩提我當為汝說譬喻智者得譬喻則於義易解須菩提譬如然燈為用初焰燋炷為用後焰燋炷須菩提言世尊非初焰燋炷亦非離初焰世尊非後焰燋炷亦非離後焰須菩提於汝意云何炷為燋不世尊炷實燋佛告須菩提菩薩摩訶薩如是不用初心得阿耨多羅三藐三菩提亦不離初心得阿耨多羅三藐三菩提不用後心得阿耨多羅三藐三菩提亦不離後心得阿耨多羅三藐三菩提而得阿耨多羅三藐三菩提須菩提是中菩薩摩訶薩從初發意行般若波羅蜜具足十地得阿耨多羅三藐三菩提須菩提白佛言世尊何等是十地菩薩具足已得阿耨多羅三藐三菩提佛言菩薩摩訶薩具足乾慧地性地八人地見地薄地離欲地已作地辟支佛地菩薩地佛地具足是地得阿耨多羅三藐三菩提須菩提菩薩摩訶薩學是十地已非初心得阿耨多羅三藐三菩提亦不離初心得阿耨多羅三藐三菩提非後心得阿耨多羅三藐三菩提亦非離後心得阿耨多羅三藐三菩提而得阿耨多

羅三藐三菩提須菩提言世尊是因緣法甚深所謂非初心非離初心非後心非離後心得阿耨多羅三藐三菩提而得阿耨多羅三藐三菩提佛告須菩提於汝意云何若心滅已是心更生不不也世尊須菩提於汝意云何心生是滅相不世尊是滅相須菩提於汝意云何以心滅相是滅不不也世尊佛告須菩提於汝意云何亦如是住不須菩提言世尊亦如是住如如住佛告須菩提於汝意云何若是心如如住當作實際不不也世尊佛告須菩提於汝意云何是如甚深不世尊甚深甚深須菩提於汝意云何但如是心不不也世尊離如是心不不也世尊須菩提於汝意云何如見如不不也世尊須菩提於汝意云何若菩薩能如是行爲行深般若波羅蜜不須菩提言世尊若菩薩摩訶薩能如是行爲行深般若波羅蜜須菩提於汝意云何菩薩摩訶薩如是行是何處行須菩提言世尊若菩薩摩訶薩如是行爲無處所行何以故若菩薩摩訶薩行般若波羅蜜住諸法如中無如是念無念處無念者佛告須菩提若菩薩摩訶薩如是行爲何處行須菩提言世尊是菩薩摩訶薩如是行爲第一義中行二相不可得故須菩提於汝意云何若菩薩第一義無念中行爲行相不不也世尊於汝意云何是菩薩摩訶薩壞相不不也世尊佛告須菩提云何名不壞相須菩提言世尊是菩薩摩訶薩行般若波羅蜜不作是念我當壞諸法相世尊菩薩摩訶薩行般若波羅蜜未具足佛十力四無所畏四無礙智大慈大悲十

八不共法不得阿耨多羅三藐三菩提世尊菩薩摩訶薩以方便力故於諸法亦不取相亦不壞相何以故世尊是菩薩摩訶薩知一切諸法自相空故菩薩摩訶薩住是自相空中爲衆生故入三三昧用三三昧成就衆生須菩提言世尊云何菩薩摩訶薩入三三昧成就衆生佛言菩薩住是三三昧見衆生作法中行菩薩以方便力教令得無作見衆生我相中行以方便力教令行空見衆生一切相中行以方便力故教令行無相如是須菩提菩薩摩訶薩行般若波羅蜜入三三昧以三三昧成就衆生

【論】須菩提問佛以初心得無上道爲用後心得者問曰須菩提何因緣故作是問難答曰須菩提上聞諸法不增不減心自生疑若諸法不增不減云何得無上道復次若以如實正行得無上道唯佛能爾菩薩未斷無明等煩惱云何能如實正行復次須菩提此中自說難問因緣所謂初心不至後心後心不在初心云何增益善根得無上道如是等因緣故作是問以初心得後心得佛以深因緣法答所謂不但以初心得亦不離初心得所以者何若但以初心得不以後心者菩薩初發心便應是佛若無初心云何有第二第三心第二第三心以初心爲根本因緣亦不但後心亦不離後心者是後心亦不離初心若無初心則無後心初心集種種無量功德後心則具足具足故能斷煩惱習得無上道須菩提此中自說難因緣初後心心數法不俱不俱者則過去已滅不得和合若無和合則善

根不集善根不集云何成無上道佛以現事譬喻答如燈炷非獨初焰燋亦不離初焰非獨後焰燋亦不離後焰而燈炷燋佛語須菩提汝目見炷燋非初非後而炷燋我亦以佛眼見菩薩得無上道不以初心得亦不離初心亦不以後心得亦不離後心而得無上道燈譬菩薩道炷喻無明等煩惱焰如初地相應智慧乃至金剛三昧相應智慧燋無明等煩惱炷亦非初心智焰亦非後心智焰而無明等煩惱炷燋盡得成無上道此中佛更解得無上道因緣所謂菩薩從初發心來行般若波羅蜜具足初地乃至十地是十地皆佐助成無上道十地者乾慧地等乾慧地有二種一者聲聞二者菩薩聲聞人獨爲涅槃故勤精進持戒清淨堪任受道或習觀佛三昧或不淨觀或行慈悲無常等觀分別集諸善法捨不善法雖有智慧不得禪定水則不能得道故名乾慧地於菩薩則初發心乃至未得順忍性地者聲聞人從煖法乃至世間第一法於菩薩得順忍愛著諸法實相亦不生邪見得禪定水八人地者從苦法忍乃至道比忍是十五心於菩薩則是無生法忍入菩薩位見地者初得聖果所謂須陀洹果於菩薩則是阿鞞跋致地薄地者或須陀洹或斯陀含欲界九種煩惱分斷故於菩薩過阿鞞跋致地乃至未成佛斷諸煩惱餘氣亦薄離欲地者離欲界等貪欲諸煩惱是名阿那含於菩薩離欲因緣故得五神通已作地者聲聞人得盡智無生智得阿羅漢於菩薩成就佛地辟支佛地者先世種辟支佛道因緣今

世得少因緣出家亦觀深因緣法成道名辟支佛辟支迦秦言因緣亦名覺菩薩地者從乾慧地乃至離欲地如上說復次菩薩地從歡喜地乃至法雲地皆名菩薩地有人言從一發心來乃至金剛三昧名菩薩地佛地者一切種智等諸佛法菩薩於自地中得具足於地地中觀具足二事具故名具足問曰何以故不說菩薩似辟支佛地答曰餘地不說名字辟支佛地說辟支佛名字故復次菩薩能分別知衆生可以辟支佛因緣度者是故菩薩以智慧行辟支佛事如首楞嚴經中文殊尸利七十二億反作辟支佛菩薩亦如是滿足九地修集佛法十力四無所畏等雖未具足以修習近佛故名具足以是故言十地具足故得無上道是諸法皆因緣和合故非初亦不離初非後亦不離後而得無上道須菩提尊重是法故歎言世尊是因緣法甚深所謂過去心不滅不住而能增益得無上道是事甚深希有難可信解此心爲住爲滅耶佛反問須菩提於汝意云何若心滅已更生不者諸法雖畢竟空不生不滅爲衆生以六情所見生滅法故問心已滅更生不須菩提言不也世尊何以故心滅已云何當更生若心滅已更生則墮常中若心生是滅相不者上問過去心已今問現在心相當滅不是故答是滅相何以故生滅是相待法有生必有滅故先無今有已有還無故心滅相是滅不者若心滅相即是滅耶更有滅耶答言不也世尊何以故若即是滅則一心有兩時生時滅時說無常者心不過一念時如阿毗曇經

說有生法有不生法有欲生法有不欲生法有滅法有不滅法有欲滅法有不欲滅法生法現在一心中有二種一者生二者欲滅生非欲滅相欲滅相非生是事不然故言不也當如是住不者若滅相非即是滅者應常住不若常住即是不滅相佛如是飜覆難須菩提理窮故作是念我若言滅相即是滅則一心墮二時若言不滅實是滅相云何言不滅以上二理有過故須菩提自以所證智慧答世尊如是住如如住若是心如如住當作實際不者若說心相同如住者如即是實際若爾者心可即作實際不須菩提言不也世尊何以故須菩提久尊重是實際心是虛誑法小乘智慧力少不能觀心即作實際是故言不也問曰若須菩提已說是心如如何以不得作實際答曰如名一切法實相心實相亦名如須菩提心謂凡夫六情所見虛妄顛倒故有過今說心相如實無咎故言如如住今實際即是涅槃須菩提久貴涅槃故不能即以心爲涅槃是故言不也復次以實際無相故不得言心即是實際是如甚深不者以須菩提言心如如住復言不得作實際是故問如甚深不須菩提不能遍知故答言甚深但如是心不須菩提答言不也世尊何以故如是一相不二相心憶想分別因緣生故是二相如無所知心有所知又復如畢竟清淨故無所知心有所覺知故離如心亦如是何以故一切法皆有如云何離如而有心佛問須菩提如能見如不答如中無分別是知是可知是菩薩不住如法性實際直行深菩薩道

佛問須菩提若如是行能行深般若波羅蜜不須菩提自觀小乘淺薄觀大乘法深故答言如是行是爲行深般若波羅蜜爾時有未得無生法忍菩薩聞是法則心高自謂出小乘深入大乘佛欲破其高心故問須菩提菩薩如是行爲何處行須菩提言如是行爲無處所行何以故菩薩住如中無所分別故菩薩聞無處所行或墮斷滅中是故佛復問須菩提菩薩行般若爲何處行須菩提言第一義中行第一義相者無有二相佛語須菩提於汝意云何若菩薩無念行第一義是行取相法不須菩提言不也世尊何以故一切法畢竟空無憶念即不行相佛問須菩提是菩薩壞相得無相不須菩提言不也相從本已來無但爲除顛倒故不壞法相佛語須菩提若不壞相云何行無相行須菩提言世尊菩薩不作是念我當破相故行般若是菩薩未具足佛十力等諸佛法以方便力故不作有相不作無相何以故若取相是相皆虛誑妄語有諸過失若破相則墮斷滅中亦多過失是故不取有相不取無相取相即是有法不取相即是無法方便力故離是有無二邊行於中道此中佛自説因緣所謂知一切法自性空故不著有無自相空破一切法相亦自破其相菩薩住是自相空中起三三昧利益衆生衆生於六道中種種作願受身有人不攝心不能修福自放恣隨意造業若墮地獄臨死時冷風逼切則願欲得火便入地獄等三惡道若得爲人貧窮下賤有人攝心能折伏慳貪行布施持戒等善行是人生欲界人

天中富樂處有人離欲界除五蓋因信等五根得五支等諸禪則生色界有人捨諸色相滅有對相不念雜相故入無邊虚空處無色定等是諸所作皆是邪願何以故久久皆當破壞墮落譬如以繩繫鳥繩盡復還菩薩以是無作三昧斷衆生作願又復是身皆空但有筋骨五藏血塗皮裹不淨充滿風隨心動作是心生滅不住如幻如化無定實相衆生見是來去語言諸相故謂有人有我有我所起顛倒心但憶想分别故有是錯謬菩薩以空三昧斷衆生我我所心令住空中又復衆生取諸男女色聲香味好醜脩短相以取相故生種種煩惱受諸憂苦菩薩以是無相三昧斷衆生諸相令住無相問曰若敎化衆生令得空便足何用無相無作三昧答曰衆生根有利鈍利根者聞空即得無相無作鈍根者聞空破諸法即取空相是故説無相若人雖知空無相因是智慧更欲作身是有爲法有種種過患是故不應作身如經説離菩薩身餘身彈指頃不可樂何況久住是故説無作是以是因緣故具説三三昧敎化衆生

釋夢行品第五十八

經　爾時舍利弗問須菩提若菩薩摩訶薩夢中入三三昧空無相無作三昧寧有益於般若波羅蜜不須菩提報舍利弗若菩薩晝日入三三昧有益於般若波羅蜜夜夢中亦當有益何以故晝夜夢中等無異舍利弗若菩薩摩訶薩晝日行般若波羅蜜有益是菩薩夢中行般若波羅蜜亦應有益舍利弗問須菩提菩薩摩訶薩若夢中所作業是業有集

成不如佛說一切法如夢以是故不應集成何以故夢中無有法集成若覺時憶想分別應有集成須菩提語舍利弗若人夢中殺衆生覺已憶念取相分別我殺是快耶舍利弗是事云何舍利弗言無緣業不生無緣思不生有緣業生有緣思生舍利弗如是如是無緣業不生無緣思不生有緣業生有緣思生於見聞覺知法中心生不從不見聞覺知法中心生是中心有淨有垢以是故舍利弗有緣故業生不從無緣生有緣思生不從無緣生舍利弗語須菩提如佛說一切諸業諸思自相離云何言有緣故業生無緣不生有緣故思生無緣思不生須菩提語舍利弗取相故有緣業生不從無緣生取相故有緣思生不從無緣生舍利弗語須菩提若菩薩摩訶薩夢中布施持戒忍辱精進禪定修智慧是善根福德迴向阿耨多羅三藐三菩提是實迴向不須菩提語舍利弗彌勒菩薩今現在前佛授不退轉記當作佛當問彌勒彌勒當答舍利弗白彌勒菩薩須菩提言彌勒菩薩今現在前佛授不退轉記當作佛彌勒當答彌勒菩薩語舍利弗當以彌勒名答耶若色受想行識答耶若色空答耶若受想行識空答耶是色不能答受想行識不能答色空不能答受想行識空不能答我不見是法可答不見能答者我不見是人受記亦不見法可受記者亦不見受記處是一切法皆無二無別舍利弗語彌勒菩薩如仁者所說如是爲得法作證不彌勒答舍利弗如我所說法如是不證爾時舍利弗作是念彌勒菩薩智慧

甚深久行檀波羅蜜尸羅波羅蜜羼提波羅蜜毗梨耶波羅蜜禪波羅蜜般若波羅蜜用無所得故能如是說爾時佛告舍利弗於汝意云何汝用是法得阿羅漢見是法不舍利弗言不見也舍利弗菩薩摩訶薩行般若波羅蜜亦如是不作是念是法當得受記是法已受記是法當得阿耨多羅三藐三菩提如是舍利弗菩薩摩訶薩行般若波羅蜜不疑我若得若不得自知實得阿耨多羅三藐三菩提

論問曰舍利弗何以以夢難菩薩三三昧答曰以夢虛誑如狂非實見故是三三昧是實法又復餘處說夢中亦有三種善不善無記若菩薩善心行三三昧應得福德然夢是狂癡法不應於中行實法得果報若有實法不名為夢以是故問若菩薩夢中行三三昧增益般若波羅蜜福德集善根近佛道不須菩提意若言有益夢是虛誑般若是實法云何得增益若言無益夢中有善云何無益不得答言有益無益是故須菩提離此二邊難故以諸法實相益尚破晝日所行何況夢中作是言舍利弗菩薩若晝日行般若有益者夜亦應有益而晝日無益故何況夢中何以故般若波羅蜜不分別有晝夜舍利弗聞須菩提所說既知般若無增無減不應復難今更因餘事問夢中須菩提若夢中所作業是業有集成者是業實集能成果報不是業若有實佛常說一切法空如夢不應得集成何以故是夢心微弱故不能集成晝日微弱心尚不能集成何況夢中若覺已分別夢中生善

不善心是應集成須菩提語舍利弗如人夢中殺人覺已分別我殺是快耶舍利弗是業云何爲集成不舍利弗語須菩提一切業若晝若夢皆從因緣生無因緣則不生須菩提可其言如是業有因緣生無因緣不生思有因緣生無因緣不生業者身口業思者但意業思是眞業身口業爲思故名爲業是三業因四種法若見若聞若覺若知因此四種則心生是心隨因緣生或淨或不淨不淨罪業淨福業是故若夢中所見皆因先見聞覺知夢中所作善惡爲眠覆心不自在故無有勢力不能集成果報若是業得覺時善惡心和合故能助成果報須菩提意謂夢中業實有集成何以故有因緣起故晝日心夢中心無異所以者何皆因四種生故舍利弗以空難須菩提如佛說一切諸業自相離汝云何定說諸業有因緣生無因緣不生須菩提答諸法雖空遠離相而凡夫取相有緣故業生若不取相無因緣則不生是故一切業皆從取相因緣生故有晝日夢中無異舍利弗復問若菩薩夢中行六波羅蜜迴向無上道是實迴向不舍利弗難若夢中晝日無異者是夢中迴向應當是實又復若晝日著心取相不名爲迴向何況眠睡覆心須菩提以此二難深難答故語舍利弗當問彌勒問曰彌勒何以但說空而不答答曰是二大弟子爲利益菩薩故分別覺夢若同若異以佛常說一切法如夢故若晝日行道夢中亦應行道彌勒知見二人各有所執不能通達是故彌勒不答復有人言彌勒以是空答舍利弗問彌勒

如所説空以此爲證不舍利弗意若以此法爲證即欲生難云何爲證若不證汝自不得不知云何能説彌勒意汝以涅槃爲證我以涅槃亦空無所得故不證有人言彌勒未具足佛法故説言不證菩薩法應知空無相無作法不應證爾時舍利弗作是念彌勒菩薩其智甚深能如是説能知涅槃相而不取證是名甚深此中舍利弗自説因緣久行六波羅蜜故其智甚深舍利弗意彌勒次當作佛應當能答而今不答是故佛還問舍利弗於汝意云何汝見用是法得阿羅漢不舍利弗言不見何以故是法空無相無作云何得見若見即是有相肉眼天眼分别取相故不應見慧眼無分别相故亦不見以是故言不見佛言菩薩摩訶薩亦如是得無生忍時不作是言見是法得受記當得無上道雖不作是見亦不生疑我不得無上道如汝雖不見法亦不疑我成阿羅漢不成阿羅漢

【經】佛告須菩提有菩薩摩訶薩行檀波羅蜜時若見衆生飢寒凍餓衣服弊壞菩薩當作是願我隨爾所時行檀波羅蜜我得阿耨多羅三藐三菩提時令我國土衆生無如是事衣服飲食資生之具當如四天王天三十三天夜摩天兜率陀天化樂天他化自在天須菩提菩薩摩訶薩作如是行能具足檀波羅蜜近阿耨多羅三藐三菩提復次須菩提菩薩摩訶薩行尸羅波羅蜜時見衆生殺生乃至邪見短壽多病顔色不好無有威德貧乏財物生下賤家形殘醜陋當作是願我隨爾所時行尸羅波羅蜜如我得佛時令我國土

衆生無如是事須菩提菩薩摩訶薩作如是行能具足尸羅波羅蜜近阿耨多羅三藐三菩提復次須菩提菩薩摩訶薩行羼提波羅蜜時見諸衆生互相瞋恚罵詈刀杖瓦石共相殘害奪命當作是願我隨爾所時行羼提波羅蜜令我國土衆生無如是事相視如父如母如兄如弟如姊如妹如善知識皆行慈悲須菩提菩薩摩訶薩作如是行能具足羼提波羅蜜近阿耨多羅三藐三菩提復次須菩提菩薩摩訶薩行毗梨耶波羅蜜時見衆生懈怠不勤精進棄捨三乘聲聞辟支佛佛乘當作是願我隨爾所時行毗梨耶波羅蜜如我得阿耨多羅三藐三菩提時令我國土衆生無如是事一切衆生勤修精進於三乘道各得度脫須菩提菩薩摩訶薩作如是行能具足毗梨耶波羅蜜近阿耨多羅三藐三菩提復次須菩提菩薩摩訶薩行禪波羅蜜時見衆生爲五蓋所覆婬欲瞋恚睡眠掉悔疑失於初禪乃至第四禪失慈悲喜捨虛空處識處無所有處非有想非無想處當作是願我隨爾所時行禪波羅蜜如我得阿耨多羅三藐三菩提時令我國土衆生無如是事須菩提菩薩摩訶薩作如是行能具足禪波羅蜜近阿耨多羅三藐三菩提復次須菩提菩薩摩訶薩行般若波羅蜜時見衆生愚癡失世間出世間正見或說無業無業因緣或說神常或說斷滅或說無所有當作是願我隨爾所時行般若波羅蜜淨佛世界成就衆生如我得阿耨多羅三藐三菩提時令我國土衆生無如是事須菩提菩薩摩訶薩作如

是行能具足般若波羅蜜近一切種智復次須菩提菩薩摩訶薩行六波羅蜜時見衆生住於三聚一者必正聚二者必邪聚三者不定聚當作是願我隨爾所時行六波羅蜜淨佛世界成就衆生我得佛時令我國土衆生無邪聚乃至無其名須菩提菩薩摩訶薩作如是行能具足六波羅蜜近一切種智復次須菩提菩薩摩訶薩行六波羅蜜時見地獄中衆生畜生餓鬼中衆生當作是願我隨爾所時行六波羅蜜淨佛世界成就衆生我得佛時令我國土中乃至無三惡道名須菩提菩薩摩訶薩作如是行能具足六波羅蜜近一切種智復次須菩提菩薩摩訶薩行六波羅蜜時見是大地株杌荆棘山陵溝坑穢惡之處當作是願我隨爾所時行六波羅蜜淨佛世界成就衆生我作佛時令我國土無如是惡地平如掌須菩提菩薩摩訶薩作如是行能具足六波羅蜜近一切種智復次須菩提菩薩摩訶薩行六波羅蜜時見是大地純土無有金銀珍寶當作是願我隨爾所時行六波羅蜜淨佛世界成就衆生我作佛時令我國土以金沙布地須菩提菩薩摩訶薩作如是行能具足六波羅蜜近一切種智復次須菩提菩薩摩訶薩行六波羅蜜時見衆生有所戀著當作是願我隨爾所時行六波羅蜜淨佛世界成就衆生我作佛時令我國土衆生無所戀著須菩提菩薩摩訶薩作如是行能具足六波羅蜜近阿耨多羅三藐三菩提復次須菩提菩薩摩訶薩行六波羅蜜時見四姓衆生刹帝利婆羅門鞞舍首陀羅當

作是願我隨爾所時行六波羅蜜淨佛世界成就衆生我作佛時令我國土衆生無四姓之名須菩提菩薩摩訶薩作如是行能具足六波羅蜜近阿耨多羅三藐三菩提復次須菩提菩薩摩訶薩行六波羅蜜時見衆生有下中上生下中上家當作是願我隨爾所時行六波羅蜜淨佛世界成就衆生我作佛時令我國土衆生無如是優劣須菩提菩薩摩訶薩作如是行能具足六波羅蜜近一切種智復次須菩提菩薩摩訶薩行六波羅蜜時見衆生種種別異色當作是願我隨爾所時行六波羅蜜淨佛世界成就衆生我作佛時令我國土衆生無種種別異色一切衆生皆端正淨潔妙色成就須菩提菩薩摩訶薩作如是行能具足六波羅蜜近一切種智復次須菩提菩薩摩訶薩行六波羅蜜時見衆生有主當作是願我隨爾所時行六波羅蜜淨佛世界成就衆生我作佛時令我國土衆生無有主名乃至無異形像除佛法王須菩提菩薩摩訶薩作如是行能具足六波羅蜜近一切種智復次須菩提菩薩摩訶薩行六波羅蜜時見衆生有六道別異當作是願我隨爾所時行六波羅蜜淨佛世界成就衆生我作佛時令我國土衆生無六道之名是地獄是畜生是餓鬼是神是天是人一切衆生皆同一業修四念處乃至八聖道分須菩提菩薩摩訶薩作如是行能具足六波羅蜜疾近一切種智復次須菩提菩薩摩訶薩行六波羅蜜時見衆生有四生卵生胎生濕生化生當作是願我隨爾所時行六波羅蜜淨佛世

界成就衆生我作佛時令我國土衆生無三種生等一化生須菩提菩薩摩訶薩作如是行能具足六波羅蜜近一切種智復次須菩提菩薩摩訶薩行六波羅蜜時見衆生無五神通當作是願我隨爾所時行六波羅蜜淨佛世界成就衆生我作佛時令我國土衆生一切皆得五神通乃至近一切種智復次須菩提菩薩摩訶薩行六波羅蜜時見衆生有大小便患當作是願我作佛時令我國土衆生皆以歡喜爲食無有便利之患乃至近一切種智復次須菩提菩薩摩訶薩行六波羅蜜時見衆生無有光明當作是願令我國土衆生皆有光明乃至近一切種智復次須菩提菩薩摩訶薩行六波羅蜜時見有日月時節歲數當作是願我作佛時令我國土中無有日月時節歲數之名乃至近一切種智復次須菩提菩薩摩訶薩行六波羅蜜時見衆生短命當作是願我作佛時令我國土中衆生壽命無量劫乃至近一切種智復次須菩提菩薩摩訶薩行六波羅蜜時見衆生無有相好當作是願我作佛時令我國土中衆生皆有三十二相成就乃至近一切種智復次須菩提菩薩摩訶薩行六波羅蜜時見衆生離諸善根當作是願我作佛時令我國土中衆生諸善根成就以是福德能供養諸佛乃至近一切種智復次須菩提菩薩摩訶薩行六波羅蜜時見衆生有三毒四病當作是願我作佛時令我國土中衆生無四種病冷熱風病三種雜病及三毒病乃至近一切種智復次須菩提菩薩摩訶薩行六波羅蜜時見

衆生有三乘當作是願我作佛時令我國土中衆生無二乘之名純一大乘乃至近一切種智復次須菩提菩薩摩訶薩行六波羅蜜時見衆生有增上慢當作是願我作佛時令我國土中衆生無增上慢之名乃至近一切種智復次須菩提菩薩摩訶薩行六波羅蜜時應作是願若我光明壽命有量僧數有限當作是願我行六波羅蜜淨佛世界成就衆生我作佛時令我光明壽命無量僧數無限乃至近一切種智復次須菩提菩薩摩訶薩行六波羅蜜時應作是願若我國土有量當作是願我隨爾所時行六波羅蜜淨佛世界成就衆生我作佛時令我一國土如恒河沙等諸佛世界須菩提菩薩摩訶薩作如是行能具足六波羅蜜近一切種智復次須菩提菩薩摩訶薩行六波羅蜜時當作是念雖生死道長衆生性多爾時應如是正憶念生死邊如虛空衆生性邊亦如虛空是中實無生死往來亦無解脫者菩薩摩訶薩作如是行能具足六波羅蜜近一切種智

論問曰有何次第故說菩薩見衆生飢寒凍餓等答曰菩薩過聲聞辟支佛地得無生法忍受記更無餘事唯行淨佛世界成就衆生令說淨佛世界因緣見不淨世界相願我國土無如是事是故次第說是事菩薩行檀波羅蜜時若見衆生飢渴衣服弊壞即作念言我福德智慧未成就不能給足衆生所須若我但行慈悲心則於衆生無益我當爾所時深行三種福德住三種福德中能令貧窮衆生皆得滿足若作轉輪聖王若作天王若作

神通聖人則能多引導衆生破其慳貪令住布施以是衆生布施乃至菩薩布施因緣故後成佛時國土中無有貧窮者心生隨意所得如欲界第六天所有諸物菩薩如是隨爾所時積集檀波羅蜜功德故充滿一切何以故一切有爲法屬因緣行善因緣具足故皆應隨意得果報復次衆生破尸羅波羅蜜因緣故短命多病無有威德等菩薩作是願我自具足持戒亦教衆生令持戒餘殘諸願亦如是隨義分別最後願義不明了今當略說菩薩作如上願已疲猒心起佛道無量無數阿僧祇劫行諸功德然後可得但一劫歲數不可得數故佛以譬喻示人何況無量無邊阿僧祇劫經此生死受諸苦惱衆生亦無量無邊非可譬喻筭數所及但如三千大千世界中微塵等衆生猶尚難度何況十方無量世界微塵等衆生而可得度以是事故或心生退没是名邪憶念是故佛教是菩薩正憶念生死雖長是事皆空如虛空如夢中所見非實長遠不應生猒心又未來世亦是一念所緣亦非長遠復次菩薩無量福德智慧力故能超無量劫如是種種因緣故不應生猒心此中佛說大因緣所謂生死如虛空衆生亦如是衆生雖多亦無定實衆生如衆生無量無邊佛智慧亦無量無邊度亦不難是故菩薩不應生疲猒心

釋河天品第五十九（經作恒伽提婆品）

【經】爾時有一女人字恒伽提婆在衆中坐是女人從座起偏袒右肩右膝著地合手白佛言世尊我當行六波羅蜜取淨佛世界如般

若波羅蜜中所説我盡當行是時女人以金銀華及水陸生華種種莊嚴供養之具金縷織成氎兩張以散佛上散已於佛頂上虚空中化成四柱寶臺端正嚴好是女人持是功德與一切衆生共之迴向阿耨多羅三藐三菩提爾時世尊知是女人深心因緣即時微笑如諸佛法種種色光從口中出青黄赤白紅縹遍照十方無量無邊佛國還遶佛三帀從頂上入爾時阿難從座起右膝著地合掌白佛佛何因緣微笑諸佛法不以無因緣而笑佛告阿難是恒伽提婆姊未來世中當作佛刧名星宿佛號金華阿難是女人畢女身受男子形當生阿閦佛阿毗羅提國土於彼淨修梵行阿難是菩薩在彼國土亦號金華是金華菩薩於彼壽終復至他方佛國從一佛國至一佛國不離諸佛譬如轉輪聖王從一觀至一觀從生至終足不蹈地阿難是金華菩薩摩訶薩亦如是從一佛國至一佛國乃至阿耨多羅三藐三菩提未甞不見佛時阿難作是念言是金華菩薩摩訶薩後作佛時諸菩薩摩訶薩會當知為如佛會佛知阿難意所念告阿難言如是如是金華佛時菩薩摩訶薩會當知為如佛會阿難是金華佛比丘僧無量無邊不可數不可數若干百千萬億那由他阿難是金華菩薩作佛時其國土無有是諸衆惡如上所説阿難白佛言世尊是女人從何處植德本種善根佛告阿難是女從然燈佛種善根初發阿耨多羅三藐三菩提心以是功德迴向阿耨多羅三藐三菩提亦以金華散然燈佛上求阿耨多羅三

藐三菩提阿難如我爾時以五華散然燈佛上求阿耨多羅三藐三菩提然燈佛知我善根成就與我授阿耨多羅三藐三菩提記是女人聞我授記發心言我當來世亦如是菩薩得受阿耨多羅三藐三菩提記阿難當知是女人於然燈佛初發心阿難白佛言世尊是女人久習行阿耨多羅三藐三菩提佛言如是如是是女人久習行阿耨多羅三藐三菩提

論問曰如是大衆聞說淨國土行何以但一女人取淨國土願答曰多有發淨國土願者但不發言女人性輕躁好勝世世習氣故發言復次有人言女人有得道分餘人無分佛法不然隨衆生業因緣譬如良藥療治諸病不擇貴賤雖復女人淺智而先世業因緣應得授記心生欲說故佛聽自說復次若佛嘿然與授記者人則生疑有何因緣故獨與此女授記是故佛因其自說故而與授記問曰何以名爲恒伽提婆答曰一切皆有名字爲識故何足求義有人言是女人父母供養恒伽神得此女故言恒伽提婆恒伽是河名提婆名天是女人福德因緣生於富家聞佛法信樂故能以金銀寶華金縷織成上下衣并莊嚴自身瓔珞具用供養上佛佛報以授記觀是女人宿世所行便微笑微笑義如先說此中小因緣而起大事故佛微笑問曰是女福德應久轉女人何以方於阿閦佛國乃轉女身答曰世間五欲難斷女人著欲情多故雖世世行諸福德不能得男子身今得授記諸煩惱折薄是故於阿閦佛國方得男子身

有人言此女宿世以人多輕女人故願女身受記如是等因緣不轉女身而得受記復次經說女人五礙不說不得受記是故不應生難阿難聞是女人無量劫中從一佛國至一佛國廣集功德當來得淨佛世界其中菩薩皆有三十二相八十種隨形好無量光明是故阿難歎未曾有能如是淨國土便爲如佛會佛可其言已阿難等疑此女人希有聞少法而得大果報是故阿難問是女人從何處殖諸德本佛答錠光佛授我記時是女人持金華散佛彼作是願此人後成佛時亦當授與我記從彼種善根今得果報

大智度論卷第七十五

音釋

燋 兹消切　炷 之戍切　飜覆 飜孚袁切覆方六切　繩 食陵切索也　筋 舉欣切骨絡也　凍 多貢切冰凍也　弊 毗祭切敗也　罵詈 罵莫駕切詈力置切正斥曰罵旁及曰詈　株 陟輸切木根也　坑 口莖切塹也　縷 力主切綫也　氎 徒協切細毛布也　縹 匹沼切青白色也　阿閦 梵語也此云無動閦初六切　蹈 徒到切踐也　躁 則到切心不靜也　錠 徒徑切錠光即然燈佛也

大智度論卷第七十六

龍樹菩薩造

姚秦三藏法師鳩摩羅什譯

釋學空不證品第六十

【經】須菩提白佛言：世尊！若菩薩摩訶薩欲行般若波羅蜜，云何學空三昧？云何入空三昧？云何學無相無作三昧？云何入無相無作三昧？云何學四念處？云何修四念處乃至云何學八聖道分？云何修八聖道分？佛告須菩提：菩薩摩訶薩行般若波羅蜜時，應觀色空，受想行識空，十二入十八界空，乃至應觀欲色無色界空，作是觀時，不令心亂，是菩薩摩訶薩若心不亂則不見是法；若不見是法，則不作證。何以故？是菩薩摩訶薩善學自相空故，不有餘不有分證法，證者皆不可見。須菩提白佛言：世尊！如佛所說，菩薩摩訶薩不應空法作證。世尊！云何菩薩住空法中而不作證？佛告須菩提：若菩薩摩訶薩具足觀空，先作是願：我今不應空法作證，我今學時，非是證時。是故菩薩摩訶薩不專攝心繫在緣中，是故菩薩摩訶薩於阿耨多羅三藐三菩提中不退，亦不取漏盡證。須菩提！菩薩摩訶薩如是大善妙法成就，何以故？住是空中，作是念：我今是學時，非是證時。須菩提！菩薩摩訶薩應如是念：我是學檀波羅蜜時，非是證時；學尸羅波羅蜜、羼提波羅蜜、毗梨耶波羅蜜、禪波羅蜜時，修四念處時，乃至修八聖道分時，非是證時；修空三昧、無相三昧、無作三昧時，非是證時；修佛十力、四無所畏、四無礙智、十八不共法、大慈大悲時，非是證時。我今學一切種

智時非是得須陀洹果證乃至阿羅漢果辟支佛道證時如是須菩提菩薩摩訶薩行般若波羅蜜學空觀住空中學無相無作觀住無相無作中修四念處不證四念處乃至修八聖道分不證八聖道分是菩薩雖學三十七品雖行三十七品而不作須陀洹果證乃至辟支佛道須菩提譬如壯夫勁勇猛健善於兵法六十四能堅持器仗安立不動巧諸技術端正淨潔人所愛敬少修事業得報利多以是因緣故衆所恭敬尊重讃歎見人敬重倍復歡喜少有因緣當至他處扶將老弱過諸險難恐怖之處安慰父母妻子莫有恐懅我能過此必無所苦險難道中多有怨賊潛伏劫害其人智力具足故能度惡道還歸本處不遇賊害歡喜安樂須菩提菩薩摩訶薩亦如是於一切衆生中慈悲喜捨心遍滿足爾時菩薩摩訶薩住四無量心具足六波羅蜜不取漏盡證學一切種智入空無相無作解脱門是時菩薩不隨一切諸相亦不證無相三昧以不證無相三昧故不墮聲聞辟支佛地須菩提譬如有翼之鳥飛騰虛空而不墮墜雖在空中亦不住空須菩提菩薩摩訶薩亦如是學空解脱門學無相無作解脱門亦不作證以不證故不墮聲聞辟支佛地未具足佛十力大慈大悲無量諸佛法一切種智亦不證空無相無作解脱門須菩提譬如健人學諸射法善於射術仰射空中復以後箭射於前箭箭箭相拄不令箭墮隨意自在若欲令墮便止後箭爾乃墮地須菩提菩薩摩訶薩亦如是行般若波羅蜜以方

便力故爲阿耨多羅三藐三菩提諸善根未具足不於實際作證若善根成就是時便於實際作證以是故須菩提菩薩摩訶薩行般若波羅蜜時應如是觀諸法相須菩提白佛言世尊菩薩摩訶薩所爲甚難何以故雖學是諸法相學實際學如學法性學畢竟空乃至學自相空及三解脱門終不中道墮落世尊是甚希有佛告須菩提是菩薩摩訶薩不捨一切衆生故作如是願須菩提若是菩薩摩訶薩作是念我不應捨一切衆生一切衆生没在無所有法中我應當度爾時即入空解脱門無相解脱門無作解脱門須菩提當知是菩薩摩訶薩成就方便力未得一切種智行是解脱門亦不中道取實際證復次須菩提菩薩摩訶薩欲觀是諸甚深法所謂内空乃至無法有法空四念處乃至三解脱門爾時菩薩摩訶薩應生如是心是諸衆生長夜行我相乃至知者見者相著於得法爲衆生斷是諸相故得阿耨多羅三藐三菩提時當説法爾時菩薩行空解脱門無相無作解脱門亦不取實際證以不證故不墮須陀洹果乃至辟支佛道須菩提是菩薩摩訶薩以是心欲成就善根故不中道實際作證不失四禪四無量心四無色定四念處乃至八聖道分空無相無作佛十力四無所畏四無礙智大慈大悲十八不共法是時菩薩摩訶薩成就一切助道法乃至阿耨多羅三藐三菩提終不耗減是菩薩有方便力故常增益善法諸根通利勝於阿羅漢辟支佛根復次須菩提若菩薩摩訶薩作是念衆生長夜著四

顛倒常想樂想淨想我想爲是衆生故求薩婆若我得阿耨多羅三藐三菩提時爲說無常法苦不淨無我法是菩薩成就是心以方便力行般若波羅蜜不得佛三昧未具足佛十力四無所畏四無礙智大慈大悲十八不共法亦不實際作證爾時菩薩修無作解脫門雖未得阿耨多羅三藐三菩提亦不實際作證復次須菩提若菩薩摩訶薩作是念衆生長夜著得法所謂我衆生乃至知者見者是色是受想行識是入是界是四禪四無量心四無色定我如是行如我得阿耨多羅三藐三菩提時令衆生無是得法菩薩是心成就以方便力行般若波羅蜜未具足佛十力四無所畏四無礙智大慈大悲十八不共法不於實際作證爾時菩薩具足修空三昧復次須菩提若菩薩摩訶薩作是念衆生長夜行諸相所謂男相女相色相無色相我如是行如我得阿耨多羅三藐三菩提時令衆生無是諸相過失是心成就以方便力行般若波羅蜜未具足佛十力乃至十八不共法不於實際作證爾時菩薩摩訶薩具足修無相三昧須菩提若菩薩摩訶薩學六波羅蜜學內空乃至無法有法空學四念處乃至空無相無作解脫門學佛十力四無所畏四無礙智大慈大悲學十八不共法如是智慧成就若著作法若住三界無有是處是菩薩摩訶薩學助道法行助道法時應當試問菩薩摩訶薩欲得阿耨多羅三藐三菩提云何學是法觀空不證實際以不證故不墮須陀洹果乃至辟支佛道觀無相無作無起無生無所

有亦不取證實際而修行般若波羅蜜應如是問須菩提若諸菩薩摩訶薩若試問時是菩薩若如是答菩薩摩訶薩但應觀空但應觀無相無作無起無生無所有是菩薩摩訶薩不應學空無相無作無起無生無所有不應學是助道法須菩提當知是菩薩諸佛未授阿耨多羅三藐三菩提記何以故是人不能說阿鞞跋致菩薩所學相不能示不能答若是菩薩摩訶薩能說能示能答阿鞞跋致所學相當知是菩薩摩訶薩已習學菩薩道入薄地如餘阿鞞跋致菩薩摩訶薩阿鞞跋致相須菩提白佛言世尊頗有未得阿鞞跋致菩薩能如是答不佛言有須菩提是菩薩摩訶薩六波羅蜜若聞若不聞能如是答如阿鞞跋致菩薩摩訶薩須菩提言世尊多有菩薩求佛道少有菩薩能如是答如阿鞞跋致菩薩摩訶薩學道無學道中佛語須菩提如是如是是菩薩甚少何以故菩薩摩訶薩少有如是得授記行阿鞞跋致乾慧地若有得授記是人能如是答是人善根明了諸天世人所不能壞

【論】問曰學空入空有何差別答曰初名學空後是入空因是學空果是入空方便名學空得名入空如是等二道無相無作三十七品亦如是三解脫門三十七品是聲聞辟支佛涅槃道佛勑菩薩應行是道須菩提作是念此是涅槃道云何菩薩行是法而不取涅槃證佛答菩薩觀色等一切法空是菩薩以深入禪定心不亂得利智慧力故不見是空法以不見故無所證聲聞辟支佛斷吾我捨愛

著直趣涅槃是菩薩善學自相空色法中乃至微塵不留遺餘微細之分無色法中乃至不留一念直入畢竟空中乃至不見是空法可以爲證佛雖答須菩提未達佛意更問如佛所說菩薩不應空法作證今入空中云何不作證佛答以深入故能不證具足者即是深入譬如執菅草捉緩則傷手若捉急則無傷菩薩亦如是深入空故知空亦空涅槃亦空故無所證復次菩薩未入空時作是思惟我應遍觀諸法空不應不具足知而取證是故不專心攝念入禪繫在空緣中所以者何若專心繫在空緣則心柔輭不能從空自出問曰上言深入禪定不令心亂今云何言不專心答曰今言不專心是初入時爲不能自出故上言深入者入已深知空亦空不令心在餘事故言不亂復次是菩薩應作是念我今未具三十二相八十種隨形好十力四無所畏諸佛法云何取涅槃證我今是學時薄諸煩惱教化衆生令入佛道若我得佛事具足是時當取證是故菩薩雖入三解脫門而不取證是中說譬喻壯夫是菩薩父母親族是可度衆生險道是三界生死惡賊是魔民及諸煩惱器仗是菩薩五神通等種種方便力還歸本處是菩薩所行道安立不動是菩薩住畢竟空以四無量心運致可度衆生著涅槃安樂處時會者疑空中無所有云何可行是故佛說鳥喻如鳥飛空虛無所依止而遠逝不墜復次是菩薩未具足道法未至佛道於其中間而不作證如鳥未到所至終不中住學是空法爲自斷煩惱爲衆生故又爲

明了故說善射譬喻如人善於射術弓是菩薩禪定箭是智慧虛空是三解脫門地是涅槃是菩薩以智慧箭射三解脫門虛空更以方便力故以後箭射前箭不令墮涅槃地未具足十力等佛事終不取證須菩提歡喜白佛言諸菩薩所爲甚難實爲希有所謂行空而不作證佛答是菩薩本願諸一切衆生令得離苦以是本願大悲心所持故雖行空不作證復次若菩薩作是念一切衆生處在苦中爲顛倒所縛没在無所有中是時即行空無相無作解脫門當知是菩薩有方便力行三解脫門而不捨衆生復次菩薩欲觀甚深法所謂十八空三十七品三解脫門先應作是念衆生長夜著我相等行者若直觀甚深法或得聲聞道或墮邪見以無憐愍心不能深入自相空故是以菩薩欲觀是法先生悲心所謂衆生長夜著吾我心諸煩惱長夜名久遠無量劫來是我必不可得但空虛誑顛倒故受諸憂惱菩薩見是已作願我當爲衆生成佛道斷是衆生著我顛倒是時即是行空等三解脫門而不證實際是善根成就菩薩不取實際證亦不失四禪等諸功德菩薩深入空故諸根猛利勝於二乘破四顛倒義亦如上說復次菩薩作是念衆生長夜著得法所謂我衆生乃至若著作法若住三界無有是處義皆同觀空而不取證問曰云何知是菩薩未得道而能行此深空答曰經中自說因緣是菩薩應試問云何菩薩應學空而不取證若菩薩答但應念空一心習行如聾聞辟支佛法不但學知而已乃至無生無所

有亦如是當知是菩薩未爲諸佛所授記所以者何不說方便學知故觀空若是菩薩異於上答者當知是阿鞞跋致已習學入於薄地學習名先學知空薄地名阿鞞跋致地中諸煩惱薄須菩提聞阿鞞跋致相非阿鞞跋致相已白佛言世尊頗有菩薩未得阿鞞跋致能如是答不佛言有有菩薩若聞六波羅蜜若不聞能如阿鞞跋致答若聞者但從師聞自未具足菩薩地若不聞者自思惟正憶念雖未得無生忍能求諸法相如阿鞞跋致菩薩答須菩提言多有人求佛道少能如是答如阿鞞跋致菩薩學地無學地中未得無生法忍名學地得無生法忍名無學地佛言少何以故少有菩薩從諸佛受記已從諸佛受記者能如是答何以故諸法實相唯佛能遍知佛知此人能如法答故懸與授記是菩薩雖少善根明了能廣利益衆生無能壞者

釋夢誓品第六十一之上（經作夢中品）

【經】佛告須菩提若菩薩摩訶薩乃至夢中不貪聲聞辟支佛地亦不貪三界觀諸法如夢如幻如響如焰如化亦不作證須菩提當知是阿鞞跋致菩薩摩訶薩阿鞞跋致相復次須菩提菩薩摩訶薩夢中見佛與無數百千萬億比丘比丘尼優婆塞優婆夷天龍鬼神緊那羅等說法從佛聞法即解中義隨法行須菩提當知是阿鞞跋致菩薩摩訶薩阿鞞跋致相復次須菩提菩薩摩訶薩夢中見佛三十二相八十隨形好大光明踊在虛空於大比丘僧中說法現大神力化作化人到他佛國土施作佛事須菩提當知是阿鞞跋致

菩薩摩訶薩阿鞞跋致相復次須菩提若菩薩摩訶薩夢中見兵起破聚落若破城邑若失火時若見虎狼師子猛害之獸若見欲來級其頭者若見父母喪亡兄弟姊妹及諸親友知識死者見如是等種種愁苦之事不驚不怖亦不憂惱從夢覺已即時思惟三界虛妄皆如夢耳我得阿耨多羅三藐三菩提時亦當爲衆生說三界如夢須菩提當知是阿鞞跋致菩薩摩訶薩阿鞞跋致相復次須菩提云何當知是阿鞞跋致菩薩摩訶薩得阿耨多羅三藐三菩提時國中無三惡道須菩提菩薩摩訶薩若夢中見地獄畜生餓鬼作是念我當勤精進得阿耨多羅三藐三菩提時令我國中無一切三惡道何以故是夢及諸法無二無別須菩提當知是阿鞞跋致菩薩摩訶薩阿鞞跋致相復次須菩提菩薩摩訶薩夢中見地獄火燒衆生作是誓若我實是阿鞞跋致者是火當滅是火即滅若地獄火即滅是阿鞞跋致相復次若菩薩晝日見城郭火起作是念我夢中見阿鞞跋致行類相貌我今實有是者自立誓言是火當滅若火滅者當知是菩薩得受阿耨多羅三藐三菩提記住阿鞞跋致地若火不滅燒一家置一家燒一里置一里須菩提當知被燒家破法業因緣厚集以是故燒一家置一家是諸衆生今世受破法餘殃故被燒須菩提以是因緣故當知是阿鞞跋致菩薩摩訶薩阿鞞跋致相佛告須菩提今當更爲汝說阿鞞跋致行類相貌須菩提若男子若女人爲非人所持是時菩薩摩訶薩作是念若我爲過去

諸佛所授記我心清淨求阿耨多羅三藐三菩提行清淨正道遠離聲聞辟支佛心遠離聲聞辟支佛念應當成阿耨多羅三藐三菩提我必得阿耨多羅三藐三菩提非不得十方國土中現在無量諸佛無所不知無所不見無所不解無所不證諸佛知我深心審定必當得阿耨多羅三藐三菩提以是至誠誓故是男子女人爲非人所持爲非人所惱是非人當遠去須菩提是菩薩摩訶薩如是誓若非人不去者當知是菩薩摩訶薩未從過去諸佛受阿耨多羅三藐三菩提記須菩提若菩薩摩訶薩如是誓若非人去者當知是菩薩摩訶薩已從過去諸佛受阿耨多羅三藐三菩提記須菩提以是行類相貌當知是阿鞞跋致菩薩摩訶薩阿鞞跋致相復次須菩提菩薩摩訶薩遠離六波羅蜜及方便力不久行四念處乃至不久行空無相無作三昧未入菩薩位是菩薩爲惡魔所嬈菩薩作是誓若我實從諸佛受記者是非人當去是時惡魔即作方便勑非人令去惡魔有威力勝諸非人故非人即去是時菩薩作是念以我誓力故非人去不知是惡魔力恃是證故輕弄毀懱諸餘菩薩作是言我已從諸佛受記汝等未得用是空誓無方便力故生增上慢以是事故遠離薩婆若遠離阿耨多羅三藐三菩提須菩提當知是人墮於二地若聲聞地若辟支佛地以是誓因緣故起於魔事是人以不親近依止善知識不問阿鞞跋致相故爲魔所縛益復堅固所以者何是菩薩不久行六波羅蜜無方便力故須菩提當知

是爲菩薩魔事須菩提云何菩薩摩訶薩不久行六波羅蜜乃至未入菩薩位爲惡魔所嬈須菩提惡魔變化作種種身語菩薩言汝於諸佛所得受阿耨多羅三藐三菩提記汝字其汝父字其汝母字其汝兄弟姊妹字其汝七世父母名字如是汝在某方某國某城某聚落中生若見菩薩性行和柔語菩薩言汝先世亦復柔和若見急性卒暴便言汝先世亦爾若見菩薩修阿蘭若行語言汝先世亦修阿蘭若行若見菩薩乞食納衣中後不飲漿一坐食一鉢而食死屍間住露地住樹下止常坐不卧如敷坐但受三衣若少欲若知足若遠離住若不塗脚若少言語便語菩薩言汝先世亦有是行何以故汝今有此頭陀功德汝先世亦必有是功德是菩薩聞是先世事及名姓聞今讃頭陀功德即歡喜生憍慢心是時惡魔語菩薩言汝有如是功德如是相汝實從諸佛受阿耨多羅三藐三菩提記須菩提惡魔或作比丘被服或作居士形或作父母身來到菩薩所如是言汝已得受阿耨多羅三藐三菩提記何以故是阿鞞跋致功德相汝盡具足有之須菩提我所說實阿鞞跋致行類相貌是人永無須菩提當知是菩薩摩訶薩爲魔所持何以故是阿鞞跋致行類相貌是人永無以聞是名字故生憍慢心輕弄毀懱餘人須菩提是名菩薩摩訶薩爲魔事所持當知是爲菩薩魔事復次須菩提菩薩摩訶薩不久行六波羅蜜不知名字相不知色相不知受想行識相惡魔來語言汝當來世得阿耨多羅三藐三菩提有

如是名字隨其本念說其名號是無智無方便菩薩作是念我先亦有是成佛名號念是人如我所念說是人所說合我本念我必爲諸佛所授記須菩提我所說阿鞞跋致行類相貌是人永無但以空名字輕弄毀慢餘人以是事故遠離阿耨多羅三藐三菩提是菩薩摩訶薩遠離般若波羅蜜無方便力遠離善知識與惡知識相得故墮二地聲聞辟支佛地若久久往來生死中然後還依止般若波羅蜜若値善知識常隨逐親近故得阿耨多羅三藐三菩提是人於是身若不即悔當墮二地若阿羅漢地若辟支佛地須菩提譬如比丘於四重禁法若犯一事非沙門非釋子是人現身不得四沙門果須菩提是著空名字菩薩心亦如是輕弄毀慢餘人故當知是罪重於比丘四禁須菩提置是重罪其罪過於五逆以受是名字故生高心輕弄毀慢餘人若生是心當知其罪甚重如是名字等微細魔事菩薩當覺知復次須菩提菩薩在空閑山澤曠遠之處魔來到菩薩所讃歎遠離法作是言善男子汝所行是佛所稱譽遠離法須菩提我不讃是遠離所謂但在空閑山澤曠遠之處須菩提言世尊若空閑山澤曠遠之處非遠離法者云何更有異遠離佛告須菩提若菩薩摩訶薩遠離聲聞辟支佛心住空閑山澤曠遠之處是佛所許遠離法須菩提如是遠離法菩薩摩訶薩應所修行晝夜行是遠離法是名遠離行菩薩須菩提若惡魔所說遠離法空閑山澤曠遠之處是菩薩心在憒閙所謂不遠離聲聞辟支佛心

不勤修般若波羅蜜是菩薩摩訶薩不能具足一切種智是菩薩行惡魔所説遠離法心不清淨而輕餘菩薩城傍心淨無聲聞辟支佛憒閙亦無諸餘雜惡心具足禪定解脱智慧神通者是離般若波羅蜜無方便菩薩摩訶薩雖在絶曠百由句外禽獸鬼神羅刹所住之處若一歲百千萬億歲若過萬億歲不知是菩薩遠離法所謂諸菩薩以是遠離法深心發阿耨多羅三藐三菩提不雜行是菩薩憒閙行而依受著是遠離是人所行佛所不許須菩提我所説實遠離法是菩薩不在是中亦不見是遠離相何以故但行是空遠離故爾時惡魔來在虛空中住讃言善哉善哉善男子此是佛所説眞遠離法汝行是遠離疾得阿耨多羅三藐三菩提是菩薩摩訶

薩念著是遠離而輕易諸餘求佛道清淨比丘以爲憒閙以憒閙爲不憒閙以不憒閙爲憒閙應恭敬而不恭敬不應恭敬而恭敬是菩薩作是言非人念我來稱讃我我所行者是眞遠離住城傍者誰當稱美汝以是因緣故輕餘菩薩摩訶薩須菩提當知是名菩薩旃陀羅汙染諸菩薩是人似像菩薩實是天上人中之大賊亦是沙門被服中賊如是人諸求佛道者所不應親近不應供養恭敬何以故須菩提當知是人墮增上慢以是故若菩薩摩訶薩欲不捨一切智欲得阿耨多羅三藐三菩提一心欲求阿耨多羅三藐三菩提欲利益一切衆生不應親近是人恭敬供養菩薩摩訶薩法常應勤求自利猒患世間心常遠離三界於是人當起慈悲喜捨心我

行菩薩道不應生如是過罪若生當疾滅須菩提菩薩當善覺是事是事中善自勉出復次須菩提菩薩摩訶薩深心欲得阿耨多羅三藐三菩提者當親近恭敬供養善知識須菩提白佛言世尊何等是菩薩摩訶薩善知識佛告須菩提諸佛是菩薩摩訶薩善知識諸菩薩摩訶薩亦是菩薩善知識須菩提阿羅漢亦是菩薩善知識是爲菩薩摩訶薩善知識復次須菩提六波羅蜜亦是菩薩善知識四念處乃至十八不共法亦是菩薩善知識須菩提如實際法性亦是菩薩善知識須菩提六波羅蜜是世尊六波羅蜜是道六波羅蜜是大明六波羅蜜是炬六波羅蜜是智六波羅蜜是慧六波羅蜜是救六波羅蜜是歸六波羅蜜是洲六波羅蜜是究竟道六波羅蜜是父是母四念處乃至一切種智亦如是何以故六波羅蜜及三十七道法亦是過去諸佛父母六波羅蜜三十七道法亦是未來現在十方諸佛父母何以故須菩提六波羅蜜三十七道法中生過去未來現在十方諸佛故以是故須菩提菩薩摩訶薩欲得阿耨多羅三藐三菩提淨佛世界成就衆生當學六波羅蜜三十七道法及四攝法攝取衆生何等四布施愛語利益同事須菩提以是利益故我言六波羅蜜及三十七道法是諸菩薩摩訶薩世尊是道是大明是炬是智是慧是救是歸是洲是究竟道是父是母須菩提以是故菩薩摩訶薩欲不隨他人教住欲斷一切衆生疑欲淨佛世界成就衆生當學是般若波羅蜜所以者何是般若波

羅蜜中廣說諸法是菩薩摩訶薩所應學處
【論】問曰阿鞞跋致品中已廣說阿鞞跋致相
今何以更說答曰所說般若波羅蜜義皆是
阿鞞跋致相但阿鞞跋致品中多說其事餘
品中亦處處有說阿鞞跋致相但不次第有
人亦為後來衆生異語說阿鞞跋致相有人
言有二種阿鞞跋致一者已得記二者未得
記得受記有二種一者現前受記二者不現
前受記不現前受記有二種一者具足受記
因緣二者未具足受記因緣具足受記因緣
者知諸法實相具足六波羅蜜不具足受記
因緣者但知諸法實相得般若波羅蜜分餘
波羅蜜未具足是菩薩能如阿鞞跋致菩薩
答此是前品未所說阿鞞跋致是故次第說
夢中不貪二地雖未具足阿鞞跋致法亦名

阿鞞跋致欲說如是等阿鞞跋致相故此品
中次第說是菩薩晝日常習行空故夜夢中
亦不貪三界是人常行慈悲心於衆生深樂
佛法故故不貪二乘若夢若覺觀一切法如
夢如幻等是菩薩雖未得現前受記餘法未
具足亦名阿鞞跋致相何以故菩薩於二處
退轉一者著世間樂故轉二者取二乘故轉
是菩薩堅心深入空及慈悲心故乃至夢中
亦不貪三界二乘何況覺時復次若菩薩夢
見佛在人天大衆中說法所謂諸法實相義
菩薩知是義心與法合復次諸佛祕密法菩
薩夢中得見所謂見佛身無量過須彌山色
如閻浮檀金三十二相八十種隨形好以自
莊嚴放無量光明梵音聲說法及身毛孔出
無量化佛至十方種種方便力施作佛事度

脫衆生爾時是菩薩見是佛神通力故深心清淨問佛法得諸法實相是名阿鞞跋致是菩薩常行畢竟空故我我所等諸煩惱折薄乃至自身不惜何況餘親是因緣故若夢中見若自身若父母等若殺若死因緣及聚落破等不憂惱怖畏覺已思惟如夢中不死而見死不畏而見畏一切三界皆爾何但夢中我作佛時當爲衆生說諸法畢竟空皆如夢復次有菩薩種清淨國土因緣時作是願我爾許時積集淨國土行是心修習故夢中若見三惡道衆生時即得是心我作佛時令我國土乃至無三惡道名復次是菩薩常修慈悲心故夢中見地獄火燒衆生作誓火即滅覺已取是相若見實火燒城郭作是念我夢中能滅火此火亦當可滅所以者何佛說夢覺無異故是菩薩於無量劫修習福德得諸法實相故鬼神龍王等助滅是火其中有不滅燒一家置一家者是衆生重罪故菩薩福德智慧力不能滅重罪者所謂破法業法者般若波羅蜜諸餘法利益無及般若波羅蜜者是故破者罪重以菩薩誓力故不次第燒唯罪重者不救不妨是阿鞞跋致相非人所持亦如呪火有菩薩未得無生法忍聞是阿鞞跋致呪故鬼去便作呪是菩薩自未有力魔來遣鬼神故自恃爲已力有如是去故佛示令覺知復次菩薩未入正位魔作種種形隨其念而示語汝已得受記汝有是相但以肉眼故不知以是因緣故生增上慢輕懱餘人復次菩薩不得諸法實相不知色等五衆和合邊更有名字相魔來與受記汝當作佛

名字某甲是菩薩思惟我本有是名字念今所說者同我所願必是諸佛授記是故心生憍慢輕餘大菩薩以是因緣故遠離無上道受罪畢墮於二乘若即此身悔當久久償罪畢還依止般若波羅蜜得作佛所以者何若轉身乃悔則罪重叵滅不得作佛是心著是空名字得重罪故佛說四重禁喻破是重禁現身不得四道果所以者何是四禁中妄語稱我是阿羅漢此中著是受莂名字自言我當作佛是故重於四禁過五逆罪者如地獄品中破般若波羅蜜罪說微細魔事者細名不逆其意隨其本念助成其心是菩薩未得阿鞞跋致法魔誑言已得是微細魔事利根菩薩應覺除遠離復次菩薩在遠離處魔來讚歎汝能遠離親族同學獨在深山林中爲

佛道故是爲眞菩薩道行是菩薩用是故生憍慢心輕餘在衆中住菩薩以是事故遠離佛道墮於二乘佛種種因緣呵是菩薩是賊是旃陀羅等如經中說不應親近佛所說遠離心離二乘三界是名眞遠離如經中廣說如是等細微魔事應當覺而遠離復次菩薩欲深心得無上道深心名一心重心深愛佛道出於一切世間所樂當親近善知識所以者何有二因緣故得無上道一者內二者外內名正憶念思惟籌量諸法外名諸善知識佛餘處種種說善知識相是故須菩提問佛世尊何等是菩薩善知識佛答諸佛大菩薩及聲聞是菩薩善知識六波羅蜜乃至一切種智如法性實際等諸法亦是善知識法能成辨其事故說六波羅蜜等諸法名善知識

三種聖人以此六波羅蜜法令菩薩奉行得作佛是故法及人通名善知識問曰佛及菩薩六波羅蜜能成菩薩故應是善知識小乘道異云何能與作善知識答曰有小乘人先世求佛道故利根雖是小乘有憐愍心觀應成大乘者爲說大乘法知報佛恩故令佛種不斷如舍利弗六十劫求佛道雖退轉作阿羅漢亦利根智慧能爲菩薩說大乘須菩提常行無諍三昧常有慈悲心於衆生故亦能教化菩薩大乘法如摩訶迦葉以神通力持此身至彌勒出世於九足山中出與大衆作得道因緣如是等甚多問曰六波羅蜜攝一切法令何以别說三十七品至如法性實際答曰六波羅蜜是略說四念處等是廣說解六波羅蜜六波羅蜜是菩薩初道小遠三十七品是近因緣於六波羅蜜中禪波羅蜜般若波羅蜜最大譬如雖有星宿日月最勝是二波羅蜜中四念處佛十力等法最妙能大利益現世令人得道故持戒布施等不如故别說如等無爲法實不虛誑故能成菩薩事行四念處等法得是如等法令菩薩得出虛誑法故名善知識復次是六波羅蜜等法如佛無異佛現在亦以是法度人是故言世尊如世尊所說不可壞六波羅蜜等所說亦不可壞是故言六波羅蜜是世尊是道者行是道徑入無量佛法中六波羅蜜中所說人籌量思惟分别常修行令人得大智慧破諸世間無明是故說六波羅蜜是大明是大炬是智是慧是救是歸是洲是究竟道如上說般若波羅蜜是母五波羅蜜是父和合說故言

六波羅蜜是父母如六波羅蜜説四念處等亦如是是中説因緣六波羅蜜等法亦是三世十方佛父母是六波羅蜜等是自利法行者欲以六波羅蜜教化衆生淨佛世界應以四攝法攝取衆生四攝法義如先説如是自利利他故佛説六波羅蜜三十七品等諸法是世尊是道等是故菩薩若欲不隨他教不隨他教名自知諸法實相乃至變作佛身來説異於法相亦不信不隨自得菩薩道漸漸具足諸佛法淨佛世界成就衆生得佛道能斷一切衆生疑若欲得是者當學般若波羅蜜中世間出世間若大若小無事不説

大智度論卷第七十六

音釋

勁 居正切強也　菅 居顔切茅屬　緩 胡管切舒也　級 居立切斬首曰級　嬈 而沼切擾同亂也　懱 莫結切輕易也　曠 苦謗切闊遠也　憒 古對切心亂也　閙 奴教切不靜也

大智度論卷第七十七

龍樹菩薩造

姚秦三藏法師鳩摩羅什譯

釋夢誓品第六十一之下

【經】爾時須菩提白佛言世尊何等是般若波羅蜜相佛告須菩提如虛空相是般若波羅蜜相須菩提般若波羅蜜無所有相須菩提白佛言世尊頗有因緣如般若波羅蜜相諸法相亦如是耶佛告須菩提如是如是如般若波羅蜜相諸法相亦如是何以故須菩提一切法離相空相以是因緣故須菩提如般若波羅蜜相諸法相亦如是所謂離相空相故須菩提白佛言世尊若一切法一切法離一切法相一切法相空云何知衆生若垢若淨世尊離相法無垢無淨空相法無垢無淨離相空相法不能得阿耨多羅三藐三菩提離相空相無法可得世尊離相中空相中無有菩薩得阿耨多羅三藐三菩提者世尊我云何當知佛所說義佛告須菩提於汝意云何是衆生長夜行我我所心不如是世尊衆生長夜行我我所心於汝意云何是我我所心離相不空相不須菩提言世尊我我所心離相空相於汝意云何以此我我所心衆生往來生死中不如是世尊以此我我所心衆生往來生死中如是須菩提衆生往來生死中故知有垢惱須菩提若衆生無我我所心無著心是衆生不復往來生死中若不往來生死中則無垢惱如是須菩提衆生有淨須菩提白佛言世尊若菩薩摩訶薩如是行爲不行色不行受想行識爲不行四念處乃至

八聖道分爲不行內空乃至無法有法空爲不行佛十力乃至一切種智何以故是法不可得亦無行者亦無行處亦無行法世尊菩薩摩訶薩如是行一切世間諸天人阿脩羅不能降伏是菩薩摩訶薩一切聲聞辟支佛所不能及何以故所住處無能及故所謂菩薩位世尊是菩薩摩訶薩行應薩婆若心無能及者須菩提菩薩摩訶薩如是行疾近薩婆若須菩提於汝意云何若閻浮提衆生盡得人身得人身已皆得阿耨多羅三藐三菩提若有善男子善女人盡其形壽供養恭敬尊重讚歎持是善根迴向阿耨多羅三藐三菩提是人以是因緣得福多不須菩提言甚多世尊佛言不如是善男子善女人於大衆中說是般若波羅蜜出示分別照明開演亦應般若波羅蜜行正憶念其福多乃至三千大千世界中衆生亦如是須菩提於汝意云何閻浮提中衆生一時皆得人身得人身已若善男子善女人教行十善道四禪四無量心四無色定教令得須陀洹道乃至阿羅漢辟支佛道教令得阿耨多羅三藐三菩提持是善根迴向阿耨多羅三藐三菩提須菩提於汝意云何是善男子善女人得福多不須菩提言甚多世尊佛言不如是善男子善女人以是甚深般若波羅蜜爲衆生說出示分別照明開演亦不離薩婆若得福多乃至三千大千世界亦如是是菩薩摩訶薩不遠離應薩婆若心則到一切福田邊何以故除諸佛無有餘法如菩薩摩訶薩勢力何以故諸菩薩摩訶薩行般若波羅蜜時於一切衆生

中起大慈心見諸衆生趣死地故而起大悲行是道時歡悦而生大喜不與想俱便得大捨須菩提是爲菩薩摩訶薩大智光明大智光明者所謂六波羅蜜須菩提是諸善男子雖未作佛能爲一切衆生作大福田於阿耨多羅三藐三菩提亦不轉所受供養衣服飲食卧具牀敷疾藥資生所須行應般若波羅蜜念能畢報施主之恩疾近薩婆若以是故須菩提若菩薩摩訶薩欲不虚食國中施欲示衆生三乘道欲爲衆生作大明欲拔出三界牢獄欲與一切衆生眼應常行般若波羅蜜行般若波羅蜜時若欲有説但説般若波羅蜜説般若波羅蜜已常憶念般若波羅蜜常憶念般若波羅蜜已常行般若波羅蜜不令餘念得生晝夜勤行般若波羅蜜相應念不息不休須菩提譬如士夫未曾得摩尼珠後時得得已大歡喜踊躍後復失之便大憂愁常憶念是摩尼珠作是念我奈何忽亡此大寶須菩提菩薩摩訶薩亦如是常憶念般若波羅蜜不離薩婆若心須菩提白佛言世尊一切念性自離一切念性自空云何菩薩摩訶薩行般若波羅蜜不離應薩婆若念是遠離空法中無菩薩亦無念無應薩婆若佛告須菩提若菩薩摩訶薩如是知一切法性自離一切法性自空非聲聞辟支佛作亦非佛作諸法相常住法相法住法位如實際是名菩薩行般若波羅蜜不離薩婆若念何以故般若波羅蜜性自離性自空不增不減故須菩提白佛言世尊若般若波羅蜜性自離性自空云何菩薩摩訶薩與般若波羅蜜等

得阿耨多羅三藐三菩提佛告須菩提菩薩摩訶薩與般若波羅蜜等不增不減何以故如法性實際不增不減故所以者何般若波羅蜜非一非異故若菩薩聞如是般若波羅蜜相心不驚不沒不畏不怖不疑須菩提當知是菩薩摩訶薩行般若波羅蜜當知是菩薩摩訶薩必住阿鞞跋致地中須菩提白佛言世尊般若波羅蜜空無所有不堅固是行般若波羅蜜不不也須菩提世尊離空更有法行般若波羅蜜不不也須菩提世尊是般若波羅蜜行般若波羅蜜不不也須菩提世尊離般若波羅蜜行般若波羅蜜不不也須菩提世尊色是行般若波羅蜜不不也須菩提世尊受想行識是行般若波羅蜜不不也須菩提世尊六波羅蜜是行般若波羅蜜不不也須菩提世尊四念處乃至十八不共法是行般若波羅蜜不不也須菩提世尊色空相虛誑不實無所有不堅固相色如相法相法住法位實際是行般若波羅蜜不不也須菩提世尊受想行識乃至十八不共法空相虛誑不實無所有不堅固相如法相法住法位實際是行般若波羅蜜不不也須菩提世尊若是諸法皆不行般若波羅蜜云何行名菩薩摩訶薩行般若波羅蜜佛告須菩提於汝意云何汝見有法行般若波羅蜜者不不也世尊須菩提汝見般若波羅蜜菩薩摩訶薩可行處不不也世尊須菩提汝所不見法是法可得不不也世尊須菩提若法不可得是法當生不不也世尊須菩提是名菩薩摩訶薩無生法忍菩薩摩訶薩成就是忍得受

阿耨多羅三藐三菩提記須菩提是名諸佛無所畏無礙智菩薩摩訶薩行是法勤精進若不得大智一切種智所謂阿耨多羅三藐三菩提智者無有是處何以故是菩薩摩訶薩得無生法忍故乃至阿耨多羅三藐三菩提不減不退須菩提白佛言世尊諸法無生相此中得阿耨多羅三藐三菩提記不不也須菩提世尊諸法生相此中得阿耨多羅三藐三菩提記不不也須菩提世尊諸法非生非不生相得阿耨多羅三藐三菩提記不不也須菩提世尊諸菩薩摩訶薩云何知諸法得阿耨多羅三藐三菩提記佛告須菩提汝見有法得阿耨多羅三藐三菩提記不不也世尊我不見有法得阿耨多羅三藐三菩提記我亦不見法有得者得處佛言如是如是須菩提若菩薩摩訶薩於一切法無所得時不作是念我當得阿耨多羅三藐三菩提用是事得阿耨多羅三藐三菩提是名阿耨多羅三藐三菩提處何以故諸菩薩摩訶薩行般若波羅蜜無諸憶想分別所以者何般若波羅蜜中無諸分別憶想故

【論】問曰上已種種說般若相今何以更問答曰般若波羅蜜第一微妙聞者無猒足無滿時無一定相故不應難如十住大菩薩於般若波羅蜜猶未滿足何況須菩提小乘人復次上聞種種讚般若是父是母等是故更問佛因須菩提問爲餘衆生故廣說般若波羅蜜相須菩提所謂虛空相是般若波羅蜜相如虛空無色相無非色相般若波羅蜜亦如是無所有相須菩提更問頗有因緣諸法相

如般若相不佛答有一切法究竟空究竟離相故說如般若波羅蜜相一切法亦如是須菩提難若一切法離相空相云何知有垢淨云何菩薩得無上道佛告須菩提於汝意云何衆生長夜行我我所等是佛所說義如我我所畢竟無衆生狂顛倒因縁故生諸煩惱煩惱因縁故有業業因縁故於生死中往來是事本末空何以故我無故我所心虚誑我所心虚誑故諸餘因果展轉法皆是虚誑若因般若波羅蜜實智慧觀五衆無常苦空無我離自相自相空從本來畢竟不生爾時我我所心則滅如日出衆冥皆除我我所心滅故餘煩惱滅餘煩惱滅故業因縁亦滅業因縁滅故往來生死中斷是名爲淨雖一切法相皆空亦以如是因縁故有淨有垢爾時須

菩提思惟籌量佛語已白佛言世尊菩薩如是行實不行色等一切法何以故是菩薩不得是法若行行處行者世尊若菩薩能如是行一切人天世間無能降伏者世間人皆著假名是行者行實法是故不能伏世間人著一切虚誑顛倒及虚誑果報是菩薩於畢竟空中尚不著何況餘法如是云何可降伏天人阿脩羅世間者是三種善道中有智慧人故說不能伏又復一切聲聞辟支佛所不能及者上三善道據未得道人此中說得道者不能及此中說不能及因縁所謂菩薩入法位一切魔魔所使無能惱者是菩薩常行應薩婆若心則近阿耨多羅三藐三菩提何以故不著一切法常集一切助道法故佛可其言而讚佛欲以如是智慧爲他人說故先讚

菩薩自利益今爲利益他分別福德果報故問須菩提於汝意云何閻浮提衆生盡得人身如經廣說乃至應薩婆若心出一切福田之上是中說因緣若菩薩能自行般若波羅蜜亦能教他是人於一切福田能到其邊福田者從須陁洹乃至佛是菩薩能如所說般若履行則得作佛餘福德善法離般若波羅蜜故皆盡般若波羅蜜不可盡故言無有餘福德如菩薩摩訶薩力勢者是中自說因緣菩薩行般若時得諸法平等忍得平等忍故雖行空亦能生四無量心四無量心中大悲是大乘之本見衆生就於死法如因受戮諸菩薩能生六波羅蜜等乃至一切種智是故是人雖未得無上道已是一切衆生之福田是故言菩薩摩訶薩若欲不空食國中施者

當學般若波羅蜜不空食名能報施主能生道能令施主之福無盡乃至入涅槃若示衆生三乘道爲衆生示一切智大明亦欲拔出三界獄中四縛欲令衆生得五眼應常行般若波羅蜜相應念者即是般若心若行般若波羅蜜心若有所說但說般若波羅蜜佛勑弟子若和合共住常行二事一者賢聖默然二者說法賢聖默然者是般若心說法者說般若波羅蜜是人從般若心出說般若波羅蜜說般若波羅蜜已還入般若中不令餘心餘語得入晝夜常行是不休不息如是得先所說功德佛欲令是事明了故說譬喻如貧人失大價寶常念不離菩薩亦如是不離薩婆若心常行般若波羅蜜不休不息爾時須菩提聞是事白佛言世尊若一切諸念空云

何菩薩不離薩婆若念空中菩薩不可得薩婆若亦不可得佛答若菩薩知一切法離自性非聲聞辟支佛所作亦非佛所作自從因緣出諸法相如實際常住世間即是菩薩不離般若波羅蜜行佛自說因緣般若波羅蜜空故離故不增不減須菩提聞是復問佛若般若波羅蜜性空云何菩薩與般若合得無上道佛隨須菩提語若菩薩與般若波羅蜜合則不增不減諸法如法性實際不增不減故般若波羅蜜不增不減般若波羅蜜即是諸法如法性實際如法性實際即是般若波羅蜜此中佛自說因緣如如等三法非一非異般若亦如是世間法非一即是二不異即是一般若波羅蜜則不爾是故般若波羅蜜無量無邊空無相無作故不增不減若菩薩得是不增不減則能得阿耨多羅三藐三菩提若菩薩聞是事通達無礙入佛智慧雖未作佛信力故於佛法中亦無疑不怖不畏所以者何凡夫著我心故有畏是菩薩我想斷故無所畏當知是菩薩即住阿鞞跋致地亦能正行般若須菩提聞是菩薩正行般若波羅蜜是故問佛世尊般若波羅蜜觀一切空不牢固是空相爲行般若不佛言不也何以故若空無有法云何行般若離是空更有法行般若不佛言不也何以故若一切法空無相無作云何離空更有法是故說不須菩提聞空非行般若離空非行般若一切法皆攝在般若中今但問般若行般若不法不自行應以異法行是故言不復問離般若更有法行般若不佛言不何以故一切法攝在般若

中更無法行般若先來略問行般若者今問名字因緣五衆行般若不佛言不何以故是五衆從虛誑和合因緣不自在故無作相云何能行須菩提更問若菩薩假名字空不實故不行般若今六波羅蜜等諸助道法行般若波羅蜜不佛言不何以故如五衆和合有故不能行是諸法亦如是色等法空相不牢固如法相法位法住實際是法行般若不佛答是法無爲法不生不滅常住自性故不行須菩提問佛世尊假名字故人不行諸法亦和合因緣生無自性故亦不行誰當行般若若不行云何得無上道今佛以反問答於汝意云何須菩提從佛急求行般若者是故佛問汝以慧眼見定有一法行般若不須菩提因三解脫門入諸法實相中法相不可得何況行者是故答言世尊不見有行般若者復問汝見是般若波羅蜜菩薩行處不須菩提答言不見何以故般若波羅蜜中一切諸觀滅若常若無常若生滅等無一法定相是般若云何當說是般若波羅蜜復問若汝以智慧眼不見法是不見法爲有爲無答言無何以故佛說智慧眼實肉眼天眼虛誑須菩提以慧眼觀不見故言無復問若法無不可得是法有生不答言不生是法本自無畢竟空無所有是法有無義戲論已滅云何有生佛語須菩提若菩薩於是法中通達無疑信力智慧力故能住是法中是名無生忍五衆中假名菩薩得如是法是名行般若波羅蜜世俗法故說非第一義第一義中諸戲論語言即是無生得是無生忍便受無上道記佛言

若菩薩一心勤精進不休不息隨無生忍行不得是大智慧無上智慧一切智無有是處何以故如經說若無因無緣則無果報邪因緣亦無果報因緣少亦無果報如是菩薩得是無生法忍捨是生死肉身得法性生身住菩薩果報神通中一時能作無量變化身淨佛世界度脫衆生是人末後身具足佛法坐道場具足正因緣若不得阿耨多羅三藐三菩提無有是處所以者何是人得無生忍法一心直進無有廢退故菩薩未得無生法忍深著世間法諸煩惱厚雖有福德善心濡薄不集故爲煩惱所遮得無生法忍無復是事未得無生法忍用力艱難譬如陸行得無生法忍已用力甚易譬如乘船是故無生法忍諸菩薩所貴以是貴故須菩提問世尊得無生法故受記佛言不也何以故無生法不生不滅無得相云何因是受記復問生法得記耶佛言不得何以故生法虛誑妄語作法云何得阿耨多羅三藐三菩提眞實法復問生不生得受記不佛言不也何以故此二俱有過故復問世尊若爾者云何當受記佛反問汝以慧眼觀見有法與菩薩受記不答言不見何以故是法從本已來寂滅相是中無見不見受記不受記亦不見阿耨多羅三藐三菩提亦無得法亦無得者此中自說因緣般若波羅蜜無是憶想分別問曰須菩提上問菩薩得無生忍故受記佛言不佛何以還以無生理答所謂菩薩行般若時無一切憶想分別答曰行者實以無生忍故受記而須菩提爲菩薩故以著心得心問以是故言不如

一切法實無我婆蹉梵志問佛有我不佛默然不答無我不佛亦不答一切雖實無我以梵志著心問欲戲弄無我故不答須菩提問意知定有受記事但不知觀何法得記故問是故佛以須菩提所得法問汝以慧眼見定有法受記不須菩提住三解脫門中觀法性不見定有受記者諸法法性無相無量故若不見受記法云何當得阿耨多羅三藐三菩提者須菩提聞是受記者空難情則息自解無疑佛可其意如是如是汝不見不得法是實何以故般若波羅蜜相無所分別故

釋魔愁品第六十二

㊣爾時釋提桓因白佛言世尊是般若波羅蜜無諸憶想分別畢竟離故世尊是衆生聞是般若波羅蜜能受持讀誦說正憶念親近如說行乃至阿耨多羅三藐三菩提不雜餘心心數法者不從小功德來佛言如是如是聞是深般若波羅蜜乃至不雜餘心心數法者不從小功德來憍尸迦於汝意云何若閻浮提衆生成就十善道四禪四無量心四無色定復有善男子善女人受持深般若波羅蜜讀誦親近正憶念如說行勝於閻浮提衆生成就十善道乃至四無色定百倍千倍千萬億倍乃至筭數譬喻所不能及爾時有一比丘語釋提桓因憍尸迦是善男子善女人行般若波羅蜜功德勝於仁者釋提桓因言是善男子善女人一發心尚勝於我何況聞是般若波羅蜜書持讀誦正憶念如說行是善男子善女人行般若波羅蜜非但勝我亦勝一切世間天及人阿脩羅非但勝一切世

間天及人阿脩羅亦勝諸須陀洹斯陀含阿那含阿羅漢辟支佛非但勝是須陀洹乃至辟支佛亦勝菩薩行五波羅蜜遠離般若波羅蜜者非但勝菩薩行五波羅蜜遠離般若波羅蜜者亦勝菩薩行般若波羅蜜無方便力者是菩薩摩訶薩如說行般若波羅蜜不斷佛種常見諸佛疾近道場菩薩如是行爲欲拔出衆生沉没長流者是菩薩如是學爲不學聲聞辟支佛學菩薩如是學四天王天來至菩薩所如是言善男子當勤疾學坐道場成阿耨多羅三藐三菩提時如過去諸佛所受四鉢亦當應受我當持來奉上菩薩及諸餘天四天王天三十三天夜摩天兜率陀天化樂天他化自在天梵天乃至首陁會天亦當供養十方諸佛亦常念是菩薩摩訶薩如說行是深般若波羅蜜者是菩薩諸所有世間厄難勤苦之事永無復有一切世間有四百四病是菩薩身中無是諸病以行深般若波羅蜜故得是現世功德爾時阿難作是念釋提桓因自以力說耶以佛神力說乎釋提桓因知阿難意所念語阿難言我之所說皆佛威神佛告阿難如是如是如釋提桓因所說皆佛威神阿難是菩薩摩訶薩習學是深般若波羅蜜時三千大千世界中諸惡魔皆生狐疑今是菩薩爲當得阿耨多羅三藐三菩提當中道於實際作證墮聲聞辟支佛地復次阿難若菩薩摩訶薩不離般若波羅蜜時魔大愁毒如箭入心是時魔復放大火風四方俱起欲令菩薩心没恐怖懈怠於薩婆若中乃至起一亂念阿難白佛言世尊魔

爲都嬈亂諸菩薩有不嬈亂者佛告阿難有嬈者有不嬈者阿難白佛言世尊何等菩薩爲惡魔所嬈佛言有菩薩摩訶薩先世聞是深般若波羅蜜心不信解如是菩薩魔得其便復次阿難菩薩聞説是深般若波羅蜜時意疑是般若波羅蜜爲實有爲實無如是菩薩魔得其便復次阿難有菩薩遠離善知識爲惡知識所攝故不聞深般若波羅蜜不聞故不知不見不問云何應行般若波羅蜜云何應修般若波羅蜜是菩薩惡魔得其便復次阿難若菩薩遠離般若波羅蜜受惡法是菩薩爲惡魔得便魔作是念是輩當有伴黨當滿我願是菩薩自墮二地亦使他人墮於二地復次阿難若菩薩聞説深般若波羅蜜時語他人言是般若波羅蜜甚深我尚不能得底汝復用聞用學是般若波羅蜜爲如是菩薩魔得其便復次阿難若菩薩輕餘菩薩言我行般若波羅蜜行遠離空汝無是功德是時惡魔大歡喜踊躍若有菩薩自恃名姓多人知識故輕餘行善菩薩是人無實阿鞞跋致行類相貌功德無是功德故生諸煩惱但著虛名故輕賤餘人言汝不在如我所得法中爾時惡魔作是念今我境界宫殿不空增益三惡道惡魔助其威力令餘人信受其語信受其語故受行其經如説修學如説修學時增益諸結使是諸人心顛倒故身口意業所作皆受惡報以是因縁增益三惡道魔之眷屬宫殿益多阿難魔見是利故大歡喜踊躍阿難若行菩薩道者與求聲聞道家者共諍鬭魔作是念是遠離薩婆若阿難若菩

薩菩薩共諍鬬瞋恚罵詈是時惡魔便大歡喜踊躍言兩離薩婆若遠復次阿難若未受記菩薩向得記菩薩生惡心諍鬬罵詈隨起念多少劫若干劫數若不捨一切種智然後乃補爾所劫大莊嚴阿難白佛言世尊是惡心乃經爾所劫數於其中間寧得出除不佛告阿難我雖說求菩薩道及聲聞人得出罪阿難若求菩薩道人共鬬諍瞋恚罵詈懷恨不悔不捨者我不說有出必當更爾所劫數若不捨一切種智然後乃大莊嚴阿難若是菩薩鬬諍瞋恚罵詈便自改悔作是念我為大失我當為一切衆生下屈今世後世皆使和解我當忍受一切衆生履踐如橋梁如聾如啞云何以惡語報人我不應壞是甚深阿耨多羅三藐三菩提心我得阿耨多羅三藐三菩提時應當度是一切苦惱衆生云何當起瞋恚阿難白佛言世尊菩薩菩薩共住云何佛告阿難菩薩菩薩共住相視當如世尊何以故是菩薩摩訶薩應作是念是我真伴共乘一船彼學我學所謂檀波羅蜜乃至一切種智若是菩薩雜行離薩婆若心我不應如是學若是菩薩不雜行不離薩婆若心我亦應如是學菩薩摩訶薩如是學者是為同學

論釋曰釋提桓因上說善男子書受持般若乃至正憶念得無量功德今說其義是人讀誦般若乃至阿耨多羅三藐三菩提不令餘心心數雜者得如上所說功德但從聞說而不能行餘心不入者雖得功德不名為無上餘心心數法雜者有人言慳貪等及破六波

羅蜜惡心是有人言但不令惡心增長成其勢力來則滅除有人言不令聲聞辟支佛心得入有人言無記散亂心雖非惡以遮善道故亦不令得入是故是人不從小功德來佛可其言如是欲分別清淨行勢力故反問憍尸迦若閻浮提人一切成就十善道等如經說是福德雖多離諸法實相故虛妄不牢固無常盡滅不足爲多如草芥雖多不如一小金剛問曰是比丘何以語帝釋善男子福德勝仁者答曰帝釋已住福德果報中人天之主威德尊重是比丘重是善法欲顯此功德故言勝於仁者復次是比丘聞帝釋得聲聞道是故言汝雖有福德是菩薩勝汝帝釋得道深念佛法故不生高心受其語言菩薩爲阿耨多羅三藐三菩提但發心便勝我何況如所說行何以故帝釋福報微薄是菩薩功德淳厚又以帝釋福德著天樂自爲其身菩薩功德爲一切衆生迴向佛道樂故時會聽者聞比丘說勝於仁者帝釋受其語咸生輕帝釋心是故帝釋言不但勝我乃至勝菩薩行般若無方便力者如所說行般若波羅蜜時不離餘心心數法故是中帝釋自說勝因緣所謂是菩薩如說行般若不斷佛種乃至以行般若波羅蜜故得是現世功德問曰阿難何以作是念言帝釋自以力說用佛力說答曰阿難知帝釋是聲聞而所說甚深過聲聞辟支佛智是故生疑而問問曰帝釋自有智能問能答何以言佛力故曰般若甚深甚難無量無邊若在異處說尚難何況於佛前大衆中說是故言佛力如持心經說以光明

威神入其身故能於佛前難問有所説佛告阿難可帝釋所語更難行深般若菩薩有大威德所謂阿難是菩薩習學深般若時惡魔生疑惡魔是菩薩怨賊常求菩薩便如魔品中説以菩薩深行般若波羅蜜故魔大作方便壞菩薩心若菩薩懈怠者魔大歡喜是人自當墮落有人言一切菩薩應有魔怨是故阿難問爲盡有魔亦有無者佛分别答所謂深清淨心行菩薩道則無魔擾不清淨爲魔所壞如經廣説問曰如佛所説一切有爲法皆可轉可捨阿難何以疑而問佛是罪可悔不答曰阿難知般若波羅蜜是無盡因緣若供養福無邊乃至得佛福猶不盡若訶瞋罪亦如是無邊是故問佛佛答我法雖有出罪若菩薩共鬭結恨不即捨則不可出何以故

是菩薩深心輕慢瞋餘菩薩故以瞋慢憍故不能下意共悔欲更行餘功德求滅此罪佛言此罪不出以懷恨故雖作餘福德皆不清淨不清淨故無力無力故不能滅罪此人若欲作佛不捨一切智下意懺悔者補爾所劫乃得發大莊嚴問曰心中懷恨云何可滅答曰破瞋因緣如經説阿難知一切衆生屬業因緣不得自在無能救者心懷怖畏問佛菩薩共住云何云何用心恭敬佛答供養恭敬當如視佛是未來佛故此中佛自説因緣菩薩共住應作是念是我眞伴倶到佛道共乘一船船者六波羅蜜三界三漏爲水彼岸是佛道彼所學者我亦應學學者所謂六波羅蜜等同戒同見同道如白衣兄弟不應共鬭我是同法兄弟亦不應共諍若是菩薩雜行

離薩婆若心我不應如是學何以故勝事應從他學惡事應捨菩薩若作是學輕慢瞋恨事皆滅是則名菩薩同學

釋等學品第六十三

經 須菩提白佛言世尊何等是菩薩摩訶薩等法菩薩所應學須菩提內空是菩薩等法外空乃至自相空是菩薩等法須菩提色色相空受想行識識相空乃至阿耨多羅三藐三菩提阿耨多羅三藐三菩提相空須菩提是名菩薩摩訶薩等法住是等法得阿耨多羅三藐三菩提須菩提白佛言世尊若菩薩摩訶薩爲色盡故學爲學薩婆若爲色離故學爲色滅故學爲學薩婆若爲色不生故學爲學薩婆若受想行識亦如是修行四念處乃至十八不共法盡離滅不生故學爲學薩婆若佛告須菩提如須菩提所說爲色盡離滅不生故學爲學薩婆若受想行識乃至十八不共法盡離滅不生故學爲學薩婆若佛告須菩提於汝意云何色如受想行識如乃至阿耨多羅三藐三菩提如佛如是諸如盡滅斷不須菩提言不也世尊佛告須菩提菩薩摩訶薩如是學如爲學薩婆若是如不作證不滅不斷須菩提菩薩摩訶薩如是學如爲學薩婆若須菩提菩薩摩訶薩如是學爲學六波羅蜜爲學四念處乃至十八不共法若學六波羅蜜乃至十八不共法爲學薩婆若須菩提如是學爲盡諸學邊如是學魔若魔天所不能壞如是學直到阿鞞跋致地如是學爲學佛所行道如是學爲得擁護爲學大慈大悲爲學淨佛世界成就衆生須菩提

如是學爲學三轉十二行法輪轉故如是學爲學度衆生如是學爲學不斷佛種如是學爲學開甘露門如是學爲學欲示無爲性須菩提下劣之人不能作是學如是學者爲欲拔沉没生死衆生菩薩摩訶薩如是學終不墮地獄餓鬼畜生中終不生邊地終不生旃陀羅家終不聾盲瘖瘂拘躄諸根不缺眷屬成就終不孤窮菩薩如是學終不殺生乃至終不邪見如是學不作邪命活不攝惡人及破戒者如是學以方便力故不生長壽天何等是方便力如般若波羅蜜品中所説菩薩摩訶薩以方便力故入四禪四無量心四無色定不隨禪無量無色定生須菩提菩薩如是學一切法中得清淨所謂淨聲聞辟支佛心須菩提白佛言世尊一切法本性清淨云何言菩薩一切法中得清淨佛告須菩提如是如是一切諸法本性清淨若菩薩摩訶薩於是法中心通達不没即是般若波羅蜜如是諸法一切凡夫人不知不見菩薩摩訶薩爲是衆生故行檀波羅蜜乃至般若波羅蜜行四念處乃至一切種智須菩提菩薩如是學於一切法中得智力無所畏如是學爲了知一切衆生心所趣向譬如大地少所處出金銀珍寶須菩提衆生亦如是少所人能學般若波羅蜜多墮聲聞辟支佛地須菩提譬如少所人受行轉輪聖王業多受行小王業如是須菩提少所衆生行般若波羅蜜求一切智多行聲聞辟支佛道須菩提諸菩薩摩訶薩發心求阿耨多羅三藐三菩提中少有如説行多住聲聞辟支佛地多有菩薩摩訶

薩行般若波羅蜜無方便力故少所入住阿鞞跋致地須菩提以是故菩薩摩訶薩欲住阿鞞跋致地欲在阿鞞跋致數中應當學是深般若波羅蜜復次須菩提菩薩摩訶薩學是般若波羅蜜時不生慳貪心不生破戒瞋恚懈怠散亂愚癡心不生諸餘過失心不生取色相取受想行識相心不生取四念處相心乃至不生取阿耨多羅三藐三菩提相心何以故是菩薩摩訶薩行是深般若波羅蜜無有法可得以不可得故於諸法不生心取相須菩提菩薩摩訶薩如是學深般若波羅蜜總攝諸波羅蜜令諸波羅蜜增長諸波羅蜜悉隨從何以故須菩提是深般若波羅蜜諸波羅蜜悉入中須菩提譬如我見中悉攝六十二見如是須菩提是深般若波羅蜜悉攝諸波羅蜜須菩提譬如人死命根滅故餘根悉隨滅如是須菩提菩薩摩訶薩行深般若波羅蜜時諸波羅蜜悉隨從須菩提菩薩摩訶薩欲令諸波羅蜜度彼岸應學深般若波羅蜜須菩提菩薩摩訶薩學是深般若波羅蜜者出一切衆生之上須菩提於汝意云何三千大千世界中衆生多不須菩提言一閻浮提中衆生尚多何況三千大千世界佛告須菩提若三千大千世界中衆生一時皆得人身悉得阿耨多羅三藐三菩提若有菩薩盡形壽供養爾所佛衣服飲食卧具湯藥資生所須須菩提於汝意云何是人以是因緣故得福德多不須菩提言甚多甚多佛言不如是善男子善女人學般若波羅蜜如說行正憶念得福多何以故般若波羅蜜有勢

力能令菩薩摩訶薩得阿耨多羅三藐三菩提須菩提以是故菩薩摩訶薩欲出一切衆生之上當學般若波羅蜜欲爲無救護衆生作救護欲與無歸依衆生作歸依欲與無究竟道衆生作究竟道欲爲盲者作目欲得佛功德欲作諸佛自在遊戲欲作佛師子吼欲撞擊佛鐘鼓欲吹佛貝欲昇佛高座說法欲斷一切衆生疑當學深般若波羅蜜須菩提菩薩摩訶薩若學深般若波羅蜜諸善功德無事不得須菩提白佛言世尊寧復得聲聞辟支佛功德佛言聲聞辟支佛功德皆能得但不於中住以智觀已直過入菩薩位中須耨多羅三藐三菩提須菩提菩薩摩訶薩如菩提菩薩摩訶薩如是學近薩婆若疾得阿是學爲一切世間天及人阿脩羅作福田須

菩提菩薩摩訶薩如是學過諸聲聞辟支佛福田之上疾近薩婆若須菩提菩薩摩訶薩如是學是名不捨不離般若波羅蜜常行般若波羅蜜須菩提菩薩摩訶薩如是學行般若波羅蜜當知是不退轉菩薩疾近薩婆若遠離聲聞辟支佛近阿耨多羅三藐三菩提須菩提是菩薩摩訶薩行般若波羅蜜時若作是念是般若波羅蜜我以是般若波羅蜜得一切種智若如是念不名行般若波羅蜜須菩提若不作是念是般若波羅蜜是人有般若波羅蜜是般若波羅蜜法是人行是般若波羅蜜得阿耨多羅三藐三菩提是名行般若波羅蜜須菩提若菩薩作是念無是般若波羅蜜無有人有是般若波羅蜜無有行是般若波羅蜜得阿耨多羅三藐三菩提何

以故一切法如法性實際常住故如是行是爲菩薩摩訶薩行般若波羅蜜

論釋曰上阿難問鬬諍佛答同學清淨令須菩提問佛甚深同心等法是菩薩所學處佛答内空乃至自相空是名等法有二種等忍上品末說衆生等忍此品說法等忍如稱兩頭停等如是内空等諸空於諸法中平等如内法有種種差別得内空則皆平等無二乃至自相空一切法相皆自空是時心則平等菩薩住是等中能得阿耨多羅三藐三菩提須菩提復問爲色等盡故爲學薩婆若觀色等無常念念滅不住若得是觀心則離色心離色故諸煩惱滅煩惱滅故得不生法須菩提問如是學爲學薩婆若佛反問須菩提於汝意云何色等諸法如及如來如是如爲盡滅斷不須菩提言不是如從本已來不集不和合云何有盡本來不生云何有滅是法本來虚誑無有定相云何可斷須菩提菩薩摩訶薩能如是學如爲學薩婆若是如常不可證不可滅不可斷是盡離斷除顛倒故行非是究竟此中說究竟事於是佛讚歎如是學雖不定爲一法故而學薩婆若若學薩婆若即是學六波羅蜜等若能學六波羅蜜等是爲盡諸學邊若盡諸學邊是人無量福德智慧具足故魔若魔民無能降伏如是正學故直到阿鞞跋致地如是學爲學佛所行道如是學皆爲十方諸佛及大菩薩諸天善人所守護能如是學是人無有邪見心無所著於一切衆生能起大慈大悲大慈大悲故能教化衆生衆生心清淨故佛界清淨佛界清淨

已得佛道三轉十二行法輪以三乘度無量衆生以大乘度衆生故不斷佛種不斷佛種故於世間常開甘露法門常示衆生無爲性無爲性者所謂如法性實際涅槃甘露者無爲性門者三解脱門下劣者名懈怠放逸不樂佛法不一心行道罪福雜行如是等不能學是法何以故是下劣者作是念我身及親屬是我所應護諸餘衆生何豫我事而以頭目髓腦施之令其得樂一切人皆方便求樂我今何爲捨樂求苦或生邪見復作是念衆生無量無邊度不可盡若可度盡即是有量有邊一佛便可度盡或作是念佛說一切法空不生不滅我復何所度求佛道不求佛道同如幻夢如是等下劣人以種種邪見貪欲因緣故不能學此大法或時有大人出世籌量思惟諸法實相所謂非常非無常非有邊非無邊非有非無等行如是道破顛倒見還捨此道直入法性常住是清淨法性中以一切衆生不知是事故生大悲心然後修集六波羅蜜等諸功德佛神通智慧無礙解脱得阿耨多羅三藐三菩提以種種方便門廣度衆生如是人爲希有問曰如先說衆生無量無邊又言衆生空復何所度如是云何可有所度答曰此是下劣人所說何足以之爲證復次先所說以邪見貪欲因緣故下劣之人作是念言衆生有邊無邊一切法空無所有一切法常實皆是六十二邪見所攝大人無欲思惟籌量離如是過罪住於法性生大悲心譬如大人但以施心施與他財而不取價貪欲之人求因緣而與邪見之人依有邊無

邊等無有能無利事而有所作譬如小人市易求利乃與又復大人菩薩無所求欲能以頭目等施與衆生所得果報亦以施與一切法心無所依而能集諸功德是故佛説欲拔一切衆生沉没生死者能如是學復次菩薩如是學者常有慈悲憐愍心不惱衆生故不墮地獄常觀因緣諸法實相不生愚癡故不墮畜生常行布施破慳貪心故不生餓鬼中佛所説十二部經八萬四千法聚常不悋惜故不生邊地常供養尊長善人破憍慢故不生旃陀羅等下賤人中深心愛衆生具足行利益事故受身完具以善法多化衆生故眷屬成就終不孤窮深愛樂尸羅波羅蜜故不行十惡道及以邪命無有我心但利益衆生不自爲身故不攝惡人及破戒者惡人名心惡破戒者名身口惡復次行三不善道名惡人行七不善道名破戒復次菩薩若在家攝惡人名惡人出家攝惡人名破戒問曰菩薩爲度惡人故出現於世譬如良醫療諸疾病何以故不攝惡人答曰惡人破戒者有可化有不可化此中但説不可化者若攝取共住則自壞其道於彼無益譬如救溺自不能浮而欲濟彼二俱不免是故説遠離惡人以欲界多惡生憐愍心故生欲界中雖行禪心調柔輭以方便力故命終時不隨禪生如經中廣説須菩提菩薩如是學於一切法中得清淨所謂淨聲聞辟支佛心淨名捨離無所有畢竟空須菩提白佛言若一切法從本已來空清淨云何言菩薩如是學得一切法中清淨佛可須菩提言爲説因緣若菩薩知一切

法從本已來空清淨於是中心不没不却不没名不疑不生邪見通達不與空諍是名般若波羅蜜一切凡夫人不知不見如是清淨法爲是人故行六波羅蜜等諸助道法菩薩法應教化是衆生是名菩薩一切法中得清淨所謂捨三界顛倒過聲聞辟支佛地一切法中得清淨智慧力得是功德故三世十方一切衆生心心數法心行所起種種業因緣悉能遍知知已隨其所應爲說法開化如是等利益皆是學般若故得是故言盡諸學邊少有能如是學是人難得佛欲令此義明了故說譬喻金銀及轉輪聖王業等復次菩薩學是般若時不生慳等心不生慳等心者菩薩學般若波羅蜜故抑制諸煩惱煩惱雖未盡無所能作是故言不生菩薩行般若知一

切諸法相皆虚誑不實故是以不取色乃至阿耨多羅三藐三菩提相何以故不欲令墮有無見中故直行中道集菩薩行此中佛自說因緣菩薩行般若於一切法無所得無所得故無有法可取相若善若不善等菩薩若能如是學總攝諸波羅蜜檀等諸波羅蜜不離般若波羅蜜般若波羅蜜力故令餘波羅蜜離諸邪見貪著各得增長佛欲令此義明了故說譬喻如我見及命根盡問曰我見諸見各有别相云何攝入我見中答曰雖有别相我見是本人以無明因緣故空五衆中生我見生我見故言是身死如去不如去若如去則是常見若不如去則是斷見若謂斷滅現今受樂著五欲以惡法爲最則生見取若謂常出家學道持戒苦行則生戒取或時見

斷常俱有過故便言無因緣果報則生邪見住是五見中世間常無常前際後際等生五十七見是故說身見攝六十二見無咎如是等種種因緣譬喻故知般若波羅蜜諸法中最第一般若波羅蜜諸法中最第一故菩薩學是般若故於衆生中第一佛欲以是事善化衆生故說譬喻須菩提於汝意云何三千大千世界中衆生多不如是等乃至菩薩如是學當知是不退轉遠離二乘近佛乘復次佛告須菩提若菩薩作是念是般若波羅蜜是般若波羅蜜者示般若波羅蜜相若有若無等見般若得般若著般若等我以是般若波羅蜜得一切種智者五衆和合假名菩薩菩薩隨逐假名字計以爲我以是般若有所作般若是無得無著相而是人說有相般若是第一義是人隨假名而生我心般若是無作相而是人欲用般若有所作所謂我用是般若得阿耨多羅三藐三菩提是故佛言作如是念者不名行般若若不如是念名爲行般若波羅蜜問曰作是念不作是念事已盡何以復有第三說答曰初者是邪行相第二遮邪行未說正相是故第三說正行相復次初是著心取相第二破是著相不說云何是諸法相第三中破邪著亦說實相菩薩作是念於一切處不顯示般若波羅蜜相亦不生我心我用般若波羅蜜有所作但知一切法常住如法性實際中於如法性實際中不諍是故說第三無咎

大智度論卷第七十七

音釋

踊躍（踊余隴切 躍以灼切）戮（力竹切 殺也）蹉（七何切）踐（才線切 蹋也）聾（盧紅切 耳病也）瘖瘂（瘖於金切 瘂倚下切 瘖瘂疾不能言也）躄（彼戟切 足不能行也）撞（直降切 擊也）豫（羊茹切 干也）髓（息委切 骨脂也）

大智度論卷第七十八

龍樹菩薩造

姚秦三藏法師鳩摩羅什譯

釋淨願品第六十四（經作願樂隨喜品）

【經】爾時釋提桓因作是念：菩薩摩訶薩行般若波羅蜜、禪波羅蜜、毗梨耶波羅蜜、羼提波羅蜜、尸羅波羅蜜、檀波羅蜜，乃至十八不共法時，出一切衆生之上，何況得阿耨多羅三藐三菩提時？是諸衆生聞是薩婆若信者，得人中之善利，壽命中最，何況發阿耨多羅三藐三菩提意者？是衆生能發阿耨多羅三藐三菩提意者，其餘衆生應當願樂。爾時釋提桓因以天曼陀羅華而散佛上，發是言：以此福德，若有求阿耨多羅三藐三菩提者，令此人具足佛法，具足一切種智，具足自然法；若求聲聞者，令具足聲聞法。世尊！若有菩薩發阿耨多羅三藐三菩提意者，我終不生一念令其轉還，我亦不生一念令其轉還墮聲聞辟支佛地。世尊！我願諸菩薩倍復精進於阿耨多羅三藐三菩提，見衆生生死中種種苦惱，欲利益安樂一切世間天及人、阿脩羅，以是心作是願：我既自度，亦當度未度者；我既自脫，當脫未脫者；我既安隱，當安未安者；我既滅度，當使未入滅度者得滅度。世尊！善男子、善女人於初發意菩薩功德隨喜心，得幾許福德？於久發意菩薩功德隨喜心，得幾許福德？於阿鞞跋致菩薩功德隨喜心，得幾許福德？於一生補處菩薩功德隨喜心，得幾許福德？佛告釋提桓因：憍尸迦！四天下世界可稱知斤兩，是隨喜福德不可稱量。復次，憍尸

迦是三千大千世界皆可稱知斤兩是隨喜心福德不可稱量復次憍尸迦三千大千世界滿中海水取一髮破爲百分以一分髮渧取海水可知渧數是隨喜心福德不可數知釋提桓因白佛言世尊若衆生心不隨喜阿耨多羅三藐三菩提者皆是魔眷屬諸心不隨喜者從魔中來生何以故世尊是諸發隨喜心菩薩爲破魔境界故生是故欲愛敬三尊者應生隨喜心隨喜已應迴向阿耨多羅三藐三菩提以不一不二相故佛言如是如是憍尸迦若有人於菩薩能如是隨喜迴向者常值諸佛終不見惡色終不聞惡聲終不齅惡香終不食惡味終不觸惡觸終不隨惡念終不遠離諸佛從一佛國至一佛國親近諸佛種善根何以故善男子善女人爲無量阿僧祇初發意菩薩諸善根隨喜迴向爲無量阿僧祇第二地第三地乃至第十地一生補處諸菩薩摩訶薩善根隨喜迴向阿耨多羅三藐三菩提以是善根因緣故疾近阿耨多羅三藐三菩提是諸菩薩得阿耨多羅三藐三菩提已度無量無邊阿僧祇衆生憍尸迦以是因緣故善男子善女人於初發意菩薩善根應隨喜迴向阿耨多羅三藐三菩提非心非離心於久發意阿鞞跋致一生補處善根隨喜迴向阿耨多羅三藐三菩提非心非離心須菩提白佛言世尊是心如幻云何能得阿耨多羅三藐三菩提佛告須菩提於汝意云何汝見是心如幻不不也世尊我不見幻亦不見心如幻須菩提於汝意云何若無幻亦無心如幻汝見是心不不也世尊須

菩提於汝意云何離幻離心如幻汝見更有法得阿耨多羅三藐三菩提不不也世尊我不見離幻離心如幻更有法得阿耨多羅三藐三菩提世尊我不見更有法何等法可說若有若無是法相畢竟離故不墮有不墮無若法畢竟離者不能得阿耨多羅三藐三菩提無所有法亦不應得阿耨多羅三藐三菩提何以故世尊一切法無所有是中無垢者無淨者世尊以是故般若波羅蜜畢竟離禪波羅蜜毗梨耶波羅蜜羼提波羅蜜尸羅波羅蜜檀波羅蜜畢竟離乃至阿耨多羅三藐三菩提亦畢竟離若法畢竟離則不應修不應壞行般若波羅蜜亦無有法可得畢竟離故世尊若般若波羅蜜畢竟離者云何因般若波羅蜜得阿耨多羅三藐三菩提阿耨多羅三藐三菩提亦畢竟離二離中云何能有所得佛告須菩提善哉善哉是般若波羅蜜畢竟離禪波羅蜜毗梨耶波羅蜜羼提波羅蜜尸羅波羅蜜檀波羅蜜畢竟離乃至一切種智畢竟離須菩提若般若波羅蜜畢竟離乃至一切種智畢竟離以是故能得阿耨多羅三藐三菩提須菩提若般若波羅蜜非畢竟離乃至一切種智非畢竟離是不名般若波羅蜜不名禪波羅蜜乃至一切種智須菩提若般若波羅蜜畢竟離乃至一切種智畢竟離以是故須菩提非不因般若波羅蜜得阿耨多羅三藐三菩提亦不以離得離而得阿耨多羅三藐三菩提非不因般若波羅蜜須菩提白佛言世尊菩薩摩訶薩所行義甚深佛言如是須菩提菩薩摩訶薩所行義甚

深須菩提諸菩薩摩訶薩能爲難事所謂行是深義而不證聲聞辟支佛地須菩提白佛言世尊如我從佛聞義菩薩摩訶薩所行不爲難何以故是菩薩摩訶薩不得是義可作證亦不得般若波羅蜜作證亦無作證者世尊若一切法不可得何等是義可作證何等是般若波羅蜜作證何等是作證者作證已得阿耨多羅三藐三菩提世尊是名菩薩摩訶薩無所得行菩薩行是於一切法皆得明了世尊若菩薩摩訶薩聞是深法心不驚不没不怖不畏是名爲行般若波羅蜜是菩薩摩訶薩行般若波羅蜜時不見我行般若波羅蜜亦不見是般若波羅蜜亦不見我當得阿耨多羅三藐三菩提何以故菩薩摩訶薩行般若波羅蜜時不作是念聲聞辟支佛地

去我遠薩婆若去我近世尊譬如虚空不作是念有法去我遠去我近何以故世尊虚空無分别故世尊行般若波羅蜜菩薩亦不作是念聲聞辟支佛地去我遠薩婆若去我近何以故般若波羅蜜中無分别故世尊譬如幻人不作是念幻師去我近觀人去我遠何以故幻人無分别故行般若波羅蜜菩薩不作是念聲聞辟支佛地去我遠薩婆若去我近世尊譬如鏡中像不作是念所因者去我近餘者去我遠何以故像無分别故行般若波羅蜜菩薩亦不作是念聲聞辟支佛地去我遠薩婆若去我近何以故般若波羅蜜中無分别故世尊行般若波羅蜜菩薩無愛無憎何以故般若波羅蜜自性不可得故世尊譬如佛無愛無憎行般若波羅蜜菩薩無愛

無憎亦如是何以故般若波羅蜜中無憎無愛故世尊譬如佛一切分別想斷行般若波羅蜜菩薩亦如是一切分別想斷畢竟空故世尊譬如佛所化人不作是念聲聞辟支佛去我遠阿耨多羅三藐三菩提去我近何以故佛所化人無分別故行般若波羅蜜菩薩亦如是不作是念聲聞辟支佛去我遠阿耨多羅三藐三菩提去我近世尊譬如有所爲故作化化所作事無分別世尊般若波羅蜜亦如是有所爲事而修是事成就而般若波羅蜜亦無分別世尊譬如工匠若工匠弟子有所爲故作木人若男女象馬牛是所作亦能有所作是牛馬亦無分別世尊般若波羅蜜亦如是有所爲故說是事成就而般若波羅蜜亦無分別舍利弗問須菩提但般若波羅蜜無分別禪波羅蜜乃至檀波羅蜜亦無分別須菩提語舍利弗禪波羅蜜無分別乃至檀波羅蜜亦無分別舍利弗問須菩提色無分別乃至識亦無分別眼乃至意無分別色乃至法無分別眼識乃至意識觸無分別眼觸因緣生受乃至意觸因緣生受四禪四無量心四無色定四念處乃至八聖道分空無相無作佛十力四無所畏四無礙智大慈大悲十八不共法阿耨多羅三藐三菩提無爲性亦無分別須菩提若色無分別乃至無爲性無分別若一切法無分別云何分別有六道生死是地獄是餓鬼是畜生是天是人是阿脩羅云何分別是須陀洹斯陀含阿那含阿羅漢辟支佛諸佛須菩提報舍利弗衆生顛倒因緣故造作身口意業隨欲本業

報受六道身地獄餓鬼畜生人天阿脩羅身如汝言云何分別有須陀洹乃至佛道舍利弗須陀洹即是無分別故有須陀洹果亦是無分別故有乃至阿羅漢阿羅漢果辟支佛辟支佛道佛佛道亦是無分別故有舍利弗過去諸佛亦是無分別斷分別故有以是故舍利弗當知一切法無有分別不壞相諸法如法性實際故舍利弗如是菩薩摩訶薩應行無分別般若波羅蜜行無分別般若波羅蜜已便得無分別阿耨多羅三藐三菩提

論釋曰是時釋提桓因及會中人皆共歡喜釋提桓因作是念是菩薩行菩薩道時所有功德尚勝一切衆生何況成阿耨多羅三藐三菩提衆生有二種一者發心二者未發心發心菩薩勝一切未發心者所以者何是人

種無量無上佛法因緣欲度一切衆生令離苦得樂其餘衆生但自求樂欲與他苦如是等因緣故發心者勝問曰諸阿羅漢辟支佛及五通是離欲人發心者或有未離欲但發心云何得勝答曰是事先品中已種種答阿羅漢等雖漏盡不如初發心菩薩譬如轉輪聖王太子雖在胎中已勝餘子又如國王太子雖未即位勝諸大臣有位富貴者發心菩薩有二種一者行諸波羅蜜等菩薩道二者但密發心此中說行菩薩道者是人雖事未成就能勝一切衆生何況成就如歌羅頻伽鳥在㲉中未發聲已能勝諸鳥何況成就菩薩亦如是雖未成佛行菩薩道說諸法實相音聲破諸外道及魔民戲論何況成佛有人言若有能一發心言我當作佛滅一切衆生

苦雖未斷煩惱未行難事以心口業重故勝於一切衆生一切衆生皆自求樂自爲身故愛其所親阿羅漢辟支佛雖不貪世樂自爲滅苦故求涅槃樂不能爲衆生菩薩心生口言爲度一切是故勝譬如一六神通阿羅漢將一沙彌令負衣鉢循路而行沙彌思惟我當以何乘入涅槃即發心佛爲世尊最上最妙我當以佛乘入涅槃師知其念即取衣鉢自擔推沙彌在前行沙彌覆復思惟佛道甚難久住生死受無量苦且以小乘早入涅槃師復以衣鉢囊還與沙彌令擔語在後行如是至三沙彌白師師年老耄狀如小兒戲方始令我在前已復令我在後何其太速師答汝初念發心作佛是心貴重則住我師道中如是人諸辟支佛尚應供養何況阿羅漢以是故推汝在前汝心還悔欲取小乘而未便得汝去我懸遠是故令汝在後沙彌聞已驚悟我師能知我心我一發意已勝阿羅漢何況成就即自堅固住大乘法復次勝名不必一切事中皆勝但以一發心欲作佛度衆生是事爲勝諸餘禪定解脫等猶尚未有何得言勝譬如以飛言之鳥則勝人未來當得功德此事不論小乘人言乃至補處菩薩尚不勝小沙彌得無量律儀者摩訶衍論中或有人如是言其有發大乘心者雖復在弊惡小人中猶勝二乘得解脫者是名二邊離是二邊名爲中道中道義如上說以其有義理實故應當取是故說初發心時勝一切衆生何況成佛聞薩婆若信者得人中善利有人言六波羅蜜是利有人言六波羅蜜果報是利

所謂轉輪王釋梵天王人王法王等有人言得阿鞞跋致不墮惡道常生人天富貴處有人言菩薩住於果報神通遊至十方供養諸佛種種方便教化衆生信受因緣教化衆生得如是等大利壽命中最者衆生有二種命一者命根二者智慧命是人得智慧命故說壽命中最何況發心發心者可敬可貴所以者何如先說因緣能捨自樂與他樂不自憂苦憂他人苦故爾時釋提桓因欲現歡喜相以天曼陀羅華散佛上如經廣說問曰罪福不可以與人雖欲與亦不得釋提桓因何以故以此福德令求佛道者具足佛法答曰雖不可與人然自令心好又是釋提桓因顯此不著福是故以隨喜心與求佛道者與聲聞人亦爾釋提桓因白佛我雖得聲聞道亦不

生一念令菩薩轉還向二乘心所以者何諸菩薩見衆生在生死中有種種苦欲利益一切世間故作是願未度者我當度等爾時會中衆生有作是念若如上說隨喜有功德初發心人隨喜於久發心人隨喜有何差別釋提桓因欲解衆人疑故問佛言世尊於初發心菩薩功德隨喜得幾許福德如經廣說是福德無量無邊以種無量無邊田中人不能數知故說譬喻令解如經中廣說隨喜之德雖無量無邊於近佛道者隨喜福德轉多是時帝釋歡喜故白佛言世尊有聞是功德不隨喜者則是魔民從魔天來所以者何在魔境界積集惡心故不隨喜此中說因緣隨喜心能破魔界是故求佛道者欲愛敬三尊不捨者當以隨喜心迴向阿耨多羅三藐三菩

提不一不二相者不見諸法有一定相不屬因緣者故言不一不分別隨喜心迴向心是名不二畢竟空故佛可帝釋意已更稱說隨喜功德是人常憶念十方諸佛功德隨喜故疾得見佛又以深心於一切衆生欲令離苦得樂是故往來生死六情初不受惡塵終不離生諸佛前以不斷種見佛行故此中佛自說因緣是人於無央數阿僧祇初發心菩薩乃至無量一生補處菩薩皆隨喜故得如上果報疾成佛道度無量阿僧祇衆生復次憍尸迦是菩薩因是福德如諸法實相迴向於實相中心不可得是故說非心亦不離心如上說不一不二義以事異故更說須菩提聞已取是空無有心相難佛是心非心空無所有如幻云何能得阿耨多羅三藐三菩提佛反問須菩提汝見是空心定相如幻不須菩提作是念心若空如幻云何可見若可見則非空是故答言不也佛言心若空無所有汝見是中有是若有若無戲論不答言不也離是空無所有如幻心汝見更有法能得無上道不答言不見不見不可得故何有法若有若無一切諸法畢竟離故畢竟空故不墮有不墮無若法不墮有無中是則畢竟無所有不應得無上道以是因緣故般若波羅蜜畢竟離相見有無二俱過故禪波羅蜜乃至阿耨多羅三藐三菩提亦如是畢竟離相若法畢竟離則不可得見不可得修不可得斷不可得證行是法則更無所得畢竟離故世尊今般若波羅蜜畢竟離阿耨多羅三藐三菩提畢竟離云何以畢竟離得畢竟離若一法

畢竟離尚不應有所得何況二離譬如以指觸虛空虛空無觸故指不能觸何況二皆無觸亦如虛空涅槃般若波羅蜜畢竟離阿耨多羅三藐三菩提畢竟離云何用離得離佛知須菩提隨諸法實相說故可其言善哉善哉即說因緣須菩提若般若波羅蜜畢竟離阿耨多羅三藐三菩提畢竟離以是因緣故可得何以故若一法定有相非空者則是常法不生相從未來至現在從現在至過去若無實生相則無滅相若無生滅則無四諦若無四諦則無法寶法寶無故亦無阿耨多羅三藐三菩提法寶即是阿耨多羅三藐三菩提故若無法寶則無佛寶若無佛法則無僧寶若無三寶則無一切諸法有如是等過罪故畢竟離相則通達無礙若說畢竟離當知亦離空若不離空不名畢竟離是故經說言般若波羅蜜畢竟離故能得阿耨多羅三藐三菩提雖不離般若波羅蜜得阿耨多羅三藐三菩提亦不以二離而得二離畢竟空故不應難須菩提知佛所說甚深相是故白佛言若菩薩能如是行則是行甚深義佛可其言是菩薩能爲難事能行如是甚深義而不證二乘所以者何是菩薩一心以利智深入空而不證涅槃是則爲難須菩提言如我解佛所說義是不爲難何以故是人不得是甚深義一定相可作證不得般若波羅蜜不得證者誰當以甚深義爲證若不證是甚深義誰當得阿耨多羅三藐三菩提是名菩薩無所得行行是道則照明一切法問曰佛說言難須菩提言不難師弟子義應同何以各相

違背答曰佛以世諦故說須菩提以第一義諦故說佛說菩薩得是甚深義須菩提說菩薩亦不得是甚深義佛以須菩提爲衆生故說有人聞難事則發心故說難事有人聞難事而廢退故說無難是名菩薩無所得行住是行中於一切法通達無礙須菩提言若菩薩聞如是說畢竟離無法可證無取證者亦無般若及阿耨多羅三藐三菩提是時不驚不没通達無礙者是名行般若波羅蜜行般若波羅蜜者是名真行深行何以故是菩薩不見般若波羅蜜亦不見我行般若波羅蜜不見阿耨多羅三藐三菩提亦不見是法可得阿耨多羅三藐三菩提都無所分別是菩薩安住一切諸法實相中故不作是分別言二乘離我遠佛道離我近此中說虛空等譬喻此諸譬喻爲明了畢竟空義故般若波羅蜜雖空若有所修能成其事乃至如木人隨作何事皆能成就舍利弗問須菩提但般若無分別諸波羅蜜亦無分別若但般若空無分別餘波羅蜜應是有相是則菩薩道有別異不平等又初品中說行檀波羅蜜時無施者受者亦無財物今云何言别若五事皆空則無分別無有六名亦無可修行須菩提言五波羅蜜亦空無有分別初發心未得無生法忍者有分別譬如四河未會大海則有别名既入大海則無差别菩薩亦如是世俗諦中有差别第一義諦則無分別舍利弗問色乃至阿耨多羅三藐三菩提及無爲性亦無分别若此法空無差别云何有六道别異云何有分别須陀洹乃至佛道須菩提答舍利

弗諸法雖畢竟空無分別而是衆生狂顛倒心而起身口意業隨業受身業報貪欲是本但爲欲所逼而生著心諸法無有定相業果報者所謂六道以是故知空無所分別是其實本但以顛倒不實故有六道差別又須陀洹等賢聖亦因畢竟空無分別法生所謂斷三結法名須陀洹果三結使即是顛倒覺顛倒除却名爲斷是故斷法即是空無有分別世諦故假名人得是法故名須陀洹果是故當知須陀洹人及果畢竟空無分別乃至佛佛道亦如是此中說因緣非但現在無分別過去如恒河沙諸佛一切分別斷故入無餘涅槃無有少許法定相可分別一切法畢竟空入是如法性實際門故是故言因緣法甚深入是三門故菩薩應如是行無分別般若波羅蜜行無分別般若波羅蜜故得無分別法所謂阿耨多羅三藐三菩提

釋度空品第六十五之上

【經】舍利弗語須菩提菩薩摩訶薩行般若波羅蜜爲行眞實法爲行無眞實法須菩提報舍利弗菩薩摩訶薩行般若波羅蜜行無眞實法何以故是般若波羅蜜無眞實乃至一切種智無眞實故菩薩摩訶薩行般若波羅蜜無眞實不可得何況眞實乃至行一切種智無眞實法不可得何況眞實法爾時欲色界諸天子作是念諸有善男子善女人發阿耨多羅三藐三菩提意如深般若波羅蜜所說義行於等法不作實際證不墮聲聞辟支佛地應當爲作禮須菩提語諸天子諸菩薩摩訶薩於等法不證聲聞辟支佛地不爲難

諸菩薩摩訶薩大莊嚴我當度無量無邊阿僧祇衆生知衆生畢竟不可得而度衆生是乃爲難諸天子諸菩薩摩訶薩發阿耨多羅三藐三菩提心作是願我當度一切衆生衆生實不可得是人欲度衆生如欲度虚空何以故虚空離故當知衆生亦離虚空空故當知衆生亦空虚空無堅固當知衆生亦無堅固虚空虚誑當知衆生亦虚誑諸天子以是因緣故當知菩薩所作爲難爲利益無所有衆生故而大莊嚴是人爲衆生結誓爲欲與虚空共鬬是菩薩結誓已亦不得衆生而爲衆生結誓何以故衆生離故當知大誓亦離衆生虚誑故當知大誓亦虚誑若菩薩摩訶薩聞是法心不驚不没當知是菩薩摩訶薩行般若波羅蜜何以故色離即是衆生離受想行識離即是衆生離色離即是六波羅蜜離受想行識離即是六波羅蜜離乃至一切種智離即是六波羅蜜離若菩薩摩訶薩聞是一切諸法離相心不驚不没不怖不畏當知是菩薩摩訶薩行般若波羅蜜佛告須菩提何因緣故菩薩摩訶薩於深般若波羅蜜中心不没須菩提白佛言世尊般若波羅蜜無所有故不没般若波羅蜜離故不没般若波羅蜜寂滅故不没世尊以是因緣故菩薩於深般若波羅蜜中心不没何以故是菩薩不得没者不得没事不得没處是一切法皆不可得故世尊若菩薩摩訶薩聞是法心不驚不没不怖不畏當知是菩薩爲行般若波羅蜜何以故没者没事没處是法皆不可得故菩薩摩訶薩如是行般若波羅蜜諸天及

釋提桓因天梵天四王天及世界主天皆爲作禮佛告須菩提不但釋提桓因諸天梵王及諸天世界主及諸天禮是菩薩摩訶薩行般若波羅蜜者過是上光音天遍淨天廣果天淨居天皆爲是菩薩摩訶薩作禮須菩提今現在十方無量諸佛亦念是行般若波羅蜜菩薩摩訶薩當知是菩薩爲如佛須菩提若恒河沙等世界中衆生悉使爲魔是一一魔復化作魔如恒河沙等魔是一切魔不能留難菩薩行般若波羅蜜

論釋曰爾時舍利弗聞上無分別相法心大歡喜問須菩提若菩薩行般若波羅蜜爲行眞實法爲行無眞實法眞實者審定不變異即是可取可著若不眞實即是虚誑妄語須菩提常樂行深空心無障礙故答行般若者即是行無眞實何以故般若波羅蜜空無定相無分別故乃至一切種智亦如是菩薩行如是般若波羅蜜時先來生死中所習所著虚誑有爲法尚不可得何況後來觀虚誑因縁生般若波羅蜜非所著法而可得是故菩薩觀一切世間不眞實亦不著是般若波羅蜜世諦故說眞實第一義中眞實不可得何況不眞實爾時欲色界諸天子歡喜言其有發菩薩心者皆應禮敬能爲難事能行第一深義而不作證故第一義即是平等法但以異名說須菩提語諸天子菩薩於平等法不作證不爲難菩薩欲度無量衆生衆生畢竟不可得是則爲難何以故欲度衆生者爲欲度虚空虚空離故衆生亦離虚空虚誑不實故衆生亦空虚誑不實問曰於平等法而不

證衆生畢竟空而度衆生此二俱畢竟空云何言一難一不難答曰衆生虚誑假名故是所著處平等法無爲故非所著處衆生從有爲法假名而生無爲法是第一義於顛倒著處而能不著爲難於無著處不著是不爲難以是故如是說衆生空故大莊嚴亦空若大莊嚴空而能發心爲難菩薩若聞是第一平等義度衆生大莊嚴皆畢竟空而心不驚不没譬如調馬自見影不驚何以故自知影從身出故菩薩亦如是知畢竟空因有爲和合虚妄法生故菩薩聞是事不驚不没是爲行般若波羅蜜色等法離故衆生亦離離名爲空若衆生空法不空應有怖畏若法亦空無生怖畏處若菩薩聞是一切法離相心不畏是亦名菩薩行般若波羅蜜上聞衆生空故不畏今聞法空故不畏若聞是二空不畏是爲眞行般若佛問須菩提何以故菩薩心不没者問曰佛是一切智人何以問弟子心不驚不没答曰以衆會有疑敬難故不敢問是以佛問復次是第一平等義甚深難得深處應當没而不没故試問須菩提復次佛以須菩提爲說法主聽者法應問難問曰佛爲一切智何以不自爲說主而令須菩提說答曰衆中有人以佛智慧無量無邊我等智力有量若心有所疑不敢發問爲是人故命須菩提說問曰若爾者何以不令大菩薩說答曰大菩薩智慧亦大不可思議威德重故亦不敢問難復次有人言阿羅漢辟支佛佛三界繫無明永盡無餘故能如實說法諸菩薩雖廣集福德漏未盡故或不可信是故不命問

曰若爾者舍利弗智慧第一及餘大弟子何以不命答曰是事先已答所謂須菩提樂於空行偏善說空般若波羅蜜多說空故令須菩提說須菩提白佛一切法畢竟空無所有無所有故自相離離相故常寂滅常寂滅故無憶想分別是故菩薩不應驚不應没没者没處没法皆不可得若菩薩聞是事不驚不没是爲行般若波羅蜜須菩提答已白佛言能如是行亦名爲行般若波羅蜜世尊菩薩能如是行一切諸天帝釋及世界主禮菩薩者地神虚中神四天王忉利天天帝釋爲主皆共禮是菩薩梵天王初禪中梵世界衆生主世界主者欲界餘天主衆生多信有此天故須菩提說言作禮何以故是菩薩捨自樂欲利益衆生是三種天但自求樂故佛語須菩提非但是三種天作禮光音天等清淨一心諸天皆亦作禮欲界諸天著婬欲心多故禮不足爲貴初禪有覺觀散亂亦不足爲妙上諸天心清淨以菩薩有大功德故禮爾乃爲難須菩提菩薩若能如是行般若爲十方無量諸佛所念佛念因緣如先說今佛說是菩薩諸佛念果報所謂當知是菩薩爲如佛以其必至佛道不退故所以者何如恒河沙等魔不能壞是菩薩如經廣說

大智度論卷第七十八

音釋

滴丁歷切水注也　齅許救切鼻收氣也　𠿑苦角切卵孚也